JULIA DIPPEL

IZARA

DAS EWIGE
FEUER

Bretter, die die Welt bedeuten

Die lärmende Schülermeute bildete einen nahezu unerträglichen Kontrast zu den letzten Sonnenstrahlen, die der Herbst zu bieten hatte. Vier Jahre lang hatte ich versucht, mich an den Klang zu gewöhnen. Vergeblich. Ich war nur besser darin geworden, ihn zu ignorieren. So wie ich alles ignorierte, was meinen Seelenfrieden gefährdete. Ja, selektive Scheuklappen waren am *Torquasso Lyceum* ein unverzichtbares Accessoire. Ich rupfte ein paar unschuldige Grashalme aus der Wiese. Die armen Dinger konnten nichts dafür, dass mein Leben die unspektakuläre kleine Schwester einer miesen Seifenoper war. Sie hatten lediglich Pech und wuchsen dort, wohin ich mich verkroch, wenn mein Frust mal wieder überhandnahm. Zwei Tage war das neue Schuljahr alt und fünfmal hatte ich der mächtigen Kastanie hinter der Mensa schon einen Besuch abgestattet. Traurigerweise nicht mein Rekord.

Das Motto hieß durchhalten. Durchhalten, gute Noten schreiben und ein Stipendium ergattern, damit ich von hier wegkonnte. Am besten an irgendeinen Ort, der nicht vor Banalität zu implodieren drohte.

Zwei kalte Hände rissen mich aus meinen Fluchtgedanken.

»Na, bereit für ein wenig ›Sein oder Nicht Sein‹?«

Meine beste Freundin Felizitas – Lizzy – hatte ein Faible für große Auftritte. Als sie sich voller Elan neben mir auf die Wiese plumpsen ließ, kalibrierte ich meine Scheuklappen neu. Lizzy strahlte einfach zu viel gute Laune aus. Mehr, als es selbst das schöne Wetter gerechtfertigt hätte. »Du weißt, dass du mir dafür mindestens lebenslang Pannendienst schuldest!?«, grollte ich.

Sie zuckte nur mit den Schultern und schlürfte lautstark die Reste ihres Bananen-Kiwi-Smoothies durch den Strohhalm.

»Felizitas' unübertroffener Rundum-zufrieden-Pannen-und-Abschleppservice steht dir zur freien Verfügung«, meinte sie großzügig. »Obwohl ich dich immer noch nicht verstehe! Wenn man schon eine Schrottkarre fährt, dann doch wohl, um sich von heißen, ölverschmierten Jungs in eng anliegenden Muskelshirts abschleppen zu lassen.«

Ich seufzte. Lizzy war hoffnungslos testosteronfixiert. Und das war noch die netteste Umschreibung, die mir zum neuen Lebenskonzept meiner besten Freundin einfiel. Innerhalb eines Schuljahres war sie von einer bezahnspangten Raupe zu einem schrillen Schmetterling mutiert. Einem Schmetterling mit Modetick und rot gefärbtem Lockenkopf. »Straßenköterblond« wäre für ihr letztes Schuljahr schlichtweg zu wenig »glamourös«, wobei sie geflissentlich überging, dass sie damit auch meine Haarfarbe beleidigte.

Entgegen meiner Erwartungen und jeglicher Vernunft wirkte die neue Signalfarbe auf Lizzys Kopf tatsächlich wie ein Leuchtfeuer. Seit letztem Sommer standen die Verehrer Schlange, um ihren endlosen Beinen zu huldigen. Zeitgleich und nicht unbedingt ganz nüchtern hatte Lizzy geschworen, jeden Zentimeter davon dem »Gott des Spaßes« zu weihen. Aktuell hieß dieser Gott Jeremy. Er war der Star der *Dramatic Association*, der Theatergruppe unserer Schule.

»Und du bist dir sicher, dass er die Mühe wert ist, ellenlange, öde Texte zu lernen und unsere Dienstagnachmittage in einem modrigen Kellergewölbe zu verbringen?«, erkundigte ich mich. »Jeremy wird dich nicht mal bemerken.«

»Und ob er das wird! Das hier, Schätzchen«, schnurrte Lizzy, zog ihre Schulter in perfekter Modelpose nach vorne und strich sich über die miniberockten Beine, »kann man nicht ignorieren.«

Ich versuchte vergeblich, nicht in schallendes Gelächter auszubrechen, was mir einen schmerzhaften Schlag meiner Freundin einbrachte.

»Komm schon, in dieser ganzen versnobten Schule, die sie Lyceum nennen, gibt es außer dir keine normal denkende Person. Du musst mit mir da hin!«

»Wenn das mal Jeremy gehört hätte!«

»Das zählt nicht, er ist heiß. Und er hat außerdem eine unglaublich sexy Stimme. Und er spielt Klavier. Und du bist meine beste Freundin, was dich verpflichtet, mir beizustehen!«, schmollte sie. Ihre roten Locken hüpften trotzig auf und ab. »Bitte, bitte, biiiiitte. Ich werde auch nie wieder etwas Böses über deine Rostlaube sagen und dich immer und überall abholen und hinfahren. Ohne dich überlebe ich da doch keine zwei Minuten!«

Zum finalen Todesstoß setzte Lizzy ihren besten Welpenblick auf und klimperte mit den Wimpern. Mit dieser Taktik hatte sie ihren Vater um zwei Fernreisen und einen roten Mini Cooper erleichtert. Ich seufzte schwer und gab mich geschlagen. Keine Sekunde nach meinem leisen »Also gut« wurde ich von einer heftigen Umarmung gepackt.

»Und jetzt«, sagte Lizzy im Aufstehen und fuchtelte eine theatralische Acht in die Luft, »trödle sie nicht gar zu lang. Die Bretter, die die Welt bedeuten, erwarten den alles-

5

verändernden Kuss zweier Liebenden. Jeremy«, rief sie, packte sich ans Herz und blickte sehnsüchtig in Richtung der Kulturvilla, »ich komme.«

Und schon war Lizzy unaufhaltsam und eine halbe Stunde zu früh auf dem Weg zum Theaterkurs. Kopfschüttelnd sammelte ich ihren Smoothie-Müll ein und folgte meiner Freundin den Hang hinauf zu den Unterrichtsgebäuden.

༄

Glaubte man den schweren schmiedeeisernen Lettern über dem Eingangstor, war das *Torquasso Lyceum* ein Internat. Allerdings wohnte inzwischen nur noch die Hälfte der Schüler tatsächlich in den ehemaligen Klostergebäuden. Die anderen wurden jeden Nachmittag von ihren Butlern oder Nannys abgeholt und in die schicken Villen ihrer meist abwesenden Eltern gebracht. Wer alt genug war, fuhr selbstverständlich selbst. Das war eine Frage des Prestiges, immerhin war das Standardgeschenk zum achtzehnten Geburtstag ein fahrbarer Untersatz der luxuriösen Sorte. Je teurer das Auto, desto höher das Ansehen. Schlusslicht in diesem Ranking bildeten ich und der kleine Toyota, auf den ich gerade zuhielt, um meine Sachen in den Kofferraum zu werfen. Das bescheidene Häufchen Metall war ein nicht zu übersehender Störfaktor in der glänzenden Armada aus Limousinen und Sportwagen. Er passte einfach nicht hierher. Ebenso wenig wie ich.

Der Grund, warum ich diese Institution trotzdem besuchte, war recht simpel: eine richterliche Anordnung. Ein Umstand, den ich meinem Vater zu verdanken hatte. Ich wusste nicht viel von ihm, außer dass er schwerreich und schwer gestört war. Das letzte Mal hatte ich ihn mit zwölf gesehen, als er umgeben von seinen Anwälten den Gerichtssaal verlassen hatte.

Drei Jahre und einen Rosenkrieg später war das Urteil endlich gefallen – natürlich zu seinen Gunsten. Meine Mum bekam eine lächerlich kleine Abfindung unter der Bedingung, dass ich meine Ausbildung am *Torquasso Lyceum* absolvieren würde. Darüber hinaus zahlte er uns keinen Cent.

Ich hatte nie kapiert, warum meinem Vater das Lyceum so wichtig war, kostete es doch monatlich dreimal so viel, wie meine Mutter und ich benötigt hätten, um uns woanders über Wasser zu halten. Wahrscheinlich wollte er einfach einen Keil zwischen uns treiben. Seine Tochter auf einem abgelegenen Internat, in dem es den lieben, langen Tag nur um Geld und Status ging. Eine schöne glitzernde Welt. Das Einzige, was meine Mutter mir nicht bieten konnte. In seinen Fantasien war ich wohl schon auf allen vieren angekrochen gekommen, um bei ihm zu betteln.

Aber sein Plan war nicht aufgegangen. Mit ihrer Abfindung hatte sich meine Mutter ein kleines Häuschen in der Nähe gekauft, sodass ich bei ihr wohnen konnte. Und was die Versuchungen des Reichtums betraf ...? Nichts auf der Welt würde mich dazu bringen, so zu werden wie mein Vater.

Gerade wollte ich auf die andere Seite des Parkplatzes wechseln, als ein schwarzer, nagelneuer Mustang mir den Weg abschnitt.

Richtig, Schulanfang ...! Jetzt geht die Mein-Daddy-hat-mir-ein-neues-Auto-geschenkt-Parade wieder los, dachte ich seufzend und blieb stehen, um nicht über den Haufen gefahren zu werden. Langsam schob sich der Mustang an mir vorbei. Langsamer, als er müsste. Natürlich waren die Scheiben verdunkelt. *Was auch sonst!* Kaum hatte das Fahrerfenster mich passiert, beschleunigte der Wagen und fuhr zu einem der hinteren schattigen Parkplätze, die für die Elite der Eliten reserviert waren.

Mit einem Kopfschütteln nahm ich meinen Weg wieder auf. Spätestens morgen früh würde ich erfahren, welcher meiner ach so liebenswerten Mitschüler dieses neue Spielzeug besaß.

»Hey, Ariana, springt das Ding, das du Auto nennst, mal wieder nicht an?«, rief eine weibliche Stimme. Ich musste mich nicht umsehen, um zu wissen, dass Doris und Denise irgendwo hinter mir standen. Sie kicherten. »Hätt nicht gedacht, dass du nach Brendon noch einen heißen Typen abschießt, aber danke. Bleibt mehr für uns!«

Keine Ahnung, was die beiden meinten. Es war auch egal. Ich nahm sie ohnehin nie ernst. Sie hatten erst Kenntnis von mir genommen, als ich mit Brendon zusammengekommen war. Und seit dem Ende dieser Beziehung, die ich den größten Fehler meines Lebens nannte, stand ich auf ihrer Abschussliste. Wir hatten Doris und Denise in der Mittelstufe Schickimicki-Doppel-D getauft. Inzwischen bezog sich der Spitzname nicht mehr nur auf ihre Initialen. Silikon und Daddy sei Dank ... Definitiv nicht meine Wellenlänge.

Vor dem alten Holztor der Kulturvilla empfing mich Lizzy mit wedelnden Armen.

»Mach endlich, wir kommen noch zu spät. Jeremy ist schon drinnen«, zischte sie und zog mich in das ehemalige Wasserwerk, das die künstlerischen Fächer beherbergte. Ich fragte sie, ob die Liebe auf den ersten Blick denn schon zugeschlagen hätte, aber sie ignorierte meinen Sarkasmus und trieb mich weiter die steile Wendeltreppe zur Studiobühne hinab.

»Benimm dich anständig, stell keine doofen Fragen und blamier mich nicht!«, lautete die knappe Anweisung. Sie warf ihr leuchtend rotes Haar nach hinten und atmete tief durch. Dann betrat sie den Raum mit einer Anmut, die dazu gedacht war, königlich zu wirken. Leider war das Gegenteil der Fall.

Ein Storch mit roten Locken und ich soll sie nicht blamieren? war der einzige Gedanke, zu dem ich fähig war. Ich verdrängte ihn, immerhin ging es hier um meine beste, nein, einzige Freundin.

Jeremy saß an der Bühnenrampe. Ein kleines Lächeln huschte über sein Gesicht, als er Lizzy entdeckte. Ich konnte ihr Herz förmlich höherschlagen hören. Sie setzte sich ihm gegenüber in die erste Reihe und hob eines ihrer endlosen Beine, um es über das andere zu schlagen.

Oh Gott, bitte lass sie Unterwäsche tragen, hoffte ich inständig. Im selben Moment wurde diese Frage beantwortet, denn Lizzy rutschte polternd von der Stuhlkante und landete so auf dem Boden, dass nicht nur Jeremy, sondern alle Anwesenden unter ihrem Rock die rote Spitzenunterwäsche zu sehen bekamen. Der Rotton entsprach ungefähr der Farbe, die ihr Gesicht gerade annahm. Ich wollte ihr schon zu Hilfe eilen, aber Jeremy war schneller. Mit einer vollendeten Verbeugung bot er Lizzy seine Hand an.

»Wenn es nicht gar so peinlich ausgesehen hätte, könnte man fast auf den Gedanken kommen, dass es Absicht war«, meinte eine rauchige Stimme an meinem Ohr.

Gerade als ich mich wundern wollte, warum ich nicht zu Tode erschrocken war, zog sich der Sprecher mit einem leisen Lachen von mir zurück und streifte dabei meinen Pferdeschwanz. Ein kaltes Kribbeln kroch meinen Nacken hoch. Bevor ich mich umdrehen konnte, um zu sehen, wer diesen durchaus scharfsinnigen Kommentar abgelassen hatte, schob sich ein breiter Rücken an mir vorbei. Ein Rücken, den ich noch nie zuvor gesehen hatte. Der Rücken steckte in einem dunkelblauen Shirt, dessen hochgeschobene Ärmel sich um zwei sonnengebräunte, muskulöse Arme spannten. *Oh Mann, ich bin schon schlimmer als Lizzy!*

Bemüht, den Jungen nicht weiter auf Körperteile zu reduzieren, und überhaupt bemüht, den Jungen nicht weiter zu betrachten, lief ich etwas schneller als beabsichtigt zu Lizzy, die mich mit einem strahlenden Lächeln willkommen hieß.

»Ariana, darf ich dir Jeremy vorstellen. Du wirst es nicht glauben, aber er hat letztes Schuljahr tatsächlich die Hauptrolle in *Moulin Rouge* gespielt. Zu schade, dass wir die Vorstellung nicht sehen konnten«, log sie mit ihrem besten Spiel-mit-Blick, »weil wir uns doch um deine Mutter kümmern mussten. Aber stell dir vor, wenn wir mal etwas Zeit finden, will Jeremy nur für uns noch einmal *Come What May* singen. Eine Privatvorstellung sozusagen.«

Ich zwang mich vor Jeremy zu einem überraschten Lächeln, während Lizzy einen Darüber-reden-wir-nachher-Blick abbekam. Gott sei Dank rettete mich in diesem Moment Mr Storm vor weiteren Lügen meiner sogenannten besten Freundin und begann seinen Kurs.

»Tausend Dank«, formten Lizzys Lippen lautlos hinter Jeremys Rücken, gefolgt von einem »Ist er nicht süß!«.

Ich antwortete mit einem Augenrollen und wandte mich Mr Storm zu, der grade irgendetwas von »Das ganze Leben ist Theater« und »Hier lernt ihr vermutlich mehr als im Rest des Lyceums« redete. Nach weiteren fünfzehn Minuten des Vortrags darüber, wie wichtig die D.A. für das Fortbestehen der Menschheit wäre, war ich kurz davor, Lizzy dafür zu erwürgen, mich hergeschleppt zu haben. Dieses dringende Bedürfnis verstärkte sich, als der grauhaarige Alt-Hippie mit einem übertrieben offenen »In der Theaterwelt duzen sich alle, meine Lieben!« meinte, wir sollen ihn fortan Cornelius nennen, und erreichte seinen Höhepunkt, als er uns aufforderte, uns auf die Bühne zu setzen und mit geschlossenen Augen die Präsenz der anderen zu »erfühlen«. Einzig Lizzys flehender Blick hielt mich davon ab, sofort aus dem Raum zu stürmen und mich mit einem Eiskaffee in die Sonne zu legen. Also schloss ich meine Augen. Sooft ich sie auch aufzog, Lizzy war mehr wert, als zwei Stunden mit ein paar Freaks in einem Keller sitzen zu müssen. Ich hatte sie bei Gericht kennengelernt. Sie war die Tochter unseres Anwalts und hatte gemeint, wir könnten auch gleich Freundschaft schließen, da wir offensichtlich bald auf dieselbe Schule gehen würden. Sie war es gewesen, die ihre Mutter dazu überredet hatte, die ersten zwei Jahre einen Umweg zu fahren, damit ich nicht den Bus zur Schule nehmen musste. Sie war es, die mich vor den anderen Schülern immer mit einem entschiedenen »Kümmer dich um deinen eigenen Kram!« verteidigte. Sie hatte mich letzten Sommer täglich zu meiner Mum in die Nervenklinik gefahren und mir geholfen, einen Nebenjob als Bedienung zu finden, damit ich mir an meinem achtzehnten Geburtstag endlich ein Auto leisten konnte.

Plötzlich bemerkte ich wieder dieses seltsame Kribbeln im Nacken. Wie lange saß ich nun schon hier rum? Zehn Minuten? Zwanzig? Ich wusste es nicht, aber ich wusste, dass mich jemand beobachtete. Vorsichtig öffnete ich die Augen. *Wenn mich dieser verschrobene Cornelius anstarrt, dann war das das letzte Mal, dass mich die D.A. gesehen hat*, schwor ich mir und schaute mich verstohlen um. Cornelius saß mit geschlossenen Augen am anderen Ende des Saals. Aus seinem seligen Lächeln schloss ich, dass er sich tatsächlich einbildete, die Präsenz seiner Schüler zu spüren. *Pfft ...*

Lizzy hockte im Schneidersitz neben mir. Ihre Brust hob und senkte sich schneller, als man es nach etwas In-sich-Kehren erwarten konnte. Allerdings berührte ihr Handrücken Jeremys Knie, also war das nicht wirklich verwunderlich. Ich blickte weiter in die Runde und blieb an einem dunkelgrünen Augenpaar hängen, das mich direkt ansah. Die Augen gehörten zu einem Schüler, den ich noch nie gesehen hatte. Fast nie, erinnerte ich mich selbst. Es war der Typ im blauen Shirt, der Lizzys unangenehme Situation vorhin so treffend zusammengefasst hatte. Ein angedeutetes Lächeln umspielte seine Mundwinkel, aber er senkte weder den Blick, noch schloss er die Augen. Er starrte mich einfach nur an. Nach einer Weile reichte mir das kindische Wer-schaut-eher-weg-Spielchen. Ein Schnauben und eine gehobene Augenbraue signalisierten deutlich »Wer's braucht«, bevor ich mich wieder der »Präsenz« meiner Mitschüler zuwandte.

Aber wem machte ich was vor? Natürlich war es diese eine Präsenz, die mich nicht losließ. Ich spürte, dass er mich noch immer ansah. Mit diesen grün funkelnden Augen, in denen sowohl der Schalk als auch etwas Unergründliches lauerte. Seine markanten Brauen waren eine Nuance zu weit zusammengeschoben gewesen, um seinen Gesichtsausdruck entspannt zu nennen. Und dann war da dieses kleine Lächeln, das mir die Härchen im Nacken zu Berge stehen ließ. Woher kam dieser Kerl? Dem Bartschatten nach musste er mit mir im Abschlussjahrgang sein. Nein, eigentlich müsste er längst seinen Abschluss haben. Er war einer dieser Typen, deren Alter man einfach nicht schätzen konnte. Er könnte achtzehn sein oder auch Ende zwanzig. Bestimmt war er einer von diesen Millionärssöhnen, die an mehreren Schulen vergeblich versucht hatten, ihren Abschluss zu machen, um nun im Lyceum durchgeboxt zu werden. Oder er besuchte die Additumkurse für Absolventen, die sich auf die Universität vorbereiten wollten. Obwohl die Absolventen normalerweise nie am normalen Schulalltag teilnahmen ...

Endlich erlöste mich Cornelius aus meinen erschreckend ausführlichen Gedanken über den neuen Mitschüler. Er klatschte in die Hände und rief mehrfach »Bravi«, bevor er uns seine nächste Übung erläuterte. Ich wollte gar nicht wissen, ob der Neue mich immer noch ansah. Deshalb bemühte ich mich, nicht in seine Richtung zu gucken. Ich streckte mich und massierte mein eingeschlafenes Bein, als plötzlich eine Hand in meinem Gesichtsfeld auftauchte. Am Zeigefinger steckte ein breiter Ring aus schwarzem Leder und Silber. Er passte gut zu dem Lederband, das um ein sehniges Handgelenk gewickelt war. Das Handgelenk führte zu einem trainierten Unterarm, der wiederum ... –

Ari, du tust es schon wieder!, ermahnte ich mich und zwang meinen Blick höher, obwohl ich wusste, dass mich dort grüne Augen erwarten würden. Um nicht noch unhöflicher zu sein, ergriff ich seine Hand und hievte mich daran hoch. Ich murmelte ein leises »Danke«, aber er ließ mich nicht los. Sein Blick glitt zu meiner Hand und zurück zu meinem Gesicht. Seine Augen wurden schmal, sein Blick forschend, als würde er nach etwas suchen. Irritiert legte ich meine Stirn in Falten.

»Darf ich meine Hand wiederhaben?«, fragte ich und verfluchte meine Stimme, die eher flehend klang als wie beabsichtigt vor Sarkasmus triefend.

Der Neue blinzelte ein paar Mal, als wäre er mit seinen Gedanken woanders gewesen.

»Klar«, antwortete er, »du wirst sie ja vermutlich noch brauchen.«

Meine Hand kribbelte, als er seinen Griff löste. Ich widerstand dem Drang, sie zu schütteln, und verstaute sie stattdessen in meiner Hosentasche.

Was für ein seltsamer Typ.

Fast schon abwesend strich er sich durch seine dunklen Locken. Ein sinnloses Unterfangen, denn sie fielen ihm sofort wieder ins Gesicht. Als hätte der Schöpfer dieses männlichen Kunstwerkes beschlossen, dass die wie gemeißelten Züge einen lebendigen Rahmen bräuchten, um vollends zur Geltung gebracht zu werden. Jedem anderen hätte ich einen guten Friseur empfohlen, aber angesichts dieser Vollkommenheit juckte es mich nur in den Fingern, durch die wild glänzende Pracht zu fahren. Ob sie wohl so weich wären, wie sie aussahen?

Hinter der widerspenstigsten Locke funkelte es belustigt.

Hör schon auf!, befahl ich mir und sah weg.

Der Typ machte keine Anstalten, sich wieder dem Unterricht zu widmen. Im Hintergrund hörte ich Cornelius irgendetwas von Aktion, Reaktion und Spiegelbildern reden. Mehr war wirklich nicht zu verstehen, solange dieser Junge mit seinen durchdringenden Augen mich fixierte, als wäre ich ein Regal in einem Einrichtungshaus, das vielleicht oder auch nicht in sein Zimmer passen könnte.

»Ich bin Ariana«, sagte ich einer Eingebung folgend. Könnte ja die Stimmung lockern ...

Eine Braue wanderte erstaunt nach oben, als hätte sein Regal gerade zu sprechen begonnen ... Und da war es wieder, dieses gefährliche Lächeln.

»Ich weiß.«

Oh Mann, seine Stimme klang wie eine Mischung aus schwarzem Samt und Reibeisen. Damit könnte er Millionen als Synchronsprecher für Bösewichte machen.

Ohne mich weiter zu beachten, drehte er sich weg. Im selben Moment überrannte mich Lizzy, die mich unbedingt als Partnerin in dieser seltsamen Spiegel-Aktion-Reaktion-Übung haben wollte. Den Rest des Kurses imitierte ich einen Spiegel und doppelte alle Bewegungen meiner Freundin detailgetreu. Als schließlich die Schulglocke durch die Lautsprecher schrillte und Cornelius sich abermals in Bravi-Rufen erging, las ich in Lizzys leuchtenden Augen, dass das nicht unser letzter Besuch in der D.A. gewesen war. Und dass mir noch mindestens eine Stunde schmierigste Jeremy-Schwärmerei bevorstand. Zwei Tatsachen, die in mir den sehnlichen Wunsch weckten, nach Hause zu gehen.

ᘜ

Kaum waren wir vor der Tür, ging es los.

»Jeremy ist so ...« ... *bla bla bla* ...

Die Sonne versank gerade hinter den Wäldern und verwandelte den Himmel in ein Flammenmeer.

... *bla bla bla* ... »... hast du gesehen, wie er ...« ... *bla bla bla* ...

Mir war bislang nicht aufgefallen, wie früh es mittlerweile dunkel wurde. Ich sah auf die Turmuhr der ehemaligen Kapelle. Es war kurz nach sieben.

»Und als er mir die Hand gereicht hat ...« ... *bla bla bla* ...

Wir wanderten den schmalen Kiesweg an der Rosenvilla vorbei zum Parkplatz. Der Mädchentrakt trug seinen Namen wegen der dicht mit Rosen bewachsenen Rankgitter im Erdgeschoss. Das sah zur Blütezeit wirklich hübsch aus, diente aktuell aber eher der Abwehr von nächtlichen Besuchern als der Optik.

... *bla bla bla* ... »... und erst sein Lächeln ...« ... *bla bla bla* ... »Ari.«

15

Inzwischen waren wir an der verwitterten Wehrmauer angekommen, die das Internatsgelände von den umliegenden Weinhängen trennte.

»Ari!«, zischte Lizzy erneut und packte mich am Arm. Ihre Schritte hatten sich verlangsamt und ihr Blick glitt immer wieder zu der alten Buche, die an der Zufahrt zum Parkplatz stand. Ich wusste erst nicht, warum Lizzy sich plötzlich so komisch benahm, bis mir ein paar Gestalten auffielen, die auf der runden Steinumfassung der Buche herumlungerten.

Etwas in meinem Bauch verkrampfte sich.

Brendon.

»Wenn du willst, können wir außenrum gehen.«

»Ich habe nicht zwölf Jahre meinen Vater ertragen, um jetzt vor Brendon zu kneifen.« Ich dankte dem Himmel dafür, dass meine Stimme überzeugter klang, als ich es war. So konnte ich mir wenigstens vormachen, mir selbst zu glauben.

Also dann, auf in den Kampf.

Nach einem prüfenden Blick nickte Lizzy, reckte sich stolz und blieb mit langen Schritten an meiner Seite. Ich konnte förmlich den epischen Soundtrack hören, der sich in ihrem Kopf abspielen musste. Unser gemeinsamer Mut schraubte sich gerade seinem Höhepunkt entgegen, als wir die kleine Gruppe passierten.

»Hey, Brendon, ist das nicht deine Ex?«, fragte einer der Jungs und zeigte grinsend in meine Richtung. Ich hasste diese Art von Grinsen.

»Ariana ...« Brendons Stimme ließ mir einen kalten Schauer über den Rücken laufen. »Schön, dich mal wieder zu sehen. Scheint fast, als versuchst du, mir aus dem Weg zu gehen.« Er schwang sich von dem Steinsims und kam gemächlich auf mich zu. Ich ignorierte ihn, auch wenn es mir schwerfiel, da unvermittelt ein Haufen unguter Erinnerungen auf mich einprasselte. Wieder war Lizzy meine Rettung. Sie hakte sich bei mir unter und zog mich einfach weiter.

»Gib doch zu, dass wir 'ne tolle Zeit hatten!«, rief Brendon mir nach. Meine Finger klammerten sich krampfartig an Lizzys Jacke, was ihr natürlich nicht entging.

»Bevor oder nachdem sie dir die Nase gebrochen hat, du Volltrottel?«, fauchte sie und warf Brendon einen giftigen Blick über die Schulter zu. Ich konnte förmlich spüren, wie sich sein schönes Gesicht zu einer wütenden Fratze verzog.

»Ist das die Geschichte, die du deiner Freundin erzählt hast, Ari?« Der Hohn in seinem Tonfall traf mich, obwohl ich wusste, dass der sein einziger Ausweg war. Aber ich wollte ihm nicht zeigen, wie sehr er mich verletzt hatte. Weder damals noch heute. Also drehte ich mich langsam um und zwang mich zu einer kühlen Antwort.

»Ich habe es nicht nötig, Geschichten zu erfinden, Brendon.« Seinen Namen zog ich bewusst in die Länge, um meinen Worten mehr Nachdruck zu verleihen. Im Hintergrund brachen seine Freunde in Gelächter aus, wie es nur Jungs konnten, die der Pubertät offensichtlich noch nicht gänzlich entwachsen waren. Mein Ex ließ sich davon nicht anstecken. Er trug seine blonden Haare jetzt kürzer als vor einem Jahr. Seine rehbraunen Augen blitzten spöttisch, fast als würden sie versprechen, mit mir noch nicht fertig zu sein. Wie hatte ich mich nur jemals in ihn verlieben können?

Der bittere Geschmack von Blut breitete sich in meinem Mund aus. Ich hatte mir auf die Backe gebissen.

»Komm«, flüsterte Lizzy und schob mich in Richtung Parkplatz. »Ich bin stolz auf dich und keine Widerrede: Ich fahr dich heim. Diese Idioten bekommen heute keine weitere Gelegenheit.«

Als ich in Lizzys Mini einstieg, raste mein Herz noch immer. Sie gab sofort Gas und fuhr exakt im richtigen Tempo an Brendon und seinen Freunden vorbei, um nicht den Eindruck einer Flucht zu erwecken. In solchen Momenten liebte ich Lizzy nur noch mehr. Und genau das wollte ich ihr eben sagen, als ich an der Mauer hinter der alten Buche eine dunkle Gestalt lehnen sah. Ich konnte gerade noch ein Paar grüne Augen erkennen, die mich nachdenklich musterten.

Bei solchen Freunden ...

Wie jeden Morgen weckte mich mein Handy mit einem schrillen Alarmton. Unglücklicherweise hatte es nichts davon gewusst, dass ich heute erst zur dritten Stunde in den Unterricht musste. Gut, ich hätte es ihm sagen können, immerhin war Kommunikation der Grundstein einer jeden guten Beziehung. Aber mein Handy und ich hatten damit so unsere Probleme.

Ich ließ meine Mum schlafen, weil ich wusste, wie anstrengend der Schichtdienst im Altenheim war. Also setzte ich mich alleine an den Küchentisch und schaufelte mein Müsli in mich hinein. Ich war drei Löffel weit gekommen, als mein Handy erneut einen Ton von sich gab. Eine Nachricht von *Lizzy, der Einzigartigen* wurde auf dem Display angezeigt. Diesen Namenszusatz hatte sich meine Freundin selbst verliehen und genau so eingespeichert.

MORGEN, DU FAULENZER. WAR SCHON BEIM FRÜH-SPORT. PILATES IM PARK.

Ich verschluckte mich fast an meinem Müsli. Lizzy beim freiwilligen Frühsport im Lyceum? Das konnte nur eines bedeuten.

MACHT DA REIN ZUFÄLLIG EIN GEWISSER J. MIT?

Keine fünf Sekunden später kam die überflüssige Antwort: HMMM SEUFZ :-)

HAST DU NICHT WAS VERGESSEN?, schrieb ich leicht

angesäuert zurück. Da ich gestern mit ihr heimgefahren war, hätte sie mich eigentlich heute zum Lyceum mitnehmen sollen. Schließlich stand mein Toyota noch immer am Schulparkplatz.

Mein Handy klingelte erneut.

OH – OH :-(

Ja, *oh-oh* traf es ziemlich genau. Eine weitere Nachricht von Lizzy versprach ICH MACH ES WIEDER GUT, HAND AUFS HERZ!!!! Aber das war mir egal. Grollend beendete ich mein Frühstück und stapfte die Treppe nach oben. Jetzt nicht zu antworten, wäre für alle Beteiligten besser. In meiner momentanen Laune würde ich Lizzy sogar den plötzlichen Kälteeinbruch anlasten.

Eine heiße Dusche später und eingepackt in mehrere warme Schichten, schloss ich die Haustür hinter mir.

Wir wohnten in einer kleinen Siedlung, die nur aus einer Handvoll Häusern bestand. Offiziell gehörten wir zum drei Kilometer entfernten Saint-Peters, doch bekamen wir hier draußen vom Dorfleben kaum etwas mit. So unrecht war mir das nicht, denn höchstens Touristen hätten Saint-Peters als verschlafen bezeichnet. Hat man erst einmal hinter die hübschen Fassaden des Örtchens geschaut, mutierte jeder Einwohner – ob Oma oder Kleinkind – zum Spion in einem Überwachungsstaat, dessen einzige Währung der neueste Klatsch und Tratsch war. Nein danke. Davon hatte ich am Lyceum schon genug.

Nebenan holte der Sohn unserer Nachbarn gerade die Post. Ich nickte ihm flüchtig zu und ging schnell weiter, bevor er mich in ein Gespräch verwickeln konnte. Felix war ein paar Jahre älter als ich und arbeitete in einer Werkstatt in Saint-Peters. Beim Einzug hatte er mir geholfen, Kisten zu schleppen und die Möbel in meinem Zimmer aufzustellen. Er war immer nett gewesen und roch auf faszinierende Weise nach Feuer und Schnee. Deshalb war ich zweimal mit ihm ins Kino gegangen, bis er mir ein wenig zu anhänglich wurde. Felix gehörte zu den Typen, die einen sogar beim Atmen beobachteten und dabei jedes Gesprächsthema aus den Augen verloren.

Als die Straße vom Wald verschluckt wurde, seufzte ich erleichtert auf. Wahrscheinlich bildete ich es mir nur ein, aber ich hätte schwören können, dass sein treuherziger Blick mir bei jedem Schritt gefolgt war.

Jetzt gehörte mir der Morgen wieder ganz allein. Zu Fuß würde ich zwar über eine Stunde ins Lyceum brauchen, aber das war immer noch besser, als zuerst in die andere Richtung nach Saint-Peters marschieren zu müssen, um dann eine halbe Stunde mit dem Bus über die Felder zu tuckern. Außerdem tat die Bewegung gut, ebenso die frische Luft. Ich nahm mir vor, das viel öfter zu machen, auch wenn ich genau wusste, dass ich diesen Vorsatz nie einhalten würde. Dafür schlief ich viel zu gern.

Ein grauer BMW rauschte hupend an mir vorbei. Ich konnte grade noch einen Blick auf Schickimicki-Doppel-D erhaschen, wie sie lachend in meine Richtung zeigten.

Pfft, wenigstens hätten sie bei einem Unfall zwei Paar zusätzliche Airbags ...

Unbeeindruckt stapfte ich weiter, bis meine Tasche anfing zu vibrieren. Lizzy.

»Was gibt's?«, fragte ich knapp ins Handy.

»Ich hab ein schlechtes Gewissen, weil ich über diesen Pilateskram vergessen hab, dich abzuholen. Und dann hast du dich nicht mehr gemeldet und mein Gewissen ist noch schlechter geworden. Aber sieh's mal so: Ich bin gestraft genug. Es gibt in meinem Körper keinen einzigen Muskel, der mir nicht wehtut. Und das jetzt schon. Morgen werde ich mich gar nicht mehr bewegen können. Und ich schwöre hiermit hoch und heilig, ich werde mich auch nie wieder mehr bewegen als unbedingt nötig.«

Trotz aktueller Vorbehalte bezüglich meiner Freundin schlich sich ein Lächeln auf mein Gesicht.

»Ist schon gut. Ich hab heute ja erst in der dritten Stunde Unterricht. Ich bin einfach zu Fuß gegangen.«

»Bist du verrückt? Bei dem Wetter?! Wie weit bist du? Ich hol dich ab.« Wenn es etwas gab, das Lizzy noch mehr hasste als Sport und Bewegung, war es Kälte.

»Kein Stress, ich bin schon beim Timeon-Gatter«, übertrieb ich ein wenig, um sie zu beruhigen. Aber Lizzy ließ nicht mit sich handeln.

»Bleib dort, ich bin in sieben Minuten da.«

Grinsend steckte ich mein Handy weg und fiel in einen leichten Trab. Wenn ich mich beeilte, würde ich rechtzeitig am Gatter ankommen, um meine kleine Lüge zu decken.

Ich bog von der Bergstraße auf einen steilen Waldpfad ab. Er schnitt eine lange Kurve und bedeutete somit eine zehnminütige Abkürzung. Als ein teures Röhren einen weiteren schicken Wagen ankündigte, kletterte ich schnell über ein paar Felsen. Damit war ich außer Sichtweite der Straße. Ich hatte keine große Lust, nach Doppel-D noch anderen meiner liebevollen Mitschüler zum Spott zu dienen.

Hinter mir ging das Röhren in ein gleichmäßiges Brummen über. Ich hielt inne. Hatte mich doch jemand gesehen? Es verstrichen einige Sekunden, bevor das Motorengeräusch wieder anschwoll und schließlich irgendwo im Wald verschwand.

Statt weitere Gedanken an das seltsame Verhalten irgendwelcher Sportwagenbesitzer zu verschwenden, konzentrierte ich mich lieber auf die Äste und losen Felsbrocken, die mir im Weg lagen. Ich sprang und schlitterte den steilen Hang hinunter und landete mit einem triumphierenden Lachen wieder auf der geteerten Straße. Vor mir lag das Timeon-Gatter. Ein verwittertes Schild mit dem Schriftzug *Betreten verboten* pendelte daran. Überflüssig, denn der Wald hinter dem Zaun war zugewachsen und alles andere als einladend.

Da von Lizzy weit und breit nichts zu sehen war, kletterte ich auf das Gatter, um dort zu warten. Das Holz knarzte bedenklich, aber die Balken hielten meinem Gewicht stand. Dafür spendierten sie mir zum Dank ein paar eingezogene Splitter. Ich saugte gerade an dem betroffenen Finger, als das Röhren zurückkehrte. Ein schwarzer Mustang bog viel zu schnell um die Kurve. Es war derselbe Mustang, der schon gestern am Parkplatz Schaulaufen betrieben hatte. Auch diesmal konnte ich durch die verdunkelten Scheiben nicht erkennen, wer der Fahrer war. Er rauschte einfach vorbei. Kein Hupen, kein Angeben, kein Spott.

Ich atmete auf, als plötzlich das Geräusch einer Vollbremsung durch die ländliche Idylle peitschte. Es vergingen einige viel zu lange Augenblicke, in denen nur ein paar Vögel zwitscherten. Ich starrte das Heck des Wagens an. Mein Herz schlug mir unerklärlicherweise bis zum Hals. Dann kam der Schock, dicht gefolgt von Fluchtinstinkt: Die Rückfahrscheinwerfer gingen an. Ich wollte vom Gatter springen, konnte aber meine Beine nicht bewegen. Der Mustang rollte zu mir zurück. Wohin hätte ich auch rennen sollen? In den Wald?!

Auf meiner Höhe stoppte der Wagen. Die Tür flog auf und der merkwürdige Schüler aus der D.A. sprang heraus. Er war ganz in Schwarz gekleidet, was zusammen mit seinen dunklen Haaren eine beeindruckend bedrohliche Einheit bildete. Seine Augenbrauen waren zornig zusammengeschoben, als er direkt auf mich zustapfte.

»Was machst du hier?«, fragte er mit seiner Rockstar-Stimme. Es klang, als könnte er sich nur mit Mühe unter Kontrolle halten.

Wie bitte?!

»Dir auch einen guten Morgen!«, maulte ich in meinen Schal.

Glücklicherweise düste im gleichen Moment Lizzys roter Mini um die Kurve und kam unmittelbar vor dem Mustang zum Stehen. Ich war selten so froh gewesen, den roten Schopf meiner Freundin zu sehen. Meine Beine gehorchten mir wieder und ich hüpfte möglichst elegant vom Gatter. Leider verhedderte sich mein Schal im spröden Tor, was bedauerlicherweise alle Eleganz sofort zunichtemachte. Ich versuchte mich zu befreien, als eine Hand mich am Arm packte.

»Du hast meine Frage nicht beantwortet«, zischte der Neue.

»Guten Morgen, ihr zwei Hübschen«, rief Lizzy durch das geöffnete Beifahrerfenster. Der Kerl beachtete sie nicht. Oh, jetzt hatte er es sich endgültig verscherzt.

»Ich wüsste nicht, was dich das zu interessieren hat«, fauchte ich ihn an und riss mich los. Ich ignorierte Lizzys seltsam mitleidigen Blick. Stattdessen warf ich meine Tasche durch das offene Fenster des Minis und schenkte meiner Freundin anstelle einer Begrüßung ein knappes »Lass uns fahren!«.

Ich zog am Türgriff, aber nichts geschah. Ich rüttelte fester daran und sah Lizzy vorwurfsvoll an.

»Verschwinde, Rossi. Das hier geht dich nichts an«, tönte

die dunkle Stimme hinter mir. Innerlich grinste ich. Jetzt konnte dieser Typ sich auf etwas gefasst machen. Niemand sprach so mit Lizzy.

Besagte Lizzy sah von mir zu dem Fremden und zurück, dann überlegte sie kurz und zu meinem Entsetzen nickte sie.

»Wir sehen uns in der Schule«, meinte sie mit einem Zwinkern und legte den Rückwärtsgang ein.

»Das ist nicht dein Ernst. Du kannst mich hier doch nicht mit einem Wildfremden stehen lassen?!« Ich war völlig perplex. Erlaubte sie sich da gerade einen Spaß?

»Hör mal, Süße. Ich weiß, wir haben vereinbart, ihn wie Luft zu behandeln, aber Lucian hat wohl was Wichtiges mit dir zu bereden.«

»Lucian?! Du kennst diesen Wahnsinnigen?« Meine Stimme überschlug sich.

»Jetzt hör schon auf. Ich weiß, drei Monate sind keine drei Jahre, aber er hat ein Recht darauf zu erfahren, warum du damals Schluss gemacht hast.«

Ich hab WAS?! Wie konnte Lizzy nur so etwas behaupten?

Hinter meiner Schulter ertönte ein zufriedenes »Danke, Felizitas. Ich bring sie dann in die Schule«.

Wieder zwinkerte mir meine sogenannte beste Freundin zu, als täte sie mir den größten Gefallen der Welt. Dann fuhr sie los. Ich war fassungslos.

»Sehr witzig. Haha. Jetzt haben alle genug gelacht!«, rief ich, aber Lizzy hatte schon gewendet. Ich starrte dem roten Mini hinterher, bis er hinter der dicht bewaldeten Kurve verschwand. Warum hatte sie das getan?

Ein kaltes Kribbeln kroch mein Rückgrat hoch und erinnerte mich daran, dass ich nicht alleine war. Gleichzeitig kochte die Wut in meinem Bauch über. Ich fuhr herum.

»Was hast du mit ihr gemacht?«, schrie ich den Fremden an, der offenbar Lucian hieß.

»Beantworte meine Fragen und ich antworte auf deine«, entgegnete er ungerührt.

»Du kannst mich mal!«

Worauf auch immer dieses kranke Spiel abzielte, ich wollte nicht mitspielen. Fest entschlossen, die Polizei zu rufen, fiel mir ein, dass mein Handy in meiner Tasche und damit in Lizzys Auto war. Ich fluchte innerlich, beschloss aber, mir nichts anmerken zu lassen. Also trat ich meine Flucht zu Fuß an.

Ich kam keine zwei Meter weit. Etwas blockierte mich, als wäre die Luft vor mir aus unsichtbarem Schaumstoff.

»Du gehst hier nicht weg, solange ich nicht bekomme, was ich will.«

Ich versuchte es erneut. Erfolglos. Mir war bewusst, dass mein Mund offen stand wie der eines toten Karpfens, aber dagegen konnte ich in diesem Moment einfach nichts tun. Lucian hatte seine Arme vor der Brust verschränkt und musterte mich kühl.

»Wie machst du das?«, presste ich hervor.

Er lachte leise. »Das weißt du genau, also spar dir deine Unschuldsmiene für die anderen.«

»Jetzt reicht's aber!« Was auch immer mich davon abhielt, von dort wegzukommen, hinderte mich nicht, auf diesen unverschämten Lucian loszugehen. Und eben das tat ich.

»Was soll ich denn bitte genau wissen? Dass du mit mir zusammen warst? Warst du nicht! Ich kenne dich nicht! Wie du das hier machst?« Ich fuchtelte mit einer Hand in Richtung der Luftblockade. »Keinen blassen Schimmer! Wer du bist? Ich habe keine Ahnung. Doch halt, warte: Du bist ein völlig übergeschnappter Psychopath!«

Zornig funkelte ich ihn an. Die Tatsache, dass er einen Kopf größer war als ich, störte mich dabei nicht. Das war ich gewohnt. Leider hatte ich nicht bedacht, dass mein Ausraster mich direkt zwischen ihn und seinen Mustang geführt hatte. Er machte einen Schritt auf mich zu.

»Was hast du heute Nacht bei Timeon gemacht?«

Ein weiterer Schritt.

»Du bist total wahnsinnig. Ich war zu Hause!«

»Wie schaffst du es, mir den Zugang zu verwehren?«

Noch ein Schritt.

»Welchen Zugang denn jetzt schon wieder?!« Langsam wich mein Zorn etwas anderem. Ich bekam es mit der Angst zu tun. Was, wenn das gar kein Scherz war? Wenn er Lizzy irgendwie bestochen, erpresst oder hypnotisiert hatte? *Ganz ruhig, Ari. Nur die Nerven behalten.*

Er stand jetzt direkt vor mir. Seine grünen Augen fixierten mich unerbittlich. Plötzlich packte mich Müdigkeit und ein warmes Gefühl legte sich um meine Schläfen. Mein Rücken stieß sanft gegen den Mustang. Ich bemerkte es kaum. Stattdessen versank ich in seinen Augen.

»Ah.« Seine raue Stimme legte sich wie Honig über meine Gedanken. »Diesen Zugang habe ich gemeint. Du bist stärker, als ich erwartet hatte.«

Stärker? Was meint er mit ›stärker‹?

»Ariana, wo ist Thanatos?«

Ich blinzelte. Hatte ich richtig gehört? Thanatos ... Den Namen kannte ich nicht. Oder doch? Aber woher? Ich versuchte die Müdigkeit abzuschütteln.

»Thanatos?«, wiederholte ich matt. Selbst meine Stirn in Falten zu legen, war beinahe ein Ding der Unmöglichkeit. Lucian stützte eine Hand neben meinem Gesicht am Mustang ab. Er roch so gut. Frische Erde, Regen, Wind, eine drückende Schwüle über tosender Brandung. Er roch wie ein Sommersturm am Meer.

Sag es mir, Ariana! Drängte er mich sanft. Ich brauchte einen Augenblick, bis ich registriert hatte, dass seine Stimme in meinem Kopf war. Warum auch immer, ich akzeptierte es. *Wo ist Thanatos? Du warst dort, ich rieche ihn an dir. Wo ist er?* Seine behutsamen Worte waren Verführung pur. Er schmeichelte, forderte.

Erinnere dich! Er lockte.

Erzähl es mir! Dein Vater hat nichts dagegen. Weil er dir vertraut. Weil er dich liebt.

ER RIET!

Schlagartig wurde mein Kopf wieder klar und jede Müdigkeit fiel von mir ab.

»Mein Vater soll in der Hölle schmoren!«, zischte ich.

Ein Wahnsinniger tauchte auf und bedrohte mich? War ja klar, dass mein Vater da seine Finger mit im Spiel hatte.

Lucian sah mich verwundert an und ... brach in schallendes Gelächter aus.

»Ja, das sollte er.« Was auch immer er mit mir gemacht hatte, es war vorbei. Das wusste ich einfach. Ich war wieder allein in meinem Kopf.

»Du bist hartnäckiger, als ich erwartet hab.«

Er zog ein Messer. Nein, er hatte es plötzlich in der Hand. Mein Herz setzte einen Schlag aus. Ich konnte die Augen nicht von der Klinge nehmen. Ein seltsames, leuchtendes Muster zog sich über das Metall. Als würde das Messer von innen heraus glühen.

»Ariana, ich will dir nicht wehtun, aber ich werde es tun, wenn du mir nicht verrätst, was du weißt.«

Meine Hände begannen zu zittern.

»Ich weiß nicht, was du meinst«, stammelte ich.

Plötzlich blitzte eine Erinnerung in mir auf. *Nemesis VII. Izara. Thanatos.* Das hatte beim Scheidungsgericht auf einer Akte gestanden. Der Anwalt meines Vaters hatte die ganze Verhandlung über mit seinem Kugelschreiber darauf herumgeklopft. Natürlich hatte ich die Namen gegoogelt, war aber nur auf lauter Artikel über griechische Götter gestoßen. Das würde mir hier wohl wenig weiterhelfen.

Lucian stieß sich vom Mustang ab und packte mich stattdessen an der Kehle. Mein Hinterkopf schlug hart gegen die Karosserie. Alles drehte sich. Meine Augen füllten sich mit Tränen.

»Du weißt etwas!« Seine Stimme war mittlerweile kaum mehr als ein Knurren. Ein gefährliches Knurren. Er presste die Spitze seines Messers an meinen Hals. Das glühende Metall war eiskalt. Sein Körper warm.

Ich kratzte den letzten Rest Trotz zusammen, den ich finden konnte.

»Na, los. Tu es endlich!«, krächzte ich und war stolz, dass meine Stimme nicht brach. »Ich habe mich schon gefragt, wann mein Vater jemanden schickt, um mich umzubringen!«

Da war ich plötzlich frei. Er hatte mich so abrupt losgelassen, als hätte er sich verbrannt.

Ich rieb mir die schmerzende Kehle und beobachtete wachsam, wie er vor mir auf und ab tigerte. Wäre der Mustang nicht gewesen, an den ich mich lehnen konnte, wäre ich längst zusammengebrochen. Unablässig fuhr Lucian sich durch die dunklen Haare. Zwischen seinen Brauen tauchten zwei steile Falten auf. Man konnte förmlich sehen, wie sein Gehirn arbeitete. Dann blieb er unvermittelt stehen und sah mich an.

Wind kam auf. Blätter peitschten über die verlassene Straße. Ich nahm allen Mut zusammen und sah ihm in die Augen. Sie waren nicht mehr grün, sondern schwarz. Er begann in einer fremden Sprache zu sprechen. Ich zitterte, wollte wegrennen. Es ging nicht. Er hob das Messer, schnitt sich in die Handfläche und kam auf mich zu.

Was zum Teufel tut er da?, fragte ich mich, wobei mir klar war, dass die Frage lauten müsste: Was zum Teufel *ist* dieser Kerl?

Ohne den stetigen Fluss fremdartiger Worte zu unterbrechen, hob er die blutige Hand und presste sie mir an die Stirn. Da kam der Schmerz. Alles war Schmerz. Unendlicher Schmerz. Ich schrie und fiel. Dann war alles schwarz.

Der Feind meines Feindes ...

Als ich die Augen wieder aufschlug, sah ich als Erstes das verschwommene Gesicht meiner Mutter. Ich lag in meinem Zimmer. Draußen war es bereits dunkel.

»Ah, du bist wach. Wie geht es dir?«, fragte sie mit der für sie so typischen mütterlichen Fürsorge.

Wie es mir ging? Ich war verwirrt. Wie war ich nach Hause gekommen? Was war passiert? Und warum zog mir meine Mutter gerade ein Thermometer aus dem Mund? Ansonsten ging es mir erstaunlich gut.

Mit einem zufriedenen Seufzer desinfizierte sie das Thermometer und beantwortete die letzte meiner unausgesprochenen Fragen.

»Keine Temperatur.«

»Wieso bin ich im Bett, Mum?«

»Ich habe dich hineingelegt, Schätzchen.« Sie schüttelte mitleidig den Kopf. »Weißt du das nicht mehr? Wir haben heute Morgen gemeinsam gefrühstückt und dann bist du ganz bleich geworden und hast das Gleichgewicht verloren«, erklärte sie. »Ich habe im Lyceum angerufen.«

»Wir haben gemeinsam gefrühstückt?!«, stammelte ich.

»Ja, du hattest doch zwei Stunden später Unterricht. Deshalb dachte ich mir, ein kleines Familienfrühstück könnte nicht schaden.«

Ich verzichtete darauf, weiter nachzufragen. Wenn ich meiner Mum offenbaren würde, was meiner Ansicht nach wirklich passiert war, würde sie entweder vor Sorge um mich verrückt werden oder schlimmstenfalls einmal mehr an ihrer eigenen geistigen Gesundheit zweifeln. So labil, wie sie zurzeit war, wollte ich auf jeden Fall verhindern, dass sie einen neuen Nervenzusammenbruch erlitt. Zumal ich selbst nicht genau wusste, was eigentlich los war.

Meine Mum gab mir einen Kuss auf die Stirn und schloss mit einem Lächeln die Zimmertür. Sofort griff ich mir mein Handy und rief Lizzy an.

Nach dem vierzehnten Klingeln ging sie endlich ran.

»Heyho, du Kranke. Wie geht es dir?« Im Hintergrund waren Gitarrenmusik und die typischen Geräusche zu hören, die eine Horde Jugendlicher am Lagerfeuer fabrizierte. Sie war am Leonard-Steg.

»Ich bin nicht krank!«, sagte ich bockig.

»Du bist nicht ... – ah, du schlauer Fuchs. Du hast dich erfolgreich um unseren Chemietest gedrückt.« Offensichtlich ließ sie noch immer nicht von ihrem seltsamen Lügenspiel ab. Ich entschied mich für einen Frontalangriff.

»Warum hast du mich mit Lucian allein gelassen?«

»Ich hab was?«

»Heute Morgen. Am Timeon-Gatter.«

»Süße, ich hab dich heute nicht gesehen. Und wenn du mit Lucian gesprochen hast, warum zum Geier erfahr ich dann erst jetzt davon?! Was hat er gesagt? Habt ihr euch ausgesöhnt? Seid ihr wieder zusammen, oder sollen wir weiterhin so tun, als wäre er Luft? Er ist nämlich gerade hier.«

»Ich war nie ... – Er ist was?«

»Er ist hier. Am See.«

»Rühr dich nicht vom Fleck. Ich komme.«

»So kenn ich mein Mädchen. Schule schwänzen und abends auf 'ne Party.«

»Fünfzehn Minuten«, sagte ich noch. Dann legte ich auf.

Es war sinnlos, Lizzy am Telefon weitere Fragen zu stellen. Nach allem, was passiert war, wusste ich auch nicht, ob Lizzy mit Lucian unter einer Decke steckte oder ob sie von ihm manipuliert wurde.

Ich zog mir rasch ein Paar Jeans und einen petrolfarbenen Rollkragenpulli über und schnappte mir meine Tasche. *Meine Tasche? Wie kommt die hierher?* Lizzy konnte sich wirklich auf etwas gefasst machen.

Da fiel mir ein, dass mein Auto noch immer am Lyceum stand. Aber das war ein Notfall. Ich würde mir den Wagen meiner Mutter leihen müssen. Ihren Protest erstickte ich, indem ich ihr versicherte, dass es mir gut ging und ich nur kurz zu Lizzy wollte, um ihre Aufzeichnungen aus dem Unterricht abzuholen. Nach einem schnellen Stoßgebet, dass ich den Kombi rechtzeitig erreichte, bevor meine Mutter mich zurück ins Bett zerren konnte, startete ich den Motor und trat das Gaspedal durch.

☙

Der Leonard-Steg war eine morsche Anlegebrücke, die jeden Mittwoch Schauplatz der legendären See-Partys wurde. Schon von Weitem wehte mir der Geruch des Lagerfeuers entgegen. Ich stellte den Kombi unter einer Eiche ab und hielt auf das Gelächter und den leisen Klang von *Hotel California* zu.

Die halbe Oberstufe und ein paar Jugendliche aus dem Dorf hatten sich um die Feuerstelle gesammelt und lauschten Toby Sullivan, wie er sich selbst mit der Gitarre begleitete. Toby hatte seinen Abschluss längst, besuchte aber noch einen der Additumkurse für Absolventen. Stilmäßig war er irgendwo in den goldenen Zwanzigern hängen geblieben. Anzughose, hochgekrempeltes Hemd, Hosenträger, Hut ... irgendetwas davon war immer an ihm zu finden. Er hatte es an meinen Scheuklappen vorbei geschafft, weil er einer der wenigen Schüler am Lyceum war, die mich grüßten, wenn ich ihnen über den Weg lief.

Ich ließ meinen Blick über die illustre Gesellschaft wandern, in der Hoffnung, einen roten Haarschopf zu entdecken. Bingo. Unten am Steg stand Lizzy. Ich schlitterte grade den Hang hinunter, als sich eine dunkle Gestalt vor mich schob. Tosende See, peitschender Regen zwischen Sonnenstrahlen. Der Geruch eines Sommersturms. Ein kalter Schauer lief mir über den Rücken.

»Was tust du hier?«, fragte mich Lucian. Der ferne Schein des Lagerfeuers tauchte eine Hälfte seines Gesichts in warmes Gold und die andere in tiefe Schatten.

»Komm mir nicht zu nah!« war das Einzige, was ich herausbrachte. Die Erinnerung an die Schmerzen, die mir heute Morgen das Bewusstsein geraubt hatten, schnürte mir die Kehle zu. Irgendetwas hatte sich geändert. Die Musik hatte aufgehört. Fernes Johlen. Ich registrierte es nur am Rande. Lucian packte mich am Arm und schaute mich eindringlich an.

»Vergiss, was passiert ist, Ariana!«, beschwor er mich. Seine Stimme war ruhig, hatte aber einen besorgniserregenden Unterton. Sein Blick zuckte zum Lagerfeuer.

»Tu einfach so, als wäre nichts geschehen! Hast du verstanden?«

Zu einer Antwort kam ich nicht, weil Toby unvermittelt neben uns auftauchte.

»Hey, Ari. Schön, dass du auch hier bist«, sagte er und schenkte mir sein charmantestes Lächeln.

In diesem Augenblick hätte ich ihn küssen können.

»Willst du nicht zu uns zum Feuer kommen? Du kannst deine Begleitung auch mitbringen.«

Und da war besagter Augenblick auch schon vorbei. Ich wollte die Verhältnisse schnellstens klären, aber Lucian kam mir zuvor.

»Macht euch wegen mir keine Gedanken«, murmelte er, »ich wollte ohnehin gerade gehen.«

Mit einem letzten Blick, der nur zu deutlich »Vergiss nicht, was ich dir gesagt habe« sprach, zog er sich zurück.

Toby sah ihm nach und hob fragend eine Augenbraue.

»Hat er dich belästigt?«

Wie gerne wollte ich das bejahen, aber irgendetwas hielt mich davon ab. *Jetzt ist es offiziell. Ich bin wahnsinnig.*

»Nein, nein«, sagte ich stattdessen und machte eine wegwischende Handbewegung, »ich war nur auf der Suche nach Lizzy.«

»Der große Rotschopf?«

Ich lächelte. »Genau der.«

Toby betrachtete mich prüfend, und ich war kurz davor zu glauben, dass er mein klopfendes Herz hören musste. Doch dann grinste er.

»Unten am Steg hab ich sie zuletzt gesehen.«

Er nahm meinen Dank zwinkernd entgegen und wanderte wieder zurück zum Lagerfeuer, wo die grölende Meute ihn und seine Gitarre schon schmerzlich vermisste.

Keine zehn Sekunden später hatte ich Lizzy am Arm gepackt, sie aus ihrer Tratsch-Runde weggezerrt und vor mich auf den Hang gesetzt.

»Was geht hier vor sich?«, fuhr ich sie an.

»Hallo auch.« Sie rieb sich den Arm, als hätte ich ihr weh-getan. Maßlos übertrieben. »Was ist dir denn über die Leber gelaufen?«

»Was mir über die Leber gelaufen ist? Du hast mich heute versetzt, also bin ich zu Fuß zur Schule. Unterwegs ist mir dann dieser Typ namens Lucian begegnet. Ja, un-terwegs! Das heißt, mitten im Wald, mitten im Nirgendwo. Er hat mir komische Fragen gestellt. Dann bist du aufge-taucht und hast gewagt, mich einfach stehen zu lassen. Du behauptest ständig, dass ich mit diesem Lucian zusammen war. Das war ich aber nie! Glaub mir, das hätte ich nicht vergessen. Und als du mich dann mit dieser fadenscheini-gen Ausrede mit ihm allein gelassen hast, ist er gewalttätig geworden. Er hat mich gewürgt, weil ich ihm nicht sagen konnte, wo irgend so ein griechischer Gott ist. Und er hat ein Messer gezogen. Nein, einen Dolch. So ein antikes Ding, das auch noch geglüht hat. Und damit hat er sich in die Handfläche geschnitten, um mir dann sein Blut ins Gesicht zu schmieren, während seine Augen schwarz wurden. Und als ob das noch nicht genug wäre, bin ich bei mir daheim aufgewacht, und meine Mutter hat mir versichert, heute mit mir gefrühstückt und mich in der Schule entschuldigt zu haben, weil es mir angeblich nicht gut ging. Meine Tasche, die ich zu dir ins Auto geworfen hatte, war plötzlich wieder bei mir zu Hause, und du behauptest, mich heute nicht ein einziges Mal gesehen zu haben, also wag nicht zu fragen, was mir über die Leber gelaufen ist!«

Mit großen Augen starrte sie mich an. Ich befürchtete, dass sie jede Sekunde in Gelächter ausbrechen und mich für wahn-sinnig erklären würde. Aber sie tat es nicht. Stattdessen sah sie mich einfach nur an. Ihre Hand zuckte unwillkürlich zu ihrem Hals. Die Stirn hatte sie in Falten gelegt, als wollte sie sich zwanghaft an etwas erinnern.

»Seine Augen wurden schwarz?«, fragte sie leise. Ich konnte nur nicken. *Sie glaubt mir?!*

»Bist du dir sicher?«, hakte Lizzy nach. Ich nickte wieder. Plötzlich sprang sie auf.

»Ich muss nach Hause. Sofort.« Sie hatte schon halb den Hügel erklommen, da kam sie auch schon wieder zurückgestürmt.

»Du kommst mit. Ich kann dich hier nicht allein lassen«, murmelte sie abwesend. Ihr Griff war mehr als entschlossen. Ich stolperte ihr verwirrt hinterher, als ein kalter Schauer mir über das Rückgrat kroch. Unvermittelt prallte ich gegen Lizzy.

»Oh nein! Komm mir nicht zu nah!«, rief sie böse. Ich versuchte über ihre Schulter hinweg zu erkennen, was der Grund für diese abrupte Vollbremsung gewesen war. Kurz darauf verriet es mir eine nur allzu bekannte rauchige Stimme. Lucian.

»Misch dich hier nicht ein, Adelphe«, sagte er mit mühsam unterdrücktem Zorn. Aber Lizzy ließ sich nicht einschüchtern. Nicht noch einmal.

»Du hast den Pakt gebrochen. Halt dich von ihr –«

Zu mehr kam sie nicht. Ihr Gesicht wurde ausdruckslos und ohne ein weiteres Wort ging sie. Sie ging einfach weg.

»Lizzy!«, rief ich ihr nach, aber meine Freundin reagierte nicht. Sie marschierte immer weiter den Hang hinauf, weg von den anderen. Ich schenkte Lucian einen für meine Situation bemerkenswert abschätzigen Blick und versuchte meine Freundin einzuholen. Doch was ich auch tat, sie ließ sich nicht aufhalten. Erst als sie den Waldrand erreicht hatte, stoppte sie, rollte sich auf dem kalten Waldboden zusammen und … schlief ein.

»So können wir ungestört reden.«

Zu Tode erschrocken fuhr ich herum. Ich hatte nicht bemerkt, dass Lucian uns gefolgt war. Jetzt stand er vor mir, immer noch ganz in Schwarz gekleidet. Und obwohl ich wusste, dass nur hundert Meter entfernt etwa dreißig potenzielle Zeugen saßen, bekam ich es mit der Angst zu tun.

Ein leises Grollen entstieg seiner Kehle.

»Zcig niemals, dass du Angst hast! Hat dir das deine Freundin nicht beigebracht?«

Er schloss die Augen und atmete mehrmals tief durch, als versuchte er die Kontrolle wiederzuerlangen. Ein Muskel an seinem Kiefer zuckte.

»Nein, das hat sie nicht«, lautete meine bebende Antwort. Mehr traute ich mich nicht zu sagen. Ich wagte auch nicht nachzufragen, was er mit Lizzy gemacht hatte. Wenn ein Raubtier vor dir steht, versuche es nicht zu reizen, hatte mir meine Mutter einmal erklärt. Damals hatte sie zwar von einem engstirnigen Banker gesprochen, aber ich fand, dass es auf diesen eigenartigen Fremden viel besser zutraf.

»Hör zu, Ariana. Auch wenn du mir nicht glaubst, du bist ernsthaft in Gefahr«, sagte er bemüht ruhig.

»Weil du jetzt beenden willst, was du heute Morgen angefangen hast?«, warf ich ihm entgegen. Er schüttelte ungeduldig den Kopf.

»Nein. Weil das, was ich heute Morgen gemacht habe, eine gewisse Aufmerksamkeit erzeugt hat.«

»Bei wem?«

»Ariana, hör auf, Fragen zu stellen, bitte.« Er griff sich mit zwei Fingern an seinen Nasenrücken, als würde ich ihm schlimme Kopfschmerzen bereiten. »Du sitzt in einer Glaskugel mit einem gewaltigen Sprung mitten in einem Haifischbecken und hörst einfach nicht auf, gegen das Glas zu schlagen. Zumindest Harris wird dich doch ein wenig Zurückhaltung gelehrt haben müssen.«

Allein die Erwähnung meines Vaters ließ meinen Geduldsfaden reißen.

»Bitte was?! Das Einzige, was hier einen Sprung hat, ist deine Schüssel. Weck sofort Lizzy auf und dann verschwinde ein für alle Mal aus meinem Leben!«

Mit den Händen in den Hüften baute ich mich vor ihm auf und konterte seinen entschlossenen Blick. Ich bemühte mich, genauso Furcht einflößend zu wirken wie er, bewirkte aber offensichtlich das Gegenteil. Sehr langsam wanderten Lucians Brauen nach oben. Er kämpfte mit einem Lächeln und verlor. Es war so echt und veränderte ihn so vollständig, dass es mir den Atem verschlug. Dieses Gesicht war dazu geschaffen, so zu lächeln ...

Ruckartig schnellte Lucians Kopf zur Seite. Gleichzeitig kehrte die Härte auf seine Züge zurück. Er lauschte auf irgendetwas.

»Zu spät«, murmelte er. »Nimm deine Freundin und hau ab.«

»Ari?« Lizzy rieb sich verschlafen über die Augen. Dann fiel ihr Blick auf Lucian. »Du?! Du hast mir mein Amulett geklaut ... du ... was hast du hier zu suchen? Ari, was hat er dir angetan?«

»Jetzt ist nicht die Zeit für Kaffeeklatsch, Schwester. Kátos sind auf dem Weg hierher«, sagte er.

Schlagartig wurde Lizzy blass.

»Wie viele?«

»Vier oder fünf«, lautete die Antwort. »Hast du Waffen? Siegel?«

Lizzy schüttelte den Kopf. Ein entschuldigender Ausdruck huschte ihr übers Gesicht.

»N-nein. Ich bin noch in der Ausbildung.«

»Natürlich, was auch sonst«, seufzte Lucian resigniert. »Wo steht dein Auto?«

»Dahinten.« Lizzy zeigte auf ihren roten Mini mit Rallye-Streifen, der hinter einem SUV stand.

»Bring Ariana so weit wie möglich von den anderen weg. An einen sicheren Ort«, wies Lucian sie an. Lizzy nickte beklommen. Bislang hatte ich das Gespräch stumm verfolgt. Zum einen, weil ich Lizzys plötzliche Genesung noch nicht verdaut hatte. Zum anderen, weil die Anspannung in Lucians Stimme mir mehr Schrecken einjagte als er selber. Da sich die beiden inzwischen aber offensichtlich prächtig zu verstehen schienen und wild Entscheidungen über meinen Kopf hinweg fällten, beschloss ich mich einzuschalten.

»Kann mir bitte jemand erklären, was hier los ist?«

Lucian ignorierte mich.

»Sofort!«, knurrte er stattdessen Lizzy an. Die packte meine Hand und zog mich einfach mit.

Die Situation war vollkommen verrückt. Hinter uns spielte Toby *Free Falling*, Lucian war verschwunden, und Lizzy rannte, als würde die Welt gerade untergehen. Ein dumpfes Grollen hallte aus dem Wald. Ich blieb stehen und sah mich um. Alles sah ganz normal aus.

»Komm schon!«, rief Lizzy. Sie verfrachtete mich panisch auf den Beifahrersitz und lief um ihren Mini herum. Ein dunkler Schatten flog über die Straße. Ich stutzte. Lizzy startete den Motor und trat so fest aufs Gas, dass die Reifen durchdrehten. Die Beschleunigung drückte mich tief in den Sitz. Lizzys Hände zitterten. Sie versuchte das Licht einzuschalten, erwischte aber den Blinker. Dann gingen die Scheibenwischer an. Einen weiteren Versuch später erhellten die Scheinwerfer des Minis die Straße vor uns. Mit wahnwitziger Geschwindigkeit rauschte Lizzy um die Kurven. Bilder von sich überschlagenden und blechdosenartig zusammengeschobenen Autos tauchten vor meinem inneren Auge auf. Ich hatte nichts gegen schnelles Fahren, solange ich das Gefühl hatte, der Fahrer würde alles unter Kontrolle haben. Dieses Gefühl hatte ich bei Lizzy eindeutig nicht.

Plötzlich grub sich der Sicherheitsgurt schmerzhaft in meine Schulter.

»Warum bremst du?«, fragte ich verwirrt. Nicht dass es mir etwas ausgemacht hätte. Die Fahrt war schlimmer als jede Achterbahn gewesen.

»Hätte ich vielleicht gegen den Baumstamm fahren sollen?« Lizzy deutete auf die völlig leere Straße vor uns.

»Da ist kein Baumstamm, Lizzy.« Sie sah mich an, als hätte ich den Verstand verloren.

Ein lauter Knall erschütterte den Wagen. Irgendetwas war auf dem Dach gelandet. Jetzt bekam ich es wirklich mit der Angst zu tun. Lizzy drückte auf den Knopf der Zentralverriegelung. *Sehr beruhigend ...* Ein Rumpeln, ein Poltern, dann schrie Lizzy, als die hintere Tür des Minis aufging. Lucian schwang sich auf die Rückbank.

»Oh Gott, du hast mich zu Tode erschreckt!«, kreischte meine Freundin hysterisch.

»Gib Gas!« war die einzige Antwort.

»Aber der Baumsta–«

»Gib Gas! Das ist eine Illusion!«, unterbrach er sie heftig.

»Aber –«

Lucian fauchte zornig, griff über den Fahrersitz und berührte Lizzy an der Schulter. Ihr Gesicht entspannte sich sofort und sie fuhr los. Verblüfft bemerkte ich, wie sich ihr Fahrstil geändert hatte. Sie fuhr schnell, gut und kontrolliert. Ihr Blick war stur geradeaus gerichtet und auch Lucian konzentrierte sich nur auf die Straße. Ein Kratzer zog sich über seine Wange. Trotzdem strahlte er eine Ruhe aus, die auf mich übersprang. Mein Puls normalisierte sich.

»*Du* fährst gerade, nicht wahr?«, fragte ich ihn.

Noch bevor ich eine Antwort bekommen konnte, wurden seine Augen schmal. Ich sah nach vorne, um den Grund seiner Reaktion zu finden.

Eine schwarze Gestalt stand auf der Straße. Es war ein Mann mit einem Kapuzenpulli. Er streckte seine Hand aus, als wollte er mit dieser einfachen Geste den Wagen aufhalten. Meine Nägel bohrten sich in das Leder der Beifahrertür.

»Lizzy? Halt an!«, rief ich entsetzt. Sie reagierte nicht.

»Bist du angeschnallt?«, fragte Lucian, ohne seine Augen von dem Mann auf der Straße zu wenden.

»Willst du ihn etwa überfahren?«, schrie ich.

»Bist du angeschnallt?«, brüllte er zurück.

»Ja!«

»Festhalten!« Er ließ Lizzy Gas geben. Ich hielt den Atem an und drückte mich in den Sitz. Doch der Aufprall kam nicht. Kurz bevor der Mini ihn gerammt hätte, sprang der Mann in die Luft. Ich war mir nicht ganz sicher, aber ich glaubte seine Augen schwarz funkeln gesehen zu haben. Erneut krachte etwas auf das Wagendach. Dieses Mal so heftig, dass es sich nach innen ausbeulte. Lucian fluchte. Eine Faust durchbrach das Metall des Daches. Sie griff nach mir.

Instinktiv drängte ich mich in die Ecke des Sitzes, um den suchenden Fingern zu entkommen. Bevor der Angreifer mich zu fassen bekam, packte Lucian den Arm und zog ihn energisch nach unten. Das Geräusch, wie der Kopf des Angreifers gegen das Dach knallte, war alles andere als angenehm.

»Sorg dafür, dass deine Freundin auf der Straße bleibt!« war das Letzte, was er sagte, ehe er in das Loch im Dach griff. Mit einem kräftigen Ruck riss er ein Stück Metall nach hinten, als säßen wir nicht in einem Auto, sondern in einer Konservendose. Dann kletterte er raus. Kurz darauf brach ein Handgemenge über uns aus. Das konnte ich allerdings nicht weiter verfolgen, denn inzwischen war Lizzy hyperventilierend zu sich gekommen. Der Wagen schlingerte, und ich griff nach dem Lenkrad, um ihn wieder auf die Spur zu bringen.

»Fahr weiter«, schrie ich über die Kampfgeräusche hinweg. Erneut wurde der Mini von einem dumpfen Aufprall erschüttert. Ich riskierte einen Blick nach oben. Lucian kniete auf dem Angreifer, fixierte ihn mit einer Hand an der Kehle. Mit der anderen versuchte er, den Würgegriff einer weiteren düsteren Gestalt abzuschütteln. Gegen zwei Gegner würde Lucian sich nicht lange halten können. Instinktiv sah ich mich um, um im Wagen irgendetwas zu finden, was Lucian helfen konnte. Ich hatte keine Ahnung, warum ich mich gerade auf seine Seite schlug, aber ich hatte keine Zeit, mich mit meinem Bauchgefühl zu streiten. Mein Blick fiel auf die Starterkabel, die immer auf Lizzys Rückbank lagen, weil sie – wie sie selbst sagte – zu faul war, die Dinger ständig wieder einzupacken, wo ich doch jeden zweiten Tag Starthilfe von ihr brauchte. Ich schnappte mir die Kabel. Lucian schlug dem Kerl hinter ihm mehrfach mit dem Ellbogen in den Magen, was der andere ungerührt über sich ergehen ließ. Ich wusste, dass Lucian beide Hände brauchen würde, um ihn abzuschütteln. Also schlang ich die Kabel um den Hals des Angreifers, der immer noch auf dem Dach lag. Erstaunen, dicht gefolgt von einem gefährlichen Grinsen tauchten auf Lucians Gesicht auf. Er ließ den Mann unter sich im selben Moment los, als ich mich mit meinem ganzen Gewicht an dessen Hals hängte. Ihn zu halten war schwerer als erwartet. Lucian kümmerte das nicht. Er nutzte die Überraschung des zweiten Angreifers und drosch auf ihn ein, bis der sich kaum noch auf den Beinen halten konnte. Dann sagte er etwas, das ich nicht verstand, packte den Kopf seines Gegners und drehte ihn mit einem Ruck um neunzig Grad. Schockiert starrte ich ihn an. *Was hast du anderes erwartet?* Er hatte dem Mann das Genick gebrochen. Er hatte ihn getötet ...

Aber anstatt leblos vom Wagen zu kippen, löste sich dessen Körper einfach in glühende Asche auf. Der entsetzte Schrei, der eigentlich von mir kommen sollte, kam von dem Mann, den ich noch immer würgte. Kurz darauf stimmte Lizzy mit ein, als ein weiterer Kerl von vorne auf die Windschutzscheibe sprang. Sie riss das Lenkrad herum. Der Wagen kam ins Schleudern. Ich sah nur noch, wie die Scheinwerfer plötzlich Sträucher und Baumstämme beleuchteten. Der Mini überschlug sich. Lizzy kreischte. Irgendetwas explodierte vor mir, warf mich zurück in den Sitz. Das Metall ächzte, ein Stechen durchzuckte meine Schulter, dann war alles schwarz.

☙

Ein Zerren brachte mich ins Bewusstsein zurück. Als ich die Augen öffnete, schmerzte mein ganzer Körper. Meine Rippen und meine Schulter fühlten sich an, als stünden sie in Flammen. Grobe Hände zogen mich aus dem Wagen. Ich konnte nicht lange bewusstlos gewesen sein. Ein wutverzerrtes Gesicht schob sich in mein Blickfeld. Es gehörte dem Mann, den ich vorhin gewürgt hatte.

»Dafür lasse ich dich büßen!«, versprach er mir mit beißender Stimme. Er packte mich an den Haaren und riss mich daran hoch. Alles begann sich vor meinen Augen zu drehen, aber das Adrenalin bewahrte mich vor einer weiteren Ohnmacht. Der Kerl presste mich mit seinem Körper an das Autowrack. Sein Atem roch widerlich süß. Mit einer Hand war er immer noch in meine Haare verkrallt, mit der anderen fuhr er unter meinen Pulli. Er war so nah, dass sein Mund mein Ohr berührte.

»Er wollte, dass du stirbst, weißt du? Und das wirst du auch. Aber jetzt wirst du es sehr, sehr langsam tun. Und ich werde vorher eine Menge Spaß mit dir haben.« Er roch an meinen Haaren und leckte mir dann mit seiner Zunge über den Hals. Angewidert drehte ich mein Gesicht weg. Er lachte.

Und plötzlich ... zerbarst er in eine glimmende Staubwolke.

Als sich die Asche gelegt hatte, stand Lucian vor mir, denselben glühenden Dolch in Händen, mit dem er mich am Morgen noch bedroht hatte. Ich atmete tief durch. Einmal, zweimal. Dann sank ich erschöpft zu Boden. Lucian kniete sich zu mir. »Alles okay?«, fragte er. In seinen Augen und seiner Stimme lag Besorgnis. Das passte nicht zu dem Lucian, den ich heute kennengelernt hatte. Sanft strich er mir eine Strähne aus dem Gesicht und fühlte nach meinem Puls. Seine Finger waren warm. Ich brachte nur ein kleines Nicken zustande.

»Danke«, flüsterte ich. Zu mehr fehlte mir die Kraft.

»Wir haben alle erwischt«, rief eine Stimme hinter mir. Ich kannte diese Stimme. Es war noch gar nicht lange her, dass ich sie gehört hatte. Kurz darauf kniete sich Toby zu uns.

»Geht es ihr gut?«, wollte er wissen.

»Ob es ihr gut geht?«, fragte eine sehr hysterisch klingende Lizzy, die gerade um die Reste ihres Mini herumwankte. »Mach die Augen auf, du Trottel!«

Toby warf Lucian einen vielsagenden Blick zu und stand auf.

»Wir bringen sie besser von hier weg«, meinte er.

Starke Arme schoben sich unter meinen Rücken und meine Beine. Lucian hob mich hoch, als würde ich nicht mehr wiegen als ein Spielzeug. Eine kühle Meeresbrise und warmer Sommerregen stieg mir in die Nase. Mein Kopf sank an seine Brust. Im Hintergrund verfolgte ich eine Diskussion darüber, wer welches Auto holen und fahren sollte, aber all das war gleichgültig. Stattdessen verlor ich ein drittes Mal an diesem Tag das Bewusstsein.

Besiegeltes Schicksal

Ein Korridor, vollständig mit Edelstahlplatten verkleidet. An der Decke leuchteten fahle Milchglasquadrate. Barfuß lief ich den Gang entlang, um einen Ausgang zu finden. Das leise Patschen meiner nackten Füße war das einzige Geräusch, bis ein qualvoller Schrei mich aufschrecken ließ. Plötzlich saß ich auf einer Bahre in einem Zimmer. Es war wie der Gang ganz in Edelstahl gehalten. Ein Mann stand mit dem Rücken zu mir. Dem Kittel nach war er Arzt.

»Wie geht es dir heute, Ariana?«, erkundigte er sich und kam mit einer Spritze auf mich zu. Der Ärmel meines hellblauen Nachthemdes war bis zur Schulter hochgeschoben. Der Mann desinfizierte eine kleine Stelle an meinem Oberarm.

»Was tun Sie da?«, fragte ich – wie jedes Mal, wenn mich dieser Albtraum einholte. Er lächelte mich an, aber das Lächeln erreichte seine Augen nicht. Sie waren kalt.

»Ich mache, dass es dir besser geht, Ariana«, sagte er.

Sein Gesicht verschwamm, und ich fühlte, wie ich rückwärts auf die kalte Bahre sank. Ich blinzelte, konnte meine Benommenheit aber nicht abschütteln. Als ich zum fünften Mal meine Augen schloss und wieder öffnete, lag ich ...

... auf einer Wiese. Das war neu. Es war mitten in der Nacht. Hinter mir erklangen Stimmen. Sie stritten. Ich rollte mich leise herum, um möglichst niemanden auf mich aufmerksam zu machen. Ein paar Meter von mir entfernt standen Lucian und eine

zierliche Frau. Sie hatte ihr kaffeebraunes Haar zu einem lockeren Pferdeschwanz gebunden, der mit ihren wütenden Gesten mitschwang.

»Tu es nicht, Lucian. Der Rat ist träge, aber wenn sie Angst haben, wird ihre Entscheidung ganz schnell einstimmig sein. Und glaub mir, wenn ihnen jemand Angst einjagen kann, dann bist du es.«

»Sie sind mir egal. Er war mein Mentor und mein bester Freund!«

»Mach keinen Blödsinn, Dareius wird jeden Brachion auf deine Spur hetzen, den er finden kann.«

»Keiner von ihnen wird so dumm sein, seinem Befehl zu folgen.«

»Sie werden keine andere Wahl haben! Lucian, bitte! Ich will dich nicht verlieren.«

»Ich kann nicht anders, Mel.«

Plötzlich waren sie verschwunden und ich fiel. Fremde Hände versuchten mich zu fangen, mich zu halten, aber ich fiel immer weiter.

Dann schlug ich die Augen auf.

Ich wusste sofort, dass etwas nicht so war, wie es sein sollte. Das war nicht mein Zimmer. Dennoch kamen mir die Streifentapete und die altbackene Stehlampe in der Ecke bekannt vor. Warum lag ich in Lizzys Bett?

»Keine Sorge, es war nur ein Albtraum.«

Die samtige Stimme mit einem Hauch von Reibeisen brachte schlagartig alle Erinnerungen zurück. Ich richtete mich auf. Wenigstens konnte ich noch nicht lange bewusstlos gewesen sein, denn draußen war es noch immer dunkel.

Neben dem Fenster lümmelte Lucian in Lizzys lila Ohrensessel. Ein Bein hatte er über die Armlehne gelegt, während er mit einem Lolli im Mund in einem Modemagazin blätterte. Er hielt es nicht mal für nötig, mich anzusehen. Stattdessen blätterte er einfach weiter.

Wie war ich zu Lizzy gekommen? Wo war sie? Und am allerwichtigsten: Wie lange saß Lucian schon da?

Völlig benommen starrte ich ihn an. Die Stille im Raum wurde immer greifbarer, bis er schließlich seufzte.

»Soll ich gehen? Ich mag es nicht sonderlich, wenn man mich anstarrt. Dann werde ich immer fürchterlich schüchtern und nervös.« Er setzte eine unschuldige Miene auf und steckte den Lolli zurück in seinen Mund.

Mit einem leisen Stöhnen ließ ich mich wieder aufs Kissen fallen. Ich wusste nicht, was schlimmer war: die unvergleichliche Art und Weise, mit der Lucian mich gerade im Wachzustand willkommen geheißen hatte, oder dass er hier im Zimmer gesessen hatte, während ich ausgeknockt gewesen war.

»Sag mir bitte, dass ich das alles nur geträumt habe«, murmelte ich vor mich hin. An der rhetorischen Natur dieser Aussage störte sich Lucian nicht.

»Ich weiß, dass ich wie geschaffen dafür bin, um von mir zu träumen, Kleines. Aber ich muss dich enttäuschen, es ist leider alles wahr.« Aus seinem Tonfall konnte ich das spöttische Grinsen förmlich heraushören. Ich verdrehte die Augen.

»Meinst du, du bist in der Lage, einen kurzen Moment ernst zu bleiben, nur so ... als kleinen Gefallen für mich?«

Lucian sah mich eine Weile amüsiert an, bevor er seinen Blick senkte und die Zeitschrift beiseitelegte.

»Ich werde besser gehen.«

Unvermittelt überkam mich Panik. Ich wollte, dass er verschwindet, und wollte es nicht. Denn wenn er ging, konnte mir keiner erklären, was eigentlich los war. Wenn er ging, hatte ich keinen Beweis mehr, dass alles, was passiert war, wirklich passiert war.

Andererseits war er fürchterlich nervig ...

»Du kannst ruhig hierbleiben«, antwortete ich ein klein wenig zu hastig und schob mich auf den Kissen wieder ein Stück nach oben. Er lachte leise und blieb sitzen. Der rote Lolli verließ abermals seinen Mund und musste einer genauen Betrachtung standhalten.

»Wie komme ich denn zu *dieser* Ehre?«

Ich zuckte mit den Schultern und registrierte am Rande meiner Wahrnehmung überrascht, dass sie nicht mehr schmerzte. Vermutlich war ich leichter verletzt gewesen, als es sich angefühlt hatte.

»Besser du als irgendwelche Leute, die von dir manipuliert wurden.« Das entsprach nur halb der Wahrheit. Aus unerfindlichen und völlig wahnsinnigen Gründen fühlte ich mich in seiner Gegenwart sicher. Und das war etwas, was ich gerade mehr als alles andere brauchte.

Lucian wurde ernst. Etwas in seinen Augen funkelte. Und es war ein echtes Funkeln, nicht, wie man es im übertragenen Sinn sagen würde. Ein seltsames silbriges Schimmern. Zumindest glaubte ich das, denn kurz darauf war es wieder verschwunden. Dann holte er tief Luft, als wollte er etwas sagen. Ich kam ihm versehentlich zuvor.

»Warum wollten diese Typen mich umbringen?«

Sein Mund klappte wieder zu. Ich konnte sehen, wie er sich meine Worte durch den Kopf gehen ließ. Er spielte vermutlich mit dem Gedanken, es zu leugnen. Überraschenderweise tat er es nicht.

»Das, Kleines, ist eine wirklich gute Frage. Ich weiß es nicht. Aber wenn ich raten müsste, würde ich sagen: aus denselben Gründen, aus denen ich dich töten wollte.«

Unter seinen aufmerksamen Blicken schnürte sich meine Kehle zu. Bilder der letzten Nacht schossen in mein Bewusstsein. Er war ein Jäger, hatte mit tödlicher Routine und ohne mit der Wimper zu zucken zwei ... *Ja, was denn eigentlich?* ... zwei ... eindeutig nicht menschliche Wesen umgebracht. Eine feine Gänsehaut ließ mich erschauern. Vor mir saß definitiv ein Killer. Zwar in der Verpackung eines scheinbar normalen jungen Mannes mit gut sitzenden Jeans und einem schlichten schwarzen Long-Shirt. Aber nicht einmal sein Lolli konnte verbergen, was er war.

»... und willst du das noch immer?«

Lucian schwang sich mit einem leisen Seufzen von seinem Sessel. Unwillkürlich spannte ich mich an, aber er schlenderte nur zum Fenster. Seine Rückenmuskeln zeichneten sich deutlich unter dem dunklen Stoff seines Shirts ab.

»Nein«, meinte er und lehnte sich mit verschränkten Armen rückwärts ans Fensterbrett. »Aber ich habe so eine Vermutung, dass ich das irgendwann bereue. Mein Hang zu falschen Entscheidungen wird mich noch einmal ins Grab bringen.« Der Lolli wanderte zurück in seinen Mund, während seine Augen spöttisch funkelten. Das Ganze klang so beiläufig, als spräche er von einem risikoreichen Aktienkauf und nicht von meiner Ermordung. Er wollte ablenken, aber ich ging nicht darauf ein. Etwas anderes hatte meine Neugier geweckt.

»Also kannst du sterben?«

Lucian schien weder überrascht, dass ich diese Frage stellte, noch darüber, dass ich die Notwendigkeit sah, sie zu stellen.

Ein, zwei endlose Augenblicke verstrichen, bevor mir bewusst wurde, wie weitgreifend seine Antwort sein könnte.

»Natürlich«, sagte er schließlich und steckte den Stiel seines aufgelutschten Lollis in eine von Lizzys Topfpflanzen. »Jeder kann sterben.«

Was hast du erwartet, Ari?, schalt ich mich selbst. Selbstverständlich war mir aufgefallen, dass er anders war. Wer zum Teufel konnte schon Gedanken manipulieren oder mit bloßen Händen ein Autodach zusammenfalten wie einen Origamikranich? Trotzdem hielt mich irgendetwas davon ab, ihn darauf anzusprechen. Vielleicht die absolut unbegründete Sicherheit, dass er mir diese Frage nicht beantworten würde ... – vielleicht aber auch das eine Thema, das mir irgendwie wichtiger vorkam.

»Und warum wolltest du mich töten?«

Grüne Augen fanden die meinen. Plötzlich lag eine bedrohliche Kälte in seiner Stimme.

»Weil ich geschworen habe, Wilson Harris zu vernichten, und dein Tod ihn schwer getroffen hätte.« Trotz der Gefahr, die Lucian ausstrahlte, entwich mir ein trockenes Lachen.

»Das glaube ich kaum.« Mein Vater würde vermutlich nicht einmal bemerken, wenn ich weg wäre. Alternativ würde er sofort angereist kommen, nur um Lucian die Hand zu schütteln, weil er ihn von dieser ewigen Plage namens Tochter befreit hatte.

»Du hasst ihn?«, fragte Lucian.

»Von ganzem Herzen.« Wäre mein Vater nicht der gewesen, der er war, hätte mich meine Antwort selbst schockiert. Aber daran war nun mal nichts zu ändern. Das Beste, was er je für meine Mutter und mich getan hatte, war seine Unterschrift auf den Scheidungspapieren.

Mit einem leisen Stöhnen schob ich Lizzys grün gepunktete Bettdecke zur Seite und stand auf. Einen kurzen Moment drehte sich alles um mich. Im Bett hatte ich mich eindeutig fitter gefühlt. Ich atmete ein paar Mal tief durch. Dann traute ich mich die drei Schritte zu überwinden, die mich zu Lizzys Kleiderschrank führten. In einem verknitterten Pyjama mit bunten Schmetterlingen drauf, der sicherlich aus der Garderobe meiner Freundin stammte, konnte ich unmöglich ein ernsthaftes Gespräch führen. Außerdem brauchte ich dringend eine heiße Dusche.

Während ich Lizzys Sachen nach etwas durchstöberte, das mir passen konnte, spürte ich, wie Lucian mich beobachtete. *Jeder kann sterben*, hallten seine Worte in meinem Kopf nach. Schlagartig fiel mir auf, was daran nicht stimmte. Jeder kann sterben hieß nicht, jeder muss sterben.

Ich warf einen Blick über meine Schulter. Lucian lehnte noch immer am Fenster und sah mir zu. Wir beide manövrierten uns sehr geschickt um das eine Thema, das unser Gespräch zweifelsohne beenden würde. Ich wusste selbst nicht, weshalb ich mir dessen so sicher war. Aber es war so.

»Diese Leute, die du ... ähm ... in ein Häufchen Asche verwandelt hast, kommen die wieder?« Ich hatte mir wirklich Mühe gegeben, meine Frage so unverbindlich wie möglich zu stellen, aber Lucian würdigte meine Diplomatie lediglich mit einem schlecht unterdrückten Schmunzeln.

»Willst du wissen, ob sie tot sind oder ob andere wie sie nachkommen werden?«

»Beides.«

Sein leises Lachen ließ die Luft vibrieren.

»Hier eine kleine Lektion bezüglich meiner Wenigkeit«, verkündete er und pries sich selbst mit einer ausschweifenden Geste an, die jeden Showmaster in den Schatten stellte. »Ich mache keine halben Sachen!«

Oh Mann, was für ein Ego.

»Mich hast du nicht umgebracht, wie du es vorhattest«, warf ich ein, bevor mir auffiel, wie unklug das war. Lucian wedelte mit der Hand durch die Luft, als wäre mein Argument eine lästige Fliege.

»Ich habe meine Meinung geändert und das tue ich nicht besonders oft. Deswegen bin ich auch noch hier. Denn ja, es werden andere wie sie kommen und ich werde sie aufhalten.«

Um meine Beklemmung zu verbergen, griff ich mir wahllos ein paar Klamotten aus Lizzys Schrank.

»Warum?«

»Weil ich keine halben Sachen mache!«, wiederholte er sich. »Außerdem habe ich dir nicht das Leben gerettet, damit du dank der Unfähigkeit anderer draufgehst.« Sein unerbittlicher Blick machte klar, wie ernst er es meinte. Plötzlich fühlte ich mich sehr verloren. Als wäre Lizzys Zimmer ein Labyrinth, und der Einzige, der mir dort hinaushelfen konnte, gab sich geheimnisvoll. Ich hatte keine Lust mehr auf die von meinem Bauchgefühl verordnete Diplomatie.

»Okay, jetzt reden wir mal Tacheles: Was ist hier los? Warum tauchen plötzlich lauter Leute auf, die mich wegen meines Vaters umbringen wollen? Leute, die ganz eindeutig nicht menschlich sind. Also, was genau bist du?«

Mit einer gewissen Genugtuung beobachtete ich, wie meine Worte ihm jegliche Regung aus dem Gesicht fegten. Doch meine Genugtuung hielt nicht lange an und wurde stattdessen von Unsicherheit abgelöst. Lucians Miene war nicht mehr zu deuten. Er wirkte angespannt, seine breiten Schultern verkrampft. War das eine Drohung, die in seinen grünen Augen stand? Oder Schuldgefühle? Ich wusste es nicht, aber mir war klar, dass ich vielleicht zu weit gegangen war. *Warum hab ich bloß nicht auf meinen Bauch gehört?* Ich hatte ihn aus der Reserve locken wollen und nur erreicht, dass sich die Luft zwischen uns knisternd auflud. Gerade als ich es nicht mehr aushielt und mit dem Gedanken an einen strategischen Rückzug spielte, senkte er seinen Blick.

»Das kann ich dir nicht sagen.«

»Lucian, bitte. Ich habe –«

»Ich kann es dir nicht sagen«, unterbrach er meine verzweifelten Einwände, »weil ich mein Wort gegeben habe, es dir nicht zu verraten.«

Als er meine Überraschung sah, seufzte er schwer und fuhr sich durch die Haare. »Ich war ja schon froh, dass du nach dem Aufwachen nicht hysterisch rumgekreischt hast: ›Was bist du? Was zum Teufel bist du?‹, um mir dann mit der Nachttischlampe eins überzubraten und wegzurennen.« Ein schiefes Lächeln stahl sich auf sein Gesicht. »So reagieren nämlich die meisten.«

Ich konnte nicht anders, als ebenfalls zu lächeln.

»Du scheinst ja nachhaltigen Eindruck auf Frauen zu machen, die neben dir aufwachen.«

Jetzt lachte er laut auf. »Ja, wenn ich es nicht unbedingt will, vergisst man mich nicht so schnell.« Seine grünen Augen blitzten mich verschmitzt an. Ich glaubte ihm sofort. Unvermittelt stieß Lucian sich vom Fensterbrett ab und kam auf mich zu. Mein Herz geriet ins Stolpern.

»Aber nur weil ich es dir nicht sagen darf, bedeutet das nicht, dass du es nicht herausfinden könntest.«

Ich schluckte. »Irgendetwas sagt mir, dass gleich ein Angebot folgt, vor dem ich besser so schnell und so weit wie möglich davonrennen sollte.«

»Vielleicht hast du ja gute Instinkte?«, schlug er vor.

»Das glaube ich nicht. Sonst hättest du jetzt eine große Beule am Kopf und Lizzy bräuchte eine neue Nachttischlampe.«

Er lachte erneut und etwas Goldenes tauchte in seiner Hand auf. Es ähnelte einer zu groß geratenen Münze. Ich hatte Mühe, meinen Blick von dem glänzenden Ding loszureißen. Als ich es endlich geschafft hatte, stand Lucian direkt vor mir.

»Was ist das?«

»Ein Geschenk für dich.« Die Münze funkelte, als er sie über seine Finger tanzen ließ.

»Das ich genau *womit* verdient habe?«, wollte ich wissen. Er legte die Münze auf den Kleiderhaufen, an dem ich mich schon eine ganze Weile festklammerte.

»Sieh es als glücklichen Zufall, dass dir zu helfen praktischerweise gewissen Leuten einen Strich durch die Rechnung macht, die meinen, mich kontrollieren zu können.«

Er ist verrückt war das Einzige, was mir dazu einfiel. Ich hoffte wirklich, dass er meinen skeptischen Blick nicht mehr mitbekam, als ich mit einem leisen »Na ja, dann danke« auf den Lippen in Lizzys Badezimmer verschwand. Dort legte ich den Kleiderstapel samt Münze auf den Stuhl neben das Waschbecken und verschloss schnell die Tür hinter mir. Zum ersten Mal, seit viel zu viel passiert war, war ich allein.

ᜩ

Nach einer langen Dusche, einem Kampf mit Lizzys übermäßig anhänglichem Duschvorhang und einigen Liebeserklärungen an ihre riesigen, flauschigen Handtücher besah ich mich im Spiegel. Bei meinen tiefen Augenringen würde ich tonnenweise Make-up brauchen, um wieder halbwegs normal auszusehen. Da ich keinen Föhn fand, flocht ich meine Haare zu einem einfachen Zopf und plünderte Lizzys Kosmetikartikel.

Erst als ich mich anziehen wollte, fiel mir die Münze wieder ein. Sie lag noch immer auf Lizzys rotem Hoodie, was das Gold noch mehr zum Strahlen brachte. Vorsichtig hob ich sie hoch und drehte sie ins Licht. Die gravierten Zeichen in der Mitte der ansonsten glatt polierten Münze schienen sich zu wiederholen, aber ich erkannte kein bestimmtes System dahinter. Es wirkte wie eine fremdartige Schrift, die sich schwarz vom goldenen Untergrund abhob. Nein, nicht schwarz. Rostrot. Als wäre Blut darin getrocknet. Was für ein seltsames Geschenk! Wie genau dieses kleine glänzende Ding irgendwem einen Strich durch die Rechnung machen sollte, konnte ich mir beim besten Willen nicht zusammenreimen. Gut, es schien irgendwie wertvoll, immerhin war es für seine Größe verdammt schwer. Ich legte es in die Handfläche, um das Gewicht zu schätzen, als die Münze plötzlich zu glühen anfing. Erst war es ein mattes Schimmern, aber dann wurde es immer heller. Wie ein Stück Kohle. Nur war es kein warmes goldgelbes Glimmen. Es glühte in reinem Weiß und fühlte sich eiskalt an.

Reflexartig drehte ich meine Hand. Die Münze fiel nicht. Sie blieb einfach an meiner Handfläche haften, egal wie sehr ich sie schüttelte oder an dem Ding zog und zerrte. Und dann kam die Kälte. Sie brannte sich durch meine Haut. Ich biss die Zähne zusammen, um nicht zu schreien. Tränen liefen mir über die Wangen. Die Münze leuchtete noch einmal hell auf und verschwand. Mit ihr ging auch der Schmerz so unvermittelt, wie er gekommen war.

Schwer atmend sank ich an den Kacheln der Badezimmerwand nach unten. Den Blick starr auf meine Hand gerichtet. Die Münze war zwar verschwunden, aber nicht ohne sich tatsächlich in meine Haut zu brennen. Vorsichtig strich ich über die Narben. Sie waren kühl und eben. Die Berührung tat kein bisschen weh. Ich fuhr das schimmernde Muster nach. Auf meiner Hand prangte ein exaktes Abbild der Münze. *Was zur Hölle ist das?*

Ein lautes Klopfen drängte sich in mein Bewusstsein. Ein rhythmisches Pochen, wie von einem Herz ... *von meinem Herz!* Dazu gesellte sich ein etwas langsameres Geräusch. Meine Augen zuckten zum Waschbecken, wo sich gerade ein neuer Tropfen vom Wasserhahn löste. *Platsch.*

Stimmen dröhnten in meinem Kopf. Ich konnte nicht entwirren, was sie sagten, denn irgendetwas rauschte unglaublich laut. Nein, mehrere Dinge rauschten. Es klang wie eine überdimensionale Version eines Kühlschrankes, gemischt mit Radiowellen, einem Generator, fließendem Wasser, raschelnden Blättern im Wind und Motorengeräuschen. Die Mikrowelle piepste so laut, dass ich fast einen Schlag bekommen hätte, und der Retro-Wecker auf Lizzys Nachttisch tickte beharrlich vor sich hin. Draußen zirpte eine Grille, aber sie hätte genauso gut in meinem Kopf sitzen können.

Panisch presste ich meine Finger gegen die Schläfen. Ich versuchte langsam bis zehn zu zählen, so wie es der Arzt meiner Mum ihr empfohlen hatte, wenn deren Angstattacken zurückkamen. Als ich bei zehn angekommen war, war es wider alle Erwartungen tatsächlich still um mich herum. Nein, es war nicht ganz still. Ich hörte ein isoliertes Rascheln, wie von einer umgeblätterten Buchseite. Dann war da noch ein kräftiger Herzschlag, der nicht meiner war, und ein gleichmäßiges Atmen. Es kam ganz eindeutig von jenseits der Badezimmertür. Lucian.

»Was hast du mit mir gemacht?«, flüsterte ich. Etwas Lauteres hätte ich in diesem Moment nicht ertragen. Interessanterweise bekam ich eine Antwort. Lucians Stimme war leise. Er sprach gedämpft, aber ich konnte ihn so gut verstehen, als stünde er direkt neben mir.

»Nur die Ruhe, Kleines. Es hält nicht an.«

Aber eben diese fehlende Ruhe verhinderte, dass der Sinn seiner Worte zu mir durchdrang.

»Was hast du mit mir gemacht?« Diesmal klang meine Frage eher nach einem Fauchen.

Ein Seufzen und erneut eine umgeblätterte Seite.

»Ich habe dir ein Siegel geschenkt und damit einen kleinen Teil meiner Kräfte.« Selbst durch Lizzys Zimmer und die stabile Badtür hindurch konnte ich den Stolz und die Genugtuung aus Lucians Stimme heraushören. Dafür hatte ich gerade keinen Nerv.

»Sprich Klartext!«, zischte ich. Wieder ein Rascheln und dann ein dumpfes Geräusch. Er hatte sein Magazin wohl durch.

»Warum so wütend? Andere würden sich freuen, wenn sie ein wenig besser hören würden.«

»Du hast mir ein Supergehör geschenkt?!«, rief ich entsetzt. Meine eigene Stimme schrillte mir in den Ohren.

»Vorübergehend.«

Ich bekam kaum noch Luft und war kurz davor, aus Wut irgendetwas zu zertrümmern, wenn es nur nicht so einen Lärm gemacht hätte. Deutlich leiser fuhr ich ihn an:

»Und dir ist nicht in den Sinn gekommen, mich zu WAR-NEN?«

Das reibende Geräusch von Jeans auf einem viel weicheren Stoff drang zu mir.

»Jetzt bist du aber undankbar.«

Dann Jeans auf Jeans und ein zufriedenes Seufzen. *Der Mistkerl macht es sich bequem!*

»Ich habe mein Wort gegeben, dir nichts zu verraten. Dumme Sache, ich weiß, aber Wort ist nun mal Wort.«

»Mach es rückgängig!«

»Geht nicht, sorry!«

Mein Herzschlag drohte mir den Kopf zu sprengen. Ich presste meine Finger an die Schläfen und atmete tief durch. Ich musste meine Gedanken sortieren. Mein Zustand war nur vorübergehend. Entweder ich regte mich weiter auf und würde dadurch nichts gewinnen – denn der Kerl nebenan war noch sturer als eine Horde Esel –, oder ich fand heraus, was er beabsichtigte.

»Wem hast du dein Wort gegeben?«, fragte ich.

»Jetzt kommen wir der Sache schon näher!« Ich konnte ihn sogar lächeln hören. »Ich lasse mir nur ungern vorschreiben, was ich zu tun und zu lassen habe. Und ich habe das Gefühl, dass du ähnlich denkst«, fuhr er fort. *Volltreffer.* »Ich wollte dir die Gelegenheit geben, dir ein Bild von der Wahrheit zu machen, bevor sie dir von anderen schön säuberlich zurecht-gestutzt präsentiert wird.«

»Wen meinst du?«, hakte ich nach.

»Ich habe mir erlaubt, dich ein wenig abzuschotten, da du an die Nebengeräusche nicht gewöhnt bist. Und auch, damit wir keine unerwünschten Lauscher haben. Aber wenn du neugierig bist, würde ich mal in Richtung Küche horchen.«

Oh ja, er hatte recht: Ich ließ mir nur ungern Vorschriften machen. Auch nicht von ihm. Letztlich siegte dann aber doch meine Neugier. Ich kramte in meinem Kopf nach Erinnerungen an Lizzys Zuhause: Den Gang nach rechts, die Treppe runter, erste Tür rechts. Die Tür war geschlossen. Woher ich das wusste? Ich hatte keine Ahnung. Aber nun hörte ich eine vertraute Stimme: Lizzys Vater.

»Nein, Gideon. Ich freue mich wirklich, dass du so schnell gekommen bist, aber du wirst nicht eingreifen, bevor es nötig ist.« Gideon war hier? Ich dachte, er würde in Frankreich studieren?

»Ich verstehe nicht, wie ihr das tun konntet!«, antwortete Lizzys großer Bruder. Ihn als aufgebracht zu bezeichnen, wäre maßlos untertrieben. Das Geräusch schwerer Stiefel auf dem Küchenboden riss keinen Moment ab.

»Wie wir was tun konnten?! Jemandem, der deine Schwester gerettet hat, ein wenig Vertrauen entgegenzubringen?«, wollte sein Vater wissen.

»Und wenn genau das sein Plan war?«, fuhr Gideon ihn an.

»Du weißt, dass er dich hören kann?«, mischte sich Lizzy ein. Ihre Stimme klang ungewöhnlich zurückhaltend.

»Das ist mir scheißegal!«, schrie ihr Bruder.

»Gideon!« Der Maßregelung seines Vaters folgte ein unterdrücktes Knurren. Daraufhin herrschte Schweigen. Schritte. Ein Stuhl wurde beiseitegezogen. Dann ein dumpfes Plumpsen. Lizzys Bruder hatte sich gesetzt.

»Er ist ein Primus der alten Schule!«, erklang nun eine ruhige weibliche Stimme, die ich nicht zuordnen konnte. *Ein Primus?!* Ich machte mir einen gedanklichen Punkt auf der Fragen-an-Lizzy-Liste.

Gideon schnaubte leise.

»Er ist ein Abtrünniger! Ich kenne die Chroniken!«, erwiderte er, allerdings mit mehr Respekt in der Stimme als gegenüber seinem Vater. Nein, kein Respekt. Ehrfurcht.

»Er ist nicht abtrünnig. Er hat sich nur ...«, die fremde Frau suchte offenbar nach den richtigen Worten, »... vorübergehend suspendiert.« Irgendetwas kratzte an meinen Erinnerungen. Woher kannte ich diese Stimme?

»Er ist ein Mörder, verdammt. Ihr habt ein gottverfluchtes, wahnsinniges Monster in unser Zuhause gebracht.«

Oh-oh! Vielleicht hatte ich mein Vertrauen doch zu voreilig an Lucian verschenkt. *Punkt 2: Lizzy fragen, ob ich schnellstmöglich meine Beine in die Hand nehmen sollte.*

»Gideon, es reicht! Ich habe sein Wort und das von Melisande. Das genügt mir!«, brüllte Lizzys Vater. *Okay, Punkt 2 streichen.* Ich vertraute Mr Rossi.

Wieder herrschte Schweigen. Ein leises Scharren von Porzellan auf Holz erklang. Jemand trank. Dann ergriff Gideon erneut das Wort. Diesmal sprach nur Müdigkeit aus seinem Tonfall.

»Wann können wir Ariana befragen?«

»Sie muss sich noch erholen. Du weißt doch selbst, wie schwer Kopfverletzungen zu heilen sind!«, entgegnete die fremde Frau. Wieder trank jemand.

Gideon ließ sich nicht beirren. »Weiß die Phalanx davon, dass ihr Aris Leben einem gesuchten Dämon anvertraut?«

Wie bitte?! Ein Dämon? Das ist ein neuer Punkt 2! Definitiv NEUER PUNKT 2!!!

Niemand antwortete.

»Also nicht.«

»Diese Entscheidung liegt noch immer bei mir«, schalt Mr

Rossi seinen Sohn. »Hast du etwas über die Kátos herausfinden können?«

Gideon grummelte etwas Unverständliches, bevor er antwortete: »Nein. Noch ein paar andere von diesen gewalttätigen Idioten sind in der Stadt aufgetaucht. Aber nichts, was wir nicht unter Kontrolle haben. Keiner von ihnen wollte reden.«

»Lucian meint, Jiron hätte sie angeheuert«, sagte die fremde Frau und löste damit einen erneuten Wutanfall bei Lizzys Bruder aus.

»Jiron!? Wenn dieser durchgeknallte Freak von einem Dämon seine Finger im Spiel hat, dann war das nur der Anfang! Ich werde weitere Jäger zu eurem Schutz abstellen!«

»Ich glaube nicht, dass das nötig –«

»Oh doch, das ist nötig! Und darüber diskutiere ich nicht mit dir, Dad!«

Punkt 3: Memo an mich: Wegrennen, sollte ich je diesem Jiron begegnen.

Und Punkt 4: Jäger?! Echt jetzt? Lizzys verträumter Bruder Giddie ist ein ... Dämonen-Jäger?!

Mr Rossi seufzte leise und rieb sich mit der Hand über den Bart. »Also gut. Aber sie sollen sich bedeckt halten. Und erzähle deiner Einheit von Lucian. Nicht dass sie versehentlich ... aneinandergeraten.«

»Du nimmst den Kerl in Schutz?!« Empört stieß Lizzys Bruder die Luft aus. »Bei allem Respekt, aber noch nie zuvor ist ein Wächter von der Liga ausgeschlossen worden. Sie werden ihre Gründe haben. Lucian ist unberechenbar.«

»Und dennoch lebt er noch«, zischte die fremde Frau. »Wenn der Rat kein Vertrauen in ihn hätte, wäre dem nicht so.«

Punkte 5 bis 7: Wächter? Liga? Rat?

»Seit wann kümmert es uns, wem der Rat vertraut?«, rief Lizzys Bruder. Seine barschen Worte wirkten auf die Anwesenden wie ein Maulkorb. »Wir alle wissen doch, warum Lucian hier ist. Er hält noch immer an der Wahnvorstellung fest, Thanatos zu finden.«

Das leise Knurren hinter der Badezimmertür verriet mir, was Lucian von Lizzys Bruder hielt.

»Ich vertraue ihm«, meinte die Fremde leise. »Das sollte dir genügen.« Jetzt fiel mir wieder ein, woher ich die Stimme kannte. Das war die Frau aus meinem Traum! Wie hatte Lucian sie genannt? Mel?

Ein scharrendes Geräusch von Stuhlbeinen auf Steinboden, dann Stoff auf Holz, als wolle sich jemand vorbeugen.

»Und wovon ernährt er sich?«, fragte Gideon gefährlich leise.

»Er unterwirft nicht, wenn du das meinst«, lautete die kühle Antwort von Mel.

Punkt 8: Fragen, wovon sich Lucian ... ähm ... ernährt!

»Woher wollt ihr das wissen?«

»Gideon, wir haben wichtigere Probleme zu lösen«, versuchte Mr Rossi seinen Sohn zu beruhigen.

»Ach, und welche? Harris jagen? Jiron außer Gefecht setzen? Als ob wir das die letzten Jahre nicht oft genug versucht hätten ...«

Der riesige Berg mit dem blinkenden Fragezeichen in meinem Kopf wurde schlagartig zum Mount Everest. *Gideon jagt seit Jahren meinen Vater?! Punkt 9!*

»Wir müssen herausfinden, warum Jiron Ariana töten will«, sagte Mr Rossi.

Ja, bitte!!! Ganz dringend!

»Genau!«, spottete Gideon. »Als hätte nicht jeder Primus

tausend Gründe, die Tochter von WILSON HARRIS umzubringen!«

»Aber warum jetzt?«, wollte Lizzy wissen. »Wir haben ihren Aufenthaltsort seit Jahren verborgen gehalten.«

»Das reicht!«, intervenierte Mr Rossi. »Felizitas, sieh nach
Ariana. Wenn sie wach ist, erzähl ihr von den Primus und
der Phalanx. Lass ihren Vater erst mal aus dem Spiel. Es ist
ohnehin schon schwer genug für sie. Außerdem sollten wir
noch die Tests abwarten.«

»Was ist mit Lucian?«, erkundigte sich meine Freundin.

»Er hat einen Eid abgelegt, keinem von uns zu schaden,
und er will Ariana vor Jiron schützen«, antwortete ihr Vater.
Wieder lachte Gideon nur.

»Er will sie gegen Harris benutzen!«

»Solange er sie schützt, müssen wir das Risiko eingehen.«

Plötzlich verschwammen die Stimmen. Nur noch einzelne
Worte drangen zu mir durch.

»... gegen Jiron ...« Alles klang gedämpft.

»... ebenso schützen ...« Wie durch eine Tür.

»... brauchen ihn nicht ...« Oder durch eine Wand.

»... jede Hilfe gebrauchen ...« Oder ein ganzes Stockwerk.
Lucians Geschenk hatte seine Wirkung verloren.

Erstens kommt es anders ...

Ich zog mich schnell an. Die Zeichen auf meiner Hand schimmerten noch immer, wenngleich nicht mehr so stark wie zu Anfang. Als ich die Tür zu Lizzys Zimmer öffnete, saß Lucian unverändert auf dem Sessel. Inzwischen stöberte er in einem von Lizzys Fotoalben. Ich starrte ihn ungläubig an. Er sah so menschlich aus, aber ...

»Du bist ein Dämon?!«

»Das ist nur einer von vielen Namen.« Ohne seinen Blick zu heben, wedelte er mit der Hand abschätzig durch die Luft. »Menschen können sehr erfinderisch sein, wenn es darum geht, dem Übernatürlichen Namen zu geben. Wobei ich ›das Übernatürliche‹ auch dazuzähle.«

Ich funkelte ihn wütend an. Ich mochte es nicht, wenn man mit mir spielte oder mich benutzte. Und Lucian tat beides.

»Und wie nennt ihr euch?«

»Ich werde mein Wort nicht brechen, Kleines.«

Grade als ich ihm eine gepfefferte Antwort entgegenschleudern wollte, wohin er sich sein Wort stecken konnte, öffnete sich die Zimmertür.

»Ari, bist du wach?« Lizzy balancierte ein türkisfarbenes Tablett. »Ich habe was gehört und −« Sofort wurde sie der seltsamen Stimmung im Raum gewahr. Ehe sie etwas sagen konnte, platzte es aus mir heraus.

»Dämonen?! Lizzy, ernsthaft?«

Sie sah zwischen mir und Lucian hin und her, bevor ihr Gesichtsausdruck von überrascht zu vollkommen fassungslos wechselte und schließlich eine dunkelrote Farbe annahm. Sie knallte das Tablett samt Fracht auf ihre Kommode und ging mit erhobenem Zeigefinger auf Lucian los.

»Was hast du ihr verraten, du verlogener Mistkerl. Du kleiner Heuchler! So viel also zu deinem WORT, du –«

Lucian machte sich nicht mal die Mühe aufzustehen.

»Sei vorsichtig, wen du als Lügner bezichtigst, Adelphe. Ich halte mein Wort. Immer.«

Von Lizzys Geschrei alarmiert stürmte Gideon ins Zimmer. Lizzys verträumter, Cello spielender schlaksiger Bruder. Ich hätte ihn kaum wiedererkannt. Er war im Abschlussjahrgang gewesen, als ich ans Lyceum gekommen war. Schon damals war er so groß wie sein Vater gewesen, aber mittlerweile hatte er auch an Breite zugelegt. Nicht mal sein babyblauer Wollpullover konnte darüber hinwegtäuschen, dass aus Lizzys blondem Bruder ganz offensichtlich Herkules geworden war.

»Ich soll vorsichtig sein, Dämon?«, kreischte Lizzy. »Du befindest dich in einem Haus der Phalanx!«

»Was ist passiert?«, fragte Gideon gepresst. Man sah ihm an, dass er seine Abneigung gegen Lucian nur mit größter Mühe unter Kontrolle behielt. Gleichermaßen veranlasste das Auftauchen von Lizzys Bruder Lucian dazu, aufzustehen und den Neuankömmling herausfordernd anzustarren.

»Er hat sein Wort gebrochen!«, rief Lizzy aufgebracht, woraufhin sich die Luft zwischen den beiden jungen Männern knisternd auflud.

»Hat er nicht!«, versuchte ich die herannahende Katastrophe zu verhindern. Lizzy drehte sich zu mir um. In ihren Augen mischte sich Verwirrung mit Vorwürfen und Fragezeichen. Wäre ich nicht so angespannt gewesen, hätte ich lachen müssen. Ich streckte ihnen meine Handfläche entgegen, und als die Geschwister die schimmernden Überreste von Lucians Geschenk erkannten, ging alles ganz schnell.

Mit einem wütenden Aufschrei und bloßen Händen stürmte Lizzy auf Lucian los. Gideon fing seine Schwester im letzten Moment ab und drehte sie aus Lucians Reichweite. Dann ließ er sie so abrupt los, dass Lizzy gegen mich taumelte, während er sich mit atemberaubender Geschwindigkeit erneut Lucian zuwandte. Das leise Sirren, das ich hörte, konnte ich erst zuordnen, als ich Lizzy wieder ins Gleichgewicht gebracht hatte. Gideon hatte so etwas wie einen langen Dolch gezogen, der nun silbern auf die Kehle des Dämons deutete. Er ähnelte dem von Lucian sehr, obwohl Gideons Version nicht von innen heraus glühte.

»Du hast geschworen, weder Ari noch meiner Familie zu schaden«, knurrte Lizzys Bruder. »Und doch hast du Ari ein Siegel gegeben! Du kannst von Glück sagen, dass es nur temporär war, sonst würde ich dich dafür büßen lassen!«

»Das hatte nichts mit Glück zu tun«, erwiderte Lucian mit einem süffisanten Lächeln und völlig unbeeindruckt von der Klinge an seinem Hals. Die Muskeln an Gideons Kiefer spannten sich.

»Ganz schön selbstgefällig für einen unzurechnungsfähigen Abtrünnigen!«

Langsam verdrängte ein tiefes Schwarz das Grün von Lucians Augen. Er war unbewaffnet, kleiner und schlanker als sein Gegenüber, doch nicht minder bedrohlich. Ganz im Gegenteil.

»Du hast kein Recht, diese Klinge zu tragen, Jäger!«, warnte er leise.

»Oh, ich habe jedes Recht der Welt, Dämon! *Ich* war es nicht, der eure Geheimnisse verkauft hat!«

Ein dunkler Laut entstieg Lucians Kehle. Lizzys Zimmer erschien mit einem Mal winzig. Die Luft zwischen den beiden jungen Männern war so dick, dass man sie hätte schneiden können. Als sich Lucian unmerklich anspannte wie kurz vor einem Angriff, sprang ich zwischen die Fronten und schob Gideons Arm samt Klinge beiseite.

»Könntet ihr bitte den Testosteronspiegel hier drinnen wieder ein wenig runterfahren und mir verraten, was zum Teufel eigentlich los ist?!«

Die Streithähne bewegten sich kein Stück und sahen sich auch nicht gezwungen, ihre ineinander verkeilten Blicke zu lösen. Also fügte ich ein nachdrückliches »Bitte!« hinzu.

Endlich senkte Gideon seine Klinge. Keine Sekunde zu früh, sonst wäre Lizzys unschuldiges Mädchenzimmer in ein blutiges Schlachtfeld verwandelt worden. Meine Freundin hatte inzwischen ihre Fassung zurückgewonnen. Mit ein paar beruhigenden Worten drängte sie ihren Bruder nach draußen, schloss die Tür und schob den mit Strass-Steinchen beklebten Riegel davor. Dann warf sie Lucian einen giftigen Blick zu und entriegelte die Tür vorsichtshalber wieder.

Nach einer festen Umarmung und einer eingehenden Musterung klatschte Lizzy angesichts meiner Kleiderwahl verzückt in die Hände. »Steht dir!«, urteilte sie ungefragt.

Sie war eine schlechte Schauspielerin, aber ich schätzte ihren Ablenkungsversuch.

Das Tablett mit frischen Keksen und drei überdimensionierten, dampfenden Kaffeetassen landete auf dem Bett. Mich schob sie ans Kopfende und warf mir noch ein paar zusätzliche Kissen zu, damit ich es mir bequem machen konnte.

»Bedien dich. Mit Koffein und Zucker lässt sich der da gleich viel besser ertragen«, meinte sie und nickte in Lucians Richtung. »Der da« hatte inzwischen wieder in Lizzys Ohrensessel Platz genommen und schnaubte spöttisch.

»Dann hätte ich gern was Stärkeres. Schnaps oder Morphium ...«

»Klappe, du wortbrüchiger Heuchl–«

»Komm runter, Rossi«, unterbrach er meine Freundin. »Ich habe mein Wort gehalten. Du hast von mir das Versprechen gefordert, Ariana nicht zu erzählen, wer ich bin oder wer ihr seid. Ihr dabei zu helfen, es selbst herauszufinden, war nie Gegenstand unserer Vereinbarung.«

Lizzys Mund klappte ungläubig auf und zu.

»Das ist Wortklauberei.«

»Das ist mein Naturell, Rotschopf. Achte das nächste Mal besser auf deine Formulierung, wenn du mit einem Dämon einen Deal eingehst.« Gelangweilt schnappte er sich ein Buch von dem Tischchen neben seinem Sessel und begann darin zu blättern. Lizzy sprang auf.

»Du miese Kröte, mein Vater hätte dich gleich auf unsrer Türschwelle bannen und mit dem Hintern voran in das dunkle Loch schicken sollen, aus dem du gekrochen bist.«

Lucian entzog seiner Lektüre die Aufmerksamkeit und bedachte Lizzy mit einem eisigen Blick. »Wie gut, dass dein Vater klüger ist als du und das Risiko zu scheitern nicht in Kauf genommen hat, Azubi-Adelphe.« In seiner Stimme lag so viel Spott und offensichtliche Drohung, dass es mich fröstelte. Lizzy hatte ihre Hände fest zu Fäusten geballt. Ihre violetten Fingernägel bohrten sich in ihre Handflächen.

»Er wäre nicht gescheitert. Er ist Großmeister«, zischte sie. Die Temperatur sank um mehrere Grade.

»Und genau deshalb weiß er auch, wann er sich mit einem von uns anlegt und wann lieber nicht.«

Eine deutliche Warnung. So deutlich wie ein blinkendes Gefahrenhinweisschild mit Totenkopf. Dummerweise übten blinkende Dinge einen unwiderstehlichen Reiz auf Lizzy aus.

Sie war kurz davor, schon wieder auf ihn loszugehen, als etwas passierte, das ich so selten erlebt hatte wie ein Weihnachten ohne die Tränen meiner Mutter: Lizzy atmete tief durch und gab nach.

»Du kannst mich mal«, murmelte sie halbherzig und rollte mit ihrem Schreibtischstuhl zu mir.

Lucian packte sich an die Brust. »Oh, Rossi, jetzt bin ich aber zutiefst verletzt.« Das war mein Stichwort.

»Ähm, ich bin auch noch da. Könnt ihr mich bitte, bitte endlich aufklären, damit ich wenigstens weiß, auf wessen Seite ich bei euren Beschimpfungsorgien mitmachen möchte!«

Lizzy sah mich so geknickt an, dass ich Mitleid bekam. »Sorry, so sollte das hier nicht ablaufen.«

Kurzerhand schluckte sie ihren Widerwillen runter und drückte Lucian als Friedensangebot eine Kaffeetasse und einen Keks in die Hand. Der wiederum zügelte ausnahmsweise mal seinen Sarkasmus und bedankte sich stattdessen erstaunlich handzahm. Ich grinste in mich hinein. Das wäre eine herzergreifende Szene, hätte ich den beiden ihre Vorstellung auch nur einen Moment abgekauft. Ich gab dem Waffenstillstand aber keine zwei Minuten.

»Also, Ari, womit soll ich anfangen?«, fragte Lizzy.

»Am besten mit einem sehr guten Grund, warum ein Dämon in deinem Lieblingssessel sitzt und du nicht hyperventilierst, kreischst oder hysterisch nach den Ghostbustern rufst.«

Ein lautes Husten unterbrach uns. Lucian hatte sich offensichtlich an einem Keks verschluckt, wobei er wohl eher einen Lachanfall kaschieren wollte. Schnell verbarg er sein verräterisches Grinsen hinter der Kaffeetasse. Er nahm ein paar Schlucke und machte mit einer Handbewegung deutlich, dass wir uns nicht von ihm stören lassen sollten.

Na wunderbar, ich bin das Unterhaltungsprogramm des heutigen Abends. Lizzy hätte besser Popcorn servieren sollen.

»Glaub mir, ich würde liebend gern auf seine Gesellschaft verzichten, immerhin hat er mir mein Schutzamulett geklaut und mich manipuliert. Aber Paps ist davon überzeugt, dass es besser ist, wenn er in deiner Nähe bleibt. Obwohl ich finde, dass unsere Sicherheitsmaßnahmen völlig ausreichen.«

»Überlasse solche Beurteilungen lieber jenen, die dafür klug genug sind«, schaltete sich Lucian ein.

»Hat dich hier jemand nach deiner Meinung gefragt?«, fauchte Lizzy zurück.

Wow, nicht mal zwei Minuten!

Ich ahnte schon, dass es diesmal böse enden würde, wenn ich nicht sofort die Reißleine zog. Also packte ich Lizzy am Arm und sah sie eindringlich an.

»Was ist er? Und komm mir jetzt bloß nicht mit einer Antwort wie ›ein eingebildeter Idiot‹ oder so was.«

Lizzy seufzte.

»Also gut.« Aus ihrem Blick war jegliches Besserwissertum gewichen und das gefiel mir. Mit Worten, die verdächtig einstudiert klangen, begann Lizzy ihre Ausführungen.

»Alle Kulturen kennen Geschöpfe wie ihn. Sie haben viele Namen. Manche nennen sie schlicht Unsterbliche, andere Götter, Halbgötter, Engel, Dämonen, Geister, Übernatürliche, Dschinn, Monster, Devas, Shedim, Lichtgestalten, Schattenwesen und so weiter … Wenn überhaupt, nennen sie sich selber Primus – die Ersten. Oder sie benutzen die Bezeichnung Dämon«, fuhr sie fort, »die sich vom griechischen *Daimon* ableitet, was im Prinzip so was wie ›Geist‹ oder ›Schicksalszuteiler‹ bedeutet und letztlich ein anderer Begriff für ›das Göttliche‹ ist.«

»Sehr bescheiden«, bemerkte ich mit einem kritischen Seitenblick auf Lucian, der sich gerade den letzten Rest seines Kekses in den Mund schob. »Du willst damit sagen, dass auf deinem Lieblingssessel ein gottähnlicher *Dämon* sitzt und Kaffee trinkt?«

»Ähm, ja, so in etwa.«

Ich schaute von ihr zu Lucian und zurück. Hatte ich tatsächlich etwas erwartet, das leichter zu glauben war? Andererseits war das eine durchaus plausible Erklärung für die Dinge, die ich erlebt hatte. Mir blieb also die Wahl, an meiner und damit auch Lizzys, Gideons, Mr Rossis und Lucians geistiger Gesundheit zu zweifeln, oder zu akzeptieren, was mir da eben offenbart worden war. Und nachdem ich schon immer eher pragmatisch gewesen war und außerdem keine Kraft für eine Panikattacke hatte, ließ sich diese Entscheidung schnell treffen.

»Okay.«

Lizzy machte große Augen. Erst jetzt bemerkte ich, dass sie den Atem angehalten und mich beobachtet hatte.

»Okay? Oh gut ... keine Ohnmacht, keine Stresssymptome, keine Hysterie. Das ist schon mal ein gutes Zeichen. Dann haben wir das Schlimmste überstanden«, murmelte sie vor sich hin. Sie wirkte sowohl irritiert als auch erleichtert.

»Wahrscheinlich steh ich einfach unter Schock«, scherzte ich, bereute meine Worte aber sofort wieder, als ich Lizzys besorgten Blick sah.

»Weiter«, forderte ich mit einem Augenrollen.

»Gut. Dann stell jetzt die alles entscheidende Frage!« Lizzy verzog ihr Gesicht und beugte sich zu mir, während sie versuchte, möglichst bedrohlich zu wirken. Mit verstellter Stimme fragte sie: »Was essen sie?«

Ich prustete lauthals los, weil ich Lizzys Anspielung auf ihre geliebte Twilight-Reihe kapierte. Prompt verschluckte ich mich. Auch Lizzy kicherte, während sie mir auf den Rücken klopfte. Und als ich schließlich wieder normal atmen konnte, rannen uns beiden die Tränen über die Wangen. Lucian beobachtete uns mit gerunzelter Stirn.

»Haha«, krächzte ich in Lizzys Richtung. Sie grinste breit.

»Tut mir leid. Aber es ist nicht ganz unwichtig. Eigentlich brauchen Primus keine Nahrung im ursprünglichen Sinne, wobei viele von ihnen Essen und Trinken genießen.« Wie zur Bestätigung hob Lucian seine Tasse und prostete mir zu.

»Was sie allerdings brauchen, ist ... Energie. Menschliche Energie.«

»Sie saugen uns aus?«, fragte ich ungläubig. »Wie Vampire?«

»Ja und nein«, zögerte Lizzy.

»Wir haben nichts mit Vampiren gemeinsam«, unterbrach sie Lucian angewidert. Ich machte große Augen.

»Dann gibt es auch Vampire?«

Jetzt wirkte Lizzy völlig verloren.

»Ja, schon. Sie sind so was wie misslungene Mischkreaturen und sicher nicht so, wie sie heute dargestellt werden, aber das ist jetzt wirklich nicht wichtig. Sie sind praktisch ausgestorben«, meinte sie und schenkte Lucian einen bösen Blick. Dann kam sie zum eigentlichen Thema zurück.

»Ein Primus saugt nicht wirklich Menschen aus. Nicht oft zumindest. Sie … schöpfen ab. Das ist etwas ganz anderes. Sie …« Lizzy ruderte mit ihren langen Armen herum, als suche sie die richtigen Worte. »Sie ziehen Energie aus unseren Emotionen, aber … na ja, manche ziehen auch zu viel, aber das können sie nur, wenn sie …« Mit einem resignierenden Laut, der verdächtig nach »Grsmpf« klang, ließ sie ihre Arme sinken und sah zu ihrem Plüschsessel hinüber. »Lucian?«

»Menschen sind nicht zwangsläufig überlebensnotwendig für uns«, übernahm dieser, ohne sich weiter bitten zu lassen. Entweder war er netter als erwartet, oder er war Lizzys nicht sehr kompetent wirkende Erläuterungen einfach nur leid. »Aber sie sind einmalige Energiequellen. Ihre Seelen befähigen sie dazu, nicht nur Gefühle und Emotionen zu produzieren, sondern regelrecht abzustrahlen. Primus können diese Emotionen aufnehmen und ihre eigenen Kraftreserven damit auffüllen. Wie ein Akku.« Mit einer eleganten Bewegung stellte er seine Kaffeetasse ab. »Der einzige Nachteil daran ist, dass ein Dämon direkter Verursacher der Emotionen sein muss. Wenn Felizitas dir Angst macht, fühle ich das zwar, kann sie aber nicht nutzen. Wenn ich dir aber Angst mache −«

»Lecker, schmecker, Happihappi«, spottete Lizzy.

Lucian verdrehte die Augen. »Das ist eine Geschmacksfrage. Ich stehe nicht sonderlich auf Angst. Zu süß, zu klebrig. Wie Gummibärchen. Das ist was für Anfänger. Oder Kátos. Ich bevorzuge vielschichtigere Aromen.«

Ein paar Augenblicke starrte ich ihn fassungslos an. Lucian war sogar noch stolz auf das, was er da von sich gab. Um diesem … Wesen nicht länger ins Gesicht schauen zu müssen, wandte ich mich demonstrativ an meine Freundin.

»Geht das mit allen Emotionen?«

»Ja, aber begonnen hat es tatsächlich mit Angst und Ehrfurcht. Primus sind den Menschen als Götter erschienen und haben sich anbeten lassen.«

»Allerdings ist nichts vergleichbar mit der Vielfalt an Emotionen, die Menschen anderen Menschen entgegenbringen«, tönte es aus dem lila Sessel. Lizzy nickte.

»Also begannen sie, menschliche Körper zu benutzen, um zu bekommen, was sie wollten. Kriege, Naturkatastrophen, Demonstrationen, Revolutionen ... Bei so ziemlich jeder geschichtlichen Begebenheit, bei der menschliche Emotionen massenhaft auftraten, kannst du sicher sein, dass zumindest ein Primus seine Hand im Spiel hatte.«

Ich konnte es nicht fassen. Wenn das alles stimmte, dann war die Welt, wie ich sie kannte, nicht mehr ... die Welt, wie ich sie kannte. Die Welt, wie sie die gesamte Menschheit kannte!

»Und auch in Kunst und Kultur toben sich viele Primus aus. Ein Gemälde, ein Gedicht, ein Welthit, ein Konzert und so viele Emotionen ...«, trällerte Lizzy, während sie ein gefühltes Kilo Zucker in ihren Kaffee kippte. »Und glaub mir, du willst gar nicht wissen, wie viele der Schauspieler auf den roten Teppichen dieser Welt nicht menschlich sind!« Lautstark rührte sie um. »Aber natürlich haben die Primus ihre ursprüngliche Einnahmequelle nie vernachlässigt, immerhin versetzt der *Glaube* auch heute noch Berge. Im Namen des Herren selbstverständlich.«

»Du willst jetzt nicht sagen, dass das Christentum eine Verschwörung ist?!« Ich war zwar nicht wirklich gläubig, aber es war Teil meiner Kultur, und meine Kultur bedeutete für mich eine gewisse Heimat. Wenn die Primus auch da ihre

Finger im Spiel hatten, würde nicht nur ich mein Weltbild überdenken müssen, sondern auch Millionen von Menschen.

»Nicht direkt. Die Primus haben sich nur eingeklinkt«, meinte Lucian. »Engel, Erzengel, christliche Dämonen, der Teufel ... das sind Primus, die noch heute von ihrer Idee zehren, wobei die meisten kleinere Brötchen backen. Ein paar Päpste waren Primus. Zahlreiche Priester sind es.«

»Natürlich sind auch viele anderen Religionen von ihnen geschaffen oder unterwandert«, fügte Lizzy unter Lucians zustimmendem Nicken hinzu.

»Nur die Buddhisten kommen der Wahrheit noch am nächsten. Dieses Predigen von emotionaler Ausgeglichenheit hat einigen Primus in Asien einen dicken Strich durch die Rechnung gemacht.«

Lizzy lachte, als erinnerte sie sich gerade an etwas sehr Amüsantes. Ihre Neutralität diesen unglaublichen Lügen gegenüber ging mir definitiv auf die Nerven.

»Aber das muss man den Menschen sagen! Man muss sie warnen!«, forderte ich. Der Primus im Sessel schnaubte.

»Wovor?! Dass die göttlichen Wesen, die ihnen Halt und Hoffnung geben, gar keine sind? Oh Moment, wir sind ja göttliche Wesen!«

»Dass ihr uns die Emotionen aussaugt!«, fuhr ich ihn an.

»Es schadet den Menschen nicht!«

»Ein Krieg schadet den Menschen nicht?!«

»Als hätten sich die Menschen nicht bereitwillig darauf eingelassen!«

Diesmal war es Lizzy, die einen Streit verhinderte. »Okay, bevor wir jetzt eine Grundsatzdiskussion anfangen, die – glaub mir, Ari – oft geführt wird und trotzdem noch nie eine der beiden Seiten umstimmen konnte, sollten wir zurück zum Thema kommen.«

»Ich glaube, diese Grundsatzdiskussion *ist* genau das Thema«, brummte Lucian.

Lizzy seufzte tief, und in diesem Moment wusste ich, dass der Primus-Dämon recht hatte. Dieser Kampf konnte noch nicht ausgefochten sein. Ich befand mich mittendrin.

»Die Primus sind sich untereinander auch nicht ganz einig, ob Menschen lediglich Nahrung sind oder ob sie ihre eigenen Rechte haben«, erklärte sie mir. »Es gibt eine Fraktion in der Liga, die sich nur von Menschen ernährt, die darüber Bescheid wissen und es freiwillig tun.«

»So was wie die PETA für Menschen«, spottete Lucian.

Absurd war das Erste, was mir dazu einfiel. *Absurd und doch ergibt es irgendwie Sinn.*

»Die meisten Primus scheren sich aber einen Dreck darum. Sie nehmen, was sie kriegen können«, fuhr meine Freundin fort. »Ihre Gesetze sind nicht zwangsläufig mit unseren moralischen Vorstellungen konform. Und das ist es, was das Ganze so schwierig macht. Für uns gibt es die *guten* Primus«, erklärte sie und zeichnete überdeutliche Anführungszeichen in die Luft, »die sich von Hoffnung, Mitgefühl, Liebe und so weiter nähren und deshalb auch dafür sorgen, dass es den Menschen gut geht. Ob man sie nun Götter, Engel, Schutzgeister oder sonst wie nennt, ist völlig egal. Dann kommt ein großer Graubereich, der bei denen endet, die wir, ohne zu zögern, als böse bezeichnen würden. Sie erzeugen Angst, Hass, Neid, Rachsucht und genießen es. Aus der Sicht der Primus ist nichts davon ein Gesetzesverstoß. Alle Emotionen werden als gleichwertig und gleichberechtigt angesehen. Für sie gelten eigentlich nur drei Regeln gegenüber den Menschen:

1. Die Existenz der Primus muss um jeden Preis geheim bleiben. 2. Menschen dürfen nur freiwillig gezeichnet werden – das erklär ich dir später noch. Und 3. Menschen dürfen nicht getötet werden.«

»*Jetzt* fängt mein Kopf langsam an zu schwirren.« Ich rieb mir übers Gesicht, während Lizzy entsetzt quietschte.

»Aber wir haben doch noch nicht mal angefangen!«

»Bitte?«, rief ich gequält. Meiner Meinung nach reichte es allemal, erfahren zu haben, dass ... *verdammte Dämonen uns unterwandert haben!!!* Und da macht sich die Menschheit wegen einer eventuell gefakten Mondlandung Sorgen.

»Gut, ich mach's kurz und ich habe mir erlaubt, ein wenig Anschauungsmaterial bereitzulegen, damit du meinen Ausführungen besser folgen kannst.« Bevor ich Einspruch erheben konnte, landete ein geblümter Ordner auf ihren Knien. Darauf stand in sorgfältigen Druckbuchstaben PHALANX. Der freie Platz um die Buchstaben war mit verschiedenfarbigen Schnörkeln und Glitzer verziert. *Typisch Lizzy.* Ihr ganzes Zimmer sah aus, als hätten Prinzessin Lillifee und Lady Gaga darin eine WG gegründet. Unter dem Bett zog sie eine große, mit Seepferdchen verzierte Magnettafel hervor. Sie lehnte sie ans Fußende, sodass sie auf mich ausgerichtet war.

»Primus haben eine ähnliche Gesellschaftsordnung wie wir. Die meisten von ihnen haben sich in der sogenannten Liga zusammengetan. Ihr oberstes Gesetzbuch ist der *Kanon*, was ebenfalls altgriechisch ist – die stehen da irgendwie drauf – und einfach nur Buch bedeutet.« Sie pinnte ein Bild eines dicken Folianten, das sie offensichtlich aus dem Internet runtergeladen hatte, ganz oben auf die Magnetwand. »Die Einhaltung des Kanons wird vom Hohen Rat der Liga überwacht«, erklärte sie weiter und pinnte ein Bild des Jedi-Rates darunter. »Bricht jemand das Gesetz, kommen die Wächter ins Spiel. Wir nennen sie Wächter. Die Primus nennen sie Brachion, was so viel wie Arm bedeutet. Also quasi der Arm des Gesetzes.« Ein Bild von Robocop tauchte in ihrer Hand auf und landete rechts vom Jedi-Rat. »Sie sind die Einzigen, die die Berechtigung haben, einen anderen Primus zu töten, und wenn man es streng nimmt, sind sie die Einzigen, die es können. Irgend so ein komisches Ritual verleiht ihnen besondere Fähigkeiten. Ansonsten bekommt man Primus nicht tot. Wie Unkraut. Man kann ihnen die Kraft nehmen. Man kann ihnen den Körper nehmen. Sie kommen immer wieder.«

»So weit alles verstanden«, beantwortete ich Lizzys fragenden Blick.

»Sehr gut. Der Kanon ist unumstritten, aber es gibt ein paar Passagen, über deren Auslegung man sich nicht einigen kann.«

»Er lässt ja auch viel Interpretationsspielraum«, kommentierte Lucian von seinem Plüschsessel aus, was Lizzy zu einer unwirschen Geste in seine Richtung veranlasste. Ohne ihn anzusehen, fuhr sie fort: »Ein Beispiel: Menschen direkt umzubringen ist verboten, sie aber in den Tod zu treiben ... na ja.« Sie zuckte mit den Schultern und machte ein unglückliches Gesicht.

»Wenn die *Bösen*«, redete sie weiter und pinnte das Bild eines Comic-Satans links unter den Jedi-Rat, »gegen den Kanon verstoßen, hat das nur dann Konsequenzen, wenn sie vor dem Hohen Rat angezeigt werden. Das machen meistens die hier. Die PETA, wie sie unser Freund hier so nett bezeichnet hat.« Ein Bild von einem Weihnachtsengel erschien als Gegenpol zum Comic-Satan. »Allerdings muss man dann die Beweise liefern und die Mehrheit entscheidet.«

»Nicht sehr effektiv?«, vermutete ich.

»Du sagst es«, meinte Lizzy und biss in einen ihrer Kekse. Mit vollem Mund erzählte sie weiter. »Deshalb haben die Menschen irgendwann selbst die Initiative ergriffen und die Bruderschaft gegründet, die die Menschen schützen soll. Wir nennen uns die Phalanx.«

»Du gehörst zu denen?« Jetzt war ich wirklich überrascht. Lizzy nickte und pinnte stolz ein Bild von Tempelrittern rechts neben die Plüschengel.

»Wie meine ganze Familie. Ma und Pa gehören zu den Gelehrten der Bruderschaft. Giddie ist ein Mitglied des Phalanx-Batallions, also ein Jäger. Wir können Primus zwar nicht töten, aber wir können sie beobachten, bannen, rufen, verletzen und wir können ihre menschlichen Helfer bestrafen, von denen es leider nicht zu wenige gibt.«

Sie pinnte ein Bild von Zombies neben den Comic-Satan. »Sie sind nicht wirklich Zombies. Sie sehen eher ziemlich normal aus, aber fürs bessere Verständnis ... böse, und so ...«

Ich nickte verwirrt, brachte Lizzy damit aber unglücklicherweise nur dazu weiterzumachen.

»Und natürlich gibt es auch ein paar militante Menschen, die alle Primus als Feind sehen und sie ausrotten wollen.«

»Okay, und wie nennen die sich?«, fragte ich der Vollständigkeit halber. Langsam ergaben die Puzzleteile ein Bild.

Lizzys Unterlippe verschwand zwischen ihren Zähnen. Sie setzte eine schuldbewusste Miene auf. Ich bekam ein ungutes Gefühl.

»Was ist?«

»Ähm ... sie haben eine Scheinfirma gegründet, unter deren Deckmantel sie agieren.«

»Und weiter?«

Aus irgendeinem Grund wanderte mein Blick zu Lucian, der ausdruckslos auf die Rückseite der Pinnwand starrte.

»Lizzy!«

Plötzlich sah meine Freundin sehr blass aus. Ihr Mund öffnete sich ein Stück, nur um gleich darauf wieder zuzuklappen. Mit zittrigen Fingern griff sie in ihren Ordner und holte ein letztes Bild hervor. Sie hängte es unter all die anderen. Darauf war das Logo von Omega Inc. zu sehen, des Pharma-Konzerns meines Vaters. Davor stand der Mann, den ich hasste, flankiert vom Aufsichtsrat seiner Firma.

»Sie gaben sich den Namen Omega. Er steht sinnbildlich für das Ende der Primus«, flüsterte sie.

»Mein Vater ist ...«

»... ihr Anführer«, vollendete Lucian meine Befürchtungen.

Dann breitete sich Schweigen im Raum aus. Lizzy und Lucian beobachteten mich. Das war mir völlig bewusst. Sie erwarteten nicht von mir, dass ich etwas sage. Es war mehr ein stummes Es-tut-uns-leid-Schweigen. Aber das war mir egal. Ich versank in dem eisblauen Augenpaar, das mir einen Schauer über den Rücken trieb, obwohl es mir lediglich von einer Fotografie entgegenstarrte. Mein Vater wäre ein gut aussehender Mann, wenn dieser kalte Blick nicht wäre. Abgesehen von unserer gemeinsamen Haarfarbe ähnelten wir uns kein bisschen. Und das dunkle Blond war bei ihm hier und da schon von grauen Strähnen durchsetzt, ebenso wie der sauber gestutzte Bart, der seinen harten Mund umrahmte. Ich hatte ihn schon sechs Jahre nicht mehr gesehen und dennoch schlug mein Herz mir aus Panik bis zum Hals.

»Dein Vater hasst alle Primus. Er hat sich sogar mit ihren Erzfeinden zusammengetan, um –«

»Warte mal. Was denn für Erzfeinde schon wieder. Lass

mich das erst mal verdauen«, unterbrach ich meine Freundin und schwang meine Beine vom Bett. Auch Lucian erhob sich.

»Nur eins noch«, sagte er sanft. Ich sah ihn an, den Unsterblichen, den Primus, den Dämon.

»Lucian!«, zischte Lizzy. Er fuhr herum und funkelte sie wütend an.

»Sie muss es aber wissen!«

Meine Freundin warf ihm einen eindringlichen Darüber-reden-wir-nicht-jetzt-Blick zu und meinte: »Es ist noch nicht einmal sicher.«

»Ich sage, dass es so ist. Das würde sogar dem Hohen Rat reichen«, konterte Lucian.

»Das reicht *mir* aber nicht.«

»Ich hätte Ariana längst getötet, wenn es nicht so wäre!«

»Oh ja! Genau die richtigen Worte, um ihr die Angst zu nehmen, du Held!«

»*Was* muss ich wissen?«, unterbrach ich die beiden und sah von meiner besten Freundin zu dem Primus.

»Lucian, nicht!« Den warnenden Unterton in Lizzys Stimme konnte nicht einmal er überhören. Aber er konnte ihn ignorieren. Lucian drehte sich zu mir um und in diesem Moment existierten für mich nur noch seine grünen Augen.

»Wilson Harris ist nicht dein Vater.«

Ein Königreich für ein Pferd

»WAS?«

»Ari, das ist nur eine Vermutung«, versuchte Lizzy sofort zu intervenieren.

»Ich weiß, dass es so ist!«, fuhr Lucian sie an.

Alle Phänomene unsterblicher Dämonen waren mit einem Mal unwichtig und bedeutungslos.

»Wer ist dann mein Vater? Und wieso tut dann mein Vater so, als wäre er mein Vater, ohne es zu sein? Weiß er davon?« Meine Stimme bebte. Lizzy schob sich vor mich und nahm mir die Sicht auf den Dämon.

»Siehst du, was du angerichtet hast? Sie hat alles so gut aufgenommen und du machst es kaputt«, keifte sie ihn an.

»Wenn dieses Monster vorgeben würde, mein Vater zu sein, würde ich es wissen wollen, und das nicht erst irgendwann. Sie hatte ein Recht darauf, es zu erfahren«, gab er nicht weniger energisch zurück.

Lizzy schnaubte. »Wir hätten wenigstens die Bluttests abwarten können!«

Das ließ mich aufhorchen.

»Welche Bluttests?! Ihr habt Tests mit mir gemacht, als ich bewusstlos war?«, rief ich entsetzt.

Lizzy wirbelte herum. Die Schuld in ihren Augen war Antwort genug. Ihre unerträglich beruhigende Hand landete auf meiner Schulter.

»Nein, Ari, nicht wirklich. Du warst verletzt. Wir haben nur etwas von deinem Blut genommen. Meine Mum testet gerade die Blutgruppe.«

»Wie bitte?!« Ich schüttelte ihre Hand ab. »Und wo sind meine Verletzungen hin? Hat *er* mich geheilt?« Mein Zeigefinger stoppte nur Zentimeter vor Lucians Gesicht. Er schüttelte den Kopf.

»Nein, als ich vor ein paar Tagen versucht habe, dich zu heilen, hat dein Schutzbann Schaden genommen. Du erinnerst dich? Die Glaskugel im Haifischbecken?«

»Wer hat mich dann geheilt? Warte mal, vor ein paar Tagen? Wie lange war ich bewusstlos?«

Lizzy sah mich hilflos an.

»Ari ...«, begann sie, doch weiter ließ ich sie nicht kommen.

»Ich geh heim. Mum macht sich bestimmt schon Sorgen.« Neben der Tür entdeckte ich meine Stiefel. Ich musste mich an der Wand abstützen, um sie über Lizzys dicke Wollsocken zu ziehen. In meinem Kopf überschlug sich alles, nicht nur meine Gedanken. Lizzy kaute auf ihrer Unterlippe herum.

»Deine Ma denkt, du wärst auf einer Exkursion von unserem Geologie-Seminar«, gestand sie.

Mit offenem Mund starrte ich von ihr zu Lucian.

»Du hast in ihrem Gehirn rumgepfuscht?« Der Unsterbliche rührte sich nicht. Mit verschränkten Armen lehnte er am Türrahmen.

»Und ihr habt das einfach zugelassen?!«, fuhr ich Lizzy an. Außer mir vor Wut griff ich meinen zweiten Stiefel und riss die Tür auf. »Ich muss hier raus!«

»Ari, du kannst nicht nach Hause, deine Ma glaubt ...«

Mehr bekam ich von Lizzys Protest nicht mit. Ich blendete ihre Stimme aus und rannte die Treppen runter. Unten im Eingangsbereich stolperte ich über Lizzys Vater, der grade aus der Küche kam.

»Wo willst du hin, Ari?« Wie immer war er ruhig und vollkommen souverän. Er war wie ein weiser Märchenkönig, der alles im Griff und für jedes Problem den passenden Ratschlag hatte. Trotzdem hatte er früher auch immer die Zeit gefunden, mit uns herumzualbern. Die zahllosen Lachfalten in seinem Gesicht waren der beste Beweis dafür. Er entsprach einfach dem perfekten Vater. Ein Vater, wie man ihn sich wünschen konnte. *Ein Vater, wie ich ihn nie hatte.*

»Weg«, murmelte ich und kämpfte mich hüpfend in meinen zweiten Stiefel. Hinter Mr Rossi tauchte eine kleine Frau mit kaffeebraunem Pferdeschwanz auf. »Lass sie gehen.« Mel klang nicht nur wie aus meinem Traum, sie sah auch noch genauso aus. »Lucian wird sie begleiten.«

Ich war fassungslos. Offenbar wuchs die Liste jener, die fälschlicherweise glaubten, über mich bestimmen zu können, im Minutentakt.

»*Sie* ist anwesend!«, keifte ich und riss die Türklinke nach unten. »Und ja, *sie* geht jetzt. Und zwar ohne Begleitung!«

Damit knallte ich den beiden die Tür vor der Nase zu.

ↄ

Dummerweise endete mein Fluchtplan genau hier, im Garten der Rossis. Ich hatte keinen fahrbaren Untersatz und keine Ahnung, wo ich mitten in der Nacht hinsollte. Nach Hause war tatsächlich keine Option, wenn meine Mutter glaubte, ich wäre auf einer Exkursion. Aber ich musste weg, musste all das erst einmal verarbeiten. Ich konnte mich ja gerade noch damit abfinden, dass es Unsterbliche in unserer Welt gab. Warum sollte es sie auch nicht geben? Und auch dass mein Vater Mr Evil persönlich war, war keine Neuigkeit. Ganz im Gegenteil.

Dass er aber nur vorgab, mein Vater zu sein ... das war zu viel. Mir war völlig klar, dass ich nicht vor dieser Tatsache geflohen war, sondern vor den Antworten, die auf die nächsten unausweichlichen Fragen gefolgt wären. *Wie hätte meine Mutter das nicht wissen können?*

Gedankenverloren starrte ich auf das Tal unter mir. Dort lag Saint-Peters wie ein See aus glitzernden Lichtern. Um diese Aussicht hatte ich die Rossis schon immer beneidet. Und auch ihr Garten mit den kleinen Laternen und den kugelrunden Büschen war ein Traum im Vergleich zu unserem verwilderten Stückchen Land. In der gepflasterten Auffahrt entdeckte ich Lucians Mustang. Wüsste ich, wie man so ein Ding kurzschließt, würde ich damit durchbrennen. Immerhin war er als Unsterblicher doch bestimmt nicht auf so etwas Banales wie ein Auto angewiesen.

Während ich die Durchführbarkeit meiner kriminellen Fantasien abwog, kroch ein kaltes Kribbeln meinen Nacken hoch. Seufzend sah ich mich um. Ich war nicht mehr allein.

»Ich weiß, dass du da bist«, flüsterte ich. »Zeig dich.«

Als ich wieder zum Mustang schaute, lehnte Lucian an der Motorhaube. Er trug eine schwarze Lederjacke und hatte sich einen grauen Schal um den Hals geschlungen. *Ob Dämonen wohl krank werden können?*, schoss es mir durch den Kopf. Dabei wäre es spannender zu wissen, wie er heraus- oder an mir vorbeigekommen war. Die Tür hatte er jedenfalls nicht benutzt ...

»Du steckst das alles wirklich gut weg«, meinte er. Seine Gegenwart war überraschend tröstlich. Kein Wunder, immerhin hatte *er* sich nicht jahrelang daran beteiligt, mich anzulügen.

»Spielst du jetzt auf meine distanzierte Gefasstheit oder die hysterische Flucht an?«, erkundigte ich mich.

Er grinste. »Eher der Teil, in dem ich ein unsterblicher, Emotionen stehlender Dämon bin, der dich töten wollte.«

»Ach das ...«, meinte ich und winkte ab. »Wir haben alle unsere kleinen Fehler. Hast du es schon mal mit einer Selbsthilfegruppe probiert?« Eine unsterbliche Augenbraue schnellte in die Höhe. Er lachte leise, doch der ernste Schatten in seinem Blick ließ sich dadurch nicht vertreiben.

»Ich steh wirklich auf deinen Zynismus, Ariana. Aber sehr gesund ist das nicht.«

Wunderbar, noch mehr Ratschläge ... Ich warf meine Arme in die Luft und fing an, in der Auffahrt auf und ab zu tigern.

»Warum wollen alle, dass ich durchdrehe oder in Ohnmacht falle? Meine Güte, ich habe das Auto meiner hypnotisierten Freundin gelenkt und gleichzeitig einem Dämon mit Starthilfekabeln fast den Kopf abgerissen. Ich habe einen Crash mit ein paar schweren Verletzungen überlebt und mich dann von einem widerlichen Kerl begrapschen lassen, bevor du ihn in eine Aschewolke verwandelt hast. Und *dann* erst bin ich in Ohnmacht gefallen. Wenn ich da schon nicht durchgedreht bin, wieso dann, wenn mir jemand erzählt, wie ihr euch nennt?«

»Das mit deinem Vater war neu«, meinte Lucian vorsichtig. Ich nickte. Diese Tatsache hatte mich wirklich aus der Bahn geworfen. Aber eher, weil es zu schön war, um wahr zu sein.

»Du kannst dir gar nicht vorstellen, wie oft ich mir gewünscht habe, dass er *nicht* mein Vater ist«, murmelte ich. Lucians grüne Augen musterten mich interessiert, aber er sagte nichts. Auch der Vorschlag, wieder nach drinnen zu gehen, blieb überraschenderweise aus. Er stand einfach nur da und wartete.

»Du wirst mir folgen, egal was ich tue, oder?«, erkundigte ich mich misstrauisch.

Seine Antwort bestand aus einem schuldbewussten Lächeln und einem Schulterzucken.

»Entweder das, oder Lizzy und ihr Vater zerren dich rein und fesseln dich ans Bett, bis du wieder zur Vernunft gekommen bist.«

Ich stöhnte und rieb mir meine Schläfen.

»Also gut, wenn ich dich schon am Hals habe, dann kannst du mich ja auch fahren.«

Grinsend stieß er sich vom Wagen ab und öffnete mir die Beifahrertür.

»Stets zu Diensten, Miss Daisy.«

Kaum war ich eingestiegen, schwang sich Lucian elegant hinters Steuer. Er startete den Motor und sah mich erwartungsvoll an.

»Wo soll's hingehen?«

»Mir egal. Irgendwohin, wo ich etwas zu trinken bekomme. Etwas Starkes«, antwortete ich. Aus den Augenwinkeln nahm ich seinen kritischen Blick wahr, bevor er leise lachend den Gang einlegte.

»Ich könnte auch einen Drink vertragen.«

∽

Ich spürte das Röhren des Motors in jeder Faser meines Körpers. Das Ganze war mehr als skurril. Ich saß nicht nur in dem protzigen Sportwagen, zu dem ich mir noch vor ein paar Tagen nicht gerade schmeichelhafte Gedanken gemacht hatte.

Schlimmer, ich saß darin mit einem Dämon. Ich hatte tausend Fragen, und doch wusste ich nicht, welche ich zuerst stellen sollte. Es war wie ein riesiges, verknotetes Wollknäuel, bei dem ich den Anfang nicht fand.

Also Small Talk? Aber was konnte man einen Unsterblichen schon Unverfängliches fragen. Ich bezweifelte doch sehr, dass er die aktuelle Wetterentwicklung als spannend empfand.

»Wo hattest du schon deine Finger im Spiel? Weltgeschichtlich ... meine ich«, fragte ich aus einer Eingebung heraus. »Warst du Dschingis Khan? Hannibal? Napoleon?«

Lucian sah mich skeptisch von der Seite an, als wüsste er genau, was ich da gerade trieb.

»Ich habe mich schon immer eher im Hintergrund gehalten. Mein Vater hatte noch nie etwas übrig für dieses Schaulaufen – wie er es stets nannte, wenn ein Primus eine maßgebliche Rolle unter den Menschen einnahm.«

Sein Vater? Also hatten Dämonen offensichtlich Eltern. Und wenn man die Verachtung berücksichtigte, mit der Lucian über seinen Vater sprach, waren Eltern-Kind-Beziehungen in der Welt der Primus nicht sonderlich anders als bei uns. Ich grinste. Damit kannte ich mich aus.

»Und du hast auf deinen Vater gehört?«

»Er ist Mitglied des Hohen Rates«, meinte er bemüht neutral. Aber ich ließ mich nicht täuschen. Er hatte meine Frage nicht beantwortet. Ich beschloss, ihn ein wenig zu provozieren.

»Wow. Ein verzogenes Kind also«, murmelte ich vor mich hin.

Lucian schnaubte. *Volltreffer.*

»So würde ich das nicht bezeichnen.« Die Muskeln an seinem Kiefer waren so angespannt, dass ich fast glaubte, seine

Zähne knirschen zu hören. Ich war also nicht die Einzige mit einer komplizierten Beziehung zu meinem Vater. *Oder auch Nicht-Vater.*

Lucian starrte missmutig auf die dunkle Straße vor ihm. Ich wartete eine Weile, ob er sich mir anvertrauen würde, doch er schwieg. Also griff ich etwas anderes auf, das er gesagt hatte.

»Wie kommt denn so ein elitäres Mitglied der Liga ohne weltgeschichtliches ›Schaulaufen‹ an seine Emotionen? Als Partyclown auf einem Kindergeburtstag?« Ich konnte mir beim besten Willen nicht vorstellen, wessen hohe Ansprüche denn nicht mit NAPOLEON als Sohn zufriedengestellt werden könnten.

»Die Mächtigsten unter uns müssen für ihre Nahrung nicht mehr arbeiten. Sie haben so viele gezeichnete Menschen in ihren Diensten, dass es sie täglich zehnmal sättigen könnte.«

Gezeichnete Menschen? Ich kramte in meinem Kopf. Lizzy hatte doch irgendetwas darüber gesagt.

»Und weshalb machen das dann nicht alle Primus so?«, wollte ich wissen.

»Um einen Menschen zeichnen zu können, muss man ein gewisses Alter und die damit verbundene Macht erreicht haben. Die wenigsten Menschen gehen diese Verpflichtung ohne Gegenleistung ein. Der Primus gibt ihnen einen kleinen, entbehrlichen Teil seiner Kräfte ab und bekommt im Gegenzug gewisse Emotionen frei Haus und exklusiv.«

»Wie mein Hörvermögen vorhin.« Jetzt verstand ich, warum Lizzy und Gideon so aufgebracht gewesen waren. Sie hatten nicht gewusst, dass mich Lucians Siegel keine Gegenleistung gekostet hatte.

»Ja, nur sind diese Siegel dauerhaft, solange der betreffende

Mensch lebt. Und einen Teil seiner Macht zu verschenken – und sei es auch nur einige Jahrzehnte lang, können sich nur die mächtigsten Primus leisten.«

Lizzy hatte recht gehabt. Die Primus unterschieden sich tatsächlich nicht von den Menschen: ein paar Mächtige, die andere für sich arbeiten ließen, ein paar Fanatiker, die angebetet wurden, ein paar Exzentriker, haufenweise Kleinkriminelle, einige Großkriminelle und ein paar Idealisten, die versuchten, die Welt zu verbessern. Es wäre fast zum Lachen, wenn es nicht so wahr wäre.

»Und wie viele Menschen hältst du dir so?« Der Sarkasmus in meiner Stimme schien Lucian zu verletzen.

»Keinen«, erwiderte er trocken.

Ich lächelte. »Aha, ein Rebell.«

»Ein Rebell?« Seine Brauen schoben sich fragend in die Höhe. Mit einem Mal fühlte ich mich besser. Großer, mächtiger Dämon hin oder her, auch er schien allzu menschliche Probleme zu haben.

»Na ja, das Ziel deines Vaters war es, dass du so wirst wie er. Du hättest die Macht dazu, aber willst es nicht. Du lehnst dich gegen ihn auf. Also ein Rebell«, erklärte ich fröhlich. Lucian quittierte meine Ausführung mit einem leisen Lachen.

»Dann haben wir ja was gemeinsam«, meinte er und richtete seine Aufmerksamkeit wieder auf die Straße. Es ging bergab. Lucian nahm die Serpentinen schnell und mit einer Ruhe, als hätte er sein ganzes Leben lang nichts anderes getan.

»Wohin fahren wir?«

»Lass dich überraschen. Du wirst auf jeden Fall den besten Gin Tonic bekommen, den du je getrunken hast.«

»Hilft das bei dir? Also wirst du betrunken?«

»Wenn die Menge groß genug ist. Allerdings verarbeiten wir den Alkohol auch schneller. Das bedeutet, wir müssen schon sehr schnell sehr viel trinken, damit es wirkt.«

Er bog ein paarmal ab und ich verlor die Orientierung. Die nächtlichen Wälder, durch die wir fuhren, hätten überall im Tal sein können. Erst als wir an einem Schild vorbeikamen, das den Weg zum Lyceum kennzeichnete, kannte ich mich wieder aus. Gleichzeitig schoss mir ein Gedanke durch den Kopf.

»Was habt ihr eigentlich im Lyceum erzählt? Ihr werdet wohl kaum einer kompletten Schule weisgemacht haben, dass eine Klasse samt Lehrern auf Geologie-Exkursion gegangen ist.«

»Wir haben schon ganz andere Dinge gemacht«, feixte Lucian. »Aber nein. Du warst für die anderen die letzten Tage pünktlich und übermotiviert in der Schule. Toby hat sich darum gekümmert.«

»Toby ist ein Primus?!«, fragte ich mit großen Augen. Lucian seufzte unwillig.

»Dafür, dass du erst mal Abstand brauchst, stellst du verdammt viele Fragen.«

»Tut mir leid«, murmelte ich, während Lucian erneut abbog. Den Weg kannte ich. Ich legte ihn fast täglich zurück, denn er führte zu mir nach Hause.

»Es muss dir nicht leidtun. Und nein, Tobias ist kein Primus. Er ist ein Halbblut mit sehr speziellen Talenten.«

Dass er damit nur weitere Fragen aufwarf, schien er zu ignorieren. Ich wartete eine Weile, ob er sich erklären würde. Als er das nicht tat, half ich ihm auf die Sprünge.

»Ein Halbblut?! Halb Primus, halb Mensch?«

»So was in der Art«, meinte er ausweichend und konzentrierte sich weiter auf die Straße. Ich war mir sicher, dass er wohl auch mit geschlossenen Augen hätte fahren können. Er hatte ganz einfach nur kein Interesse daran, das Thema zu vertiefen. Ich allerdings schon. Einer meiner Mitschüler war nicht menschlich! Damit nahmen die Erkenntnisse von heute Abend neue Dimensionen an. Wie vielen von denen war ich schon begegnet? Wie viele hatten schon Einfluss auf mein Leben?

»Ist er einer von den Guten?«, fragte ich weiter. Lucians grüne Augen rissen sich widerstrebend von der Straße los und hefteten sich auf mich.

»Hör zu, Ariana. Abgesehen von ein paar ganz wenigen Ausnahmen kannst du Primus oder Halbblüter nicht in ein Schema pressen. Es ist wie bei euch Menschen auch. Und wenn du bei Toby dieses kitschige Engelsbild von Lizzys sehr eigensinniger Einführung in die Dämonenwelt im Kopf hast, dann muss ich dir deine Illusion rauben. Wenn du aber wissen willst, ob du ihm dein Leben anvertrauen könntest, dann würde ich jederzeit und ohne zu zögern mit *Ja* antworten.«

Okay, damit musste ich mich wohl zufriedengeben. Um nicht weiter auf die Halbblutproblematik einzugehen, wechselte ich das Thema.

»Und wo könnte ich dich einordnen?«

Lucian lehnte seinen Kopf an die Nackenstütze seines Sitzes und streckte sich, während er etwas wie »Das ist kompliziert« murmelte.

»Versuch's«, drängte ich ihn.

»Streng genommen bin ich ein Brachion.«

Mir klappte die Kinnlade runter.

»Robocop?«

Er lachte. »Ja. Aber ich habe sozusagen gekündigt.«

... sich selbst suspendiert, erinnerte ich mich an Mels Worte.

»Kann man das denn?«, wollte ich wissen.

»Nein.«

»Will dich Dareius deshalb jagen?«

Mit einem Mal hing ich im Sicherheitsgurt. Lucian war mit aller Kraft auf die Bremse getreten. Na ja, vermutlich nicht mit aller Kraft, denn sonst hätte sein Wagen jetzt ein Loch im Boden, aber letztlich kam es für mich aufs Gleiche heraus. Ich hatte alles noch nicht einmal richtig realisiert, da funkelte er mich auch schon an. Zorn und Zweifel standen in seinem Blick.

»Was weißt du von Dareius?«

Ich konnte nicht verhindern, dass Panik in mir hochstieg, aber wenigstens konnte ich sie zurückdrängen. Schließlich hatte Lucian mir den Rat gegeben, meine Angst nicht zu zeigen. Sein bitteres Lächeln bewies, dass es mir wohl gelungen war.

»N-nichts«, stammelte ich. »Ich habe geträumt, wie du und Mel euch über ihn unterhalten habt.«

Er hielt meinen Blick noch ein paar Atemzüge lang fest, dann wurde sein Gesichtsausdruck wieder weicher. Er machte sich daran weiterzufahren.

»Was bedeutet das?« Meine Stimme klang sehr viel verlorener, als mir lieb war.

»Dass ich recht hatte«, sagte er knapp und gab Gas.

»Womit?«

Er antwortete mir nicht, und seiner verbissenen Miene nach zu urteilen, hing er wohl seinen eigenen Gedanken nach. Er würde es gewiss bevorzugen, das Gespräch hier zu beenden, doch das konnte ich nicht.

»Bitte, Lucian«, flehte ich. Er tat, als würde er mich nicht bemerken. Die Straße stieg merklich an. Die Bäume standen nun dichter. Es war wirklich mein Heimweg, und in dieser Richtung lag ganz sicher keine Bar, die Gin Tonic servieren würde. Dort gab es überhaupt keine Bar oder sonst etwas, was man als sozialen Treffpunkt bezeichnen könnte. Zweifel stiegen in mir auf. Ich überlegte, wie ich wohl am besten aus dem fahrenden Auto eines verärgerten Dämons würde entkommen können, wenn es hart auf hart käme. Genau diesen Moment wählte Lucian, um mir nun doch eine Antwort zu geben.

»Ich hatte recht, als ich die Behauptung aufgestellt habe, dass du eventuell nicht ganz … menschlich bist.«

Das gab mir den Rest. Ich fühlte, dass ich kurz vor einem Schock oder wahlweise einem hysterischen Lachanfall stand. Ganz entschieden hatte sich mein Hirn da noch nicht. Lucian bremste erneut. Dieses Mal sanfter als zuvor. Am Rande registrierte ich, dass wir uns am Timeon-Gatter befanden.

»Ariana, es gibt drei Arten von Wesen auf dieser Welt: Primus, Menschen und Halbblüter.« Er drehte sich zu mir um. »Erinnerst du dich, was ich hier vor ein paar Tagen mit dir gemacht habe?«

Ich nickte benommen. Wie sollte ich das auch vergessen?

»Es hätte jeden Menschen umgebracht und all seine Erinnerungen auf mich übertragen«, gestand er.

Ich brachte nur ein gehauchtes »Oh« zustande. Es kam mir irgendwie falsch vor, denn eigentlich sollte man doch mehr Anteil daran nehmen, wenn man Details eines Mordversuchs hörte, der einem selbst gegolten hatte. Besonders wenn der Typ, der das versucht hatte, vor einem saß und sie einem mitteilte.

»Die Menge an Energie, die ich in den Bann gepumpt habe,

hätte vermutlich sogar ein niederes Halbblut getötet. Aber du lebst und hast all deine Erinnerungen behalten«, erklärte er weiter. Ich konnte ihm nicht folgen.

»Und was bedeutet das alles?«

»Kleines, das bedeutet, dass du ganz sicher kein Mensch bist.«

Übergangslos stieg er aus und öffnete kurz darauf die Beifahrertür. Ich schälte mich verwirrt aus meinem Gurt.

»Also kein Mensch«, murmelte ich und verließ die warme Geborgenheit des Mustangs.

»Kein Mensch«, bestätigte er und warf die Tür wieder ins Schloss. Ohne die Innenbeleuchtung standen wir nun völlig im Dunkeln. Nur schemenhaft zeichneten sich die Konturen von Lucians Gesicht im Mondlicht ab. Er griff nach meiner Hand.

»Die Berührung eines Brachions offenbart alle dämonischen Energien, ganz gleich ob Primus oder Halbblut.«

Sein Blick wanderte von mir zu unseren Händen, die ineinander verschränkt waren, und wieder zurück. *Deshalb hat er sich in der D.A. so seltsam benommen. Er wollte sichergehen, dass ich ein Mensch bin.*

»Was spürst du?«, fragte ich, obwohl ich die Antwort schon kannte.

»Nur dich«, flüsterte er.

Ein Pfau im Wald

»Komm«, forderte er mich auf. »Ich will dir etwas zeigen.«

Mühelos sprang Lucian über das Gatter. Ich kletterte hinterher. Die helfende Hand, die er mir hinstreckte, ignorierte ich. Ich war zu sehr mit meinen Gedanken beschäftigt. Als ich es geschafft hatte, stampfte er einfach ins Dickicht los. Ich seufzte.

Toller Plan, Rotkäppchen!, schalt ich mich selbst. *Folg dem bösen Wolf in den dunklen Wald!*

Aber was blieb mir anderes übrig?

»Wärst du ... wohl so freundlich ... mir zu sagen, was ... zum Teufel ich dann bin?«, fragte ich völlig außer Atem, was mehr an der Anspannung als an der Anstrengung lag. Der Wald war mittlerweile so dicht, dass man die Hand vor Augen nicht sehen konnte. Ich wunderte mich sehr, dass ich noch nicht über irgendeine Baumwurzel, einen Erdhügel oder meine eigenen Füße gestolpert war. Eine Taschenlampe wäre hilfreich gewesen. Oder eine Jacke. Es war echt kalt und meine hatte ich bei den Rossis gelassen. Sie suchen zu müssen, hätte meinen spektakulären Abgang definitiv ruiniert. Plötzlich wurde es vor mir ganz still. Lucian war stehen geblieben.

»Ich habe nicht die geringste Ahnung«, flüsterte es in der Dunkelheit.

»Was soll das heißen, du ha–«

Meine Entrüstung war gerade in Fahrt gekommen, als ich jäh von einer Hand unterbrochen wurde, die sich sehr bestimmt über meinen Mund legte.

»Scht!«, forderte Lucian dicht an meinem Ohr. Ich spürte seinen gespannten Körper an meinem Rücken, hatte allerdings nicht den leisesten Schimmer, wie er so schnell und so geräuschlos hinter mich gelangt war.

»Da ist jemand«, flüsterte er. »Rühr dich nicht vom Fleck.« Sein warmer Atem an meinem Hals wurde vom kühlen Luftstoß seines Verschwindens abgelöst. Ansonsten tat er, was auch immer er gerade tat, völlig lautlos.

Und da stand ich nun, allein, mitten im finsteren Wald, mit einer nur sehr vagen Ahnung, in welcher Richtung die Straße lag, und sollte mich nicht von der Stelle rühren. Ich fand die Situation so komisch, dass mir nicht einmal in den Sinn kam, mir Sorgen zu machen.

Bis ein spitzer Schrei durch den Wald hallte. Ein sehr dramatischer Schrei, wie der einer drallen Horrorfilm-Blondine. Ich sah mich um. Durch ein paar Büsche sickerte gedämpftes Licht. Wieder schrie Blondie und ich entschied mich gegen jede Vernunft, direkt darauf zuzusteuern.

»Wer schickt dich?« Lucians gedämpfte Stimme samt der darin mitschwingenden Drohung drang durch den dichten Wald.

»Kein Grund, unhöflich zu sein, mein Lieber. Also wirklich, ich hatte nicht vor, mich zu verstecken. Und selbstverständlich hatte ich nicht damit gerechnet, so überaus rüpelhaft aufgegriffen zu werden«, sagte jemand, der nun gar nicht mehr nach der Horrorfilm-Blondine klang. »Auch wenn ich schon davon gehört habe, dass dein Verhalten im besten Falle als rüpelhaft und grob zu bezeichnen wäre.«

Ich kam immer schneller voran, je näher ich dem diffusen Licht und der seltsamen Unterhaltung kam.

»Beantworte meine Frage!«, forderte Lucian.

»Schätzchen, wärst du nicht so über mich hergefallen, hätte ich das schon längst getan. Auch wenn ich nicht sagen kann, dass es mir missfallen hat, von so einem attraktiven Burschen in die Mangel genommen zu werden«, fuhr die affektierte Stimme fort. »Na, und wen haben wir denn hier?«, ergänzte der fremde Mann in den Vierzigern, als ich auf die kleine Lichtung stolperte.

Lucian schnippte genervt in die Luft. »Hey, hier spielt die Musik. Wer bist du und wer hat dich geschickt?«

Der moppelige Mann stand umständlich auf. Er strich sich seine in Unordnung gekommene Frisur zurecht und machte eine gezierte Verbeugung in Lucians Richtung.

»Mein Name ist Victorius van Dretten. Ich bin Gezeichneter von Primus Jiron, der mich geschickt hat, um dem Brachion namens Lucian ein Angebot zu unterbreiten.«

»Ein Angebot?«

»In der Tat, mein Lieber«, schnurrte Victorius, während er Lucian mit Blicken verschlang. »Dass es sich bei dir und deinem schnuckeligen Körper zweifelsfrei um den Brachion handelt, den man unter dem Namen Lucian kennt, ist nicht schwer zu kombinieren.«

Ich konnte mir ein Grinsen nicht verkneifen, als ich Lucian mit den Augen rollen sah. Er stieß den Gezeichneten ein Stück beiseite und machte sich an einer Felswand zu schaffen, die mir noch gar nicht aufgefallen war.

»Oh, nein, nein, nein, Süßer! Kannst du mir nicht die Augen verbinden oder etwas in der Art?« Victorius' Stimme überschlug sich fast vor aufgesetzter Empörung.

»Nein«, meinte Lucian knapp, ohne seine Aufmerksamkeit von der Felswand zu wenden.

»Ach komm schon, ich habe kein großes Interesse daran, deinen hinreißenden Anblick zu vergessen. Von dem deiner Rückseite ganz zu schweigen.«

Lucian ignorierte alle Einwände seines Verehrers, die vermutlich darauf abzielten, den Brachion von der baldigen Löschung seines Gedächtnisses abzuhalten.

»Ich fürchte, du hast keine Wahl«, sagte er und legte seine flache Hand auf den Felsen.

»Gute Güte, so stur und durchsetzungsfähig. Ein richtiges Alphatier ... eine Schande ...!«, plapperte Victorius weiter, während er zu keiner Sekunde die Kehrseite des Unsterblichen aus den Augen ließ.

»Hat dir schon mal jemand gesagt, dass Schweigen Gold ist?«, fragte Lucian.

»Aber natürlich, meine Zuckerschnute. Und immer wieder antworte ich darauf, dass ich ohnehin eine Schwäche für Silber hätte. Gold steht mir einfach nicht. Es macht mich so fürchterlich blass! Nicht, dass ich es nicht probiert hätte, immerhin ist Gold ja das edelste aller Edelmetalle, und was stünde mir besser als –«

Lucian gab seinem Gefangenen einen Schubs, woraufhin dieser mitten im Satz gegen die Felswand flog. Nein, *durch* die Felswand. Victorius verschwand einfach darin.

»Ähm, Lucian ...«, stammelte ich verwirrt.

Er grinste mich an.

»Ich würde dir ja den Vortritt lassen, aber ich weiß nicht, was unser ›Schnuckelchen‹ hier vorhat. Also komm einfach hinterher. Mi casa es su casa.«

Mit diesen Worten trat er in die Felswand und verschwand

ebenfalls, genauso wie das diffuse Licht um mich herum, sodass ich wieder einmal im Dunkeln stand. Entnervt warf ich
meine Arme in die Luft. Wo war ich hier nur gelandet?

Mit einem »Ich muss völlig verrückt sein« machte ich einen energischen Schritt in den Felsen.

Es fühlte sich nicht unangenehm an. Da waren nur ein
paar Luftverwirbelungen, wie an den Eingangstüren von einem Kaufhaus im Winter. Und plötzlich stand ich auf einer
Art Balkon über einem Wohnzimmer. Links von mir führte
eine schlichte Metalltreppe nach unten. Alles war so hell, ge-
räumig und modern und wirkte damit mitten in einem Felsbrocken völlig fehl am Platz.

»... sind doch zu eintönig. Ich finde, ein wenig mehr Farbe
wäre hier durchaus angebracht. Vielleicht eine Wandver-
kleidung mit entzückender Mustertapete, um diese schrecklichen Natursteinwände zu überdecken. Sie wirken einfach
zu roh und kalt. Was andererseits natürlich wieder zu dir
passt.« Ganz offensichtlich war Victorius nicht so sprachlos von dieser Pracht mitten im wortwörtlichen Nirgendwo.
Und er ließ sich auch nicht bremsen, seine Meinung zu Lucians Unterkunft kundzutun. »Der Boden ist eine Augen-
weide. Was ist das? Nuss? Kirsche? Oh, und dieses Sofa ...
Da kann ich gar nicht anders, als es in eine Fantasie mit dir
einzubeziehen. Auch wenn ich sagen muss, dass Creme- und
Brauntöne meinem Teint nicht gerade zusagen. Ich nehme
mal an, du ließest dich nicht zu ein paar lachsfarbenen Sofakissen überreden?«

Ohne zu antworten, umrundete Lucian einen Tresen, der
den Küchen- vom Wohnbereich trennte.

»Und oh. Mein. Gott. Ist das da hinten etwa dein Bett?
Das ist ja riesig!«

»Klappe!«, kommandierte Lucian schroff und stieß Victorius gradewegs auf einen Stuhl, den er aus der Küche geholt hatte.

»Na wunderbar, kaum mäkelt man ein klitzekleines bisschen an der Farbwahl herum, und schon darf man nicht mehr mit aufs Sofa. Wir sind heute aber empfindlich! Was denkst du, Liebchen? Findest du nicht auch, dass diesem ganzen Haushalt das weibliche Händchen fehlt?«

Hätte ich auch nur eine Sekunde angenommen, dass er mich mit diesem »Händchen« meinen könnte, wäre ich rot angelaufen. Da er aber offensichtlich auf sich selbst anspielte und das Ganze mit herumfuchtelnden Händen und einer höchst dramatischen Leidensmiene untermalte, brachte es mich nur zum Lachen.

»Hör nicht auf ihn«, brummte Lucian und bot mir einen Platz neben sich auf dem Sofa an. Ich stieg die Treppen runter und folgte der Einladung. Es war wirklich so bequem, wie Victorius es prophezeit hatte.

»Das war ja wieder klar. Das Mädchen darf aufs Sofa. Mädchen dürfen immer mit aufs Sofa!«, schmollte er. Energisch schlug er seine Beine übereinander und verschränkte die Arme. Hier, in diese moderne Studiowohnung, schien er in der Tat mehr zu passen als in den unzivilisierten Wald draußen. Er trug ein Ensemble – anders konnte man es wirklich nicht nennen – in den unterschiedlichsten Violetttönen. Sein Anzug war aus purpurnem Samt, sein Hemd aus blasslila Seide. Einstecktuch und Schuhe waren beige, was zugegebenermaßen sein strohblondes, seitengescheiteltes Haar gut zur Geltung brachte. Statt einer Krawatte oder einer Fliege hielt ein ordentlich geknotetes auberginefarbenes Halstuch seinen Kragen zusammen. Darunter lugte in seinem Nacken ein seltsames helles Liniengewirr hervor. Es ähnelte dem Siegel, das ich von Lucian bekommen hatte, war aber nicht rund.

Auch Lucian nahm seinen Gefangenen unter die Lupe, wobei ich fast sicher war, dass er Kleiderfragen dabei außer Acht ließ. Schließlich lehnte er sich zurück und seufzte.

»Wie lautet Jirons Angebot?«

»Hm, wir kommen also gleich zum Kern der Sache? Keine Höflichkeiten, kein Geplänkel oder Nichtigkeiten wie ein angebotenes Getränk ...? Verstehe, verstehe: Ein Mann der Tat.« Victorius zupfte ein wenig an seinem Halstuch herum, bevor er seine Hände in den Schoß legte und ein gefährliches Funkeln in seine Augen trat.

»Mein Meister bietet dir in Anbetracht deiner aktuellen Situation eine einmalige Gelegenheit. Da du ja nicht mehr – wie soll ich es nur formulieren? – mit der Liga ... konform bist, sieht er dich nun als einen der Seinen an. Deshalb gewährt er dir die Möglichkeit, den Gegenstand seines Interesses unverzüglich an ihn herauszugeben, bevor er die entsprechenden Schritte gegen dich einleitet.«

Lucians Gesicht war nicht zu deuten.

»Und der Gegenstand seines Interesses wäre dann ...?«, fragte er nach. Victorius schnalzte missbilligend mit der Zunge, um deutlich zu machen, was er von Lucians vorgespielter Unwissenheit hielt.

»Die junge Dame, die unter deinem Schutz steht.« Sein Gesicht war freundlich, beinahe sympathisch, als er sich an mich wandte.

»Verzeih, Kindchen, wir wurden einander nicht vorgestellt, aber ich gehe doch recht in der Annahme, dass du Miss Harris bist?«

»Warum will er sie haben?«, ging Lucian dazwischen, bevor ich zu Wort kommen konnte, um den Namen zu korrigieren, den ich seit der Scheidung meiner Eltern nicht mehr trug.

»Um sie zu töten, mein kleiner Brummbär. Weshalb denn sonst?«, rief Victorius und lachte gekünstelt. Als er sich der Ungebührlichkeit seiner Aussage bewusst wurde, schickte er noch ein »Entschuldige die Offenheit, mein Engelchen« in meine Richtung. Das half recht wenig.

Lucian atmete tief durch, wobei das Ausatmen einem Knurren gefährlich nahekam.

»Jiron arbeitet seit Jahren mit Harris zusammen. Aus welchem Grund möchte er nun dessen Tochter töten?«

»Nicht doch, nicht doch. Ich bin nicht hier, um dir prekäre Details aus dem Leben meines Meisters zu offenbaren.« Wieder ließ Jirons Bote ein aufgesetztes, glockenklares Lachen los, das von wedelnden Gesten unterstrichen wurde.

»Vielleicht solltest du es besser tun. Deinem Gesundheitszustand zuliebe.«

Schlagartig verflog Victorius' Affektiertheit. Seine Augen nahmen einen verstehenden Glanz an, obwohl er an seinem Lächeln festhielt. *Das lila Kerlchen ist sehr viel klüger, als es allen weismachen will ...*

»Aber, aber. Wer wird denn hier gleich Gewalttätigkeiten androhen. Ich bin ein Mann des Wortes und ein Mann des gepflegten Handels.«

Lucian verstand sofort, was gemeint war, auch wenn er darüber nicht sehr glücklich schien.

»Was willst du?«

Victorius' Antwort kam schnell und ungewöhnlich knapp.

»Meine Erinnerungen an diesen deliziösen Abend behalten.«

»Keine Chance.«

»In Ordnung ... wie wäre es dann mit meinen Erinnerungen an dich?« Seine Anzüglichkeit ließ Lucian eine Weile mit sich ringen.

»Ein paar Minuten draußen im Wald und meine Antwort an Jiron«, offerierte er. Victorius zog eine Schnute.

»Alles bis zum Auftauchen unserer Schönen hier. Außerdem dein Eintreten in die Zuflucht – also wirklich, ein bisschen Slowmotion plus den passenden Song und das wäre der perfekte Moment! – und natürlich deine Antwort an meinen Meister«, konterte der Gezeichnete.

»Von mir aus.«

»Dein Wort darauf?«

»Mein Wort darauf.«

»Hervorragend.« Victorius klatschte begeistert mit seinen gepflegten Wurstfingern. Dann wechselte er die übereinandergeschlagenen Beine und sah uns an, als hätte er die Neuigkeit des Jahrhunderts. »Also, meine kleinen Täubchen. Mein Meister arbeitet schon seit einer geraumen Zeit nicht mehr mit Harris zusammen.«

Die Nachricht schlug tatsächlich ein, wenn auch nicht bei mir. Lucian war baff.

»Wie lange schon nicht mehr?«

»Etwa acht Jahre.«

»Und weshalb?«

»Das weiß ich leider nicht so genau. Und ich muss gestehen, ich finde diese Wissenslücke mehr als beschämend, bin ich doch ein Mann von so ansehnlichem Informationsstand«, erklärte Victorius betrübt. Das kaufte ich ihm ungesehen ab. Sein Boss beschäftigte ihn sicherlich nicht wegen seiner physischen Einsetzbarkeit.

»Und ist ihre Meinungsverschiedenheit der Grund, warum dein Meister Harris' Tochter jetzt töten will?«, fragte Lucian ungeduldig.

»Ach, Schätzelchen, das kleine Harris-Mädchen selbst ist doch der Grund, aus dem sich die beiden gezankt hatten. Allerdings habe ich damals nur ein paar Gesprächsfetzen gehört ... das Warum interessiert mich genauso wie dich.«

Mein Doch-nicht-Vater und der Primus, der mich töten will, haben sich wegen mir gestritten?!

»Wie hast du uns gefunden?«, setzte Lucian sein Verhör fort.

»Also bitte, mein Sahnehäubchen! Ein Gentleman verrät doch nicht seine besten Tricks«, empörte sich Victorius. Nach ein paar Augenblicken unter Lucians Todesblick kapitulierte er jedoch. Schnaubend warf er beide Arme in die Luft.

»Na schön, wenn es denn sein muss. Ich bin den Kátos gefolgt, für den Fall, dass sie versagen – was bei diesen vollkommen vertrottelten Grobianen mit dem Verstand eines Einzellers kein Wunder war. Und voilà, mein Honigtöpfchen ... da bin ich nun: gefangen und der Willkür des heißesten aller Primus vollkommen ausgeliefert. Wenn das meine Freundinnen erfahren!«

Lucian sog neben mir scharf die Luft ein. Ich kannte beide zwar noch nicht sehr lange, aber mir war klar, dass der kleine lila Mann und der große, böse Dämon nicht sonderlich kompatibel waren. Bedachte man dann noch die fehlende Geduld, die Lucian immer wieder an den Tag gelegt hatte, und Kosenamen wie *Honigtöpfchen*, bekam man eine hochexplosive Mischung. Vielleicht war es besser, wenn sich eine dritte Partei zwischen die Fronten warf ...

»Und woher wussten diese Kátos, wo sie mich finden?«

Sofort war Victorius' Aufmerksamkeit ganz bei mir, und ich konnte nicht umhin, das spöttische Glitzern in seinem Blick zu bemerken. Mein Magen verkrampfte sich. Für einen flüchtigen Moment hatte ich den eiskalten Strategen hinter der plüschigen Fassade durchblitzen sehen. Eine kurze Blöße? Wohl kaum. Für derartige Fehler spielte er seine Rolle zu perfekt.

»Nun, mein Schneeglöckchen, das war gar nicht so einfach. Harris hatte eine ausgefeilte Versteckstrategie für dich zurechtgelegt. Zahlungen an andere Internate, engagierte Schauspielerinnen, die an den unterschiedlichsten Orten seine Ex-Frau und Tochter spielten, und natürlich einen äußerst effektiven Täuschungsbann, den er offensichtlich auf dich hat legen lassen.«

»Wie bitte?!« Mir fehlten die Worte. Lucian sprang ein, um mir zu helfen.

»Glaskugel. Haifischbecken.«

Das verwirrte nun auch Victorius, worüber sich Lucian diebisch freute. *Leute, könnt ihr euch mal auf das Wesentliche konzentrieren? Mein Doch-nicht-Vater bezahlt Schauspieler, die mich doubeln!!!*

»Wie dem auch sei«, fuhr Victorius fort, »machte es dieser Täuschungsbann unmöglich, dich aufzuspüren. Dass du dich auch noch auf geschütztem Territorium der Phalanx-Bruderschaft befunden hast, hat das Ganze noch zusätzlich verkompliziert.« Leidgeprüft schüttelte er den Kopf, bevor er Lucian erneut ins Visier nahm. »Aber für solche Fälle haben die Primus ja ihre Spürhunde. Nicht wahr, mein Schnuffelchen? Nur ein Brachion konnte Harris' Tochter finden. Und nur ein Brachion, der mit der Liga nicht mehr konform geht, hätte das auch getan ...«

Okay, wenn ich vorher schon dachte, sprachlos zu sein, setzte das hier dem Ganzen die Krone auf.

»Ihr habt Lucian auf meine Spur gehetzt?«

»Ach Kindchen, wir hatten deine Spur ja noch nicht einmal. Wir wussten nur, dass es dich gibt, und haben dafür gesorgt, dass auch der Harris hassende Lucian davon erfuhr. Allerdings hat er dich interessanterweise nicht umgebracht. Und das, Kindchen, macht mich neugieriger auf dich als alles andere.«

»Jiron hat mir also Informationen zugespielt und mich benutzt, um Ariana zu töten?!« Jedes Wort war ein Versprechen blanker Vergeltung an alle, die zugeben würden, davon gewusst zu haben.

»Ich fürchte, so ist es«, meinte Victorius geknickt, doch keinesfalls eingeschüchtert. »Umso romantischer ist es nun, euch beide wohlauf und vollkommen einvernehmlich hier sitzen zu sehen. Einen abtrünnigen Brachion und die Tochter des Mannes, der deinen besten Freund auf dem Gewissen hat.«

Entsetzt sah ich Lucian an. Der verzog keine Miene, stand auf und ging auf seinen Gefangenen zu.

»Victorius. Du hast dich uneingeladen einer besetzten Zufluchtsstätte von Timeon genähert und hast meine Geduld über Gebühr strapaziert. Aber du warst durchaus hilfreich und halbwegs respektvoll. Aus diesem Grunde erweise ich auch dir Respekt und schicke dich mit einer Antwort zu deinem Meister zurück, anstatt deinen Kopf Antwort genug sein zu lassen.«

»Sieh an, wortgewandt kann er auch sein ... – atemberaubend!« Sein wachsamer Blick strafte seine leichtfertige Wortwahl Lügen.

»Du kannst deinem Meister Folgendes ausrichten: Gleichwohl ich im Moment nicht mit der Liga kooperiere, bin ich durchaus noch mit ihren Vorstellungen konform. Aus diesem Grunde werde ich jeden Abtrünnigen ausliefern, der gegen den Kanon verstößt, und jeden töten, der es wagt, Hand an das Mädchen zu legen.«

Victorius nickte bedächtig. »Nur der Vollständigkeit halber, denn ich weiß, mein Meister wird danach fragen: Besteht die Möglichkeit, dass du Harris' Tochter unter Umständen irgendwann doch ... aus dem Weg räumst?«

»Das geht weder dich noch deinen Meister etwas an!«, stellte der Primus gefährlich leise klar.

Die Botschaft war angekommen.

»Wunderbar«, schnurrte Victorius und stand auf, »dann ist hiermit mein Auftrag erfüllt. Ich nehme an, dass du jetzt ein wenig mit meinen Gedanken spielen möchtest.« Mit einem Seitenblick auf mich ergänzte er: »Leb wohl, mein kleines Maiglöckchen. Dank deiner erfrischenden Natürlichkeit und trotz deiner Farblosigkeit habe ich dich bedingungslos in mein grenzenloses Herz geschlossen. Erlaube mir einen kleinen Rat für die Zukunft: Vertrau mir nicht. Es würde mir sehr leidtun, falls mein Meister bei seinen Tötungsabsichten dir gegenüber Erfolg haben sollte. Aber dafür hast du ja diesen knackigen Kerl. Wenn ich dich nicht gleich vergessen müsste, müsste ich dich auf ewig beneiden, dass du einen so sagenhaft gut aussehenden Tiger an deiner Seite hast. Addio, amore!« In einer spektakulären Inszenierung seiner selbst warf er mir einen Kussmund zu, griff sich an die Brust und schloss mit einem gequält sehnsüchtigen Gesichtsausdruck seine runden blauen Augen.

Gott und die Welt

Ich saß eine Weile allein in Lucians Studio. Abgesehen von einem Haufen aufgetürmter Klamotten auf einem der Sessel war sein Zuhause sehr ordentlich. Es hingen keine Bilder oder Fotos an den Wänden, und in dem frei stehenden Bücherregal, das seinem offenen Schlafzimmer zumindest ein wenig Privatsphäre verschaffte, befand sich nur ein nicht sonderlich aussagekräftiges Best-of der Weltliteratur. Alles in allem war es völlig unpersönlich und deutete in keinster Weise darauf hin, dass ein übernatürliches Wesen hier hauste. Unter den Garderobenhaken lehnte ein geschlossener Gitarrenkoffer hochkant an der Wand. Auf dem Küchentresen stand eine Kaffeetasse. Daneben lagen ein I-Pad, ein paar Zeitungen und ein offenes Notizbuch. Nach einem kurzen inneren Disput mit meiner guten Erziehung wagte ich es, einen Blick hineinzuwerfen. Die Seiten waren minutiös in sauberer Handschrift beschrieben. Allerdings konnte ich kein Wort davon lesen. Es war nicht nur in einer fremden Sprache geschrieben, sondern auch noch in einer fremdartigen Schrift. Ein paar der Zeichen hatte ich schon einmal gesehen. Auf dem Siegel, das Lucian mir gegeben hatte.

»Ich glaube nicht, dass dir das weiterhilft«, stellte der Primus fest, der grade wieder durch den Felsen zurückgekommen war. Der Luftzug des übernatürlichen Durchgangs hing noch in seinen dunklen Locken.

Peinlich berührt trat ich von einem Fuß auf den anderen.

»Ich – ich wollte nicht ... also ich wollte nur ...«, stammelte ich. Lucian winkte ab.

»Schon okay, wenn ich es offen liegen lasse, ist es meine eigene Schuld.« Er kam um den Tresen herum in die Küche und machte sich am Kühlschrank zu schaffen.

»Was hast du mit Victorius angestellt?«, wechselte ich das Thema.

»Die gefährlichen Erinnerungen genommen, ihm ein paar falsche eingepflanzt und ihn dann bei seinem Wagen abgesetzt.«

Eine Flasche Tonicwater folgte einer Flasche Gin, Zitronen und Eiswürfeln und kurz darauf war alles in einer gläsernen Karaffe zusammengemischt. Da fiel der Groschen.

»Der beste Gin Tonic, den du je getrunken hast, ist dein eigener?«, fragte ich, während er zwei Gläser aus einem der Küchenschränke fischte.

»Ich hab mal 'ne Weile in einer Bar in Manhattan gearbeitet«, erwiderte er grinsend. Zum Beweis wirbelte er die Gläser durch die Luft, bevor er sie gekonnt füllte. Mit einem Zwinkern schob er mir meinen Drink über den Tresen und prostete mir zu.

»Auf die Antworten, die wir hoffentlich bald bekommen.«

Da sprach er mir wirklich aus der Seele! Wir stießen an. Er leerte sein Glas zur Hälfte und füllte es erneut. Ich ließ es ein wenig langsamer angehen und nippte nur. Es war wirklich ein ausgezeichneter Gin Tonic.

»Zufrieden?«, erkundigte sich Lucian schelmisch und steuerte samt Glas und Karaffe auf sein Sofa zu. Ich nickte.

»Zumindest was dein Gin-Tonic-Versprechen anbelangt.«

Sofort verschwand die gute Laune. Er seufzte schuldbewusst und setzte sich. »Hör zu, Ariana. Es tut mir sehr leid, dass ich dich da mit reingezogen habe.« Pragmatisch wie immer zuckte ich nur mit den Schultern.

»Das hat ja wohl Jiron zu verschulden«, tat ich es ab, aber Lucian schüttelte den Kopf.

»Ich hätte es wissen müssen.« Mit Fehlschlägen konnte der unsterbliche Dämon wohl genauso wenig umgehen wie mit Bevormundung. Aber vielleicht half mir ja seine Stimmung wenigstens, ein paar Antworten zu bekommen.

»Wer ist dieser Jiron überhaupt? Also, außer dass er jemand ist, den man unbedingt meiden sollte«, fragte ich, während ich es mir ebenfalls auf dem Sofa gemütlich machte. Es dauerte eine Weile, bis ich zwischen den ganzen Kissen eine Position gefunden hatte, in der es sich aushalten ließ. Als ich endlich hochsah, bemerkte ich, dass mich Lucian beobachtete. Er lächelte, und ich konnte nicht anders, als Victorius absolut recht zu geben. Der Primus war wirklich eine Sahneschnitte. Dankbarerweise schien eben diese Sahneschnitte meine Schwärmerei nicht zu bemerken und beantwortete stattdessen meine Frage.

»Jiron hat die Liga schon vor ein paar Jahrhunderten verlassen. Normalerweise sind die Abtrünnigen Einzelgänger, die sich bedeckt halten, aber Jiron hatte bald ein ganzes Netzwerk aufgebaut, das seine Verbrechen und seine zwielichtigen Aktionen unterstützt. Er macht sich schon seit Jahrzehnten die Finger nicht mehr selbst schmutzig.«

»Wie die Mafia?«, fragte ich überrascht.

»Ja, und genauso schwer zur Strecke zu bringen.«

»Spitze! Die unsterbliche Mafia will mich hopsgehen lassen.«

Ein großer Schluck Gin Tonic wanderte in meinen Magen und schaffte es tatsächlich, die Panik ein wenig einzudämmen. Das und Lucians ernster Blick, als er voller Überzeugung meinte: »Das werde ich zu verhindern wissen.«

Er strich sich die Haare aus der Stirn. Eine inzwischen sehr vertraute Geste. »Mich zu benutzen war ein Fehler. Jiron muss unter großem Druck stehen, dass er sich zu solch riskanten Maßnahmen hinreißen lässt. Leider waren Victorius' Erinnerungen durch ein entsprechendes Siegel geschützt.«

Auch wenn mir nicht gefiel, was ich gerade gehört hatte, musste ich dennoch lächeln, als ich an den verschrobenen lila Pfau dachte.

»Er schien wirklich etwas für dich übrigzuhaben«, zog ich Lucian auf. Der schnaubte und schenkte sich erneut nach.

»Victorius beherrscht das Spiel, sonst wäre er bei Jiron nie so weit gekommen.«

»Was meinst du mit ›so weit‹?«

»Unter den Gezeichneten eines Primus gibt es eine Art Rangordnung. Je mehr und mächtigere Siegel ein Mensch besitzt, umso höher sieht er in der Hierarchie des Gefolges. Hast du das Symbol in seinem Nacken gesehen?«, fragte er. Ich nickte. »Das ist Jirons Zeichen. So etwas wie ein Exklusivvertrag bis in den Tod. Damit hat Victorius seine Seele an seinen Meister verkauft.«

»Du verarschst mich?!«, platzte es aus mir heraus. Lucian sah mich amüsiert an.

»Glaubst du, die Geschichten, in denen man seine Seele einem Dämon verkauft, stammen bloß aus der Fantasie eines Schriftstellers?«

Lucians Selbstgefälligkeit kratzte an meiner Geduld, aber noch mehr ärgerte ich mich über mich selbst. Innerhalb von wenigen Tagen war meine gesamte Welt auf den Kopf gestellt worden, und trotzdem fiel mir ständig alles aus dem Gesicht, wenn ich mal wieder über eine neue Offenbarung stolperte. Weshalb hatte ich mich denn nicht schon längst daran gewöhnt? Ich mochte es definitiv nicht, in der Unwissenheitsschleife festzuhängen. Wild entschlossen, meinen Hang zu überraschten Gesichtsausdrücken zu minimieren, exte ich meinen Gin Tonic, wobei ich den grinsenden Primus, der mich beobachtete, geflissentlich ignorierte. Es war kein kleines Glas ...

»Also sammelt dieser Jiron Seelen ...«, sagte ich, um das Thema wieder aufzugreifen. Ich spürte, wie sich meine Muskeln entspannten. Der Gin begann zu wirken. Lucian fischte nach der Karaffe.

»Ganz so läuft das nicht. Seelen sind pure Energie. Man kann sie nicht sammeln wie Briefmarken. Jirons Zeichen ist ein Vertrag, der – unter anderem – nach dessen Tod die Restenergie von Victorius' Seele postwendend an Jiron schickt.« Er schenkte uns beiden nach und bekam gar nicht mit, wie ich mein Gesicht erstaunlich gut unter Kontrolle hielt. Stolz auf mich und so abgeklärt wie möglich fragte ich weiter.

»Was passiert denn sonst mit den Seelen der Verstorbenen?«

»Was fragst du mich das?«, empörte sich Lucian lachend. »Wir werden vielleicht göttlich genannt, aber das bedeutet nicht, dass wir Gott sind.«

Mein Mund klappte nach unten.

»Du glaubst an Gott?« *Verdammt* ... Da war sie wieder, meine inzwischen so vertraute Fassungslosigkeit.

Lucian verzog sein Gesicht, als würde meine Frage ihm körperliche Schmerzen bereiten.

»Hey, nutzt du da etwa gerade meine Betrunkenheit aus, um mich auszuquetschen?!« In seinen Augen blitzte der Schalk.

»Du und betrunken?«, schnaubte ich.

»Klar, noch etwa zwölf hiervon«, meinte er und tippte mit dem Zeigefinger an sein Glas, »und ich habe einen Schwips.«

»Das ist nicht fair. Ich habe jetzt schon einen.« Prompt musste ich hicksen, als wollte mein Körper meine Behauptung untermauern. Und dann gleich ein zweites Mal. *Vielleicht hätte ich auch mal etwas essen sollen ...,* schalt ich mich selbst.

Genau das war der Moment, in dem ich beschloss, meinen neuen Gin Tonic doch eine Weile sich selbst zu überlassen. So verlockend es war, konnte ich mich schließlich nicht im Zuhause eines Unsterblichen, das sich mitten in einem Felsbrocken befand, betrinken.

»Okay, dann bleiben wir fair«, sagte Lucian. Er rollte sich von der Couch, um kurz darauf in der Küche ein paar Schränke zu durchwühlen. »Für jede deiner Fragen darf ich dir auch eine stellen.«

Das erinnerte mich zwar sehr an *Das Schweigen der Lämmer,* aber letztlich konnte ich daran keinen Haken finden.

»Deal«, rief ich über die Schulter in die Küche. Als Antwort ertönten nur Geschirrklappern und das Knistern von Verpackungsmaterial. Würde der Raum um mich herum nicht schon bedenklich schwanken, hätte ich mich umgedreht, um zu sehen, was er da trieb. Aber so blieben mir nur das Hörspiel und die Aussicht auf ein leeres Sofa vor mir.

»Also: Glaubst du an einen Gott?«, hakte ich nach. Wieder Geraschel und schließlich Lucians gedämpfte Stimme. *Steckt der etwa mit dem Kopf im Küchenkasten?*

»Ich glaube zumindest, dass da noch irgendwer seine Finger im Spiel haben muss. Ob man das Gott, Schicksal oder sonst wie nennt, ist mir eigentlich egal.«

Kurz darauf tauchte er wieder in meinem Blickfeld auf. Wie ein Kellner balancierte er in der einen Hand gleich mehrere kleine Schüsseln mit Knabberkram und in der anderen eine frisch aufgefüllte Karaffe. »Mehr zu essen gibt's hier leider nicht. Timeon lagert ungern Verderbliches in seinen Zufluchten.«

Oh-oh, habe ich mich etwa schon so schlimm benommen, dass er mich ausnüchtern will? Als sich Lucian aber selbst großzügig an den Cashewnüssen bediente, zuckte ich innerlich mit den Schultern. *Erst wenn er mir einen Kaffee anbietet, fange ich an, mir Sorgen zu machen.*

»Du redest ständig über diesen Timeon, als wär das ein Kerl. Ist er ein Primus? Und wenn ja, warum hat er zugelassen, dass ein sinnloses Gatter mitten im Wald nach ihm benannt wurde?«

Lucian sah mich tadelnd an. »Ausnahmsweise lass ich dir die eine Frage Vorsprung – aber nur aus Respekt vor unserem Gastgeber.« Er schwang seine Beine unter sich zum Schneidersitz zusammen. »Timeon ist ein sehr, sehr alter Primus. Er hat sich schon vor Jahrhunderten aus der Welt zurückgezogen und interessiert sich nicht dafür, wer was nach ihm benennt. Seine Zufluchten hat er der breiten Öffentlichkeit zur Verfügung gestellt. Allerdings gibt es gewisse Regeln«, erklärte er, »es sind Schutzorte – im Grunde so was wie die Schweiz.«

Neutraler Boden also? Das klang gar nicht mal so schlecht.

Lucian räusperte sich und sah mich gespannt an. Wir hatten eine Vereinbarung.

»Leg los!«

»Wie alt warst du, als dein Vater euch verlassen hat?«, wollte er wissen.

»Zwölf.« Wenn das so weiterging, kam ich mit unserem Deal gut zurecht. Ich war dran.

»Wenn Jiron Victorius' Seele schon besitzt, warum bringt er ihn dann nicht einfach um und genießt seinen Seelen-Energy-Drink?«

Lucian machte eine unwirsche Geste und warf sich ein paar Nüsse in den Mund. »Das wäre totale Verschwendung. Die menschliche Seele ist wie ... eine Milchkuh. Lebendig ist sie viel mehr wert. Man kann sie täglich melken und muss ihr nur ein wenig Nahrung geben. Erst wenn die Kuh alt und verbraucht ist, gibt man ihr den Gnadenstoß und isst sich am Fleisch satt. Außer in Notfällen natürlich.«

Ähhhm ... »Wow, das war jetzt auf so vielen Ebenen politisch nicht korrekt, dass ich gar nicht mehr weiß, was ich darauf sagen soll.«

Lucian zog unschuldig seine Schultern nach oben, was so viel bedeutete wie »Du wolltest es wissen«. Dann spülte er die Nüsse mit dem Rest seines halb vollen Glases runter und schenkte sich schon wieder nach. Das war jetzt sein fünfter Gin Tonic.

»Ich bin dran: Hast du deinen Vater nach der Scheidung noch gesehen?«

Wieder eine einfache Frage.

»Nein.«

Ich konterte: »Hab ich eine Seele?«

»Ja.« Er fragte genauso schnell weiter: »Glaubst du, deine Mutter weiß, dass Harris nicht dein leiblicher Vater ist?«

Wie hätte sie es nicht wissen können? Lächerlich. Oder auch nicht? Aber zumindest ein wenig peinlich, was mich dazu veranlasste, nach meinem Rettungsanker zu greifen, der gut gefüllt vor mir auf dem Tisch stand.

»Na ja, das hoffe ich doch. Sonst ist da etwas ganz fürchterlich schiefgelaufen. Irgendwelche Andeutungen hat sie nie gemacht.«

Seltsame Frage, seltsame Antwort. Er hatte es nicht besser verdient. Zeit, ans Eingemachte zu gehen.

»Glaubst du, dass mein ... richtiger Vater vielleicht ein Primus war?«, wollte ich wissen. Einen Augenblick schwieg Lucian, bevor er bedächtig nickte.

»Theoretisch könnte das sein. Aber dann hast du keine Kräfte von ihm mitbekommen. Die Magie eines Halbbluts würde ich spüren können.«

Ja, richtig. So was in der Art hatte er ja schon erwähnt.

»Warst du vor der Scheidung oft mit deinem Vater allein?«, fragte er weiter. Ich kaute nachdenklich auf meiner Unterlippe herum.

»Hin und wieder habe ich mit ihm allein ein paar Ausflüge gemacht. Abgesehen davon kann ich mich an keine Situation erinnern, in der nicht meine Mum auch da war.« Überraschenderweise war mir das selbst nicht klar gewesen. Aber es hatte mich ja auch noch nie jemand danach gefragt. Lucian bediente sich erneut am Knabberkram, und schob mir dann die Schüssel in Reichweite. *So durchschaubar?* Ich tat ihm den Gefallen und aß ein paar ... *Giraffenkekse?!* Sie schmeckten erstaunlich gut, besonders wenn man bedachte, dass ich wohl seit Tagen nichts Richtiges mehr gegessen hatte.

Lucians erwartungsvoller Blick erinnerte mich daran, dass ich an der Reihe war.

»Haben alle Halbblüter Seelen?«

»Das ist ein bisschen kompliziert.«

»Versuch's«, forderte ich ihn auf, während ein paar weitere Giraffen daran glauben mussten.

»Primus können mit Menschen Kinder zeugen. Ist der Vater ein Primus und die Mutter ein Mensch, hat das Kind eine Seele und geringe magische Fähigkeiten. Ihr nennt sie Hexen, Magier, Voodoopriester ...« Erstaunt sah ich von meinen tierischen Knabbereien hoch. Bevor ich überhaupt richtig realisieren konnte, was er mir da gerade gesagt hatte, fuhr er fort mit dem Fragespiel.

»Wohin habt ihr eure Ausflüge gemacht?«

Der ist aber auch hartnäckig!

»Unterschiedlich. Wir waren oft im Kino – ich glaube, ich habe *Arielle, die kleine Meerjungfrau* gut ein Dutzend Mal gesehen. Aber auch an einen Jahrmarkt und den Zoo kann ich mich erinnern.«

Ich brauchte einen Moment, um die Existenz von Hexen zu verdauen, beschloss aber, meine nächste Frage nicht daran zu verschwenden. Das, was er nicht gesagt hatte, machte mich neugieriger.

»Was ist, wenn die Mutter eine Prima ist?«

Sein Blick verriet mir, dass er diesem Thema tatsächlich lieber ausgewichen wäre. Aber sein Lächeln strafte seinen Blick Lügen. *Oh mein Gott, wann zum Kuckuck ist kauend lächeln in meinem Heiße-Dinge-die-Typen-machen-Ranking so weit oben gelandet?*

»Keine Seele kann im Körper eines Primus überleben, schon gar nicht die neun Monate einer Schwangerschaft. Das Kind würde untot geboren werden. Ihm fehlen sowohl die Seele zum Überleben als auch die Fähigkeit der Primus, sich von menschlichen Emotionen zu ernähren. Also mussten sie sich andere Wege suchen.«

Selbst mit meinem Schwips fiel mir auf, dass der Mistkerl seine Fragen bewusst so formulierte, dass immer eine Folgefrage offenblieb. Natürlich versuchte er damit, von irgendetwas abzulenken. Allerdings wollte mir beim besten Willen nicht einfallen, was das hätte sein können.

»Was dachte denn die kleine Ariana, was für einen Beruf ihr Vater ausübt?«, fragte er weiter.

»Oh, ich dachte lange, dass er Zahnarzt wäre«, erzählte ich grinsend. »Erst später verstand ich, dass er Geschäftsführer eines Pharma-Giganten war. Allerdings hatte ich da schon all meinen Kindergartenfreunden weisgemacht, dass er kommen und ihre Zähne aufbohren würde, wenn sie sich weiter über mich lustig machen würden.«

Das brachte den Dämon vor mir doch tatsächlich zum Lachen. Und sein Lachen wiederum hatte einen so schönen, warmen Klang, dass ich ihn einfach nur einen Augenblick genoss. Es war wirklich schon lange her, dass ich meinen Erinnerungen erlaubt hatte, aus dem dunklen Winkel zu kriechen, in dem ich sie versteckt hatte. Und selbst dann wäre mir nie in den Sinn gekommen, dass es mich freuen könnte, wenn jemand darüber lacht.

»Du bist dran«, erinnerte er mich sanft.

»Was für andere Wege, sich zu ernähren, haben diese untoten Halbblüter gefunden?«

»Lebendiges menschliches Fleisch oder Blut trägt minimale Spuren der dazugehörigen Seele in sich. Es ist mühsam und nicht sehr ergiebig, aber so konnten sie überleben.«

»Du redest jetzt aber nicht von Vampiren?!«, rief ich geschockt. Er lachte.

»Doch, aber das waren zwei Fragen.«

»Gar nicht wahr!«, protestierte ich, bevor mir überhaupt

bewusst wurde, dass er recht hatte. »Das war nur ein ... überraschter ... rhetorischer ... Ausruf.« Seine grünen Augen fixierten mich, bis ich seufzend nachgab. »Frag!«

»Warum Zahnarzt?«, wollte er wissen.

»Boah, keine Ahnung.«

Lucian musterte mich skeptisch. Ich schickte ein aufrichtiges »Ehrlich« hinterher und verbarg mein Grinsen über sein mürrisches Gesicht hinter meinem Gin Tonic. Er seufzte resigniert.

»Ich nehme deine Frage jetzt mal vorweg – ja, ich habe von Vampiren geredet. Zumindest ihr nennt sie so. Wir nennen sie nur eine Plage. Sie haben in etwa den Verstand von Zuckerwatte, weil ihnen die nötige Nahrung während ihrer Entwicklungszeit gefehlt hat. Sie töten wahllos, wann immer es ihnen passt.«

»Das wollte ich gar nicht fragen«, log ich. Natürlich durchschaute mich Lucian.

»Lügnerin«, lachte er leise.

»Beweis es!«, forderte ich. Grüne Augen suchten meine. Das Funkeln in seinem Blick zeigte deutlich, dass er mit dem Gedanken spielte, meine Herausforderung anzunehmen. Ein kühles Prickeln kroch meinen Rücken hinunter. Unbehaglich rutschte ich zwischen den Kissen hin und her. Es war das gleiche Prickeln, das ich schon öfters bei Lucian verspürt hatte. Mittlerweile ahnte ich, dass ich seine Macht irgendwie wahrnehmen konnte. Ob das bei anderen Primus wohl auch funktionieren würde?

Schließlich war es Lucian, der seinen Blick abwandte. Das Prickeln verschwand sofort. Er fuhr sich – wieder einmal – durch die Locken. Irgendwie bekam ich den Eindruck, dass er die Fragestunde am liebsten beendet hätte.

Dennoch machte er weiter.

»Hast du deinen Stiefvater früher bei der Arbeit besucht?«

Wow, er ist wirklich von Wilson Harris besessen!

»Nicht dass ich wüsste. Wir sind bei unseren Ausflügen hin und wieder bei ihm im Büro vorbeigefahren, weil er noch etwas abzugeben hatte. Aber geblieben sind wir nie lang, und ihm bei der Arbeit zugesehen, habe ich nie«, erzählte ich und fragte direkt weiter: »Wenn Vampire nicht denken können, warum wurde dann noch keiner von ihnen entdeckt?«

»Die Tatsache, dass du Vampire kennst, heißt ja schon, dass es ihnen nicht immer gelungen ist. Normalerweise verhindern die Eltern dieser hirnlosen Nervensägen, dass sie auffliegen. Wenn nicht, übernehmen die Brachion«, meinte er lapidar. Und wieder konnte ich nicht verhindern, dass mein Unterkiefer nach unten klappte.

»Ihr jagt Vampire?«

Vorwurfsvoll zog Lucian eine seiner Brauen hoch, um mich daran zu erinnern, dass ich eine Frage zu viel gestellt hatte.

»'tschuldigung«, murmelte ich verlegen und schlürfte weiter an meinem Gin Tonic. Er schmeckte auch wirklich zu gut ...

»Besitzt du irgendetwas, was dein Vater dir gegeben oder geschenkt hat?«, fragte er und beugte sich gespannt nach vorne.

»Nein. Ich habe nach der Scheidung alles im Wald vergraben.«

Ha, ich konnte auch ausweichende Antworten geben. Wieder fixierten mich seine grünen Augen. Er wusste genau, was ich tat.

»Ihr jagt Vampire?«, wiederholte ich nun meine Frage.

Lucian nickte langsam und lehnte sich wieder zurück. Seine Arme verschränkte er hinter seinem Kopf.

»Mehr oder weniger. Es ist den Primus seit einigen Jahrhunderten verboten, mit Menschen Kinder zu zeugen. Bei den Abtrünnigen kommt es dennoch ab und an vor. Und ja, dann greifen wir ein und jagen sie.«

Er war dran.

»Hast du irgendwelche besonders ausgeprägten Fähigkeiten oder Talente?«

Was ist das denn für eine Frage?!

»Ähm ... nein«, begann ich verblüfft. »Lizzy sagt, ich kann ganz gut singen, aber ich schätze, so was meinst du nicht.« Er schüttelte grinsend den Kopf und schenkte sich seinen sechsten Gin Tonic ein. Oder war es sein siebter? Auch mein Glas füllte er erneut.

Um den Fokus von meinen nicht vorhandenen Talenten abzulenken, fragte ich schnell weiter.

»Wurde das Zeugungsverbot wegen der Vampire aufgestellt?«

Er schwang seufzend seine Beine auf das Sofa und stellte die Schale mit den Salzstangen auf seinen Bauch.

»Nein, eigentlich nicht. Es gibt eh nicht mehr viele von ihnen. Sie sind nervig, aber nicht wirklich gefährlich für uns. Besonders nicht, seitdem die PR-Abteilung der Liga Vampire in den Augen der Menschen zu Softies gemacht hat. Nein, es waren die Hexen, wegen denen das Verbot erlassen wurde.«

»Warte mal. Du hast gesagt, das Verbot wäre einige Jahrhunderte alt. Wenn Hexen Seelen haben und damit menschlich und sterblich sind, wie viele Hexen kann es denn dann heute schon geben?«

»Tja ... Hexen vererben ihre magischen Fähigkeiten weiter. Vermehren sie sich außerdem auch noch untereinander, sind die Möglichkeiten unbegrenzt. Natürlich können sie ihre Kräfte nicht wie wir durch menschliche Seelen regenerieren und ihrer Lebensspanne ist ein Ende gesetzt. Aber dennoch können sie gehörigen Schaden anrichten, indem sie immer mächtigere Blutlinien erschaffen, die sich uns entgegenstellen.«

»Und warum genau wollen sie das überhaupt?«, hakte ich nach.

»Das haben wir wohl selbst zu verschulden.«

»Lass mich raten: Als die ach so mächtigen Primus bemerkt haben, dass ihre Kinder ihnen eventuell gefährlich werden können, haben sie die Reißleine gezogen und sie zum Abschuss freigegeben.«

»Die Inquisition ist nicht gerade das hellste Kapitel unserer Chroniken«, meinte er müde.

»Du nimmst mich doch auf den Arm! Die Hexenverbrennungen sind auch eure Schuld?!«, rief ich. »Kein Wunder, dass die Hexen euch nicht mögen.«

»Das waren jetzt vier Fragen am Stück ...«

»Ja, ja, schon gut. Lass mich kurz auf die Toilette, dann steh ich dir voll und ganz zur Verfügung.«

Lucian deutete grinsend auf eine unscheinbare Tür zwischen Küche und Schlafzimmer. Ich torkelte mühsam hin. Das watteartige Gefühl in meinem Kopf und das Schwanken des Raumes ließ alle Alarmglocken schrillen. Ich war nicht nur angeheitert, sondern wirklich betrunken. Und das von zwei Gin Tonics? Irgendetwas war hier faul. Höchst konzentriert versuchte ich, die Giraffenkekse bei mir zu behalten, während ich mich erleichterte, mir die Hände wusch und mir anschließend etwas kaltes Wasser ins Gesicht spritzte. So viel hatte ich doch gar nicht getrunken ...

Wieder zurück am Sofa drehte sich alles um mich herum. Es hörte auch nicht auf, als ich mich hinsetzte und die Augen schloss.

»Alles klar?«, fragte Lucians Stimme vom anderen Ende des Sofatisches.

»Mhmm ... nurn bisschen viel erwischt«, murmelte ich. »Stell deine Fragn.« Nach diesem Abend wollte ich auf keinen Fall in seiner Schuld stehen.

Eine Weile herrschte Schweigen, aber ich fühlte, dass er mich beobachtete. Wahrscheinlich ließ er sich grade durch den Kopf gehen, was er mich noch nicht über meinen Vater gefragt hatte. *Stiefvater*, korrigierte ich mich selbst. So willkommen der Gedanke auch war, dass ich mit diesem Mann nicht mein Fleisch und Blut teilte, so schwierig war es doch, die alten Konditionierungen loszuwerden.

»Wer waren die Typen am Parkplatz?«

Schlagartig öffnete ich meine Augen und sah zu Lucian. Er war die Ruhe in Person, aber in seinem Blick funkelte etwas, das ich nicht zuordnen konnte.

»Brendon?«, fragte ich mit gerunzelter Stirn. Der Primus war doch wirklich für Überraschungen gut. »Er isn Volltrottel und mein Ex. Auch ohne seine Freunde is er unerträglich, aber mit ...« Ich wedelte mit meiner Hand durch die Luft und verzog mein Gesicht zu etwas, das ich für einen abschätzigen Ausdruck hielt. Ganz sicher war ich mir aber in meinem Zustand nicht.

»Wenn er so unerträglich ist, warum warst du dann mit ihm zusammen?« Noch immer fixierten mich brennend grüne Augen.

»Seeeehr gute Frage. 'ch war offnsichlich sehr naiv un sehr verliebt.« Das war vollkommen untertrieben. Strohdumm und absolut vernarrt traf es eher. Unglücklicherweise hatte Letzteres nicht auf Gegenseitigkeit beruht.

»Hat er dir wehgetan?«

Oh ja. »Glaub kaum, dass dich das was angeht.«

Meine Erinnerungen an Brendon lagen gut verpackt in einer abgeschlossenen Truhe. Und dort sollten sie auch bleiben.

»Als ich euch gesehen habe, habe ich bei dir Furcht gespürt«, hakte Lucian nach. Seinem Blick entging nicht, wie sich meine Kiefer aufeinanderpressten. »Was hat er getan, Ariana?«

Ohne es zu wollen, katapultierte mich seine sanfte Frage zurück zu jener Partynacht im Wohnheim der Jungs. Mrs Kent hatte mir genau dieselbe Frage gestellt. Damals hatte ich nicht geantwortet und auch jetzt würde ich nicht damit anfangen. Das ging niemanden etwas an.

»Er is einfach n Aaaschloch«, flüsterte ich ausweichend und kramte mein Handy aus der Hosentasche. *Unmöglich.* Es fühlte sich an wie drei Uhr nachts, war aber erst elf. Die Uhrzeit konnte nicht stimmen. Ich rappelte mich mühsam hoch. »'ch sollte nachause. Sis schon spät.«

Ganz dringend sogar. Denn ohne mich am Sofa festzuhalten, konnte ich nicht mehr gerade stehen. Lucian erhob sich und streckte seinen Arm in meine Richtung, jederzeit bereit, mich zu stützen.

»Du kannst aber nicht nach Hause«, sagte er ruhig. Ich verdrehte meine Augen und marschierte entschlossen zu der Wand, in der ich den Ausgang vermutete.

»Ja 'ch weiß ... 'ch mein ... zu Lizzy.« Der Boden wollte einfach nicht bleiben, wo er war. Meine Füße traten ins Nichts.

Überrascht griff ich nach dem Küchentresen, der allerdings weiter entfernt war, als ich gedacht hatte. Ein starker Arm um meine Taille rettete mich vor einem unkontrollierten Sturz.

»Hoppla ... ich glaube, du gehst nirgendwo mehr hin«, raunte Lucian an meinem Ohr. Ich konnte ihn lächeln hören.

»'ch werd beschimmt nichier schlafn«, nuschelte ich empört und versuchte mich aus seinem Griff zu befreien. Vergeblich.

»Du schläfst eh schon halb. Und Lizzy würde mir nur vorwerfen, dass ich dich abgefüllt hätte«, meinte er, während er mich vor sich herschob. Der Eingang und die Küche verschwanden aus meinem Blickfeld.

»Hassu auch!«, warf ich ihm vor. Er lachte leise. Sein warmer Atem streifte meinen Nacken.

»Vielleicht ein bisschen.«

»Du wusses, dass ichnich üba mein Vater redn ... wolln ... würde.« Sehr stolz über meine Formulierungskünste, bemerkte ich, wie ich auf etwas Weiches fiel. Zuerst dachte ich, er hätte mich zurück aufs Sofa gebracht, aber mein Oberkörper kippte nach hinten, ohne auf Widerstand zu treffen.

»Er ist nicht dein Vater, Kleines.«

Mist. Schon wieder hatte ich vergessen, dass mein größter Traum wahr geworden war. *Wilsn Harris is nich mein Vater! Wilsn Harris is nich mein Vater! Wilsn Harris is nich ...* Ein Zupfen und Zerren an meinen Füßen lenkte mich ab.

»Ziehssumich grad aus?!« Ich strampelte aufgebracht, um ihn loszuwerden. Lucian zischte tadelnd und fing meinen Fuß wieder ein. Nach dem kühlen Gefühl an meinen Zehen zu schließen, mussten wohl meine Schuhe und meine Socken gerade dran glauben. Dann tauchte Lucians Gesicht über mir auf. Sein Blick wanderte an mir herunter und blieb auf Höhe meiner Brüste hängen. Argwöhnisch beobachtete ich ihn. Die Hand mit dem Ring am Zeigefinger kam mir entschieden zu nah. Ich schlug sie weg. Zumindest versuchte ich es.

»Halt still«, murrte er und öffnete den Reißverschluss von Lizzys Hoodie. Mein Herz verkrampfte sich. Dann zog er mich hoch und streifte mir den Kapuzenpulli über die Schultern. Ich erinnerte mich zwar dunkel, dass ich drunter noch ein Tanktop trug, aber dennoch schlich sich leichte Panik in meine Gedanken.

Lucians Gesicht verzog sich, während er konzentriert meine Arme aus dem Pulli schälte. Unvermittelt musste ich kichern.

»Du siehssaus, als würdessu in eine Zitrooone beißn«, lallte ich. Ein Arm war frei. Gut, damit konnte ich mich wehren ... falls ich mich erinnerte, wie man das machte.

»Misstrauen schmeckt scheußlich«, erklärte er mir und da ging mir ein Licht auf. Der zweite Arm war frei und ich fiel wieder zurück auf die Matratze.

»Du ernährssich von mir?«, fragte ich die Zimmerdecke. Erneut schob sich Lucians Gesicht in mein Blickfeld. Diesmal sah er mir direkt in die Augen.

»Nein, weil Misstrauen scheußlich schmeckt«, wiederholte er betont langsam, als würde er mit einem kleinen Kind sprechen. Und schon war er wieder weg.

Oh ...

»Hassu schomal ... von mir?«

»Einmal.« Seine Stimme klang so weit entfernt. »Als du mich heute nach deinem Aufwachen davon abgehalten hast zu gehen. Du hast mir ohne wirklichen Grund vertraut, da konnte ich nicht widerstehen.«

»War voreilich, oda?«, fragte ich.

»Was?« Jetzt war seine Stimme wieder ganz nah.

»Das midm Vertraun ... Immahin machssu dich grad am-mich ran«, murmelte ich vor mich hin. Lucian lachte.

»Keine Sorge, Kleines. Du bist mir zu jung.«

Richtig, er war ja ein *uuuuuuuuuuunsterblicher Dämon*. Und ich machte mir hier Gedanken, dass er wie ein pubertierender Junge über mich herfallen würde. *Pfft* ... Meine Anspannung fiel von mir ab. Die Bettdecke unter mir wirkte verlockend kühl und gemütlich. Mit einem leisen Seufzen schob ich sie ein we-nig zusammen und legte meinen Kopf darauf ab.

»Ganz richtig, Opa!«, nuschelte ich in mein improvisier-tes Kopfkissen. »Mach dir keine Hoffnungn.« Erneut ertönte ein Lachen über mir. Dann schoben sich Hände unter mei-nen Rücken und hoben mich ein Stück hoch, nur um mich gleich wieder abzulegen. Ich protestierte leise, weil die ange-wärmte Decke unter mir verschwunden war. Ich fror, aber ein großes, weiches Etwas lag nun unter meinem Kopf. Ei-gentlich war es gar nicht so schlimm, hier zu schlafen, oder? Meine Ma wusste ohnehin nicht, wo ich war, und die Rossis konnten sich ja wohl kaum aufregen. Außerdem stand die-ses Bett mitten in Timeons Schweiz. Und der Abend war ja auch ganz lustig gewesen, wenn man mal von den Mordab-sichten von diesem Jiron absah. Ich hatte schon fast einen groben Überblick von der ganzen Geschichte. Lucians Pläne mal ausgenommen ...

»Jetz weisich es!«, rief ich und schlug die Augen auf. *Tha-natos!*

»Was denn?«, fragte Lucian, der grade die Bettdecke unter meinen Füßen hervorzog.

»Wass'ch dich die ganze Zeit fragn wollt. Du hassm'ch mid-diesm Hexn-Vampiiir-Ding doch nur abgelengt!!!«

Ohne jedes schlechte Gewissen grinste der Primus mich an.

»Ich wusste, dass du mich durchschauen würdest. Ich wusste nur nicht, ob du es schaffst, bevor du dich im Gin ertränkst«, meinte er gelassen, während er die Decke über mir ausbreitete.

»Schuldige, dass'ch nichsooo viel vertrag wie Sie, Herr Robocop-Dämon!«, fauchte ich ihn an. Lucian schien sich nicht aus der Ruhe bringen zu lassen. Fast fürsorglich stopfte er die Decke um mich herum fest. Plötzlich wurde ich sehr müde.

»Dassis echt gemein!« Ich gähnte herzhaft. »Mel hat gesagtu solls auf m'ch aufpassn unnich, du solls mich abfülln!«

»Glaub mir, Kleines, wir würden hier ganz andere Dinge tun, wenn ich nicht auf dich aufpassen würde!«

Verschmitzt zwinkerte er mir zu. Und bevor ich mich fragen konnte, was er damit gemeint haben könnte, hatte ich den Gedanken verloren. Er löschte das Licht. Lange Schatten zogen sich nun über sein Gesicht.

»Lucian?«, fragte ich in die Dunkelheit. »Wer is Thanatos?«

Er schloss die Augen und atmete tief durch. Ich hatte noch gar nicht bemerkt, wie lang seine Wimpern waren. Oder lag es an den Schatten? Sie waren der perfekte Kontrast zu den energischen Augenbrauen …

Abrupt erhob sich Lucian und ging am Raumteiler vorbei ins Wohnzimmer.

»Die Fragestunde ist vorbei. Schlaf jetzt.«

»Dassis unfair!«, maulte ich trotzig, aber ohne wirklichen Widerstand. Dazu war ich viel zu müde.

Das Letzte, was ich sah, war das Blitzen seiner Zähne, als er mich angrinste.

»Ich bin ein Dämon, schon vergessen?«

Den Wald vor lauter Bäumen ...

Ein unerträgliches Piepsen bahnte sich den Weg in meinen Kopf und verdrängte die Bilder von einem dämlich dreinblickenden Dracula, der wie eine Mumie durch die Gegend torkelte und zwischen die Fronten von schillernd beflügelten Engeln und grünhäutigen Hexen geriet, die sich einen erbitterten Kampf lieferten. Zurück blieb nur ein dumpfes Pochen in meinem Schädel. Stöhnend rollte ich mich aus dem Bett und bemerkte, dass der Abstand von der Matratze zum Boden mir nicht bekannt vorkam. Das war nicht mein eigenes Bett.

Verdammt. Ich war tatsächlich noch bei Lucian. Schnell sah ich mich um. Die andere Seite des Bettes war leer und noch immer gemacht. Er hatte also nicht neben mir geschlafen. Wenigstens etwas. Der nächste Punkt auf meiner Prioritätenliste galt dem lauten Piepsen, das mit meinen Kopfschmerzen um die Wette dröhnte. Seinen Ursprung fand ich in meinem Handy auf dem Küchentresen. Darauf klebte ein gelbes Post-it, auf dem mit schwungvoller Handschrift stand:

Muss was erledigen. Die Kaffeemaschine ist an.

Im Bad findest du, was du brauchst.

Ruf Felizitas an. Sie macht sich vermutlich Sorgen.

Sie wird dich abholen. L.

PS: Heute ist Montag.

Na wunderbar, das hätte er mir auch gestern sagen können! Die fünfundzwanzig unbeantworteten Anrufe auf meinem

Handy waren ein deutlicher Beweis, dass Lizzy sich mehr als nur die vermuteten Sorgen machte. Stöhnend rieb ich mir übers Gesicht und wählte ihre Nummer. Es war wohl besser, es gleich hinter mich zu bringen.

Wie erwartet erhielt ich eine telefonische Standpauke. Dieser folgte etwas später eine persönliche auf der Fahrt ins Lyceum. In einer Atempause berichtete ich ihr vom gestrigen Abend, woraufhin die Vorhaltungen von vorne losgingen. Als wir wenig später am Parkplatz des Lyceums ankamen, drehte sie sich abrupt zu mir um und setzte ihren Das-bedeutet--nichts-Gutes-Blick auf.

»Was ist denn jetzt?«, fragte ich besorgt.

»Meine Ma hat heute Morgen die Ergebnisse der Tests mitgebracht«, erklärte Lizzy. »Der Brachion hatte recht. Wilson Harris ist nicht dein Vater.«

Ich nickte emotionslos. In mir kam etwas zur Ruhe. Seit letzter Nacht hatte ich mich mit dem Gedanken angefreundet. Nein, nicht nur angefreundet, ich hatte Lucian nicht einmal hinterfragt. Es allerdings bestätigt zu wissen, befreite mich von einer Last, die seit meiner Kindheit ein Teil von mir war.

»Alles okay mit dir, Süße?«, erkundigte sich Lizzy vorsichtig.

»Mir ging es noch nie besser.« Die reine Wahrheit, wenn man meinen Kater mal außer Acht ließ.

»Gut, dann sollte ich dich vielleicht noch vorwarnen, dass ...«

Weiter kam sie nicht, denn meine Autotür wurde aufgerissen.

»Ihr seid spät«, brummte Gideon. Lizzy zog eine Grimasse.

»Hi, Bruderherz.« Sie hatte Übung darin, seinen vorwurfsvollen Tonfall zu ignorieren. In meine Richtung ergänzte sie mit einem resignierten Seufzer: »Darf ich vorstellen: Dein neuer Leibwächter.«

»Was?«

Sie zuckte mit den Schultern und stieg aus dem Auto. Ich folgte ihrem Beispiel.

»Ich konnte ihn grade noch davon abhalten, dich höchstpersönlich aus Lucians Klauen zu reißen. Aber auch nur, weil du in einer von Timeons Zufluchten warst. Als Gast steht man dort unter seinem Schutz. Niemand würde es wagen, dich anzugreifen. Nicht einmal Lucian.«

»Was trotzdem nicht bedeutet, dass dein Verhalten nicht völlig leichtsinnig war! Deshalb wirst du ab jetzt nirgendwo mehr hingehen ohne einen Jäger an deiner Seite«, ermahnte mich Gideon streng und schlug die Beifahrertür hinter mir zu. »Die Tatsache, dass du nicht Wilson Harris' Tochter bist, wirft Fragen auf, die sich bestenfalls als gefährlich herausstellen. Besonders, da Harris dennoch so viel Wert auf deine Sicherheit gelegt hat.«

»Hallo, Giddie. Schön, dich wiederzusehen. Ist lange her. Was macht das Studium in Frankreich? Grüßt man sich dort nicht oder hast du das bei der Phalanx verlernt?«, erwiderte ich patzig. Er tat grade so, als hätten wir uns nicht zwei Jahre lang nicht gesehen.

Gideon starrte mich an. Und tatsächlich huschte so etwas wie Scham über seine verbissenen Züge.

»Guten Morgen, Ari«, murmelte er geknickt.

Die Umarmung, die ich eigentlich erwartet hätte, blieb aus. Irgendetwas war mit dem Gideon, den ich kannte, passiert. Und es war nichts Gutes.

»Er macht sich nur Sorgen, Ari«, sprang seine Schwester für ihn in die Bresche. »Wie wir alle. Und Giddie ist einer der besten Jäger der Bruderschaft. Er und seine Freunde werden auf dich aufpassen. Du wirst sie kaum bemerken, glaub mir!«

»Ist das nicht ein wenig übertrieben?« Ich hatte definitiv keine Lust, ständig unter Beobachtung zu stehen.

»Es ist nötig«, stellte Gideon ungerührt fest. »Genau wie dein Kampftraining.«

»Mein was?!«

Lizzys Bruder sah auf seine Armbanduhr.

»Ihr habt noch sieben Minuten. Holt eure Sachen, wir treffen uns in Halle IV.« Mit diesen Worten machte er auf dem Absatz kehrt und verschwand in Richtung der Sportplätze.

Ich riss meinen fassungslosen Blick von ihm los und heftete ihn auf meine Freundin. »MEIN WAS?!«

»Dein, ähm ... Kampftraining?«, gestand Lizzy kleinlaut. »Gideon hat meinen Pa dazu überredet. Falls es nötig ist, sollst du dich zumindest ein wenig selbst verteidigen können.«

Das klang ja durchaus vernünftig, aber wie stellten die sich das vor? »Du weißt, dass ich jetzt Bio hab ...?«

Ein durchtriebenes Grinsen schlich sich auf das Gesicht meiner besten Freundin. »Mach dir da mal keine Sorgen. Das Direktorat weiß Bescheid.«

»Klar, und die Hölle ist eine Sauna.«

»Nein, wirklich. Pa hat das geklärt und dich vom Unterricht befreit. Dazu solltest du vielleicht noch wissen, dass das Lyceum«, sagte sie und drehte sich mit erhobenen Armen einmal um ihre eigene Achse, »eine Schule der Phalanx ist.«

Ich blinzelte. Einmal. Zweimal. Dreimal. »WAS?«

»Ja, und ich durfte dir die ganze Zeit über nichts verraten. Hast du eine Vorstellung davon, was ich durchgemacht hab?«, rief sie auf und ab hüpfend wie ein Flummi.

Ob ich eine Vorstellung davon hatte, was SIE durchgemacht hatte? Hallo?!?!

»Willst du mir gerade weismachen, dass ich vier Jahre lang auf ... auf ... Hogwarts gegangen bin?!«

»Hihi, so habe ich das noch gar nicht gesehen. Allerdings kann man das nicht wirklich vergleichen. Gut die Hälfte der Schüler hat keine Ahnung, was das Lyceum für eine Schule ist.« Sie öffnete ihren Kofferraum und holte zwei Sporttaschen heraus.

»Du verarschst mich doch?«

»Käme mir nie in den Sinn«, meinte Lizzy. Sie warf mir eine Tasche zu und drängte mich in Richtung der Turnhallen. »Schau, du hast dich doch immer wieder gefragt, warum das Lyceum so abgefahrene Kurse anbietet wie religiöse Philosophien des Mittelalters, Kryptologie, Schach-Strategie, Kalligrafie, angewandte Philologie, Speerwerfen, Fechten für Fortgeschrittene, Tai-Chi und Kendo ...?«

»Ja, ja, ja ... schon verstanden. Alles Kurse mit begrenzter Teilnehmerzahl und vorheriger Aufnahmeprüfung«, kombinierte ich, während ich mich bemühte, mit Lizzy Schritt zu halten.

»So ist es. Um unerwünschte Schüler aus Kursen fernzuhalten, deren Inhalte nicht für sie bestimmt sind.« Ungebremst bog sie zu den Sportplätzen ab. »Erinnerst du dich an den kleinen verschnörkelten Baum unten auf dem Schulwappen?« Nach einem Nicken meinerseits fuhr sie fort. »Das ist das Symbol der Phalanx. Und nachdem du nun Bescheid weißt, solltest du mal mit offenen Augen durchs Lyceum gehen.« Zwinkernd deutete sie auf einen der Wegweiser, die überall auf dem Schulgelände verteilt standen. Die Hälfte der beschriebenen Richtungen wies einen kleinen goldenen Baum neben dem Schriftzug auf.

Krass ... Wieso ist mir das noch nie aufgefallen?

Auf dem Weg zu den Turnhallen begegnete mir das Phalanx-Symbol noch acht weitere Male. An der Tür zur Krankenstation, am dritten Garagentor der Anlieferung, an zwei Gerätekammern und als Anstecker bei einigen Schülern, die uns entgegenkamen. Selbst der pummelige Junge, den wir Sherlock getauft hatten, trug an seinem Revers einen kleinen verschnörkelten Baum. Den Spitznamen hatte er bekommen, weil er mit seinen stechend grauen Augen alles und jeden akkurat beobachtete. Heute starrte er ausschließlich mich an. Ahnte er, dass ich nun Bescheid wusste?

Als die Tür der Umkleide hinter mir ins Schloss fiel, stand ich noch immer unter Schock. Das hier war ein ganz neues Level des Sich-ausgeschlossen-Fühlens.

»Wer?«

Lizzy grinste und begann sich umzuziehen.

»Ganz schöner Flash, was?«

Ich verschränkte meine Arme und starrte sie böse an, bis alle Fröhlichkeit von ihr abfiel.

»Wer?«, wiederholte ich mich. »Wer gehört zur Phalanx?«

»Aus unserer Stufe? Alle bis auf Giorgia, Clemens, Augustine ...« Es folgten noch ungefähr zwanzig weitere Namen. Das änderte aber nichts an der Tatsache, dass ein Großteil Bescheid wusste. Selbst Schickimicki-Doppel-D!

Da ließ mich ein neuer, erschreckender Gedanke innehalten.

»Was ist mit Brendon?«

Sofort stand Lizzy die Schuld ins Gesicht geschrieben. Sie kaute ein wenig auf ihrer Unterlippe herum, bevor sie zögerlich nickte.

Na großartig.

In voller Sportmontur und mit einer sehr kleinlauten Lizzy an meiner Seite betrat ich Halle IV. Scheinbar war ihr vollkommen bewusst, welches Gewitter sich da über ihr und unserer Freundschaft zusammenbraute. Ich beschloss, sie noch eine Weile schmoren zu lassen.

Zu meiner Überraschung war Gideon nicht der Einzige, der in der Halle auf uns wartete. Neben ihm stand die unsterbliche Mel, während auf den Bänken an der Wand drei Jungs saßen.

»Die zwei Älteren«, flüsterte Lizzy mir zu, »sind Ryan und Aaron. Sie teilen sich mit Giddie deine Bewachung.«

Unheimlicherweise beendeten die beiden im selben Moment ihr Gespräch und sahen in unsere Richtung. Sonderlich erfreut schienen sie über ihre neue Aufgabe nicht zu sein.

»Den anderen kenn ich nicht«, ergänzte sie leise.

›Der andere‹ war ungefähr so alt wie ich. Trotzdem steckten seine schmalen Schultern in einem Comic-T-Shirt und seine schlaksigen Beine in Blinky-Doo-Turnschuhen. Die dicke Brille auf seiner Nase ließ seine Augen riesig erscheinen. Als Gideon in die Hände klatschte, zuckte der arme Junge wie ein verschreckter Hase zusammen.

Mit tadelndem Blick auf seine Uhr schloss Lizzys Bruder die Halle ab. Die Phalanx stand offensichtlich auf Geheimhaltung. Statt der erwarteten hochgeheimen Kampftechniken bekamen wir aber nur ein sehr gewöhnliches und echt anstrengendes Konditionstraining.

Als Erstes ließ Gideon uns vierzig Runden durch die Halle rennen. Danach folgten mehr Sit-ups und Liegestütze, als ich in meiner bisherigen Sportkarriere je gemacht hatte. Zusammengenommen. Und das alles wurde stets unterbrochen von komplexen Dehnübungen, die mich in eine Welt der Schmerzen katapultierten. Gideon und seine Freunde meisterten jede Übung mühelos. Ihnen blieb sogar noch genug Atem, um uns andere anzutreiben. Dadurch wusste ich auch, dass der schlaksige Junge Jimmy hieß. Jimmy wie in »Füße hoch, Jimmy!«, »Das kann meine Oma besser, Jimmy!« und »Eine Extrarunde, Jimmy!«.

Als uns Gideon endlich erlöste, stand ich kurz vor einer atemnotbedingten Ohnmacht. Sein Urteil war vernichtend: »Wenn ihr gegen Primus bestehen wollt, braucht ihr mehr Kraft, mehr Ausdauer und mehr Beweglichkeit.«

»Als ob irgendwas davon gegen einen Primus helfen würde«, grummelte eine erschöpfte Lizzy neben mir, was ihr den eiskalten Blick ihres Bruders einbrachte. Jimmy, der auf meiner anderen Seite saß, schwieg schlauerweise und konzentrierte sich darauf, Luft in seine schmale Brust zu pumpen. Ich grinste in mich rein. Neben den beiden schnitt ich gar nicht *so* schlecht ab.

»Hey, Jimmy, will dir auch so ein durchgeknallter Dämon an den Kragen?«, fragte ich ihn leise. Er sah mich nur mit großen Augen an, die sein Entsetzen widerspiegelten. Ich glaubte nicht, dass er mich verstanden hatte.

»Zu mir!«, donnerte Gideons Stimme durch die Halle.

Er hatte sich vor der hinteren Wand aufgebaut und tippte wie wild auf einer kleinen Fernbedienung herum. Bevor ich mich fragen konnte, was genau er damit vorhatte, fing die Wand an zu rattern und zu brummen. Dann setzte sie sich wie ein übergroßes Garagentor in Bewegung und gab den Blick frei auf eine äußerst akkurat angelegte Sammlung verschiedenster Waffen, die auf beleuchtetem Milchglas prangte. Mit offenem Mund starrte ich die Wand an. Ich hatte mich in diesem Raum durch ein ganzes Semester Bodenturnen gequält, hatte an ebendieser Wand Handstand geübt, ohne auch nur die geringste Ahnung zu haben, dass sich dahinter ein tödliches Arsenal verbarg. Mein vorwurfsvoller Blick wanderte zu Lizzy, die allerdings genauso fassungslos war wie ich.

»Ihr seid hier, um eure Überlebenschancen zu verbessern, falls ihr euch gegen einen Primus verteidigen müsst.« Gideon marschierte ans vordere Ende der Sammlung, an dem sich haufenweise Schusswaffen befanden.

»Einen Primus kann man nicht töten. Das ist Fakt. Also beschränken wir uns darauf, die minimale Aussicht auf eine Flucht zu verbessern.«

Wie optimistisch ...

»Ohne einen menschlichen Körper ist ein Primus für euch nicht angreifbar. In einer menschlichen Hülle jedoch gibt es Möglichkeiten, sie zu verletzen.« Er nahm eine Waffe von der Wand, lud sie mit dem dazugehörigen Magazin und schraubte einen Schalldämpfer vorne dran. Spätestens jetzt konnte ich mein Unbehagen kaum noch zurückhalten.

»Warum nehmen sie sich dann einen menschlichen Körper, wenn es sie verletzlich macht?«, ertönte eine schüchterne Stimme neben mir. *Wow, Jimmy kann sprechen.*

Zum ersten Mal, seit das Training begonnen hatte, stand Mel von ihrem Zuschauer-Platz auf der Bank auf und ergriff das Wort: »Wir haben einen gewissen Geschmack an menschlichen Sinnen gefunden. Essen, Trinken ... Fortpflanzung.«

Jimmy lief rot an. Schrecken und peinliche Berührtheit wechselten sich auf seinen Zügen ab.

»Sie sind ... eine von denen?«, stotterte er.

Und schon fühlte ich mich besser. Ich war wohl nicht die Einzige, die gerade einen Crashkurs erhielt.

Mel überging Jimmys Frage. »Eine menschliche Hülle macht uns allerdings auch anfällig für Schmerzen. Eine solche Waffe«, sie deutete abschätzig auf das Ding in Gideons Hand, »kann uns nicht aufhalten, aber unter Umständen ablenken.«

Ohne Vorwarnung hob Gideon die Pistole und entlud das ganze Magazin in Mels Bauch.

»Bist du völlig wahnsinnig?«, schrie Lizzy ihren Bruder an.

Der sicherte ungerührt seine Waffe. »Melisande hat sich freundlicherweise für eine kleine Demonstration zur Verfügung gestellt.«

Geschockt sah ich zu der Prima. Ein Muskel an ihrem Kiefer zuckte, aber sonst deutete nichts darauf hin, dass sie Schmerzen hatte. Mit stoischer Ruhe hob sie ihr durchlöchertes Shirt. Ein wenig dunkelrotes Blut klebte daran, aber längst nicht genug, um diesem Kugelhagel gerecht zu werden. Unter dem Shirt war ihr Bauch von einer makellosen Haut überzogen.

»Das darf doch nicht wahr sein«, hauchte Jimmy bestürzt.

»Schusswaffen sind dafür entwickelt worden, die inneren Organe eines Menschen zu verletzen, um seinen Tod herbeizuführen. Primus sind nicht auf die lebenserhaltenden Organe angewiesen. Für sie geht es nur darum, wie viel in Mitleidenschaft gezogene Oberfläche es für sie zu reparieren gilt«, erklärte Gideon so teilnahmslos, als würde er vom korrekten Zuschnitt einer Thujen-Hecke reden. »Je größer die Fläche, und je schmerzhafter die Region, umso mehr Kraft und Konzentration kostet es einen Primus, seine menschliche Hülle zu heilen. Das ist genau der Zeitpunkt, an dem ihr euch schnellstmöglich aus dem Staub machen solltet.« Er warf dem dunkelhaarigen Ryan die Waffe zu, der sie problemlos auffing. Dann ging er ein paar Meter weiter die Wand entlang. »Klingen sind in der Regel die besseren Waffen gegen einen Primus. Kugeln auszuweichen ist für sie in etwa so einfach, wie einem Frisbee aus dem Weg zu gehen, wobei das Geräusch des Abzugs sie mehr als frühzeitig warnt. Klingen sind dagegen lautlos. Außerdem schädigen sie die äußere Hülle meist wirksamer als eine Schusswaffe.«

Er nahm ein Schwert aus der Halterung, das aussah wie aus einer König-Artus-Verfilmung, und ließ es an seiner Seite kreisen. »Eine Klinge, sei es ein Messer oder ein Schwert, ist auch deshalb von Vorteil, weil ein Primus immer eure Nähe oder gar Hautkontakt zu euch suchen wird, um eure Emotionen besser absorbieren zu können.«

Ohne Vorwarnung machte er einen Satz auf Mel zu und vollführte einen mächtigen Hieb, mit dem er die zierliche Frau hätte spalten können. Trotzdem unternahm Mel keine Bemühungen, ihm auszuweichen. Ihre Augen wurden schwarz. Ihr Gesicht verzog sich, als hätte sie Schmerzen. Ein tiefer Schnitt klaffte von ihren Rippen bis zum Oberschenkel. Diesmal floss etwas mehr Blut. Wobei man bei der trägen, zähflüssigen Masse, die aus der Wunde quoll, wohl kaum von *fließen* sprechen konnte. Nur ein paar Tropfen schafften es, bevor die Haut darunter verheilt war.

Abgefahren und echt ... eklig.

Neben mir polterte es. Jimmy war in Ohnmacht gefallen.

Ehe ich überhaupt reagieren konnte, war Mel bereits bei ihm.

Heilige Scheiße ... Die war wirklich schnell.

Als hätte Gideon meine Gedanken gelesen, sagte er: »Ohne

die Verletzungen hätte sie ihn aufgefangen, noch bevor er auf dem Boden aufgekommen wäre.«

Das war das Zeitfenster, um das es hier ging?! Das Zeitfenster für unsere Flucht?! *Ich bin so gut wie tot.*

Was auch immer Mel mit Jimmy machte, er kam ein paar Augenblicke später wieder zu sich, bekam eine Panikattacke, als er die Prima über sich gebeugt sah, fiel erneut in Ohnmacht und wachte schließlich durch Gideons Ohrfeige ein weiteres Mal auf. Den Schlag steckte er weitaus besser weg als Mels Anblick. Die Prima seufzte gedehnt und verabschiedete sich schließlich mit der Feststellung, dass sie ohnehin nicht mehr gebraucht würde. Als sie die Tür hinter sich schloss, bekam Jimmy wieder etwas mehr Farbe im Gesicht. Und das, obwohl Gideon ihn anstarrte, als würde er ihn gerne als Nächsten aufschlitzen.

»Ähm, mir geht's gut. Wir können, ähm, weitermachen«, fispelte der Ärmste. Ein paar lange Augenblicke verstrichen, in denen Gideon offenbar überlegte, ob und wie er das kommentieren sollte. Er entschied sich schließlich für ein Kopfschütteln und fuhr fort: »Wie ihr seht, kann man mit herkömmlichen Waffen nicht viel gegen einen Primus ausrichten. Es gibt nur eine einzige Waffe, die einen Primus wirklich verletzen kann: die Klinge eines Brachion.«

Kurz darauf hielt er dieselbe unterarmlange Klinge in der Hand, die er schon einmal gegen Lucian gerichtet hatte. Dank der vielen Lichtquellen in der Halle funkelte das Metall bei jeder Bewegung. Erst jetzt fiel mir auf, dass die Klinge drei Seiten hatte, die allesamt vollständig graviert waren, ebenso wie Griff und Knauf. Bei Lucian hatten die Gravuren schwach geleuchtet.

»So eine Brachion-Klinge nennt man Aziam. Sie gräbt sich

nicht nur in das Fleisch der Hülle, sondern auch in die Essenz des Primus. Aziam-Verletzungen schwächen einen Primus genauso, wie es bei einem Menschen der Fall wäre. Ist die Wunde schwer genug, zwingt man den Primus, seinen aktuellen Körper zu verlassen. Er ist nicht tot und wird früher oder später einen anderen Körper finden, aber für den Moment ist er unschädlich. Ein Brachion wäre darüber hinaus in der Lage, über die Verletzung in die Essenz des Primus einzudringen und ihn so von innen heraus zu verbrennen. Das ist die einzige Möglichkeit, einen Primus zu töten.«

Fasziniert beobachtete ich den Aziam, der vollkommen ausbalanciert auf zwei von Gideons Fingern ruhte.

»Was macht diese Klingen so besonders?«, fragte ich, ohne meine Augen von der silbernen Waffe abwenden zu können.

»Das ist ein Geheimnis der Brachion. Jeder Brachion stellt seine eigene Klinge her und kämpft ausschließlich mit ihr«, erklärte Lizzy.

»Und von wem ist dann dieser Aziam?«, wollte Jimmy wissen. Gideon seufzte.

»Das gehört zwar nicht hierher, aber vor etwa zwanzig Jahren überfluteten Hunderte von Aziam den Schwarzmarkt. Wir konnten die Klingen bis zu Omega Inc. zurückverfolgen. Sie haben offenbar eine Möglichkeit gefunden, die Klingen zu reproduzieren. Wir vermuten, dass ein Brachion abtrünnig geworden ist und ihnen dabei half.«

»Oder aber der Brachion wurde dazu gezwungen, ihnen die Geheimnisse preiszugeben«, ergänzte Lizzy.

Gideon nickte finster. Er packte schwungvoll den Aziam am Griff und steckte ihn wieder in die Scheide, die er an seinem Gürtel trug. Ich schnappte nach Luft, als sie mitsamt der Waffe vor meinen Augen verschwand. *Wie ...?*

»Die kopierten Aziam haben ganz schön für Wirbel gesorgt. Immerhin stand es lange unter Todesstrafe, als Nicht-Brachion eine solche Waffe zu besitzen. Inzwischen hat die Liga ihre Gesetze zugunsten der Phalanx gelockert.«

»Etwas anderes blieb ihnen ja auch kaum übrig«, meldete sich Ryan mit einem schiefen Grinsen zu Wort. Er sprach zum ersten Mal und sein weicher Bass passte so gar nicht zu seinem Furcht einflößenden Erscheinungsbild. Sogar im Schneidersitz wirkte er bedrohlich. Er war fast genauso groß und breit wie Gideon und das mochte etwas heißen, immerhin war der ja die Reinkarnation von Herkules. Doch während Lizzys Bruder – trotz seiner griesgrämigen Art – noch immer einen gewissen Schwiegermutters-Liebling-Charme versprühte, war Ryan eine abstruse Mischung aus Mohikaner, Rocker und Punk. Und zwar im ursprünglichen Sinne, nicht durch einen dieser Möchtegern-Trends. Seine Arme und sein Hals waren mit Tätowierungen bedeckt und allein im Gesicht zählte ich sieben Piercings. Der leicht herausgewachsene Irokesenschnitt vertrug sich hervorragend mit dem schwarzen Feuer in seinen Augen und den dunklen Klamotten. Alles an ihm schrie nach einem guten Kampf, Risiko und Schmerzen. Wie beruhigend, dass der Typ auf unserer Seite stand.

»Genug davon«, bestimmte Gideon. »Lasst uns herausfinden, wie weit im Minusbereich eure Überlebenschancen liegen.«

꒰ꜛ꒱

Bis zum Nachmittag war klar, dass ich nicht zum Kämpfer geboren war. Genauer gesagt, gab ich eher den geborenen Sandsack zum Training anderer ab. Haltung, Schritte und Bewegungsabläufe waren weniger das Problem als deren Umsetzung. Sobald ein Gegner vor mir stand, ob mit oder ohne Waffe, setzte mein Kopf aus, als wären sämtliche Synapsen blockiert.

Aaron warf genervt den Übungsdolch in die Ecke.

»So geht das nicht! Sie versucht ja noch nicht einmal, mir auszuweichen«, beschwerte er sich bei Gideon.

»Ich hab's auch nicht besser erwischt«, brüllte Ryan. Er kniete grade auf Jimmys unnatürlich verbogenem Rücken.

Lizzy dagegen hielt sich ganz gut. Offenbar konkurrierten diesmal nur Jimmy und ich um den Loser-Pokal.

»Probier es noch mal!«, rief Aaron mir zu und umkreiste mich sofort mit geschmeidigen Bewegungen. Meine Aufgabe war einfach. Ich sollte verhindern, dass Aaron mich zu Boden warf. Also tat ich, was Gideon mir vorher erklärt hatte. Ich ließ Aaron nicht aus den Augen und versuchte, einen guten Stand zu finden. Auch mein Gegner beobachtete mich aus seinen hellbraunen Augen. Sein Gesicht war völlig regungslos. Das war keine spezielle Taktik von ihm. Aaron zeigte eigentlich nie eine Regung, wie ich inzwischen festgestellt hatte. Aber trotzdem oder gerade deshalb verunsicherte er mich. Gideon war quasi aus einem griechischen Helden-Epos entsprungen, Ryan kam einem modernen Mohikaner gleich, aber der schlanke Aaron und seine ruhige Art hatten etwas Unberechenbares an sich. Eigentlich hätte sein Aussehen eher zu einem witzigen Bücherwurm gepasst. Er hatte dezente Sommersprossen und rote Haare, die in wirren Spitzen von seinem Kopf abstanden. Seine feingliedrigen Hände hätten auch einem Violinisten gehören können, und seine Augen wirkten so sanft und traurig, dass es mir fast das Herz brach, seinem Blick standzuhalten. Doch genau Aarons Sanftheit in Kombination mit seinen zielgerichteten, schlangenhaften Bewegungen jagte mir einen kalten Schauer über den Rücken. Vielleicht lag es aber auch einfach daran, dass die Dutzend blauen Flecken, die ich bestimmt schon hatte, auf seine Kappe gingen. Gebranntes Kind scheut das Feuer und so ...

»Versuch, dich seinen Schritten anzupassen!«, rief mir Lizzy vom Rand der Matten zu. Gideon hatte seiner Schwester eine Verschnaufpause gegönnt, um mir zuschauen zu können. Aus den Augenwinkeln bemerkte ich, dass auch Ryan und Jimmy ihr Training unterbrochen hatten.

Ich sollte Eintritt verlangen!

Aaron verringerte kaum merklich den Abstand zwischen uns. In Gedanken ging ich seine vorigen Angriffe durch. Vielleicht konnte ich herausfinden, was er vorhatte. Diesmal wollte ich es besser machen. Allerdings war ich dadurch so abgelenkt, dass ich zu spät erkannte, wie Aaron losstürmte. Noch im Fallen amüsierte ich mich über diesen Widerspruch. Ich schlug auf der Matte auf. Sie kam mir irgendwie viel härter vor als bei den vierzehn vorausgegangenen Bekanntschaften, die wir bereits geschlossen hatten. Ich versuchte mich unter Aaron wegzurollen, aber sein Arm schlang sich um meinen Hals. Mit den Beinen umklammerte er mich von hinten, während er irgendetwas mit meiner Schulter anstellte, das ich absolut nicht nachvollziehen konnte. Ich fühlte mich wie eine Brezel und konnte mich in Aarons Griff kein Stück bewegen. So verknotet starrte ich zur Decke und fragte mich zum hundertsten Mal nach dem Sinn dieser Aktion. Kein Primus dieser Welt würde sich wie ein Oktopus an mir festsaugen. Oder sich wie ein sehr aggressives Klammeräffchen mit seiner Beute über den Boden rollen. Diese Vorstellung gab mir den Rest. Ich begann zu lachen. Ich lachte und lachte, wurde immer lauter. Meine Augen tränten schon, und selbst als Aaron mich aus seinem Todesgriff entließ, bekam ich kaum noch Luft und wälzte mich kichernd auf den Matten.

»Sie nimmt das Ganze nicht ernst«, murmelte Aarons Stimme über mir. Sein Tonfall war eisig, abweisend und ohne einen Hauch von Verständnis.

Ich bekam leises Gemurmel mit. Plötzlich packten mich zwei große Hände. Sie warfen mich förmlich ein Stück weit in die Luft, sodass ich gar nicht anders konnte, als auf den Füßen zu landen. Nur mit Mühe behielt ich das Gleichgewicht. Gideon starrte mich feindselig an.

»Du glaubst wohl, das ist alles nur ein Spiel? Denkst du, wir haben Spaß daran, unseren Nachmittag hier zu vergeuden und Karate Kid nachzustellen?!«, erkundigte er sich in einem Tonfall, als wäre ich ein kleines Kind. Beunruhigend langsam kam er auf mich zu. »Dein Leben ist in Gefahr, Ariana. Eine Menge Leute sorgen sich um dich, und das Einzige, was du tust, ist rumalbern?!«

Automatisch wich ich vor ihm zurück. Ich kannte Gideon fast so lange wie Lizzy. Ich hatte ihn immer gemocht, aber jetzt machte er mir zum ersten Mal Angst. Seine blauen Augen funkelten bedrohlich. Seine Stimme war kaum mehr als ein Zischen. Blitzschnell überwand er die noch übrige Distanz zwischen uns und erwischte mich mit der Wucht eines Lasters. Nichts davon war auch nur annähernd menschlich. Ich prallte rückwärts gegen etwas Weiches. Ein kleiner, unwichtiger Teil meines Gehirns erinnerte sich daran, dass an einigen Wänden Ersatzmatten befestigt waren. Es fühlte sich dennoch an wie eine Betonwand. Gideon presste mich mit seinem Unterarm dagegen und schob mich auf Augenhöhe. Mein Herz raste.

»Primus sind schnell und stark. Schneller und stärker, als

ich es trotz meiner Siegel je sein könnte. Jene, die dich jagen, sind gnadenlos und töten, was ihnen im Weg steht.« Etwas Silbernes blitzte in seiner Hand auf. »Menschen sind für sie bestenfalls Nahrung, und glaub mir«, er beugte sich vor, bis unsere Nasenspitzen sich beinahe berührten, »solltest du ihnen in die Hände fallen, würdest du den Tod vorziehen.« Kaltes Metall legte sich auf meine Kehle, aber ich konnte meine Augen nicht von Gideons erbarmungslosem Gesicht abwenden. Ein eisiger Schauer raste durch meine Adern. Derselbe Schauer wie ... *Nicht schon wieder! Bitte, nicht schon wieder!*

»Du hast Angst?«, fragte er leise. »Gut. Das wird dir vielleicht das Leben –« In mir zerbarst etwas. Meine Hand schoss vor und traf Gideons Brust. Die andere hatte schon längst sein Handgelenk gepackt, um die Klinge von mir fernzuhalten. Irgendwo schrie Lizzy auf. Ein weiterer Schlag, eine Drehung. Mein Körper bewegte sich wie von allein. Ich fühlte, wie ich das Gewicht meines Gegenübers über seine Gelenke hebelte. Eine Sekunde später kniete ich auf Gideon, seinen Aziam in der Hand. Die silberne Spitze der Klinge schwebte nur Millimeter über seinem Herzen.

»Jesus, Maria und Joseph!«, brummte jemand hinter mir.

»Ari, hör auf!« Lizzy zog mich von ihrem stöhnenden Bruder runter. Ich wehrte mich nicht. Was auch immer gerade mit mir geschehen war, es war vorüber. Entsetzt sah ich auf Gideons schmerzverzerrtes Gesicht. *Nicht schon wieder ...*

»Oh Gott«, murmelte ich. »Es tut mir leid.« Ich ließ den Aziam fallen und eilte zurück zu Gideon. »Ich wollte das nicht. Bist du verletzt? Ich ... ich habe keine Ahnung, was passiert ist. Ich weiß nicht, wie ... – Es tut mir so leid!«

»Das war ja so abgefahren!«, meinte Ryan, der neben mir

auftauchte. »Gid ist schon seit gut einem Jahr nicht mehr auf die Matte geschickt worden!«

Gideon schnaubte abfällig und schob meine besorgten Hände beiseite, um aufzustehen. Dabei schonte er seine linke Schulter und presste sich seine Hand auf die Rippen. Schuldgefühle überschwemmten mich, selbst als Ryan mir aufmunternd zuzwinkerte. Er stützte seinen Freund unauffällig, als der leicht ins Schwanken geriet. Lizzy, Jimmy und Aaron starrten mich einfach nur perplex an.

»Warum hast du das nicht schon vorher bei Aaron gemacht?«, fragte Gideon. Er schien bei jedem Atemzug Schmerzen zu haben. Fünf fragende Gesichter belagerten mich, drängten mich zu einer Antwort, die ich nicht hatte.

»Ich wusste nicht, dass … ich das kann. Ich weiß noch nicht einmal, wie … ich das wiederholen könnte«, stammelte ich.

»Verdammt!«, brummte Ryan. »Und ich hatte schon gehofft, dass du mir das beibringen kannst.«

»Es waren nicht ihre Bewegungen«, mischte Aaron sich ein. Nachdenklich hob er den Aziam auf, den ich fallen gelassen hatte. »Ich habe über zwei Stunden mit ihr trainiert. Ich hätte es bemerkt, wenn sie sich verstellt.«

»Hast du ein Siegel?«, fragte mich Gideon ernst. Alles Bedrohliche war aus seinem Blick gewichen. Jetzt lag darin nur Sorge. Ich schüttelte den Kopf.

»Ich habe noch von keinem Siegel gehört, das nur in bestimmten Situationen wirksam wird«, sagte Aaron.

»Ich schon.«

Alle drehten sich zu Jimmy um, der knallrot anlief unter der plötzlichen Aufmerksamkeit. »Ich meine, bevor ich in das Training hier verfrachtet wurde, gab mir jemand ein paar alte Schriften zu lesen. Ich glaube, ihr nennt sie Chroni-

ken. Wisst ihr, wenn ihr diese ganzen Rollen mal digitalisie-
ren würdet, käme man bei Recherchen echt schneller voran.
Außerdem solltet ihr vielleicht ein Handbuch verfassen ... für
Neulinge. So was wie Dämonenkunde für Dummies, oder so.
Damit würden sich alle eine Menge Nerven –«

»Komm zur Sache«, knurrte Gideon den Nerd an.

»Mehrere Quellen in den Chroniken bestätigen die Existenz von Siegeln, deren Wirksamkeit an bestimmte Bedingungen gebunden ist. Ich könnte euch Namen und Jahreszahlen
geben, wenn euch das helfen –«

»Lass stecken, Jimbo«, unterbrach Ryan unsanft und fragte
stattdessen Gideon: »Denkst du, es könnte so ein Siegel sein?«

»Ari. Hat. Kein. Siegel!«, stellte Lizzy fest, deren Geduld
langsam zur Neige ging. Als drei Jäger und ein Nerd sie anstarrten, ergänzte sie mit leicht geröteten Wangen: »Das
wüsste ich.«

»Aha«, kommentierte Ryan mit einem anzüglichen Grinsen.

»Nix aha! Sie ist meine beste Freundin!«, fuhr Lizzy ihn an.
Doch der hörte gar nicht mehr auf zu grinsen. Man konnte
förmlich sehen, wie in seinem Kopf Bilder von Pyjamapar-
tys, Kissenschlachten und halb nackten Mädchen auftauchten. Ein heftiger Ruck brachte ihn wieder in die Realität zurück. Gideons Ellbogen hatte ihn hart getroffen. »Reiß dich
zusammen! Das ist meine Schwester!«

Lucian, der Großkotz

Eine halbe Stunde später saß ich in Gideons Geländewagen. Er hatte das Training und alle Spekulationen über meine plötzlich auftauchenden Selbstverteidigungskünste beendet. Vermutlich litt er Schmerzen, auch wenn er das nie zugeben würde. Lizzy und ich hatten uns redlich bemüht, Gideon nach Hause zu schicken, aber er gab nur den sturen Anführer. Seinen Anweisungen entsprechend würde Lizzy zusammen mit Jimmy die Chroniken durchforsten, um so vielleicht herauszufinden, was mit mir los war. Aaron sollte sie begleiten, während Ryan der Phalanx Bericht erstatten und sich ausruhen würde, um die nächsten Schichten meiner Bewachung übernehmen zu können. Niemand hatte es gewagt, Gideon zu widersprechen.

Nun starrte der blonde Hüne stoisch auf die Straße vor ihm. Die Blende war heruntergeklappt, da die Sonne schon tief am Horizont stand. Er sprach kein Wort, sah mich auch nicht an. Das ausgewaschene T-Shirt seiner Lieblingsband, das er unter seiner blauen Jacke trug, erinnerte mich an früher. Nur dass es heute wesentlich enger um seine Brust saß als damals, als er uns bei den Mathe-Hausaufgaben geholfen hatte. Er war so freundlich und geduldig gewesen und jetzt ... jetzt war er mein grimmiger Bewacher. Noch einer. Es schien fast, als wolle mich die ganze Welt beschützen aus Gründen, die keiner kannte. Hier ging es nicht um mich. Nicht um die Ari, die Mathe genauso hasste wie Girlie-Kram und Einkaufszentren, die gern in ihr Notizbuch malte, obwohl sie es nicht konnte, die süchtig war nach guten Serien und Büchern und ohne Musik nicht leben konnte. Es ging nicht um mich – um meiner selbst willen. Das schmerzte irgendwie. Andererseits erkannte ich mich ja auch kaum wieder. Es war eine Sache, diese Du-bist-kein-Mensch-Geschichte zu hören, aber eine ganz andere, sie mitzuerleben. Was da vorhin passiert war, jagte mir eine Heidenangst ein. Ich hatte die Kontrolle verloren, im wahrsten Sinne des Wortes. Als wäre ich schizophren. Ich war nicht nur viel schneller gewesen, als ich es je für möglich gehalten hatte, und hatte Bewegungen vollzogen, die definitiv nicht meine waren. Ich hatte auch noch einen Menschen verletzt, der mir eigentlich am Herzen lag. Ich hatte noch nie einen Menschen verletzt. Mit einer Ausnahme ...

Ich hielt das Schweigen nicht länger aus.

»Es tut mir leid«, murmelte ich, ohne Gideon anzusehen. Das brachte ich nicht übers Herz. Es war, als läge zwischen uns ein riesiger Berg unausgesprochener Vorwürfe.

Gideon seufzte und plötzlich war er einfach nur wieder Lizzys großer Bruder.

»Das muss es nicht. Wenn es jemandem leidtun sollte, dann mir. Ich wollte dich provozieren, dir den Ernst der Lage klarmachen«, erklärte er zögernd. »Aber es ist gut zu wissen, dass du dich zu verteidigen weißt, wenn es hart auf hart kommt.« Ein kleines Lächeln schlich sich auf sein Gesicht. Das machte ihn viel umgänglicher. »Du kannst ganz schön hinlangen.« Widerwillig musste ich lachen.

»Tja, wenn ich nur wüsste, wie ich das angestellt habe, dann könnte ich es vielleicht auch reproduzieren.«

Gideons Schweigen war Zustimmung genug. Aber immerhin war das Eis zwischen uns gebrochen. Er drehte das Radio auf und wechselte durch die Sender. Keiner schien seinen Ansprüchen zu genügen. Energisch hackte er auf den Knöpfen herum, bis er es schließlich wieder ausschaltete.

»Das ist doch alles zum Kotzen!« Sein Lenkrad bekam einen heftigen Schlag ab. Ich zuckte zusammen. »Ich fühle mich wie eine Marionette. Wir müssen unbedingt herausfinden, wer zum Teufel du bist! Ich hasse es, benutzt zu werden!«

Das sarkastische Schnauben, das mir in der Kehle brannte, verkniff ich mir. Stattdessen murmelte ich leise: »Willkommen im Club.«

ↄ

Meine Mum war völlig aus dem Häuschen, den »ach so männlich gewordenen« Giddie wiedergesehen zu haben. Da ich keine Lust hatte, ihre zweideutigen Vermutungen über ihn zu dementieren oder über die nie stattgefundene Exkursion zu sprechen, brachte ich das Abendessen so schnell wie möglich hinter mich und verbarrikadierte mich anschließend in meinem Zimmer. Dort ließ ich mich seufzend aufs Bett fallen. Endlich war ich allein. Nicht einmal die Tatsache, dass draußen vermutlich Gideon vor meinem Fenster herumhing und seine Leibwächter-Sache durchzog, konnte mir diesen Moment verderben. Eine ganze Stunde lag ich nur da und starrte meine Zimmerdecke an. Alles, was die letzten Tage passiert war, kam mir so unwirklich vor, gleichzeitig fühlte sich mein Zimmer fremd an. Meine Großmutter hatte immer gesagt, dass manchmal auf Reisen die Seele länger bräuchte, um dem Körper hinterherzukommen. Deshalb würde man sich ab und zu einfach noch nicht angekommen fühlen, auch wenn man längst da war. Das schien mir grade äußerst passend.

Wenigstens habe ich eine Seele.

Ich ließ die Geschehnisse der letzten Tage noch einmal Revue passieren und kam auf keinen grünen Zweig. Normalerweise konnte ich in meinem Zimmer meine Gedanken immer so weit ordnen, dass am Schluss ein grober Plan herauskam. Das funktionierte diesmal nicht.

Alles drehte sich irgendwie um meinen Doch-nicht-Vater. Er war sicherlich nicht die Liebenswürdigkeit in Person. Warum also hatte er mich adoptiert? Irgendetwas übersah ich. Genervt zwang ich mich zurück zum Ausgangspunkt. Wann hat alles begonnen, aus dem Ruder zu laufen?

Lucian.

Lucian, der Jagd auf Omega Inc. machte.

Lucian, der meinen Vater suchte.

Lucian, der Thanatos suchte.

Thanatos.

Aus welchen Gründen auch immer bin ich nie wirklich dazu gekommen zu fragen, was es mit diesem Thanatos auf sich hatte. Dabei wusste ich doch irgendwie, dass es wichtig sein würde. Er war wohl ein Primus. Und weiter?

Entschlossen kramte ich nach meinem Handy. Ich wollte es nicht noch einmal vergessen und ich hatte das Gefühl, dass genau das geschehen würde, wenn ich jetzt nicht dranblieb.

Überrascht starrte ich auf mein Display. Es zeigte eine neue Nachricht von *Felix, dem anhänglichen Nachbarn.* Sein Namenszusatz war eine Warnung an mich selbst.

WIR MÜSSEN REDEN. FELIX

Ach du liebe Güte, dafür hatte ich jetzt wirklich keine Nerven. Ich schloss die Nachricht, ohne zu antworten, und rief Lizzy an.

»Hi, ich bin's«, sagte ich, als meine Freundin sich meldete.

»Ist bei dir alles okay?«, fragte sie besorgt. *Ob alles okay war? Wohl eher nicht.* Aber ich wusste, wie sie es gemeint hatte, also antwortete ich nur: »Ähm, ja klar.«

»Ist Gideon bei dir?«

»Er ist draußen und macht da sein Ding ... denke ich«, antwortete ich.

»Aha, na dann ...«

»Habt ihr schon etwas in diesen komischen Chroniken gefunden?«

»Leider nicht«, gab sie zu. »Aber Jimmy ist gar nicht so unnütz, wenn er gerade keine Waffe in der Hand hält.«

»Hab ich mir fast gedacht.«

Daraufhin herrschte erst einmal Schweigen zwischen uns. *Wie ist das denn passiert?* Normalerweise verstanden wir uns blind. Normalerweise gingen uns nie die Gesprächsthemen aus. Normalerweise war nie etwas peinlich. Normalerweise ...

Schließlich seufzte Lizzy lautstark. »Hör mal, Ari, das fühlt sich alles total falsch an. Eigentlich sollte uns die ganze Geschichte zusammenschweißen, aber wir scheinen uns voneinander zu entfernen. Und das gefällt mir ganz und gar nicht.«

Ich wusste genau, was sie meinte, wusste aber auch nicht, was ich hätte erwidern können.

»Ich hatte mich so gefreut, dir endlich von der Phalanx erzählen zu dürfen, und jetzt habe ich irgendwie das Gefühl, dich verraten zu haben ... Das wollte ich nicht. Bitte, du musst mir glauben. Als ich von deinem Training erfahren habe, hab ich auch sofort Giddie belagert, damit du das nicht alleine machen musst, und –«

»Warte mal, du müsstest das gar nicht?«, unterbrach ich meine Freundin.

»Natürlich nicht. Ich bin in der Ausbildung zum Gelehrten. Das hat nichts mit den Jägern zu tun. Meine Eltern sind auch Gelehrte, nur Giddie wollte unbedingt zum Bataillon der Jäger«, erklärte sie und trieb mir damit die Tränen in die Augen. Lizzy hasste doch jede körperliche Betätigung. Dazu gehörte hundertprozentig auch, gegenseitig mit Fäusten aufeinander loszugehen. Und ich würde meinen rechten Arm darauf verwetten, dass sie das alles noch mehr hasste, weil Gideon das Training leitete.

»Das heißt, du quälst dich für *mich* da durch?«

»Ja«, antwortete sie geknickt. Jetzt war es an mir zu seufzen.

»Lizzy, du kennst mich doch. Ich bin dir nicht böse. Es ist nur alles so neu für mich. Ich versteh ja, dass du darauf brennst, mir alles zu zeigen, aber lass mir ein bisschen mehr Zeit. Ich fühl mich einfach wie ein kleines Kind. Alle um mich herum wissen Bescheid und erklären mir die Welt. Und ich ... – ich gehöre irgendwie nicht dazu.«

»Und ob du dazugehörst, du doofe Nudel!«, rief sie empört. »Das hast du schon immer! Und was das Bescheidwissen betrifft: Ehrlich gesagt, weiß hier niemand Bescheid. Mein Pa ist ratlos. Die Phalanx hat keine Ahnung. Und selbst die Primus, die mit uns zusammenarbeiten, können sich keinen Reim darauf machen, was du bist. Aber du darfst nie, nie, niemals vergessen, dass du dazugehörst. Deshalb hat sich Gideon ja auch so aufgeregt. Er macht sich Sorgen um dich. Wir werden einfach gemeinsam herausfinden, was los ist. Und solange arbeiten wir daran, dass du dich besser bei uns zurechtfindest, okay? Schließ mich bitte nicht aus!«

Ihre kleine Rede hatte empört begonnen und flehend geendet. Das war eben Lizzy. Sie war für mich da. Wie immer.

Ich wollte keinen Abstand, wollte sie nicht verlieren. Sie war doch meine Familie.

»Okay«, hauchte ich, während ich noch mit meinen Tränen kämpfte. Dann schluckte ich meine Rührseligkeit und meine Angst herunter, bis ich wieder klar denken konnte. Ich hatte ja nicht ohne Grund angerufen.

»Lizzy, was weißt du über Thanatos?«

»Nicht viel«, antwortete Lizzy sofort. Wahrscheinlich war sie froh um die Gelegenheit, mir bei meinen Fragen helfen zu können. »Laut den Chroniken war er ein Brachion, bis er verschwunden ist. Die Primus behaupten, er sei tot.«

»Woher wollen die das denn wissen?« Immerhin war Lucian ja überzeugt davon, dass er noch lebte. Er würde ja wohl kaum nach einer Leiche suchen. Oder doch? Hinterließ ein toter Brachion überhaupt eine Leiche?

»Keine Ahnung, aber sie scheinen sich ziemlich sicher zu sein.«

»Hör mal, ich hab mir ein paar Gedanken gemacht ...«, druckste ich herum. Es dauerte noch einige Atemzüge, bis ich dann doch den Mut fand, es laut auszusprechen. »Ich glaube, mein Stiefvater könnte Antworten für mich haben.«

»NEIN!«, donnerte Lizzy durch den Hörer. »Ich weiß, er hat dich aufgezogen und so weiter, aber der Mann ist echt gefährlich. Und wir wissen immer noch nicht, warum er sich als dein Vater ausgegeben hat. Das Ganze ist mir absolut nicht geheuer!«

»Aber er hat mich doch in eurer Obhut gelassen. Wenn er mir etwas antun wollte, hätte er das ganz sicher nicht getan.« Ich hasste nichts mehr, als Wilson Harris zu verteidigen, dennoch konnte ich die Logik dieses Gedankens auch nicht leugnen.

»Nein!«, wiederholte Lizzy erneut. Sie klang absolut kompromisslos. »Du musst mir jetzt versprechen, dass du auf *gar keinen Fall* nach deinem Stiefvater suchst, ihn nicht triffst, nicht mal mit ihm sprichst!«

»Aber –«

»Versprich es mir!«, unterbrach sie mich aufgebracht. Ich konnte hören, wie sie in ihrem Zimmer auf und ab ging. Dann atmete sie tief durch und zwang sich, ruhiger zu werden. »Bitte, Ari. Wir werden herausfinden, was du bist. Wir werden herausfinden, was los ist und warum Jiron Jagd auf dich macht. Gemeinsam. Keine Geheimnisse mehr. Aber bitte, bitte lass Wilson Harris und Omega Inc. da raus. Versprich es mir, dann verspreche ich dir, dass wir – sollten wir keine andere Lösung finden – gemeinsam nach deinem Stiefvater suchen, okay? Also VERSPRICH ES MIR!«

»Okay, ich verspreche es.« *Vorerst.*

Plötzlich piepste mein Handy. Erschrocken hielt ich es von meinem Ohr weg.

»Was ist los?«, wollte Lizzy wissen.

Ich sah kurz auf das Display und runzelte meine Stirn.

»Dein Bruder hat mir eine Nachricht geschickt.«

»Typisch, wo will er sich denn diesmal einmischen?«, schnaubte Lizzy. Ich las seine Nachricht und lachte. Lizzy kannte ihren Bruder wirklich gut.

»Er meint, dass es schon spät ist und ich endlich schlafen gehen soll.«

»War ja klar«, prustete meine Freundin ins Telefon. »Vermutlich führt er ab jetzt Buch über deine Schlafenszeiten. Und bevor du was sagst, sollte ich dich warnen. Gideon hat eines dieser Supergehör-Siegel. Wie das, das dir Lucian gegeben hat, nur dauerhaft.«

»Heißt das ...«

»Ja, er hat unser Gespräch mit angehört. Hallo Giddiiiii-
ieee!«, rief sie, und ich konnte mir vorstellen, wie sie am anderen Ende der Leitung winkte. Dann piepste es erneut. Diesmal weiter weg.

»Na toll! Jetzt hat er mir geschrieben ...«, grummelte Lizzy.
»Mein Bruder erwartet von mir, dass ich etwas verantwor-
tungsvoller bin und dich ins Bett schicke.«

Ich grinste, erlaubte mir aber nicht zu lachen.

»Dann erfüllen wir deinem Bruder doch diesen Wunsch«,
meinte ich bemüht ernst. Wir verabschiedeten uns und machten aus, uns morgen in der Schule zu treffen. Einer meiner Bewacher würde mich zum Lyceum mitnehmen. *Ich muss unbedingt mein Auto vom Schulparkplatz holen.* Der Kombi meiner
Mum war wie durch Zauberhand wieder vor unserem Haus
aufgetaucht, aber mein armer Toyota stand immer noch mut-
terseelenallein am Lyceum.

Als ich auflegte, sah ich auf die Uhr. Es war schon halb
eins. Im Nachbarhaus brannte ungewöhnlicherweise kein
Licht mehr, was mich an Felix und seine Nachricht erinnerte. Seufzend entsperrte ich mein Handy erneut und
tippte ein paar lieblose Floskeln à la »Bei mir ist grade echt
viel los ...« ein. Ich drückte auf senden. Kurz darauf entwich mir ein Schrei, als in der Fensterscheibe von Felix'
Zimmer für ein paar Sekunden ein Gesicht auftauchte. Im
Schein seines Handys starrte es mich direkt an. Auf meinen
Schock folgte Wut und ich riss meine Vorhänge zusammen.
Wie lange saß der Typ schon im Dunkeln und beobachtete
mich? *Echt gruselig.*

»Ist was passiert?«, schrie meine Mum vom Erdgeschoss
herauf. Gleichzeitig piepste mein Handy.

»Alles in Ordnung!«, rief ich zurück. »Ich bin nur erschrocken.«

Wieder piepste mein Handy.

Unentschlossen starrte ich es an. Wenn der unheimliche Felix es tatsächlich gewagt hatte zu antworten, konnte ich für nichts mehr garantieren.

Mit Erleichterung stellte ich fest, dass beide Nachrichten von *Gideon, dem großen Bruder* waren.

???, lautete die erste, und die zweite: ALLES KLAR. ES IST GUT, DASS LIZZY DIR BESCHEID GESAGT HAT ÜBER MEINE FÄHIGKEITEN. RYAN UND AARON HABEN DIE GLEICHEN. EIN WORT GENÜGT UND WIR SIND DA. GUTE NACHT. GID

»Toll! Da hoffe ich mal, dass ich nicht schnarche«, murmelte ich wenig begeistert, woraufhin der todernste Gideon doch tatsächlich ein zwinkerndes Smiley schickte, gefolgt von: KEINE SORGE, MEINEN DAD KANNST DU NIEMALS TOPPEN.

Lachend schlüpfte ich in mein Bett und löschte das Licht.

Nur war Einschlafen ein Ding der Unmöglichkeit. Ich lag so verkrampft da, dass ich morgen mit der Behändigkeit einer Siebzigjährigen zum Frühstück kriechen würde. Es war mir einfach unangenehm, dass Gideon jede Bewegung, jedes Kissenboxen, jeden Atmer mithören konnte. Als ich schließlich mit dem Gedanken spielte, in die Küche zu gehen, um mir etwas zu trinken zu holen, brummte es auf meinem Nachttisch. Ich dachte, dass Lizzy mir vielleicht noch texten wollte, also hatte ich mein Handy auf lautlos gestellt. Dass das Brummen des Vibrationsalarms aber fast genauso laut war wie der Klingelton, hatte ich übersehen. Genervt von meiner eigenen Dummheit stellte ich auch den Vibrationsalarm aus und las die Nachricht. Sie war nicht von Lizzy.

Sie war von – *Lucian, dem Geheimnisvollen!*

ALLES KLAR BEI DIR? L.

Ich konnte es nicht fassen. Lucian hatte eindeutig eine Grenze überschritten. *Schon wieder!*

DU HAST DICH IN MEIN HANDY GESPEICHERT UND MEINE NUMMER GEKLAUT?!

Wütend löschte ich das »Geheimnisvolle« aus seinem Kontakt und speicherte stattdessen »der Großkotz« ein.

HAB DIR DOCH AUCH DEN WECKER GESTELLT, DAMIT DU NICHT VERPENNST ... SCHLIMMEN KATER GEHABT? ;)

Der hatte Nerven.

SCHLIMMEN KATER? 'NEN SCHLIMMEN TAG HATTE ICH! MEINE SCHULE IST EIN FAKE! ABER DAS WEISST DU JA SICHER SCHON ... DANKE ÜBRIGENS FÜR DIE WARNUNG!, schrieb ich zurück. Das lenkte meine Gedanken wieder zurück zu den Geschehnissen von heute. Nach kurzem Zögern schickte ich noch eine weitere Nachricht.

UND ACH JA, ICH HABE GIDEON VERPRÜGELT.

Ohne auf meine erste Nachricht einzugehen, antwortete Lucian direkt auf die zweite.

KANN ICH NACHVOLLZIEHEN. ALLE FINGERNÄGEL NOCH DRAN?

Pfft ... wofür hält der mich? 'ne Tussi?

SCHON, ABER DER LACK HAT WAS ABBEKOMMEN. SCHÄTZE, ICH HAB MORGEN KEINE ZEIT FÜR IRGENDWELCHE MORDKOMPLOTTE. ICH MUSS ZUR MANIKÜRE, tippte ich verärgert ein. Sollte er sich doch über wen anderen lustig machen. Gut, ich hätte die Nicht-menschliches-Verhalten-entdeckt-Info auch deutlicher formulieren können. Aber der Typ forderte es ja geradezu heraus. Mein Handy blinkte auf. Zweimal.

DAS SIND EINDEUTIG MILDERNDE UMSTÄNDE. WER WILL SCHON ANGESICHTS DES TODES AUF GEPFLEGTE HÄNDE VERZICHTEN ... ;)

Punkt für ihn. Humor hatte er. Lächelnd öffnete ich seine zweite Nachricht.

MAL IM ERNST. GIDEON IST NICHT ZU UNTERSCHÄTZEN, ABER ER VERGREIFT SICH EIGENTLICH NICHT AN KLEINEN MÄDCHEN ... WAS HAT ER GETAN?

Kleines Mädchen?! Hatte Lucian es sich etwa zur Lebensaufgabe gemacht, mich auf die Palme zu bringen?! Das konnte er sich abschminken. Diese Genugtuung gönnte ich ihm nicht. Bemüht, Lucians Spitzen zu ignorieren, suchte ich eine Antwort auf seine Frage. Was hatte Gideon eigentlich getan?

MICH BEDROHT, schrieb ich nach einer Weile zurück. Noch während ich die Worte eintippte, spürte ich, dass sie richtig waren.

ER HAT WAS?!

Seine schnelle Nachricht überraschte mich fast so sehr wie der latente Beschützerinstinkt, der darin mitschwang. Klar, Lucian wollte nicht, dass ich draufging. Immerhin brauchte er mich ja noch. Aber ich würde wohl kaum mit ihm texten, wenn es mir nicht gut ginge.

ACH, KEINE AHNUNG. HATTEN KAMPFTRAINING. WAR 'NE ZIEMLICHE NIETE, BIS ER AUF MICH LOSGEGANGEN IST.

Da wurde es mir erst so richtig klar. Er hatte mich tatsächlich bedroht. Ich hatte Angst gehabt. Wie damals auch. War das der Auslöser?

Gleichzeitig mit meiner neuen Erkenntnis kam auch das schlechte Gewissen, weil ich Gideon ans Messer geliefert hatte. Weil ich nicht wollte, dass Lucian schlecht von Gideon dachte, schrieb ich gleich noch hinterher:

ER WOLLTE MICH NUR AUS DER RESERVE LOCKEN. DA IST IRGENDWAS MIT MIR PASSIERT UND PLÖTZLICH LAG ICH AUF IHM.

Erst nach dem Senden las ich den Text noch mal und erkannte die Doppeldeutigkeit darin. Stöhnend warf ich mein Gesicht ins Kopfkissen.

:) SOLL VORKOMMEN.

Und schon flog mein Gesicht ein zweites Mal ins Kissen. Als ich eine gefühlte Ewigkeit später wieder aufblickte, hatte Lucian bereits eine zweite Nachricht geschickt.

SPASS BEISEITE: VON SO WAS HAB ICH NOCH NIE WAS GEHÖRT. ICH WERD MICH MAL SCHLAUMACHEN. MELD DICH, WENN DIR IRGENDWAS KOMISCH VORKOMMT. ICH BIN NIE WEIT WEG.

Ha, ich sollte mich bei ihm melden, wenn mir etwas komisch vorkam?! Wo anfangen?

FÄLLT EINE NÄCHTLICHE KONVERSATION MIT EINEM UNSTERBLICHEN ROBOCOP AUCH SCHON IN DIE KATEGORIE »KOMISCH«?

Sarkasmus war doch immer der Retter in der Not. Kurz darauf blinkte mein Handy ein letztes Mal.

ICH KANN VIELES SEIN. AUCH KOMISCH, WENN DU ES DIR WÜNSCHST. SCHLAF GUT UND TRÄUM SÜSS.

Ich konnte mir gerade so ein Schnauben verkneifen. *Der hat aber auch ein EGO!* Fehlte nur noch das VON MIR am Schluss. Was sollte man darauf schon antworten? Überfragt schrieb ich an *Lucian, den Großkotz* ein einfaches GUTE NACHT.

Interview mit einem Hexer

Frierend stand ich im Morgennebel vor unserer Haustür. Mein Kopf und meine Augenlider fühlten sich an wie Stein, während jeder einzelne Muskel in meinem Körper vom gestrigen Training brannte. Selbst das Bibbern tat weh.

Um investigative Fragen über meinen Zustand oder meine neuen Chauffeure zu vermeiden, hatte ich mit dem Rausschleichen extra gewartet, bis meine Mum unter der Dusche stand. Als Ryan dann mit einem Motorrad vorfuhr und mir grinsend einen Helm zuwarf, beglückwünschte ich mich zu meiner Entscheidung. Meine Mum wäre eher gestorben, als mich mit einem fremden Rocker auf einer gefährlich aussehenden schwarzen Honda davonbrausen zu lassen.

Allerdings war ich kurz darauf sehr geneigt, ihre Meinung diesbezüglich zu teilen. Ryan fuhr, wie er aussah. Völlig durchgeknallt. Am Lyceum angekommen, hetzte er zum Haupteingang und bremste direkt vor einer Meute sensationslüsterner Schüler.

»Noch alles dran, Morrison?«, feixte er, als ich abstieg. Sein kurzer Iro hatte unter dem Helm nicht gelitten, was man von meinen Haaren wohl eher nicht behaupten konnte. Die Reflexion in einer Fensterscheibe präsentierte einen Look, der einem Wischmopp alle Ehre gemacht hätte. Stöhnend wünschte ich mir ein Loch im Boden, in dem ich verschwinden konnte.

»Hat dir schon mal jemand erzählt, dass du völlig wahnsinnig bist?«, wollte ich wissen und hielt ihm meinen Helm hin. Er grinste und überraschte mich damit, dass er dadurch doch tatsächlich irgendwie attraktiv wirkte. Zumindest verstand ich die anderen Mädchen, die uns mit offenen Mündern anstarrten, bevor sie synchron wie Klone ihre Haare über die Schultern warfen und Ryan anlächelten.

»Wahnsinnigsein macht am meisten Spaß«, entgegnete er und zwinkerte mir zu. Dann brauste er, verfolgt von etlichen getuschten Augenpaaren, ab.

Ich hätte nicht gedacht, dass meine Mitschülerinnen mich noch abfälliger behandeln könnten, aber ich erlebte in diesem Moment den Gegenbeweis. Wenn Blicke töten könnten, wäre ich längst gestorben, als Zombie zurückgekehrt und noch einmal gestorben. Und um alldem die Krone aufzusetzen, schlenderte Sherlock zu mir und sah mich eindringlich an. Seine grauen Augen sprühten förmlich Funken, wobei sie kalt wie Eis waren. *Seltsame Mischung.*

»Wir müssen reden!«, zischte er.

Hä? Gott sei Dank rettete mich Lizzy, die plötzlich aus dem Getümmel vor dem Haupteingang auftauchte und mich mit sich riss.

»Was ist denn mit denen passiert?«, erkundigte sie sich.

»Ryan ist passiert.«

Eine der Klon-Tussen rempelte mich an, was ihr einen giftigen Blick von Lizzy einbrachte.

»Der Motorrad-Auftritt?!« Sie schien den Freund ihres Bruders wirklich gut zu kennen. Ich nickte.

»Wenn du mich fragst, schadet das nichts!«, meinte sie. »Es wird Zeit, dass diese versnobte Schule mal bemerkt, dass du wirklich heiß bist!«

»Lizzy!«

Unbeeindruckt von meinem Protest fummelte sie in meinen Haaren herum.

»Nein, ernsthaft. Ich finde, ich sollte Ryan bitten, das zu wiederholen. Am besten, wenn Brendon und seine Kumpels auch zuschauen«, spann sie ihren Gedanken fort. Sie ignorierte meinen Ellbogen in ihren Rippen, setzte einen stolzen Ja-ich-bin-ihre-beste-Freundin-Blick auf und überließ es mir, ihr zum Unterricht hinterherzutrotten.

∿

Es war schwer, wach zu bleiben bei dem verzweifelten Versuch meines Mitschülers, aus Albert Camus' *Der Fremde* vorzulesen. Bei seinem Französisch rollten sich meine Zehennägel hoch, aber was sollte man machen ... Mr Rossi und das Direktorat hatten sich bezüglich meiner unterrichtsfreien Trainingseinheiten auf einen zweitägigen Rhythmus geeinigt.

»Ariana Morrison möchte sich auf Anweisung des Sekretariats bitte umgehend im Raum 304 melden. Ariana Morrison bitte in 304«, schallte die Stimme meines Geschichtslehrers durch den Lautsprecher. Prompt wurde ich von Madame Camille aus dem Klassenzimmer gescheucht. Hatte ich was getan? Warum wollte mich Mr Bernard sehen? Auf Anweisung des Sekretariats? Und wieso sollte mein Geschichtslehrer mich nach 304 rufen? 304 war einer unserer Musikräume.

Ein wenig verunsichert lief ich durch die leeren Gänge. Schulen während der Unterrichtszeit hatten eine merkwürdig unheimliche Atmosphäre. Alles war menschenleer, aber gleichzeitig verfolgte einen das Bewusstsein, dass Hunderte Schüler im Gebäude waren. Vielleicht hatte dieser Theater-Hippie Cornelius ja doch nicht so unrecht und man konnte die Anwesenheit von Menschen erspüren.

Vor Zimmer 304 atmete ich noch einmal tief durch und wollte gerade klopfen, als ich leise Gitarrenklänge hörte. *Wenn ich da drinnen wirklich auf Mr Bernard treffe, fress ich einen Besenstiel …*

Ohne Vorwarnung öffnete ich die Tür und stutzte. Toby saß auf dem Lehrerpult und zupfte auf den Gitarrensaiten herum.

»Was machst du denn hier?«

»Dich und deinen übervollen Terminkalender entlasten. Du bist grade ziemlich gefragt.«

Mit offenem Mund starrte ich ihn an. Ich brauchte einen Moment, aber als ich meine Sprache wiederfand, sprudelten die Fragen nur so aus mir heraus.

»Wie hast du das gemacht? Woher hast du die Erlaubnis des Sekretariats? Wie hast du Mr Bernard zu der Durchsage überredet?«

Toby grinste mich an und legte seine Gitarre beiseite.

»Was denkst du, wie ich einer ganzen Schule weisgemacht habe, dass du gestern im Unterricht warst, während du dich mit den Jägern vergnügt hast? Nicht zu vergessen die Geologie-Exkursion …«

Toll, ich versuchte wirklich aus der ganzen Sache schlau zu werden und er machte sich über mich lustig. Genervt kaute ich auf meiner Unterlippe, als plötzlich die Tür hinter mir ins Schloss fiel. Ich fuhr herum und konnte gerade noch sehen, wie ein grünlich funkelnder Nebel sich in Luft auflöste. Mit gerunzelter Stirn sah ich zurück zu Toby.

»Hat dir Lucian gesagt, was ich bin?«, erkundigte er sich.

»Er hat es angedeutet, aber wie so oft in letzter Zeit musste ich mir das meiste selbst zusammenreimen.« Toby nahm keinen Anstoß an meiner versteckten Spitze, also seufzte ich und offenbarte ihm meine Vermutung: »Du bist ein Hexer.«

»Ein Hexenmeister sogar«, korrigierte er mich stolz lächelnd.

Aha, macht ja sooo einen Unterschied ... Sollte es tatsächlich einen machen, würde mich ohnehin niemand aufklären. Dem Hexen*meister* mit dem grauen Anzug und seinem blauen Schlauchschal entging meine unbefriedigte Neugier nicht.

»Setz dich und frag, was du wissen willst. Ich werde dir nicht ausweichen. Allerdings hast du nur diese Stunde, sonst würde meine kleine Täuschung den Phalanx-Lehrern auffallen«, meinte er mit Blick auf seine Retro-Armbanduhr. »Wenn du magst, können wir morgen in Chemie fortfahren.«

»Du meinst, ich bekomme privaten Dämonenkunde-Unterricht von dir?«

»Klar. Mr Rossi sagte mir, du solltest alles über Primus, ihre Kräfte, die Liga und die Siegel erfahren. Er fand, es wäre besser, wenn das jemand ... Unvoreingenommenes übernimmt.«

»Und er vertraut dir?« Die Worte waren raus, bevor ich darüber nachgedacht hatte.

Toby grinste mich an. »Teilweise.«

Seine Ehrlichkeit katapultierte ihn in meiner Sympathieskala prompt ein gutes Stück nach oben. Das war also meine Chance. Mein Hirn ratterte, während ich mich auf die Fensterbank setzte. War es wichtig, wie er das mit der Durchsage angestellt hatte? Eigentlich nicht.

»Okay, wenn du ein Hexen*meister* bist«, ich betonte seinen Titel nachdrücklich, »warum bist du dann auf Lucians Seite?«, wollte ich wissen. »Er hat erzählt, dass die Primus und die Hexen nicht besonders gut miteinander auskommen.«

»Die Hexengemeinschaft ist nirgends sonderlich beliebt. Wobei Gemeinschaft übertrieben ist. Wir sind eher viele Einzelgänger«, erklärte er, ohne zu zögern. Im Gegenteil, er schien sich sogar wohlzufühlen. Fast als würden wir ein Interview führen, schlug er seine Beine übereinander. »Ich jedenfalls finde die Bemühungen der Phalanx durchaus vertretenswert. Sie sorgen dafür, dass die Primus nicht über die Stränge schlagen. Hätte es die Phalanx schon immer gegeben, hätte die Inquisition nie stattgefunden.«

»Und die anderen Hexen sind nicht deiner Meinung?«

»Nicht direkt. Eigentlich sind die meisten eher auf der Seite von deinem Vater.«

Ich brauchte keinen Spiegel, um zu wissen, wie düster meine Miene plötzlich wurde. »Er ist nicht mein Vater.«

Toby fuhr sich nachdenklich über sein glattes Kinn. »Dann hatte Lucian also recht.«

Er weiß auch Bescheid?! Ich merkte, wie meine Stimmung weiter sank.

»Woher kennst du Lucian?«

»Er ist ein Brachion ...« Toby sah mich fragend an, und ich nickte kurz, um ihm zu bestätigen, dass ich wusste, was das bedeutete. »In der Primus-Welt ist das quasi ein Zivilbulle. Hört sich um, hat Kontakte, schnappt sich die Bösen und rettet Ärsche.«

»Lass mich raten, einer dieser Ärsche war deiner?«, schoss ich ins Blaue. Der Hexer zog eine seiner Brauen hoch, und ich fragte mich, warum mir nicht schon längst aufgefallen war, wie wenig er ins Lyceum passte.

»Ja und nein. Eigentlich war ich einer der Bösen, aber Lucian hat mir so was wie Bewährung angeboten ...«

»Gegen Informationen?« Sein Schmunzeln wurde zu einem Grinsen. Ich spürte, wie ich bei ihm an Respekt gewann.

»Streng genommen hat er damit auch meinen Arsch gerettet.«

Ganz gleich, wie beiläufig er das erzählte, ich begann seine Lässigkeit zu durchschauen. Sie war nur ein Schutzschild. Toby war kaum älter als ich und trotzdem hatte er schon einiges durchgemacht. So etwas hinterließ immer Spuren. Je mehr ich darüber nachdachte, umso verbundener fühlte ich mich diesem Sonnyboy. Er stand auf Direktheit. Bitte, das konnte er haben.

»Was weißt du über Thanatos?«

Tobys blaue Augen lachten mich überrascht an. »Wow, du gehst gleich ans Eingemachte, hm?«, murmelte er und bestätigte damit meinen Instinkt, danach zu fragen. »Also gut. Nach Lucians Inkarnation als Brachion nahm ihn einer der Älteren in die Lehre. Er hieß Thanatos, wurde sein Mentor und später sein Freund. Vor einiger Zeit verschwand er dann spurlos. Thanatos hatte den Auftrag bekommen, Omega Inc. zu überwachen. Man vermutete, dass er dabei ertappt und von Harris umgebracht wurde.«

Oh. Das erklärte natürlich Lucians Verhalten.

»Ich dachte, Menschen können keinen Primus töten?«

»Können sie auch nicht. Aber Omega Inc. war schon immer für Überraschungen gut. Der Konzern verfolgt seit Jahrzehnten das Ziel, die Primus auszurotten. Mit einem Aziam könnte es Harris unter Umständen tatsächlich gelungen sein, Thanatos umzubringen«, erklärte er. »Allerdings überschwemmten die kopierten Aziam erst etwa ein Jahr später den Schwarzmarkt.«

»Die Frage nach der Henne und dem Ei«, murmelte ich in die Stille.

»So ist es. Viele halten es für das Wahrscheinlichste, dass Thanatos das Geheimnis der Aziam an Omega verraten hat.«

»Das ist aber nicht das, was Lucian glaubt«, vermutete ich und bekam ein Nicken als Bestätigung.

»Er meint, Thanatos hätte niemals freiwillig seine Ideale aufgegeben. Also muss Harris ihn gezwungen haben, das Geheimnis preiszugeben, wie man die Klingen produziert. Und wenn das tatsächlich so ist, dann lebt Thanatos vielleicht noch. Er wäre zu wertvoll für Harris.«

Irgendetwas an diesen Informationen störte mich, aber ich kam nicht darauf, was es war. Also schob ich den Gedanken beiseite.

»Deshalb wollte Lucian, dass ich ihn zu Thanatos führe.« Plötzlich tat es mir leid, dass ich ihm nicht hatte helfen können. Wäre Lizzy verschwunden, würde ich die Hoffnung auch nicht aufgeben wollen.

»Ja, denn du hattest seinen Geruch an dir.«

Was?! Gerade hatte ich das Gefühl gehabt, ein wenig den Überblick zu gewinnen, da machte Toby alles zunichte. Abgesehen davon war das das Absurdeste, was ich die letzten Tage gehört hatte.

»Ich habe nach Thanatos gerochen?!«

»Du tust es noch immer«, meinte Toby ruhig. Nur mit Mühe unterdrückte ich das Bedürfnis, an mir zu schnuppern.

»Du ... du kannst das auch riechen?!«, fragte ich kleinlaut.

»Nicht direkt. Zum besseren Verständnis nennen wir es riechen, aber letztlich ist das wie ein zusätzlicher Sinn. Eine Art Energiesignatur. Sie ist nur ganz schwach, aber eindeutig von Thanatos.«

»Wie zum Teufel ist das möglich? Ich habe Thanatos nie gesehen. Du musst mir glauben!«, beteuerte ich aufgebracht, als mir bewusst wurde, was man mir unterstellen könnte.

»Ganz ruhig. Ich glaube dir ja«, sagte Toby und zog seine Beine zu einem Schneidersitz zusammen. »Wir denken, es ist der Schutzbann in dir.«

»Da! Das ist auch noch so eine Sache. Was zum Teufel meint ihr alle mit diesem komischen Schutzbann-Ding?«

Plötzlich wirkte Toby ein wenig verlegen und sein Interesse für die Schnürsenkel seiner Sneakers wuchs.

»Ich weiß es nicht genau, aber wenn du gestattest, könnte ich mir das Ganze mal anschauen«, schlug er vor. Seine blauen Augen suchten meine.

»Das letzte Mal, als sich jemand das angeschaut hat, hat das dazu geführt, dass mich ein paar blutrünstige Kátos angegriffen haben. Das ist auch so was. Was sind Kátos überhaupt?« Aufgebracht warf ich meine Arme in die Luft. Jede Antwort führte zu zwei neuen Fragen. Wie sollte ich mich denn da jemals zurechtfinden? Um dem unwiderstehlichen Drang entgegenzuwirken, Tobys Gitarre zu zerschmettern, sah ich aus dem Fenster. Ein grüner Schirm wanderte durch den Regen. Im Eingang zum Turm hatte eine dunkle Gestalt Zuflucht vor dem Wolkenbruch gesucht. Ein wenig überrascht erkannte ich Sherlock, der zu mir nach oben sah. Oh Mann, das wurde langsam echt unheimlich ... Ich machte mir eine geistige Notiz, dass wir Sherlock demnächst vielleicht umtaufen müssten – in »den Stalker«.

»Kátos sind abtrünnige Primus, die zu jung, zu dumm oder zu krank sind, um ihren Machthunger zu kontrollieren. Mehr oder weniger die Psychokiller unter den Unsterblichen. Sie haben sich sozusagen auf menschliche Todesangst spezialisiert. Wenn sie nicht freiberuflich unterwegs sind, werden sie meistens für die Drecksarbeit angeheuert«, sagte Toby, als ich schon gar keine Antwort mehr erwartet hatte. ... *Er wollte, dass du stirbst* ... Die Erinnerungen an den Káto nach dem Unfall überfluteten mich. ... *Vorher werde ich eine Menge Spaß mit dir haben* ... Um Himmels willen, vielleicht hätte ich das doch lieber nicht gewusst.

Als ich Toby ansah, war sein Gesicht voller Mitgefühl. »Was den Schutzbann betrifft: Lucian war nicht sonderlich vorsichtig mit dir. Ich würde mir da schon ein bisschen mehr Mühe geben, nichts in dir zu beschädigen.« Ich spürte, dass er mir helfen wollte, und erinnerte mich daran, wie Lucian gemeint hatte, man könne ihm vertrauen.

»Na, das klingt ja beruhigend«, brummte ich und gab ihm schließlich die Erlaubnis, mich zu untersuchen.

Er setzte sich neben mich und legte seine Finger an meine Schläfen. Sie waren kühl, wirkten aber tröstlich auf mich. Sonst fühlte ich nichts. Tobys Blick verlor seinen Fokus, als würde er durch mich durch schauen. Ich bemerkte, dass seine blauen Augen gar nicht nur blau waren. Die himmelblaue Iris hatte außen herum einen schmalen tiefgrünen Ring. Ein Ring, der ganz unvermittelt smaragdgrün aufflammte. Fasziniert beobachtete ich das Schauspiel. Es hatte eine fast schon hypnotische Wirkung. Nach und nach entspannte ich mich. Was auch immer der Hexenmeister mit mir machte, es tat nicht weh. Ein paar endlose Augenblicke später verloschen die glühenden Ringe wieder und brachten den Hexer zurück.

»Es ist mit nichts zu vergleichen, das ich schon mal gesehen habe«, erklärte er betreten, als er sich von mir löste. Er schien unzufrieden. »Es ist fast wie der Zauber, mit dem Primus ihre Anwesenheit voreinander verbergen. Sonst würden sie sich schon meilenweit spüren. Aber es ist viel stärker. Eher wie ein Siegel ...« Erschöpft strich er sich über sein

Gesicht. Was auch immer er gerade getan hatte, es hatte ihn angestrengt.

»Das macht überhaupt keinen Sinn. Ich bin weder ein Primus, noch habe ich ein Siegel«, meinte ich. Toby nickte und wirkte plötzlich sehr viel älter, als er war.

»Schon, aber dennoch hat Thanatos es für nötig gehalten, irgendetwas in dir zu verbergen.«

»Warte mal, wenn er mir so einen Bann verpasst hat, müsste ich mich nicht daran erinnern? Es sei denn natürlich, er hätte meine Erinnerungen gelöscht. Aber Lucian sagt, dass das mit mir nicht geht …« Tobys Hand auf meinem Unterarm ließ mich verstummen.

»Der Mensch vergisst auch Dinge, ohne dass irgendwer in seine Erinnerungen eingreift.«

Was sollte das denn jetzt wieder bedeuten? Natürlich vergisst der Mensch Dinge. Jeder vergisst mal was. Aber nicht die wichtigen Dinge. Und die Begegnung mit einem Brachion, der einem so einen Bann auferlegte, würde man doch nicht einfach vergessen. Außerdem vergaß ich nie ein Gesicht. Namen ja, Gesichter nie. Das war schon immer so gewesen. Gut, vielleicht mal abgesehen von meiner Großtante Polly, wegen der ich einmal die Polizei gerufen hatte, als sie mitten in der Nacht unerwartet in unserem Wohnzimmer aufgetaucht war. Die hatte ich allerdings auch das letzte Mal gesehen, als ich drei Jahre alt gewesen war. Viel zu jung, um … – *Oh. Mein. Gott.*

»Wie lange ist Thanatos schon verschwunden?«, fragte ich geschockt.

»Knapp zwanzig Jahre.«

Ich schluckte schwer. Thanatos war schon verschwunden, bevor ich geboren wurde. Deshalb wollte Lucian mich also beschützen. Ich war der lebende Beweis, dass Thanatos noch Jahre nach seinem Verschwinden gelebt haben musste.

Ein schrilles Klingeln riss mich aus meinen Gedanken. Das Interview mit dem Hexer war vorbei.

Ein Engel im Keller

Mein Bild war noch immer alles andere als vollständig, aber langsam verstand ich, warum man so einen Wirbel um mich machte. Die Fäden liefen bei mir zusammen. Thanatos, Harris und Omega Inc., die kopierten Aziam ... »Schau nicht so, sonst bleiben dir die Falten!«, schimpfte mich Lizzy, als sie sich mit ihrem Tablett an unseren Tisch in der Cafeteria setzte.

»Ich hatte eine sehr interessante Französisch-Stunde«, sagte ich zu meiner Verteidigung.

»Lass mich raten, Madame Camille lässt euch mal wieder aus einer Lektüre vorlesen, weil sie keinen Bock auf Unterricht hat?«

»Schon, aber hast du die Durchsage nicht gehört?«

»Welche Durchsage?«, fragte sie.

Natürlich, was auch sonst ... Ich seufzte schwer.

»Die, die Toby ganz offensichtlich gefälscht hat, damit er mit mir reden kann«, murmelte ich resigniert.

»Er hat WAS?«, rief sie. »Wie cool ist das denn!«

Ich konnte ihre Euphorie nicht teilen.

»Hat er dir weiterhelfen können?«, wollte sie wissen. Ich fand diese plötzliche Heimlichtuerei albern, immerhin hatte bestimmt die Hälfte der Phalanx-Schüler eines dieser Supergehör-Siegel, mit dem sie uns belauschen konnten. Als ich Lizzy darauf aufmerksam machte, schüttelte sie nur den Kopf.

»Gewisse Siegel sind erst nach dem Abschluss erlaubt. Chancengleichheit und so«, erklärte sie mir. »Also, konnte der kleine Hexer dir helfen?«

»Er ist größer als dein Jeremy ...«, konterte ich grinsend.

»Gar nicht wahr! – Okay, ein kleines bisschen. Trotzdem ist er ein Hexer.« Und da sprang mein Beste-Freundin-Radar plötzlich an. Sie mochte Toby. Vielleicht sogar mehr als Jeremy.

»Du sagst das so, als wäre es ein Problem.«

»Du hast ja keine Ahnung. Giddie würde ihn sofort einen Kopf kürzer machen, wenn rauskäme, dass ich auf einen Hexer steh.«

»Hexen*meister*«, korrigierte ich sie, wie Toby es vorher mit mir gemacht hatte.

»Wirklich?!«, hauchte sie ehrfürchtig. »Das wusste ich gar nicht.«

Okay, es macht also doch einen Unterschied.

»Kann es sein, dass Jeremy nur ein Ablenkungsmanöver war?«, erkundigte ich mich. Lizzy kaute verlegen auf ihrer Unterlippe herum. Das sagte alles.

ঌ

Da meiner inneren Uhr ein paar Tage fehlten, hatte ich fast vergessen, dass heute schon wieder Dienstag war. Und trotz der neuesten Entwicklung in Sachen Jeremy, zwang mich Lizzy erneut, mit ihr zur D.A. zu gehen. Wir waren viel zu spät, aber Lizzy ließ nicht locker. Vielleicht hatte ich auch nur nachgegeben, weil ich hoffte, dort wieder auf Lucian und damit auf Antworten zu treffen. Okay, vielleicht hätte ich mich auch ein klein wenig gefreut, ihn einfach nur zu sehen.

Aber Lucian war nicht da. Dafür saßen alle mit Textbüchern um Cornelius herum. Er hatte offenbar seine Übungen aufgegeben und widmete sich nun tatsächlich einem Stück.

»Soloproben im Studio 2!«, grunzte er in meine Richtung und lenkte dann die Aufmerksamkeit wieder auf Jeremy, der gerade seine Textpassage vorlas. Lizzy und ich tauschten einen vielsagenden Blick und trennten uns mit beidseitigem Schulterzucken. *Was soll das denn jetzt? Soloproben?* Ich war zum ersten Mal in meinem Leben in der D.A.! Gut, ich hatte im Kindergarten einmal Pippi Langstrumpf gespielt, aber das zählte doch nicht.

Ich brauchte ein bisschen, um die ziemlich versteckte Tür zum Studio 2 zu finden. Als ich sie öffnete, flog an meiner Nase eine Bananenschale vorbei und landete im Mülleimer. Jimmy starrte mich an wie eine Kuh, wenn es donnert.

»Tut mir leid«, murmelte er verlegen. Dann ging ein Ruck durch ihn. Er schien allen Mut zusammenzunehmen und kam mit ausgestreckter Hand auf mich zu. »Wir wurden uns noch gar nicht richtig vorgestellt. Ich bin James Hemmingway. Jimmy.«

»Ariana Morrison.«

Sein Händedruck war überraschend fest, auch wenn seine Finger so grazil wie die eines Mädchens waren.

»Die Phalanx hat ihn erst vor ein paar Wochen angeworben«, ertönte Aarons feste Stimme aus dem Raum. Ich entdeckte ihn auf einem Turm aufgestapelter Stühle.

»Was läuft hier eigentlich?«, fragte ich verwirrt.

»Ich werde dir beibringen, wie man sich vor Primus am besten schützt«, erklärte eine weitere Stimme, deren Ursprung ich noch nicht gesehen hatte. Auf der niedrigen Probebühne stand Mel vor einem Tisch. Sie trug ein langes blaues Shirt, das genauso als Kleid durchgehen könnte, und dazu enge schwarze Hosen.

»Jimmy ist hier, weil auch er lernen soll. Und unser mysteriöser rothaariger Jäger dort oben ...« Sie deutete auf Aaron. »... vertraut mir nicht.«

Statt einer Erwiderung hielt Aaron ihrem Blick unerschrocken stand. Jimmy dagegen zappelte nervös, als machte ihm Mels bloße Anwesenheit zu schaffen. Schien ganz so, als hätte der Theaterunterricht eine überraschende Wendung genommen. Allemal besser als Cornelius' Hippie-Predigten.

»Ich bin offiziell der neue Regieassistent«, sagte er in meine Richtung, um sich von der Spannung im Raum abzulenken. »Als Tarnung«, ergänzte er verschwörerisch. Mel registrierte es seufzend.

»Eigentlich ist unser lieber Jimmy hier ein Computergenie. Er ist versehentlich in eine Angelegenheit der Phalanx geraten. Und unglücklicherweise ließen sich seine Erinnerungen nicht korrigieren. Manche Menschen sind immun dagegen.«

»Hat er deswegen so eine Angst vor euch?!«, fragte Aaron mit einem leisen Lachen.

»Vielleicht liegt es auch daran, dass ich zugesehen habe, wie sich meine Nachbarn selbst die Haut vom Leib gerissen und dabei unentwegt geschrien haben, wie heiß ihnen doch sei«, knurrte Jimmy. Ja, der schüchterne, schlaksige Jimmy ...

Aaron senkte seinen Blick. Die Runde ging definitiv an den Nerd.

»Das können Primus mit einem machen?«, fragte ich entsetzt. Mel seufzte erneut und ließ sich auf einen der Stühle fallen, die um einen Tisch auf der Bühne standen.

»Komm her«, forderte sie mich auf. »Du auch, Jimmy. Irgendwann musst du dich ja mal daran gewöhnen, dass nicht alle Primus schlecht sind.«

Als wir uns gesetzt hatten, wobei ich Jimmy aufmunternd zuzwinkerte, hob Mel zu einer Erklärung an: »Ja, Primus sind tatsächlich in der Lage, so etwas zu tun. Nur ist es letztlich eine Illusion, die sich in den Köpfen der Opfer abspielt. Eine Sinnestäuschung sozusagen.«

»Für mich sah es sehr echt aus«, murrte Jimmy und schob seine Brille nach oben. Mel nickte mitfühlend.

»Du konntest die Illusion durchschauen, da du immun bist. Aber für diese Menschen war die Hitze und die brennende Haut echt ...«

»So echt, dass die Armen sie sich herunterreißen wollten?«, hauchte ich geschockt und angewidert zugleich. »Wer tut so was?«

»Einige der Abtrünnigen. Meistens Kátos. Ihr Menschen nennt sie Todesengel. Sie sind die Schlimmsten. Sie töten, um sich von den Ängsten der Sterbenden zu ernähren«, antwortete Mel und brachte Jimmy damit dazu, sich zu bekreuzigen.

»Du meinst, die, die das getan haben, sind Engel?«
Wow, Jimmy wusste wirklich noch weniger als ich.

»Nein, wir sind alle Primus. Todesengel ist nur einer von vielen Namen.« Sie schob ein offenes Buch zu uns herüber. Es war alt und vergilbt. Beschriftete Kupferstiche, die aussahen wie aus dem Mittelalter, zierten die brüchigen Seiten. Es waren Bilder von übernatürlichen Wesen.

»Das ist ein Ratgeber, der den jungen Primus helfen soll, sich in der Welt der Menschen zurechtzufinden«, erläuterte Mel. Sobald sie das Buch losgelassen hatte, zog sie ein Bein an und schlang ihre Arme darum. Dadurch wirkte sie irgendwie verletzlich und jung. Nur ihr haselnussbrauner Blick sprach von Jahrhunderten.

Wie gebannt blätterte Jimmy durch das Buch.

»Dschinn – Angst, Hoffnung, Verzweiflung ...

Incubus – sexuelle Begierde, Verlangen, Sehnsucht ...

Engel – Liebe, Angst, Hoffnung, Ehrfurcht, Demut ...«, las Jimmy laut vor. »Das ist so etwas wie ein ... Kochbuch?«

Mel lächelte ihn betrübt an. »Ja, so etwas in der Art. Aber optische Illusionen wie diese dort«, sie deutete auf die Tusche-Zeichnungen im Buch, »erschaffen nur noch die wenigsten Primus. Im Zeitalter des Internets ist das nicht mehr sehr ratsam. Menschliche Erinnerungen lassen sich korrigieren. Fotos und Videos im Netz weniger.«

Jimmy richtete sich in seinem Stuhl auf. Gerader Rücken, Glanz in den Augen. Stolz. Klar, er war ein Nerd. Die Tatsache, dass sein Spezialgebiet das Treiben der Primus eingedämmt hatte, gefiel ihm. Und plötzlich trug er auch das Batman-Emblem auf seinem T-Shirt mit neuem Selbstbewusstsein.

»Kommen wir zur Sache«, fuhr Mel fort. »Jimmy, deine Immunität gegenüber geistiger Manipulation ist sehr selten. Du solltest alles darüber lernen. Im Moment siehst du immer die Realität, ganz gleich, was ein Primus dich glauben lassen will. Es könnte aber nützlich sein, deinen Geist für unsere Illusionen zu öffnen. Du musst sie wahrnehmen können, auch wenn du sie immer durchschauen wirst«, erklärte sie und richtete ihre Aufmerksamkeit dann auf mich. »Ariana, deine Erinnerungen lassen sich zwar nicht beeinflussen, aber deine Sinne schon. Für dich ist es besonders wichtig, deine Gefühle unter Kontrolle zu behalten. Und nachdem das auch ein Thema für Jimmy ist, werden wir damit anfangen.«

Ein paar Minuten später war mir wirklich schlecht. Ich wusste jetzt, dass Primus nicht nur alle menschlichen Gefühle absorbieren, sondern auch lesen konnten. Wir waren wie ein offenes Buch für sie. Allein die Vorstellung davon, was ich in Lucians Gegenwart schon alles gefühlt hatte, ließ mich wünschen, mich einfach in Luft auflösen zu können.

Mels Stuhl verursachte ein unangenehmes Geräusch auf dem Boden, als sie aufstand.

»Man kann Primus auch etwas vormachen. Bei guten Schauspielern zum Beispiel kann ein Primus nicht zwischen wahren und gespielten Gefühlen differenzieren. So etwas zu können, wäre für euch auch recht hilfreich.«

»Hast du deshalb den Theaterunterricht ausgesucht?«, reimte sich Jimmy zusammen.

»Passend, nicht wahr?«, grinste Mel. »Ich hatte schon immer eine Vorliebe für Details.«

Obwohl ich unter anderen Umständen diese Schwäche mit Mel geteilt hätte, kreisten meine Gedanken wie panisch nur noch um die Tatsache, lesbar wie ein Werbeplakat zu sein.

»Kann man seine Gefühle auch verbergen?«, wollte ich wissen. Sofort verschwand das Grinsen aus Mels Gesicht. Jetzt wirkte sie nur noch müde, als sie nickte.

»Ja, Ariana, das kann man lernen, aber man sollte sehr vorsichtig damit sein. Zuerst sollte man seine Gefühle erkennen können, dann kann man sie zurückdrängen und hinter einer Abwehr verstecken. Das sollten aber immer bewusste Vorgänge sein. Man darf sie niemals verleugnen oder ganz verdrängen.«

Ich nickte knapp. »Bring es mir bei!«

Schweigend musterte mich die Prima. Ich hatte das Gefühl, dass sie sich weigern würde, aber schließlich neigte sie ihren Kopf ein wenig und meinte: »Deshalb bin ich da.«

Mel war eine gute Lehrerin. Ihre Ausführungen waren logisch, ihre Kommentare witzig. Aber die greifbare Anspannung im Raum hätte selbst der beste Lehrer nicht lösen können. Immerhin wurde uns mit jeder Einzelheit, die wir erfuhren, bewusster, dass wir Beute waren und Mel zu den Raubtieren gehörte.

Sie erzählte uns, dass die energiereichsten Gefühle direkt in der Seele erschaffen wurden. Sie zu empfinden sei den Menschen angeboren. Man nannte sie Primärgefühle und sie dienten den Primus sozusagen als Grundnahrungsmittel. Dazu gehören Angst, Ekel, Wut, Trauer, Liebe, Freude, Neugier ...

»Sekundärgefühle dagegen«, fuhr die Prima fort, »werden von menschlichen Denkmustern, also dem Geist, geprägt und basieren stets auf einem oder mehreren Primärgefühlen: Eifersucht, Hass, Stolz, Scham, und so weiter. Sie sind für Primus nicht ganz so nahrhaft, aber dafür umso geschmacksintensiver.«

»Lass mich raten, das bringt die Würze in eure langen Leben?«, fragte Jimmy bissig.

»Worauf du dich verlassen kannst«, kommentierte Aaron von weiter hinten aus dem Raum. Er hatte es sich mittlerweile auf seinem Aussichtsturm bequem gemacht und wischte auf seinem I-Phone herum.

»Wie auch immer«, meinte Mel und fegte mit einer eleganten Geste jeglichen Zynismus beiseite. »Ich werde euch jetzt beibringen, wie ihr euch abschottet, aber ihr dürft nicht zulassen, dass ihr aus Furcht vor den Primus all eure Gefühle wegsperrt. Damit würdet ihr euch nur selbst schaden. Menschliche Seelen brauchen aber auch untereinander so etwas wie einen Energieaustausch. Blockiert man diesen, verkümmert die Seele«, warnte die Prima und erhob sich. Ich sah zu Jimmy rüber. Er schien Mel nicht zu glauben.

»Ihr braucht als Erstes eine Sicherheitszone. Das ist der Ort, an dem ihr ihr seid, an dem eure Gefühle entstehen. Diesen Ort solltet ihr dann mit einer Art Mauer umgeben. Wie ein Staudamm. Ich helfe euch dabei, ihn zu errichten, ihn abzuschotten und ihn auch wieder zu öffnen«, erklärte sie weiter und ergänzte dann in Jimmys Richtung: »Du wirst nicht sehen können, was ich nun tue, aber ich möchte, dass du versuchst, meine Illusion zu erkennen. Wenn du so weit bist, tu dasselbe wie Ariana.«

Inzwischen war sie in der Mitte des Raumes angekommen. »Wir fangen mit ein paar leichten Übungen an. Ariana, versuch einfach, mir keines deiner Gefühle zu zeigen ...«

Das war eine sehr vage Aussage. Jimmy teilte offenbar meine Auffassung, denn er wirkte ähnlich verwirrt wie ich.

Die Prima streckte einen Arm vor sich aus. Sie ließ uns keine Sekunde aus den Augen. Und plötzlich stoben Dutzende Schmetterlinge aus ihrer Handfläche. Zahllose blaue Flügel schwirrten durch den Kellerraum. Das leise Flattern war kaum zu hören, aber dennoch wahrnehmbar. Es war faszinierend. Und so wunderschön. Ich hatte noch nie so viele Schmetterlinge gesehen. Langsam gewöhnten sich die kleinen Tierchen an ihre Umgebung und sortierten ihre Flugbahnen. Wie ein Schwarm sammelten sie sich und zogen dann wellenartige Kreise um die Prima.

»Verblüffung und Freude bei Ariana. Keine Angst. Das ist gut«, analysierte Mel. »Jimmy, versuch deinen Blick unscharf zu stellen, als würdest du durch etwas hindurchschauen. Siehst du etwas?«

»Nein. Halt – doch! Wow! Schmetterlinge? Sie sind irgendwie durchsichtig und ein bisschen verschwommen.«

»Du erkennst jetzt die Illusion als solche«, erklärte Mel sanft. »Du musst dich nicht fürchten, Jimmy. Niemand wird dir etwas tun.«

Wie hypnotisiert folgte ich den Flugbahnen des Schmetterling-Schwarms und fragte mich, warum ich keine Angst empfand, immerhin war das hier alles andere als natürlich. Ich wusste keine Antwort darauf.

»Stellt euch jetzt einen sicheren Ort vor. Einen Ort, an dem ihr gerne seid oder wart. Eine Zuflucht.« Bei diesem Wort musste ich an Lucians Zuhause denken. Ich schob den Gedanken beiseite und konzentrierte mich. Ein Ort, an dem ich mich sicher fühlte ... Automatisch tauchten die blassgrünen Wände meines Zimmers vor mir auf. Die gerahmten Fotos an den Wänden, mein Bett, mein Schreibtisch ...

»Wenn ihr den Ort habt, dann baut eine stabile Mauer außenrum«, forderte Mel weiter.

Nichts leichter als das. Immerhin hatte mein Zimmer ja schon Wände. Ich machte sie in Gedanken noch dicker und undurchdringlicher.

Mel seufzte und die Schmetterlinge lösten sich in blauen Staub auf. Wehmütig betrachtete ich, wie der Staub zu Boden fiel. Hatten die Schmetterlinge gelebt? Wo waren sie hin? Es war so beruhigend, so friedlich gewesen, in ihrer Nähe zu sein.

»Keine Sorge, es war nur eine Illusion«, meinte Mel, während sie ihre kaffeebraune Mähne zu einem lockeren Knoten band. Sie hatte meine Gefühle gelesen. Sie konnte das noch immer. Offensichtlich hatte meine Zimmerfestung wenig gebracht.

»Sei nicht enttäuscht, Ari. Freude ist schwer zu verbergen. Sie ist gesellschaftlich akzeptiert und wird selten verurteilt. Ihr habt also wenig Übung darin. Machen wir mit etwas weiter, das vielleicht einfacher für euch ist.«

Unvermittelt flammten ihre Hände auf. Und zwar wortwörtlich. Die Flammen züngelten bis zu ihren Ellbogen hoch. Jimmy machte neben mir ein paar Grimassen, als würde er versuchen, etwas weit Entferntes zu lesen. Dann schlug er erschrocken eine Hand über den Mund.

»Oh mein Gott.« Sein Stuhl kippte scheppernd nach hinten.

»Illusio-hon ...«, trällerte Aaron, ohne von seinem Handy aufzusehen. Er hatte ja recht, aber Mel sah wirklich aus, als täte es weh. *Vermutlich ist das auch Teil der Show für uns.* Jimmys Augen waren so groß wie die Gläser seiner Brille, doch er stellte gehorsam seinen Stuhl auf und setzte sich wieder hin. Ich starrte auf die Flammen und konzentrierte mich auf mein Zimmer. Je schneller wir es raushatten, desto eher konnte Mel mit dieser spontanen Selbstentzündung aufhören.

Doch es funktionierte beim besten Willen nicht. Mels Anblick erinnerte mich an meine Mum, wie sie vor meinem Stiefvater zurückzuckte. Ich wollte Mel helfen, wie ich meiner Mum helfen wollte. Aber ich konnte es nicht. Und da fiel es mir wie Schuppen von den Augen. Ich hatte das falsche Zimmer gewählt. Nicht das Zimmer in unserem Haus war meine Festung, sondern mein altes Kinderzimmer in der Stadtwohnung meines Vaters. Dort hatte ich mich immer verkrochen, dorthin war er mir niemals gefolgt. Es war kein hübsches Zimmer gewesen. Weiße Wände, zweckmäßige Möbel, aber meine Mum und ich hatten eines Tages ein paar blaue Sterne um mein Bett herum gemalt. Die Schablonen dafür hatten wir im Supermarkt gefunden, und Mum hatte extra noch einmal am Baumarkt gehalten, um etwas Farbe zu kaufen. Als mein Stiefvater die Sterne durch meine offene Zimmertür gesehen hatte, war die Missbilligung in seinen Augen deutlich zu erkennen gewesen. Am Abend hatten meine Eltern sich dann deswegen gestritten. Wir würden sein Geld nie wieder für so etwas Unnützes verschwenden, hatte er geschrien. Und ich hatte geweint. Die ganze Nacht. Danach war die Tür zu meinem Zimmer nie wieder offen gestanden.

»Schon besser, Ariana«, lobte mich die Prima und die Flammen erloschen. Sie hatte weder Brandwunden auf der Haut noch Brandlöcher in ihrer Kleidung. Aber das war nebensächlich. Ich hatte meinen sicheren Ort. Mel sagte etwas zu Jimmy. Ich bekam es nicht mit, denn ich war zu sehr damit beschäftigt, die Mauern um mein altes Zimmer in massives Gestein zu verwandeln.

Als ich wieder aufsah, war Mel erneut dabei, eine Illusion zu spinnen. Das Licht im Raum flackerte plötzlich auf und dimmte sich selbst auf Kerzenscheinniveau herab. Mels Konturen begannen zu verschwimmen. Wie im Sommer, wenn die Luft über sehr heißem Asphalt flimmert. Dann mischten sich kleine Funken dazu. Mels Haare erwachten zum Leben, als würden sie in einer sanften, imaginären Brandung schwimmen. Und Mel ... war nicht mehr Mel. Zumindest nicht ganz. Ihre Ohren liefen oben spitz zu, und ihre Haut hatte einen silbernen Ton angenommen, der absolut nicht natürlich sein konnte. Sie schimmerte bei jeder Bewegung, obwohl ... Mel sich gar nicht bewegte. Statt ihrem Shirt trug sie nun ein farbloses Gewebe ohne wirkliche Form. Der Stoff flatterte in einer nicht vorhandenen Brise, allerdings in einer völlig anderen Richtung als die Funken, die sie spiralförmig umkreisten. Das alles war schon abgefahren genug, aber als ich in die Augen der Prima sah, stockte mir der Atem. Goldene Katzenaugen mit länglicher Pupille starrten mir entgegen. Sie sah aus wie – wie eine Fee.

»Faszination und Freude. Leute, konzentriert euch! Ihr seid so durchschaubar wie ein Kind im Süßwarenladen«, mahnte uns die Fee.

»Aber du, du bist eine ... Elfe«, stammelte Jimmys Stimme neben mir. Offenbar hatte der Nerd es inzwischen raus, die Illusionen wahrzunehmen.

»Nein, ich bin eine Prima, die sich gerade von euch ernährt, also reißt euch zusammen!«

Ich schluckte und katapultierte mich zurück in mein altes Zimmer. Und damit auch in mein altes Ich. Mein Stiefvater schwebte wie ein Schatten über meinen Erinnerungen. *Zeig niemals, was dir etwas bedeutet! Er nimmt es dir sonst weg.* Und er hatte mir so vieles weggenommen. Aber das würde ich nie wieder zulassen.

Ich blinzelte. Mel stand nun in ihrer gewohnten Gestalt vor mir. Ihre Haare waren noch immer zusammengebunden, das Licht wieder an. Nichts deutete darauf hin, dass gerade etwas Übernatürliches geschehen war. Außer vielleicht der seltsame Ausdruck in den Augen, mit dem Mel mich fixierte.

»Hast du so was schon einmal gemacht, Ariana?«, wollte sie wissen. Ich schüttelte den Kopf. Die Prima sah aus, als würde sie noch etwas dazu sagen, beließ es aber dabei.

»Ein letzter Versuch, dann lassen wir es für heute gut sein«, meinte sie stattdessen.

Schwarzer Rauch schoss aus dem Boden unter ihren Füßen hervor. Ein leises Grollen erklang und das Licht verlosch vollständig. Wir saßen im Dunkeln. Und Dunkelheit war noch nie so gruselig gewesen wie in diesem Moment. Weil ich mir nicht nur einbildete, dass etwas mit mir in dem Raum sein könnte – ich wusste es. Ich hatte sogar noch einen Blick auf Mels schwarz werdende Haut erhaschen können, bevor das Licht ausgegangen war. Mein Herz pochte mir in den Ohren, und ich kämpfte gegen den Drang an, einfach wegzurennen. Ich zwang mich zu ein paar tiefen Atemzügen. Und grade als ich mich wieder im Griff hatte, öffneten sich glühend rote Augen, die alles andere als menschlich waren. Ein Körper bewegte sich in den Schatten. Er war viel größer, als Mel es gewesen war. Schuppen kratzten über den Boden. *Heilige Scheiße!*

Neben mir sog Jimmy scharf die Luft ein. Das brachte mich wieder in die Realität zurück. *Es ist nur eine Illusion.* Weiße Wände mit blauen Sternen wuchsen um meinen Verstand, schlossen sich schützend um mich. Sofort ging es mir besser. Ich dachte, Sinn und Zweck des sicheren Ortes wären, Gefühle nicht herauszulassen, aber diesmal hielten meine Mauern auch die beängstigenden Gedanken draußen.

»Sehr gut, Ariana. Jetzt hast du es raus«, ertönte Mels Stimme aus der Dunkelheit. »Jimmy, deine Angst verpestet die Luft.«

Das Licht ging wieder an. Geblendet sah ich mich um. Mel stand in der Mitte des Raumes. Sie sah aus wie zuvor. Hinter ihr saß Aaron auf seinem Platz und beschäftigte sich ungerührt mit was auch immer.

»Was war das?« Beinahe hätte ich Jimmys Frage überhört, so leise hatte er gesprochen. Er zitterte. Eindeutig ein Schock.

Ich dachte, er würde zwischen Illusion und Realität unterscheiden können?

»So haben die Primus sich früher als Dämonen dargestellt. Für meinen Geschmack etwas zu dramatisch, aber in den Religionen haben sie an Dramatik noch nie gespart«, erklärte Mel müde.

Das beruhigte den verstörten Nerd neben mir wenig. Ich rutschte näher zu ihm und legte meine Hand auf seinen Unterarm. Er bemerkte es nicht einmal.

»Kannst du auch ein Engel sein?«, fragte er stattdessen.

Aaron lachte laut auf. Es war ein melodisches Lachen, aber viel zu hoch für meinen Geschmack. Verwirrt schaute Jimmy von mir zu Mel und zurück.

»Hab ich was Falsches gesagt?«

»Nein, Jimmy«, beruhigte ihn Mel. »Aaron lacht nur, weil ich fast immer, wenn ich meine Form mit einer Illusion belege, einen Engel darstelle.«

»Das trifft genau ihren Geschmack, wenn du weißt, was ich meine«, ergänzte Aaron mit einem schiefen Grinsen. Das brachte ihm einen bösen Blick von Mel ein.

»Kannst du es mir zeigen?«, bat Jimmy. Ich war verblüfft. Entweder der schmächtige Junge hatte mehr Mut im Leib, als ich dachte, oder er wollte nur nicht mit der Erinnerung an, den Dämon nach Hause gehen. Letzteres konnte ich gut nachvollziehen. Mel offensichtlich auch. Sie lächelte ihn gütig an und ihr Lächeln wurde so strahlend, dass es alles andere vergessen ließ. Pures Licht sammelte sich hinter der Prima und formte Schwingen, die gleichzeitig fassbar und unfassbar wirkten. Keine besondere Kleidung, nur Licht, keine besondere Frisur, nur Licht. Licht, das so viel Liebe ausstrahlte, dass ich kaum zu atmen wagte. Eine einzelne Träne rann mir über die Wange. Mel war so wunderschön. Dieser Moment war so wunderschön.

»Wow«, flüsterte ich gerührt.

»Ariana, errichte deine Mauer«, forderte mich der Engel auf.

Aber das wollte ich nicht. Ich wollte den Frieden, den ich empfand, nicht aufgeben. Etwas widerwillig griff ich in meine Erinnerungen und dann standen meine Mauern. Trotzdem fühlte ich den Frieden und die Liebe noch immer. Wie war das möglich?

»Sehr gut. Jetzt versuchen wir etwas anderes. Stell dir ein Fenster vor und lass nur eine einzige Emotion raus«, wies sie mich an.

Ein Fenster? Das war einfach. Mein Zimmer hatte ein Fenster. Ein winziges Quadrat, durch das ich die Welt beobachtet hatte, als ich noch klein war. Ich sah mich in meinem Zimmer um und verstand Mel plötzlich. Ich hatte keine Mauer um meine Seele errichtet, die meine Gefühle wegsperrte, sondern nur einen Ort, an dem ich sie allein empfinden konnte. Freude, Liebe, Hoffnung, Ehrfurcht, Glückseligkeit ... Letzteres wählte ich, griff danach und stupste die Emotion durch das kleine Fenster meines Zimmers.

»Perfekt! Jetzt schließ das Fenster wieder und lass als Nächstes ein Gefühl raus, das du gerade *nicht* empfindest«, verlangte der Engel.

»Wie mach ich das?«, wollte ich wissen. Der Frieden in mir war so stark, dass ich nicht mal Verwirrung fühlte.

»Denk an etwas, was du vorhin gespürt hast. Bei dem Dämon oder den brennenden Händen. Die Gefühle sind immer da. Dann nimm dieses Gefühl und lass es durch das Fenster hinaus.«

Mels Worte drangen nur langsam zu mir durch. Ich sollte Angst finden? In all dieser Liebe? Wie sollte ich das denn bitte anstellen? Doch Mels Vertrauen in mich war so übermächtig, dass es keinen Zweifel aufkommen ließ. Ich schob alle Glücksgefühle beiseite. Es war mühsam, aber es gelang. Dann suchte ich nach meiner Angst und stellte fest, dass mein Kinderzimmer voll davon war. Meine ganzen Erinnerungen waren voll davon. Ich griff danach und ...

»Du hast es!«, jubelte Mel, die alte Mel. Sie stürmte auf mich zu, um mich zu umarmen. Der Engel war verschwunden und die Schulglocke verdrängte die letzten surrealen Bilder aus meinem Kopf. Zurück blieben nur ein unbeteiligter Aaron und Jimmy, dem noch immer die Tränen im Gesicht standen. Tränen, die einem Engel galten.

Cinnamon

Ich fuhr direkt vom Lyceum zur Arbeit. Meine Mum wusste zwar nicht, dass ich heute Spätschicht hatte, aber sie würde es auf meinem Stundenplan am Kühlschrank nachlesen können.

Das *Cinnamon* lag im Zentrum von Saint-Peters und war das einzige Café in der kleinen Ortschaft. Dementsprechend wurde es sowohl von den Torten-Omis als auch von den hippen Kaffeejunkies besucht. Alle, denen der Weg in die Stadt zu weit war, kamen früher oder später ins *Cinnamon*. Und da es auch keine Bar oder einen Club in Saint-Peters gab, fiel der Altersdurchschnitt abends dramatisch. Kundschaft über fünfunddreißig war die absolute Ausnahme. Die Besitzerin Nicole hatte diese Marktlücke erkannt und geschlossen. Pünktlich um halb acht wurde aus dem Fahrstuhlgedudel im Hintergrund lautere Musik, die man durchaus als aktuell bezeichnen konnte. Das Licht wurde gedimmt und die Getränkekarten ausgewechselt. Bier, Cocktails und Softdrinks nahmen den Platz von *Cinnamon's* Kaffeespezialitäten ein. Außerdem mussten die beiden antiken Paravents weichen, die tagsüber den hinteren Teil des Cafés versteckten. Voller Stolz hatte Nicole den zusätzlichen Raum den Grünen Salon getauft. In der Tat waren die Wände mit einer giftgrünen Barocktapete bestückt und passten damit wunderbar zu den beiden Billardtischen. Die Farbe wirkte wie eine Neonreklame. Sie tat einfach nur in den Augen weh.

Aaron war mir vom Lyceum aus gefolgt. Jetzt saß er an einem der abgelegeneren Tische und schlürfte an seinem »Wasser. Eiskalt. Ohne Kohlensäure«. Seine komplette Haltung strahlte Feindseligkeit aus und versprach jedem, der es wagte, ihn anzusprechen, schlimmste Erniedrigung. Ein paar Mädchen aus dem Lyceum hatten es trotzdem versucht und waren unter seinem eisigen Blick wieder abgerauscht. Etwas später spürte ich genau denselben Blick auf mir. Ich drehte mich um und entdeckte Ryan neben Aaron am Tisch. *Aha, Wachwechsel.* Sie tauschten ein paar Infos aus und musterten mich immer wieder, bis Aaron schließlich abzog, ohne sich zu verabschieden oder zu bezahlen. Das würde Ryan wohl übernehmen müssen.

»Hey, Morrison, in der Schürze siehst du fast noch heißer aus als mit 'nem Motorradhelm«, begrüßte der dunkle Jäger mich zwinkernd.

»Spar dir das, sonst endest du wie Gideon. Also, was willst du trinken?«, erwiderte ich schroff.

»Einen Caipi«, meinte er, ohne einen Blick auf die Karte zu werfen. »Macht Nicole den immer noch selbst?«

Ich zog eine Augenbraue hoch. »Bist du nicht mit deiner Maschine da?«

Er grinste nur und schob den Ärmel seines Shirts nach oben. Leicht schimmernd prangten zwischen all den Tätowierungen auf seinem Unterarm die Umrisse mehrerer Siegel. »Alkohol und andere Drogen wirken bei mir nicht mehr so wie früher«, erklärte er grinsend. Ich zog überrascht die Augenbrauen hoch. Ryan schien eigentlich nicht der Typ, der auf einen guten Rausch verzichten würde.

»Hast du eine Wette verloren?«

»Nope, meine Eltern sind gestorben, weil ein betrunkener

Vollidiot nicht genug aufgepasst hat«, erklärte er leichthin und zuckte mit den Schultern. »Aber das ist lang her, also mach dir keinen Kopf und komm aus deinem Fettnäpfchen wieder raus. Sag Nicole, sie soll für mich eine Extraportion braunen Zucker reinmachen.«

Etwas benommen teilte ich meiner Chefin Ryans Bestellung und seinen Sonderwunsch mit. Überraschenderweise grinste Nicole bis über beide Ohren, als sie Ryan entdeckte, und winkte ihm zu. Ja, die kleine, rot gefärbte, tantige Nicole mit ihrem wirren Dutt und den ausgefallenen Brillen winkte dem dunklen Rocker mit den Tattoos und Piercings zu.

»Du kannst kurz Pause machen. Ich bring den Caipi selber rüber«, wies sie mich mit ihrer typisch harschen Stimme an und schlängelte sich für ihre Körperfülle erstaunlich gekonnt zwischen den Tischen zu Ryan.

Ich sah ihr perplex nach, bevor ich mir ein halbes Sandwich aus der Theke schnappte und an den Toiletten vorbei zum Lieferanteneingang ging.

Draußen dämmerte es gerade. Schnell stopfte ich mein sporadisches Abendessen in mich hinein und wanderte ein wenig zwischen den Paletten und Mülltonnen herum. Das Gelächter ums Eck gehörte zu den nikotinabhängigen Gästen des *Cinnamon*. Ich glaubte ein paar meiner Mitschüler herauszuhören. Aber keine zehn Pferde würden mich meine Pause dort verbringen lassen. Drinnen genoss ich Nicoles Schutz. Hier draußen war das etwas anderes.

»Hey, Ari. Nicht erschrecken, ich bin's nur«, sagte plötzlich eine männliche Stimme hinter mir. Natürlich erschrak ich. Wie sollte man auch nicht erschrecken, nur weil einer »nicht erschrecken« sagt. Ich war gerade dabei, mich umzudrehen und Lucian die Meinung über das Anschleichen in einsamen Hinterhöfen zu geigen, als mir bewusst wurde, dass die Stimme gar nicht Lucian gehörte. Ich hatte auch kein Prickeln im Nacken gespürt. Warum zum Teufel musste ich auch die ganze Zeit an ihn denken!

»Was machst du hier, Toby!«, schimpfte ich leise genug, dass mich die Gruppe um die Ecke nicht hören konnte. Ich bot wegen der Sache mit Brendon und meinen neuen Leibwächtern ohnehin schon genug Gerüchtepotenzial. Da wollte ich nicht auch noch mit Toby in einer dunklen Einfahrt erwischt werden.

»Ich hatte grade nichts Besseres vor, und da dachte ich, wir könnten die Zeit auch für etwas Sinnvolles nutzen. Unterricht zum Beispiel.«

»Bist du verrückt? Ich brauche den Job, da kann ich nicht so einfach nebenbei etwas plaudern!«, fuhr ich ihn an.

»Ach, lass das nur meine Sorge sein«, meinte er gelassen und schnappte sich meine Hand, um mich in Richtung Lieferanteneingang zu ziehen.

»Toby! Warte mal!!! Wenn du da drinnen so eine Nummer planst wie das mit der Durchsage, sollte ich dich vielleicht daran erinnern, dass mein Bewacher auch da ist«, warnte ich ihn. Der Hexer fuhr herum und fixierte mich mit seinen blauen Augen und deren unheimlichen grünen Ringen.

»Wer?«, fragte er leise, aber nachdrücklich. »Gideon?« Die Sorge stand ihm ganz deutlich ins Gesicht geschrieben. Ich schüttelte den Kopf.

»Nein, Ryan ist grade dran.«

»Oh, gut«, erwiderte er, als würde das alles ändern. Fast fröhlich schob er mich weiter zum Eingang. »Ryan kann meine Magie nicht durchschauen.«

»Aber Gideon schon?«

»Leider ja, und ich befürchte, ich sollte ihm eine Weile aus dem Weg gehen.«

»Warum das denn?«

Toby seufzte. »Gideons Abneigung gegen Hexen ist selbst für einen Jäger besonders ausgeprägt. Außerdem hat er mir heute einen nicht sehr freundlichen Besuch abgestattet und mir unmissverständlich klargemacht, dass ich mich von seiner Schwester fernhalten soll. Dabei weiß ich nicht einmal, wer diese Felizitas ist.« In seiner Stimme klang sowohl Aufsässigkeit als auch Verzweiflung mit.

Oje, das sah nicht sehr gut für Lizzy aus. Schlimm genug, dass Gideon irgendwie von ihrer Schwärmerei erfahren hatte, aber dass sie Toby noch nicht einmal aufgefallen war …

»Du kennst doch Lizzy! Meine beste Freundin, groß, schlank, rote Locken … Sie hat dich nach unserem Autounfall einen Volltrottel genannt.« Jetzt spiegelte sich blankes Entsetzen auf Tobys Gesicht wider.

»Lizzy ist Felizitas? Sie ist Gideons Schwester?! Ach du Scheiße …«

Okay, was genau war da zwischen Toby und meiner besten Freundin vorgefallen? Und warum hatte sie mir nichts davon erzählt? Ich spürte, dass ich aus Toby nichts herausbekommen würde. Außerdem betraten wir in genau diesem Moment das Café. Das Thema musste warten.

»Was hast du vor?«, wollte ich wissen, aber Toby sagte kein Wort und schob mich einfach zu dem Tisch, der dank seiner Nähe zu den Toiletten eigentlich immer frei war.

»Was möchtest du trinken?«, fragte er mich stattdessen. Ich sah hoch und mein Herz setzte für einen Schlag aus. Ich schaute mir selbst ins Gesicht. Toby hatte sich in mich verwandelt! Er trug meine Jeans und meinen schwarzen Pullover, meine Schürze, meine Ohrringe. Seine Hippster-Tolle war verschwunden. Stattdessen wippte ein honigblonder Pferdeschwanz an seinem Hinterkopf. Alles stimmte bis ins kleinste Detail überein, nur meine Augen hatte er nicht perfekt hinbekommen. Um den warmen Goldton, den meine Mum immer als Bernstein bezeichnet hatte, wand sich ein schmaler grüner Ring. So was besaß ich definitiv nicht.

»Hast du das auch im Lyceum gemacht?«, wollte ich wissen. Der Hexer – also ich – nickte.

Das ist wirklich abgefahren.

»Werden die anderen nicht ein wenig irritiert sein, wenn es mich hier zweimal gibt?«, erkundigte ich mich flüsternd. Und noch während ich meine Frage formulierte, schwante mir Böses. Ich sah an mir herunter und stellte erleichtert fest, dass ich tatsächlich noch ich war. Toby lächelte.

»Die anderen sehen dich nicht. Du bist im Augenblick ein nicht sehr attraktives brünettes Öko-Mädchen«, erklärte er mir mit verschwörerischer Miene. Ich blickte ihn finster an. »Das macht dir Spaß, oder?«

»Klar. Aber darüber hinaus wäre es wenig hilfreich, wenn ich dich so hübsch gelassen hätte, wie du bist. So halte ich dir wenigstens die Jungs und ihre Anmach-Sprüche vom Hals. Sieh aber zu, dass dich niemand berührt. Das bei dir ist keine komplette Illusion, sondern nur eine optische Blendung. Die ausgefeilten Sachen kann ich nur bei mir selbst.«

Bevor ich auf die neuen Informationen oder sein seltsames Kompliment etwas erwidern konnte, hatte sich Toby als ich an die Arbeit gemacht. Er scherzte mit Nicole und balancierte ohne Mühe ein übervolles Tablett zu einer großen Gruppe neuer Gäste, mit denen er sich blendend zu verstehen schien.

Die Gäste lachten noch immer über einen Witz des Hexers, als er mit einer Cola zu mir zurückkam.

»Bitte sehr, die Dame«, meinte er und deutete einen kleinen Knicks an.

»Ich mach so was nicht«, zischte ich.

Der Hexer – alias ich – runzelte die Stirn. »Was meinst du?«, wollte er wissen.

»Ich sag nicht ›die Dame‹. Ich knickse nicht. Und ich schäkere um Himmels willen nicht mit den Gästen!« Meine Stimme war kaum mehr als ein Fauchen.

»Dann solltest du dir das ganz schnell angewöhnen. Das bringt nämlich Trinkgeld«, konterte der Hexer und knallte mir zwei Bücher vor die Nase. Und ich hatte mich schon gefragt, was Toby vorhin mit Unterricht gemeint haben könnte.

»Wenn du mit den Großen spielen willst, solltest du ihre Sprache sprechen«, sagte er. »Du musst Siegel selbstständig lesen können, sonst bist du schneller weg vom Fenster, als deine Bewacher dir zu Hilfe eilen könnten. Stell dir einfach vor, du bist in der Grundschule. Ich möchte, dass du noch einmal schreiben lernst.« Und wieder war er weg. Eine Weile starrte ich ihm einfach nur hinterher, beobachtete ihn/mich, was wirklich eine skurrile Situation war. Dann wanderte mein Blick zu Ryan, der zwar ab und an zu Toby-Ariana schaute, sich aber hauptsächlich mit der dunkelhäutigen Schönheit an seinem Tisch beschäftigte.

Seufzend schlug ich das dickere der beiden Bücher auf. Wenigstens musste ich mich jetzt nicht mehr mit unfreundlichen Gästen rumschlagen ...

ENGELSSCHRIFT, las ich auf der ersten Seite.

Okaaay ...?!

Darunter stand noch ein weiteres Wort, das ich weder verstand noch hätte lesen können. Aber ich erkannte die Schrift. Ich hatte sie auf meinem Siegel und in Lucians Büchlein gesehen. Das war also die Schrift der Primus.

Zweiunddreißig Seiten später wusste ich, dass die Schrift älter war als jede bekannte Schrift der Menschen. Sie hatte lange Zeit keinen Namen, und wenn es nach den Primus ginge, würde sie auch heute keinen haben. Erst im Mittelalter wurde sie von einigen Gläubigen unter dem Namen Engelsschrift oder auch Engelsalphabet verbreitet. Die Hexen, die damals im Krieg mit den Primus lagen, unterstützten die Verbreitung, wodurch die Schrift einen weiteren Namen bekam: das Hexenalphabet.

Ich stellte fest, dass das zweite Buch, das Toby mir hingelegt hatte, eine Kladde mit leeren Seiten war. Sogar ein Stift steckte in einer am Einband befestigten Schlaufe. *Das hat er also mit Grundschule gemeint.*

Ein paar Augenblicke kämpfte ich mit meinem Trotz, aber dann gewann doch meine Neugier. Ich wollte diese Zeichen lernen. Ich wollte die Schrift beherrschen. Also schlug ich die erste Seite auf, betrachtete das Symbol, das für den Buchstaben A stand, und machte mich an die Arbeit.

৵

Als ich beim Buchstaben M angekommen war, hörte ich, wie jemand meinen Namen rief. Ich war so konzentriert auf das fremde Alphabet mit all seinen Schnörkeln gewesen, dass ich meine Umgebung völlig vergessen hatte. Jetzt sah ich hoch und entdeckte Brendon am Eingang. Er war allein, sah mich aber nicht an. Nein, sein Blick lag auf Toby-Ariana.

Ach du meine Güte!

Brendon schlenderte lässig auf Toby-Ariana zu und lehnte sich an die Tortenvitrine.

Das geht schief, das geht so was von schief!

»Hey, meine Schönheit«, schnurrte er den Hexer an.

Toby-Ariana sah teilnahmslos auf und antwortete nur: »Kein Interesse. Muss arbeiten.«

Dafür hätte ich den Hexer küssen können. Ich hatte schon befürchtet, dass er auf den Flirt eingeht ... nur des Trinkgeldes wegen.

Aber Brendon ließ nicht locker und stellte sich Toby-Ariana in den Weg.

»Hör zu, Ari, das neulich auf dem Parkplatz, wie ich und die Jungs dich behandelt haben ... Und auch die Male davor. Das war einfach Scheiße.«

Was hat er vor? Brendon gab nie einen Fehler zu, ohne etwas zu wollen.

Toby-Ariana runzelte die Stirn und musterte Brendon eindringlich. Dann nuschelte der Hexer etwas wie »Als ob man von dir was anderes zu erwarten hätte als Scheiße« und ließ Brendon einfach stehen. *Strike! Wieder volle Punktzahl für den Hexer.*

Leider gab sich Brendon noch immer nicht geschlagen. Als Toby-Ariana wieder zurück an der Kasse war, packte Brendon den Hexer am Arm.

»Ari, bitte. Ich – ich vermisse dich!«

Der Mistkerl! Tobys Blick huschte kurz zu mir. Was auch immer er in meinem Gesicht gelesen hatte, er interpretierte es richtig.

»Ich dich offensichtlich nicht«, sagte er knapp und wollte sich losmachen, aber Brendon lockerte seinen Griff nicht.

»Ich hab nachgedacht und ich ... – was da auf der Party

passiert ist ... – was du getan hast ... –, ich bin nicht nachtragend. Vielleicht können wir einfach darüber hinwegsehen und es vergessen?«

ER ist nicht nachtragend?!?! ER will großzügigerweise darüber hinwegsehen?!?! Was für ein Arsch!

Toby-Ariana fühlte sich sichtlich nicht sehr wohl in seiner Haut – oder besser: in meiner Haut. Ich hob meine Hand, als wollte ich eine Bestellung aufgeben. Toby ignorierte es. Stattdessen sah er mich mit schmalen Augen an.

»Vielleicht kann ich das nicht vergessen.«

Auch gut, weiter so, Toby! Gib's ihm!

»Ach komm schon«, flehte Brendon. »Wir hatten gerade unsere ersten Siegel bekommen und wollten das feiern. Ich weiß jetzt, dass du auch zur Phalanx gehörst. Ich hätte es mir schon damals denken können, weil du nicht ... Na ja, wir haben einfach nicht nachgedacht, und weißt du, wir könnten aus der Bruderschaft fliegen, wenn rauskommt ...«

Wenn was rauskommt? Wovon spricht er da? Ja, ich hatte meine Jungfräulichkeit an diesen Idioten verschwendet. Ja, er wollte mich an seine Freunde weiterreichen wie eine schlecht gedrehte Tüte. Und ja, ich hab mich gewehrt. Sehr effektiv sogar ... Aber was hat das mit Siegeln oder der Phalanx zu tun?

»Wenn was rauskommt?«, hakte auch Toby-Ariana misstrauisch nach. Doch wie Brendon eben war, überhörte er den gefährlichen Unterton der Frage.

»Das ist nicht mehr wichtig. Du und ich, wir gehören zusammen. Ich wusste das damals nicht, weil ich dich für einen normalen Menschen gehalten habe. Aber jetzt ist alles anders. Meinst du nicht, wir könnten es noch einmal versuchen?« Er klang so erbärmlich bettelnd, dass der Hexer schließlich seufzte.

»Weißt du was, ich muss arbeiten. Lass uns das ein ander-
mal klären«, sagte Toby und tat so, als wolle er auf die Toilette gehen. *Nein. Nein. Nein.*

»Ari«, rief Brendon verzweifelt und packte erneut nach
Toby-Arianas Arm. Beinahe gleichzeitig bemerkte der Hexer
mein panisches Kopfschütteln. Aus dem Fragezeichen auf seinem Gesicht wurde erst Erstaunen, dann Neugier, Mitgefühl
und schließlich Wut. Er atmete einmal tief durch und drehte
sich entschlossen zu Brendon um.

»Wenn ich es mir recht überlege, klären wir das vielleicht
doch lieber jetzt: Lass. Mich. In. Ruhe! Sprich mich nicht an,
ruf mich nicht an und komm mir nicht zu nahe. Denk am
besten noch nicht einmal mehr an mich! – Und jetzt verschwinde, wenn du hier kein Hausverbot erhalten willst.«
Die letzten Worte sprach er so laut, dass Nicole sie mitbekam. Der drohende Blick meiner Chefin reichte, um Brendon flüchten zu lassen.

Mir wurde ganz warm ums Herz. Nicole hatte mir gerade
den Rücken gedeckt. Und das, obwohl sie das um einen zah-
lenden Stammgast bringen konnte. Und Tobys Rettungsaktion
war auch nicht von schlechten Eltern gewesen.

»Du kannst heute früher Schluss machen, Ariana. Guter
Job, den du gemacht hast.« Nicole tätschelte Toby-Arianas
Schulter und machte sich dann wieder an ihren Cocktails zu
schaffen. Ob sie mit dem »guten Job« Brendons Abfuhr oder
meine/Tobys Bedienkünste gemeint hatte, konnte ich nicht
mit Sicherheit sagen.

Mit einer hochgezogenen Augenbraue und verschränkten
Armen stand Toby plötzlich vor mir. Er machte keine Anstalten nachzufragen. Er sah mich einfach nur an. Dann seufzte er
und setzte sich. Sobald er saß, sah er wieder aus wie er selbst.

»Bist du jetzt die nicht sehr attraktive Brünette?«, fragte ich in dem kläglichen Versuch, von Brendon abzulenken.

Toby lächelte schwach. »Willst du darüber reden?«

Ich biss auf meiner Unterlippe herum und schüttelte den Kopf. Ich redete nie gern über meine Gefühle.

»Aber danke ...«, murmelte ich leise.

»Schon in Ordnung«, tat er ab. »Wie weit bist du gekommen?« Er nickte in Richtung des aufgeschlagenen Buches und eröffnete mir damit die sehr willkommene Möglichkeit, das Thema zu wechseln.

»Nur bis M«, gestand ich.

»Ist nicht so schlimm. Du kannst das Buch mit nach Hause nehmen, wenn du willst. Je schneller du die Zeichen beherrschst, desto früher kannst du dich mit ihrer Sprache auseinandersetzen. Die wichtigsten Grundbegriffe stehen weiter hinten im Buch.«

Es freute mich sehr, dass er mir diesen Schatz anvertraute. Ich hatte wirklich Gefallen an der Engelsschrift gefunden. Da würde es mir mit der Sprache der Primus bestimmt nicht anders gehen.

»Darf ich dich mal was fragen, Toby?«

»Immer.«

»Spürt man es, wenn ein Primus sich von einem ernährt?«

Er legte seinen Kopf leicht schief und musterte mich forschend.

»Wieso interessiert dich das?«

Das war eine wirklich gute Frage. Ich musste erst ein paar Augenblicke darüber nachdenken, bis ich die passende Antwort fand.

»Heute bei Mel hat es sich nicht schlimm angefühlt. Eigentlich habe ich gar nichts bemerkt. Und wenn es dem Menschen nicht schadet, warum können ...«

»... nicht alle in Frieden zusammenleben?«, ergänzte er verständnisvoll. Seine grün umrandeten Augen lachten mich gutmütig an. »Mal abgesehen von politischen Machtspielchen, kapitalistischen Zielen, territorialen Streitigkeiten und fanatischen Überzeugungen sind die Primus nicht immer so ... gutherzig wie Mel«, erklärte er. »Mel ist in den Augen der Primus so etwas wie ein esoterischer Veganer. Sie lebt im Einklang mit ihrer Nahrung und nimmt nur das, was ihr freiwillig überlassen wird. Andere Primus sind nicht so zimperlich«, fuhr er fort, ohne sich daran zu stören, dass er mich und sich selbst soeben als Nahrung betitelt hatte. »Mel oder Lucian könnten es dir bestimmt besser erklären.«

»Aber nicht aus der Sicht eines Menschen.«

»Da hast du wohl recht«, gestand er ein. »Also, meine Granny hat es mir so erklärt: Gefühle sind wie ein Fluss. Sobald du etwas für oder wegen eines Primus empfindest, öffnet sich eine Verbindung wie ein kleiner Kanal und der Primus kann die Energie abschöpfen. Das schadet niemandem. Reicht dem Primus aber nicht, was er bekommt, vertieft er den Kanal, setzt Pumpen ein und lenkt alles um. Das ist äußerst schmerzhaft und löst im besten Fall einen Kurzschluss im menschlichen Hirn aus, weil die Energie nicht mehr dahin fließt, wo sie hinsoll. Der Mensch erleidet dadurch meist geistigen, immer aber seelischen Schaden. Im schlimmsten Fall zehrt der Primus so lange von der Seele, bis sie vertrocknet ...«

»... und der Mensch stirbt«, beendete ich seine Ausführungen.

Traurig nickte der Hexer.

»Deshalb kämpft die Phalanx seit Jahrhunderten friedlich für die Menschenrechte. Sie entwickeln Methoden, wie die Menschen sich schützen können. Allerdings kann man niemanden dazu zwingen. Und schon gar nicht, ohne die Existenz der Primus und die Lügen über die Weltgeschichte und die Religionen zu verraten«, meinte Toby mit einem kleinen Schulterzucken.

Und ich verstand. Ich verstand die Ziele der Phalanx. Ich verstand, warum sie verhandeln und auch kämpfen mussten. Ich verstand die Hexen, die gegen die Primus in den Krieg gezogen sind. Und ich verstand sogar meinen Stiefvater, der offenbar aus Furcht und Neid gegenüber dieser unbegreiflichen Macht die Ausrottung der Primus anstrebte. Ich war nicht seiner Meinung, aber ich verstand ihn.

»Genug für heute«, sagte Toby unvermittelt und stand auf. »Ich möchte diese nicht sehr attraktive Brünette ...« Er wedelte um sein Gesicht herum. »... nicht länger mit mir herumschleppen. Du solltest auch nach Hause. Aber vielleicht schaust du noch im Salon vorbei, bevor du dich auf den Heimweg machst. Könnte interessant für dich sein.« Er zwinkerte mir ein letztes Mal zu und verschwand dann im Gedränge an der Eingangstür. Seufzend stellte ich fest, dass er die Cola der nicht sehr attraktiven Brünetten nicht gezahlt hatte.

Tresor mit Gartenzaun

Eine Weile brütete ich noch über meinen Gedanken. Erst als ich den besorgten Blick meiner Kollegin Caro bemerkte, packte ich Tobys Bücher in meine Tasche und drückte ihr das Geld für die Cola in die Hand. Sie guckte nicht einmal hin.

»Wir müssen reden«, sagte sie stattdessen. Ich wollte keine Fragen zu Brendon beantworten müssen, also wimmelte ich sie mit einem knappen »Nächstes Mal« ab. Kurz vor dem Ausgang erinnerte ich mich an den Rat des Hexers und fand, dass es nicht schaden konnte, ihm zu folgen. Also schlängelte ich mich zum Salon durch, wobei ich sorgfältig darauf achtete, Caro und Ryan auszuweichen. Der Jäger war allerdings noch immer mit seiner Eroberung zugange und schien nur Augen für sie zu haben. Umso besser.

Im giftgrünen Salon angekommen, ließ ich meinen Blick über die unzähligen Gesichter schweifen. Viele kannte ich vom Sehen, aber alle waren zu betrunken oder zu abgelenkt, um mich zu erkennen. Und da fühlte ich es. Ein sanftes unverkennbares Prickeln im Nacken: Lucian.

Ich fand ihn an einem der Pooltische. Er spielte gegen zwei fremde Männer. Um den Tisch herum hing eine bewundernd dreinblickende Mädchentraube, die ständig zwischen neugierigem Aufrücken und ehrfürchtigem Platzmachen wechselte, je nachdem, wohin es die Spieler trieb. Zielstrebig steuerte ich direkt auf Lucian zu.

»Hi«, rief ich über die Musik hinweg. Hier hinten im Salon war sie so laut, dass man sich selbst kaum hörte. Lucian ignorierte es. Er war ganz auf das Spiel konzentriert. »Hi!«, rief ich noch mal. Wieder keine Reaktion. Stattdessen beugte sich der Primus vor und nahm eine Kugel ins Visier. Ein Stoß, das Klacken der Kugeln und schließlich – das Jubeln von Lucians Gegnern. Er hatte verloren. Ohne eine Miene zu verziehen, richtete er sich auf, legte den Queue auf dem Tisch ab und drehte sich zu mir um.

»Hallo, Ari.«

Aber klar doch, Entzug von Aufmerksamkeit und anschließende Belohnung. Ich kannte dieses Spielchen von meinem Stiefvater. Und ich hasste es. Da half es auch wenig, dass Lucian wirklich zum Anbeißen aussah mit seinem leicht geöffneten Hemdkragen und den dunklen Haaren, die ihm in die Stirn fielen.

»Was machst du hier?«, fuhr ich ihn ein wenig schärfer an als beabsichtigt. Ich musste fast schreien, um die Musik zu übertönen. Lucian grinste mich an, und erst jetzt merkte ich, dass seine Augen silbern schimmerten. Hinter ihm feierten seine beiden Mitspieler und deren Fans ihren Sieg und versorgten den Brachion mit Emotionen.

»Was denkst du denn? Ich lass mich volllaufen. Wie alle anderen hier auch.«

Was für ein bescheuerter Wortwitz! Selbst mein bestes Augenrollen reichte nicht, um das zu kommentieren.

»Ist denen klar, was du hier abziehst?«

»Ich schade ihnen nicht, wenn du das wissen willst«, lautete die leicht säuerliche Antwort. »Aber im Notfall könnten du und der Jäger, der den ganzen Abend Tobys Version von dir nicht aus den Augen gelassen hat, ja eingreifen.« Ich registrierte seinen Sarkasmus und die Tatsache, dass er offenbar Tobys Illusionen durchschauen konnte. Aber war das etwa ein unterschwelliger Machst-du-jetzt-etwa-mit-den-Jägern-gemeinsame–Sache-Vorwurf gewesen?

»Tja, die Konkurrenz im Leibwächter-Business schläft nicht«, schrie ich über die Musik hinweg. Hatte er nicht geschworen, mich zu beschützen, und war dann abgehauen?

»Oh, Ari, du spielst mit meinen Gefühlen!« Er griff sich ans Herz. »Kaum mach ich mich rar, schon hast du mich ersetzt.«

»Ist schwer, jemandem das Leben zu retten, wenn man sich gerade rarmacht.« Mir ging es nicht darum, einen Bewacher mehr zu haben. Mit reichten die, die ich hatte, bei Weitem aus. Hier ging es ums Prinzip, immerhin hatte er sein Wort gegeben.

Lucians Blick wurde unergründlich. Er beugte sich zu mir runter, bis sein Mund ganz nah an meinem Ohr war.

»Dass du mich nicht siehst, heißt nicht, dass ich nicht da bin.«

Eine feine Gänsehaut kroch über meinen Nacken, und bevor ich mich mit der Bedeutung seiner Worte auseinandersetzen konnte, hatte er sich schon zurückgezogen und das übliche charmante Lächeln aufgesetzt.

»Und? In letzter Zeit mal wieder arme kleine Jäger mit deinen Superkräften verprügelt?«

Ernsthaft? Sein Gegenüber verunsichern, um von sich abzulenken? Anfänger.

»Nein. Alles wunderbar«, erwiderte ich mit einem aufgesetzten Lächeln. »Was hast du so getrieben? Oder vergreifst du dich schon den ganzen Tag an gefühlsduseligen Kindern?«

Lucians Mundwinkel zuckten. Er winkte ab.

»Nein, nein. Da hätte ich ja auch bei dir bleiben können.«

Touché. Das hatte ich verdient, aber trotzdem nervte er mich langsam.

»Okay, Lucian. Wenn wir weiterhin Gemeinheiten austauschen und diese Geheimniskrämerei aufrechterhalten wollen, dann bitte! Wenn du aber wirklich nach Thanatos suchen willst, solltest du mich vielleicht einweihen, damit ich dir helfen kann.«

Jetzt hatte ich ihn kalt erwischt. Wäre ich ein Primus, hätte ich mit der Fülle an Emotionen, die Lucian gerade versprühte, ein ganzes Festmahl veranstalten können.

»Wer hat dir ...? – Toby«, beantwortete er seine eigene Frage. Man konnte förmlich sehen, wie er seine Optionen abwog. Schließlich lächelte er mich resigniert an. »Also gut«, meinte er. »Ich hab heute einen Bekannten besucht, der eventuell Informationen hätte liefern können. Aber er ist ein wenig egozentrisch und ich bin nicht weitergekommen.«

»Vielleicht sollten wir zu meinem –«

»Nein, wir werden deinen Stiefvater nicht aufsuchen«, unterbrach er mich schroff. »Lizzy hat absolut recht, wenn sie sagt, dass er gefährlich ist.«

»Woher weißt du davon?«, wollte ich wissen.

»Ich kenne Wilson Harris inzwischen besser als jeder andere«, erklärte er mit einem Schulterzucken.

»Das meinte ich nicht. Ich wollte wissen, woher du weißt, dass ich mit Lizzy darüber gesprochen habe.« Ich durchbohrte ihn mit meinem Blick, damit mir keine seiner Regungen entging. Hatte er mich tatsächlich beobachtet? Belauscht?

»Intuition?«, bot er an. Ich glaubte ihm kein Wort, aber mehr würde er nicht preisgeben. Wenn ich zumindest meinen kleinen Sieg, was die Zusammenarbeit betraf, nicht verspielen wollte, durfte ich mich jetzt nicht stur stellen.

»Okay, dann nicht zu Harris. Aber irgendwer muss doch Informationen haben. Was ist mit diesem Jiron?«

»Du willst einem der blutrünstigsten Primus, der dich auch noch zufällig auf seiner Abschussliste ganz oben stehen hat, einen Besuch abstatten?«, fragte er. Seine Augen blitzten amüsiert.

Gut, wenn er das so formulierte, war das vielleicht doch keine durchschlagende Idee ...

»Dann halt nicht, aber er hat ja auch Handlanger. Es gibt bestimmt jemanden, der mehr weiß als Victorius«, bettelte ich. Irgendetwas mussten wir doch tun können. »Vielleicht ist es möglich, von einem von denen Antworten zu ... bekommen?«

Lucian schüttelte ungläubig den Kopf, während sich ein gefährliches Lächeln auf sein Gesicht stahl. »Schlägst du mir etwa gerade vor, für Informationen einen armen Dämon zu verprügeln?«

Schlug ich das vor?

»Ja?«, antwortete ich kleinlaut.

Einen Augenblick später begann Lucian schallend zu lachen. Es störte ihn nicht, dass uns alle ansahen. Stattdessen packte er mit einem vergnügten Funkeln meine Hand.

»Dann mal los.«

☙

Natürlich hätte ich mir denken können, dass die besagten Primus-Handlanger nicht gerade in unserem Dörfchen darauf warten würden, von uns in die Mangel genommen zu werden. Aber mit einem nächtlichen Ausflug in die Stadt hatte ich trotzdem nicht gerechnet. Spätestens als Lucian von der Autobahn runterfuhr, war mein Mut verflogen. Ich ging tatsächlich mit einem durchgedrehten Brachion auf Dämonenjagd. Gut, Lucian kannte sich aus, hatte das Risiko abgewogen und mich mitgenommen. Bedeutete das, dass es ungefährlich für mich sein würde? Oder dass er mich beschützen konnte? Oder aber, dass er einfach unzurechnungsfähig war?

Die Straßenschilder begannen sich zu häufen. Laternen tauchten den Verkehr in warmes Orange. Ampeln, Scheinwerfer, Bremslichter. Um uns herum verwandelte sich das Bild in einen dieser Industrie-Vororte ... Ich wurde unruhig. Ein Polizeiauto raste mit Blaulicht an uns vorbei.

Ganz toll! Hierher würde mich meine Mum nicht einmal bei strahlendstem Sonnenschein lassen. Und schon gar nicht mit einem Fremden. Aber hey, wenn sie das je herausfinden sollte, könnte ich ihr ja erklären, dass Lucian kein Fremder war und ich bei ihm auch schon eine Nacht verbracht hatte, nachdem ich von ihm aus einem gecrashten Auto gezogen worden war. Dann würde sicherlich irgendeine Ader bei ihr platzen, und ich könnte nach dem Krankenhausaufenthalt einfach behaupten, sie hätte Halluzinationen gehabt.

Als wir an einem schäbigen Club vorbeifuhren, wurde Lucian langsamer und parkte dann ein Stück weiter die Straße runter. Auf dem flackernden Schild hatte *Gomorrha* gestanden. Sehr vertrauenerweckend.

Der Motor verstummte und Lucian musterte mich prüfend.

»Komm jetzt bloß nicht auf die Idee, mir zu sagen, dass ich im Wagen warten soll«, murrte ich. Er grinste.

»Wäre mir nie in den Sinn gekommen.« Dann wurde er schlagartig ernst. »Da drinnen sind ein paar Dämonen der ganz üblen Sorte. Die einzigen Menschen, die sie dort reinlas-

sen, sind Opfer oder Gezeichnete. Wenn du mit mir da rein-
gehst, musst du tun, was ich dir sage. *Genau das*, was ich dir
sage, *wenn* ich es sage!« Er sah mir dabei fest in die Augen,
damit ich die Brisanz seiner Aussage auch wirklich verstand.

»Du willst mich als deine Gezeichnete ausgeben?«

»Entweder das, oder du bist Freiwild«, erklärte er knapp.

Okay, das würde vielleicht doch ein wenig gefährlicher
werden, als ich mir vorgestellt hatte. Als ich in mir Angst
aufkeimen spürte, fiel mir wieder ein, dass ich ja mittlerweile gelernt hatte, meine Gefühle zu verbergen. Also zog ich
meine Mauer hoch, stopfte meine Angst dahinter und nickte
entschlossen. »In Ordnung.«

Lucian sah mich verwundert an. »Hat Mel mit dir an deiner Abwehr gearbeitet?«, fragte er.

»Sie hat mir überhaupt erst gezeigt, wie das geht.«

Er runzelte die Stirn. »Das kann nicht sein, du hattest vorher schon eine starke Abwehr. Seit unserer ersten Begegnung
hattest du deine Gefühle relativ gut im Griff.«

Wie war das denn möglich? Vollends verwirrt folgte ich
Lucians Blick, der an mir herunterwanderte.

»Was?«, fragte ich genervt und sah selbst an mir hinab.
War da irgendwo ein Fleck, den ich nicht bemerkt hatte, oder
starrte er mir einfach nur auf die Brüste?

»Jetzt bitte nicht schreien«, bat mich Lucian. Bevor ich
den Sinn seiner Worte richtig registriert hatte, wurde mir
plötzlich heiß. Fast so, als würde mir warmes Öl über den
Körper laufen. Und ich glühte. Nicht nur im übertragenen
Sinn. Ich leuchtete wirklich. Gerade als ich Lucians Bitte in
den Wind schlagen wollte, verschwand das Glühen so abrupt, wie es gekommen war. Allerdings nicht, ohne meine
Klamotten mitzunehmen. Mit offenem Mund starrte ich mich

an. Die Jeans war zu einer knallengen schwarzen Stoffhose geworden, meine Sneakers zu Overknee-Stiefeln aus Wildleder. Mein Pullover hatte sich in Luft aufgelöst. Stattdessen trug ich ein knappes, schwarzes Top, das im Nacken zusammengebunden war. Mein BH darunter war ganz offensichtlich verschwunden.

»Okay. Hast du in meinem Kopf herumgepfuscht, oder warst du tatsächlich gerade an meinem Körper zugange«, fragte ich verärgert und klappte die Sonnenblende um, um mich im Spiegel anzuschauen. Meine Haare waren zu einem lockeren Dutt gedreht. Ein paar lose Strähnen fielen mir ins Gesicht. Er hatte mir sogar Make-up verpasst. Dezent, aber eindeutig nicht mein Werk.

»Ein bisschen was von beidem. Schau mich nicht so an. Das ist nur eine Illusion. Ich kann nicht einfach aus dem Nichts Dinge erschaffen oder verschwinden lassen. Jeder, der dich ansieht, wird dein neues Outfit sehen, was nicht heißt, dass du es wirklich trägst. – Obwohl du das durchaus öfter tun solltest«, meinte Lucian mit einem anerkennenden Blick. Ich kochte.

»Das heißt, in Wirklichkeit trage ich meinen BH noch?«, wollte ich wissen und fixierte den Primus mit schmalen Augen. Der schüttelte nur amüsiert den Kopf.

»Ich habe dir gerade bewiesen, wozu Primus in der Lage sind, und deine einzige Sorge ist, ob du deinen BH noch trägst?«

»Sorry, ich habe heute schon eine Schmetterlingsarmada, eine spontane Selbstentzündung, eine Fee, einen Höllendämon, einen Engel und Toby in der grandiosen Darstellung meiner selbst gesehen. Du verzeihst also, dass mein Potenzial für ehrfürchtiges Staunen für heute bereits erschöpft ist«, blaffte ich ihn an. Dann verschränkte ich meine Arme. »Also, trage ich noch einen BH?«

Er gab sich geschlagen. »Ja. Streng genommen trägst du ihn noch.«

Zufrieden mit seiner Antwort folgte ich ihm aus dem Wagen. Ein eisiger Windstoß wehte mir meine losen Strähnen ins Gesicht.

»Deine Illusion ist offensichtlich nicht nur optischer Natur«, bibberte ich und warf meine Tür ins Schloss.

»Selbstverständlich nicht. Es soll ja auch zum Anfassen sein.«

Er kam um den Mustang herum und begutachtete sein Werk ausgiebig. Ich starrte böse zurück. Nur mit Mühe widerstand ich dem plötzlichen Drang, ihn zu hauen. Er konnte wirklich unausstehlich sein.

Schmunzelnd zog Lucian seine Lederjacke aus und legte sie mir um die Schultern. Sie war noch warm und roch nach ihm.

»Immer noch Lust, einem Dämon in den Arsch zu treten?«, erkundigte er sich.

Ich atmete tief durch. Er stand so nah bei mir, dass sein Geruch und seine Wärme mir den Verstand benebelten. Ich wollte eigentlich nicht in diesen Club, aber ich wollte auch keinen Rückzieher machen. Und wenn jemand da drinnen wusste, was ich bin, dann musste ich das erfahren. Lucian würde schon auf mich achtgeben.

Ein leises Schnurren ließ mich aufschauen. Über das Grün von Lucians Augen legte sich ein silbriges Schimmern.

»Danke«, murmelte er vergnügt.

»Du hast doch nicht etwa –« Hatte ich meine Schutzmauer fallen lassen? *Herrgott noch mal, ja ... Wann ist das denn passiert?*

»Da ist nichts Schlimmes dran, Kleines«, meinte der Primus nur. »Und Vertrauen ist notwendig für das, was jetzt kommt.«

Argwöhnisch schob ich meine Augenbrauen zusammen. »Und das wäre?«

»Du musst mir Zugang gewähren.«

Zugang?! Den Begriff hatte er schon einmal benutzt. Danach war ich bewusstlos zusammengebrochen.

»Damit du in meinen Gedanken rumpfuschen kannst? Nein danke. Mir reicht es schon, dass du meine Sinne unter Kontrolle hast«, fauchte ich ihn an. Ich ließ niemanden in meinen Kopf. Erst recht nicht, nachdem ich Jimmys Geschichte gehört hatte.

»Könnte ich das bei dir, hätte ich es schon längst getan. Das hätte mir eine Menge Ärger erspart«, murmelte er und rieb sich müde den Nacken.

Okay, so etwas in der Art hatte er tatsächlich schon einmal erwähnt. Außerdem lautete mein Lebensmotto seit der Scheidung meiner Eltern: Keine halben Sachen. Entweder vertraute ich ihm oder nicht. Ganz oder gar nicht.

Mein leises »In Ordnung. Wie?« ließ seine Augen erneut schimmern. *Wo zum Teufel sind meine Schutzmauern hin?!*

»Entspann dich und wehr dich nicht.«

»Wogegen?«, erkundigte ich mich sofort.

Und plötzlich wusste ich es. Etwas griff nach meinen Gedanken. Panisch schob ich es weg.

»Entspann dich!«, wiederholte er. »Vertrau mir.«

Ich atmete tief durch und versuchte zu tun, was er verlangte.

So ist es gut, wisperte seine Stimme in meinem Kopf. Ich sah ihn überrascht an. Er lächelte und legte seinen Arm um meine Taille. *Tarnung,* erklärte er in meinen Gedanken. Dann lenkte er mich dem Club entgegen.

Meinte er damit unseren neuen Kommunikationsweg oder seine Hand an meiner Hüfte? Ich fühlte die Berührung durch den dünnen Stoff meines fiktiven Oberteils, als wäre er kaum vorhanden. Für mich fühlte es sich wirklich sehr echt an. Zu echt.

»Werden die anderen Primus diese Illusion nicht durchschauen?«

Unwahrscheinlich. Unsere Kräfte folgen einer gewissen Hierarchie. Nur ein stärkerer Primus als ich könnte meine Illusion als solche erkennen. Und er müsste schon sehr viel stärker sein, um sie zu brechen, hörte ich ihn in meinen Gedanken sagen.

Es war wirklich seltsam, fremde Stimmen im eigenen Kopf zu hören.

Vielleicht bin ich ja verrückt und merk's bloß nicht, dachte ich.

Ich warn dich schon, wenn du ein Fall für die Klapse wirst, sagte Lucians Stimme.

Kann er ... »Kannst du etwa meine Gedanken lesen?«, fragte ich entsetzt.

Nur wenn du mir Zugang gewährst und wirklich klar und deutlich denkst. Es ist fast, als würdest du mit mir sprechen.

Wenig überzeugt ließ ich es auf einen Versuch ankommen.

Wie kannst du dir sicher sein, dass in dem Club nicht rein zufällig ein stärkerer Primus an seinem Bier nuckelt?

Lucian grinste. Es funktionierte also wirklich.

Nicht viele Primus sind stärker als ein Brachion. Weil wir die Macht der Primus in uns aufnehmen können, die wir töten.

Skeptisch runzelte ich die Stirn.

Und da ist bei euch nicht schon längst der Bürgerkrieg ausgebrochen?

»Du vergisst, dass niemand einen Primus töten kann. Niemand außer einem Brachion«, erinnerte er mich und wechselte damit mühelos in unser normales Kommunikationsmedium.

»Warte mal, heißt das, theoretisch seid ihr ›Robocops‹ unbesiegbar?«

»Theoretisch«, bestätigte er.

»Und welche Hintertür hat sich die Liga ausgedacht, um euch unter Kontrolle zu halten?«

Lucians weiße Zähne blitzten im spärlichen Licht der Straßenbeleuchtung, als er lächelte. »Du lernst schnell.«

Oh Mann, er sieht wirklich gut aus.

Oh Gott.

Oh Gottogott.

Hat er das gehört?

Denk an was anderes …

Weißes Pony auf grüner Wiese, weißes Pony auf grüner Wiese.

»Mir bleibt ja nichts anderes übrig«, entgegnete ich schnell.

Weißes Pony auf grüner Wiese.

Der Schock ließ mir unsere Situation so richtig bewusst werden. Die Nähe. Die Wärme. Unsere Körper berührten sich bis zur Hüfte. Mehr Abstand duldete der kräftige Arm, der mich an ihn zog, kaum. Nervös verkrallte ich mich in seiner Jacke. Hatte er meine Gedanken mitbekommen oder hatte ich ihn rechtzeitig rausgeworfen?

Weißes. Pony. Auf. Grüner. Wiese.

»Als Brachion wird man nicht geboren, man entscheidet sich dazu, einer zu werden. Es ist ein kompliziertes Ritual, das auch gewisse Nachteile mit sich bringt. Die Liga sucht die geeigneten Kandidaten aus«, beantwortete er meine Frage von vorhin. Er ließ sich zumindest nichts anmerken.

»Und die Nachteile wären?«, erkundigte ich mich weiter. Ignorieren und Ablenken war in solchen Fällen immer eine gute Strategie.

»Du lässt wirklich nicht locker«, lachte er.

»Also?«

»Ein Brachion lebt nur für seine Aufgabe. Er darf keine Bindung eingehen und keinen Nachwuchs zeugen. Abgesehen davon meiden uns ohnehin die meisten. Unsterbliche sehen dem Tod nicht gerne ins Gesicht. Und das ist es, wofür die Brachion stehen: Tod«, erklärte er. »Zusammengefasst heißt das: Kaum Freunde, keine Gefährtin, nie eine eigene Familie. Bedeutungslose Affären werden zwar toleriert, aber sie sind ... bedeutungslos. Spätestens nach fünf Jahrhunderten begehen die meisten von uns Selbstmord oder werden wahnsinnig, sodass sie beseitigt werden müssen.«

»Das ist ja furchtbar«, flüsterte ich und versuchte ihn anzuschauen, was gar nicht so einfach war von schräg unten. Mein Blickwinkel und die Dunkelheit ließen keine Rückschlüsse auf seine Gefühle zu. Er zuckte nur mit den Schultern und rüttelte auch mich damit ein wenig durch.

»Wir wussten vorher, worauf wir uns einlassen.«

Aber genau das wollte mir einfach nicht in den Kopf gehen. Wie konnte jemand, der ewig lebte, freiwillig für immer auf jede enge Bindung, auf Liebe, auf Kinder verzichten? Was hatte Lucian schon alles erlebt, um so eine Entscheidung fällen zu können. Und wie lang war er schon ein Brachion, war er vielleicht auch schon verrückt? Würde auch er bald »beseitigt« werden müssen?

»Wie alt bist du?«, fragte ich ihn bemüht gleichgültig.

Lucian sah mich von der Seite an und zog eine Grimasse.

»Ein wenig Verrücktheit schadet doch niemandem«, grinste er. *Und jetzt sei still, bis ich dich auffordere zu sprechen.*

Wir waren am Eingang des Clubs angekommen. Ein Mann mit der Statur eines Schrankes saß auf einem sehr klein wirkenden Barhocker neben einer blau gestrichenen Tür.

Primus?, wollte ich wissen.

Jap, lautete die kurze Antwort.

Hat er uns mit seinem Supergehör nicht schon kommen hören?, fragte ich ängstlich.

Nein, ich hab unsere Unterhaltung abgeschirmt.

»Sorry, Kleiner. Zutritt nur für geladene Gäste«, blaffte der Türsteher gelangweilt.

»*Elisòr faruach beash*«, sagte Lucian leise. Die fremde Sprache klang ein bisschen wie Gälisch und ließ meinen Nacken prickeln.

Der Türsteher bekam große Augen. Er sprang von seinem Hocker und entfernte eifrig ein Ende der dicken Samtkordel, die den Andrang nicht vorhandener Menschenmassen unterbinden sollte.

»Seid ihr neu hier in der Gegend?«

»Geht dich nichts an«, brummte Lucian und schob mich an dem Kerl vorbei. Der griff nach meinem Arm.

»Heiße Schnitte hast du da«, meinte er, während er mich von oben bis unten musterte. Eine Mischung aus Ekel und Furcht überkam mich. Schnell schlug Lucian seinen Arm weg.

Achte auf deine Gefühle, Ari.

Ich schluckte nervös und drängte meine Panik hinter weiße Wände mit blauen Sternen.

»Die geht dich auch nichts an!«, knurrte er zum Türsteher.

»Deine?«, wollte der wissen. »Wir haben strenge Regeln hier.« Er nickte mit dem Kopf in Richtung eines kaum mehr lesbaren Schildes mit seltsamen Symbolen darauf. Stolz identifizierte ich einige Buchstaben als Engelsschrift. Lucians Augen streiften das Schild nur kurz, bevor sie sich wieder in die des Türstehers bohrten.

»Ja, sie gehört mir«, entgegnete er mit einem drohenden Unterton. *Das könnte jetzt ein bisschen unschön werden,* warnte er mich. Ich verstärkte die Mauern meines Zimmers, aber irgendwie wollten sie nicht halten.

»Beweis es«, forderte der fremde Primus.

»Was schwebt dir vor?«

Egal was er gleich sagt, behalte deine Gefühle im Griff!

»Ein Kuss von ihr könnte mir gefallen.«

Ohne eine Vorwarnung ließ Lucian mich los, packte den Türsteher am Kragen und schmetterte ihn gegen die Hauswand.

»Seh ich so aus, als würde ich meinen Besitz teilen?«

Die Ruhe seiner Worte stand im krassen Gegensatz zu der Gewalt, die er an den Tag legte. Ich war sehr dankbar, dass Lucian den Typen ablenkte, denn in meinem Inneren war Chaos ausgebrochen. Meine Wände hielten immer nur ein paar Sekunden stand, bis ein neues Gefühl auftauchte. Dann musste ich wieder von vorne beginnen.

»Kein Grund, grob zu werden. War ja nur Spaß. Sie soll mir dein Zeichen zeigen«, röchelte der Türsteher.

Glühende Linien zogen sich über meinen Nacken. Ich versuchte, mir nichts anmerken lassen, auch wenn ich gerade ein Brandzeichen bekam wie ein Stück Vieh. Immerhin war es nur eine Illusion. Hoffte ich zumindest.

Ari, dreh dich um und zieh meine Jacke aus, wies er mich an, ohne den Primus loszulassen.

Ich tat, was er wollte. Blieb nur zu hoffen, dass der Türsteher darauf hereinfiel.

»Ich kann es nicht wirklich gut erkennen, solange du mir die Luftröhre zerquetschst«, keuchte der Kerl. Ich hörte ein leises Schnauben, Schritte und wie ein Jackett zurechtgerückt wurde.

Nicht erschrecken, das bin nur ich.

Lucian strich mir ein paar gelöste Haarsträhnen aus dem Nacken. Ich sog scharf die Luft ein. Meine Mauern bröckelten erneut.

Vertrau mir. Zeig keine Angst.

Warme Finger schoben sich unter die verknoteten Träger meines Tops. Lucian war dabei, den Knoten zu lösen, um die Sicht auf sein Zeichen freizugeben.

Ich schloss meine Augen und atmete tief durch. Keine Angst zeigen? Als ob das so einfach wäre. Alles, was ich bei Mel gelernt hatte, war nicht mehr anwendbar. Vielleicht musste ich mich aber auch erst beruhigen, um meine Mauern nach oben zu ziehen?

Lucians Geruch stieg mir in die Nase. Ich versuchte, alles auszublenden und mir vorzustellen, ich wäre an einem anderen Ort, an einem sicheren Ort. Das Bild meines alten Zimmers verblasste und wurde durch etwas anderes ersetzt. Ein Sommersturm am Meer. Ich erinnerte mich, wie sicher ich mich in seinen Armen gefühlt hatte. Lucian hatte mich nach dem Unfall einfach hochgehoben und weit fort von jeder Gefahr gebracht. Seine Brust hatte sich so warm und fest angefühlt ...

Der Zug an den Trägern ließ nach, als der Knoten offen

war. Ich hielt das Top mit meinen Armen an Ort und Stelle. Lucians Atem wärmte meinen Rücken. Er war so nah ...

Ich schluckte die aufsteigende Nervosität runter und dachte stattdessen an die Sorge, die in seinen grünen Augen gestanden hatte, als ich von den Kátos verletzt worden war. Jene grünen Augen, in denen man versinken konnte. In denen ich versunken war, als er mich in sein Bett gepackt hatte. Und heute im Salon und vorhin im Auto. Und sein Lächeln war einfach umwerfend ...

Hinter mir stöhnte Lucian leise auf.

Kleines, was treibst du da?

Keine Angst zeigen, hatte er gesagt. Ich konzentrierte mich auf seine Stimme. Sie war wie ein Anker für mich. Ich würde keine Angst zeigen.

Ich lenke mich ab, antwortete ich matt. Plötzlich verschwanden seine Hände von meinem Rücken und kehrten zu meinen Schultern zurück. Er drehte mich zu sich. Und da waren sie wieder, diese unglaublichen Augen. Schimmerndes Silber mischte sich mit brennendem Grün. Sie hatten einen unerfindlichen Ausdruck angenommen.

Du lenkst nicht nur dich ab, sagte er. Ich spürte, wie seine Hand von meiner Taille auf meinen Rücken wanderte. Die andere fuhr meinen Hals entlang, bis ich meine Wange daran schmiegen konnte.

Kleines, du erzeugst Gefühle in dir, die nicht mehr kontrollierbar sind, und wenn du nicht damit aufhörst, werde ich ihnen nicht widerstehen können.

Die Hand an meinem Rücken drängte mich näher an ihn. Sein Daumen strich mir hauchzart über die Lippen. Es fühlte sich gut an, irgendwie richtig. Was meinte er damit, dass ich diese Gefühle erzeuge? Wie von selbst löste sich eine meiner

Hände von meinem Top und legte sich auf seine Brust. Als ich die Konturen seiner Muskeln nachfuhr, stieß er scharf die Luft aus. Sein Atem war warm und löste bei mir eine Gänsehaut aus. Sein Mund war nicht mehr weit von meinen entfernt. Mittlerweile war aus dem silbernen Schimmern seiner Augen ein Glühen geworden.

»Ja, ja, ist ja gut. Ich hab's kapiert. Kein Grund, mich eifersüchtig zu machen«, schnauzte der Türsteher neben uns. Ich hatte ihn schon fast vergessen. »Geht schon rein oder sucht euch ein Zimmer.«

Beklommen realisierte ich, was ich gerade im Begriff gewesen war zu tun. Lucian ließ mich abrupt los, nur um mich gleich darauf am Handgelenk zu packen und in den Club zu ziehen. Aber er stoppte auch drinnen nicht. Er zerrte mich über die überraschend überfüllte Tanzfläche in einen dunklen Gang, der dem Geruch nach definitiv zu den Toiletten führte. Dort drückte er mich gegen die Wand.

Mach das nie wieder!, brüllte seine Stimme in meinen Gedanken. Ich sah hilflos zu ihm auf.

Was ... ich weiß nicht – ich ... ich habe keine Ahnung, was ich gemacht habe ... – ich ...

Die Luft zwischen uns war noch immer elektrisch aufgeladen.

Ich klammerte mich krampfhaft an dem Stück Stoff fest, das uns trennte. Seine Berührung brannte auf meinen Schultern. Er müsste nur ... –

Abrupt ließ er mich los und schlug mit beiden Händen gegen die Mauer hinter mir. Ich zuckte zusammen. Doch dann war seine Wut auch schon wieder verraucht. Mit gesenktem Kopf lehnte er sich müde an dieselbe Stelle, die er vorher so misshandelt hatte. Ich hätte unter seinen Armen wegtauchen können, aber ich brachte es nicht übers Herz. Seine Augen schimmerten noch immer silbern. Sie sahen so verzweifelt aus. Und sehnsüchtig.

Hör auf, Kleines.

Er schloss die Augen.

Bitte! Seine Stimme klang schwach, fast flehend. Am liebsten hätte ich ihn –

Ari, denk an deinen Vater!

Ich erstarrte. Alle Wärme war schlagartig aus meinem Körper gewichen.

»Was hast du gesagt?«, zischte ich ihn an. Nur zu gern hätte ich ihm seine Erleichterung aus dem Gesicht gekratzt.

Ich habe dir doch erzählt, dass du deine Gefühle ganz gut im Griff zu haben scheinst ...

Ja. Auch ich antwortete nun wieder in Gedanken. Immerhin befanden wir uns in einem Gebäude voller Primus.

Ich habe mich getäuscht. Du hast das meiste davon einfach weggesperrt.

Ja, Mel hat mir dieses Mauer-Ding beigebracht, antwortete ich verwirrt.

Nein. Das, was Mel dir gezeigt hat, ist nicht mehr als ein Gartenzaun verglichen mit dem, was in dir drinnen ist. Bislang hast du offensichtlich immer nur einen Hauch deiner eigentlichen Emotionen gezeigt. Du hattest scheinbar schon vorher mehrere Mauern und dahinter noch einen meterdicken Tresor. Und da draußen ... hast du beinahe alles unbewusst eingerissen.

Oh war das Einzige, was mir dazu einfiel. Ich hatte einen Tresor?! Und meterdicke Mauern?! Das war unmöglich.

Lucian hob seinen Kopf und funkelte mich gereizt an. Er atmete immer noch schwer.

*Hast du eine Ahnung, wie gefährlich das war? Ich ... hätte ...
fast ...*

Was hat mein Vater damit zu tun?, fragte ich. Zu spät fiel
mir auf, dass ich gerne gehört hätte, was er noch sagen wollte.

*Ich wusste einfach nicht weiter und da ist mir nichts Besseres
eingefallen. Es war nur so eine Ahnung, aber du hast offenbar
durch deinen sogenannten Vater unbewusst gelernt, diese Wände
zu errichten. Aus Selbstschutz.*

Klar, das ergab durchaus Sinn. Je älter ich wurde, desto
schneller war ich auf Alarmstufe Rot gewechselt, sobald mein
Stiefvater in der Nähe war: Keine Angriffsfläche bieten, auf
jedes Detail achten, keine Gefühle zeigen.

Und da verstand ich es. Mein Zimmer mit den blauen Sternen war das Versteck eines kleinen Mädchens gewesen. Dort
konnte ich meinen Gefühlen freien Lauf lassen, ohne dass ich
gemaßregelt wurde. Aber ich war schon lange kein kleines
Kind mehr. Ich war selbst zur Festung geworden.

Entschuldige, das wusste ich nicht.

Ein gequältes Grinsen tauchte auf Lucians Gesicht auf. Er
griff nach den losen Trägern, die über meinen Arm baumelten, und band mein Top wieder im Nacken zusammen.

*Schon gut. Lass uns tun, weshalb wir hergekommen sind. Und
lass um Himmels willen deine Mauern oben! Glaub mir, du willst
gar nicht wissen, was die Primus hier mit einem hübschen Mädchen machen, das zu solchen Gefühlen fähig ist.*

227

... und verkauft!

Er hatte mir seinen Plan erklärt. Ich sollte einen der Primus anlocken, damit er Lucian um ein Geschäft bat. Mir war nicht ganz wohl bei der Sache, da ich bei diesem Geschäft die Ware sein würde. Aber ich sah ein, dass das wohl der schnellste Weg war, einen der Kerle aus dem Club zu locken.

Ich ging also an die Bar und bestellte mir einen Gin Tonic. Gott sei Dank forderte mich niemand auf, mich auszuweisen. Ich war zwar schon volljährig, aber ich hatte weder meinen Ausweis dabei, noch hätte ich ihn gerne vorgezeigt und so meinen Namen verraten.

Ein weiteres Mal checkte ich meine Schutzvorkehrungen. Ich musste nur an meinen Stiefvater denken und schon durchströmte mich eine kalte Ruhe.

Du machst das gut, lobte mich Lucian. Ich konnte ihn nicht sehen, aber ich wusste, dass er da war. Er wartete irgendwo im Gedränge darauf, dass die Falle zuschnappte.

Als ich meinen Drink hatte, ließ ich meinen Blick durch den Club schweifen. Es war wirklich düster hier drinnen. Ein paar abgehalfterte Scheinwerfer blinkten widerwillig im Takt der viel zu lauten Musik. Die Boxen mussten schon sehr alt sein, denn sie schepperten erbärmlich. Möbel gab es keine und die Wände sahen aus wie mit Latexfarbe übergossen. Als würde der Besitzer des *Gomorrha* am Morgen, statt zu putzen, einmal mit dem Hochdruckstrahler durchgehen. Was er aber offensichtlich nicht tat, sonst wäre der Boden nicht so klebrig und der Gestank nicht so erbärmlich. Die vielen Gäste in dieser Kaschemme störten sich scheinbar nicht daran. Die Tanzfläche war voll, während sich außenrum knutschende Paare und Voyeure scharten. So viele Gesichter, aber ich war auf der Suche nach einem bestimmten. Lucian hatte es mir in Gedanken gezeigt. Ja, das funktionierte wohl auch.

Der Mann zu diesem Gesicht hieß Louis Dubois und war scheinbar einer der ganz üblen Sorte. In der Dämonenwelt balancierte er auf einem sehr schmalen Grat zwischen legal und illegal. In der Menschenwelt würde man ihn, ohne zu zögern, als Höllenfürsten bezeichnen. Laut Lucian ernährte er sich ausschließlich von Angst und Verzweiflung. Ich versuchte gerade zwanghaft, mir *nicht* auszumalen, was er damit gemeint haben könnte, als mich unvermittelt ein Paar graublaue Augen ins Visier nahm. Dubois wirkte gelangweilt und war mit seiner Boxernase und den schmalen Lippen alles andere als hübsch. Trotzdem umgab ihn ein gewisses Charisma. Er trug einen perfekt sitzenden Maßanzug und hatte seine wasserstoffblonden Haare sorgfältig zur Seite gegelt. Jeder machte ihm Platz. Er war nicht der Typ, der übersehen wurde oder das durchgehen ließ.

Tief in mir drinnen machte sich Angst breit. Ich nahm sie kaum wahr, so gut war alles in mir abgeschottet. Aber als ich ein kleines Fenster öffnete und die Angst ein paar Sekunden lang herausströmen ließ, verschlug es mir fast den Atem. Meine Hände zitterten. Mein Herz raste. Dubois' schimmernden Augen nach empfand er wohl etwas Ähnliches, wenn auch aus anderem Grund. Meine Angst erregte ihn.

Das reicht, warnte mich Lucian.

Ich schloss das Fenster und genoss die gefühlsleere Gelassenheit, die mich sofort durchströmte. Provozierend langsam drehte ich mich weg. Im Augenwinkel nahm ich wahr, dass Dubois sich einen Weg zu mir bahnte. Er hatte Blut geleckt. Kurz darauf setzte er sich auf den leeren Barhocker neben mir.

»Sie sind ein viel zu bezauberndes, junges Geschöpf, als dass ich Sie hier so alleine sitzen lassen kann. Darf ich fragen, mit wem Sie hier sind?«, erkundigte er sich mit einer überraschend angenehmen Stimme. Dennoch ließen mich seine Worte frösteln. Ich wusste ja, worauf er eigentlich aus war. Wie viele Frauen waren wohl schon auf seinen Charme hereingefallen?

»Das dürfen Sie, aber ich werde Ihnen nicht antworten«, wich ich wie abgesprochen aus.

»Und warum sollten Sie das nicht tun wollen?«

Seine Finger strichen mir über den Arm. Mein Blick folgte der Berührung gleichgültig. Interessant, was so eine innere Barriere alles vermochte.

»Weil mein Meister ungehalten reagieren würde. Er teilt seinen Besitz nur ungern.« Dubois' Blick huschte durch den Raum, ruhte dann aber sehr schnell wieder auf mir, oder besser gesagt auf meinen nackten Schultern, meinen Brüsten und meinen Beinen. Er verringerte den Abstand zwischen uns, bis ich seinen Atem auf der Haut spürte. Er roch nach Zigarren und Leder.

»Und da lässt er Sie hier so alleine sitzen?«

»Sie ist nicht allein«, erklang Lucians Stimme hinter Dubois, dessen Gesicht mit einem Mal schneeweiß wurde. Schnell verließ er die Gefahrenzone zwischen dem Meister und seinem Besitz, bevor er Lucian eingehend musterte.

»Ich kenne dich nicht. Bist du neu in dieser Gegend?«

»Neu genug, um unerkannt zu bleiben.« Lucian schob sich

auf den nun frei gewordenen Platz und legte seine Hand besitzergreifend auf meine Taille.

»Sehr klug«, meinte Dubois mit einem bedächtigen Nicken. Er wusste wohl, dass es besser war, sich bedeckt zu halten, wenn man gewissen Vorlieben nachging. »Die Schönheit mit den goldenen Augen ...« Er nickte in meine Richtung. »Gehört sie dir?«

Plötzlich prickelte mein Nacken. Das Grün in Lucians Iris mischte sich für einen kurzen Moment mit einem gefährlichen Schwarz. Er ließ Dubois seine Macht spüren.

»Sehr richtig, aber du hast bereits von ihr gekostet. Entweder sie wird für ihre Unachtsamkeit zahlen, oder du wirst es tun.« Die Drohung war greifbar und auch Dubois hatte das bemerkt. Er schluckte nervös, während ich innerlich grinste. Lucian und ich hatten das vorher alles abgesprochen, aber in meinem momentanen Zustand hätte ich auch ohne Vorwarnung wohl kaum Gefühle gezeigt. Meine Mauern waren stärker als je zuvor.

»Natürlich, natürlich«, stammelte er, bevor er einen geschäftstüchtigen Blick aufsetzte und das von uns erwartete Angebot brachte: »Wenn ich bereit wäre, etwas mehr zu zahlen, könntest du dir dann eventuell vorstellen, deinen wunderhübschen Besitz noch einmal und dann ein wenig länger mit mir zu teilen?«

Jetzt hatten wir ihn.

»Wie viel mehr?«

Die beiden Primus vereinbarten einen Betrag, bei dem mir schwindlig wurde. Dann schob mich Lucian zur Hintertür, gefolgt von einem sehr enthusiastischen Louis Dubois. Wir entfernten uns ein paar Häuserblocks vom Club und landeten schließlich in einer schlecht beleuchteten Gasse.

»Kannst du heilen?«, fragte Dubois seinen neuen Geschäftspartner, wobei er mich nicht aus den Augen ließ. Lucians Blick wurde mörderisch. »Nur ein wenig«, presste er hervor.

»Schon verstanden. Ich werde vorsichtig mit ihr umgehen. Sollte ihr im Eifer des Gefechts doch etwas zustoßen, habe ich gute Verbindungen. Ich werde dir deinen Besitz unbeschadet zurückgeben.«

Ein knappes Nicken, ansonsten ließ sich Lucian nichts anmerken. Dennoch wusste ich, dass es in ihm brodelte. Dubois arbeitete mit anderen Primus zusammen, das hieß, dass wir hier auf eine ganz große, sehr illegale Sache gestoßen waren.

»Und jetzt zu dir, ma chère«, säuselte der Primus lüstern. Seine Hand bewegte sich in meine Richtung, wurde aber von Lucians scharfem Tonfall gestoppt.

»Haben wir da nicht etwas vergessen?«

Dubois kniff seine Augen zusammen.

Irgendwas stimmt hier nicht, Ari.

Ein diabolisches Lächeln stahl sich auf das Gesicht des Abtrünnigen. »Ja, das haben wir.«

Dunkle Schatten rauschten durch die Gasse, zwei … drei. Die fremden Gestalten kamen hinter Lucian zum Stehen. Jeder von ihnen hatte einen Aziam in der Hand. *Verdammt!* Ich würde mein Auto darauf verwetten, dass das Kátos waren.

Was auch passiert, halte. Deine. Mauern. Oben., warnte mich Lucian. Er wirkte gefasst, aber er war umzingelt. Dubois hatte sich mittlerweile genau zwischen mir und Lucian positioniert. Ich wich zurück, bis ich eine Hauswand in meinem Rücken spürte. Die Primus schenkten mir keinerlei Aufmerksamkeit. Lucian verlagerte unmerklich sein Gewicht und zog mit einem tödlichen Sirren seinen Aziam nun ebenfalls.

»Schau mal, Jon. Der hat auch so 'n Spielzeug«, rief einer der Kátos. Besagter Jon lachte.

»Nur dass ich dieses ›Spielzeug‹ zu Recht trage«, knurrte Lucian. Ich spürte die Veränderung in der Atmosphäre ebenso wie die anderen Primus. Die verschlungenen Gravuren auf Lucians Aziam begannen zu glühen, als hätte die Waffe einen Kern aus flüssigem Stahl. Jemand schnappte nach Luft und keine Sekunde später ragte die Spitze des glühenden Aziam aus Jons Brust. Lucian bewegte sich viel schneller, als meine menschlichen Augen es hätten wahrnehmen können. Die Kátos starrten ihn erschüttert an. Sie hatten seinen Angriff ebenso wenig erwartet wie ich.

Der glücklose Angreifer mit dem Aziam in der Brust schrie. Seine Haut riss, bis man seine brennende Essenz sehen konnte. Lucian zeigte keine Regung. Sein schwarzer Blick ruhte auf den anderen Kátos, die ihrem Freund dabei zusahen, wie er zu einer Aschewolke verglimmte.

»Wenn ihr nicht die Nächsten sein wollt, dann verschwindet ihr jetzt besser.«

Die Kátos schienen wie gelähmt in Anbetracht der Tatsache, einem leibhaftigen Brachion gegenüberzustehen. Dubois bellte ein paar scharfe Worte in einer Sprache, die ich nicht kannte. Das genügte. Die Kátos gingen wieder in Angriffsposition. Wieso hatten sie mehr Angst vor ihm als vor einem Brachion?

Plötzlich krachte mein Kopf gegen die Wand. Eine kühle Hand drückte meine Kehle zu und ein Paar zornige graublaue Augen blickten mich an.

Denk an die Mauern!, warnte Lucian. Selbst in meinem Kopf konnte ich hören, dass er sich nun ernsthaft Sorgen machte. Na, da waren wir ja schon zu zweit.

»Du solltest besser verschwinden, dann werde ich dein Mädchen vielleicht freilassen«, zischte Dubois. Sein Blick versprach mir die schlimmsten Qualen und einen langsamen Tod, ganz gleich, was Lucian tun würde.

Er blufft, rief ich Lucian zu.

Ich weiß, antwortete er. *Halt durch.*

»Und weshalb denkst du, dass es mich interessiert, was du mit ihr machst?«, fragte Lucian ungerührt.

Dubois lachte nur und drückte meine Kehle fester zu. Jetzt bekam ich gar keine Luft mehr. Der Druck in meinem Kopf wurde unerträglich. Dubois' Gesicht verschwamm vor meinen Augen.

»Weil ich es wüsste, wenn die Liga einen Brachion auf mich angesetzt hätte. Daraus schließe ich, dass du nicht in ihrem Auftrag unterwegs bist«, erklärte er fast belustigt. »Und es gibt momentan nur einen einzigen Brachion, der nicht mehr nach den Regeln spielt.« Dann sah er mich wieder an. »Folglich bist du: die kleine Ariana Harris.« Er lockerte seinen Griff ein wenig, damit ich bei Bewusstsein blieb. Verzweifelt pumpte ich Luft in meine Lungen. Aber was ich auch tat, ich konnte seine Hand nicht von meinem Hals lösen. Wo war diese Selbstverteidigungsfunktion, wenn man sie mal brauchte?! Als ich Dubois' graublaue Augen schimmern sah, wurde mir bewusst, dass ich meine Mauern vernachlässigt hatte. Sofort versuchte ich, mir meinen Stiefvater vorzustellen. Er hatte einen ähnlich kalten Blick, besonders wenn er vor Zorn nur so sprühte, wie es bei Dubois gerade der Fall war.

»Was treibst du denn da, Ariana. Das ist aber gar nicht klug«, ermahnte er mich, als würde er mit einem kleinen Kind sprechen.

»Lass sie los«, forderte Lucian. Die beiden Kátos waren näher an ihn herangerückt. Mit meinem Leben als Druckmittel hatten sie wieder Mut geschöpft.

Ein Grinsen machte sich auf Dubois' Gesicht breit. Aber es erreichte nicht seine zornigen Augen.

»Ich wusste, dass du ihr Leben nicht aufs Spiel setzen würdest, Lucian«, raunte er zufrieden und wies dann seine Handlanger an: »Fesselt ihn.«

»Keine Fesseln dieser Welt können mich halten. Und ihr könnt mich nicht töten, ich euch aber schon.«

Das ließ die Kátos erneut zögern.

»Ja, keine Fesseln der alten Welt, aber wir leben in einer neuen!«, stellte Dubois fest. Die beiden Kátos zogen irgendetwas aus ihren Taschen. Es sah aus wie glänzende Drahtseile.

»Ein Hoch auf die Wissenschaft!«, rief Dubois vergnügt. Dann wurde seine Stimme kalt. »Lass deinen Aziam fallen!«

Tu das nicht!, flehte ich Lucian an.

Sein Blick suchte meinen und hielt ihn ein paar Atemzüge lang fest. Dann kehrte das Grün langsam in seine Augen zurück.

Nein!

»Lass die Waffe fallen!«, befahl Dubois erneut. Sein Griff um meinen Hals musste wieder fester geworden sein, denn unvermittelt wurde mir schwarz vor Augen.

⁊

Als ich wieder zu mir kam, lag ich auf dem Boden. Ich konnte nicht lange weg gewesen sein. Lucian kniete flankiert von den Kátos vor Dubois. Das glänzende Drahtseil war so fest um seine Brust geschlungen, dass das Hemd darunter sich langsam mit Blut vollsog.

Irgendetwas funkelte. Dubois hob eine Klinge. Ich schrie auf und rannte los. Aber ich war nicht schnell genug. Der abtrünnige Primus rammte Lucian seinen eigenen Aziam in den Bauch. Lucian keuchte vor Schmerzen auf. Eine weitere Bewegung und ich flog zurück in die Ecke, aus der ich gekommen war. In meinem Gesicht explodierte der Schmerz. Dubois' Rückhand hatte mich voll erwischt.

»Wie rührend. Die kleine Ariana verteidigt den berüchtigten Lucian. Wenn Thanatos davon wüsste, würde er applaudieren.«

»Thanatos lebt?«, stöhnte Lucian. Seine Atmung war flach, sein Gesicht schmerzverzerrt. Der Aziam steckte tief in seinem Körper.

Dubois klatschte verzückt in die Hände. »Du weißt es immer noch nicht, nicht wahr?« In einer abstoßenden Imitation von Vertrautheit kniete er sich vor seinen Gefangenen und lächelte ihn an.

»Jiron will das Mädchen tot sehen. Er hat ein beachtliches Kopfgeld auf sie ausgesetzt, weißt du? Aber Jiron ist schwach geworden. Es wird bald einen neuen Anführer geben.«

»Und du glaubst, du bist dieser Anführer?«

Ungeduldig schnalzte Dubois mit der Zunge. »Und noch immer keinen Durchblick. Ich sag dir was, Lucian. Du bist ein Brachion, du kannst deinen Körper nicht verlassen. Du wirst Jahrhunderte in diesen Fesseln verbringen, bis du mich anflehst, dich zu erlösen. Und wer weiß, vielleicht lasse ich sogar deinen geliebten Thanatos diesen Freundschaftsdienst für dich tun. Aber vorher wirst du noch zuschauen, wie ich mich an deiner kleinen Freundin nähere. Und ja, sie wird danach definitiv einen Heiler brauchen.«

Mit dieser düsteren Ankündigung auf den Lippen schlenderte Dubois zu mir. Ich versuchte vor ihm wegzukriechen, aber er packte mich an den Haaren und zerrte mich hoch. Er riss so heftig daran, dass mir die Tränen in die Augen traten.

»Lass sie in Frieden …«, forderte Lucian schwach. Sein ohnmächtiger Versuch aufzustehen wurde von seinen Fesseln gestoppt. Trotzdem trat einer der beiden Kátos gegen den Aziam in seinem Bauch. Lucian stöhnte.

»Aber, aber …! Du musst nicht extra zu uns kommen, Brachion. Wir kommen zu dir. Du hast dir einen Platz in der ersten Reihe verdient«, meinte Dubois mit schmieriger Freundlichkeit. Er zwang mich vor Lucian auf die Knie und packte mich am Kinn. »Sieh dir deinen Freund noch ein letztes Mal an. Er hat für dich die Ewigkeit in Ketten gewählt«, raunte er mir zu. Seine Nähe verursachte mir Übelkeit. *Ich werde nicht aufgeben! Nicht schreien! Nicht aufgeben!* Dubois drehte meinen Kopf zu sich. »Und jetzt zu uns. Zeig mir deine Angst!«

Niemals! Ich werde nicht aufgeben!

»Lass deine Abwehr fallen«, säuselte er. »Oder willst du, dass wir deinen Brachion noch ein wenig mehr aufschlitzen?«

»Lass sie in Ruhe!«, keuchte Lucian. »Ari, konzentrier dich! Sie können mir nichts tun!«

»Das sagt *er* … Also, meine kleine Ariana …« Dubois sah mich fragend an. »Wie lautet deine Wahl?«

Ich senkte meinen Blick. In meinem Kopf ratterte es. Es muss doch eine Lösung geben. Wenn ich nachgab, würde ihm das mehr Macht verleihen, und unsere Chance, doch noch irgendwie zu entkommen, sank gen null. Wenn ich weiterhin meine Mauern oben hielt, würden sie Lucian noch mehr quälen. Und wer weiß, was Dubois sich für kranke Spielchen mit mir ausdenken würde? Das konnte ich doch nicht entscheiden! Aber ich spürte tief in mir einen fast schon lebensmüden Drang, diesen widerwärtigen Abtrünnigen nicht an meine Seele zu lassen, ganz gleich, was das für mich oder Lucian bedeuten würde.

Dubois musste einem der Kátos ein Zeichen gegeben haben, denn Lucian schrie plötzlich auf. Die blutige Spitze eines weiteren Aziams ragte an der Stelle aus seiner Brust, an der das Herz saß. Sie hatten ihm die Klinge in den Rücken gestoßen, genau wie er es mit Jon gemacht hatte.

»Oh Gott, nein!« Warum blutete Lucian denn nur so stark? Er war doch ein Primus. Ein Ruck an meinen Haaren riss mich zurück. Ich hatte gar nicht gemerkt, dass ich auf Lucian zugestürzt war. Meine Hände hatten sogar noch seine Brust berührt. Jetzt waren sie voller Blut. Dubois lachte. So viel Blut. Und da passierte es. Meine Panik durchbrach meine Schutzmauern.

»Ariana, nicht!«, presste Lucian hervor. In seinen Augen schimmerte meine Sorge. Nur träge wurde mir bewusst, was das bedeutete: Wenn er meine Gefühle absorbieren konnte, dann konnte Dubois das auch.

Im selben Moment zerrte etwas brutal an meiner Seele. Die Angst in mir wuchs und wuchs.

»Ari ...!«

Mein Herz flatterte nur noch.

»Das ist fantastisch!«, jauchzte Dubois irgendwo hinter mir. Meine Angst schnürte mir die Kehle zu und mit der Angst kam die Verzweiflung. Ich konnte mich nicht mehr bewegen, nicht klar denken.

»Ari!« Lucians Stimme war kaum mehr als ein Flüstern am Rande meines Bewusstseins. Alles in mir erfror.

»Mehr«, forderte der Abtrünnige rau. Es schmerzte so sehr, als würde etwas mein Innerstes zerreißen.

»Ariana ... Kämpf dagegen an ...« Die Stimme kannte ich. Aber sie war so weit weg. So schwach. So müde. Sie verdrängte die Kälte ein wenig, aber der Schmerz blieb. Die Angst blieb.

»Kämpf, Ari. Du stirbst, wenn du nicht ...«

Ich riss die Augen auf. Etwas in mir begriff die Warnung der fernen Stimme. Dieses Etwas in mir erlaubte mir nicht zu sterben. Dieses Etwas übernahm die Kontrolle.

Wie ferngesteuert schoss meine Hand nach vorne. Sie packte den blutverschmierten Griff des Aziams, der noch immer in Lucians Bauch steckte. Ich riss ihn heraus. Jemand schrie. Eine Drehung später hatte ich einem der Kátos die Kehle durchgeschnitten und dem anderen das Herz durchbohrt. Träges dunkelrotes Blut sickerte aus den Wunden meiner Opfer. Sie sackten in sich zusammen. Ihre Augen waren tot und leer. Ich knurrte unzufrieden, ohne zu wissen warum. Der Druck in meinem Inneren ließ nach. Dubois kreischte. Ich fuhr herum. Entsetzt starrte mich der abtrünnige Primus an, als ich mit meinem Aziam auf ihn deutete.

»Was bist du?«, fragte er panisch. Seine Stimme überschlug sich.

Ich lachte freudlos auf. »Das ist witzig. Genau das solltest du uns eigentlich beantworten«, sagte ich und ließ die Klinge in meiner Hand kreisen.

»Mach mich los, Ariana«, krächzte Lucian, der vor mir zusammengesackt war. Das brachte mich wieder in die Realität. *Natürlich! Befreie den, der dich eigentlich beschützen soll! Der wird sich schon um diesen abgefreakten Typen kümmern.* Was tat ich denn da nur? *Wieso kann ich nicht klar denken?*

Ohne Dubois aus den Augen zu lassen, eilte ich zu Lucian. *Oh Gott.* Er war kreidebleich, und aus der Wunde, aus der ich den Aziam gezogen hatte, floss das Blut nur so in Strömen. Ich wechselte meine Klinge in die linke Hand und versuchte mit der anderen, den Aziam aus Lucians Rücken zu ziehen. Aus den Augenwinkeln nahm ich eine Bewegung wahr. Dubois hatte seinen Schock überwunden. Er griff an. Zuerst verschwamm seine Gestalt vor meinen Augen, die die übernatürliche Geschwindigkeit der Primus nicht wahrnehmen konnten.

Aber dann ...

... verlangsamte sich alles.

Geräusche schienen klarer,

Gerüche deutlicher,

Bewegungen intensiver.

Die Schatten verloren an Tiefe.

Dubois stand an der Stelle, an der der erste Káto gestorben war. Er hatte sich dessen Aziam geholt. Die Muskeln seiner Brust spannten sich. Sein Arm holte aus, sein Blick bohrte sich in meinen. Dubois schleuderte mir die Klinge entgegen. Sie zielte auf mein Herz.

Metall traf auf Metall. Ich lenkte die feindliche Klinge ab und zog gleichzeitig den Aziam aus Lucians Rücken. Noch in derselben Bewegung schleuderte ich sie auf Dubois. Ich hatte keine Ahnung, was ich gerade tat, aber es fühlte sich verdammt gut an.

Dubois sah verblüfft an sich herunter. Meine Klinge steckte bis zum Heft in seiner Brust. Dann wanderte sein Blick zurück zu mir und ich konnte die Überraschung auf seinen Zügen lesen. Er betrachtete mich eine Weile und lächelte schließlich. Wie zum Gruß nickte er mir zu und schloss die Augen.

Er wollte abhauen! Seinen Körper verlassen! So wie es seine beiden Kumpane auch schon getan hatten.

Oh nein, nein, nein ... Das darf ich nicht zulassen.

Er stand immer noch ein Haus weit entfernt, aber ich konnte die Energie in seinem Körper spüren. Nein, ich konnte den fliehenden Primus spüren, der seine menschliche Hülle aufgab.

Du bleibst schön hier!

Es war ein berauschendes Gefühl, dass es mein Wille war, der den Primus wieder in seinen Körper zurückzwang. Er durfte nicht fliehen!

Er hat keine weitere Chance verdient!

Nein, er hatte Schmerzen verdient! Schmerzen, wie er sie schon unzähligen Menschen vor mir angetan hatte. Mein Aziam begann in seiner Brust zu glühen.

Er hat keine Gnade verdient!

Er hatte auch keine Gnade gezeigt. Er hatte nur gelacht, während sein Opfer vor Schmerzen brüllte. Und genau so brüllte Dubois jetzt. Er fiel auf die Knie.

Er hat Angst verdient!

Die Angst seiner Opfer. Dieselbe Angst, die jetzt in seinen Augen stand.

Und er sollte nie wieder jemandem Angst machen können ...

Zeitgleich mit meinem stummen Urteil verglühte Louis Dubois zu Asche. Das Klirren der Klinge, die zu Boden fiel, zerriss die Nacht.

⚬

Lucian ...

Ich drehte mich zu ihm um. Der Brachion kniete noch immer genau so, wie Dubois ihn hatte fesseln lassen. Sein Blick war undurchdringlich. Er starrte die Stelle an, an der der Primus sich gerade in Luft aufgelöst hatte.

»Lucian!«

»Wie ...?«, krächzte er völlig entkräftet. »Wie ... hast du das getan? Du ... bewegst ... dich wie – Du ... hast ihn ...«

»Ich ...?«, stotterte ich. Er war bestimmt verwirrt, schließlich hatte er literweise Blut verloren. Und ich hatte auch noch beide Aziam grob aus seinem Körper gerissen. Ich versuchte die seltsamen Stahlseile zu lösen. Sie hatten sich tief durch Stoff und Haut gegraben.

»Wie kriege ich diese Dinger hier weg?«, murmelte ich verzweifelt. Sie hatten keinen Anfang und kein Ende. Und sie waren eiskalt und ... verdammt stabil. Nein, sie waren fest wie Stein. Als ich daran zog, rührten sich weder die Seile noch Lucian. Irgendetwas fixierte diese Fesseln und ihr Opfer an Ort und Stelle und meine blutverschmierten Finger glitten an dem seltsamen Material einfach ab. Deshalb war er also nicht schon längst zusammengebrochen. Die Seile hielten ihn.

»Nimm den Aziam«, flüsterte Lucian kaum hörbar. »Schieb ihn unter ... die Fesseln und leg – leg mir den Griff ... in die Hand.«

Ja, ja, ja. Gute Idee. Er war ja ein Primus. Er musste bestimmt nur einen einfachen Zauber oder so was in der Art sprechen, um die Dinger loszuwerden. Ich schob ihm vorsichtig die Klinge unter die Fesseln. Allerdings saßen die so fest, dass ich ihm – aus Ermangelung an Alternativen – die Haut weiter aufschneiden musste. Lucian gab keinen Laut von sich. *War er noch bei Bewusstsein?* Erleichtert stellte ich fest, dass sich seine Finger um das Heft des Aziam schlossen. Dann machte ich sicherheitshalber gleich ein paar Schritte rückwärts. Schließlich könnte diese bombenfeste Stahlseil-Magie-Konstruktion ja jede Sekunde explodieren.

Tat sie aber nicht. Stattdessen sprühten ein paar Funken

auf. Die Klinge durchschnitt die Fesseln. Und als wären diese Seile lebendig, zogen sie sich von Lucian zurück und wickelten sich sorgfältig neben ihm auf.

Im selben Moment fiel der Brachion. Ich war nicht schnell genug, um seinen Sturz abzufangen. Als ich bei ihm ankam, rollte er sich gerade stöhnend auf den Rücken.

»Lucian?«

Er hatte die Augen geschlossen. Seine Haare klebten strähnig an Stirn und Nacken, und sein Hemd bestand nur noch aus Fetzen. Leider ging es seiner Haut nicht anders. Verzweifelt presste ich meine Hände auf seine Wunden.

»Lucian! Bitte, sprich mit mir! Oh Gott, wir brauchen Hilfe«, stammelte ich. Mein Verstand kam nur mühsam in Gang. Ich atmete tief durch und zählte langsam bis drei. So weit, so gut. Wir mussten zuerst hier weg, bevor noch andere Abtrünnige auf die Idee kamen, einen wehrlosen Brachion niederzumetzeln. Aber wie bekam ich Lucian zum Auto? Oder das Auto zu ihm? Ich konnte ihn ja schlecht hier liegen lassen ...

Handy!

Ja, ich musste mein Handy holen. Ich wollte gerade zu meiner Tasche laufen, als mich Lucian am Handgelenk packte.

»Beruhig dich, Ari«, meinte er. »Mir geht's gut.« Er klang schon etwas besser, seit diese Stahldinger ihn nicht mehr drangsalierten. Trotzdem sah er immer noch so aus, als wäre ein Rasenmäher über seine Brust gefahren.

»Du ... – du blutest ...«

Ein leises Röcheln drang aus seiner Kehle und er presste sich vor Schmerzen die Hand auf seine Rippen. Es dauerte ein bisschen, aber dann kapierte ich es. Er lachte.

»Ich bin unsterblich, schon vergessen?«, prustete er.

Okay, erwischt.

Ich hatte es nicht wirklich vergessen, aber bei all dem Blut hatte mein Verstand das offensichtlich erfolgreich verdrängt.

»Kannst du gehen?«, fragte ich ihn besorgt. Seine blutige Hand lag inzwischen auf meiner. »Wir müssen hier weg!«

»Gib mir noch ein paar Minuten«, bat er erschöpft.

»Ich bin mir nicht sicher, ob wir die haben. Wir waren hier nicht gerade leise. Der Club ist nicht weit weg und vielleicht ... – vielleicht wird irgendwann jemand Dubois vermissen ...«, redete ich auf ihn ein, aber der Brachion lächelte mich nur an. Verstand er, was ich ihm gerade mitteilen wollte?

»Keine Sorge. Gleich wird es hier von Jägern nur so wimmeln.« Er drückte sanft meine Hand.

Ganz klar. Er fantasierte ...

Das silbrige Schimmern seiner Augen verriet mir, dass meine Mauern noch immer eingerissen waren. Gut. Wenigstens konnte ich ihm mit meiner Sorge etwas Kraft schenken.

»Lucian ...«

»Wenn ich raten müsste, würde ich sagen, dass Gideon dein Handy geortet hat«, murmelte er und versuchte ein schiefes Grinsen. Es misslang.

»Du meinst das ernst?! Woher weißt du das?«

»Ich kann ihn im Auto hören. Er ist wirklich, wirklich, wirklich angepisst«, seufzte er. »Also lass mich einfach noch kurz hier liegen. Ich versuche inzwischen so viel wie möglich hiervon ...«, er deutete auf seine Wunden, »... zu heilen, damit ich es überlebe, wenn Gideon mir den Kopf abreißt.«

Und da konnte ich nicht mehr anders, als sein Lächeln zu erwidern. Nichts ging über eine Portion gesunden Sarkasmus angesichts einer bevorstehenden Rettung samt Standpauke.

»Ari?«

»Ja?«

»Wir sollten ihnen erzählen, dass *ich* Dubois getötet habe.«

»Hast du doch auch«, erwiderte ich irritiert. Die grünen Augen mit den silbernen Schlieren wirkten seltsam eindringlich. »Nein, Ari, das warst du.«

»Aber –« Bevor ich weiterreden konnte, zog mich Lucian an der Hand ein Stück zu sich.

»Erzähl niemandem davon! Hörst du! NIEMANDEM!«

Lucians Warnung hallte noch in meinen Ohren, als – wie angekündigt – zwei Geländewagen und ein Motorrad in die schmale Gasse einbogen. Ryan bremste seine Maschine nur wenige Meter vor uns. Mit gezückten Waffen sprangen Gideon, Aaron und vier Jäger, die ich nicht kannte, aus den Wagen. Alle waren in Schwarz gekleidet und hatten an Brust, Armen und Beinen speziell eingearbeitete Panzerungen. Dadurch wirkten sie beinahe wie ein Sondereinsatzkommando.

Mit der Selbstverständlichkeit eines Anführers erfasste Gideon die Situation und erteilte knappe Befehle, die sofort und ohne jeden Widerspruch ausgeführt wurden. Er postierte an beiden Zugängen der Gasse jeweils einen Jäger. Einen weiteren schickte er auf das Hausdach über uns, während die anderen sich um die Leichen der beiden Kátos kümmern sollten.

Dann kam er auf uns zu. Sein Blick war so mörderisch, dass ich aufsprang und mich vorsorglich zwischen ihm und Lucian platzierte. Mit zusammengebissenem Kiefer musterte mich der Jäger von oben bis unten.

»Wie viel davon ist deines?«, knurrte er.

Ich verstand erst nicht, was er meinte, bis ich an mir heruntersah. Ich war voller Blut. Hände, Arme, Pulli, Jeans …

Halt mal, Pulli und Jeans? Lucian muss seine Illusion irgendwann aufgegeben haben, um Kraft zu sparen. Vielleicht war es auch besser, dass Lizzys Bruder mich nicht in der Aufmachung von vorher sah. Er war so schon wütend genug.

Um Gideons Frage zu beantworten, checkte ich kurz meinen Körper: Knie und Ellbogen brannten wie Hölle. An meiner Schläfe sickerte etwas Warmes durch die Haare. Kopf, Kinn, Lippe und Kehle taten weh. Ansonsten ging es mir ganz gut.

»Ähm, das meiste davon ist Lucians.«

»Das meiste?«, wollte Aaron wissen. Selbst jetzt wirkte er noch immer wie die Ruhe in Person.

Ich kam zu keiner Antwort mehr, weil plötzlich Lizzys Stimme aus einem der Geländewagen drang.

»Darf ich jetzt rauskommen?!«

Gideon schloss die Augen und atmete einmal tief durch. Seine Schwester auf einem Einsatz dabeizuhaben, ging ihm eindeutig gegen den Strich, und wie ich Lizzy kannte, hatte sie ihn vermutlich schon die ganze Fahrt über genervt. Ich konnte mir den Streit sehr gut vorstellen, den es gebraucht haben musste, um sie im Wagen zu halten, bis keine Gefahr mehr bestand.

Einen Wink von Gideon später stand eine völlig aufgelöste Lizzy vor mir. Sie hatte geweint und war kurz davor, wieder damit anzufangen, als sie mich und meinen Zustand sah. Leise vor sich hin schimpfend zwang sie mich auf ein paar ausrangierte Kisten neben einer Mülltonne. Die Ausdrücke, mit denen sie Lucian verfluchte, wurden immer ausgefallener, aber sie sah den Brachion kein einziges Mal an. Wahrscheinlich, weil Gideon ihn sich höchstpersönlich vornehmen wollte. Lizzys Bruder stand noch immer dort, wo ich ihn gestoppt hatte, und fixierte Lucian schweigend. Das war irgendwie unheimlicher als jeder Wutanfall, den er hätte haben können.

»Hör schon auf! Ich weiß, ich hätte vorsichtiger sein sollen«, murrte Lucian unleidig, während er sich auf die Beine kämpfte.

»Vorsichtiger?«, wiederholte Gideon am Rande seiner Beherrschung. »Vorsichtiger?! Sie hätte gar nicht erst in diese Situation kommen dürfen!«

Ich wollte Lucian gerade in Schutz nehmen, aber der Brachion ließ mich nicht zu Wort kommen. Er nahm alle Schuld auf sich und ratterte eine Kurzversion dessen herunter, was geschehen war. Die peinlichen Details ließ er dabei dankbarerweise aus. Gideon wurde von Minute zu Minute grimmiger. »Was ist mit Dubois?«

»Tot. Als Ari mich befreit hatte, stellte er kein Problem mehr dar.« Streng genommen war das keine Lüge, aber wir beide wussten, dass die Jäger Lucians Aussage fehlinterpretieren würden. Ich ließ es zu.

»Wieso konntest du dich nicht schon früher befreien, Dämon?«, erkundigte sich Ryan. Er stand mit finsterer Miene und verschränkten Armen an seinem Motorrad. Die Leichen der Kátos – genauer gesagt ihre zurückgelassenen menschlichen Hüllen – waren mittlerweile verstaut.

»Deshalb«, sagte Lucian und deutete auf die Überreste seiner Fesseln, die noch immer sauber zusammengerollt am Boden lagen. Aaron hob sie vorsichtig hoch.

»Eisseile?!«, spottete Ryan. Offenbar glaubte er dem Brachion nicht. Auch in Aarons Gesicht standen Zweifel.

»Ich weiß nicht, wie die Abtrünnigen es geschafft haben, aber sie haben die Eisseile der Liga mit der Blutmagie der Brachion gekreuzt. Bislang haben sie nur niedere Primus binden können, aber jetzt sind diese Fesseln in der Lage, auch einen Brachion zu halten *und* seine Kräfte zu blockieren«, gab Lucian scharf zurück. »Was das bedeutet, könnt ihr euch sicher vorstellen.«

Den erstaunten, nein, geschockten Gesichtern der Jäger nach zu urteilen, waren sie sich der Bedeutung dieser Worte tatsächlich bewusst.

»Also hat Thanatos ihnen noch mehr verraten als nur die Geheimnisse der Aziam«, murmelte Ryan verächtlich.

Sofort war Lucian bei ihm. Oh ja, er war wieder gänzlich genesen. Er sah mit all dem Blut am Leib martialisch aus, aber Ryan hielt seinem Blick unerschrocken stand. Der Jäger war stinksauer, dass wir ihn zurückgelassen und damit bloßgestellt hatten.

»Rede nicht so von dem einzigen Mann, dem ich je vertraut habe, von meinem Freund, meinem Bruder! Er würde nie seine Ideale verraten«, warnte Lucian gefährlich leise. »Und diese neuen Eisseile sollten Beweis genug sein, dass Harris durchaus einen Brachion gefangen halten könnte.«

»Verräter, Held, Blutsbruder. Scheißegal. Der Hohe Rat hat Thanatos' Herz verbrannt«, konterte der Jäger im selben Tonfall. »Dein. Freund. Ist. Tot.«

»Er lebt. Dubois hat das bestätigt.«

Ich glaubte, Ryan etwas wie »Wunschdenken« brummen zu hören. Lucian ballte seine Hände zu Fäusten. Bevor die Situation eskalieren konnte, drängte sich Gideon zwischen die beiden. Er schob den Brachion ein Stück von seinem Freund weg und sah ihn eindringlich an.

»Ist das wahr?«, wollte er wissen.

»Es stimmt. Ich habe es auch gehört«, klinkte ich mich ein.

Damit rückte ich in den Mittelpunkt. Die Jäger starrten mich an, als trauten sie ihren Ohren nicht. Man konnte förmlich zusehen, wie sie meinen Zustand und meine Glaubwürdigkeit abschätzten. Ich spürte Lizzys Hand auf meiner Schulter.

»Ihr wisst, was das heißt ...«, flüsterte sie.

Ihr Bruder nickte angespannt, während Aaron leise durch die Zähne pfiff. Irgendetwas sehr Weitgreifendes passierte gerade. Das konnte ich spüren. Ich verstand zwar nicht was, aber es schien alles zu ändern.

»Wir haben mehr Mitspieler, als wir bislang dachten«, sagte Gideon. Sein Zorn stand ihm ins Gesicht geschrieben. »Es gibt einen Verräter in den obersten Reihen der Liga.«

Oh.

»Ja, jemand aus dem Hohen Rat arbeitet mit Omega Inc. zusammen und hat Thanatos' Tod fingiert«, bestätigte Lucian. In seinen Augen funkelte ein skrupelloses Versprechen. Mich fröstelte. Ich würde um nichts in der Welt in der Haut dieses Verräters stecken wollen, wenn der Brachion ihn fand. Auch Gideon und die Jäger bekamen plötzlich diese einschüchternde Aura. Selbst Lizzy sagte nichts mehr und tauschte nur bedeutungsschwangere Blicke mit den anderen aus. Alle schienen sich einig. Nur ich fühlte mich mal wieder unterinformiert.

»Und das bedeutet ...?«, erkundigte ich mich.

»Omega Inc. plant irgendetwas. Etwas Großes. Sie haben Unterstützung im Rat und wir anderen sind bislang herumgelaufen wie Blinde mit Krückstock«, antwortete Aaron mürrisch. Er packte die Eisseile, wie sie Ryan genannt hatte, in einen Plastikbeutel und verschloss ihn energisch.

»Aber wir haben etwas, das sie wollen«, sagte Lucian und nickte in meine Richtung. »Ari ist der Schlüssel. Wir müssen herausfinden, warum jeder es auf die eine oder andere Weise auf sie abgesehen hat.«

Jap, das wäre schon einmal ein guter Anfang.

Gideon war offenbar derselben Meinung, denn er wandte sich entschlossen an Lucian: »Die Jäger helfen dir, Thanatos zu finden, und du hilfst uns im Gegenzug den Verräter zur Strecke zu bringen, der Omega unterstützt.«

»Einverstanden«, entgegnete der Brachion und schlug ein. Ryans Schnauben wurde einfach überhört.

»Dann«, meinte Gideon mit einem beunruhigenden Lächeln auf den Lippen, »sollten wir uns jetzt mal mit Jiron unterhalten.«

Wenn Träume wahr werden ...

Ich presste mich in die Ecke der kleinen Hütte. Durch die schlecht gezimmerten Wände pfiff der Wind. Sieben Männer in hellen Umhängen starrten auf etwas in ihrer Mitte. Die Schatten auf ihren wettergezeichneten Gesichtern tanzten im fahlen Licht einiger Öllampen. Ein beständiges Flüstern hing im Raum. Ihr Atem bildete eisige Wolken in der Luft.

Einer der Männer löste sich. Er entsorgte eine Tonschale mit etwas, das sehr nach Blut aussah. Durch die neu entstandene Lücke konnte ich einen Blick auf das Zentrum des seltsamen Rituals werfen. Ich erstarrte. Es war eine Leiche. Lucians Leiche. Seine Haare waren länger und jemand hatte ein paar schmale Zöpfe hineingeflochten. Trotzdem erkannte ich ihn. Der Gesang schwoll an. Die Männer beendeten die blutigen Muster, die sie ihm auf Oberkörper und Gesicht zeichneten. Die Luft knisterte vor Spannung und plötzlich wachte Lucian mit einem einzigen Atemzug auf. Gleichzeitig stieß jemand einen Aziam in seine Brust. Lucian schrie. Mit übermenschlichen Kräften hielten die Männer ihn fest, während sie ihm das Herz herausschnitten. Sie betteten die grausige Trophäe in eine Urne aus schwarzem Stein und versiegelten sie. Mir wurde schlecht. Meine Beine gaben unter mir nach. Ich sackte zu Boden und saß plötzlich auf ...

... einer Bank. Ich war umgeben von Straßenlärm. Die Sonne brannte auf den Asphalt. Neben mir hockte Lucian. Er sah mich nicht. Stattdessen starrte er stur auf die andere Straßenseite.

251

Das Gebäude dort kam mir schmerzlich bekannt vor. Es war die Omega-Zentrale. Lucian sprang auf und ging schnurstracks auf den Haupteingang zu. Ein Konzert aus wütenden Schreien, Hupen und Klingeln folgte ihm. Er beachtete es kaum und verschwand hinter der Drehtür. Ich versuchte dranzubleiben, aber die Tür bewegte sich nervtötend langsam, und als ich auf der anderen Seite herauskam, stand ich in einem …

… Schlossgarten. Zwischen hohen Hecken und einem Kanal spazierte Lucian neben einem fremden Mann mit Glatze und einem sauber gestutzten schwarzen Bart.

»Ich kann dir versichern, dass dein Freund tot ist.«

»Das kann nicht sein!«, knurrte Lucian wütend. Der fremde Mann war nicht aus der Ruhe zu bringen.

»Ob Gefangener oder Verräter, es spielt keine Rolle. Der Rat musste handeln«, erwiderte er.

»Du hast einfach zugelassen, dass sie sein Herz verbrennen?«

»Mir blieb keine andere Wahl. Thanatos wusste zu viel.«

Lucian kämpfte mit sich, um dem Mann nicht an die Gurgel zu gehen. »Warst du dabei?«

»Nein. Elektra und Dareius haben das erledigt.«

»Elektra und Dareius sind machtbesessene, opportunistische Speichellecker«, rief Lucian.

»Und trotzdem hast du ihnen dein Leben anvertraut, als du gegen meinen Willen zum Brachion geworden bist«, erwiderte der Fremde kühl. »Du tust besser daran, sie und den Rat nicht infrage zu stellen. Sonst wird dein Herz als Nächstes brennen – unabhängig davon, ob du mein Sohn bist oder nicht.«

Die beiden Männer verschwanden hinter einem Rosenbogen. Ich versuchte aufzuholen, aber als ich durch den Rosenbogen trat, befand ich mich in …

… einer Kirche. Zumindest sah es aus wie eine Kirche. Oder

eher die Kreuzung zwischen einer gotischen Kathedrale und einem Amphitheater. Schwere Steinwände, hohe Fenster und gebogene Sitzreihen, die zum Zentrum hin abfielen. Dort unten stand Lucian. Vor ihm auf einer Erhöhung saßen neun Personen. Das Licht, das durch die bunten Fenster fiel, reichte kaum aus, aber ich glaubte in der Mitte den Mann aus dem Schlossgarten zu erkennen.

»... du wirst uns gehorchen und deine Suche aufgeben!«

... geben ... geben ... geben, hallte seine Stimme nach.

»Nein.« Lucians Antwort war leise, aber klar zu vernehmen.

»Du widersetzt dich dem Rat, Brachion?«, sagte eine blond gelockte Frau. »Setzt etwa der Verfall bei dir ein?«

»Ich bin noch Herr meiner Sinne, Elektra. Und ich war und bin der Liga gegenüber loyal, aber ich werde meinen Freund nicht in den Händen des Feindes lassen. Tötet mich, wenn ihr das für falsch erachtet.« Mit diesen Worten drehte Lucian sich um und marschierte aus dem Saal. Empörte Rufe befahlen Lucian vergeblich die Rückkehr. Dann versank alles ...

... in Dunkelheit.

»Sie schläft«, sagte jemand. Es war mein Stiefvater.

»Wieder Arielle, die Meerjungfrau?«, fragte jemand anderes. Harris bejahte lachend.

»Mach dich an die Arbeit. Ich muss sie heimbringen. Ihre Mutter wartet bestimmt schon.«

Dann kam das Licht. Hell. Gleißend. Ein stechender Schmerz setzte ein. Ich wollte zu meiner Mum.

Es klopfte an der Tür.

Ich hielt den Atem an. Ich wusste, dass der Schmerz irgendwann weggehen würde, wenn ich nur lang genug nicht atmete.

Noch ein Klopfen. Diesmal energischer. Ich riss die Augen auf und stand in einer ...

... Bibliothek. Oder besser gesagt in der Eingangshalle zu einer Bibliothek. Vor mir erhob sich ein weißer Tresen aus weißem Marmorboden. Er war glatt poliert und reflektierte das warme Licht, von dem ich nicht sagen konnte, woher es kam. Ich sah an mir herunter. Weiße Heels, weißer Pencil-Rock und eine Brille? War ich hier die Bibliothekarin? Es musste wohl so sein. Der Raum war achteckig. Von jeder Wand aus führte ein mit weißen Regalen vollgepackter Gang in weitere Räume mit noch mehr Regalen und Büchern. Nur vor mir befand sich eine abgeschlossene Tür. Es klopfte erneut.

»Lass mich rein!«, rief Lucian ungeduldig. Niemand kam, um ihm zu öffnen.

»Bitte!«, setzte er hinterher. Tja, da konnte er wohl lange warten. Wen auch immer er hier treffen wollte, derjenige war nicht da. Ich war allein.

»Ari! Lass. Mich. Rein.«

Ach herrje. Er sprach mit mir?! Ich rannte zur Tür und öffnete.

»Du kannst mich sehen?«, fragte ich statt einer Begrüßung. Lucian runzelte die Stirn. »Konnte ich das vorher nicht?«

»Nein, du ha–« Ich stockte. Irgendetwas war anders als vorher. »Warte mal, das hier ist kein Traum mehr, oder? Das ist real?«

Lucians Augen wurden schmal, bevor sich langsam ein verstehendes Grinsen auf seinem Gesicht breitmachte.

»Hast du etwa von mir geträumt?«

Ich spürte das Blut in meine Wangen schießen und bat vergeblich um einen Abgrund, der mich verschlingen konnte.

»Bleib beim Thema, Lucian!«, forderte ich, um mein Unbehagen zu überspielen. Sein Grinsen wurde noch breiter.

»Real ist ein relativer Begriff, aber ich denke, ich weiß, was du meinst. Also: Ja, das ist kein Traum«, sagte er und ließ seine Brauen auf und ab hüpfen. »Nicht so wie vorher.«

»Es ist nicht, wie du denkst –«, stotterte ich. Lucian lachte und betrat an mir vorbei die Bibliothek.

»Ach, Ari. Es ist wirklich absolut verlockend, dich einfach in dem Glauben zu lassen, du würdest um meinetwillen von mir träumen, aber ich kann das mit meiner Ehre nicht vereinbaren.«

Der und ehrbar? Ganz bestimmt nicht.

»Das heißt?«, fragte ich misstrauisch. Lucian ließ sich mit seiner Antwort Zeit. Er wanderte zum nächsten Regal und besah sich die Bücher.

»Du hast sicher schon bemerkt, dass Brachion anders sind als die anderen Primus.«

Echt?! Das war mir noch gar nicht aufgefallen ... Mühsam rang ich meinen Hang zur Ironie nieder.

»Nur ihr könnt Primus töten«, antwortete ich stattdessen. »Und ihr blutet wie Menschen. Nicht diese geronnene Pampe«, fügte ich nach einer kurzen Überlegungspause hinzu.

Lucian nickte bedächtig, ohne von dem Buch aufzuschauen, in dem er gerade blätterte.

»Ja, und in unserem Blut liegt große Kraft«, erklärte er. »Sogar Aziam sind trotz aller Siegel nur einfache Klingen, bis wir sie mit unserem Blut weihen.« Er legte das Buch wieder weg und sah mir in die Augen. Ein spöttischer Glanz mischte sich in das intensive Grün. »Allein dafür, dass ich dir das verraten habe, könnte die Liga meinen Kopf fordern.«

»Oder dein Herz«, murmelte ich, ohne nachzudenken. Schlagartig wurde Lucian ernst.

»Was hast du gesehen?«, fragte er leise. Wenn ich es nicht besser wüsste, hätte ich behauptet, einen Anflug von Panik auf seinen Zügen zu erkennen.

»Deine Leiche, die zombiemäßig wiederbelebt wurde. Dich

bei Omega. Dich mit deinem Vater. Dich, wie du auf den Rat pfeifst ...«, zählte ich mit einem kleinen Schulterzucken auf, als wäre es nichts Besonderes. In Wirklichkeit machte ich mir aber langsam ernsthaft Sorgen, verrückt zu werden.

Lucian schnalzte mit der Zunge. »Verdammt. Dabei wollte ich mir eigentlich Zeit nehmen, bis ich dich meinem Vater vorstelle. So ungefähr bis die Hölle zufriert.«

Seine Mundwinkel zuckten. Der Mistkerl machte sich doch tatsächlich lustig über mich.

»Lucian! Wieso sehe ich diese Dinge?«, fuhr ich ihn an.

Jetzt war er an der Reihe, mit den Schultern zu zucken, als wäre es nichts Besonderes.

»Es ist mein Blut«, sagte er. »Normalerweise kann ich dadurch die Erinnerungen derer aufnehmen, die damit in Kontakt kommen, aber bei dir scheint es irgendwie andersrum zu funktionieren.«

»Ich sehe deine Erinnerungen?!«, keuchte ich. Der plötzliche Wahrheitsgehalt meiner Träume schockierte mich zutiefst. »Aber ... aber du warst am Anfang tot. Wie kannst du dich daran erinnern?«

»Ich war dort. Körperlos. Du hast meine Inkarnation als Brachion gesehen.« Ein seltsam trauriger Ausdruck schlich sich auf Lucians Gesicht. »Der Tote, den du gesehen hast, hieß Cathal. Er war der Sohn eines keltischen Druiden. Ein Halbblut. Ich bin für immer mit seinem Körper verschmolzen. Deshalb atme ich, mein Herz schlägt, mein Blut fließt.«

»Aber sie haben dein Herz doch ...«

Lucian griff lächelnd nach meiner Hand und legte sie sich auf die Brust. »Es wächst nach.«

Sein Blick hielt meinen fest. Ich spürte tatsächlich sein Herz schlagen. Der Stoff seines T-Shirts war weich, seine Brust darun-

*ter warm und fest. Es war dieselbe Brust, die noch vor wenigen
Minuten so übel zugerichtet worden war.*

*»Die Liga behält sie, nicht wahr? Die Herzen. Das ist ihre Hin-
tertür. Sie können euch damit töten.«*

*»Da bekommt der Begriff Herzschmerz eine ganz neue Be-
deutung, oder?«, feixte er und ließ mich los. Sofort zog ich meine
Hand weg und schob sie hinter meinen Rücken. Die Berührung
hatte mich ebenso verwirrt wie meine Sorge, dass Lucian jeden
Moment tot umfallen könnte, nur weil irgendein weit entfern-
ter Rat das beschlossen hatte. Er nahm das erstaunlich gelassen,
aber in mir verkrampfte sich alles angesichts meiner plötzlichen
Erkenntnis: Ich wollte ihn nicht verlieren.*

Oje ... Eine Ablenkung wäre jetzt hilfreich. Am besten schnell.

*Lucian fuhr mit seinem Finger eine der Buchreihen entlang
und zog ein weiteres Buch hervor. Perfekt.*

»Wo sind wir hier?«, fragte ich ein wenig zu hastig.

»In deinem Geist.«

*»Du bist in meinem Kopf?!«, rief ich bestürzt. Alle Sorgen wa-
ren wie weggeblasen. »Bist du nicht auf die Idee gekommen, mich
vorher um Erlaubnis zu fragen?«*

*»Ich hab doch angeklopft und du hast mich reingelassen ...«,
verteidigte er sich. Mit offenem Mund starrte ich ihn an. Ich begann es zu hassen, wenn Lucian recht hatte.*

»Fein. Dann weck mich, damit wir normal reden können!«

*»Du meinst, es ist eine gute Idee, heimlich ins Zimmer von Gi-
deons kleiner Schwester einzubrechen, die übrigens nicht sonderlich gut auf mich zu sprechen ist, während ihr Bruder schwer-
bewaffnet im Erdgeschoss Wache hält und drei weitere Jäger
draußen herumstreunen?« Gut, er hatte schon wieder recht. Nach
dem Desaster hinter dem Gomorrha war ich nämlich aus Sicherheitsgründen bei den Rossis einquartiert worden.*

»Schon verstanden«, grollte ich. Aber hier konnten wir ja auch nicht bleiben. Wir waren in meinem Kopf, verdammt noch mal! Ich wollte gar nicht wissen, was in all diesen Büchern stand. Und – oh Gott – Lucian hatte bereits darin herumgestöbert. Seinem Grinsen nach wusste der Brachion auch sehr genau, was in mir vorging.

»Komm«, meinte er und streckte mir zwinkernd seine Hand hin. Ich hatte nicht die leiseste Ahnung, wohin er mich bringen wollte, aber alles war besser als das hier.

Lucian öffnete die Tür. Dahinter war nur Dunkelheit. Er zog mich mit hinaus, und als die Tür wieder ins Schloss fiel, stand ich plötzlich …

… auf einer Dschunke?! Das große Segelschiff lag in einer nächtlichen Bucht. Auf dem Wasser spiegelte sich der Sternenhimmel ebenso wie die vielen kleinen Laternen, die das Boot erleuchteten.

»Wo sind wir?« Meine Finger fuhren über das glatte Holz der Reling. Irgendwo am Ufer rauschten Palmen im Wind.

»In meinem Geist.«

»So sieht es in deinem Geist aus?!«, hauchte ich fasziniert. Ich konnte nichts dagegen tun, dass mich der Neid packte. Immerhin war Lucians Geist ein Fünf-Sterne-Luxus-Schiff mitten im Paradies, während ich mit einer unterkühlten Bibliothek vorliebnehmen musste.

An Deck stand ein riesiges Sonnenbett, das von hauchzarten Vorhängen umrahmt war. Vorsichtig ließ ich mich daraufsinken. Es war perfekt. Nicht zu weich, nicht zu hart, viele Kissen. Hier könnte ich ewig bleiben.

Das Polster unter mir bewegte sich, als Lucian sich neben mich legte. Er stützte sich auf seinem Ellbogen ab und sah mich mit demselben Blick an, mit dem ich gerade noch sein Schiff bewundert hatte. Oje.

»Es sieht so aus, wie ich es aussehen lassen will«, meinte er verschmitzt. Das flackernde Licht der Laternen verlieh seinen Augen einen seltsamen Glanz.

Und traumhaftes Sonnenbett hin oder her, das war mir zu viel. Zu viel, zu schnell, zu nah. Ich konnte das nicht. Wenn er jetzt versuchen würde, mich zu küssen, wüsste ich nicht, was ich tun sollte. Ihn zurückweisen? Es genießen? Oh, ich erinnerte mich nur zu gut daran, wie nah er mir vor dem Club gekommen war. Aber ich konnte mich darauf nicht einlassen. Er spielte doch nur mit mir. Was sollte ein unsterblicher Primus schon von irgendeinem Mädchen wollen? Die Zeiten, in denen ich auf genau so etwas gehofft hatte, waren längst vorbei. Mein Stiefvater hatte mir diese Hoffnung auf den Traumprinzen gründlich ausgetrieben und Brendon hatte ihr den Todesstoß versetzt. Ich würde nicht noch einmal darauf hereinfallen. Hastig setzte ich mich auf und rückte ein Stück von ihm ab. Dann zog ich meine Beine eng an mich und schlang meine Arme darum. So gewappnet traute ich mich wieder, Lucian anzuschauen. Ein spöttisches Lächeln lag auf seinen weichen Lippen, aber in seinen Augen blitzte etwas anderes auf: Erleichterung? Bedauern? Verständnis?

»Was soll das alles?«, fragte ich und schloss in einer kleinen Geste meine Umgebung mit ein. Lucian setzte sich nun ebenfalls auf und rieb sich müde den Nacken.

»Ich muss für ein paar Tage weg, Ari«, verkündete er.

All das, weil er für ein paar Tage verschwinden würde? Das letzte Mal hatte mir ein Post-it reichen müssen.

»Ähm ... okay« war das Einzige, was mir einfiel.

»Die Jäger werden dich schützen, aber vertrau nur Gideon. Ich habe auch Toby gebeten, ein Auge auf dich zu haben«, fuhr er fort. »Ich wollte nur, dass du weißt, dass ich weg bin. Ich muss Jiron suchen.«

»Alles klar.« Ich hatte ein eigenartiges Gefühl dabei, dass Lucian sich so ausgiebig verabschiedete. Er wollte mich informieren, mich in Kenntnis setzen. Er respektierte mich endlich? Wann war das denn passiert?

»Ich würde am liebsten nicht gehen müssen, aber Jiron wird jeden Jäger töten, der sich ihm nähert. Ich bin der Einzige, der mit ihm reden kann.«

»Verstehe.«

Das hieß, ich würde länger nicht mehr die Gelegenheit bekommen, Antworten von ihm zu erhalten. Vor Gideon und den anderen hatte ich Lucian nicht weiter hinterfragen wollen, aber jetzt war die Gelegenheit.

»Habe wirklich ich Dubois getötet?«

»Ja.«

»Das sollten eigentlich nur Brachion können«, stellte ich fest. Lucian nickte, atmete dann einmal tief durch und sagte: »Du hast noch mehr gemacht als das.«

Wie konnte ich denn noch mehr tun als etwas Unmögliches? »Ein Brachion muss erst die Hülle des Opfers schwächen und dann eine körperliche Verbindung zu seinem Gegner haben, um ihn töten zu können. Ein Aziam leitet am besten, aber auch Hautkontakt funktioniert bei den mächtigeren Brachion«, erklärte er leise. »Du standest aber weit weg von Dubois.«

Jetzt war ich wirklich sprachlos. Nein, ich bekam es mit der Angst zu tun.

»Wie ...?«

Lucian schwieg. Seine Augen wanderten zum Horizont und verloren dort ihren Fokus. Er wusste etwas.

»Lucian, bitte sag mir die Wahrheit.« Ich musste es einfach erfahren, musste wissen, was er wusste.

»Ich brauche erst Beweise. Ich muss Jiron finden.«

»Aber du hast eine Vermutung.«

Ein kleines Nicken.

»Bitte sag es mir«, flehte ich. Er seufzte.

»Ich muss jetzt gehen. Aber ich habe noch etwas für dich.«

In Lucians Hand tauchte ein goldenes Siegel auf. Er ließ es durch seine Finger gleiten, bevor er es mir hinhielt. Verärgert betrachtete ich das glänzende Ding. Er lenkte ab.

»Was wird mich das kosten?«, fragte ich trocken.

Lucians Lippen wurden zu einem schmalen Strich.

»Nichts«, erwiderte er kühl. »Betrachte es als Geschenk. Du musst es nur berühren und meinen Namen denken, und ich werde wissen, dass etwas nicht stimmt.«

Ich nickte knapp und nahm das Siegel. Aber meine Gedanken waren immer noch bei den Informationen, die zu geben er nicht bereit war. Gerade wollte ich erneut darum bitten, als Lucian sich erhob und die Bucht, das Schiff und er zu verblassen begannen.

Nein, nicht jetzt! Das durfte er nicht. Ich sprang auf und bekam gerade noch seinen Arm zu fassen. Lucian hielt inne. Fast vorwurfsvoll richtete er seinen Blick auf die Hand, die ihn festhielt. Er schien mit sich zu ringen, bis sein Widerstand brach. Mit einem Schritt überwand er die Distanz zwischen uns. Seine Finger strichen mir eine lose Strähne aus dem Gesicht. Sie vollführten einen sanften Bogen zu meinem Kinn. Sein Blick verfolgte die Berührung fasziniert, wanderte höher und blieb an meinem Mund hängen. Dann sah er mir in die Augen und ich versank in endlosem Grün ...

»Lucian, nicht«, wollte ich sagen, aber seine Lippen legten sich auf meine und erstickten jeden Widerstand. Sie waren warm und fordernd. Ich konnte eine Sehnsucht in ihm spüren, die er nur mühsam beherrschte. Seine Hand suchte meinen Nacken. Er zog mich zu sich und vertiefte den Kuss. Wann hatte ich meine

Augen geschlossen? Unwichtig. Lucian war so zärtlich. Ein lei-
ses Stöhnen drang mir aus der Kehle und dann fand ich mich ...

... in Lizzys Bett. Meine Freundin schnarchte friedlich neben mir. *Dieser Mistkerl!* Lucian hatte mich doch tatsächlich
aus seinem Geist geworfen.

Sieh unter dein Kopfkissen, Ari, hallte seine Stimme in meinem Kopf nach. Im Halbschlaf fuhr meine Hand unter das
Kissen. Da war nichts.

Der Ägypter im Kimono

Stinksauer war gar kein Ausdruck dafür, wie ich mich seit dieser Nacht fühlte. Ich bekam nur am Rande mit, wie Gideon mein Leben in die Hand nahm und militärisch genau durchplante. Er verdoppelte meine Bewachung und legte wechselnde Routen fest. Meine komplette Freizeit musste zugunsten von zusätzlichen Trainingseinheiten weichen. Außerdem holten mich Toby und Mel immer wieder aus dem Unterricht, um ihre Lektionen voranzutreiben. Ich hatte keine Ahnung, was der Plan war – mir erzählte ja auch niemand etwas –, aber sie behandelten mich, als wäre ich die entführungsgefährdete Tochter eines Drogenbarons. Fehlte nur noch, dass sie mir eine kugelsichere Weste und einen Peilsender verpassten. Wobei sie das wahrscheinlich sogar machen würden, wenn auch nur die leiseste Chance bestünde, dass das gegen Primus etwas nutzen könnte.

Als Krönung des Ganzen wurde ich quasi genötigt, meiner Mutter zu erzählen, ich müsste wegen einer ›Projektarbeit‹ ein paar Tage bei Lizzy übernachten. Folglich nervte meine Mum mit ihren täglichen Kontrollanrufen. Lizzy nervte mich mit ihrer heimlichen Hexenmeister-Schwärmerei und der Rest der Welt nervte mich mit der Frage »Ist alles okay bei dir?«. Nichts war okay. Da gab es noch immer die offene Vater-Frage, die Morddrohungen und meine seltsamen Fähigkeiten. Und ganz besonders einen egoistischen, selbstverliebten Brachion, der über Leichen ging, um zu bekommen, was er wollte. Im Moment war diese Leiche mein Herz.

Gedankenverloren starrte ich aus dem Fenster der Schulbibliothek. Der Herbst hatte inzwischen erbarmungslos das Zepter an sich gerissen. Ein aufziehender Sturm peitschte durch die Baumkronen und stahl den Ästen ihre trostlosen Blätter. Meine Wirtschaftstabellen interessierten mich schon lange nicht mehr. Stattdessen forderte mein Handy meine ganze Aufmerksamkeit. Eine Nachricht an *Lucian, den Großkotz* wartete darauf, abgeschickt zu werden. Besser gesagt, die neueste Version davon. Drei Tage spielte ich schon das Tippen-und-wieder-löschen-Spiel. Inhaltlich variierte ich zwischen Vorwürfen, Beleidigungen und Besorgnis, aber den Mut, tatsächlich auf ›senden‹ zu drücken, fand ich nicht.

Das war heute nicht anders. Ich kapitulierte und warf das Handy gerade zurück in meine Tasche, als Lizzy mich plötzlich am Ärmel packte.

»Mein Freundinnen-Instinkt sagt mir, dass du Ablenkung brauchst«, flüsterte sie mir zu und zog mich ungefragt mit sich. Dem misstrauisch dreinblickenden Mr Peagom – unserem Bibliothekar – winkte sie fröhlich zu, bevor sie drei Regale weiter an einer Tür stoppte. Auf dem dunklen Holz prangte ein goldener Phalanx-Baum. Lizzy holte ihren Schulausweis aus der Hosentasche und hielt ihn an den Kartenscanner neben dem Türstock. Das kleine rote Licht am Scanner blinkte auf. Dann wechselte es die Farbe zu Grün. Ein Klacken erklang und Lizzy drückte die schwere Klinke nach unten. Nachdem sie sich noch einmal versichert hatte, dass Mr Peagom uns nicht zusah, schob sie mich in den fensterlosen Gang und ließ die Tür hinter uns ins Schloss fallen.

»Dürfen wir hier überhaupt sein?«, fragte ich sie flüsternd.

Sie grinste mich an.

»Ich schon.«

Na, wunderbar! Jetzt riskierte ich wegen Lizzy auch noch einen Schulverweis. Resigniert trottete ich ihr hinterher. Ich hatte das Lyceum sowieso nie wirklich gemocht.

»Wo sind wir hier?«

Ich ließ meine Finger über das unverputzte Mauerwerk gleiten. In unregelmäßigen Abständen hatte man ein paar der schweren Steinblöcke entfernt und durch leuchtende Quader ersetzt. Trotzdem entdeckte ich noch alte Rußspuren und leere Fackelhalterungen.

»Das, meine Liebe«, sagte Lizzy mit gesenkter Stimme, »ist der sagenumwobene Zugang zu den Katakomben.«

Vor uns öffnete sich der Gang in einen runden Raum. Eine riesige Buntglaskuppel tauchte alles in schillernde Farben. Ich trat zu Lizzy an die Holzbrüstung und sah nach unten. Ein gähnender Schacht starrte mir entgegen. Links von uns begann eine Wendeltreppe, die sich entlang der Wand in die Tiefe schlängelte. Das Ganze wirkte wie eine skurrile Mischung aus der Startrampe einer Weltraumsonde und dem Inneren von Rapunzels verwunschenem Turm. Das Ende der Treppe konnte ich nicht ausmachen. Sie ging jedenfalls sehr viel tiefer, als es das Lyceum samt etwaigen Kellergeschossen sein sollte.

»Cool, oder?«, meinte Lizzy und stieß sich vom Geländer ab, um den Weg nach unten anzutreten. Skeptisch folgte ich ihr.

Ich wusste nicht, was ich schlimmer fand. Die Vorstellung von dem, was ich dort unten vorfinden könnte, oder die Aussicht, all diese Stufen wieder hinaufgehen zu müssen.

»Ähm, was genau meinst du mit *Katakomben*?«, wollte

ich wissen, als ich sie eingeholt hatte. »Sag mir jetzt bitte nicht, dass unter dem Lyceum ein alter unterirdischer Friedhof liegt.«

»Unter dem Lyceum liegt *kein* alter unterirdischer Friedhof.«

»Lizzy!« Ich hasste Treppensteigen und meine Freundin wusste das nur zu gut.

»Hast du dich schon mal gefragt, ob die Primus so was wie eine Heimat haben?« Daran hatte ich tatsächlich noch nie gedacht.

»Du meinst, sie leben unter der Erde?«

Lizzys Lachen hallte von den Wänden wider. »Nein. Sie leben ...« – sie blieb kurz stehen für eine theatralische Pause – »in der Anderswelt.«

»In der was?« Ich war mir nicht sicher, ob ich meine Freundin richtig verstanden hatte. Außerdem wurde mir langsam schwindelig vom ständigen Spiralen-Gehen.

»In der Anderswelt, dem Jenseits, Hades, Elysium, Walhalla, der Unterwelt. Es ist schwer zu erklären, weil es diesen Ort ja nicht direkt gibt. Du kannst ihn also nicht auf irgendeiner Karte finden. Genau genommen ist es auch kein wirklicher Ort. Es sind eher viele, die zwar an unsere Zeit, aber nicht an unseren Raum gebunden sind –«

»Halt mal, du willst mir doch nicht erzählen, dass wir gerade ...« Ich deutete in die Tiefe. »... ins Jenseits gehen?«

Lizzy stöhnte auf, als hätte ich eben etwas unglaublich Dummes gesagt. »Das sind doch nur Namen, die irgendwelche Religionen erfunden haben. Es fühlt sich auch nicht anders an als bei uns. Es ist lediglich nicht ganz unsere ... Dimension.«

Unbeirrt hüpfte sie die Stufen hinab, während mir immer mulmiger wurde.

»Und der Zugang zu dieser Welt liegt unter unserer Schule?«

»Nicht nur, du Dummerchen«, erklärte Lizzy. »Im Prinzip kann ein Primus ohne menschlichen Körper jederzeit und überall rüberwechseln. Mit einem Körper ist es für sie aber genauso umständlich wie für uns. Sie brauchen ein Portal und das Lyceum wurde auf einem davon errichtet.«

Plötzlich glitt eine Tür an uns vorbei. Sie war nicht aus dem üblichen dunklen Holz wie alle anderen Türen des Lyceums. Sie war grün lackiert, wobei der Lack schon abblätterte. Kurz darauf folgten eine rote, eine weiße und eine aus hellem Kiefernholz. Sie hatten alle unterschiedliche Formen und Größen und lagen definitiv nicht weit genug auseinander, um zu verschiedenen Stockwerken zu führen. Immer mehr Türen folgten. Alle fünf bis sechs Stufen tauchte eine neue auf. Manche hatten Klinken, andere Knaufe oder Türklopfer. Sie hatten alle etwas so Persönliches, dass ich das Gefühl bekam, irgendjemandes Privatsphäre zu verletzen. Als würde man in eine Riesen-WG von Unsterblichen platzen, die jeden Moment aufwachen könnten.

Lizzy teilte diese Sorge offensichtlich nicht. Sie stapfte fröhlich weiter. Wir waren mittlerweile so tief, dass die Buntglaskuppel kaum mehr als ein heller Fleck war. Und trotzdem war nach unten kein Ende in Sicht. Jegliches Raumgefühl verließ mich. Das hier war ein Albtraum. Am liebsten wäre ich sofort umgekehrt, nur um sicherzugehen, dass die Treppe zumindest oben noch immer einen Anfang hatte. Kalter Schweiß überzog meine Handflächen. Ich stolperte gegen etwas. Lizzy jaulte auf.

»Ich weiß, es ist faszinierend, aber das ist trotzdem kein Grund, mir auf den Fuß zu treten«, schimpfte sie.

»Warum bleibst du auch stehen?«, gab ich zurück. »Kehren wir um?« Die etwas zu offensichtliche Hoffnung meiner Frage brachte mir einen bösen Blick meiner Freundin ein.

»Nein, wir kehren nicht um«, sagte sie. »Wir sind da!«

Erst jetzt bemerkte ich, dass ich gar nicht mehr auf Stufen stand. Die Wendeltreppe machte hier eine Unterbrechung von etwa zwei Metern, um Platz zu schaffen für eine große doppelflügelige Tür, die mehr wie das Eingangstor einer Kirche aussah. Jetzt war ich vollkommen verwirrt.

»Wohin führen all diese Türen?«

Lizzy legte ihre Hand auf den schmiedeeisernen Türknauf. Ihre Augen kniffen sich leicht zusammen, als würde sie sich auf etwas konzentrieren.

»Das sind alles Portale«, sagte sie abwesend.

»In die Primus-Welt?«

»Auch.« Ich verschränkte meine Arme vor der Brust, bis Lizzy seufzte und mit ihrer freien Hand in der Luft herumfuchtelte. »Hör mal, das dauert ewig, wenn ich dir das jetzt erkläre. Frag doch einfach Mel.« Schlagartig wurde sie bleich. »Oder lieber doch nicht. Frag besser Toby.«

»Wieso soll ich Mel nicht fragen?«, hakte ich misstrauisch nach. Lizzy zögerte.

»Weil das, was du jetzt sehen wirst, eigentlich nicht für deine Augen bestimmt ist«, gestand sie. Im gleichen Moment sprang das Tor lautlos auf. Ein Schwall warmer Luft drang durch den Spalt. Sofort senkte Lizzy ihre Stimme.

»Die Krypta. Hier lagern die Primus ihre Chroniken.«

❧

Ich weiß nicht, was ich erwartet hatte. Vielleicht etwas in der Art von einer Kathedrale oder dieser unterirdischen Halle aus

Herr der Ringe, aber sicher nicht einen Lesesaal. Ich stand in einem Gewölbe, das von sechs Säulen getragen wurde. An dünnen Ketten hingen drei gläserne Kugeln. Sie verbreiteten ein angenehmes Licht, fast wie Lampions. Unter jeder dieser Lampen befanden sich ein Ledersessel und ein Tischchen. In die Säulen selbst hatte man Fächer hineingemeißelt, in denen sich vergilbte und weniger vergilbte Schriften bis zur Decke stapelten. Hinter den Säulen eröffneten sich weitere Räume. Ich konnte noch mehr Ledersessel, noch mehr Glaslampen und noch mehr Säulen entdecken. Alle waren sie identisch. Das Ganze hatte etwas von einem wabenartigen Spiegelkabinett, nur ohne Spiegel.

Lizzy zog mich weiter. Unsere Schritte waren auf dem alten Parkett so laut, dass sie unangenehm durch die Stille der Krypta schnitten. Ich war mir sicher, dass uns jeder, der sich hier aufhielt, hören musste. Auch wenn uns in diesem endlosen Labyrinth wahrscheinlich niemand finden würde. Ich verfluchte mich, dass ich nicht rechtzeitig zurückgeschaut hatte. Wenigstens das große Eingangstor musste doch an einer Wand liegen. Inzwischen sah ich nur noch einen Säulenwald. Ich hatte komplett die Orientierung verloren. Keine Ahnung, wie Lizzy sich hier zurechtfand, aber sie schien den Weg genau zu kennen.

Plötzlich hörte ich Musik. Und zwar Popmusik von der übelsten Sorte. Ich tippte auf Britney Spears. Lizzy grinste. Die Musik wurde lauter, und dann sah ich auf einmal etwas, das so gar nicht in diese endlose Eintönigkeit passen wollte. Jemand hatte ein paar der Sessel beiseitegeschoben, um Platz zu machen für einen großen Tisch. Darauf lagen einige Schriftrollen und ein Paar Füße in gelben, sehr abgelaufenen Chucks.

»Lizzy! Ich wusste gar nicht, dass du heute noch vorbei-
schaust«, rief Jimmy, sprang auf und warf beinahe den Laptop runter, den er auf seinen Beinen balanciert hatte. Stür-
misch umarmte er meine Freundin.

»Was macht der denn hier?«, platzte ich heraus.

Das Lächeln des Nerds verschwand. Er sah erst mich und
dann Lizzy streng an.

»Die bessere Frage ist doch, was *sie* hier macht, oder?«, tadelte er meine Freundin.

Ich hätte mich wirklich unwohl gefühlt, wenn sein Sailor-
moon-Shirt und das Oops-I-Did-It-Again aus dem Laptop seiner Gegenfrage nicht die Schärfe genommen hätte.

»Das ist schon in Ordnung. Sie soll ja so viel wie möglich über die Primus lernen«, entgegnete Lizzy. »Wie weit
bist du?«

Sofort war Jimmy in seinem Element. Er quatschte irgend-
welches Zeug von Programmen, Tags und Scanmethoden. Er
drückte alles sehr umständlich aus, aber ich konnte zumindest ungefähr folgen. Kurz übersetzt entwickelte er für die
Liga eine Methode, das gesamte Archiv der Chroniken zu di-
gitalisieren und mit einer eigens konstruierten Suchmaschine
übersichtlicher zu gestalten.

»Wenn ihr euch nützlich machen wollt, könnt ihr mir da
drüben helfen«, meinte er und wies auf eine der Säulen, die
bereits zur Hälfte ausgeräumt war. Erst jetzt fiel mir auf, dass
auf den Tischen, Sesseln und am Boden überall Schriftrollen
verteilt waren.

»Lest euch die Dinger durch, ob ihr irgendetwas zu Ari-
anas Problem findet, und bringt sie mir dann, damit ich sie
scannen kann.« Und schon tauchte er wieder hinter seinem
Laptop ab.

»Wie zum Teufel kann dir Jimmy dabei helfen?«, flüsterte ich frustriert und deutete auf die mit Engelsschrift vollgeschriebenen Pergamente. »Ich dachte, er weiß noch weniger als ich.«

»Eidetisches Gedächtnis«, murmelte Lizzy und wählte sich eine der jüngeren Schriftrollen aus.

Jimmy hatte ein fotografisches Gedächtnis? Kein Wunder, dass die Phalanx das kleine Genie rekrutiert hatte.

Ich sah zu ihm rüber und erwischte ihn dabei, wie er meine Freundin anstarrte. Schnell senkte er seinen hochroten Kopf und tippte wie wild auf seine Tastatur ein.

»Die Primus lassen einfach so einen Wildfremden an ihre Chroniken?«, wunderte ich mich.

»Hier hat nur ein Primus was zu sagen, und er wäre ein Idiot, wenn er Jimmys Hilfe nicht annehmen würde«, erklärte Lizzy. »Und Donnie ist kein Idiot.«

»Wer bitte ist Donnie?«

»Damit meint sie unglücklicherweise mich«, sagte eine glockenklare fremde Stimme. Mir wäre fast das Herz stehen geblieben. Diese endlose Halle war schon unheimlich genug, da musste sich nicht auch noch jemand anschleichen.

Jimmy schien es nicht viel besser zu gehen. Mit einem leisen Japsen, das verdächtig nach »Ach, herrje« klang, drückte er ein paar Tasten. Sofort verstummte Britney Spears.

Ich sah mich nach dem fremden Sprecher um und fand einen jungen Mann mit kahl rasiertem Schädel. Der dunkle Olivton seiner Haut deutete darauf hin, dass er vermutlich aus dem nördlichen Afrika stammen musste. Der Kleidung nach hätte man ihn eher in Asien einordnen müssen, denn er trug etwas, das einem Kimono sehr ähnelte. Zwei riesige Koi-Karpfen schwammen darauf herum. Eine etwas ungelungene Kleiderwahl, bedachte man, dass der Junge mit seinen feinen Zügen ohnehin recht androgyn wirkte.

»Allerdings habe ich Felizitas schon oft darauf hingewiesen, dass mein Name Ramadon ist. Ich wäre ihr sehr verbunden, wenn sie ihn auch so benutzen würde. Wer Abkürzungen verwendet, erweist weder dem Namensgeber noch dem Namensträger den nötigen Respekt.«

»Natürlich«, murmelte meine Freundin und setzte sich ein wenig aufrechter hin. So ein Verhalten kannte ich von Lizzy nicht und schon gar nicht gegenüber einem Jungen im Kimono.

»Was dich betrifft, James.« Jimmy vertrug Ramadons Aufmerksamkeit wesentlich besser als Lizzy. Erstaunlich unerschrocken hielt er seinem Blick stand. »Ich dachte, wir hätten bereits ausführlich über den Konsum von Musik in meinen Räumen diskutiert?«

Ich sah Lizzy an. Meine Lippen formten das Wort Primus. Sie nickte und senkte schnell wieder ihren Blick.

»Und wir sind uns immer noch nicht einig geworden, Ramadon«, erwiderte Jimmy. »Ich kann bei Classic Rock einfach nicht arbeiten.«

Meine Augenbrauen schossen in die Höhe. Der seltsame Ägypter im Kimono stand auf Classic Rock?!

»Zu schade, James. Auch Musik braucht eine Seele. Aber über Geschmack lässt sich ja bekanntlich und zu meinem größten Bedauern nicht streiten. Also benutze in Zukunft doch bitte diese kleinen Lautsprecher, die man in die Ohren einsetzen kann.«

Ich starrte Ramadon noch immer an, als sein Blick plötzlich zu mir wanderte. Dem Äußeren nach war er jünger als wir, aber seinen Augen zeugten von so viel Weisheit und Erfahrung, dass es mir kalt über den Rücken lief.

»Dieser Körper stammt nicht aus Ägypten, junge Dame«, meinte er kühl. »Er wurde in Babylonien geboren. Außerdem ist das kein Kimono, sondern ein chinesischer Hanfu.«

Mein Mund klappte nach unten.

»Du kannst meine Gedanken lesen?«

»Natürlich. Ich bin Ramadon.« Und als wäre das Erklärung genug, wechselte er einfach das Thema. »Du bist also dieses Mädchen mit dem rätselhaften Problem, das James und Felizitas hierhergetrieben hat.« Keine Frage, eine Feststellung.

Seit er aufgetaucht war, hatte sich Ramadon noch keinen Millimeter gerührt, aber jetzt legte er den Kopf schief, als wäre er ein Vogel. »Felizitas kann von Glück sagen, dass mich deine Bekanntschaft erfreut. Andernfalls hätte sie mit ernsten Konsequenzen rechnen müssen. Niemand betritt die Krypta ohne meine Erlaubnis. Sie trägt nicht umsonst diesen Namen.«

Lizzy holte gerade Luft, um etwas zu sagen, aber Ramadon unterbrach sie scharf.

»Spar dir deinen Atem, Menschenmädchen. Ich kenne deine Gedanken. Nur weil man mich nicht oft sieht, heißt das nicht, dass ich nicht immer da bin. Bedenke das, wenn du in Zukunft Gäste in die Krypta mitbringst.«

Er hob seine Hand und plötzlich war Lizzy verschwunden. Kein Laut, kein Lichtblitz oder Luftzug. Sie war einfach weg. Ich sprang auf. Wie hatte er das gemacht? Wo war sie?

»Felizitas ist wieder in ihrer Welt«, beantwortete Ramadon meine unausgesprochene Frage.

»Damit meint er, er hat sie vor die Tür gesetzt«, erklärte Jimmy, ohne ernsthaft besorgt zu sein. War das schon einmal passiert?

»Zweimal, um genau zu sein«, sagte Ramadon.

»Könntest du das bitte lassen«, fuhr ich ihn an. Die Konsequenzen waren mir egal. Sollte er mich ruhig rauswerfen. Ich wollte ja ohnehin weg. »Ich habe es nicht sonderlich gerne, wenn andere Leute in meinem Kopf herumgeistern. Die Krypta mag ja dir gehören, aber das hier«, ich tippte auf meine Schläfe, »gehört mir. Ausschließlich mir.«

Wieder legte der Babylonier im chinesischen Hanfu seinen Kopf schief.

»So habe ich das noch gar nicht gesehen«, murmelte er leicht verwundert. »Willst du dein Wissen nicht mit mir teilen? Ich teile doch auch.«

Oh Mann, der war wirklich schwer von Begriff.

»Aber nicht mit jedermann, oder? Du hast selbst gesagt, dass niemand ohne deine Erlaubnis hier hereindarf.« Ich holte mit meiner Hand zu einer Geste aus, die diese sonderbare Halle einschloss. Ramadon ließ sich zu einem kleinen Nicken herab.

»Wer würdig ist und keine Gefahr darstellt, wird mit offenen Armen willkommen geheißen«, meinte er. Ich nickte ebenfalls. Wahrscheinlich weniger erhaben.

»So ist es. Und beides kann ich im Moment von dir nicht behaupten. Ich kenne dich nicht.«

Damit hatte ich ihn nun endgültig aus dem Konzept gebracht.

»Aber ich bin Ramadon, der Chronist, der Hüter des Wissens. Wer könnte würdiger sein als ich?«

»Du magst ja das alles sein, aber *ich* kenne dich nicht.«

Jimmy brach an seinem Tisch in prustendes Gelächter aus. Ich schenkte ihm meinen finstersten Blick. Ramadon dagegen beachtete ihn gar nicht. Er sah mich unverändert an. Hinter seinem polierten Schädel schien es zu arbeiten.

»In Ordnung, ich werde es versuchen«, sagte er schließlich. Ich war baff.

»Einfach so?«

Ramadons uralte Augen in seinem jungen Gesicht blinzelten einmal. Zweimal. Viel zu bewusst, um menschlich zu wirken.

»Was du sagst, klingt logisch. Ich schätze gute Argumente. Trotzdem hoffe ich, dass du mich irgendwann an deinen Gedanken teilhaben lässt.« Er drehte sich um und ging. »Folge mir, Ariana Morrison. Lerne mich kennen.«

Ich brauchte einen Moment, um zu kapieren, was er meinte. Jimmy grinste mich an. »Schätze, er mag dich.«

»Aber ich muss wieder zum Unterricht«, flüsterte ich zurück.

»Ich bringe dich dorthin, wo du hinmusst, Ariana«, hallte Ramadons Stimme durch die Krypta. »Und James, beseitige unverzüglich diese Unordnung, die du hinterlassen hast.«

»Bevor man Unordnung vermutet, sollte man prüfen, wie das Chaos organisiert ist«, rief Jimmy dem Primus hinterher. Mein Mund klappte nach unten. Wann hatte Jimmy denn bitte so viel Schneid gefunden? Fast erwartete ich, dass sich der Nerd wie Lizzy plötzlich in Luft auflöste. Stattdessen tönte doch tatsächlich ein leises Lachen durch die Krypta.

»Willst du wirklich wieder mit den Zitaten anfangen? Die letzten Male hast du verloren«, konterte Ramadons Stimme. Sie klang schon viel weiter entfernt.

»Du solltest ihm besser folgen«, riet mir Jimmy und fügte lauter hinzu: »Die letzten Male hast du angefangen. Außerdem willst du dich nur nicht von einem Menschen geschlagen geben.«

Na, da schienen sich ja zwei zu verstehen.

Ich schritt eine ganze Weile an Ramadons Seite durch die nie endenden Säulen.

»Was denkst du?«, fragte er plötzlich. In seinen Augen flackerte echtes Interesse. Ich war irgendwie gerührt, dass der Primus Wort und sich aus meinem Kopf heraushielt.

»Ich dachte gerade darüber nach, wie ich in all dieser langen Zeit, die du vermutlich schon lebst, die Erste sein kann, die sich über diese Gedankenleserei beschwert hat.«

»Diese Gabe ist noch sehr frisch bei mir. Primus entwickeln sich mit zunehmendem Alter weiter. Nur die Ältesten können Gedanken von so komplexen Wesen wie den Menschen direkt lesen.«

»Und mit sehr frisch meinst du ...?«

»Zweihundertvierundzwanzig Jahre in eurer Zeitrechnung.«

Mühsam unterdrückte ich ein Augenrollen. Es war wirklich nicht einfach, mit Unsterblichen umzugehen.

»Zwei Jahrhunderte sind eine lange Zeit. Du musst etlichen Menschen begegnet sein.«

»Nicht so vielen, wie du meinst.« In Ramadons Augen tauchte ein amüsiertes Funkeln auf. »Gefällt dir mein Reich? Ich habe es erst kürzlich umgestaltet.«

Mit »erst kürzlich« meinte er vermutlich ein paar Jahrzehnte. Das würde zumindest dem Design seiner momentanen Inneneinrichtung entsprechen.

»Ja, es ist ... ähm ...«, *einschüchternd*, »ähm ...«, *skurril*, »ähm ...«, *desorientierend*, »ähm, ein bisschen groß für meinen Geschmack.«

»So wirkt es, nicht wahr?«, erwiderte Ramadon nicht

ohne Stolz. »Doch der Schein trügt. Wenn du weiter geradeaus gehst, kommst du irgendwann wieder bei deinem Freund James an.«

Okay... Das macht es nicht unbedingt weniger gruselig.

»Alle Primus bedienen sich dieses kleinen Tricks, um das offene Ende zu kaschieren.«

»Das offene Ende?«

»Ein Werk abzuschließen bedeutet, es für so perfekt zu halten, dass man es selbst in der Ewigkeit nicht mehr verändern wollen würde. Die Primus besitzen zwar die dazu nötige Arroganz, aber sie wissen auch, dass eine Ewigkeit sehr lang sein kann. Deshalb wirst du in nahezu allen Katakomben ein offenes Ende finden. Wie ein Haus, bei dem man die vierte Wand weglässt, um später noch anbauen zu können«, erklärte er. »Wenn du einmal mehr Zeit mitbringst, könnte ich es dir anschaulicher erklären.«

Ein verlockendes Angebot. Der Gedanke, dass jemand eine vollständig eigene Welt erschaffen konnte, faszinierte mich zutiefst. »Wie viele dieser Katakomben gibt es denn?«

»So viele, wie es Schöpfer gibt. Das macht eine Antwort auf deine Frage zu einem Ding der Unmöglichkeit.«

»Es fühlt sich gar nicht anders an als bei uns.«

»Weil ich es so erscheinen lasse. In den Katakomben legt der Schöpfer die Regeln fest. Die meisten Primus haben sich zu sehr an irdische Bedingungen gewöhnt, um die physikalischen Gesetze ändern zu wollen. Nichtsdestotrotz ist alles möglich – wie auch einige eurer Menschen-Märchen beweisen.«

Ich lachte. »Willst du mir damit sagen, dass Alice tatsächlich im Wunderland war?!«

»Natürlich, abgesehen davon, dass das Mädchen ein junger

Mann mit dem Namen Alan war, dessen Drogenkonsum seine Erinnerungen an die Katakomben etwas verfälscht hat und –«

Erst als Ramadon verstummte und sich zu mir umdrehte, fiel mir auf, dass ich vor Verblüffung stehen geblieben war. Mit schief gelegtem Kopf starrte mich der Chronist an. Dabei wirkte er so erwartungsvoll wie ein Androide, der zum ersten Mal humanoide Mimik interpretierte.

»Ich habe eine Sammlung menschlicher Erzählungen angelegt, die auf ihren Erlebnissen in den Katakomben beruhen. Wenn du dich dafür begeisterst, darfst du mich jederzeit besuchen.«

»Ähm, gerne – vielen Dank.«

»Ich könnte sie dir auch vorbeibringen, wenn du das wünschst.«

»Du verlässt die Krypta?«, platzte es aus mir heraus, bevor ich mich zügeln konnte. Die Vorstellung, wie meine Mum dem Jungen im chinesischen Morgenmantel einen Tee anbot, war einfach zu verstörend.

»Hin und wieder. Wenn mir danach ist. Um Wissen muss man werben. Es kommt nicht von alleine.«

»Und musst du dann immer durch unsere Bibliothek und über diese schreckliche Treppe gehen?«

Da geschah es. Ich hatte keine Ahnung, was ich gemacht hatte, aber ich hatte es tatsächlich geschafft: Ramadon lächelte. So wirkte er noch jünger. Sein Körper konnte höchstens fünfzehn gewesen sein, als der Primus von ihm Besitz ergriffen hatte.

»Nein, Ariana. Ich muss nicht über diese schreckliche Treppe gehen«, kicherte er. »Portale sind überall. Man sollte nur wissen, wie man sie benutzt.«

Mit der Eleganz einer Balletttänzerin deutete er auf etwas in meinem Rücken. Ich drehte mich um und stieß mit der Nase beinahe gegen das große Eingangstor. Wie war das denn hierhergekommen?

Ramadon scheuchte mich beiseite und öffnete die Torflügel mit einem sanften Schubs. Dahinter tauchten bloß weitere Säulen und Sessel auf.

»Geh, Ariana, und besuche mich bald wieder. Du bist immer willkommen.«

Ich beäugte skeptisch den Durchgang. Eigentlich konnte mir nichts Schlimmeres passieren, als auf der anderen Seite wieder in der Krypta zu stehen. Trotzdem zögerte ich.

»Hast du Bedenken bezüglich meiner Vertrauenswürdigkeit?« Ramadon klang beinahe gekränkt. »Ich bin nicht an Macht oder Politik interessiert.« Er strich seinen Hanfu glatt, bevor er mich mit seinen uralten Augen fixierte. »Lass mich dir einen Ratschlag auf deinen Weg mitgeben: Das Spiel, in das du hineingeboren wurdest, ist schon sehr alt. Wenn du mitspielen möchtest, machst du dich besser mit den Regeln vertraut. Andernfalls wirst du eine Figur auf dem Brett bleiben.«

Damit schob er mich durch das Portal. Ich hätte Ramadon noch gerne gefragt, wie er das gemeint hatte, aber ich stand ohne Vorwarnung in unserer Schulbibliothek.

Heiliger Strohsack, er hat mich zurückgebeamt! Ich drehte mich um und sah gerade noch, wie die Tür mit dem geschnitzten Phalanx-Baum ins Schloss fiel. Um ganz sicherzugehen, dass sie real war, berührte ich das Holz. Echt.

»Was tun Sie da, Miss Morrison?«

Mr Peagom stand mit verschränkten Armen hinter mir. Seine grauen Augen funkelten wütend. Sein Blick kam mir seltsam vertraut vor.

»Sie haben für diesen Raum keine Berechtigung.«

»Ähm, ich weiß, ich wollte nur –«

»Wir müssen dringend miteinander reden!«

»Ähm, wie bitte?«

Im gleichen Augenblick öffnete sich die Tür erneut und eine schwer atmende Lizzy tauchte dahinter auf. Entgeistert starrte sie mich und dann unseren Bibliothekar an.

»Guten Tag ... Mr Peagom ...«, keuchte sie. »Ari, schön ... dass du gewartet hast. Wir müssen ... uns beeilen, sonst ... kommen wir nicht mehr ... rechtzeitig zum Unterricht.« Mit dieser Notlüge zog sie mich unter den unerbittlichen Blicken von Mr Peagom aus der Bibliothek. Unterwegs murmelte sie noch irgendetwas davon, was sie mit dem Möchtegern-Pharaonen Donnie, seinen Schriftrollen und seinem dürren Hintern machen wollte.

Küsse und andere Katastrophen

Ramadons Worte ließen mich nicht mehr los. Ich vergaß sogar eine Weile, über Lucian zu grübeln. Erst als ich abends bei den Rossis sein Siegel in meiner Tasche fand, kochte meine Wut wieder hoch. Auch für ihn war ich eine Spielfigur. Das war ich für alle. Letztlich gab es nur eine einzige Person, der ich bedingungslos vertraute. Und ihr war ich ein längst überfälliges Geständnis schuldig. Mit dem Siegel in der Hand ließ ich mich neben Lizzy aufs Bett plumpsen. Sie sah erst neugierig auf, dann legte sich ihre Stirn in Falten.

»Woher hast du das?«

»Lucian. – Aber keine Sorge, ich werde es nicht benutzen!«

Sie zuckte mit den Schultern. »Das könntest du aber. Es ist nicht gefährlich«, meinte sie. »Siehst du hier: In der Mitte steht immer das, was der Primus bereit ist zu geben. Und am Rand steht der Preis, den der Mensch zahlen muss. Das ist ein Beschwörungssiegel. Du musst es berühren und seinen Namen rufen, und er erscheint – wenn er will.«

Ich drehte das Siegel zwischen meinen Fingern. Vorder- und Rückseite waren identisch. Der Rand war glatt und leer, aber in der Mitte prangte etwas, das aussah wie ein stilisierter Adler. Nein, kein Adler. Dafür waren die Schwanzfedern zu lang. Eher einer von diesen Fantasie-Vögeln. Ein Phönix.

»Das ist Lucians Zeichen«, sagte sie. »Weißt du, was das bedeutet?« Ich schüttelte den Kopf.

»Jeder Primus hat sein eigenes. Besetzen sie einen menschlichen Körper, brennt es sich in ihren Rücken ein. Es ist so was wie ein Wappen.«

Unvermittelt hatte ich einen erhobenen Warte-mal-Zeigefinger im Gesicht. Lizzy sprang auf und verschwand zur Hälfte in ihrem Kleiderschrank. Etwas Gepolter, Fluchen und einige fliegende Wäschestücke später hielt sie eine kleine gravierte Messingschale und eine Kugel aus demselben Material in den Händen. Sie legte die Kugel in die Schale und stieß sie an. Ein leises Sirren erklang.

»Ein Phalanx-Trick gegen unerwünschte Lauscher.« Mit verschwörerischer Miene deutete sie auf die Wand, hinter der das Zimmer ihres Bruders lag. Dann ließ sie sich wieder aufs Bett fallen und sah mich tadelnd an.

»Was läuft da zwischen dir und dem Brachion?«

»Was meinst du?«, versuchte ich auszuweichen.

»Na ja, solche Siegel sieht man nicht oft. Primus fordern immer etwas. Immer!« Sie ließ mich nicht aus den Augen. »Und das ist nun schon das zweite Siegel dieser Art, das Lucian dir schenkt.«

»Vielleicht will er mich irgendwie anfixen?«, vermutete ich halbherzig. Alle Hoffnung auf etwas anderes erstickte ich im Keim.

»Sei nicht albern!«, lachte Lizzy. »Er macht sich Sorgen um dich. Sonst würde er dir ja auch nicht so ein Notfallsiegel schenken.«

Ich schnaubte und ließ mich auf die Kissen zurücksinken.

»Klar macht er sich Sorgen. Ich bin ja auch die beste Spur zu Thanatos, die er seit Langem hat.« Und je öfter ich mir das vor Augen führte, desto weniger würde ich in Versuchung geraten, es zu vergessen. Unglücklicherweise war es schon immer schwer gewesen, Lizzy etwas vorzumachen.

»Hmm ..., keine romantischen Gefühle? Er sieht immerhin ziemlich heiß aus.«

»Du solltest mich wirklich besser kennen!«, spielte ich die Entrüstete. Aber selbst in meinen Ohren klang ich nicht sonderlich überzeugend.

»Genau. Ich kenne dich. Und ich hab Augen im Kopf. Sobald er in der Nähe ist, schreit alles an dir: ›Gib mir deine Gene!‹« Lachend warf ich ein Kissen nach ihr. Ich wusste, dass Lizzy übertrieb, um mich aus der Reserve zu locken. Trotzdem beunruhigte mich die Tatsache, dass ich auch nur annähernd so pubertär wirken könnte.

»Ich versteh dich ja«, fuhr sie fort, meine Kissen-Attacke ignorierend. »Dieses Einsamer-Wolf-Ding, gepaart mit einem Gesicht zum Niederknien und einem Blick, der selbst Stahl zum Schmelzen bringt ... Halleluja, gepriesen sei der Erfinder des Testosterons! Wäre ich nicht hoffnungslos in einen Hexenmeister verliebt, würde ich mein Zimmer jetzt wahrscheinlich mit Lucian-Postern tapezieren.«

»Du gibst also endlich zu, dass du in Toby verliebt bist?« Ha, ein perfekter Themenwechsel.

»Mir bleibt ja wohl kaum etwas anderes übrig«, seufzte sie.

»Warum?«

»Er hat mich geküsst.«

Jetzt war ich sprachlos. *Toby, der Hexenmeister-Toby?* Der Toby, der noch nicht einmal gewusst hatte, dass Lizzy Gideons Schwester ist?

»Wann ist das denn passiert?«

»Na ja ... Am Tag nachdem du deine Kamikaze-Aktion mit Lucian durchgezogen hast.«

Mir klappte der Mund auf. Das war vor drei Tagen gewesen.

»Ich weiß, ich hätte es dir früher sagen sollen, aber irgendwie hat sich nie wirklich eine Gelegenheit ergeben«, meinte sie hastig, um eventuellen Vorwürfen zuvorzukommen. Dabei hatte ich gar nicht die Absicht, ihr irgendetwas vorzuwerfen, immerhin hatte ich selbst so meine Geheimnisse.

»Jedenfalls hat mich Toby am Nachmittag in der Bibliothek abgefangen. Und er ... er hat sich entschuldigt, dass er mir so viel Ärger bereitet hat. Und er hat versprochen, sich in Zukunft von mir fernzuhalten.«

Lizzy klang verwirrt, aber ich konnte diesen Teil zuordnen. Das Gespräch mit Gideon und die Erkenntnis, dass Lizzy seine Schwester war, hatten ihn wohl so mitgenommen, dass er das unbedingt mit ihr klären wollte. Ich lächelte. Sein Verhalten sagte eigentlich schon genug aus.

»Und dann?«, fragte ich weiter, weil Lizzy stumm vor sich hin brütete.

»Dann habe ich, glaub ich, so etwas gesagt, wie ... dass ich vielleicht gar nicht will, dass er sich von mir fernhält«, stammelte sie verlegen. Vor Scham vergrub Lizzy ihr Gesicht im Kissen.

»Und dann? Mach's nicht so spannend!«

»Dann hat er gesagt, dass er das eigentlich auch nicht will. Und dann ...« Durch das Kopfkissen ertönte ein leises Quieken. »... hat er mich geküsst.«

Da sieh mal einer an. Toby, der Hexenmeister, und meine Lizzy. Mein Freundinnen-Radar hatte sich also nicht getäuscht. Ich grinste fröhlich. Die beiden gaben ein gutes Paar ab.

»Das ist so eine Katastrophe!«, stöhnte Lizzy.

»Der Kuss?«

»Ja! Nein! Ich meine, es war toll! Er war zuerst so romantisch und dann leidenschaftlich und – Ari! Was soll ich nur machen? Er ist doch ein Hexer. Wenn meine Familie das wüsste ...«, jammerte Lizzy.

»Ist es wirklich so schlimm?« Ich hatte bislang eigentlich nicht den Eindruck gehabt, dass die Rossis Intoleranz zu ihren Eigenschaften zählten.

»Du verstehst das nicht, Ari. Der Bruder von meiner Ma ist im Kampf gegen einen Hexenzirkel umgekommen und letztes Jahr«, fuhr sie fort, »hat eine Hexe Gideons Verlobte getötet.«

»Oh Gott. Das tut mir leid, Lizzy.« Ich hatte ja keine Ahnung gehabt, was alles während meiner Unwissenheit passiert war, wie oft Lizzy mich gebraucht hätte und ich nicht für sie hatte da sein können. Ich hatte mich wegen der ganzen Lügen in Selbstmitleid gesuhlt und darüber vergessen, dass es auch für Lizzy nicht einfach gewesen war.

»Das hat uns alle sehr mitgenommen. Sie gehörte schon fast zur Familie«, schluchzte meine Freundin. »Aber natürlich hat es Gideon am schlimmsten erwischt.«

Langsam setzte sich ein Puzzleteil ins andere und ich verstand Gideons Wandlung vom fröhlichen großen Bruder zum pflichtbesessenen, grimmigen Jäger. Klar hatte Lizzy da Bedenken, mit einem Hexer zu gehen. Auch wenn Toby auf unserer Seite stand.

Eine Weile lagen wir schweigend nebeneinander.

»Und was willst du jetzt machen?«, fragte ich vorsichtig. Lizzy atmete schwer aus.

»Ich habe nicht die geringste Ahnung«, gestand sie. »Aber ich schätze, da sind wir schon zwei.«

»Hä?«

»Oh, bitte!«, protestierte sie. Lizzy erkannte meine Aus-
flüchte als das, was sie waren, und setzte einen tadelnden
Blick auf.

»Hör mal, Süße. Nur weil du nicht gerne über das redest,
was in dir vorgeht, heißt das nicht, dass ich blind bin. Das
da«, sagte sie und zeigte auf das Siegel in meiner Hand, »hattest du vor ein paar Tagen noch nicht. Und nachdem wir dich
seit dem *Gomorrha* keine Sekunde aus den Augen gelassen haben, kann ich mit ziemlicher Sicherheit sagen, dass Lucian es
dir nicht persönlich gegeben hat.«

Verdammt. Ich hatte die Beobachtungsgabe meiner besten
Freundin unterschätzt. Lizzy angelte sich das Kissen, mit dem
ich sie vorhin beworfen hatte, und machte es sich darauf gemütlich. »Also, was ist noch passiert, als er dich im Traum
besucht hat?«

Ich brauchte einen Moment, um zu realisieren, wie offensichtlich ich gerade durchschaut worden war. Dann sah ich
in Lizzys erwartungsvolle Rehaugen und gab meinen Widerstand auf. Ein Kuss war ja kein Weltuntergang.

»Er hat WAS?!« Ihre Augenbrauen verschwanden beinahe
unter ihrem Haaransatz, als ich ihr die ganze Geschichte erzählt hatte. »Und das sagst du mir erst jetzt?!« Ihre Brauen
sackten wieder nach unten und sie korrigierte sich. »Vergiss
das! – Ich bin ja keinen Deut besser.«

»Es hatte nichts zu bedeuten. Immerhin war es ja nicht
mal real und außerdem ein Ablenkungsmanöver von ihm.«

»Bla, bla, bla ...! Wie war es? Erzähl schon.«

Ich stöhnte auf. »Es war halt ein Kuss. Was soll ich da
großartig erzählen?«

Laut auszusprechen, dass ich eventuell mehr empfunden
habe, hieße sich einzugestehen, dass ich dumm genug war,

auf dem besten Weg zu sein, mein Herz an einen manipulativen Dämon zu verlieren.

»Nix da, so einfach kommst du mir nicht davon!«

»Lizzy! Ich weiß, dass ich für Lucian ein Mittel zum Zweck bin. Ja, es war schön.« *Die Untertreibung des Jahrhunderts.* »Wäre ja eine Schande, wenn nicht, immerhin hatte er Äonen zum Üben. Aber ich habe nicht vor, mich ihm blauäugig an den Hals zu werfen. Da ist nichts und wird auch nichts sein.« Wenn ich mir das nur lang genug einredete, würde ich es vielleicht selbst glauben. Hoffte ich. Lizzy schien nicht sonderlich überzeugt. Sie kannte mich wirklich zu gut. Doch sie beließ es dabei.

»Schon gut. Ich wollte ja nur sichergehen, dass du dich von seinem atemberaubenden Äußeren nicht täuschen lässt. Ich möchte nach Brendon nicht Teil zwei der Geschichte von Aris gebrochenem Herz miterleben. So eine ungleiche Beziehung geht nämlich nie gut aus.«

»Das sagt die Richtige«, grummelte ich.

Lizzys Gesicht verfinsterte sich.

»Ich sitze echt in der Patsche, oder?«

»Vielleicht solltest du einfach mit Gideon reden?«

»Spinnst du! Mein Bruder hat Toby vorgewarnt. Das nächste Mal wird er nicht mehr so nett sein.«

»Aber nach Gideons Standpauke ist Toby zu dir gekommen. So gesehen, verdankst du euren Kuss deinem Bruder.«

»Ahhh, könnte mich bitte jemand erschießen!«

Es klopfte.

Mit großen Augen und offenem Mund starrte Lizzy die Tür an. Ob dieser Anti-Lauscher-Schalen-Trick auch innerhalb menschlicher Hörweite funktionierte?

Gideon schob die Tür einen Spalt auf. Er trug ein ausgeleiertes T-Shirt und Boxershorts und sah müde aus. Seine blonden Haare lagen ihm verstrubbelt um den Kopf.

»Ich weiß ja, dass ihr beide auch mal Privatsphäre braucht, um euren Mädchenkram zu besprechen, aber ich versuche grade ein paar Stunden Schlaf zu bekommen und dieses Geräusch«, meinte er missmutig und deutete auf die Schale, »raubt mir den letzten Nerv!« Er sah uns streng an, wurde dann aber ein wenig versöhnlicher. »Außerdem wäre mir wohler dabei, wenn die Jungs, die gerade Wache schieben, es hören würden, falls hier im Zimmer ein Káto auftaucht.«

Lizzy und ich sahen uns geknickt an. So weit hatten wir nicht gedacht.

»Könntet ihr mir zuliebe einfach morgen weitermachen mit ... was auch immer ihr gerade tut?«, bat er schlaftrunken.

»Klar«, meinte Lizzy und hielt die Glaskugel in der Schale an. Gideon seufzte erleichtert und schloss die Tür.

»Gute Nacht«, rief ich ihm hinterher, aber er reagierte nicht mehr.

Da wurde mir bewusst, was die Menschen um mich herum für mich opferten. Und ich hatte es ihnen nur mit Unmut gedankt. Mit Unmut und passivem Leiden. Aber das würde ich ändern. Gleich morgen würde ich freundlicher zu Gideon und den Jägern sein. Und ich würde mich bei Ryan entschuldigen müssen.

ↄᴚ

Mit diesem Vorsatz schlüpfte ich unter meine Bettdecke und wappnete mich gegen Lizzys nächtliche Angriffe. Im Schlaf neigte sie nämlich dazu, mich zu treten, zu schubsen und zu überrollen wie eine Planierraupe. Das war diese Nacht nicht anders. Nach fünf Minuten schnarchte Lizzy leise. Nach zehn hatte ich ihr Knie in den Rippen. Nach einer halben Stunde hatte sie mir mein Kissen geklaut und klammerte sich daran fest wie ein Koala. Seufzend ließ ich meinen Kopf auf die Matratze fallen. Sollte ich in der nächsten Zeit öfter bei den Rossis übernachten, kam ich wohl nicht drum herum, mir mein eigenes Kissen mitzunehmen ... – und zu hoffen, dass Lizzy mir das nicht auch noch klaute.

Halt!

Lucian hatte gesagt, ich solle unter meinem Kissen nachgucken. Sofort saß ich senkrecht im Bett.

Mein Kissen ... Was, wenn Lucian mein eigenes Kissen gemeint hat?

Das ergab sogar Sinn. Er würde sicher nicht riskieren, dass Lizzy etwas fand, das für mich bestimmt war.

Ich musste zu mir nach Hause! Jetzt.

Na ja, vielleicht sollte ich noch bis zum Morgen warten.

Aber dann musste ich in die Schule.

Und danach ins Café.

Aaaahh! Es kostete mich meine ganze Selbstbeherrschung, nicht sofort aufzuspringen. Schlafen war ein Ding der Unmöglichkeit. Ich konnte vor Aufregung an nichts anderes mehr denken. Nicht, bis der Wecker klingelte, nicht beim Frühstück mit den Rossis, nicht im Lyceum und nicht bei meiner Schicht im *Cinnamon*.

Als ich endlich fertig war, war es draußen längst dunkel. Ich bat die Jäger, mich zu mir nach Hause zu bringen. Aaron war zwar ein wenig überrascht, hatte aber keine Anweisungen bekommen, die dem widersprachen. Ryan sah mich nicht mal an. Er schwang sich schweigend auf seine Maschine und fuhr uns hinterher.

Zu Hause angekommen, wollte ich gerade aussteigen, da

packte mich Aaron am Arm. Seine Augen waren leicht zusammengekniffen, als lauschte er darauf, was im Haus passierte.

»Es ist zu ruhig«, flüsterte er.

Mir lag der spöttische Kommentar schon auf der Zunge, doch dann erinnerte ich mich wieder an meinen Vorsatz von letzter Nacht: *Sei netter zu den Jägern!*

»Meine Mum schläft bestimmt schon«, raunte ich zurück, obwohl mir diese Heimlichkeit lächerlich vorkam. Aaron nickte knapp und entließ mich aus seinem Griff.

Ich rannte ins Haus. Vielleicht, aber nur vielleicht, hatte ich Lucian ein wenig unrecht getan.

Als ich am Schlafzimmer meiner Mutter vorbeikam, stutzte ich. Sie schlief tatsächlich, aber der Fernseher war an. Es lief eine Doku über Delfine. Hätte Aaron das nicht hören müssen? Ein wenig irritiert schlich ich weiter zu meinem Zimmer. Darüber konnte ich mir später noch den Kopf zerbrechen. Jetzt hatte ich erst mal eine wichtigere Mission. Tasche und Jacke landeten neben der Tür, während ich mit meinem Ellbogen das Licht anschaltete. Ich war so aufgeregt, dass ich mich mit Ordnung nicht lange aufhielt. Meine Schuhe schleuderte ich in hohem Bogen von mir, bevor ich mich aufs Bett warf und mit der Hand unter mein Kopfkissen fuhr.

Tatsächlich. Meine Finger trafen auf etwas Hartes. Ein Stapel Papier. Nein, es war eine blassgelbe Akte, auf der das Logo von Omega Inc. prangte. Mit energischer Handschrift war in die untere Ecke *Nemesis VII – Projekt Izara* geschrieben worden. Die Handschrift meines Stiefvaters.

Ich schlug die Akte auf. Zuerst wurde ich aus den Unterlagen nicht schlau. Es waren Aufzeichnungen zu einer Testreihe mit werdenden Müttern: viele Daten, Zahlen und Messungen.

Die Namen der Testpersonen, genaue Angaben zur Empfängnis. Doch dann entdeckte ich den Namen meiner Mum unter den Freiwilligen. Den Mädchennamen. Aber meine Eltern hatten doch zwei Jahre vor meiner Geburt geheiratet? Ich checkte die Daten. Nein, es stimmte. Meine Mum hatte an dieser Studie teilgenommen, als sie mit mir schwanger war. Noch mehr Lügen!? Wilson Harris war offizieller Betreuer der Studie. Hatten sie sich dort erst kennengelernt?

Ein eisiger Schauer lief mir über den Nacken. Irgendetwas stimmte hier nicht. Ich sprang auf, um mir mein Handy aus der Tasche zu holen. Ich musste unbedingt mit Lizzy sprechen. Da legte sich eine raue Hand über meinen Mund.

»Du hast ja gar keine Vorstellung, wie viele Probleme du meinem Herrn verursacht hast!«, zischte eine fremde Stimme an meinem Ohr.

Ich strampelte und wand mich, aber der Angreifer hielt mich mit übermenschlicher Kraft fest. Panik pumpte mir durch die Adern, als mit klar wurde, was das bedeutete. Er war ein Primus oder zumindest ein Gezeichneter. Schnell kontrollierte ich meine Mauern. Oben und intakt, wie fast immer seit der Nacht im *Gomorrha*. Mit aller Kraft stemmte ich mich erneut gegen die Umklammerung. Wenn ich nur an meine Tasche käme, dann könnte ich Lucians Siegel –

»Miss Harris. Schön, dass Sie es einrichten konnten.«

In meinem leeren Zimmer tauchten drei weitere Personen auf und machten jede Hoffnung auf Flucht zunichte. Derjenige, der gesprochen hatte, saß an meinem Schreibtisch. Er hatte seine Beine übereinandergeschlagen und zog an seiner Zigarette. Die Asche fiel auf meinen Teppich. Es kümmerte ihn nicht. Er sah mich einfach nur an mit seinen schwarzen Augen. Auch seine Haare und sein maßgeschneiderter Anzug waren schwarz. Das Bild von sengender Hitze und Wüstensand brannte sich in mein Hirn.

Das war Jiron. Selbst wenn hinter ihm nicht Victorius gestanden hätte, hätte ich das gewusst. Die Aura der Macht, die ihn umgab, ließ einfach keinen anderen Schluss zu. Das war der abtrünnige Primus, der mich tot sehen wollte. Der Primus, von dem meine geistige Notiz lautete: Wegrennen.

Jiron drückte seine Zigarette auf meinem Französischheft aus. Dort lag bereits eine weitere Kippe. Wie lange hatte er mich schon beobachtet?

»Ich war so frei, das Haus ein wenig abzuschotten, damit Ihre lästigen Jägerfreunde uns nicht hören.« Seine Stimme war unangenehm schneidend und hatte einen leichten, nicht einzuordnenden Akzent. »Aber ich wäre Ihnen trotzdem sehr verbunden, wenn Sie nicht schreien, sobald Rufus Sie loslässt.« Er musterte mich abschätzig von oben bis unten.

Ich nickte einmal, zum Zeichen, dass ich verstanden hatte, und die Hand über meinem Mund verschwand. Der Káto namens Rufus zog sich zur Tür zurück. Sein finster dreinblickender Kollege bewachte das Fenster, sodass beide Fluchtwege aus meinem Zimmer blockiert waren.

Jiron stand auf. Er tat es mit einer Selbstverständlichkeit, die man nur über Jahrhunderte hinweg perfektionieren konnte. Jeder Schritt war eine Zurschaustellung von Dominanz.

Im Hintergrund räusperte sich Victorius. »Ich verstehe gar nicht, was alle an dem Mädchen finden. Sie ist so ... unauffällig«, murmelte er. Jiron ignorierte ihn. Er stand jetzt direkt vor mir. Sein Blick war kalt, sein Gesicht ausdruckslos. Das Gefühl von sengender Hitze war inzwischen so präsent, dass mir selbst das Atmen schwerfiel.

»Ariana Harris. Trotz meiner immensen Bemühungen, Sie zu finden, sind Sie verschwunden geblieben. Und trotz meines Befehls, Sie zu beseitigen, sind Sie immer noch am Leben. Sie sind unerwartet nervtötend.«

Ganz tief in meinem Inneren spürte ich, wie blanke Angst gegen meine Schutzmauern drückte. Blieb nur zu hoffen, dass sie standhielten.

»Ich hänge an meinem Leben«, meinte ich mit einem kleinen Schulterzucken. Meine Stimme zitterte weit weniger, als ich es befürchtet hatte. »Die Mühe Ihres Besuchs ist also vollkommen überflüssig. Wenn ich Sie nun bitten dürfte, unser Haus zu verlassen.«

Jirons Augenbraue zuckte in die Höhe. Mehr Reaktion konnte man vom Anführer der Primus-Unterwelt wohl nicht erwarten. Anders als bei seinen Schlägern. Der Káto am Fenster zog seinen Aziam. »Du erweist Meister Jiron Respekt, Menschenmädchen!«, knurrte er und stürmte auf mich zu, um mir ebendiesen einzubläuen. Er kam keine zwei Schritte weit.

Mit lautem Poltern krachte er gegen die Wand über meinem Bett und zertrümmerte das Kopfteil.

»Du bringst deinen Aziam nie wieder in die Nähe dieses Mädchens, Edgar!«, sagte Jiron kalt.

Fassungslos starrte ich auf den Primus, der eben noch wie eine Stoffpuppe durch den Raum geflogen war. In mir konkurrierten Genugtuung und Angst um die Oberhand. Letztlich gewann die Angst. Immerhin vibrierte die Luft noch immer von Jirons roh zur Schau gestellten Macht. Ich checkte ein weiteres Mal meine Schutzmauern. Nicht auszudenken, was dieser Psychopath mit mir machen würde, wenn meine Abwehr wie bei Dubois zusammenbräche.

Der Káto namens Edgar murmelte eine Entschuldigung und stellte sich wieder auf seinen Posten am Fenster.

Während des gesamten Zwischenfalls hatte sich Jiron nicht vom Fleck gerührt. Er durchbohrte mich noch immer mit seinem schwarzen Blick.

»In diesem Menschenmädchen steckt mehr, als man denkt. Es würde uns alle, ohne mit der Wimper zu zucken, töten.«

Würde ich das? Könnte ich das? Konnte ich das? *Was weiß dieser Typ über mich?*

»Ist es nicht so, Miss Harris?«, fragte Jiron.

»Morrison«, korrigierte ich ihn automatisch. »Ich habe mit meinem sogenannten Vater«, das Wort spuckte ich förmlich aus, »nichts zu tun.«

Ein Lächeln zuckte in Jirons Mundwinkel. Bei seiner stetigen Teilnahmslosigkeit wirkte es dort vollkommen fehl am Platz.

»Nun, Miss *Morrison*. Wie schön, dass Sie offensichtlich meine Meinung über Ihren Vater ...«, auch er betonte das Wort nachdrücklich, »... teilen. Trotzdem kann ich Sie leider nicht am Leben lassen.«

Na toll! Denk nach, Ari!

»Und wären Sie so freundlich, mir mitzuteilen, warum Sie das nicht können?«

Wenn er auf Höflichkeit stand, dann würde es mir vielleicht nutzen, sie ihm entgegenzubringen. Im besten Fall konnte ich so Zeit schinden, im schlimmsten Fall würde ich zumindest nicht ganz ohne Manieren sterben.

»Sie sind bedauerlicherweise eine zu große Bedrohung für unsere Art. Sie hätten nie geboren werden dürfen«, lautete die schlichte Antwort.

Fantastisch! Okay, Ari, die Alternativen:

Erstens: Ihm glauben und bereitwillig in den Tod gehen. Nicht sonderlich verlockend.

Zweitens: Wegrennen. Die Chancen auf Erfolg standen ungefähr bei null. Ich würde nicht einmal bis zur Tür kommen.

Drittens: Aaron und Ryan zu Hilfe rufen. Gute Idee, aber wie anstellen? Und konnten die beiden Jäger es mit drei oder vielleicht noch mehr Primus aufnehmen?

Viertens: Lucians Siegel. Dazu musste ich an meine Tasche kommen, die neben Rufus lag. Lucian war sicherlich schnell, aber würde ich solange überleben?

Da flüsterte eine kleine Stimme in meinem Inneren mir einen weiteren Vorschlag zu. Ich verstand sie kaum und die Idee klang definitiv nicht wie meine eigene.

Trotzdem hatte sie recht.

Kämpfe!

Wenn ich mich selbst in Gefahr bringen würde, konnte ich vielleicht damit den Schalter in meinem Kopf umlegen, der mich zum eiskalten Kämpfer machte. Dummerweise würde Jiron meinen Plan relativ schnell durchschauen. Er wusste einfach zu viel über mich.

Angreifen, wegrennen, sie von Mum weglocken und Hilfe holen ...

Klang nach einer guten Idee.

»Und wie genau gedenken Sie, mich umzubringen?«, fragte ich, während dieser seltsam fremde Teil meines Kopfes weiter an meinem Plan feilte. Jiron löste sich von mir und wanderte in meinem Zimmer herum.

»Um zu verhindern, dass Ihre lästigen Instinkte erwachen, werden Sie sich zuerst selbst betäuben, Miss Morrison«, erläuterte er und zweifelte keine Sekunde daran, dass es genau so geschehen würde. »Sie müssen wissen, dass Ihre Mutter unter meinem Einfluss steht. Wenn Sie nicht wollen, dass ihr etwas zustößt, sollten Sie tun, was ich sage.«

Scheißkerl!

Jiron nickte Victorius zu, der dann eilig auf mich zukam, um mir ein kleines Fläschchen mit einer milchigen Flüssigkeit unter die Nase zu halten.

»Ein spezielles Sedativum. Meine ganz eigene Mischung, meine süße Rosenknospe«, meinte der heute völlig in Königsblau gekleidete Gezeichnete und zwinkerte mir übertrieben mitfühlend zu. »Du wirst überhaupt nichts spüren.«

»Und wenn ich mich weigere?«

Wieder wanderte Jirons Augenbraue in die Höhe. Das konnte einem auf Dauer ganz schön auf die Nerven gehen.

»Dann werde ich Ihre Mutter Rufus und Edgar zum Spielen überlassen. Glauben Sie mir, irgendwann trinken Sie das sowieso«, entgegnete er gleichgültig.

»Vertrau mir, Ariana«, raunte Victorius. »Rette deine Frau Mama. Es gibt keinen anderen Weg.«

Er war so überzeugend, dass ich versucht war, ihm zu glauben. Wenn er mich nicht selbst vor sich gewarnt hätte …

Also startete ich meinen inneren Countdown.

Drei …

Ich griff nach dem Fläschchen. Es war kühl.

Zwei …

»Was bin ich?«, fragte ich und sah mit gespielter Resignation auf die gelbliche Flüssigkeit. Ich wollte noch ein paar Infos ins Ungewisse mitnehmen.

Eins …

»Ich dachte, Sie hätten es sich vielleicht schon selbst zusammengereimt, Miss Morrison. Sie sind das ewige Feuer«, antwortete Jiron. Seine schwarzen Augen flackerten unheilvoll. »Zu verlockend für alle. Sie werden danach greifen und verbrennen.«

Nicht sonderlich aussagekräftig, aber es musste genügen.

LOS!

Ich machte einen Satz und dann geschah alles gleichzeitig. Edgar zog seinen Aziam. Jiron und Victorius brüllten ihm etwas zu. Der Káto zögerte. Sehr gut, das war die Sekunde, die ich gebraucht hatte. Ich prallte gegen Edgar, riss ihn um und krachte mit ihm durchs Fenster. Schmerz bohrte sich in meine Seite und mit ihm erwachten meine neuen Überlebensinstinkte. Ich drehte uns im Flug so, dass der Káto zuerst aufkommen würde. Kurz vor dem Aufprall stieß ich mich von Edgar ab und sprang. Die dürftigen Rosenbeete meiner Mutter dämpften meine Landung. Edgar war weniger komfortabel auf der gepflasterten Terrasse aufgekommen. Sein Kopf war seltsam verdreht, als hätte er sich das Genick gebrochen. Trotzdem war er immer noch ein Primus. Mir blieben nur Sekunden zur Flucht.

Großer Irrtum. Ich spürte einen Luftzug. Meine Beine gaben unter mir nach und ich stürzte. Etwas Kaltes schlang sich um meinen Hals, gleichzeitig bohrte sich ein Knie in meinen Rücken. Jirons Knie, da war ich mir sicher. Der schneidende Druck auf meine Kehle erhöhte sich. Er war so kalt, dass es sich wie Feuer anfühlte. In meinen Gedanken brach Chaos aus. Meine Instinkte verstummten, meine Kraft schwand. Ich konnte mich kaum noch wehren. Keine Strategien, keine coolen Drehungen, Schläge oder Tritte. Alles war weg. Hoffnungslos. Jiron drückte mein Gesicht tief in die Beete meiner Mutter.

Darüber wird sie nicht sehr erfreut sein, sie liebt ihre Rosen, schoss mir seltsamerweise durch den Kopf.

»Du kannst nicht entkommen«, zischte Jiron über mir. Er strahlte eine nahezu unerträgliche Ruhe aus. Irgendwo weit weg hörte ich Schreie und das Klirren von Metall auf Metall. Mit einem Ruck erhöhte der abtrünnige Primus den Druck auf die Eisseile um meinen Hals. Ich spürte meine Haut aufreißen. Etwas Warmes floss über meine Hände. Ich bemerkte es kaum. Die unnatürliche Kälte, die sich in meine Kehle brannte, überdeckte alles.

»Kämpf nicht dagegen an!«

Jiron zeigte keinerlei Anzeichen von Anstrengung. *Ich wette, er sieht noch immer aus wie aus dem Ei gepellt.*

Gerade wunderte ich mich, was für sonderbare Gedanken einem im Angesicht des Todes kamen, als uns plötzlich etwas rammte. Der Schmerz ließ so schlagartig nach, wie er gekommen war. Jiron und jemand, der sehr nach Felix aussah, rollten ineinander verschlungen über den Rasen.

Oh Gott, Jiron wird ihn umbringen! Ich streifte die lockeren Eisseile ab und versuchte auf die Beine zu kommen. Eine dumpfe Druckwelle riss mich wieder zu Boden. Jiron flog durch die Luft und landete in unserer Hecke. Verblüfft sah ich zu meinem Retter. Ich hätte schwören können, vorher meinen Nachbarn gesehen zu haben, aber jetzt stand ein großer Fremder mit kurz geschorenen Haaren in unserem Garten. Träges dunkelrotes Blut floss ihm aus dem Mundwinkel. Ein Primus? Er sah mich an. Seine großen grauen Augen kamen mir irgendwie bekannt vor. Sie standen in krassem Gegensatz zu seinem wütenden Gesicht. Hinter mir fluchte Jiron und kämpfte sich aus den Büschen. Jetzt saß seine Frisur nicht mehr so perfekt. Verärgert starrte Mafia-Oberdämon den Mann an, der es gewagt hatte, sich einzumischen.

»Das hättest du nicht tun sollen, Tristan«, knurrte er.

»Dito«, meinte der Fremde. Er ließ die dunklen Ringe um seine Iris aufflammen. Also doch ein Hexer. Seine glühenden Augen fingen meinen Blick ein.

»Lauf, Ari!«

Das brauchte er mir nicht zweimal sagen. Ich ignorierte die Schmerzen in meiner Seite und zog mich an der Pergola meiner Mum hoch. Plötzlich kam Aaron schlitternd neben mir zum Stehen. An seiner Schläfe lief Blut herunter.

»Schnell!«, befahl er knapp und warf sich meinen Arm über die Schultern. So rannten wir los, kamen aber gerade mal bis zu unserem Gartenzaun, bis meine Beine unter mir nachgaben. Alles verschwamm vor meinen Augen. Jemand hob mich hoch und hievte mich über den Zaun. Dort fiel ich in ein weiteres Paar Arme.

»Taxi gefällig?«, raunte Ryans Stimme an meinem Ohr.

»Meine Mum ...«, krächzte ich. Niemand hörte mir zu.

»Runter!«, schrie Aaron. Plötzlich war alles hell. Ryan warf sich schützend über mich. Es krachte. Holz splitterte. Dann war wieder Nacht.

»Alles noch dran?«, fragte mich Ryan. Ich nickte. Vielleicht bildete ich mir aber auch nur ein zu nicken, denn Ryan fühlte besorgt nach meinem Puls.

»Sie verliert zu viel Blut!«

»Wir müssen sie hier wegbringen!«, presste Aaron hervor.

Wieder wurde ich hochgehoben. Ryan setzte sich in Bewegung. Mit jedem Schritt wurde ich durchgerüttelt und sank ein wenig tiefer in die verlockende, endgültige Dunkelheit.

»Was zum Teufel ist dieser Typ?«, wollte Aaron wissen.

»Ich hab nicht die geringste Ahnung«, meinte Ryan schwer atmend.

»Vorsicht!« Ryan stoppte abrupt.

Ein dumpfer Stoß, ein Klirren. Dann ein Ächzen.

»Wie viele Kátos hat der Alte denn noch dabei?«, fluchte Ryan genervt. Er setzte mich unsanft auf dem Boden ab. Ich hörte ein paar Schläge. Das schabende Geräusch von Metall auf Knochen. Ein Schrei. Und plötzlich lag der Geruch von glühender Asche in der Luft.

»Wird ja auch Zeit, dass du dich blicken lässt!«, grummelte Aaron.

»Ist der Schnitt tief?«, fragte der Neuankömmling.

»Nur ein Kratzer«, antwortete Aaron mit zusammengebissenen Zähnen. »Ari hat es schlimmer erwischt.«

Oh ... hat es das?

Ich versuchte meine Augen zu öffnen, aber es gelang mir nicht. Im nächsten Moment hüllte mich ein tosender Sommersturm ein. Lucian war bei mir. Seine warmen Finger strichen mir die Haare aus dem Gesicht. Dann hielten sie inne.

»Verdammt«, murmelte Lucian leise. »Dafür wird er bezahlen.«

Die Stunde der Wahrheit

Mühsam versuchte ich, meine Augenlider zu heben. Sie fühlten sich trocken an, als hätte mir jemand Sand in die Augen gestreut. Mein ganzer Körper schmerzte. Verschwommen erschien eine Zimmerdecke über mir. Ein besorgtes Gesicht schob sich in mein Blickfeld.

»Ari?«, murmelte Lucian und erhob dann seine Stimme. »Mel, sie wacht auf!«

Die Prima fluchte im Hintergrund. Kurz darauf tauchte auch sie neben mir auf und legte ihre Hände auf meine Schläfen.

»Ruh dich aus, Ariana. Du musst dich erholen.« Die lindernde Kühle machte sich erneut in mir breit, aber diesmal blieb sie und trug mich in traumlosen Schlaf.

Als ich das nächste Mal erwachte, ging es mir deutlich besser. Ich konnte meine Augen ohne Schwierigkeiten öffnen, auch wenn mein Kopf bei der plötzlichen Helligkeit zu platzen drohte. Wie lange war ich weg gewesen?

Dann wurde mir bewusst, was mich geweckt hatte. Jemand stritt sich lautstark.

»Wir dürfen Jiron nicht so nah an sie heranlassen!«, beharrte Gideon strikt. Ich ließ meinen Kopf zur Seite kippen und stellte fest, dass ich in Lucians Bett lag.

»Können wir das Treffen nicht woanders abhalten?«, wollte Aaron wissen. »Oder Ari von hier fortbringen?«

»Darauf wartet Jiron doch nur. Hier ist sie in Sicherheit«, meinte Lucian. »Die Zuflucht ist neutraler Boden!«

Hatte ich gerade richtig gehört? Es klang tatsächlich so, als wollten sie den abtrünnigen Primus, der mich fast umgebracht hatte, zum Tee einladen.

»Wir brauchen die Antworten und Jiron wird sich auf keinen anderen Ort einlassen«, meldete sich Ryan zu Wort. »Nicht nachdem er weiß, dass nun die gesamte Phalanx und ein stinksaurer Brachion hinter ihm her sind.«

»Vergiss nicht den großen, heldenhaften Unbekannten«, ergänzte Toby. Ich hörte Lizzys Schnauben und war völlig baff. *Haben die eine Vollversammlung einberufen?*

»Ich hoffe sehr, dass du nicht vorhast, die Seiten zu wechseln«, warnte Gideon den Brachion.

»Dein Vertrauen ehrt mich.«

»Würdest du sie mit deinem unüberlegten Verhalten nicht immer wieder in Gefahr bringen, würde es mir leichter fallen, dir zu vertrauen.« Lizzys Bruder wurde lauter. Aus seiner Stimme war deutlich Verärgerung zu hören.

»Hätten deine Leute sie beschützt, wie sie es sollten, wäre Jiron nie an sie herangekommen«, konterte Lucian.

»Ohne meine Leute wäre sie jetzt tot!«, knurrte der Jäger.

»Sie war nahe genug dran!«

Das war mein Stichwort. Sollte Jiron wirklich auf dem Weg in die Zuflucht sein, konnten wir keinen Streit gebrauchen.

»Hört endlich auf, euch immer an die Gurgel zu gehen!«, ächzte ich genervt und schälte mich aus der Bettdecke.

Sofort verstummte das Wortgefecht nebenan. Stuhlbeine schabten über den Parkettboden. Dann hörte ich leises Gemurmel. Ich brauchte ein paar Sekunden, bis die Welt aufgehört hatte, sich um mich zu drehen. Und plötzlich war Mel an meiner Seite. Sie wollte mich ins Bett zurückschieben, aber ich ignorierte ihren Protest und wankte entschlossen zu dem Regal, das Lucians Schlafzimmer vom Rest des Studios trennte. Es war eine hervorragende Stütze gegen das Schwindelgefühl vom schnellen Aufstehen. Abgesehen davon ging es mir erstaunlich gut.

Die entsetzten Gesichter, die mir entgegenstarrten, waren ganz offensichtlich anderer Meinung. Dabei sahen sie selbst so mitgenommen aus, dass sie sich kein Urteil erlauben sollten. Zwischen all den blutigen Verbänden und erschöpften Gesichtern stach nur Lucian heraus. Seine Kleidung war sauber, seine Haare feucht, als hätte er eben erst geduscht. Mit verschränkten Armen lehnte er am Küchentresen und durchbohrte mich mit seinem finstersten Blick. Mein Herz zog sich schmerzhaft zusammen, aber ich ignorierte es. Jiron war unterwegs hierher, also brauchten wir einen Plan. Einen Plan und einen wirklich scharfen Aziam, mit dem ich ihm seine überlegene Gleichgültigkeit aus dem Gesicht schneiden konnte.

»Lucian. Gideons Zweifel sind berechtigt«, sagte ich, während meine Augen fest auf dem Brachion ruhten.

»Ari, ich −«

»Lass mich ausreden!«, unterbrach ich ihn schärfer als nötig. Er hatte mich außen vor gelassen und plante, es wieder zu tun. So würde ich mich nicht weiter abspeisen lassen. Ich kochte vor Wut über sein Verhalten, und da meine Mauern aktuell kaum vorhanden waren, wusste ich, dass Lucian es ebenso spürte. *Gut so.*

»Jiron ist nicht dumm«, fuhr ich fort. »Wenn *er* eine Chance sieht, dich umzustimmen, dann hat er Informationen, die das durchaus könnten.«

Einen langen Moment sah mich Lucian nur an. Sein Blick war mörderisch, seine Kiefer zusammengepresst. Als er endlich sprach, musste er seine Stimme zur Ruhe zwingen.

»Traust du mir etwa zu, dass ich mich nach einem kleinen Schwatz mit Jiron gegen dich wende?«

Ich schüttelte den Kopf.

»Nein. Aber Jiron traut es dir zu und das beunruhigt mich.« Wieder herrschte Schweigen, bis ein Summen alle hochschrecken ließ. Gideon warf einen Blick auf sein Handy und seine Miene versteinerte.

»Jiron ist gerade am Gatter vorgefahren.«

Sofort sprangen alle auf. Mit fester Stimme gab Lucian Anweisungen. Keiner durfte eine Waffe ziehen oder die Abtrünnigen sonst wie angreifen. Timeons Zuflucht war neutrale Zone. Und sie sollten ihm das Reden überlassen. Dann wandte er sich mir zu.

»Du gehst ins Bad. Jiron ist stark geworden. Ich weiß nicht, ob ich dich vor ihm verbergen kann.«

»Wie bitte?!«

»Ich will nicht, dass Jiron dich zu Gesicht bekommt«, erklärte er mir so langsam, als wäre ich schwer von Begriff. Keiner der anderen schien Einwände gegen Lucians Maßnahmen erheben zu wollen. Sie wichen meinen Blicken aus.

»Ich werde ganz sicher nicht —«

Bevor ich zu Ende protestieren konnte, hatte mich Lucian auch schon am Arm gepackt und ins Bad gezogen.

»Was soll das?«, fauchte ich ihn an, doch er schob mich vors Waschbecken und deutete auf den Spiegel.

»Willst du Jiron so gegenübertreten und Stärke demonstrieren?«

Seine Augen funkelten mich wütend an. *Er* war wütend?! Woher nahm er sich denn bitte das Recht dazu heraus?

Ich holte gerade Atem für meinen Gegenschlag, als ich mein Spiegelbild entdeckte. Erschreckend war noch die netteste Umschreibung, die mir dazu einfiel. Mein Gesicht war mit einer Mischung aus getrocknetem Blut und Erde bedeckt. Jemand hatte vergeblich versucht, es zu säubern, war aber nicht sehr weit gekommen. Meine Haare standen in wirren, blutverkrusteten Strähnen ab. Auch mein Hals und meine Klamotten waren blutbesudelt. Ich sah aus wie aus einem Zombiefilm.

Okay, Lucian hatte recht. So konnte ich mich nicht zeigen.

»Gib mir zwei Minuten«, sagte ich matt.

»Nimm dir so viel Zeit, wie du willst. Du wirst hier nicht herauskommen.« Die Kälte seiner Worte traf mich unvorbereitet. Er drehte sich um und ging zur Tür.

»Du sperrst mich ein?«

Lucian hielt inne. Gefährlich langsam suchten seine grünen Augen die meinen.

»Hat dir das, was Jiron dir bereits angetan hat, nicht gereicht? Er hätte dir noch vor ein paar Stunden beinahe den Kopf abgerissen. Du kannst von Glück sagen, dass dein dummer Plan niemanden das Leben gekostet hat.«

Unter seinem hitzigen Blick kamen schlagartig die Erinnerungen zurück. Das alles war erst ein paar Stunden her? Ich wusste selbst nicht, was da in mich gefahren war. In diesem Moment in meinem Zimmer war mir alles so klar erschienen, aber jetzt im Nachhinein betrachtet kamen mir meine Entscheidungen dumm und egoistisch vor. Entscheidungen, die die alte Ari nie getroffen hätte. Was war bloß mit mir los? Ich war durch ein Fenster gesprungen, in der Hoffnung, es

305

mit drei abtrünnigen Primus gleichzeitig aufnehmen zu können. Dass diese Verstärkung haben könnten, war mir egal gewesen. Dass ich das Leben von Ryan und Aaron riskieren würde, war nebensächlich gewesen. Dass ich meine Mutter in der Gefahr zurückgelassen hatte...

»Wo ist meine Mum?«, fragte ich entsetzt von diesem neuen Gedanken.

Lucian lachte leise. Ein Geräusch, das sich tief in mein Herz schnitt. Bitter und tadelnd zugleich.

»Gideon hat sie in ein sicheres Versteck der Phalanx bringen lassen, als Jiron geflohen ist. – Aber jetzt verstehst du bestimmt, was ich meine.«

Meine Erleichterung wich schnell meiner neu aufflammenden Wut gegenüber Lucian.

»Ich verstehe gar nichts, denn *du* redest ja nicht mit mir«, warf ich ihm an den Kopf. »Du machst nur Andeutungen, hinterlässt rätselhafte Hinweise und verschwindest einfach, wenn es unangenehm wird.«

Er sah mich ungerührt an.

»Du hast dich nicht unter Kontrolle. Du bist zu emotional.«

»Entschuldige bitte, dass ich emotional werde, wenn jemand versucht, mich umzubringen.«

Seine Worte trafen mich. Um ihm das Gegenteil zu beweisen, sortierte ich meine Gedanken und zog meine Abwehr hoch. Lucian schüttelte nur den Kopf. Langsam kam er auf mich zu.

»Du verstehst mich falsch. Die einzigen Emotionen, die du gerade zeigst, gelten mir und sind alles andere als nett. Für Jiron wäre es ein gefundenes Fressen, uns beide im selben Raum zu sehen.«

Und er hatte recht. Mal wieder. Es war völlig irrational,

aber die Tatsache, dass ich um mein Leben hatte kämpfen müssen, nahm mich nicht annähernd so mit wie Lucians Nähe und seine zur Schau getragene Gleichgültigkeit.

»Du benutzt mich«, warf ich ihm vor. Meine Stimme war kaum mehr als ein Flüstern.

»Du vertraust mir nicht«, konterte er.

»Nicht weiter verwunderlich, oder?«

»Warum? Weil ich dich geküsst habe?« Er stand nun direkt vor mir. »Krieg dich wieder ein, Ariana! Es war ein Kuss und kein Heiratsantrag.«

Mein Mund öffnete sich, um etwas zu erwidern, aber es kam nichts heraus. Stattdessen sammelte sich ein unerträglicher Druck in meiner Brust. Ich verlor meine Konzentration, meine Mauern brachen ein. Hilflos wich ich Lucians Blick aus. Ich wollte den stummen Triumph in seinen Augen nicht sehen. Außerdem schämte ich mich für meine Gefühle, meine Verletzlichkeit, meine Enttäuschung und meine Angst. All das, was ich sorgsam unter meiner Wut begraben hatte. Ich schämte mich sogar für meine Scham. Ja, Lucian hatte eindrucksvoll bewiesen, wie recht er hatte. Dass ich ein unreifes, kleines Mädchen war. Wahrscheinlich veranstaltete er auch gerade ein Festmahl mit meinen Emotionen. Und das alles tat weh. Sehr weh.

»Du hattest kein Recht dazu!«, brachte ich mühsam hervor. Ich wusste nicht einmal, ob ich damit seinen Kuss meinte oder die brutale Art und Weise, auf die er mir gerade meine Schwäche demonstriert hatte.

»Hast du deshalb mein Siegel nicht benutzt?«, erkundigte er sich steif.

Und da ging mir ein Licht auf.

»Darum geht es hier? Deinen Stolz?«

Lucian zögerte. Die Überheblichkeit, die ich in seinem Gesicht vermutet hatte, war nirgends zu finden. Stattdessen wirkte er nahezu niedergeschlagen. Seine Kiefer waren aufeinandergepresst, die Brauen zusammengeschoben.

»Lucian, er kommt.« Tobys Ruf rettete ihn vor einer Antwort. Aber der Brachion rührte sich nicht. Er hielt meinen Blick fest.

»Geh ruhig«, zischte ich. Seine plötzliche Unsicherheit verlieh mir Kraft. »Du hast bewiesen, was du beweisen wolltest. Ich bleibe hier drinnen.« Und dann fügte ich noch etwas leiser hinzu: »Hoffentlich bist du zufrieden.«

Seine grünen Augen lösten sich von mir. Fast glaubte ich Bedauern darin zu erkennen.

»Wenn du mich gerufen hättest, hätte ich das alles verhindern können.«

»Geh mir aus den Augen!«

Er nickte.

»Du wirst zusehen können, aber verhalte dich ruhig.«

Als Lucian die Tür schloss, brach meine Welt über mir zusammen. Ich rutschte an den Kacheln zu Boden. Ein Schluchzen brannte mir in der Kehle, doch ich wagte nicht, es herauszulassen. Ich war so dumm. Wie konnte ich mir nur so eine Blöße geben? Ich hatte mich stark gefühlt, hatte ihn meine Wut spüren lassen und ihm meine Schwäche auf einem silbernen Tablett präsentiert. Aber wie sollte ich das alles ohne meine Wut überstehen? Nie wieder würde jemand auch nur eine einzige Emotion von mir zu Gesicht bekommen.

»Egal, was passiert, lasst euch nicht provozieren!«, hörte ich Lucian sagen.

Verwirrt hob ich meinen Kopf. Vor mir klaffte ein großes Loch in der Badezimmerwand. Nein, ein Teil davon war einfach durchsichtig, wie in diesen Verhörzimmern bei der Polizei. Lucian stand in der Mitte der Zuflucht, den Blick starr auf den Eingang gerichtet. Toby und Gideon flankierten ihn, während der Rest sich im Hintergrund hielt. Ich kroch ein Stück näher zu der Wand und konnte gerade noch sehen, wie ein Mann im dunklen Anzug den Raum betrat. Mein Herz setzte einen Schlag aus, als ich Jiron erkannte. Er war also tatsächlich gekommen. Allein.

»Lucian. Es ist eine Weile her«, sagte der Abtrünnige und neigte sein Haupt zu einem süffisanten Gruß.

»Onkel«, erwiderte Lucian.

Onkel? Jiron war Lucians Onkel? Was, verdammt noch mal, hatte er mir noch alles verschwiegen?!

Jiron ließ seinen Blick über den Raum schweifen. Er wirkte nicht im Mindesten beunruhigt. Nicht einmal durch die deutliche Überzahl seiner Feinde. Trotzdem hatte die Selbstsicherheit, die er noch in meinem Zimmer ausgestrahlt hatte, Kratzer bekommen. Er kam die Treppe runter.

»Ich glaube, du hast etwas, was mir gehört.«

»Scheint so«, erwiderte Lucian. Ich konnte ihn nur von hinten sehen, aber er wirkte angespannt.

»Gehe ich richtig in der Annahme, dass du im Gegenzug Information von mir verlangen wirst?«

»Nein, Onkel. Die Informationen wirst du mir auch so geben.«

»Ach, werde ich das?«

»Deshalb bist du doch hier, nicht wahr?«

Jiron schürzte seine Lippen und betrachtete seinen Neffen eindringlich. Mit einem Mal änderte sich der Luftdruck im Raum. Das Knistern in der Luft konnte ich bis ins Badezimmer spüren. In meinem Rückgrat explodierte kalter Schmerz wie von tausend Eisnadeln. Jemand demonstrierte hier ganz eindeutig seine Macht. Große Macht.

»Du hast dich verändert«, stichelte Jiron. Lucian hielt seinem schwarzen Blick stand. Das eisige Kribbeln in meinem Rücken intensivierte sich noch, als der Brachion nun ebenfalls seine Stärke unter Beweis stellte. Sommersturm traf ungebremst auf sengende Wüstenhitze. Plötzlich fegte ein Windstoß durch das Studio. Selbst bei mir im Bad flogen einige lose Teile durch die Gegend. Die Glühbirnen flackerten. Ich sah, wie Lizzy angesichts dieses stummen Duells unruhig von einem Fuß auf den anderen trat. Toby warf ihr einen warnenden Blick zu. Ryans Hand zuckte zu seinem Aziam, aber auch er hielt sich zurück. Niemand wagte es, Lucians Anweisungen zuwiderzuhandeln.

»Sie werden dich nicht angreifen«, sagte Lucian ruhig. Das Lächeln auf seinem Gesicht brauchte ich nicht erst zu sehen, um zu wissen, dass es da war. Jiron musterte die Anwesenden noch einmal ohne wirkliches Interesse und seufzte schließlich. Dann ließ die Spannung nach und alles war wieder wie vorher. »Du hast deine Hündchen gut abgerichtet.«

»Dachtest du, es wäre so einfach?«, erkundigte sich Lucian.

Jiron zuckte mit den Schultern und setzte sich. Unter ihm war ein gepolsterter Drehsessel aufgetaucht. Grade, dass er sich nicht noch einen Cognac-Schwenker und eine weiße Katzc dazugezaubert hatte ...

»Es wäre zumindest eine Genugtuung gewesen, wenn Timeon sich um dieses Jägerpack gekümmert hätte.« Er überschlug die Beine. Seine zur Schau getragene Überheblichkeit weckte Aggressionen in mir. Er thronte dort wie ein König.

»Also, was willst du wissen, Neffe?«, fragte Jiron mit einer so eleganten wie großzügigen Geste. Lucian ließ sich nicht irritieren. Er verschränkte seine Arme vor der Brust und fixierte Jiron.

»Wieso hast du drei Millionen auf den Kopf des Mädchens ausgesetzt?«

Drei Millionen? Ich traute meinen Ohren nicht. Und keiner war auf die Idee gekommen, mich auszuliefern?

»Weil sie eine Gefahr für alle Primus ist.«

»Seit wann interessieren dich andere Primus?«, spottete Lucian. Sein Onkel schenkte ihm nur ein kühles Lächeln.

»Mir gefällt die Welt, wie sie ist. Ich habe meinen Platz gefunden. Ich werde nicht zulassen, dass sie alles zerstört.«

»Bemisst du einem einfachen Mädchen da nicht etwas zu viel Wert bei?« Damit sprach Lucian mir aus der Seele.

»Harris stellt seine rechte Hand zu ihrem Schutz ab und du hältst sie noch immer für ein einfaches Mädchen? Du enttäuschst mich, Neffe.« Jiron lachte in sich hinein.

»Das da im Garten war Tristan Varga?!«, platzte es aus Gideon heraus. Er sah Lucian an. Sein Blick war voller Vorwürfe.

»Aber natürlich«, fuhr der Abtrünnige unschuldig fort. »Sag mir nicht, dass du ihn nicht erkannt hast, Lucian. So oft, wie ihr aneinandergeraten seid ...«

»Komm zur Sache!«, knurrte Lucian seinen Onkel an und rang ihm damit ein schweres Seufzen ab.

»Sie ist kein einfaches Mädchen«, sagte er. »Sie ist *Izara*.«

Okay, das Wort kannte ich. Es hatte auf der Akte von Omega gestanden. Aber die Auswirkung, die dieser Begriff auf die Anwesenden hatte, hätte ich mir nicht mal in meinen kühnsten Träumen ausmalen können.

»Das ewige Feuer?«, hauchte Mel. Sie starrte Lucian entsetzt an. Ihre Hände verkrampften sich und Gideon musste sie stützen, damit sie nicht an Ort und Stelle umfiel. Auch Ryan wankte, und Toby war so geschockt, dass er sogar Lizzys fragenden Blick ignorierte. Die Einheit, die meine Freunde gegen den Abtrünnigen gebildet hatten, schien mit einem Mal nicht mehr so undurchdringlich.

Nur Lucian zeigte keine Reaktion.

»Das ist ein Mythos«, flüsterte er.

»Jetzt nicht mehr.« Jiron genoss die Wirkung seiner Worte sichtlich. »Du weißt, was das bedeutet, Neffe.«

Als Lucian nicht sofort antwortete, warfen sich die Jäger besorgte Blicke zu. Würde er mich wirklich verraten? Weil ich – das ewige Feuer war? Was auch immer das heißen mochte …

»Es bedeutet Krieg.«

»Ganz recht, Lucian. Wenn sie nicht stirbt, wird der Krieg kommen.« Jirons schwarze Augen ruhten erwartungsvoll auf seinem Gegenüber.

»Wie ist Harris das gelungen?«

Der Abtrünnige lachte. »Du stellst meine Aussage gar nicht infrage?« Seine plötzliche Erheiterung passte so gar nicht in das Bild des unterkühlten Bösewichts. »Ah, du hast es also selbst schon bemerkt.«

Lucian widersprach nicht. Sehr langsam und sehr gnadenlos fraß sich Enttäuschung durch meine Brust. *Er hat davon gewusst?*

»Also?«, forderte Lucian seinen Onkel auf.

»Ich habe nicht die geringste Vorstellung davon, wie Harris das Unmögliche möglich gemacht hat.«

»Dann fang mit dem an, was du weißt.«

Jiron wechselte seine übereinandergeschlagenen Beine und lehnte sich zurück. »Kurz nachdem Thanatos verschwunden war – und bevor du fragst, ich habe nicht die geringste Ahnung, wo er sein könnte –, kam Harris mit einem interessanten Angebot auf mich zu. Es war ihm gelungen, Aziam zu kopieren, und er bot mir an, sie auf den Markt zu bringen.«

»Was hat er dafür verlangt?«, hakte Lucian nach.

»Ein paar meiner Primus«, lautete die gleichgültige Antwort. Ryan schnaubte angewidert.

»Du hast unsere Art an ihn verraten?«, flüsterte Mel.

Jiron zuckte nur mit den Schultern. »Ich bin Geschäftsmann.«

Die Prima sah aus, als wollte sie dem Abtrünnigen gleich an die Gurgel gehen. Ein Blick von Lucian genügte, um sie zur Vernunft zu bringen. Höchst amüsiert betrachtete Jiron das Geschehen und fuhr dann fort.

»Darüber hinaus sollte ich gewisse menschliche Abfallprodukte von Omegas Experimenten entsorgen. Nachdem es sich dabei meist um junge Menschenfrauen handelte, deren ungeborene Kinder zu verschiedenen Phasen der Schwangerschaft entnommen wurden, kam ich schnell darauf, dass Harris künstlich Halbblüter erschaffen wollte. Das hielt ich nicht weiter für verwerflich. Immerhin waren wir Primus in diesem Sektor früher auch fleißig am Experimentieren und man staune, was dabei herausgekommen ist, nicht wahr?«, stichelte er in Tobys Richtung. Der Hexenmeister reagierte lediglich mit einem frostigen Blick.

»Wie dem auch sei, eines Tages verkündete Harris, dass er eine Seele erschaffen hatte, die in einem Primus nicht erlöschen würde; eine Seele, die uns ewig speisen könnte: *Izara* ...« Jetzt zeichnete sich Missbilligung auf seinen Zügen ab. »Ich glaubte ihm nicht. Ich wollte diese Seele sehen. Aber Harris weigerte sich, mir seine Tochter – wie er sie nannte –

zu zeigen. Stattdessen veränderte er sich zusehends. Er verlangte seltene Bücher und Zutaten von mir, reduzierte seine Aziam-Lieferungen, während seine Experimente mehr und mehr Leichen abwarfen, die es zu entsorgen galt. Ein wenig ausgeglichenes Verhältnis, wie du dir sicher denken kannst. Als meine Informanten bei Omega schließlich bestätigten, dass ihm das Undenkbare gelungen war, verlangte ich von ihm, *Izara* zu zerstören. Er weigerte sich und es kam zu einem unschönen Streit, an dessen Ende ich alle Geschäftsverbindungen abbrach«, schloss er seine Ausführungen.

»Und das hatte nichts damit zu tun, dass Harris dir *Izara* nicht verkaufen wollte? Ein Mensch mit einer ewigen Seele, und du willst mir erzählen, dass du kein Interesse daran hattest?«, bohrte Lucian nach.

»Es gibt Versuchungen, denen man widerstehen sollte, Junge. Dieses Mädchen ist gefährlich.« Jiron schien seine Worte wirklich zu glauben, was ich umso absurder fand. Dieser Mann sprach hier von Abfallentsorgung, wenn es um die Leichen Dutzender junger Frauen und deren ungeborener Kinder ging, und nannte *mich* gefährlich?!

»So gefährlich, dass du um dein Leben fürchtest, sollte sie ihre Talente entdecken?«, erkundigte sich Lucian spöttisch. Sein Onkel runzelte die Stirn.

»Dahinter bist du also auch schon gekommen.«

»Wovon spricht er?«, wollte Gideon wissen. Die beiden Primus ignorierten ihn.

»Wessen Tochter ist sie?«, fragte Lucian kalt. Ich horchte auf.

»Das ahnst du doch längst.«

»Wessen Tochter ist sie?«, wiederholte sich der Brachion. Sein Tonfall ließ keinen Widerspruch mehr zu. Jiron seufzte.

»Thanatos'. Sie ist Thanatos' Tochter. Halb Brachion, halb Mensch. Ein Halbblut, das nicht mit diesem dreckigen Hexenpack zu vergleichen ist. Sie schöpft Kraft aus ihrer Seele. Einer Seele, die nicht verbrennen kann, wenn sie in Berührung mit einem Primus kommt. Sie ist Harris' größter Traum, denn sie könnte alle Primus töten.«

WAS?! Meine Gedanken überschlugen sich.

»Was?!«, echote Lizzy. Auch die anderen starrten Jiron und Lucian fassungslos an. Aber keiner der beiden schien auf die Unwissenden eingehen zu wollen. Sie befanden sich in ihrer eigenen Welt.

»Wo ist Thanatos?«

»Ich habe dir doch schon gesagt, dass ich das nicht weiß«, versicherte Jiron.

»Wer ist Harris' Verbündeter im Rat der Liga?«, fragte Lucian weiter. Wieder wirkte der Abtrünnige überrascht. Allerdings mischte sich diesmal noch etwas anderes darunter. Respekt. Er stand auf und musterte seinen Neffen eingehend. Der Stuhl hinter ihm verschwand ohne großes Aufsehen.

»Du hast dich wirklich gemacht«, murmelte er. »Aber leider kann ich dir auch da nicht weiterhelfen. Ich wüsste es selbst gerne.« Er sprach so leise und eindringlich, als wären seine Worte nur für Lucians Ohren bestimmt. »Jetzt verstehst du sicher, warum sie sterben muss.«

Lucian ging ebenfalls einen Schritt auf seinen Onkel zu und entgegnete im gleichen Tonfall: »Oh ja, weil du *deinen* Fehler vertuschen willst.«

Ungehalten und so gar nicht zu ihm passend fing Jiron an, wie wild zu gestikulieren.

»Nein, weil ich einen Krieg verhindern will. Jeder einzelne Primus wird Jagd auf sie machen, wenn das herauskommt.

Die einen wollen sie für sich, die anderen wollen sie tot sehen. Die Phalanx wird sie als Waffe benutzen wollen. Harris ebenso. Und was die Hexen aus dieser Situation machen könnten, will ich mir gar nicht vorstellen.«

Oh ...

»Dann werde ich sie vor jedem Einzelnen beschützen«, sagte Lucian ungerührt.

»Sobald die Liga davon erfährt, wird dein Herz schneller brennen, als du deinen Aziam ziehen kannst«, warnte Jiron.

»Gib sie mir und alles wird gut. Sie ist hier, nicht wahr?«

Scheinbar unbeteiligt versuchte Jiron an seinem Neffen vorbeizuschlendern, aber Lucian stoppte ihn.

»Willst du dich mit mir anlegen?«

»Lucian ...«, begann Jiron versöhnlich. Weiter kam er nicht.

»Zieh dein Kopfgeld zurück und du bekommst dafür deinen Gezeichneten. Das ist mein letztes Angebot.«

»Victorius ist nichts wert, wenn es um den Fortbestand der Primus geht. Verstehst du nicht? Das ewige Feuer. Solange sie lebt, ist sie lediglich eine Gefahr, aber kannst du dir vorstellen, was passiert, wenn Dareius, Elektra oder auch dein Vater an ihre Seele kommen. Ihre Macht wäre unvorstellbar. Und die anderen würden, ohne mit der Wimper zu zucken, alle Geheimnisse verkaufen, um von Omega Inc. auch so eine Seele zu bekommen. Noch ist es Harris wohl nicht geglückt, in Massenproduktion zu gehen, aber wenn er das Mädchen erst untersuchen kann, nun, da sie erwacht ist ...«

Während alle im Raum immer unsicherer wurden, ließen Jirons Worte Lucian völlig kalt. Er beugte sich zu seinem Onkel, bis sein Mund nur noch wenige Zentimeter von dessen Ohr entfernt war. »Wenn du das Kopfgeld nicht widerrufst, werde ich dich töten.«

Jiron erstarrte. In seinen schwarzen Augen war deutlich zu sehen, wie ernst er Lucians Drohung nahm. Er zog sich von seinem Neffen zurück. »Dann hast du deine Seite gewählt, wie ich die meine.«

Auch er würde seinerseits nicht zögern, alles Nötige zu tun.

Lucian nickte. »Sieht wohl so aus.«

Ohne ein weiteres Wort drehte sich der Abtrünnige um und ging die Treppe hinauf zum Eingang. Dort sah er noch einmal zurück.

»Was ist mit Victorius?«, fragte er nun beinahe unbekümmert. Nichts deutete darauf hin, dass soeben Todesdrohungen ausgesprochen wurden.

»Ich lasse es dich wissen, wenn du etwas hast, das mir einen Tausch wert ist.«

Jiron nickte und verschwand. Hinter ihm füllte sich der Raum mit Schweigen. Niemand rührte sich, bis sich Lucian mit grimmiger Miene umdrehte.

»Wer nicht meiner Meinung ist, sollte jetzt gehen.«

Im gleichen Moment wurde meine Sicht milchig, bis ich nur noch auf Kacheln starrte.

Durch die Tür hörte ich Schritte und leise Wortwechsel. Würde tatsächlich jemand gehen? Wollte mir Lucian ersparen, das zu sehen? Ich könnte es ihnen nicht einmal verübeln.

Was bleibt ...

Ich wusste nicht mehr, wie lange ich schon unter der Dusche saß. Es kam mir wie Stunden vor. Das heiße Wasser prasselte auf mich herunter, als könnte es alles, was passiert war, fortwaschen. Aber selbst auf heißester Stufe kam es nicht gegen die Kälte in mir an. Meine Kleider klebten schwer auf meiner Haut. Ich hatte mir nicht die Mühe gemacht, sie auszuziehen. Wozu auch? Wenn man Jiron glaubte, würde ich ohnehin nicht mehr lange leben.

Ich war ein Experiment ...

Gezüchtet, um zu töten. So, wie ich Dubois getötet hatte. Als halber Brachion lag mir das offenbar im Blut.

Nur ein Experiment ...

Ein kleiner Super-Dämon, für den meine Mutter als Brutkasten hatte herhalten müssen. Wie oft wohl im Gehirn meiner Mum herumgepfuscht worden war, um sie gefügig zu machen? Um sie davon zu überzeugen, dass der leitende Arzt und nicht irgendein Unsterblicher der Vater war? Um sie dazu zu bringen, einen kaltblütigen Schlächter zu heiraten und heile Familie zu spielen? Kein Wunder, dass sie sich heute nur noch von Nervenzusammenbruch zu Nervenzusammenbruch hangelte.

Alles war eine Lüge. Jede Erinnerung, die ich an meine Kindheit hatte, war falsch. Es war nur das Heranwachsen des erfolgreichen Testobjekts mit dem Namen Ariana.

Falsch. Zum ersten Mal in meinem Leben war dieses Wort mehr als nur ein Wort. Es war ein kriechendes, kratzendes Gefühl, das mit widerlichen Fingern nach mir griff und meine Welt wie ein Kartenhaus einriss.

Das Einzige, was schlimmer war als dieses glitschige Gefühl von Falschheit, war die Wahrheit: Ich war nur ein Experiment. Ein Ding. Ein Objekt. Gezüchtet. Geformt. Geschaffen. Was mich wirklich ausmachte, was ich selbst aus mir gemacht hatte, verkam zu einer schlichten Geschenkverpackung. Und niemand interessierte sich je für die Geschenkverpackung. Oder die Schleife. Oder ihre Gefühle. All das würde letztlich wertlos im Müll landen.

Was machten da ein paar Mordanschläge mehr oder weniger schon aus? Die Frage lautete doch nur noch: Papiertonne oder Restmüll?

Dass ich mittlerweile mit Zynismus an die Sache herangehen konnte, war schon ein Fortschritt. Tränen hatte ich jedenfalls keine mehr.

Das leise Klopfen an der Tür hielt ich für Einbildung, bis ich durch das Glas der Kabine einen dunkeln Umriss auf mich zukommen sah. Jemand öffnete die Tür und stellte das Wasser ab. Es war Lucian. Ich konnte ihm nicht ins Gesicht sehen, aber ich erkannte ihn an seinen Jeans. Und natürlich an seinem Geruch, auf den all meine Synapsen reagierten. Automatisch fuhr ich meine Mauern hoch. Ich hatte geschworen, nie wieder eines meiner Gefühle zu zeigen.

Sein leises Seufzen war weniger Tadel als Akzeptanz. Er hob mich aus der Dusche und setzte mich davor ab. Ein dickes Handtuch landete auf meinen Schultern und ein zweites auf meinem Kopf. Sorgfältig rubbelte er meine Haare trocken und schob dann seine Finger unter mein Kinn, um mir in die Augen zu gucken. Das Grün in seinem Blick flackerte sanft.

»Zieh die nassen Sachen aus. Ich werde dir was Trockenes raussuchen.« Mit dieser Bitte ließ er mich stehen und verschwand in den dichten Nebelschwaden.

Ich hatte nicht die Kraft, um zu widersprechen. Der Punkt, an dem man umkehren konnte, war längst vorbei. Falls es ihn überhaupt jemals gegeben hatte. Meine Augen brannten. Ich stützte mich am Waschbecken ab. Ramadon hatte recht gehabt. Ich war eine Spielfigur. Nein, ich war die Trophäe ...

Und da regte sich ganz zaghaft etwas in mir. Wie ein kleines Flämmchen züngelte es an meinen Gedanken hoch. Ich griff danach.

Trotz.

Vielleicht sollte ich ein paar Leuten einen Strich durch die Rechnung machen. Allen voran meinem Stiefvater. Ich war von ihm als eine Waffe erschaffen worden. Bitte sehr. Er wollte eine Waffe haben, er würde sie bekommen. Zeit, sich in das Spiel einzuklinken!

Mit neuer Kraft zerrte ich mir meine nassen Sachen vom Leib und wickelte mich in das Handtuch. Dabei checkte ich schnell die Stellen, die meiner Erinnerung nach hätten verletzt sein müssen. Außer einer leichten Rötung hier und da war ich unversehrt. Ein Hoch auf Mel und ihre Heilkünste. Auf dcm Schränkchen neben der inzwischen geschlossenen Tür lagen ein paar zusammengelegte Kleidungsstücke. Hatte Lucian mich beobachtet? Wahrscheinlich nicht. So was hat ein Primus, der mich mit einem einzigen Gedanken aus- und wieder anziehen konnte, bestimmt nicht nötig. Also schlüpfte ich in die dunkle Jogginghose und das viel zu weite T-Shirt. Beides roch nach Waschpulver und nach ihm.

Ich flocht meine Haare zu einem lockeren Zopf und wischte über den beschlagenen Spiegel. Ein wenig verschwommen blickten mich zwei bernsteinfarbene Augen an. Hatte ich mir nicht immer gewünscht, etwas Besonderes zu sein? Der Banalität zu entfliehen.

Man sollte mit seinen Wünschen vorsichtig sein.

Und es half ja alles nichts. Ich konnte mich nicht ewig im Badezimmer verstecken, nur weil ich mich panisch davor fürchtete herauszufinden, wer von meinen Freunden hinter mir stehen würde. Mit ihr oder ohne sie würde ich nicht aufgeben.

Ich atmete tief durch und öffnete die Tür. Das leise Tapsen meiner Füße war kaum zu hören. Trotzdem schwangen drei Köpfe beinahe sofort in meine Richtung. *Nur drei?*

Aaron und Toby saßen auf dem Sofa, während Lucian hinter dem Tresen gerade mit ein paar Pfannen hantierte.

»Hast du Hunger?«, fragte Toby. »Lucian kocht umwerfend.«

Nur drei? Dass Ryan und Gideon gehen würden, hatte ich mir schon gedacht. Und von Mel und Toby konnte ich nicht schlecht denken. Aber auch Lizzy? Natürlich war sie der Phalanx gegenüber verpflichtet und ihrer Familie – trotzdem schmerzte es.

»Ähm, ja, schon«, stammelte ich.

»Gideon hat entschieden, dass wir geheim halten, was du bist. Er ist unterwegs, um ein paar Waffen und Vorräte zu holen. Außerdem lässt er sich etwas einfallen, wie er der Phalanx die Geschehnisse heute als unbedeutend verkauft. Ryan und Lizzy schauen, was sich von deinen Sachen retten lässt. Euer Haus hat es ziemlich erwischt. Vielleicht kann man es ja auf einen Blitzschlag schieben«, meinte Aaron nachdenklich. Ich hatte ihn noch nie so viele Sätze am Stück reden hören.

Die Informationen rauschten an mir vorbei, aber ich nahm sie kaum auf. Viel wichtiger war, was er zwischen den Zeilen gesagt hatte. Gideon, Ryan und Lizzy standen auf meiner Seite. Ich schluckte schwer, damit sich meine Augen nicht schon wieder mit Tränen füllten.

»Mel sieht nach deiner Mum. Wir mussten sie auf die Schnelle mit Victorius zusammen unterbringen«, fügte Lucian nahtlos an. »Die Chancen stehen fifty-fifty. Entweder sie haben sich längst die Augen ausgekratzt, oder Mel findet sie beim Teetrinken und Fußnägellackieren.« Die bloße Vorstellung entlockte mir ein kleines Lächeln, auch wenn ich immer noch mit meiner Rührseligkeit kämpfte. Keiner meiner Freunde hatte mich im Stich gelassen.

Lucian kam mit zwei Tellern beladen um den Tresen und hielt mir einen hin.

Wir müssen reden, sagte er in meinem Kopf.

Oh, funktionierte das jetzt auch, ohne dass ich ihm bewusst Zugang gewährte? Trotz meiner Mauern?! Sicherheitshalber verstärkte ich meine Abwehr noch ein wenig mehr und achtete sorgsam darauf, seine Hand nicht zu berühren, als ich ihm einen der Teller abnahm. Lucian merkte beides. Er sah mich fast flehentlich an.

Später, okay?, bat er mit Seitenblick auf Aaron und Toby. Ich nickte.

Während wir alle die Tagliatelle mit frischen Tomaten und Basilikum in uns reinschaufelten – und ja, Lucian war ein wunderbarer Koch –, wurde ich in die weitere Vorgehensweise eingeweiht. Um einen Krieg, wie Jiron ihn prophezeit hatte, zu verhindern, sollte ich offenbar die Liga dazu bringen, sich hinter mich zu stellen. Laut Lucian würden sie das aber nie tun, ohne sich dazu gezwungen zu sehen. Der Plan war also, mich dem Hohen Rat als Opfer und zugleich als Beschützerin der Primus-Welt zu präsentieren, die die Verschwörung in ihren eigenen Reihen aufgedeckt und damit alle gerettet hat. Ihre Ehre würde sie – laut Lucian – zur Dankbarkeit verpflichten, sodass sie nicht anders reagieren könnten, als mich unter ihren Schutz zu stellen.

Klang mir ein bisschen zu sehr nach Politik, aber solange es funktionieren würde ...

Das Problem war nur, dass wir nicht den blassesten Schimmer hatten, wer besagter Verräter war.

»Nachdem Thanatos verschwunden war, bekam es der Hohe Rat mit der Angst zu tun. Sie wussten, dass Omega einiges zuzutrauen war. Also ordneten sie Thanatos' Tod an«, erklärte Lucian. »Sie verbrannten sein Herz und gingen zur Tagesordnung über.«

»Du glaubst, irgendjemand hat sein Herz gestohlen und durch ein anderes ersetzt?«, fragte Aaron. Lucian nickte.

»Und dieser Jemand muss Mitglied des Hohen Rates sein. Niemand sonst hat Zugang zu den Brachion-Herzen«, sagte er. »Um den Verräter zu stellen, brauchen wir stichhaltige Beweise. Am besten das verloren gegangene Herz oder auch Thanatos selbst.«

Natürlich entging mir nicht, dass dieser Plan Lucian nicht unwesentlich in die Hände spielte. Aber solange wir dadurch meinen echten Vater befreien konnten – falls er noch am Leben war –, sollte es mir nur recht sein.

»Ist Aris Existenz nicht Beweis genug?«, fragte Aaron. »Ich meine, sie ist Thanatos' Tochter, und wenn der Rat sie erst –«

»Ich werde sie nicht einmal in die Nähe dieses selbstsüchtigen Haufens lassen. Schon gar nicht, solange noch Verräter in ihren Reihen sind«, unterbrach ihn Lucian gefährlich leise.

»Deshalb müssen wir Thanatos und sein Herz finden, ohne dass Harris es bemerkt oder der Verräter Verdacht schöpft. Damit gehe ich zum Rat, der bis dahin hoffentlich noch nichts von Aris Existenz erfahren hat, und stelle sie vor vollendete Tatsachen.«

Ähm, gut ... dann war das wohl auch geklärt.

Schweigend widmeten sich alle wieder ihrem Essen. Lucians Plan enthielt für meinen Geschmack ein bisschen viel »ohne dass« und »hoffentlich«, aber sein Tonfall hatte jede weitere Option unwiderruflich vom Tisch gefegt. Außerdem beunruhigte mich im Moment ein ganz anderer Gedanke.

»Was ist mit dir, Lucian?«, erkundigte ich mich vorsichtig. »Der Verräter hat Zugang zu den Brachion-Herzen und du bist das Einzige, was wirklich zwischen denen und mir steht. Was, wenn sie dein Herz verbrennen?«

Lucian schob seine Brauen zusammen. Er wirkte nicht direkt besorgt, nur nachdenklich.

»Mach dir darüber mal keine Gedanken.«

»Sie hat nicht ganz unrecht«, meinte Aaron. »Du bist derjenige, den sie als Erstes beseitigen werden wollen.«

Ich nickte. »Was ist, wenn Jiron dich verrät, um dich loszuwerden?«

Lucian schnaubte. Er stellte seinen Teller auf den Sofatisch und fing meinen Blick auf. Jede Sanftheit, die in seinen Augen gelegen hatte, seit Jiron fort war, war verschwunden. Jetzt waren sie nur noch kühl und abschätzig und passten perfekt zu dem frostigen Lächeln, das sich in seinen Mundwinkeln breit machte.

»Hast du Angst um mich – oder um dich?«

Sprachlos starrte ich ihn an. Warf er mir tatsächlich gerade Egoismus vor? Ich machte mir Sorgen um sein Leben und er –

»Eine Lieferung für Ari Morrison!«, jauchzte Lizzy und stürmte das Studio, gefolgt von einem leicht genervten, aber schwer bepackten Ryan.

»Ich muss gleich wieder heim. Also ein kurzes Update: Wir konnten nicht mehr viel aus deinem Zimmer retten. Das Feuer hat die oberen Stockwerke zwar nicht erreicht, aber die Löschversuche der Feuerwehr haben den Rest ruiniert. Gideon hat das alles einmalig hingebogen. Er hat es auf einen morschen Strommast geschoben, der auf euer Haus gekippt ist. Das erklärt dann auch die Stromausfälle und die Feuer, die Jiron und dieser unheimliche Tristan verursacht haben, als sie – na, ihr wisst schon. Aber weil ich toll bin, bin ich extra nochmal zu mir nach Hause und habe ein paar Dinge eingepackt.«

»Ein paar ...?«, stöhnte Ryan und schleppte drei große Taschen in Richtung Schlafzimmer. Ich erkannte nur eine davon als meine eigene wieder. Auf den anderen funkelten grüne Herzchen und Glitter.

»Auf jeden Fall konnten wir auch unsere Eltern überzeugen, dass es lediglich ein paar Kátos auf Ari abgesehen hatten. Und meinem grandiosen dramatischen Talent ist es zu verdanken, dass sie nicht darauf bestanden haben, Ari zu uns zu holen. Ihr wisst schon«, schluchzte sie plötzlich, »die Gefahr ist so groß und ich will nicht meine Familie und mein Zuhause verlieren.« Sie applaudierte sich selbst und fuhr dann unbeirrt fort. »Sie haben sich damit einverstanden erklärt, dass Ari hier in der Zuflucht bleibt, solange immer einer der Phalanx mit anwesend ist. Sorry, Lucian, sie vertrauen dir wohl nicht so ganz.«

»Da sind sie nicht die Einzigen«, kommentierte Lucian bissig.

Lizzy legte ihre Stirn in Falten. All ihr Enthusiasmus war mit einem Mal verflogen.

»Oh«, stammelte sie. »Hab ich euch bei was Wichtigem unterbrochen?«

»Nein, nein. Wichtig war es bestimmt nicht«, murmelte er und machte sich daran, die leeren Teller abzuräumen.

»Okaaay. Ja dann.« Sie sah mich mit hochgezogenen Augenbrauen an, aber ich konnte ihr nicht wirklich weiterhelfen. Ich wusste ja auch nicht, was in ihn gefahren war. Deshalb musste ein Schulterzucken reichen. Sie akzeptierte es mit dem ihr so typischen Darüber-reden-wir-später-Blick. Gut, da konnte sie sich hinten anstellen.

»Komm, Aaron. Ich fahr dich heim. Meine Eltern wollen sich vergewissern, dass an dir noch alles dran ist. Ryan bleibt für dich über Nacht hier«, informierte sie den rothaarigen Jäger, der sich ächzend vom Sofa rollte.

Offenbar hätte er sich lieber noch einmal mit einer Meute Kátos angelegt, als sich der mütterlichen Inspektion von Lizzys Mum zu stellen. Ryan schien genauso wenig begeistert. Er war noch immer angefressen, weil Lucian und ich ihn neulich im *Cinnamon* bloßgestellt hatten. Nur Toby nahm es gelassen und machte sich an den Abwasch. Dass er damit einem übel gelaunten Lucian im Weg stand, schien ihn nicht zu stören.

Das versprach eine wunderbare Nacht zu werden.

༄

Ich saß in einer Limousine und konnte nur mit den Augen rollen. Jetzt ging diese Träumerei schon wieder los! Mir gegenüber brütete Victorius vor sich hin. Diesmal trug er einen cremeweißen Satin-Doppelreiher mit rotem Einstecktuch.

»Du weißt, dass ich deine Erinnerungen an diesen Abend werde löschen müssen?«

Erschrocken fuhr ich herum. Im Schatten der getönten Scheiben hatte ich Jiron gar nicht neben mir sitzen sehen.

Victorius neigte ergeben sein Haupt, wobei mir das rebellische Funkeln in seinen Augen nicht entging. Als die Tür von außen geöffnet wurde, schob sich der Gezeichnete vom Sitz. Jiron folgte ihm, ebenso wie ich. Vielleicht konnte ich ja wichtige Informationen sammeln.

Wir befanden uns in einer Tiefgarage und wurden von einer niedlichen Brünetten in safrangelber Uniform zu einem Fahrstuhl geleitet. Drinnen zog die junge Frau ihren Sicherheitsausweis durch das Lesegerät und tippte einen Code ein. Sofort schlossen sich die Türen des Aufzugs. Über das Display, das die Etagen anzeigen sollte, ratterten seltsame Zahlen und Buchstaben, die in keinerlei Zusammenhang zu stehen schienen. Die Fahrt dauerte knapp eine Minute, und obwohl mir mein Verstand sagte, dass wir aus einer Tiefgarage nach oben fahren müssten, behauptete mein Instinkt das Gegenteil.

Mit einem Pling öffnete sich die Fahrstuhltür. Die Frau führte uns durch eine futuristische Lobby. An der Wand stand mit leuchtenden Buchstaben Omega Incorporated. Wir passierten einen Empfangstresen, einige geschlossene Türen und landeten schließlich in einem sterilen Büro. »Mr Harris ist gleich für Sie da«, spulte sie einen Standardspruch ab und ließ uns allein. Eine abstrakte Lampe beleuchtete die blanke Oberfläche eines Schreibtischs. Nur eine Orchidee thronte dort in einem Edelstahltopf. Vor dem Tisch standen zwei Sessel ohne Armlehnen.

»Das ist neu«, murmelte Victorius und nickte zu der Wand hinter dem Schreibtisch. »Wann ist denn aus Harris ein Familienmensch geworden?« Ich folgte Victorius' Blick und erschrak.

Dort prangte ein riesiges, auf Leinwand gezogenes Foto von mir und meinem Stiefvater. Ich konnte mich noch genau daran erinnern, wann es geschossen worden war: bei der Eröffnungsfeier des neuen Hauptsitzes von Omega Inc., deren Termin auf meinen achten Geburtstag gefallen war. Er hatte mich in dieses dunkelblaue Kleid mit dem hässlichen Matrosenkragen gezwungen und behauptet, es würde die tollste Geburtstagsparty werden, die ich je gehabt hätte. Es war schrecklich gewesen, aber traurigerweise hatte er damit trotzdem recht behalten.

Auf dem schmalen Regalbrett darunter gab es noch weitere Fotos aus meiner Kindheit. Ich konnte mit ziemlicher Sicherheit sagen, dass mein Stiefvater bei keiner diesen abfotografierten Gelegenheiten persönlich anwesend gewesen war. Er musste die Bilder von meiner Mum haben. Anders wusste ich mir das nicht zu erklären. Zwischen den Fotos stand eine versiegelte schwarze Steinurne. Sie erinnerte mich an irgendetwas.

»Wie schön, dass Sie es einrichten konnten, meine Herren!«

Die Stimme meines Stiefvaters ließ mir das Blut in den Adern gefrieren. Ich war mir nicht sicher, ob ich seinen Anblick ertragen könnte. Die Fotos waren ja schon fast zu viel für mich gewesen. Ich atmete einmal tief durch und drehte mich langsam um. Vor mir stand …

… Ryan, nur jünger. Ohne Tattoos, ohne Piercings und ohne Iro. Er hatte Tränen in den Augen. Dennoch starrte er eisern auf die beiden Holzsärge, die vor ihm aufgebahrt waren. Die Stühle in der kleinen Kapelle waren alle schmucklos und unbesetzt. Minutenlang geschah nichts. Nur Ryans leises Schluchzen hallte von den Wänden. Es brach mir das Herz. Ich hätte ihn gerne getröstet, aber mir war klar, dass ich mich nur in einer seiner Erinnerungen befand.

Ich musste hier raus. Also ergriff ich die Flucht. Das Tor der

Kapelle schwang unter dem Druck meiner Hände nach außen und ich stolperte ...

... in ein Krankenhaus. Aaron saß gebeugt über einem Stuhl. Er stützte sich auf seinen Knien ab und starrte auf den Boden. Oh nein. Nicht noch einmal.

Ein Arzt kam in den Wartebereich. »Mr Egan?«

Aaron sah auf. »Ja?«

»Es tut mir leid, dass ich Ihnen mitteilen muss, dass Ihr Bruder es nicht geschafft hat. Die Verletzungen waren zu schwerwiegend.« Aaron nickte. »Wenn Sie möchten, können Sie ihn sehen. Doch in Anbetracht des Ausmaßes der Verletzungen würde ich es Ihnen nicht empfehl–«

»Ich will ihn sehen.« Seine Stimme zeigte keinerlei Regung.

Der Arzt zögerte, brachte Aaron aber schließlich in einen Operationssaal. Der Traum zog mich einfach mit sich.

Auf der Bahre lag bedeckt von einem weißen Tuch ein regloser Körper. Aaron blieb einen Augenblick stehen, bevor er dann entschlossen das Tuch beiseiteschlug. Er sah dem Jungen unter dem Tuch nicht ins Gesicht. Aber ich tat es, und es war ein Fehler. Er glich Aaron bis aufs Haar. Zwillinge. Sein Brustkorb war von der Kehle bis zum Bauchnabel aufgerissen. Oh Gott ... Ich hielt das nicht mehr aus. Wach auf, Ari! Wach auf! WACH AUF!

Der Stern, der nie erlischt

»So schlimm?«, fragte Lucian. Ich riss die Augen auf und war umgeben von einem strahlend blauen Himmel. Der Wind zerrte an meinen Klamotten, aber die Sonne war warm genug, um das auszugleichen. Wo war ich jetzt wieder gelandet?

Der Brachion lehnte lässig an einem Geländer. Offensichtlich befanden wir uns auf dem Dach eines Hochhauses. Hinter ihm trennte eine atemberaubende Skyline den Himmel vom Rest der Welt. Ich wischte mir schnell die Tränen von der Wange und zog meine Abwehr hoch.

»Dein oder mein Geist?«, wollte ich wissen.

Lucian musterte mich eindringlich. »Meiner.«

Erleichtert seufzte ich. Die Bilder von Aaron und Ryan hingen mir noch immer nach.

»Gegen diese Geschichte mit dem Träumen fremder Erinnerungen kann man wohl nichts tun, oder? Das macht mich fertig.«

Lucians Lächeln war voller Mitleid. »Ich fürchte nein.«

Als ich zu ihm ans Geländer kam, wandte er sich um und tat, als ob er ebenfalls die Aussicht genießen würde. Eine Weile starrten wir auf die Skyline unter uns. Ich glaubte bekannte Hochhäuser aus etlichen Städten zu erkennen. Das war ganz sicher kein realer Ort.

»Welche schrecklichen Details meines Lebens musstest du diesmal mitansehen?«, erkundigte er sich bemüht gleichgültig, aber

er umklammerte die Brüstung so fest, dass seine Fingerknöchel
weiß hervortraten.

»Keine Sorge, diesmal ging es nicht um dich«, beruhigte ich
ihn. Sofort schossen meine Gedanken zu Aaron und Ryan zu-
rück. Zu ihrem Schmerz, ihren Tränen, ihrer Hilflosigkeit. Die
beiden waren kaum älter als ich und hatten schon so viel mit-
machen müssen. Und trotzdem hatten sie ihr Leben für mich ris-
kiert. Ich spürte meine Mauern wanken und verstärkte sie. Ich
wollte nicht schon wieder den Eindruck erwecken, naiv zu sein,
weil ich in meinem Regenbogen-Utopia niemandem ein solches
Schicksal zugemutet hätte.

»Das hat so keinen Sinn, Ari«, unterbrach Lucian meine Ge-
danken. Er wirkte irgendwie gereizt. »Du kannst dich nicht stän-
dig gegen mich abschotten.«

Ich runzelte meine Stirn. Was sollte das? Hatte er mir nicht
vorgeworfen, meine Emotionen nicht unter Kontrolle zu haben?

»Ariana, du brauchst deine Wut nicht verbergen. Ich werde
mein Wort halten und gegen alle Feinde hinter dir stehen … ganz
gleich, was du fühlst.«

Ganz gleich, was ich fühle? Er meinte bestimmt, ganz gleich,
ob ich will oder nicht …

»Das bist du Thanatos schuldig, nicht wahr?«, bemerkte ich
spöttisch. Für die einen war ich ein geglücktes Experiment, für
die anderen das ewige Feuer und für Lucian die Tochter seines
besten Freundes. Niemand sah einfach nur Ari in mir.

»Ja«, gestand Lucian. Er löste sich von seinem Platz am Gelän-
der und stellte sich hinter mich. Dabei kam er mir so nahe, dass
ich seine Wärme spüren konnte. »Aber Thanatos würde mir den
Hals umdrehen, wenn er auch nur die geringste Ahnung davon
hätte, was ich sonst noch alles mit dir anstellen möchte.«

Ohne es verhindern zu können, schickten seine Worte einen

wohligen Schauer durch meinen Körper. Ich fühlte seinen Atem auf meiner Haut. Ich müsste mich einfach nur zurücklehnen –

Reiß dich zusammen, Ari! Nach einer imaginären Ohrfeige ging ich ein paar Schritte von ihm weg.

»Also dieses ewige Feuer, dieses Izara, von dem Jiron gesprochen hat, was ist das?«, versuchte ich abzulenken.

Seufzend lehnte sich Lucian dort an das Geländer, wo ich eben noch gestanden hatte. Allerdings machte er keine Anstalten, einen neuen Annäherungsversuch zu starten.

»Eine Legende.«

»Wie Dracula, Merlin und Rotkäppchen?«, scherzte ich. Lucian wiegte ein paar Mal seinen Kopf hin und her, als müsse er abwägen, und sagte schließlich mit übertriebenem Ernst: »Also Rotkäppchen ist wirklich ein Märchen. Das ist etwas anderes. Wobei ich da eine verdrehte Prima kenne, die –«

»Lucian! Du lenkst ab.«

»Da wäre ich nicht der Einzige.«

Erwischt. Grüne Augen ruhten auf mir. Der sanfte Vorwurf darin war nicht zu übersehen.

Jetzt steckten wir in einer Sackgasse. Einer von uns beiden würde wohl nachgeben müssen. Und ich würde das bestimmt nicht sein – ganz gleich, was mein Herz sagte.

Nach ein paar Augenblicken, die mir wie Minuten vorkamen, senkte Lucian seinen Blick und fuhr sich durch die Haare.

»Kennst du die Geschichte, in der die Engel eifersüchtig wurden, weil Gott den Menschen eine Seele gegeben hatte und ihnen nicht?« Ich nickte. Klar kannte ich die. Nicht, dass ich bibelfest gewesen wäre, aber meine Mum hatte mich jahrelang in den Religionsunterricht gezwungen.

»Die Geschichte entspricht im Groben den Tatsachen.«

Ich sah ihn ungläubig an, doch Lucian revidierte nicht.

»Ach komm! Primus verfügen über so viel Macht und ihr seid unsterblich, wie kann man da eifersüchtig sein?«

»Wir sind Energie, Ari. Wir können über sie verfügen, sie benutzen und mit zunehmendem Alter können wir immer mehr davon an unsere eigene Essenz binden, aber sie erschaffen, das können wir nicht. Die menschliche Seele ist einzigartig.«

»Und was hat das mit mir zu tun?«

»Izara – eine Seele, die nie erlischt. Wenn die Primus neidisch auf die Seelen der Menschen sind, ist es nur logisch, dass sich eine Legende bildet, die ihre Hoffnungen und Träume am Leben erhält.«

»Das ist ja schon fast menschlich.«

»Sieht man mal von Macht, Daseinsform und Seele ab, sind wir uns gar nicht so unähnlich«, feixte Lucian. Ein Windstoß fegte ihm die Locken aus dem Gesicht und ich war einen Moment geneigt, ihm zuzustimmen. Er sah aus wie ein normaler junger Mann. Ein unverschämt attraktiver junger Mann, aber durchaus menschlich.

»Erzähl mir von der Legende«, bat ich. Lucian stöhnte auf.

»Ich bin kein besonders guter Geschichtenerzähler, Ari.«

Doch ich ließ nicht locker, bis er sich geschlagen gab.

»Gut. Nur ist es nichts, was man so einfach in eine menschliche Sprache übertragen kann«, warnte er. »Das ewige Feuer ist genau genommen auch schon eine Fehlübersetzung. Es gibt keinen Ausdruck, der die wirkliche Bedeutung trifft. Wenn ich es versuchen müsste, würde ich es ...« Sein Blick suchte meinen, als könnte er dort die richtigen Worte finden. »... den nie erlöschenden, gleißend strahlenden Stern nennen.« Sein fast schon ehrfürchtiger Tonfall löste eine Gänsehaut bei mir aus. Ich war so fasziniert, dass ich die viel zu schnell wandernden Schatten erst bemerkte, als die Sonne hinter der Skyline verschwand. Übrig blieb ein atemberaubender Nachthimmel, der mit den Lichtern der Stadt um die Wette funkelte.

»Wow.« So viele Sterne hatte ich in einer Großstadt noch nie gesehen. Ganz ehrlich? Eigentlich hatte ich so viele Sterne noch nie zuvor gesehen. Geschweige denn einen sekundenschnellen Tag- und Nachtwechsel.

»Ich muss doch für die richtige Stimmung sorgen«, meinte Lucian nicht ohne einen gewissen Stolz. Zum ersten Mal hatte ich nicht das dringende Bedürfnis, ihm seine Arroganz aus dem Gesicht zu fegen. Dazu war sein Werk einfach zu fantastisch.

Mit gesenkter Stimme begann er seine Geschichte.

»Einst gab es einen Jungen, der Nacht für Nacht den Sternenhimmel beobachtete. Er fror erbärmlich, denn es war bitterkalt. Und die funkelnden Lichter dort oben verhießen so viel Wärme, dass der Junge eines Nachts hinaufstieg und sich einen der Sterne vom Firmament pflückte. Kaum hielt der Junge den Stern in seinen Händen, flossen die wärmenden Strahlen durch seine zitternden Finger. Erstaunen packte ihn. Er hatte noch nie eine solche Wärme gespürt. Nur überdauerte dieses Gefühl nicht lange, denn schon bald war der Stern erloschen. Der Junge versuchte es bei einem weiteren und noch einem und noch einem. Aber keines der Himmelslichter behielt sein Strahlen, sobald der Junge es berührte. Und so kroch die Kälte wieder in seine Glieder und er stieg enttäuscht vom Himmel herab. Als er seiner Mutter von der unglaublichen Entdeckung erzählte, lächelte sie ihn liebevoll an. ›Die Sterne leuchten nicht nur für dich, mein Sohn‹, sagte sie zu ihm. ›Lass sie dort und erfreue dich an ihrem Anblick.‹ Aber der Junge wollte nicht auf seine Mutter hören. Er war überzeugt davon, dass er einen Stern vom Himmel holen konnte, ohne dass dieser erlosch. Also stieg er in der nächsten Nacht wieder hinauf, ebenso in der darauffolgenden und der danach. Erst holte er sich die Sterne mit Gewalt, dann lockte er sie, erfüllte ihre Wünsche, versprach ihnen alles, was sie hören wollten, solange sie ihm nur ihr Strahlen schenkten. Er ließ nichts unversucht, aber die Sterne konnten nicht verschenken, was ihnen nicht gehörte.«

Ich hörte gebannt zu und beobachtete den Nachthimmel. Wie in seiner Geschichte verglühte ein Stern nach dem anderen am Firmament. Auch die Lichter der Stadt erloschen, bis wir beinahe im Dunkeln standen. Fast. Denn ein einzelner, funkelnder Stern trotzte der Nacht über uns. »Als nur noch ein Stern übrig war, kletterte der Junge ein letztes Mal hinauf. Er zerrte und rüttelte an dem Stern, aber der bewegte sich nicht von der Stelle und erlosch auch nicht. Verärgert rief der Junge: ›Wenn du mir dein Strahlen schenkst, gebe ich dir alles, was du willst.‹ Doch der uralte Stern lachte nur. ›Was ich will, liegt nicht in deiner Macht‹, sagte er. Der Junge ließ nicht locker. In seinem jugendlichen Übermut war er so überzeugt von der Fülle seiner Kräfte und Fähigkeiten, dass er herablassend zu erfahren verlangte, was denn der letzte Stern wollte. ›Mach, dass all meine Freunde wieder erstrahlen‹, meinte der. Doch das konnte der Junge nicht. Und er wurde plötzlich sehr traurig, denn erst jetzt wurde ihm bewusst, dass all die wunderschönen Sterne mit ihrem einzigartigen Strahlen für immer verschwunden waren. Er weinte bitterlich. Gerührt von der Einsicht des Jungen fing der alte Stern eine seiner Tränen auf. Er füllte sie mit seinem Licht an, bis daraus selbst ein kleiner, funkelnder Stern wurde. Dann sah er den Jungen an und fragte mit ernster Miene: ›Wenn du die Wahl hättest, all die Sterne wieder am Himmel erstrahlen zu sehen oder diesen einen, der für dich gemacht ist und nie erlischt, mit nach Hause zu nehmen, was würdest du tun?‹ Der Junge zögerte. ›Ich weiß es nicht‹, sagte er schließlich. Der alte Stern nickte. ›Ich danke dir für deine Ehrlichkeit. Triff deine Entscheidung weise, denn ich werde dann nicht mehr sein. Wir sind viele, aber dennoch eins.‹ Und da begann der alte Stern zu glühen. Er wuchs und wuchs. Und schließlich zerbarst er in Millionen und Abermillionen kleiner Stücke.« Eine glitzernde Explosion sprengte die Dunkelheit über uns. Die Sternensplitter flatterten durch die Nacht und suchten sich in einem atemberaubenden Funkenregen ihren Platz am Himmel.

»Aus jedem dieser Stücke wuchs ein neuer Stern«, schloss Lucian leise. »Seitdem saß der Junge Nacht für Nacht auf der Erde und betrachtete den Sternenhimmel. Er wusste, einer dieser Sterne gehörte ihm. Der Stern, der nie verlöschen würde. Izara. Er fror entsetzlich, aber er stieg nie wieder hinauf, um danach zu suchen.«

Zutiefst gerührt war ich nicht in der Lage, meinen Blick vom Nachthimmel abzuwenden.

»Das ist eine wunderschöne Geschichte«, hauchte ich.

»Ja, meine Mutter hat mir den Teil immer erzählt, als ich noch klein war«, meinte Lucian ein wenig verlegen. Das war eine Seite an ihm, die ich noch gar nicht kannte.

»Es geht noch weiter?«

Ich könnte seinen Geschichten die ganze Nacht lauschen.

»Sozusagen«, murmelte er widerwillig.

»Spann mich nicht so auf die Folter.«

»Ach, nichts Großartiges. Die Jahre vergehen. Der Bruder des Jungen erfährt, was geschehen ist. Sie streiten sich. Der Bruder bringt den Jungen um und holt sich den Stern. Damit reißt er die Weltherrschaft an sich und wird zum gefürchteten Tyrannen.«

Erschrocken klappte mein Mund auf. Der ganze Zauber war verflogen. Darum ging es? Jemand wollte mit meiner Seele zum Tyrannen werden?

»Aber es ist doch nur eine Geschichte, oder?«

»Das hatte ich bislang auch gedacht«, erwiderte Lucian leise. »Und dann kamst du.«

Seine Augen fanden meine. All die Sterne schienen sich darin zu spiegeln.

»Und jetzt willst du meine Seele?« Meine Stimme war kaum mehr als ein Flüstern.

»Nein, Ari«, sagte er ernst. »Ich werde dafür sorgen, dass niemand sie dir wegnimmt.«

Das war ein feierliches Versprechen, nicht geprägt von Stolz, Zorn, Trotz, Rachegedanken oder Überheblichkeit. Lucian sagte es aus schlichter Überzeugung. Er war wie der Junge aus seiner Geschichte ...

»Ähm, und du hast nicht zufällig einen Bruder, der dir nach dem Leben trachtet?«

Lucian lachte und löste sich vom Geländer.

»Ich habe sogar drei Brüder«, bekannte er, während er seine Familie mit einem oft geübten Augenrollen bedachte. »Und ja, ich befürchte, sie sind allesamt nicht sonderlich gut auf mich zu sprechen!«

»Wirklich?! Wie kann man denn nur auf dich nicht gut zu sprechen sein?«, stichelte ich. Lucian griff sich mit übertriebener Dramatik ans Herz. »Oh, Ari, das tut weh.«

Ich versetzte ihm einen Schlag, woraufhin er sein Schauspiel aufgab und lachte.

»Keine Sorge, ich werde einen Teufel tun und dich meinen Brüdern vorstellen.«

»Sind sie so schlimm?«, erkundigte ich mich neugierig. Mit einem beiläufigen Schulterzucken tat er einen Schritt auf mich zu. Mein Körper reagierte sofort auf seine Nähe, obwohl ich es ihm doch eigentlich untersagt hatte.

»Schlimmer als ich«, raunte er. Ein weiterer Schritt. Ich atmete schwer. Verdammt, das verräterische Heben und Senken meiner Brust ließ sich einfach nicht abstellen. Lucians Finger strichen mir über die Wange. Er senkte seine Stimme.

»Und nachdem ich sehe, was für eine Wirkung ich auf dich habe, werde ich es tunlichst vermeiden, sie dir vorzustellen. Dafür bin ich viel zu eifersüchtig.«

Weiße Zähne blitzten zwischen seinen vollen Lippen auf, als er mich anlächelte. Ich prügelte das warme Gefühl in meinem Bauch gnadenlos nieder.

»Spiel nicht mit mir, Lucian.« Keine Ahnung, ob ich das als Bitte oder als Warnung meinte. Es hatte etwas von beidem.

Der Brachion schnaubte leise und schüttelte seinen Kopf.

»Was denkst du von mir? Dass ich dich geküsst habe, um dich von deinen Fragen abzulenken? Um zu entkommen? Dass ich mit meinem Siegel den großen Held spielen wollte und du mir die Show gestohlen hast? Dass ich dich im Badezimmer verletzt habe, damit ich meine Überlegenheit beweisen konnte?«

Mit jeder seiner Annahmen traf er genau ins Schwarze. Ich fühlte mich ertappt und in die Ecke gedrängt. Das lag vermutlich auch daran, dass Lucian mit jedem Wort die Distanz zwischen uns verringert hatte. Jetzt legte er seine Hände an das Geländer in meinem Rücken und beugte sich zu mir. Sein Mund war direkt neben meinem Ohr, seine Stimme umschmeichelte mich wie rauchiger Samt.

»Ariana, ich bin schon ein großer Junge. Ich kann akzeptieren, wenn du mich nicht willst. Aber hör jetzt gut zu: Ich habe dir das Siegel gegeben, weil ich mir Sorgen um dich gemacht habe. Sorgen, die sich bestätigt haben, als ich dich mit zerfetztem Hals und durchstochener Lunge vor mir liegen sah. Ich habe dich mit meinen Worten im Badezimmer verletzt, weil ich wusste, dass du mit deinem Starrkopf niemals einer Konfrontation ausgewichen wärst, ganz gleich in was für eine Gefahr du dich in deinem aufgewühlten Zustand begeben hättest. Jemand wie Jiron hätte dich mit einem flüchtigen Blick durchschaut. Mehr noch. Er hätte mich mit einem flüchtigen Blick durchschaut. Er hätte meine Schwäche für dich sofort erkannt und ausgenutzt.« Er kam noch ein Stück näher. Seine Stimme war nur noch ein Flüstern. Ich spürte seine Lippen brennend an meiner Schläfe. »Und ja, ich habe dich geküsst, als du Antworten gebraucht hättest. Nur denke nicht mal eine Sekunde, dass ich das getan habe, um dir zu entkommen. Denn damit hätte ich nämlich definitiv die falsche Strategie gewählt.«

Abrupt löste er sich ein Stück weit von mir. Aber der rettende Abstand war trügerisch, nun, da ich direkt in seine hungrigen Augen blicken konnte.

»Ich spiele nicht, Ariana«, stellte er klar. »Niemals.«

Ich befürchtete fast, dass er mich jetzt küssen würde. Vielleicht hoffte ich es auch. Ich wusste es nicht. Doch der Kuss kam nicht. Er sah mich nur an, suchte in meinem Gesicht vergeblich nach einer Reaktion.

Aus Angst, auf der Stelle über ihn herzufallen, hatte ich alles an Abwehr nach oben gezogen, was mir möglich war. Nur so konnte ich meine Gefühle unter Kontrolle halten. Das galt leider nicht für meinen Körper. Und dessen treulose Signale brachten mich völlig durcheinander. Ich war eindeutig und absolut verwirrt. Ich brauchte einen Themenwechsel. Schnell.

»Ich glaube, ich habe eine ziemlich genaue Vorstellung davon, wo mein Stiefvater Thanatos' Herz aufbewahrt.«

Nach einem viel zu langen Augenblick, in dem nichts geschah, stahl sich ein spöttisches Lächeln in Lucians Mundwinkel. Er stieß sich vom Geländer ab und gab mir damit den Raum, den mein rasendes Herz brauchte.

»Du hast davon geträumt?«, fragte er. Ich nickte. »Gut. Dann fehlt nur noch der Name des Verräters.«

»Und wie wollen wir den bekommen?« Wie ein Geier stürzte ich mich auf die neue Problematik, die glücklicherweise so gar nicht mit meinen Hormonen kollidierte. Allerdings rührte sich irgendwo tief unter meiner Erleichterung auch etwas, das sich verdächtig nach Enttäuschung anfühlte.

»Ich werde mir was einfallen lassen.«

Und schon war die Enttäuschung komplett. Lucian machte mal wieder sein eigenes Ding und ließ mich außen vor. Es hatte sich nichts geändert.

»Aber bis dahin«, meinte er mit einem durchtriebenen Grinsen, »haben wir noch einiges zu tun.«

»Ach, und das wäre?«

»Wir machen dich zu der Waffe, die alle so fürchten.«

Die Ruhe vor dem Sturm

Lucians Training sah gänzlich anders aus als das der Jäger. Kein Aufwärmen, kein Stretching, kein Muskel- oder Konditionsaufbau. Er beschränkte sich darauf, mich anzugreifen, um zu sehen, ob und wann ich zum Berserker werden würde.

»Gegen Dubois hast du dich bewegt wie Thanatos, gekämpft wie er, gedacht wie er. Er hat dir sein Können vererbt, damit du dich verteidigen kannst, wenn es nötig wird. Sein Bann hält das alles verborgen, aber er hat dir einen Zugang gelassen: deinen Instinkt«, hatte er erklärt. »Jetzt versuchen wir es mal, ohne dein Leben zu gefährden. Schalte deine Gedanken aus. Sie lenken deine Instinkte ab. Finde deine Mitte. Dein Körper weiß, was zu tun ist.«

Lucian lehnte an der Wand der leer geräumten Zuflucht und beobachtete mich. Schon dreiundzwanzig Mal hatte er mich umgerissen und bewegungsunfähig gesetzt. Und dreiundzwanzig Mal hatte ich ihn nicht einmal kommen sehen.

»Wie wär's mit einer Pause?«, jammerte ich. Ich hasste es, etwas nicht zu können.

Lucian schüttelte den Kopf. »Keine Pause.«

»Dann zieh wenigstens deinen Aziam«, forderte ich genervt. Wenn Lucian für mich eine echte Gefahr darstellen würde, dann könnte das den Prozess vielleicht beschleunigen.

»Keine Pause. Keine Aziam«, wiederholte er kalt.

Ich sah mich Hilfe suchend um, aber Toby war offensichtlich ins Schlafzimmer geflüchtet, um sich dort ungestört seinen Büchern zu widmen. Von ihm war kein Beistand zu erwarten. Also blieb mir nichts anderes übrig, als es wieder zu versuchen.

Meine Mitte finden?! Klar, man gebe mir ein Navi und schon kann's losgehen.

Ich spürte einen Luftzug. Er brachte einen tosenden Sommersturm mit sich. Kurz darauf krachte ich mit dem Bauch voran gegen die Wand, an der Lucian eben noch gelehnt hatte. Mit einer Hand hielt er meine Arme auf dem Rücken fest, die andere umfasste meinen Unterkiefer.

»Du konzentrierst dich zu sehr auf deine Mauern. Hast du Angst davor, was ich sehen könnte?«, raunte er in mein Ohr. Sein Atem verursachte eine Gänsehaut, die alles andere als unangenehm war. Es half auch nicht sonderlich, dass ich seine angespannten Muskeln an meinem Rücken spüren konnte. Ob ich Angst davor hatte, was er sehen könnte? Ha! Ich hatte Angst davor, was *ich* dann sehen könnte.

»Lass mich los!«, fauchte ich leise. Mehr aus Verzweiflung als aus Trotz. Aber Lucian hielt mich weiterhin fest.

»Vertraue auf deine Abwehr. Wir nennen sie nicht umsonst Mauern. Sie stehen, auch ohne dass du dich ständig daran festklammerst«, spottete er weiter. »Solange du gegen deine Gefühle kämpfst, kannst du gegen niemand anderen kämpfen.«

Oh, wie ich es hasste, wenn Lucian mich durchschaute. Sein Daumen strich meinen Hals entlang und lenkte mich zusätzlich ab. *Herrgott noch mal, Ari, konzentrier dich!* Ich schluckte meinen Stolz runter und nahm mir stattdessen seinen Rat zu Herzen: *Solange du gegen deine Gefühle kämpfst, kannst du gegen niemand anderen kämpfen ...*

Das hieß herausfinden, was in meinem Innersten so schlummerte – in meinem Tresor, wie Lucian ihn getauft hatte. Eigentlich fand ich das massive Ding verschlossen ganz gut, aber es half ja nichts. Ich musste wissen, was darin war.

Also rang ich meinen Widerwillen nieder und öffnete ihn.

Blanke Wut schlug mir entgegen. Sie war so gewaltig, dass meine Mauern bröckelten. Ich schnappte nach Luft.

»Auf wen bist du so wütend, Ari?«, fragte Lucian. Er konnte jetzt meine Gefühle spüren, als wären es seine eigenen.

Gute Frage. Auf wen war ich wütend? Die Antwort war einfach zu finden. *Auf mich selbst.* Warum? Ich grub tiefer und stieß auf das Gesicht meines Stiefvaters. Es machte mich rasend, dass ich mich ihm gegenüber so verletzlich fühlte. Abhängig. Irgendwie wäre ich für ihn doch gerne mehr als nur ein Experiment. Und dafür hasste ich mich. Abgrundtief. Und ich hasste mich für das ständige Jammern, dafür, dass ich mich einsam und im Stich gelassen fühlte, obwohl so viele Leute hinter mir standen. Ich hasste mich für meine Hilflosigkeit und dafür, immer das Problem zu sein. Ich hasste mich dafür, mich von Lucian angezogen zu fühlen wie ein dämliches Schulmädchen. Ich hasste –

»Und aus Wut wurde Hass ...«, kommentierte Lucian leise.

»Was macht das schon für einen Unterschied!«

»Wut gilt der Verteidigung, Hass dem Angriff. Warum hasst du dich so sehr, Ari?«

Tja, warum?

Ich hasste mich dafür, verletzlich zu sein, weil ich Angst hatte, schwach zu sein.

Ich hasste mich dafür, Hilfe nötig zu haben, weil ich Angst hatte, sie nicht zu verdienen.

Ich hasste mich dafür, etwas für Lucian zu empfinden, weil ich Angst hatte, verletzt zu werden.

»Jetzt kommen wir der Sache näher. Lass deine Angst zu. Sie ist ein Teil von dir. Akzeptiere sie.«

Ich atmete tief ein. Es tat weh. Kein Wunder, dass ich all das weggesperrt hatte.

Lass sie zu, Ari, flüsterte Lucians Stimme.

Und das tat ich. Mir meine Angst einzugestehen, hieß nicht gleich, nichts mehr wert zu sein ... oder?

Und plötzlich ... geschah es. Wie ein Schalter, der sich umlegte. Mein Atem wurde langsamer. Mein Blick klarer. Jeder Muskel meines Körpers brannte darauf, einen Befehl zu bekommen. Eine einzigartige Ruhe überschwemmte mich. Die Ruhe vor dem Sturm.

Ich entwand Lucian meinen linken Arm und rammte ihm den Ellbogen in die Rippen. Von diesem Überraschungsangriff überrumpelt ließ mich Lucian los. Das gab mir die Gelegenheit herumzuwirbeln. Meine Faust schnellte auf sein Gesicht zu. Ich verschwendete keinen Gedanken daran, ob ich ihn damit ernsthaft verletzen könnte. Ich trug die absolute und unumstößliche Sicherheit in mir, dass es nicht so war. Dazu beherrschte ich meinen Körper zu gut und er war zu ... unsterblich.

Aber Lucian sah meinen Schlag kommen und duckte sich. Er versuchte ein paar Fußtritte, die ich allesamt abwehrte, bevor er seinen Aziam zog. Sofort glühte die Klinge auf.

Ich sah ihn fragend an. »Jetzt auf einmal?! Ist das nicht ein bisschen unfair?«

Er grinste nur. »Findest du? Dann komm und hol ihn dir!«

Das ließ ich mir kein zweites Mal sagen. Mein Ehrgeiz war

geweckt. Ich stürmte auf Lucian zu. Er wich aus. Das hatte ich allerdings kommen sehen und landete einen Treffer mitten in seinem Gesicht. Lucian ließ sich jedoch weder beeindrucken noch aus dem Gleichgewicht bringen. Er tauchte unter meinem Folgeschlag hindurch und packte mein Handgelenk. Mit einer fließenden Bewegung drehte er mich herum, bis ich von meinem eigenen Arm gefangen an seiner Brust landete. Sein Aziam lag an meinem Hals.

»Schon genug?«, stichelte er. Seine Stimme war rauer als sonst. Trotzig griff ich nach seinem Arm und schleuderte Lucian über die Schulter. Ich konnte noch zwei Treffer im Gesicht landen, bevor er geschmeidig wieder auf die Beine kam. Seine Augen funkelten kampflustig. Er fasste sich an die Lippe und ... zog überrascht eine Augenbraue hoch. Er hatte Blut an den Fingern.

»Da will aber jemand unbedingt, dass ich von ihm träume«, lachte er leise.

Ich schenkte ihm meinen finstersten Blick und ließ seinen Aziam in meiner Hand kreisen. Den hatte ich ihm gerade abgenommen. Auch diesmal glühten die Gravuren. Schwächer als bei Lucian, aber dennoch ... ich war also tatsächlich ein halber Brachion.

»Da will aber jemand unbedingt, dass ich ihm eine Lektion erteile«, konterte ich.

»Ich kann's kaum erwarten«, meinte er mit einer Spur zu viel Vorfreude. Überraschenderweise teilte ich diese mit ihm. Ich griff erneut an. Schlag um Schlag, Tritt um Tritt wehrte er mich ab, schlug aber seinerseits nie zu, was mich wahnsinnig machte. Glaubte er etwa, ich wäre aus Zucker? Ich ließ ihm etwas mehr Raum, gab ihm Gelegenheiten für sichere Treffer, aber er nutzte keine davon. Stattdessen hielt er sich beständig außerhalb der Reichweite meiner Waffe und reizte mich weiter.

»Schon müde? – Wir können auch im Bett weitermachen.«

Bitte?! Für wen hält der sich? Stinksauer verstärkte ich meine Bemühungen, ihn schachmatt zu setzen. Nur sah Lucian leider alle meine Bewegungen voraus. Als ich mit dem Aziam ausholte und auf sein Herz zielte, kam er mir einen Schritt entgegen, wirbelte herum und entwaffnete mich. Die Klinge fiel scheppernd auf das Parkett. Und ich folgte kurz darauf. Lucian warf sich auf mich. Ich versuchte mich wegzurollen. Er war schneller. Er drückte meine Arme über meinem Kopf auf den Boden und verhinderte mit seinem Gewicht, dass ich mich ihm entwinden konnte.

Schwer atmend gab ich mich geschlagen.

»Das war gut«, lobte er, ließ mich jedoch nicht los. Das Funkeln seiner Augen war nicht länger kämpferisch. Jetzt lag etwas anderes darin, das nicht minder intensiv war. Unsere Gesichter waren nur noch Zentimeter voneinander entfernt. Sein Blick wanderte über meine Züge, verharrte etwas zu lang auf meinem Mund und suchte dann wieder meine Augen.

Bitte mich, dich zu küssen, forderte Lucian in Gedanken. Ich brauchte eine Sekunde, um zu realisieren, dass ich mir seine Worte nicht nur eingebildet hatte. Was dachte der sich? Dass er mir einmal bewies, was für ein begnadeter Kämpfer er war, und ich daraufhin in seinen Armen zu Butter wurde?

»Darauf kannst du lange warten«, zischte ich.

Lucians Lippen teilten sich zu einem leider sehr attraktiven Lächeln.

Ich bin unsterblich, Ari. Zeit habe ich genug.

Ein Räuspern rettete mich vor meinem Hormonchaos.

»Sag mir, dass das nicht zum Training gehört, und ich

schlitze den Dämon mit dem allergrößten Vergnügen für dich auf«, grummelte Ryan. Er und Gideon standen mit Tüten, Taschen und Koffern beladen am Eingang zur Zuflucht. Bei dem Gedanken daran, was für einen Anblick wir bieten mussten, wurde ich rot. Lucian bemerkte es und gab mich mit einem unverschämten Grinsen frei. Schnell rappelte ich mich hoch.

»Training. Definitiv Training«, stammelte ich.

Um den peinlichen Moment zu überspielen, half ich Ryan und Gideon, ihr Gepäck zum Tresen zu bringen. Gerade hatte ich einen schwarzen Flight-Case abgestellt, als ich mich in einer festen Umarmung wiederfand.

»Schön, dass es dir gut geht«, murmelte Gideon irgendwo in meine Haare. Ich konnte nicht verhindern, dass mir Tränen in die Augen stiegen. Lizzys Bruder, der so viel auf die Phalanx und deren Regeln gab, hatte sich nicht von mir abgewandt. Ich schniefte leise. Sofort schob Gideon mich auf Armeslänge von sich. »Dir geht es doch gut?«, fragte er und beäugte mich besorgt. Sein Blick zuckte zu Lucian. Seine Augen wurden schmal. Ich beeilte mich zu nicken. Ganz gleich was war, ich wollte nicht, dass Lizzys Bruder sich Sorgen machte. Mit einem Seufzen, das verriet, dass er mir nicht glaubte, zog er mich in eine weitere Umarmung.

»Wie läuft das Training?«, erkundigte er sich schließlich.

»Gut«, murmelte ich.

»Sag mir nicht, dass du sein Training mehr magst.«

Na ja, irgendwie schon. »Natürlich nicht. Er ist nervig und arrogant. Quasi kein Unterschied zu euch«, zog ich ihn auf.

»Und trotzdem macht sie bei *mir* Fortschritte«, höhnte Lucian. Er räumte gerade Gideons Einkäufe in den Kühlschrank. Mein Augenrollen zeigte deutlich, wie überflüssig und unangebracht ich seinen Kommentar fand.

»Sie aufs Kreuz zu legen, nennst du Fortschritte?«, rief Ryan vom Sofa aus. Lucian grinste und öffnete gerade den Mund, um –

Wag es ja nicht!, schleuderte ich ihm förmlich in den Kopf. Das hatte jedoch lediglich zur Folge, dass sein Grinsen noch breiter wurde.

»Das war gar nicht so einfach. Du kannst es ja selbst mal auf einen Versuch ankommen lassen«, schlug Lucian dem Jäger vor. Eine gepiercte Braue wanderte in die Höhe. So eine Herausforderung konnte Ryan nicht auf sich sitzen lassen. Das wussten wir alle. Ihm fehlte nur noch die Erlaubnis seines Anführers. Als Gideon resigniert seufzte, ließ Ryan seine Knöchel knacken.

꒰ꞏ꒱

»Ich fühl mich, als hätte mich ein Laster überrollt.«

»Schätze, dein Image ist unwiderruflich ruiniert.« Aaron klopfte seinem Jägerfreund aufmunternd auf die Schulter, woraufhin Ryan nur noch lauter jammerte.

»Hey, mach mal halblang! Sie ist ein Brachion!«

»Halb-Brachion«, korrigierte der rothaarige Jäger fröhlich.

Ich beobachtete das Ganze grinsend aus der Küche. Der volle Kühlschrank und meine gute Laune hatten mich dazu inspiriert, mich heute um das Mittagessen zu kümmern. Abgesehen davon war Chefkoch Lucian seit gestern Abend verschwunden und ich hatte keine Lust auf die von Ryan vorgeschlagene Tiefkühlpizza. Wohin der Brachion gegangen war, wusste natürlich niemand. Auch im Traum hatte er mich nicht besucht. Und obwohl mich Lucians Alleingänge störten, war ich froh um diese kleine Verschnaufpause.

»Morrison ... Ich glaube, unser Aaron hier bewirbt sich

gerade als dein nächster Trainingspartner«, rief Ryan. »Tu ihm nicht zu sehr weh. An dem Jungen ist ohnehin so wenig dran.«

Aaron schnaubte. »Für dich hat es noch immer gereicht. Du bist einfach zu langsam und schwerfällig.«

»Morrison, ich hab's mir überlegt. Mach Aaron fertig!«

Eine Stunde und etliche Neckereien später saßen wir auf dem zurückgeräumten Sofa und ließen uns Lasagne à la Morrison schmecken. Die perfekte Gelegenheit, eine lang aufgeschobene Sache ins Reine zu bringen.

»Ryan?«

»Hm?«, brachte er gerade so mit vollem Mund heraus.

»Ich ... – ich wollte mich entschuldigen.«

Ryan wischte meine Worte mit einem entrüsteten Schnauben beiseite. »Dafür, dass du mich durch die Mangel gedreht hast? Musst du nicht, Morrison. Gib mir ein paar Tage und eine zweite Chance und du wirst es bereuen.« Er ließ seine Augenbrauen herausfordernd auf und ab hüpfen, was mir ein Lächeln entlockte.

»Nein, das meine ich nicht. Also auch, aber ich – eigentlich wollte ich mich dafür entschuldigen, dass wir dich im *Cinnamon* sitzen gelassen haben. Das war gedankenlos und absolut fahrlässig von mir.«

So, jetzt ist es raus.

Ryan schob sich ein weiteres Stück Lasagne in den Mund und kaute nachdenklich darauf herum. Dabei fixierte er mich, als würde er gerade abschätzen, ob er mir glauben sollte oder nicht.

Sag was ...

Nach einer schier endlosen Zeit stahl sich ein schiefes Grinsen auf sein Gesicht.

»Du bist schwer in Ordnung, Ari«, befand er.

Oh. Mir wurde warm ums Herz. Ryan hatte mir gerade nicht nur verziehen, sondern mich auch noch bei meinem Vornamen genannt. Das war wie eine Adelung und vermutlich das erste und letzte Mal, dass ich das erleben würde.

»Allerdings ...«, fuhr er fort und sah sich geheimniskrämerisch um. Mit den Fingern berührte er eines seiner Siegel am Unterarm. Es leuchtete kurz auf und ein seltsames Sirren ertönte. Es erinnerte mich an Lizzys Störsignalschale. »... kann ich das von diesem gelockten Männermodel mit der Lizenz zum Primus-Töten nicht behaupten. Er macht immer einen auf locker und cool, erwartet aber, dass wir seinen Befehlen ohne Widerspruch folgen. Ich trau Lucian nicht weiter, als ich spucken kann.« Er warf mir einen strengen Blick zu. »Es ist gut, dass Gideon diesen Schwur gefordert hat. Mir gefällt nicht, wie er dich ansieht. Und er hat nicht einmal den Anstand, das nur zu machen, wenn keiner hinschaut.«

»Warte mal, was für ein Schwur?«

»Oh-oh.« Mit großen braunen Augen suchte er bei seinem Jägerfreund Hilfe. Das sah urkomisch aus, bedachte man, wie unerschrocken dieses rundum tätowierte Muskelpaket sonst war. Aaron seufzte leidgeprüft. »Gideon hat Lucian schwören lassen, dass er dich nie wieder küsst, solange du es nicht ausdrücklich wünschst«, erklärte er.

WAS ...?! In dieser Offenbarung steckten so viele Fragezeichen, dass ich gar nicht wusste, wo ich hätte anfangen sollen. Das Blut schoss mir in die Wangen. Keine Ahnung, ob vor Scham oder Wut.

»Lizzy ...«, lüftete Aaron das Rätsel, bevor ich nachfragen konnte.

Ryan nickte kleinlaut. »Ähm ja, nach Jirons Angriff hat

Lizzy vielleicht gegenüber Gideon angedeutet, dass du durcheinander warst wegen – du weißt schon.«

»Sie hat WAS erzählt?«, bügelte ich ihn nieder. Ryan sah jetzt schon drein wie ein geprügelter Hamster. Aber ich hatte gerade andere Sorgen. Lizzy würde etwas von mir zu hören bekommen.

»Na ja, ich habe nicht mit ihr gesprochen. Ich weiß nur, dass sich alle gefragt haben, warum du den Brachion nicht gerufen hast«, stammelte er.

»Lizzy kann nichts vor Gideon geheim halten, wenn er es drauf anlegt«, unterstützte Aaron seinen Freund. »Er hat ein Siegel dafür und sie ist noch nicht weit genug, um dagegen bestehen zu können.«

Na ja, dann würde eben Gideon etwas von mir zu hören bekommen.

»Sei nicht böse«, bat Ryan. »So kann dich der Dämon wenigstens nicht wieder belästigen.«

Ich war sprachlos im Angesicht einer solch dreisten Einmischung in mein Privatleben. Gleichzeitig versuchte mein Gehirn die Erlebnisse mit Lucian neu zu ordnen. Ein leichter Schauer kroch mein Rückgrat rauf.

»Wollt ihr auch noch was?«, fragte Ryan. »Diese Lasagne ist einfach unglau–« Er stockte und starrte entsetzt auf irgendetwas hinter mir. Im gleichen Moment schlang sich ein Arm um meinen Hals. Ich wurde ein Stück nach oben gezogen und spürte etwas Spitzes, das sich zwischen meine Schulterblätter bohrte. Die Jäger, die gerade nach ihren Aziam greifen wollten, hielten mitten in der Bewegung inne.

»Du bist tot«, flüsterte eine allzu bekannte Stimme. Peitschender Regen auf stürmischer See.

Kurz darauf plumpste ich zurück in die Kissen.

»Das nennt ihr also beschützen?«, knurrte Lucian angewidert. Die beiden Jäger wichen seinen anklagenden Blicken
beschämt aus. »Das hätte einer von Jirons Handlangern sein
können.«

Keiner sagte etwas, und auch ich fühlte mich schuldig, weil ich Ryan und Aaron von ihrer Aufgabe abgelenkt
hatte.

»Ich dachte, die Primus hätten zu viel Angst vor Timeon,
um mich hier anzugreifen?«, verteidigte ich meine Beschüt-
zer. Das war allerdings ein Fehler, denn jetzt war ich es, die
Lucians ganzen Zorn abbekam.

»Meinst du, Jiron ist nicht in der Lage, einen Märtyrer zu
finden, der sich für das Wohl aller Primus Timeons Strafe
stellt?«, fragte Lucian eisig. Erst jetzt bemerkte ich, dass seine
Kleidung mitgenommen und blutbeschmiert war.

»Was ist passiert?«, fragte ich erschrocken.

»Was passiert ist?! Während ihr hier das perfekte Dinner
nachgestellt habt, habe ich versucht, deinen Arsch zu retten.«
Mein schuldbewusster Blick sorgte für grimmige Genugtuung
auf seinem Gesicht.

»Du hast Valentinus gefunden«, vermutete Ryan. »Wusste
er etwas über den Verräter?«

»Sieht es so aus, als wäre ich dazu gekommen, ihn zu fragen?«, polterte Lucian. Alle zuckten zusammen. Die Laune des
Brachions war eindeutig im Keller. Mit gedämpfter Stimme
wandte ich mich an Aaron.

»Wer ist dieser Valentinus?«

»Ein Mensch. Wir nennen ihn den Lieferanten. Er besorgt alles für jeden, wenn der Preis stimmt«, antwortete
der ebenso leise. »Auch Informationen.«

»Und offensichtlich wusste er genug, um jemandem gefährlich zu werden«, klinkte Lucian sich ein. Die Kälte in seinem Blick ließ mich erschauern. »Ich hab gerade noch gesehen, wie ein Káto ihm den Kopf abgerissen hat.«

Die Luft knisterte und plötzlich bebten die Möbel unter uns. Wie von Geisterhand schoben sie sich an den Rand des Raumes. Ryan und Aaron sprangen auf. Mich dagegen zog Lucian am Arm hoch. Sein Griff war so fest, dass es fast schon wehtat.

»Was soll das?«

»Wir trainieren«, klärte er mich auf. »Wird Zeit, dass du vor den richtigen Dingen Angst bekommst.«

Definitiv nicht nötig. Gerade jetzt war es ein äußerst verärgerter und möglicherweise nicht mehr ganz zurechnungsfähiger Brachion, der mir Angst machte. Ich wurde aus dem Kerl einfach nicht schlau. In einem Moment war er Prinz Charming und im nächsten wieder ein unerträglicher Mistkerl. Der war sogar noch komplizierter als ich.

»Ich werde nicht trainieren. Wir haben gerade gegessen und ich bin müde. Außerdem weiß ich inzwischen, wie ich meine Fähigkeiten aktivieren kann. Ich kann es jetzt steuern. Und Ryan hab ich auch besiegt. Wenn es −«

Lucians grüne Augen trafen mich mit der Präzision eines Laserstrahls. Von seinen vollen Lippen war nur noch ein schmaler Strich übrig.

»Meinst du, Jiron wird darauf Rücksicht nehmen, ob du gerade *gewillt* bist, gegen ihn zu kämpfen?« In seiner Stimme schwang ein bedrohlicher Unterton mit. »Du kannst kämpfen wie Thanatos, hast all seine Fertigkeiten und du verschwendest sie.« Jedes Wort traf mich wie ein Schlag. »An seinen besten Tagen hatte mich Thanatos drei von fünf Malen besiegt. Und trotzdem hast du gegen mich nicht den Hauch einer

Chance. Du glaubst in der Welt der Primus überleben zu können? Dann beweis es!«

Abrupt ließ er mich los und streckte seine Hände aus. In beiden erschien aus dem Nichts je ein Aziam.

Ryan und Aaron warfen sich alarmierte Blicke zu. Könnten sie es im Fall der Fälle zu zweit mit Lucian aufnehmen?

»Das sind Illusionen. Auf diese Weise trainieren Brachion.« Sie sahen aus wie jeder andere Aziam, nur die Griffe waren mit roten Bändern umwickelt. »Die Wunden, die sie schlagen, sind nicht real. Die Schmerzen werden es aber sein«, sagte er, bevor er eine der Klingen mit voller Wucht auf mein Herz schleuderte. Aaron warf sich gegen mich. Der falsche Aziam blieb vibrierend in der Steinwand hinter mir stecken.

»Bist du wahnsinnig?!«, schrie Ryan den Brachion an.

»Nicht mehr als Jiron.« Eine weitere Warnung gab es nicht. Schneller als ich je gekonnt hätte, griff Lucian mich an. Aaron zog seinen eigenen Aziam und fing Lucians Hieb nur Zentimeter vor meiner Stirn ab. Kurz darauf waren beide in einen brutalen Kampf verwickelt. Der Brachion hatte es auf mich abgesehen und Aaron stand ihm im Weg. Ich versuchte einzugreifen, aber der Jäger positionierte sich immer so, dass Lucian nicht an mich herankam. Als Aaron von einem mächtigen Hieb am Rücken erwischt wurde, stürzte sich Ryan von hinten auf den Brachion. Sein Einschreiten verschaffte mir Zeit, nach Aaron zu sehen. Der rothaarige Jäger zog sich mit meiner Hilfe auf die Beine, drängte mich dann aber mit Nachdruck aus der Gefahrenzone. Trotz Verletzung stürzte er sich wieder ins Gefecht. Langsam beschlich mich das Gefühl, dass diese Lektion nicht nur für mich gedacht war.

Lucian wehrte auch die Angriffe zweier Gegner problemlos ab. Wunde um Wunde fügte er den Jägern zu. Sie hielten sich gut, arbeiteten zusammen wie ein eingespieltes Team, aber sie waren nur Menschen. Ryan fiel auf die Knie. Der Schnitt an seinem Kopf war so tief, dass ich seinen Schädelknochen sehen konnte. Lucian versetzte ihm einen unsanften Tritt, bevor er Aaron den Magen durchstieß.

Mit einem Ruck zog er seine Klinge aus dem Jäger und fixierte mich. Mein Herz schlug panisch gegen meine Brust. Das alles hatte nicht mal eine Minute gedauert. Mein Verstand wusste, dass die Wunden der Jäger nur Illusionen waren. Trotzdem war es grauenhaft zuzusehen, wie Ryan und Aaron in ihrem eigenen Blut lagen und um jeden weiteren Atemzug rangen. Lucian nickte in Richtung des Aziams, der noch immer hinter mir in der Wand steckte.

»Du bist dran«, sagte er leise. Ein Angstschauer lief mir über den Rücken. Heute würde er mich nicht schonen.

»In Ordnung, aber nimm die Illusion von den beiden«, bat ich ihn. Lucian lächelte hartherzig.

»Du hast ihren Schutz angenommen. Du hast sie gegen einen Brachion kämpfen lassen, obwohl du die Einzige in diesem Raum bist, die vielleicht eine Chance haben könnte. Besiege mich und es ist vorbei.«

Ohne auf meine Einwilligung zu warten, griff er an. Ich sprintete zur Wand, zog den Aziam heraus und duckte mich. Lucians Klinge sprühte Funken, als sie über den Stein schrammte. Ich nutzte meinen Schwung und zielte auf Lucians Bein. Mein Schlag fuhr zischend durchs Nichts. Der Brachion war verschwunden. Stattdessen zierte eine dicke rote Linie meine linke Schulter. Oh ja, die Schmerzen fühlten sich verdammt echt an. Ein Luftzug hinter mir ließ mich herumfahren. Im letzten Moment fing ich einen Hieb ab, der mich den Kopf hätte kosten können. Meine Schulter protestierte unter der Wucht des Schlags. Ich war einen Sekundenbruchteil abgelenkt und eine Welle aus schimmernder Energie traf mich. Ich flog rückwärts. Sämtliche Luft wich aus meinen Lungen, während der Schmerz in meiner Brust explodierte. Ohne meiner Hand den Befehl gegeben zu haben, ließ sie meine Waffe los. Ich landete unsanft auf Ryan. Röchelnd und mit leerem Blick starrte er mich an, als wolle er etwas sagen. Aber es sprudelte nur Blut aus seinem Mund. Das Blut eines Freundes. Er lag im Sterben. Für mich. Eisige Finger wühlten in meiner Brust und kündigten eine Panikattacke an. Ich verlor die Kontrolle. Ich verlor den Fokus. Und plötzlich zerrte etwas an meinem Inneren. Es fühlte sich an, als würde Lucian mir die Seele entreißen. Mein Atem rasselte. Mein Herz raste. Ein fester Griff um meinen Kiefer zwang mich, in das Gesicht des Brachions zu sehen. Glühendes Silber und tiefes Schwarz mischten sich in Lucians Blick.

»Primus neigen zu Hochmut. Und du bist jetzt eine von uns«, meinte er und musterte mich abschätzig. »Besser, du arbeitest an deinen Schwächen, denn weder Jiron noch Harris werden zögern, sie gegen dich einzusetzen.«

Damit erklärte er das Training für beendet. Das Blut, meine Wunden und meine Schmerzen verschwanden, als wären sie nie da gewesen. Aber mein polterndes Herz blieb.

Lucian hatte sein Ziel erreicht. Ich hatte Angst.

Fluch und Segen

Seit diesem Nachmittag ließ mir der Brachion keinen Moment des Friedens mehr. Wann immer ich am wenigsten damit rechnete, griff er mich mit einem Übungs-Aziam an. Manchmal offen, manchmal aus dem Hinterhalt. Oft dauerten die Kämpfe nur wenige Minuten und stets endeten sie für mich tödlich. Es war eine äußerst schmerzhafte Erfahrung, aber alles war besser, als Freunde sterben zu sehen. Und mit jedem Angriff festigte sich eine Tatsache immer unverrückbarer in meinem Kopf: *Ich wollte mich selbst verteidigen können.*

Mein Blick begann sich zu schärfen. Ich sah gefährliche Positionen, Möglichkeiten für einen Hinterhalt, Hindernisse, optionale Waffen und Fluchtwege. Angriffe, die ich nicht schnell oder kräftig genug ausführen konnte, ließ ich inzwischen bleiben. Ich wusste auch, wann ich Wunden ignorieren konnte und wann besser nicht. Mittlerweile kam ich mit allem zurecht – nur nicht mit dem Ausdruck in Lucians Augen, wenn er auf mich losging. Es war, als hätten sich bei ihm sämtliche Gefühle ausgeknipst und nur einen kalten Killer übrig gelassen. Sah er mich ähnlich, sobald ich meine Abwehr hochzog und meine Gefühle vor ihm verbarg?

Mit solchen Gedanken schlug ich mich herum, während ich nun schon Tag zwölf in Schutzhaft verbrachte. Wir waren unserem Ziel, den Verräter zu finden, bislang keinen Schritt näher gekommen. Außerhalb des Trainings sah ich Lucian so gut wie nie. Auch die Sache mit dem Kuss war nicht noch einmal zur Sprache gekommen. Ich hatte Gideon per SMS wegen des Schwurs meine Meinung gegeigt – und er mir wiederum die seine bezüglich romantischer Interaktionen mit einem verrückten Unsterblichen. Inzwischen gefiel mir die Tatsache immer mehr, dass Lucian mich ohne meine Zustimmung nicht noch mal so aus der Fassung bringen konnte.

»Nein, Mum. Ich feiere keine wilden Partys in unserem Haus, während du weg bist«, seufzte ich ins Telefon. Mel hatte meine Mutter so manipuliert, dass sie glaubte, sie wäre auf einer Kur. Unglücklicherweise hatte die Prima vergessen, ihr ihre Überfürsorge zu nehmen.

»Ja, Mum, ich esse genug.« Jeden dritten Abend rief sie an und erzählte von ihren Erlebnissen mit ihrem neuen besten Freund: Victorius. Abgesehen davon stellte sie immer dieselben Fragen.

»Natürlich mache ich meine Hausaufgaben, Mum!«, antwortete ich brav. Das war noch nicht einmal gelogen. Toby, der in letzter Zeit meinen Platz in der Schule eingenommen hatte, brachte sie mir täglich vorbei.

»Ja, Mum. Lizzy geht es gut.« Hervorragend sogar, immerhin erwartete man von ihr, dass sie sich ausgiebig mit mir – alias Toby – im Lyceum zeigte. Dadurch blieb den Frischverliebten viel Zeit für sich, ohne dass jemand Verdacht schöpfte. Ich hoffte nur, dass niemand sie knutschend in der Bibliothek entdeckte. Gerüchte über meine sexuelle Orientierung dementieren zu müssen, fehlte mir grade noch auf meiner To-do-Liste.

»Wirklich, Mum? Das klingt nach viel Spaß!«, streute ich mal wieder in ihre endlosen Ausführungen zu ihren Freizeitaktivitäten ein.

Ein Piepen kündigte einen weiteren Anruf an. *Gott sei Dank.* Ich hätte nicht noch eine Geschichte von Vic, dem Aqua-Aerobic-Talent, ertragen.

»Mum, ich krieg grad einen Anruf rein. Wir telefonieren bald wieder, okay? Genieß die Kur. Hab dich lieb«, wimmelte ich sie ab und nahm den anderen Anruf an.

»Ich hasse meinen Bruder!«, schnaubte Lizzy ohne Begrüßung ins Telefon.

»Okaaay ...«, sagte ich vorsichtig. »Worum geht es diesmal?«

»Giddie lässt mich nicht mehr zu dir.«

»Was?! Wieso?«, rief ich entsetzt.

»Na, weil er Lucian für absolut unberechenbar hält und mich nicht in seiner Nähe haben will, wenn er wieder durchdreht. Stimmt es, dass er gestern die ganze Zuflucht in Flammen hat aufgehen lassen?«

»Das war nur eine Illusion.«

»Na ja, Gideon sagt, du magst ja ein Halb-Brachion sein, aber ich wäre nur ein siegelloser Mensch.«

»Lucian würde dir nichts tun«, beteuerte ich enttäuscht. Wie sollte ich die ganze Sache nur ohne meine beste Freundin überstehen?

»Ich weiß, aber verklickere das mal meinem verbohrten Bruder. Er hält alle Brachion für wahnsinnig, im Speziellen deinen Lucian.«

Das konnte ich Gideon kaum verübeln. Wäre ich an seiner Stelle, würde ich es mir auch zweimal überlegen, meine Schwester in Lucians Nähe zu lassen. Verdammt, ich würde mir es zweimal überlegen, selbst in seine Nähe zu gehen. Ich wusste, dass Lucian es gut mit mir meinte, aber diese Angriffe aus dem Nichts hatten schon etwas total Durchgeknalltes, besonders aus der Perspektive eines Jägers mit ausgeprägtem Beschützerinstinkt.

»Wo bist du jetzt?«, fragte ich, weil ich Motorengeräusche im Hintergrund hörte.

»Ich fahr noch mal in die Krypta. Ich kann Gideons Nähe grade nicht mehr ertragen und vielleicht hat Jimmy ja inzwischen etwas zu deinem Problem gefunden.« Der hochintelligente Nerd war das neueste Mitglied unserer kleinen Allianz. Nachdem Lizzy sich verplappert hatte, hatten wir ihn zwangsläufig einweihen müssen. Der leidenschaftliche Verschwörungstheoretiker war sofort Feuer und Flamme gewesen. Abgesehen davon hatte Jimmy eine Schwäche für meine beste Freundin entwickelt und konnte ihr ohnehin nichts abschlagen.

»Sag mal, wieso hält Gideon so wenig von den Brachion?« Es verletzte mich irgendwie, betraf es doch inzwischen auch mich selbst.

»Na, weil sie alle eine Schraube locker haben. Kein Wunder, wenn man tagein, tagaus unsterbliche Leben beendet und von der eigenen Art gehasst wird.«

»Ich dachte, sie erhalten doch die Ordnung und vertreten das Gesetz. Wie die Polizei.«

»Oh nein, Ari, sie sind ganz und gar nicht wie die Polizei. Sie sind mehr Vollstrecker. Ein Primus wird von einem Brachion in der Regel – je nach Schwere des Vergehens – einmal vorgewarnt. Das ist in der Liga übrigens ein gängiger Euphemismus für Folter. Erlaubt er sich danach noch einen Ausrutscher, wird er getötet. Kein Kompromiss, keine Verhandlung, keine Gnade.«

»Oh.« Das hatte ich nicht erwartet. Mein leiblicher Vater und Lucian waren Auftragsmörder der Primus-Regierung?

»Scheiß-System, oder? Mag ja sein, dass einige Primus aus Ehrgefühl zum Brachion werden, aber letztlich vertreten sie nicht das Gesetz, sondern den Willen des Rates. Oh Ari, wenn du wüsstest ...« Ihr Satz versickerte in einem lautstarken Gähnen. Dann schmatzte sie ins Handy und fuhr fort. »Man sagt ja, die Einsamkeit treibt die Brachion nach einigen Jahrhunderten in den Wahnsinn, aber – unter uns gesagt – glaube ich eher, dass es die echt miesen Arbeitsbedingungen sind.«

Schweigend ließ ich das alles auf mich wirken. Kein Wunder, dass Lucian außer sich gewesen war, als ich behauptet hatte, ich käme in seiner Welt schon zurecht.

»Ist bei dir sonst alles okay?«, fragte Lizzy besorgt.

»Klar, alles gut«, wich ich aus.

»Hm, und muss ich jetzt als beste Freundin intervenieren oder soll ich deine Lüge einfach mal akzeptieren?«

Ich lächelte. Lizzy kannte mich einfach zu gut.

»Akzeptier die Lüge.«

Da sie inzwischen am Lyceum angekommen war, erfüllte sie mir meinen Wunsch und würgte mich mit dem Versprechen ab, auf der Rückfahrt noch einmal anzurufen. Es gab da wohl haufenweise Schul-Gossip, den sie loswerden wollte. Grinsend legte ich mein Handy beiseite. Lizzy schaffte es immer, meine Laune zu verbessern.

Um die Zeit zu überbrücken, quälte ich mich durch zwei Kapitel Engelsschrift. Ich konnte inzwischen ganze Sätze lesen, aber von flüssig war dabei noch nicht die Rede. Dann aß ich mit Toby und Aaron zu Abend und flickte anschließend ein paar meiner Kleidungsstücke. Lucians Training war eine Katastrophe für meine Garderobe.

Nach drei Stunden kam endlich Lizzys angekündigter Rückruf.

»Was hat denn so lange gedauert? Hat der Hausmeister dich etwa eingesperrt?«, fragte ich fröhlich.

»Ähm ... Nein. Ich habe nur die Zeit vergessen«, stammelte sie. Das kaufte ich ihr nicht ab. Lizzy vergaß nie die Zeit. Wäre Toby nicht hier in der Zuflucht, hätte ich gewettet, dass sie sich mit ihm getroffen hatte.

»Alles in Ordnung mit dir?«

»Aber sicher«, entgegnete sie heiter und eine Spur zu laut. »Ich habe mir nur gedacht, dass du mir vielleicht bei einer Passage aus einem alten Buch helfen könntest.«

»Ich?!«, fragte ich verblüfft.

»Klar. Du weißt doch, ich bin nicht so gut in solchen Sachen. Und du mit deinen neuen Fähigkeiten kannst mir vielleicht weiterhelfen.«

Was sollte das denn?! War das irgendein Code für Ich-wurde-als-Geisel-genommen?

»Äh, wenn du meinst«, murmelte ich verunsichert.

»Also hör genau zu.« Ihre Stimme nahm plötzlich einen ganz seltsamen Klang an, als sie die fremde Sprache rezitierte.

»*Aleach tur hujam détros amà furijar.*
Turas bàk eléth gounaa mìr soltal.«

Ein eisiger Schauer lief mir über den Rücken. Am anderen Ende der Leitung herrschte Schweigen.

»Und was genau soll ich jetzt für dich tun?«, erkundigte ich mich, als ich diese komische Stille nicht mehr aushielt.

»Weißt du, was das bedeuten könnte?« Lizzy klang wieder wie sie selbst. Munter und unbedarft.

»Ähm, nein«, antwortete ich.

»Ah, na dann will ich dich auch gar nicht länger stören. Gute Nacht.«

Ein penetrantes Piepsen bohrte sich in meinen Gehörgang. Lizzy hatte einfach aufgelegt. Was war denn nur los mit ihr? Sie war doch sonst nicht so. Ich überlegte, ob ich noch einmal zurückrufen sollte, entschied mich aber dagegen. Stattdessen wählte ich Gideons Nummer.

»Bist du in Schwierigkeiten?«, meldete er sich nach dem ersten Läuten.

»Nein, nein«, beruhigte ich ihn schnell. Daraufhin hörte ich ein Ächzen und ein paar Geräusche, die ich eindeutig einem Bett zuordnete. Ich hatte den Jäger geweckt.

»Tut mir leid, dass ich so spät noch störe, aber ich wollte wissen, ob mit Lizzy alles okay ist.«

Gideon stöhnte genervt auf.

»Warum rufst du sie nicht selbst an?«

»Ich hab grade mit ihr gesprochen, aber sie klang so anders.«

»Ach Ari, ich habe keine Zeit, mich mit eurem Freundinnenkram auseinanderzusetzen«, schimpfte er müde.

»Ist sie zu Hause?«

»Klar, wo sollte sie um diese Uhrzeit sonst sein?«, grollte der Jäger. Dann seufzte er und fügte etwas gemäßigter hinzu: »Sie ist vor einer Stunde mit Schriftrollen beladen aus der Krypta gekommen, hat mich angemault und sich in ihrem Zimmer eingeschlossen.«

Also war alles in Ordnung. Weshalb blieb trotzdem dieses nagende Gefühl in meinem Bauch? Auf der anderen Seite der Leitung wälzte sich Gideon herum. Sein Atem ging wieder tiefer. Er war kurz vor dem Einschlafen.

»Okay. Danke, Gideon.«

»Ja, ja«, murmelte er.

»Ich meine es ernst. Danke für alles, was du für mich tust.«
Als keine Antwort kam, dachte ich, er hätte mich gar nicht
mehr gehört. Aber ich täuschte mich.

»Immer gern, Ari.« Ich konnte das Lächeln in seiner
Stimme hören. Ebenfalls lächelnd legte ich auf und grub mich
in meine Decken. Lizzy war seltsam gewesen, aber sie war zu
Hause bei Gideon. Da würde ihr nichts passieren.

An diesen Gedanken geklammert schlief ich ein.

⁓

*Ich war völlig außer Atem. Ich lief, so schnell ich konnte. Ich
lief, aber der dunkle Gang hatte kein Ende. Dieses Haus hatte
kein Ende.*

*»Aaaarii ...«, rief er. Seine Schritte hallten von den Wänden
wider.*

*Ich wusste nicht, wie lange ich schon hier unten war. Es kam
mir wie Stunden vor. Ich stieß die einzige Tür auf, die ich finden konnte. Sengende Hitze schlug mir entgegen. Lizzy starrte
mich mit blutunterlaufenen, toten Augen an. Sie baumelte an einem Laken, das um ihren Hals geschlungen war. Ihr ganzer Körper stand in Flammen. Mein Herz trommelte in der Brust. Meine
Kehle wurde eng, aber ich hatte keine Tränen mehr. Die hatte
ich an ihrer letzten Leiche verbraucht. Und an der davor. Und
der davor. Die Schritte kamen näher. Ich rannte an Lizzys totem
Körper vorbei und öffnete die Tür an der hinteren Wand. Wieder ein Gang. Keine Fenster. Völlige Dunkelheit. Immer nur Türen, Zimmer, Gänge ... und seine Schritte. Ich lief weiter. Hände
rissen mich brutal zurück. Sie schleuderten mich gegen irgendetwas, das unter dem Aufprall nachgab. Noch eine Tür. Auf den
Holzsplittern kroch ich rückwärts von ihm weg.*

»Aber, aber … Du hast doch nicht etwa geglaubt, mir ent-
kommen zu können, meine süße Ari«, sagte Lucian. Seine Au-
gen waren schwarz, kalt und vom Wahnsinn zerfressen. Er war
unrasiert. Die Haare trug er etwas länger. Die vorderen Sträh-
nen hatte er am Hinterkopf zurückgebunden. Der Rest fiel ihm
wirr auf die Schultern.

Ich hatte das für einen Traum gehalten. Schließlich konnte Lu-
cian doch nicht so sein. Aber mit jeder Minute, mit jedem Zim-
mer, mit jedem seiner Schläge wuchs die Sicherheit. Das war Lu-
cian und ich musste von ihm fort.

Unter meiner Hand fühlte ich etwas Scharfkantiges. Es war
ein großer Splitter der zerbrochenen Tür. Vorsichtig schob ich ihn
zu mir. Er durfte es nicht bemerken. Lucian lachte.

»Na los!«, murmelte er leise. »Lauf!«

Ich tat ihm den Gefallen. Links von mir war noch eine Tür.
Verschlossen. Lucians Lachen schallte von den Wänden. Er holte
mich ein, warf mich herum. »Du musst schneller sein, wenn du
mir entkommen willst.«

»Oder du langsamer!« Mit aller Wucht rammte ich ihm den
Holzsplitter in die Seite. Dabei riss ich meine eigene Hand bis
auf die Knochen auf. Das Holz brach. Lucian ächzte. Ich stieß
ihn von mir und rannte zurück in den dunklen Gang, aus dem
ich gekommen war. Besiegen konnte ich ihn nicht, also musste
ich von ihm fort!

Der Boden klebte. Der Schein der einzelnen Glühbirne aus
dem Zimmer fiel auf eine rote, klebrige Masse. Trocknendes Blut.
Es war überall. Ich ignorierte es und lief weiter. Ich musste von
ihm fort!

Hinter mir hörte ich, wie Lucian die Verfolgung aufnahm.
Seine Schritte verhöhnten mich. »Aaaaariii …«

Ich stolperte und fiel über irgendetwas Großes. Es war weich und feucht. Neben mir riss Lucian eine Tür auf. Er hatte mich eingeholt, wie die etlichen Male zuvor. Im Licht des offenen Zimmers erkannte ich, worüber ich gestolpert war. Es war Ryans toter Körper. Die Wunde an seinem Kopf war dieselbe, die Lucian ihm in der Zuflucht verpasst hatte. Ich würde das Bild nie vergessen.

»Komm zu mir, Schätzchen.« Lucian griff nach meinem Arm, aber ich konnte mich ihm entwinden. Ich schlug mehrfach auf die Stelle, die ich vorhin noch verletzt hatte. Es zeigte keinerlei Wirkung. Lucian blockte meinen letzten Schlag und schleuderte mich in das neue Zimmer. Es sah aus wie das andere... – es sah aus wie jedes Zimmer in diesem Haus. Stöhnend rollte ich mich auf den Rücken. Die Glühbirne flackerte. Dann wurde sie von Lucians verzerrtem Gesicht verdeckt. Fast schien es, als hätte er eine Art pervertierten Heiligenschein.

Ich musste von ihm fort!

»Du gehörst mir!«, presste er hervor und warf sich auf mich. Ich rang mit ihm, aber Lucian war größer, stärker und definitiv weniger menschlich als ich. Er schaffte es, meine Handgelenke einzufangen. Meine Kräfte schwanden. Ich konnte nur noch an eines denken: Ich! Muss! Von! Ihm! Fort!

»Ari!«

Lucian grinste mich an, versuchte mich zu küssen. Ich drehte meinen Kopf weg und starrte direkt in Aarons gequältes Gesicht. Sein zerfetzter Körper lehnte an der Wand neben mir. Er zuckte. Seine Lippen formten ein Wort: Lauf.

»Ari!!!«

Ich spürte Lucians Mund an meinem Hals. Angewidert schloss ich die Augen.

»Ariana! Komm zu mir!« Eine Ohrfeige traf mich.

Lucian sah mich aus großen grünen Augen an. Irgendetwas war anders. Meine Hände waren frei, also schlug ich zu. So fest *und so hart ich konnte. Lucians Kopf schnellte unter der Wucht zur Seite. Aber seine Wut, die bislang immer auf meinen Widerstand gefolgt war, blieb aus. Den nächsten Schlag fing er ab. Dem dritten wich er aus, indem er mich herumdrehte. Dann schloss er seine Arme um meinen Körper. Ich versuchte mich freizustrampeln. Er blockierte mich mit seinen Beinen.*

»Ganz ruhig. Ich tu dir nichts!«, murmelte er sanft. Ich hörte ihn kaum. Panisch kämpfte ich gegen seine Umklammerung an.

»Bitte, Ari. Es war nicht echt.«

Ich musste von ihm fort!

»Auf dir liegt ein Taaji-Fluch. Eine Hexe hat dich damit belegt, um dich aus der Zuflucht zu treiben.«

Sehr langsam sickerte die Bedeutung seiner Worte zu mir durch. Nicht echt? Ein Fluch?

»Du bist in Sicherheit!«

Sicherheit …

Ich hielt inne, zwang mich zur Ruhe. Tiefe Atemzüge, einer nach dem anderen … Langsam entspannte ich mich.

Nun, da ich mich nicht mehr wehrte, lockerte Lucian seinen Griff, löste ihn aber nicht. Er blieb wachsam.

Zu Recht, denn ich war noch auf Stand-by. Vorsichtig sah ich mich um. Wir befanden uns in einer Art Höhle. Sie war auf einer Seite offen und gab den Blick auf einen friedlichen Sternenhimmel frei. Vor uns prasselte ein Lagerfeuer. Okay, das sah wirklich nicht aus wie das Horrorhaus.

»Wo bin ich?«, krächzte ich.

»In meinem Geist«, antwortete Lucian leise. »Ich musste dich aus deinem Traum holen. Der Fluch hätte sich sonst in deinen Gedanken eingenistet. Es war ohnehin schon fast zu spät.«

Das Adrenalin pumpte mir noch immer durch die Adern. Aber Lucians Geruch hatte eine beruhigende Wirkung auf mich. In dem

Haus hatte alles nach getrocknetem Blut gerochen. Sogar er. Das hier war definitiv der echte Lucian. Erschöpft und erleichtert ließ ich meinen Kopf gegen seine Brust sinken.

»Kann ich dich jetzt loslassen oder laufe ich dann Gefahr, mir wieder eine einzufangen?«, neckte er.

»Kommt darauf an«, meinte ich müde.

»Worauf?«

»Ob du dich benimmst.«

Leise lachend entließ er mich aus seinem Griff. Ich krabbelte von ihm runter und lehnte mich an eine der Felswände. Lucians Haare waren wieder kürzer und sahen wie immer unfrisiert perfekt aus. Sein Blick war von einem besorgten und warmherzigen Grün. Diesen Blick hatte ich schon länger nicht mehr gesehen und mir wurde klar, wie sehr ich ihn vermisst hatte. Genau wie sein verschmitztes Lächeln.

»Und jetzt?«

»... warten wir ab, bis Toby den Fluch gebrochen hat«, meinte er. Plötzlich kam seine Hand auf mein Gesicht zu. Bilder aus dem Haus schossen in meine Gedanken und ich zuckte zurück. Lucian stoppte mitten in der Bewegung. Ein bitterer Ausdruck legte sich auf seine Züge. Dann schob er mir zärtlich eine lose Strähne hinters Ohr.

»Schätze, ich habe das mit dem Training ein wenig übertrieben«, murmelte er und zog sich zurück. »Ich wollte, dass du es mit der Angst zu tun kriegst, damit du vorsichtiger wirst. Aber ich habe nur erreicht, dass du Angst vor mir hast.«

»Nein, Lucian. Das ist es nicht«, widersprach ich schnell. Meine Reaktion war mir peinlich. Obwohl er ja eigentlich recht hatte. »Es ist nur ... – Ich habe nur gerade gefühlte drei Stunden damit verbracht, einem völlig wahnsinnigen Psychopathen zu entkommen. Und er sah aus ... – wie du.«

Lucians Augenbrauen schossen in die Höhe, nur um sich einen Moment später finster zusammenzuschieben.

»Das macht es nicht gerade besser, Ari«, meinte er mit einem gequälten Lächeln. »Der Taaji-Fluch nutzt die größten Ängste des Opfers, um sein Ziel zu erreichen.«

Sehr langsam schuf er noch ein wenig mehr Raum zwischen uns. Unauffällig, aber eindeutig. Er wollte nicht, dass ich mich bedroht fühlte. Ich war sprachlos.

Hatte ich wirklich solche Angst vor ihm? Nein ... das war es nicht. Oder?

Schweigend starrte Lucian in die knisternden Flammen. Je länger ich ihm dabei zusah, desto klarer wurde mir, wie sehr ich Lucian trotz all meiner Gegenmaßnahmen mochte. Und vielleicht noch mehr. Ich hatte keine Angst vor ihm. Ich hatte Angst, mich in ihm zu täuschen.

Im flackernden Schein des Feuers wirkten Lucians Augen grüner als sonst. Unvermittelt sahen sie mich an.

»Ich würde dir außerhalb unseres Trainings niemals wehtun. Es tut mir leid, dass ich dir Angst eingejagt habe, aber ich mach's wieder gut«, sagte er. »Keine unangekündigten Angriffe mehr, versprochen. Und außerdem ...« Und da war es plötzlich wieder: das Lächeln, das drauf und dran war, mir mein Herz zu stehlen. »... wirst du mit mir ausgehen.«

Jetzt war ich diejenige, die mit ihrer Überraschung zu kämpfen hatte.

»Du willst mit mir ausgehen?«, stammelte ich. Mein verräterisches Herz machte einen Freudensprung.

»Warum nicht?«, fragte er mit einem Schulterzucken.

»Vielleicht, weil mich alle Welt umbringen will und mich deshalb ein unleidiger, pflichtversessener Brachion seit über fast zwei Wochen in einem Bunker gefangen hält?«

Lucian warf seinen Kopf in den Nacken und lachte. »Na ja, dann wird sich dieser Brachion jetzt alle Mühe geben, weniger unleidig zu wirken. Und um seiner Pflichtversessenheit Genüge zu tun, werden wir einfach hier ausgehen.« Mit einer ausholenden Bewegung umschrieb er unsere Umgebung alias seinen Geist. »Wir können sowieso nicht zurück, bis Toby den Fluch gebrochen hat. Und je entspannter du bist, desto besser kann er arbeiten.«

Das warme Gefühl der Vorfreude gefror in meinem Bauch.

»Ach so. Eine Maßnahme also. Du musst das nicht tun – ich kann mich auch hier entspannen, wenn –«

»Ari!«, unterbrach er mich sanft. »Es ist keine Maßnahme. Unser Training war eine Maßnahme und ich habe mich jede Sekunde davon gehasst. Es war ein Fehler. Ich hätte es langsamer angehen sollen. Ich hatte nur Angst, dass du ...«

»Dass ich was?«, fragte ich leise, als er nicht mehr weitersprach. Lucian seufzte.

»... dass du irgendwann aus Trotz meinen Schutz ablehnen würdest. Und da wollte ich dich eben schnellstmöglich so weit bringen, dass du dich zumindest ansatzweise allein verteidigen kannst«, gestand er. »Aber dir wehzutun, Ari ... dieser Ausdruck in deinen Augen ... wie du mich angesehen hast ... das war ... unerträglich. Es tut mir leid.«

»Schon okay«, tat ich automatisch ab. Immerhin hatte es ja funktioniert. Meine Fortschritte waren nicht von der Hand zu weisen. So gesehen konnte man seine Methoden als durchaus effektiv bezeichnen.

»Aber mit dir auszugehen ist nichts, was ich tun muss, sondern etwas, was ich tun will. Also sag mir, wo es hingehen soll. Dein Wunsch ist mir Befehl.« Geschmeidig kam er auf die Füße und hielt mir seine Hand hin.

»Und wenn ich das gar nicht will?« Die Worte waren raus, bevor ich es verhindern konnte. Natürlich wollte ich ...

Ein Hauch von Enttäuschung huschte über Lucians Gesicht. Er versuchte, es mit einem Lächeln zu überspielen.

»Gib mir eine Chance.« Seine Hand wartete immer noch darauf, ergriffen zu werden. Ein innerer Kampf entbrannte in mir. Ich wusste, dass es kein Zurück mehr geben würde, wenn ich jetzt meinen Widerstand aufgab. Wo sollte das denn hinführen? Wollte ich mein ganzes Leben einem unsterblichen Primus hinterhertrauern?

»Hey, lass den Kerl mit dem riesigen Ego hier nicht so lange zappeln!«, grummelte er und entlockte mir damit ein Lächeln. Wem machte ich etwas vor? Ich wusste, dass ich seine Einladung nicht ablehnen konnte. Alles andere würde sich später zeigen müssen. Seine Augen strahlten, als ich meine Hand in seine legte. Er zog mich auf die Beine und plötzlich standen wir ...

Weißes Pony auf grüner Wiese

... auf einem Jahrmarkt.

Bunte Lichter blinkten um die Wette. In der Luft hing der Duft von gebrannten Mandeln und Zuckerwatte und der Klang einer lädierten Drehorgel. Es war brechend voll, aber die Menschenmassen flossen um uns herum, als wären wir eine Verkehrsinsel. Skeptisch sah ich an Lucian hoch.

»Echt jetzt?«

Er zuckte grinsend mit den Schultern.

»Mag sein, dass ich ein bisschen eingerostet bin, was diese Date-Sache betrifft«, verteidigte er sich. »Ich dachte, ich könnte hier für dich einen Teddy schießen und auf diesen Lukas hauen und diesen ganzen Kram machen, mit dem Kerle ihre Männlichkeit beweisen und –«

»Das gilt nur für Menschen – bei dir wäre das unfair. Außerdem bin ich nicht mehr zwölf«, schimpfte ich lachend. Lucian hatte es innerhalb weniger Sekunden geschafft, mir meine Aufregung zu nehmen und die Strapazen der letzten Tage verblassen zu lassen.

»Also gut, dann was anderes!« Vor uns tauchte eine Parkbank auf. Er zog mich mit sich auf die Sitzfläche. Plötzlich blendete mich ein greller Blitz und wir saßen ...

... in einer winzigen Kabine. Lucian hatte seinen Arm um meine Schultern gelegt und zog Grimassen. In regelmäßigen Abständen blitzte es auf. Ich stöhnte. Wir waren in einer dieser alt-

modischen Fotokabinen. Dabei hasste ich es, wenn man Fotos von mir machte. Ich rammte Lucian rabiat meinen Ellbogen in die Rippen, was er lachend ignorierte. Stattdessen fischte er nach meiner Hand und einen Ruck später stolperten wir …

… auf eine Wiese. Eine endlose, über Hügel gewundene Wiese. Das Gras war vom sattesten Grün, das ich je gesehen hatte, während am azurblauen Himmel Schäfchenwolken vorüberzogen. Vor uns lagen eine Picknickdecke und darauf ein Korb voller Köstlichkeiten.

»Und?«, erkundigte sich Lucian erwartungsvoll.

»Bisschen kitschig, aber schon in Ordnung.« Ihn zu necken machte einfach zu viel Spaß.

»Schon in Ordnung?!«, meinte er eingeschnappt, doch der Schalk blitzte in seinen Augen. »Warte mal, bis du die Überraschung siehst.« Er packte mich an den Schultern und drehte mich herum. Nicht allzu weit von uns stand auf einem der Hügel ein weißes Pferd. Nein, es war ein Pony. Ich ahnte Schlimmes.

»Ähm, was ist das?«

Lucian lachte leise und beugte sich über meine Schulter.

»Das«, erklärte er spitzbübisch, »ist ein weißes Pony auf einer grünen Wiese. Das sieht man doch …«

Oh nein! Oh Gott! Er hatte meine Gedanken beim Gomorrha *also wirklich gehört!*

Wie gut, dass er hinter mir stand, denn ich wurde rot wie eine Tomate.

»Ähm, ja, also …« Mit gesenktem Kopf drehte ich mich zu ihm um und hielt ihm meine Hand hin. »Lass uns etwas anderes probieren.«

»Aber was wird aus dem Picknick?«, rief er scheinbar entrüstet. »Außerdem hab ich ein paar Extra-Äpfel für das niedliche weiße Pony auf grüner Wiese …«

Netter Versuch! Ich würde hier keine Minute länger bleiben als nötig.

»Weiter!«

Lucians Mundwinkel zuckten verräterisch.

»Wie du möchtest.« *Er packte meine Hand und schwang mich einmal unter seinem Arm durch. Und schon drehte ich mich …*

… auf einem zugefrorenen See. Auf Schlittschuhen. Ich kämpfte mit dem Gleichgewicht. Ach, herrje. Ich war seit Jahren nicht mehr Schlittschuh gefahren. Wenigstens würde ich im Fall der Fälle weich landen angesichts der dicken Jacke, der Mütze und den Fäustlingen, die Lucian mir angezogen hatte. Ich fühlte mich wie das Michelin-Männchen. Die kalte Nacht verwandelte den Atem vor meinem Mund in kleine Wolken. Von einer einsamen Hütte am Ufer hallten Evergreens über den zugefrorenen See. Einige Eisläufer glitten lautlos an mir vorbei, während ein paar Grundschüler sich eine Schneeballschlacht lieferten.

»Besser?«, *fragte Lucian, der gekonnt neben mir bremste. Er trug einen knielangen schwarzen Mantel und Lederhandschuhe. Sein Arm schlang sich um meine Taille und stützte mich, wofür ich in meiner instabilen Situation sehr dankbar war. Mit der anderen Hand hielt er mir eine dampfende Tasse Glühwein hin.*

»Jap, besser«, *lobte ich.* »Nur bin ich seit Ewigkeiten nicht mehr Schlittschuh gefahren. Ich glaube nicht −«

»… *dass das das Richtige ist*«, *beendete er meinen Satz bewusst völlig falsch. Ich schüttelte den Kopf, doch Lucian überging mich. Er sah nachdenklich an mir herunter. Dann schnalzte er mit der Zunge, als hätte er eben erst den Fehler in seinem Plan entdeckt.*

»Du hast absolut recht, viel zu viele Klamotten.«

Sein Lederhandschuh griff nach meinem Fäustling und plötzlich lagen …

… unsere bloßen Hände ineinander. Über mir prangte an der

meterhohen Decke ein glitzernder Kronleuchter. Die zahllosen
Lichter spiegelten sich im glatt polierten Marmorboden wider.

»Einen Tisch für zwei. Ich habe reserviert.«

»Aber natürlich, Monsieur Ankou«, bemühte sich der Confé-
rencier sofort. Lucian bot mir grinsend seinen Arm an. Er trug
einen teuren Smoking und sah darin umwerfend aus.

»Dann probieren wir es jetzt mal klassisch«, raunte er mir zu,
während wir dem kleinen Franzosen mit Mittelscheitel folgten. Er
führte uns in ein edles Restaurant. Die Lichter waren gedimmt
und überall brannten Kerzen auf den Tischen. Ein paar Männer
in Anzügen drehten sich nach mir um.

»Die 'errön beneidön Sie um Ihrö sauber'aftö Begleitung, Mon-
sieur Ankou«, meinte der Conférencier mit gesenkter Stimme. Lu-
cian nickte gönnerhaft.

Ich rollte mit den Augen, hielt es aber für überflüssig, ihn da-
rauf hinzuweisen, dass er quasi mit sich selber sprach. Immerhin
entsprangen sämtliche Personen in diesem Raum seiner Fantasie.

Eilig zog der kleine Franzose für mich den Stuhl zurecht. Un-
ser Tisch stand direkt an einem riesigen Fenster. Dahinter fun-
kelte die atemberaubende Silhouette von Paris bei Nacht.

»Und wenn Sie misch fragön, 'aben die 'errschaftön damit völ-
lisch rescht, Mademoiselle. Sie sehen sauber'afte aus!«

Im Glas des Fensters erblickte ich mein Spiegelbild. Dunkles
Etuikleid, Riemchen-Stilettos und ein seitlich geflochtener Zopf.
Ich hob eine Braue und sah Lucian an. Er schien sich köstlich zu
amüsieren.

»Wie Etienne schon sagte: Sauber'afte.«

Höflich wartete er, bis ich mich gesetzt hatte, bevor er ebenfalls
Platz nahm und weltgewandt bestellte. Etienne beglückwünschte
ihn zu seiner gelungenen Wahl, servierte Champagner als Ape-
ritif und eilte davon.

»Zu dick aufgetragen?«, fragte Lucian, nachdem er meinen Gesichtsausdruck interpretiert hatte.

»Bisschen«, lachte ich. Er schmunzelte und streckte mir seine Hand hin.

»Dann komm.«

»Nein, ich find's toll«, meinte ich schnell. Einen weiteren Ortswechsel verkrafteten meine Nerven nicht. Und außerdem gab es da noch einen Grund. »Ich, ähm – ich hatte noch nie so ein Date.«

Ehrliche Fassungslosigkeit machte sich auf Lucians Gesicht breit. »Du wurdest noch nie schick zum Essen ausgeführt?«

Das war kein Thema, das ich jetzt und hier ausbreiten wollte, also schüttelte ich lediglich den Kopf.

»Ach komm. Erzähl mir nicht, dass sich diese reichen, geschniegelten Bengel von deiner snobistischen Schule nicht alle um dich gerissen haben.«

»Eigentlich eher nicht«, gestand ich leise.

Ich hatte erwartet, dass Lucian jetzt lachen oder einen Witz auf Kosten meiner Unerfahrenheit machen würde. Aber ein Stirnrunzeln war die einzige Reaktion, die ich bekam. Ungewöhnlich ernst hob er sein Glas und sah mir in die Augen. »Dann sollte ich ihnen dafür wohl dankbar sein.«

Als wir anstießen, wurde sein Blick so intensiv, dass ich eine Gänsehaut bekam. Ein bisschen frische Luft wäre jetzt nicht schlecht. Ersatzweise würde aber auch ein anderes Thema reichen. Ich nahm das erstbeste.

»Ist Ankou dein echter Nachname?«

»Sozusagen.«

»Sozusagen?«

»Es ist der Name meiner Dynastie. Also fast so etwas wie ein menschlicher Nachname.«

»Bedeutet er etwas?«

»Eigentlich nicht, aber mein Großvater hat vor ein paar Jahrhunderten zweifelhafte Berühmtheit erlangt. Du würdest einige Geschichten finden, wenn du den Namen googelst.«

»Echt? Erzähl.«

Lucian schien nicht sehr glücklich mit dem Verlauf des Gesprächs, aber er kam meiner Bitte nach. »Es ist eine bretonische Sage. Ankou ist dort ein dämonischer Totenwächter, der König der Toten, Gevatter Tod. Er bewahrt die Ruhe der Verstorbenen und bringt jedem den Tod, der es wagt, ihn anzusehen.«

»Oh, wow«, überspielte ich meine Beklemmung und nahm einen großen Schluck Champagner. »Dein Großvater muss ja ein netter Mann sein.«

Lucian lachte in sich hinein. »Ganz so schlimm ist er nicht. Er hatte nur eine äußerst lukrative Geschäftsidee bezüglich kürzlich verstorbener Menschen. Inzwischen hat er dank der modernen Kryogenik sein Sortiment massiv erweitert. Ein Shoppingcenter für Primus, die mal ihr Äußeres verändern wollen.«

Er hat was?! Bäh! Nur mit viel Mühe hielt ich meine Mimik unter Kontrolle. Kein Wunder, dass Lucian das Los eines Brachion dem Familiengeschäft vorgezogen hat.

Als ich ihn danach fragte, wurde er schlagartig ruhig. Das verschmitzte Lächeln, das sein ständiger Begleiter war, zerfloss auf seinem Gesicht. Dann schüttelte er den Kopf ein wenig, als versuche er, eine Erinnerung loszuwerden.

»Es gibt viele Gründe, warum ich zu den Brachion gegangen bin«, meinte er leise. »Aber eigentlich war eine Frau schuld daran.«

Seiner Reaktion nach nicht nur irgendeine Frau, sondern eine, für die er etwas empfand. Irgendwo in meiner Magengegend bildete sich ein kalter Klumpen. Lucian seufzte.

»Streng genommen waren es sogar zwei Frauen. Die eine hieß

Mira. Sie ist eine Prima und eine berechnende Schlange. Mit ihr hatte ich vor langer Zeit ein Verhältnis – das ich übrigens mehr als einmal schwer bereut habe.«

So weit, so gut. *»Und die zweite?«*

»Amaé«, sagte er liebevoll und schwermütig zugleich. »Sie war ein Mensch und hat mir ihre Seele und ihr Herz geschenkt.«

Spätestens jetzt verfluchte ich mich dafür, diese Frage gestellt zu haben.

»Jedenfalls wäre Mira gerne eine Verbindung mit mir eingegangen«, fuhr Lucian fort. »Aber dafür habe ich sie wohl nicht genug geliebt. Statt das zu akzeptieren, hat sie die Schuld bei Amaé gesucht.«

»Ist eine Verbindung so was wie eine Hochzeit?«

»Etwas in der Art, allerdings hat es weniger mit Anträgen, Ja-Worten und Eheringen zu tun«, erklärte er. »Wir werden nicht gefragt. Wenn zwei Primus genug füreinander empfinden, verbinden sie sich. Das Zeichen des Mächtigeren überträgt sich auf den Partner. Genauso schnell verschwindet das Zeichen wieder, sollten die Gefühle nachlassen.«

»Mira war also eifersüchtig.« *Lucian nickte. Er nahm seinen Champagner, trank aber nicht. Stattdessen drehte er das Glas zwischen den Fingern.*

»Und dann?«

»Sie hat sie getötet«, erwiderte er steif und kippte sein Glas herunter. »Mira hat Amaé getötet und ihren Körper genommen.«

Ich schlug entsetzt die Hand vor den Mund.

»Oh mein Gott.«

Wie konnte jemand nur so grausam sein? Es musste Lucian wahnsinnig gemacht haben, jeden Tag die Hülle seiner Geliebten zu sehen und zu wissen, dass sie tot war, während in ihr ihre Mörderin weiterlebte. Die Ironie des Ganzen grenzte schon an Sadismus.

»Und wurde sie wenigstens dafür bestraft?«

»Nein, Ari«, antwortete Lucian mit einem traurigen Lächeln.
»Bei den Primus ist es durchaus üblich, die Körper zu wechseln, je nachdem, was für einen Geschmack sein Partner gerade hat. Niemand konnte ihr etwas nachweisen. Die einheitliche Meinung war, dass Mira mir damit ein Geschenk machen wollte.«

Mir verschlug es die Sprache. Ich hatte in meinem ganzen Leben noch nie etwas so Fürchterliches gehört.

»Ich war am Boden zerstört, nährte mich nicht mehr und pumpte mich voll mit... – sehr ungesunden Substanzen. Mein Vater war alles andere als erfreut über mein Verhalten. Auch er hatte auf eine Verbindung zwischen mir und Mira gehofft. Immerhin ist ihre Dynastie neben unserer eine der einflussreichsten in der Liga. Ich ertrug nicht, dass er für Amaés Mörderin Partei ergriff. Und noch weniger ertrug ich es, sie ständig sehen zu müssen.«

»Also bist du zu den Brachion gegangen«, beendete ich seine Geschichte. Lucian nickte und schenkte mir ein kleines Grinsen.

»Wo mich dein Vater unter seine Fittiche genommen hat.«

Die Erwähnung meines angeblichen Vaters ließ mich zusammenzucken. Ich hatte die letzten Tage viel über diesen Primus namens Thanatos nachgedacht. Er musste ein toller Typ sein. Es war ungerecht, dass Lucian so viel Zeit mit ihm hatte verbringen dürfen, während ich Harris als Stiefvater bekommen hatte.

»Wie ist Thanatos so?«

Lucians Stimmung änderte sich sofort. Er sprühte vor Stolz, seinen Mentor vor dessen Tochter loben zu dürfen.

»Er ist ein großartiger Mann. Loyal, mutig, witzig«, erzählte er. »Er hat den Verstand in mein desolates Hirn zurückgeprügelt, als ich nur noch daran dachte aufzugeben.«

379

Wieder spürte ich diesen Stich der Eifersucht und versteckte ihn schnell hinter meinem Champagnerglas. Lucian musste es bemerkt haben, denn er wechselte das Thema.

»Du bist dran«, meinte er und füllte unsere beiden Gläser wieder auf. »Was hat dieser Brendon dir angetan?«

»Lucian ...«, protestierte ich, aber er ließ mich gar nicht erst weiterreden.

»Hey, ich habe dir gerade von meiner dunkelsten Stunde erzählt und du weichst aus? Das ist nicht fair.« Seine gespielte Entrüstung brachte mich zum Lachen. Ich spürte, wie das letzte Eis zwischen uns brach. Vielleicht hatte er ein bisschen mehr Vertrauen verdient.

»Es war letztes Jahr, als es meiner Mum so schlecht ging. Ich war naiv und einsam und Brendon war einfach ... der Hammer«, begann ich. »Er hat mich angesprochen, wir waren ein paar Mal im Kino und er hat mir seine Liebe gestanden. Er meinte, wenn ich ihn auch lieben würde, müsste ich mit ihm schlafen. Ich war nicht so weit, aber ich wollte ihn nicht verlieren. Also bin ich mit ihm ins Bett gestiegen.« Meine Gefühle waren sicher im Tresor verschlossen. Andernfalls hätte ich längst zu flennen begonnen.

»Und dann?«, fragte Lucian sanft. Ich versuchte den Kloß runterzuschlucken, der sich in meiner Kehle bildete.

»Das Übliche«, leierte ich gleichgültig herunter. »Lügen, Ausreden, Hinhaltetaktik. In der Öffentlichkeit hat er mich verleugnet und privat um den Finger gewickelt. Und ich war leider dumm genug, immer wieder darauf reinzufallen.« Mit einem gezwungenen Lächeln sah ich Lucian an. Seine Miene war mit jedem Wort finsterer geworden. Ich hatte Angst, dass er das Glas in seiner Hand zerbrechen könnte.

»Und auf dieser Party?«, erkundigte er sich tonlos.

Ich erstarrte. »Woher weißt du davon?«

Eine kurze Pause, dann ein Schulterzucken.

»Ich hatte gestern einen kleinen Zusammenstoß mit deinem Ex«, gestand er. »Er hat mich mit Toby gesehen und mir vorgeworfen, ich würde ihm die Freundin ausspannen.«

»Was?!«, fragte ich verwirrt. Dann ging mir ein Licht auf. Brendon musste Toby in meiner Gestalt angesprochen haben. Schon wieder. Ich ahnte Schlimmes. Lucian war sehr viel weniger geduldig als der Hexenmeister. »Was ist passiert?«

»Nichts«, meinte Lucian. Seine Augen blitzten gefährlich. »Aber das nächste Mal wird er nicht solches Glück haben.«

Alle Alarmglocken in meinem Kopf sprangen gleichzeitig an. Inzwischen kannte ich diesen Blick von Lucian und er verhieß nichts Gutes. Was auch immer geschehen war oder Toby ihm erzählt haben mochte, Brendon war mein Problem. Und ich löste meine Probleme gerne selbst.

»Ich will, dass du dich da raushältst, Lucian«, forderte ich nachdrücklich. Wenigstens in diesem Teil meines Lebens wollte ich die Kontrolle behalten.

Er sah mich überrascht an. »Warum?«

»Weil das meine Angelegenheit ist.«

Seine Überraschung wurde von Zweifel und Argwohn abgelöst, bevor sein Gesicht völlig ausdruckslos wurde. Irgendwas lief hier grade so richtig schief.

»Empfindest du noch etwas für diesen Kerl?«

Was sollte das denn jetzt? War Lucian etwa eifersüchtig? Er hatte mir doch erzählt, wie groß und erwachsen er wäre und dass er damit klarkäme, wenn ich ihn nicht wollen würde – was ja nicht der Fall war. Oder doch? Zumindest war ich mir nicht sicher. Aber Brendon war der letzte Mann, mit dem ich wieder was anfangen würde. War die einfache Tatsache, dass ich meine

Angelegenheiten selber klären wollte, denn so absurd, dass man dahinter gleich Gespenster sehen musste?!

»Ich will dein Wort, dass du Brendon in Ruhe lässt.« Entschlossen hielt ich Lucians Blick stand. »Ja, er hat mir das Herz gebrochen«, oder herausgerissen, darauf herumgetrampelt und es dann zum Sterben liegen gelassen, »aber er hat seine Abreibung bekommen.«

»Die er offenbar nicht verstanden hat, sonst würde er jetzt nicht versuchen, dich –«

»Lucian!«, unterbrach ich ihn rüde. Wie stur konnte der Kerl sein? Wir starrten uns gegenseitig nieder, bis der Brachion schließlich nickte.

»Also gut, du hast mein Wort, dass ich Brendon nicht anrühren werde.«

»Und auch sonst nichts mit ihm tust oder andere für dich tun lässt.« Ich war nicht dumm. Ich hatte aus dem Deal mit den Rossis gelernt. Lucian seufzte und senkte den Kopf, wobei ich das ertappte Lächeln auf seinem Gesicht noch hatte sehen können.

»Ich werde ihm weder persönlich noch durch jemand anderen Schaden zufügen«, gab er nach. Dann suchten seine Augen wieder die meinen und er ergänzte: »Es sei denn, er greift mich zuerst an oder du bittest mich darum.«

Mehr würde ich wohl von ihm nicht kriegen. Also gab ich mich damit zufrieden.

»Gut«, murmelte ich und leerte den Rest meines Champagners.

»Erzählst du mir trotzdem, was auf dieser Party passiert ist?«, erkundigte sich Lucian leise. Mit einem Mal wirkte er sehr verletzlich.

Ich seufzte. Keine halben Sachen.

»*Ich hatte Gerüchte gehört, dass Brendon mit Denise was am Laufen hatte. Also hab ich Lizzy gezwungen, mit mir auf die Stufen-Party im Turm zu gehen. Und natürlich hab ich die zwei beim Rumknutschen gesehen. Drei Gin Tonic später hatte ich den wahnwitzigen Plan gefasst, in Brendons Zimmer auf ihn zu warten, um die beiden entweder in flagranti zu erwischen oder aber ihn allein zur Rede zu stellen. Blöde Idee, ich weiß. Ich war dumm, betrunken und verletzt. Da lief das mit dem Nachdenken nicht mehr so gut. Leider bin ich auch noch auf seinem Bett eingeschlafen, was wohl wie eine Einladung gewirkt haben muss. Denn als ich wieder aufgewacht bin, fummelte Brendon gerade an mir herum. Ich war zu betrunken, um mich gegen ihn zu wehren. Er redete stattdessen die ganze Zeit auf mich ein, wie sehr er mich liebte und dass alles gut wäre. Und ich wollte ihm so dringend glauben.*« Ich versuchte Lucian nicht anzusehen. Die Erinnerung daran beschämte mich zu sehr. »*Jedenfalls stellte ich dann fest, dass es nicht nur Brendons Hände waren, die sich an mir zu schaffen machten, und schlagartig war ich wach und nüchtern. Sie haben zu dritt versucht mich festzuhalten, aber mein Halb-Brachion-Überlebensinstinkt ist angesprungen. Bilanz des Abends: Acht Knochenbrüche, diverse Platz- und Kratzwunden, zwei ausgerenkte Kiefer, Prellungen, gequetschte Weichteile und drei Jungs, die arg in Erklärungsnot kamen, als sie im Krankenhaus erzählen sollten, was passiert war*«, schloss ich meine Geschichte.*

Eine unangenehme Stille breitete sich aus.

Schließlich traute ich mich doch hochzusehen. In Lucians Augen tanzten schwarze Schlieren. Er starrte aus dem Fenster. Seine Kiefer waren aufeinandergepresst. Sein Glas hatte er inzwischen wohlweislich abgestellt.

»*Du hast ja gar keine Ahnung, wie sehr ich mir gerade wünsche, dir diesen Schwur nicht geleistet zu haben*«, knurrte er.

Dann sah er mich ernst an. »Kleines, du weißt, dass ein Wort von dir reicht, und ich knöpfe mir diesen Burschen und seine Freunde vor.«

»Es hätte keinen Sinn, Lucian«, seufzte ich. »Meine Dummheit macht das auch nicht wieder ungeschehen.«

»Ari! Du hast nicht das Geringste falsch gemacht!«

Langsam, aber sicher näherte sich dieses Gespräch einer Grenze, auf deren anderer Seite meine Gefühle gefährlich an ihrem Verlies rüttelten.

»Lucian, bitte«, flehte ich ihn an aufzuhören.

Er öffnete den Mund, um etwas zu erwidern, schloss ihn aber sofort wieder. Nach einer Weile entspannten sich seine Gesichtszüge. Etienne kam an unseren Tisch und überbrachte einen zusammengefalteten Zettel auf einem silbernen Tablett. Ich fragte mich, was für Neuigkeiten Lucian wohl von seinem eigenen Geist erhalten würde. Der überflog die Nachricht und nickte. »Toby hat es geschafft.«

Erleichtert atmete ich auf. Nicht, dass ich die Zeit mit Lucian nicht genossen hätte, aber in einem fremden Geist festzustecken, hatte schon etwas sehr Beunruhigendes.

Etienne verabschiedete sich übereifrig und bat uns, bald wiederzukommen. Ich konnte nicht umhin, über den kleinen Franzosen zu schmunzeln. Irgendwie mochte ich ihn.

»So hätte unsere Verabredung eigentlich nicht laufen sollen«, sagte Lucian geknickt. Ich zuckte mit den Schultern.

»So schlimm war es doch gar nicht«, beruhigte ich ihn, woraufhin er belustigt seinen Kopf schüttelte.

»Du darfst erst mitreden, wenn du einen Vergleich hast, Kleines«, stellte er klar. »Und damit wir uns nicht falsch verstehen: ICH habe vor, der Kerl zu sein, der dir diesen Vergleichswert liefert.«

Er sah mich an und in meinem Bauch tanzten die Schmet-
terlinge Salsa vor Vorfreude, dass er sein Versprechen wahrma-
chen könnte.

»Bereit?«, fragte Lucian.

Ich nickte.

Die Schwäche deines Gegners

»Sie wacht auf.«

Das war Aarons Stimme. Sein verschwommenes Gesicht tauchte über mir auf. Sofort schob sich ein zweites dazu.

»Sie wird vermutlich noch ein wenig orientierungslos sein. Das bringt der Gegenzauber mit sich«, sagte Toby. »Versuch sie ruhig zu halten, so lange es geht.«

»Du kannst auch direkt mit ihr reden. Sie ist wach«, murrte ich patzig. Mir tat alles weh.

»Oh, 'tschuldige. Ich dachte nicht, dass du dich so schnell erholst«, erwiderte Toby grinsend. »Geht es dir gut?«

Ich nickte erschöpft.

»Keinen Drang wegzulaufen oder auf jemanden einzuprügeln?«, erkundigte er sich misstrauisch.

»Ähm, nein.«

»Gut, dann kannst du sie losbinden, Aaron. Aber pass trotzdem auf«, wies Toby den Jäger an. Erst als Aaron sich an meinen Händen zu schaffen machte, verstand ich, was Toby gemeint hatte. Ich war mit Nylonseilen ans Bett gefesselt!

»Kann mir das vielleicht jemand erklären?«

»Du bist im Schlaf aufgestanden und hast versucht wegzulaufen. Und als wir dich daran hindern wollten, bist du ... – sehr energisch geworden«, meinte Lucian. Ich drehte meinen Kopf zur Seite, damit ich ihn sehen konnte. Er saß im Schnei-

386

dersitz auf dem Boden neben dem Bett. Seinen Rücken hatte er an eine Wand gelehnt.

»Hi«, sagte ich leise.

»Hi«, antwortete er lächelnd.

»Energisch?! Nette Umschreibung für 'ne absolute Furie«, murmelte Toby, während er einige Schälchen vom Nachttisch räumte. Auf seiner Wange prangten blutige Kratzspuren, die seine Behauptung noch untermauerten.

»War ich das etwa?«, hauchte ich entsetzt. »Oh Gott, das tut mir so leid.« Wieso konnte ich mich nur nicht mehr daran erinnern?

»Ach, *er* kriegt eine Entschuldigung und mein blaues Auge interessiert mal wieder niemanden«, feixte Aaron, während er die letzte Fessel von meinem Bein löste. Und tatsächlich, das Auge des Jägers war schon jetzt angeschwollen und hatte eine leicht violette Färbung.

Erschrocken richtete ich mich auf und realisierte das Chaos um mich herum. Offenbar hatte ich nicht nur Toby und Aaron in Mitleidenschaft gezogen, sondern auch das komplette Studio verwüstet. Bücher lagen auf dem Boden, zwei Barhocker waren zerbrochen und ein paar Kissen zerfetzt. Und anders als beim Training mit Lucian war das diesmal keine Illusion.

»Oh nein.«

»Mach dir nichts draus, Ari. Ich habe Leute unter dem Taaji-Fluch schon ganz andere Dinge tun sehen«, meinte der derangierte Toby und klopfte mir aufmunternd auf die Schulter. »Aber falls du gerade die Nerven dazu hast: Es würde helfen, wenn du uns erzählst, was geschehen ist, bevor du eingeschlafen bist.«

Das war in meinem momentanen Zustand keine einfache Aufgabe. Mein Schädel drohte zu zerplatzen und das nervige

Dröhnen in meinen Ohren trug auch nicht gerade zu meiner Konzentration bei. Es war so viel geschehen, seit ich eingeschlafen war. Lucian setzte sich zu mir aufs Bett und ergriff meine Hand. Erst jetzt fiel mir auf, dass seine Kleidung überall Blutspuren aufwies. Seine Verletzungen waren inzwischen wieder geheilt, aber wahrscheinlich hatte er den Hauptteil meines Ausbruchs abbekommen.

»Mit wem hast du zuletzt gesprochen?«, fragte er sanft. Mühsam sortierte ich in meinem Kopf Ereignisse und Uhrzeiten.

»Mit Gideon«, erinnerte ich mich. Lucians Lippen pressten sich zu einer grimmigen Linie zusammen.

»Was wollte er?«

»Er? Nichts. Ich habe ihn angerufen, weil –« Ich stockte, als mir ein Licht aufging. »... weil Lizzy sich seltsam benommen hat.«

Mit energischen Schritten baute sich Toby vor mir auf.

»Was war mit Lizzy?«, forderte er zu wissen.

»Sie wollte mich zurückrufen, aber das hat ewig gebraucht. Und dann war sie irgendwie komisch.«

Der Hexenmeister packte und schüttelte mich.

»Was hat Lizzy gesagt?«

»Ganz ruhig, Toby«, murmelte Lucian und legte ihm die Hand auf die Schulter. Die Geste war Beruhigung und Warnung zugleich. Der Hexenmeister ließ mich widerwillig los, wartete aber immer noch auf meine Antwort.

»Sie hat mich um Rat zu irgendeinem alten Text gebeten. Ich habe kein Wort verstanden, als sie ihn mir vorgelesen hat. Es war irgendwie unheimlich.«

»Verdammt!«, fluchte Toby und hackte auf sein Handy ein. Er lauschte eine Weile und fluchte dann erneut. »Sie geht nicht ran. Ruf Gideon an!«

Vom Nachttisch holte er mein Handy und hielt es mir hin.

»Was?«, stammelte ich.

»Er soll nach Lizzy schauen. Sofort!«, donnerte Toby.

Leicht panisch tat ich, was er wollte. Seine Anspannung übertrug sich auf mich, besonders da ich wusste, wie wichtig ihm Lizzy war. Er machte sich wirklich Sorgen und das wiederum beunruhigte mich.

»Gideon?«, fiepste ich nervös.

»Was ist passiert?« Lizzys Bruder war sofort von meinem Tonfall alarmiert.

»Geh bitte rüber zu Lizzy und sieh nach, ob alles okay ist.«

Ein Stöhnen ertönte auf der anderen Seite der Leitung.

»Ari, wenn das wieder –«

»Bitte, Gideon! Es ist wichtig«, unterbrach ich ihn barsch.

»Also gut. Aber du trägst die Verantwortung«, murmelte er. Ich hörte Schritte, das Klicken von Türen und dann eine sich herumwälzende Lizzy.

»Was willst du?«, grummelte sie verschlafen.

»Ari ist am Telefon. Sie will wissen, ob es dir gut geht.« Gideon und sie hatten ziemlich genau denselben Tonfall drauf. Eindeutig Bruder und Schwester.

»Hä?«, kam von Lizzy, als würde sie nun endgültig an meinem Verstand zweifeln. »Wieso ruft sie *dich* dann an?«

»Ich versteh es ja auch nicht«, seufzte Gideon.

Toby, der energisch vor dem Bett auf und ab gegangen war, blieb stehen und machte eine unmissverständliche Was-ist-da-los-Geste.

»Es geht ihr gut«, formte ich lautlos mit den Lippen. Die Erleichterung bei ihm war spürbar. Bei mir dagegen überschlugen sich die Gedanken. Eine fixe Theorie nahm Form an. Und diese Theorie gefiel mir gar nicht.

»Sag ihr, sie soll ihr Handy suchen!«, wies ich Gideon an.

»Ari sagt, du sollst dein Handy suchen«, wiederholte Gideon gehorsam.

»Was?«, fauchte Lizzy müde. »Einen Dreck werd ich tun. Es ist mitten in der Nacht. Sag ihr, sie soll eine brave Freundin sein und mir meinen Schönheitsschlaf gönnen.«

»Such dein Handy!«, brüllte ich so laut ins Telefon, dass sie es selbst gehört haben musste. Gideon jaulte auf. Mit seinen verbesserten Ohren tat er mir zwar leid, aber das war im Moment nebensächlich.

Im Hintergrund konnte man leises Fluchen, Kramen, Gruscheln und dann ein deutliches »Mist!« von Lizzy hören.

»Was ist?«, wollte ich wissen. Gideon seufzte leidgeprüft. Langsam war er am Ende seiner Geduld.

»Meine schusselige Schwester hat mal wieder ihr Handy verlegt. Hast du dir deshalb Sorgen gemacht? Kann ich jetzt wieder schlafen gehen?«

»Ich glaube nicht, dass du wieder schlafen gehen willst, wenn du erst weißt, was passiert ist«, meinte ich trocken und warf Aaron das Handy zu, damit er seinem Freund alles erklärte.

Stöhnend ließ ich mich aufs Bett fallen.

»Lizzys zweiter Anruf war nicht von Lizzy. Jemand hat ihr Handy gestohlen und sich als sie ausgegeben«, klärte ich die anderen auf. Mir lief ein Schauer über den Rücken, wenn ich daran dachte, dass ich mit jemand völlig Fremdem telefoniert hatte.

»Toby, nicht!«, hörte ich Lucian noch rufen, aber der Hexenmeister hatte sich schon auf mich geworfen. Ich sah, wie Lucians entsetztes Gesicht hinter einem Kokon aus grünem Licht verschwand. Mein Kopf wurde herumgerissen. Der Hexenmeister saß auf mir und presste seine Hände an meine Schläfen. Seine sonst so fröhlichen blauen Augen blitzten entschlossen, die Ringe um seine Iris glühten. Ich bekam zum ersten Mal eine Ahnung davon, wie gefährlich der charmante Hipster vielleicht sein könnte.

»Sorry, Ari, aber Lucian hätte das nicht zugelassen«, murmelte Toby, bevor alles um mich herum schwarz wurde.

ॐ

Als ich wieder zu mir kam, bebte die Erde. Das Dröhnen mischte sich mit Gepolter und einem wütenden Knurren. Ich setzte mich auf und sah, wie Ryan und Aaron Lucian umklammerten. Nur mit roher Gewalt hielten ihn die Jäger an Ort und Stelle. In seinen schwarzen Augen stand blanke Mordlust. Toby lag vor den dreien am Boden. Blut floss aus seinem Mundwinkel.

»Hey, ich kann ihn auch nicht ausstehen«, redete Ryan auf den Brachion ein, »aber dieser Timeon erkennt wohl den Unterschied zwischen Training und Ernst. Also reiß dich zusammen, bevor hier alles einstürzt!« Wie zum Beweis wurde das Dröhnen lauter und eine weitere Erschütterung ließ die Zuflucht erbeben. Das große Regal kippte um und auch der Kühlschrank fiel. Mit offener Tür krachte er zur Seite und verstreute seinen Inhalt über den gesamten Fußboden.

»Ihr geht es gut, Lucian!«, rief der lädierte Hexenmeister über den Lärm hinweg. »Sieh sie dir an. Es sind keine Schäden zurückgeblieben!«

Ein schwarzer Blick durchbohrte mich. Ein paar Sekunden verstrichen, und während sich auf Lucians Gesicht eine ganze Parade an Emotionen zeigte, verebbte langsam das Beben. Das Grün kehrte wieder in seine Augen zurück. Immer noch wütend, aber eindeutig weniger blutrünstig als vorher, riss er sich von den Jägern los. Diesmal ließen sie ihn gewähren.

»Klärt mich mal bitte jemand auf?«, fragte ich, während ich mich vom Bett rollte.

»Da schließe ich mich nur zu gerne an«, meinte Ryan. »Ich hab einen Alarm von Gideon bekommen, aber anstatt irgendeiner Bedrohung finde ich euch, wie ihr gegenseitig aufeinander losgeht.«

»Toby hat einen Signatur-Zauber bei Ari angewendet«, erklärte Aaron knapp. Ryans Brauen schossen in die Höhe.

»Bist du von allen guten Geistern verlassen?! Damit hättest du ihr Hirn grillen können.«

»Sie ist nur zur Hälfte Mensch. Das Risiko war minimal«, verteidigte sich Toby müde. Ein tiefes Grollen entstieg Lucians Kehle, doch bevor er sich auch nur einen Millimeter bewegen konnte, schoss Ryans Arm vor, um ihn zurückzuhalten.

»Ganz ruhig! Ich helf dir jederzeit, dem kleinen Harry Potter den Hals umzudrehen. Aber nicht hier drinnen!«

»Hier dreht niemand irgendwem den Hals um!«, fauchte ich aufgebracht. Dieses Testosteron-Getue ging mir langsam auf die Nerven. Gereizt sah ich den Hexenmeister an.

»Was macht dieser Signatur-Zauber?«

»Er offenbart den Erschaffer eines Fluchs«, seufzte Toby und angelte sich eine Wasserflasche, die den Sturz aus dem Kühlschrank überlebt hatte und ihm vor die Füße gerollt war.

»Und das hilft uns genau *wie* weiter?« Meine Stimmung war eindeutig am Tiefpunkt.

»Harris mag ja ein Meister darin sein, seine Spuren zu verwischen, aber seine Handlanger sind vielleicht nicht so vorsichtig, Ari«, gab er trotzig zurück und spülte sich den

Mund aus. »Es tut mir leid, dass ich das mit dir gemacht habe, aber jetzt haben wir einen Namen. Der Fluch stammt von Silin.«

Der Name verhallte und löste frostiges Schweigen aus.

»Ich hoffe, du meinst mit Silin nicht *die* Silin«, murmelte Ryan. Er war unter seiner Sonnenbräune bleich geworden.

»Ich fürchte schon«, sagte Toby. Lucian warf dem Hexer einen bedeutungsschweren Blick zu. Okay, hier ging gerade schon wieder etwas vor sich, bei dem ich nicht mitkam.

»Silin ist eine … – alte Bekannte«, erklärte Lucian in meine Richtung.

»Letztes Jahr hat sie Gideons Verlobte umgebracht«, ergänzte Aaron unglücklich.

Oh Gott. Da dachte man, es könnte gar nicht schlimmer kommen, und schon schlug das Schicksal wieder zu.

»In der Hexenwelt kursiert das Gerücht, dass Silin jemandem die Treue geschworen haben soll«, meinte Toby. »Einem Primus, der nicht sehr erfreut sein wird zu erfahren, dass sie jetzt für Omega arbeitet.«

»Und was soll uns das bringen?«, schnaubte Ryan abfällig. Toby schloss die Augen und atmete tief durch. Er bemühte sich sichtlich darum, die Kontrolle nicht zu verlieren. Die Jäger wollten ihm einfach nicht zuhören. »Dieser Primus könnte sie zwingen, ihr Wissen preiszugeben. Und wie ich Silin kenne, weiß sie sicher eine Menge über Harris, Omegas gut verstecktes Labor und den Verräter.«

»Na, das nenn ich doch mal eine gute Neuigkeit. Wer ist dieser Primus?«, meinte Ryan und rieb sich die Hände. Untätiges Rumsitzen gefiel ihm offensichtlich genauso wenig wie mir. Toby nahm einen Schluck aus seiner Wasserflasche und sah zu Lucian. Der versteifte sich.

»Vergiss es!«, murmelte er. »Er würde einem Treffen nur zustimmen, wenn ich Ari mitbringe.«

Seine Miene hatte schon wieder diesen verbissenen Ausdruck angenommen, der ankündigte, dass er gleich seinen Willen durchsetzen würde. Aber nicht mit mir. Nicht schon wieder.

»Lucian«, grollte ich und war stolz auf den drohenden Unterton in meiner Stimme. »Ich schwöre dir, wenn du mich noch einmal ausschließt, nehme ich deinen Aziam und ramme ihn dir in eine Stelle, die bestimmt noch nie Metall gesehen hat.«

Ohne Vorwarnung prustete Toby den Inhalt seines Mundes durch den Raum. Aaron trat angewidert zurück. Seine Schuhe hatten etwas von dem Blut-Wasser-Gemisch abbekommen. Ryan sah grinsend zu.

Ich ließ mich von ihnen nicht ablenken. Mit geballten Fäusten starrte ich Lucian an. Der funkelte zurück. Er war durchaus von meiner Wortwahl amüsiert, würde aber trotzdem keinen Millimeter von seinem Standpunkt abrücken. Das konnte man ihm ansehen.

»Bel ist ein gefährlicher Mann«, sagte Lucian leise.

Diese Art von Warnung hatte ich in letzter Zeit zu oft hören müssen. Langsam war ich es leid.

»Kann er uns helfen?«, erkundigte ich mich ungeduldig.

»Wahrscheinlich.«

»Dann komm ich mit«, entschied ich.

Lucian sah mich herablassend an. Die Ruhe, die ihn umgab, machte mich rasend.

»Selbst *wenn* er uns hilft, wird er das nicht umsonst machen«, warnte er.

Das war ja wohl keine Neuigkeit. Bei den Primus lief das doch ständig so!

»Dann werden wir uns anhören, was er verlangt«, sagte ich entschlossen.

»Und was, wenn es dir nicht gefällt?«

»Du meinst wohl: ... was, wenn es *dir* nicht gefällt.«

Ich war durchaus in der Lage, eigene Entscheidungen zu fällen. Lucian sammelte schnaubend ein paar Glasscherben ein und wanderte damit in die Küche.

»Tut mir leid, Ari, aber ich kann dich nicht in seine Nähe lassen.«

Ich sprang wütend auf.

»Du glaubst, dass ich das Risiko mal wieder unterschätze?«

Lucians Augen blitzten gefährlich, während er die Scherben in den Mülleimer fallen ließ.

»Ja.«

Dieses eine Wort traf mich härter, als ich es vermutet hätte. Es tat richtig weh. Was hatte ich erwartet? Dass er mich inzwischen als gleichberechtigt ansehen würde? Dass unser ›Date‹ etwas geändert hatte? Nichts hatte sich geändert. Da war Lucian, der Brachion, der mich für naiv hielt, und Lucian, der Mann, für den ich offensichtlich ein nettes Spielzeug war. Mehr nicht.

Das gab letztlich den Ausschlag, den Notfallplan in die Tat umzusetzen, den ich schon vor Tagen ausgearbeitet hatte.

»Und was wäre, wenn ich dir beweise, dass ich auf mich aufpassen kann?«, erkundigte ich mich.

Lucian zog seine Brauen hoch und lachte.

»Was du genau *wie* machen möchtest?« Er lehnte sich über den Tresen und sah mich fast liebevoll an. Allein für diese Reaktion hätte ich ihn gerne aufgespießt.

»Wir kämpfen«, eröffnete ich trotzig mein Angebot. »Mit

Übungs-Aziam. Wenn ich es schaffe, dir einen durchs Herz zu stoßen, bevor du mich tötest, darf ich mit.«

Alle sahen mich an, als hätte ich den Verstand verloren. Natürlich. Ich hatte Lucian noch nie geschlagen.

»Und wenn ich gewinne, bleibst du brav hier, jammerst nicht und schneidest dieses Thema auch nie wieder an?«, erkundigte er sich misstrauisch.

»Ja.«

Der Brachion grinste. Ein Aziam mit rot umwickeltem Griff erschien in meiner Hand. Er selbst hatte auch einen.

»Dann los!«

Er stürzte sich sofort auf mich. Toby und die Jäger brachten sich eilig aus der Gefahrenzone. Man sah dem Brachion an, dass er es ernst meinte. Er wollte gewinnen und das schnell. Nur zweimal prallten unsere Klingen aufeinander, dann spürte ich Lucians Hand an meinem Hals. Meine Füße verloren den Kontakt zum Boden. Ich flog durch die Luft und krachte mit dem Rücken auf den Couchtisch. Mein Kopf donnerte schmerzhaft auf das Holz. Noch bevor ich wieder zu Atem kam, drückte er mich mit seinem Körpergewicht nach unten. Die Spitze seiner Klinge war an meine Kehle gepresst. All das hatte gerade mal drei Sekunden gedauert.

»Gibst du auf?«, erkundigte er sich nicht im Geringsten außer Atem.

So weit, so gut. Bühne frei. Blieb nur zu hoffen, dass ich mich nicht selbst verlor.

Ich gab mich verwirrt. Leise stöhnend ließ ich meine Mauern wanken.

»Niemals«, flüsterte ich mit brüchigem Widerwillen.

Mein Blick wanderte über sein Gesicht. An seinen Lippen blieb ich hängen. So hatte er es auch immer bei mir gemacht.

Lächelnd schüttelte Lucian den Kopf.

Gib dich geschlagen. Ich will dir nicht wieder wehtun, ertönte seine Stimme in meinem Kopf. Es klang ehrlich.

Und was willst du dann?, fragte ich möglichst kraftlos. Unmerklich weiteten sich seine Augen.

Ich öffnete ein kleines Fenster in meiner Abwehr, ließ es aber wie eine Bresche aussehen. Im Stillen dankte ich meiner Lehrerin Mel für diesen Trick. Zielsicher griff ich in den Haufen wirrer Gefühle, die ich für Lucian empfand, und holte den Teil hervor, der sich nach ihm verzehrte. Mit einem sanften Stups schob ich es hinaus. Es musste so aussehen, als wäre es mir entwischt.

Die Wirkung, die mein Manöver auf Lucian hatte, war unbeschreiblich. Ein leises Keuchen kam über seine Lippen. Seine Augen schimmerten silbrig. Ein wunderschöner Anblick. Ich hatte ihn schon länger nicht mehr gesehen. Er kam unwillkürlich ein paar Zentimeter näher.

Die Frage ist doch, was du willst, Ari, meinte er sacht.

Ich öffnete meinen Mund ein kleines bisschen. Lucian beobachtete es fasziniert. Ich wusste, dass er mich geküsst hätte, wäre sein Schwur an Gideon nicht gewesen. Ganz gleich, wie viele Zuschauer wir hatten.

Sag es mir!, forderte er. Ich öffnete das Fenster noch ein Stück mehr. Aus dem silbernen Schimmern wurde ein Glühen.

Ich ... will, dass du mich küsst, hauchte ich.

Bitte mich darum!

Das Atmen fiel mir immer schwerer, und das lag nicht nur daran, dass Lucian mich noch immer mit seinem Gewicht unten hielt.

Küss mich ... bitte!

Vom Schwur befreit atmete Lucian langsam tief durch. Darauf hatte ich gehofft. Ich hatte alles auf diese Karte gesetzt. Für einen winzigen Moment schloss er seine Augen. Und diesen winzigen Moment lang war er unachtsam. Das genügte mir.

Ich stieß zu. Mitten ins Herz.

Überrascht riss Lucian seine Augen auf. Sofort versiegelte ich das Fenster wieder und schob den dicksten Riegel vor, den ich finden konnte. Sein Gesicht war schmerzverzerrt, aber er gab keinen Laut von sich. Er hielt nur meinen Blick fest. Darin spiegelten sich Staunen, Wut, Enttäuschung und schließlich so etwas wie Stolz.

»Nutze die Schwäche deines Gegners ...«, murmelte er. Ein gequältes Lächeln spielte um seine Mundwinkel. »Du hast mir also doch zugehört.«

»Natürlich«, antwortete ich betreten. Ich fühlte mich mies, weil ich ihn so schamlos ausgenutzt hatte. Andererseits hätte er an meiner Stelle ebenso gehandelt. »Und du hättest es beenden sollen, als ich am Boden war.«

Geschlagen von seinen eigenen Ratschlägen, lachte er auf, was ihm allerdings schmerzhaft bewusst machte, dass noch immer eine Klinge in seiner Brust steckte. Lucian griff nach der Hand, mit der ich mich am Aziam festklammerte. Er packte zu und zog die Klinge langsam aus sich heraus. So langsam, dass ich mir jedes Organ, jede Arterie, jeden Knochen vorstellen konnte, die ich verletzt hatte.

»Das nächste Mal«, sagte er mit einem nicht zu deutenden Funkeln in den Augen, »kommst du nicht so leicht davon.« Ich erschauerte. Meinte er unseren nächsten Kampf?

»Heilige Mutter Gottes, Morrison, wie zum Henker hast du das denn geschafft?«, rief Ryan und kam zu uns herübergerannt. Lucian stieß sich vom Tisch ab und stand auf, aber nicht ohne mir noch einen letzten Blick zuzuwerfen. Darin lag ein Versprechen. Oh-oh.

»Ich hatte einen guten Lehrer«, murmelte ich beschämt. Ich konnte mich über meinen Sieg nicht wirklich freuen. Aaron und Ryan beglückwünschten mich, während Toby dem Brachion grinsend auf die Schulter klopfte.

»Sieht so aus, als hättest du eine Begleitung.«

Lucian spannte seine Kiefer an und nickte. »Sieht so aus.«

☙

Ein sanftes Schütteln.

»Ari«, flüsterte jemand. Instinktiv schoss mein Arm hoch. Ich packte den vermeintlichen Angreifer, drehte sein Handgelenk herum und nutzte die Hebelkraft, um ihn auf die Matratze neben mir zu drücken. Ein gedämpftes Geräusch drang aus den Kissen zu mir durch. Ein Lachen. Eines, das ich überall wiedererkannt hätte. Ich ließ Lucian so abrupt los, als hätte ich mich verbrannt. Der Brachion rollte sich mit einem Schnurren herum und strich sich die Haare aus der Stirn.

»Um mich ins Bett zu kriegen, hättest du nur fragen –«

»Was willst du?«, fauchte ich. Sofort verschwand das verführerische Lächeln von seinem Gesicht. Irgendwie hätte ich mich dafür ohrfeigen können.

»Die Pflicht ruft«, seufzte er und setzte sich auf.

»Jetzt?«, flüsterte ich fassungslos und sah auf die Uhr. Erst vor einer Stunde war ich todmüde vom Aufräumen der Zuflucht ins Bett gefallen.

»Belial ist eben ein exzentrischer Gastgeber«, murmelte Lucian. »Du kannst natürlich auch hierbleiben, wenn du zu erschöpft bist, um –«

»Nix da.« Den Gefallen würde ich ihm nicht tun. Ich wäre zwar lieber ausgeschlafen zu einem Kerl gegangen, der Lucian Kopfschmerzen bereitete, aber ich konnte es ja ohnehin nicht ändern. Auf der Suche nach Kaffee tapste ich in die Küche.

»Was ist los?«, fragte Ryan, der gerade von seinem I-Pad hochsah. Wahrscheinlich spielte er wieder dieses unsägliche Spiel, bei dem man Burgen bauen und Schlachten gegen andere Onlinespieler schlagen musste.

»Dieser Primus, dem Silin die Treue geschworen hat, lädt zu einer Audienz«, grummelte ich und hackte auf die Kaffeemaschine ein.

»Jetzt?!«, fragte Ryan ungläubig. *Meine Rede.*

»Ja, keine Ahnung. Dieser Belial hat wohl ein paar Schrauben locker.« Neben mir stöhnte Lucian auf, als hätte ich gerade einen Fehler gemacht.

»Belial?! Der Primus, zu dem ihr wollt, ist Belial?! Seid ihr denn von allen guten Geistern verlassen?« Ryans Stimme schraubte sich in unerwartete Höhen. So aufgebracht hatte ich ihn noch nie erlebt. Und das nur wegen eines Namens.

»Versuch erst gar nicht, uns aufzuhalten«, warnte Lucian leise.

»Was soll ich denn bei einer so hirnrissigen Aktion sonst tun?«, fuhr Ryan uns an. Er presste seine Hände an die Stirn und streckte sie dann Hilfe suchend in den Himmel. Ich kannte diese Geste von meiner Mum. Sie sagte so viel wie: »Denkt denn außer mir niemand mit?«

Lucian bedachte mich mit einem vorwurfsvollen Blick. Ich zuckte mit den Schultern. Es war nicht meine Schuld, dass der Jäger gerade durchdrehte.

»Bel hat geschworen, Ari nichts zu tun. Außerdem dürfen wir unsere Waffen behalten und werden auf dem Weg zu ihm und zurück zur Zuflucht unter seinem Schutz stehen.« Lucian klang nicht so, als wäre es ihm wichtig, Ryan zu überzeugen.

»Er wird ein Schlupfloch finden, wenn er erst weiß, was Ari ist. Ich meine: Er ist Belial!«, donnerte der Jäger, als wäre der Name allein schon Argument genug.

»Er weiß, was Ari ist. Aber das tut nichts zur Sache. Traust du mir etwa nicht zu, einen wasserdichten Schwur zu fordern?«, fragte Lucian streitlustig.

»Vielleicht sollte ich einfach mal mit Gideon reden«, erwiderte Ryan. »Der wird euch schon Verstand einbläuen.«

»Klar. Dann erzähl ihm aber auch, dass Silin wieder da ist. Ich glaube, das hast du vorhin vergessen zu erwähnen«, konterte der Brachion. Erneut bediente sich Ryan der Geste von vorher. Zeit, sich einzuschalten.

»Hört schon auf! Beide! Wenn dieser Belial also die einzige Möglichkeit ist, wie wir herausfinden, wer die Verräter im Rat sind, dann muss ich es tun. Punkt. Aus«, entschied ich und marschierte ins Bad.

჻

Als ich aus der Dusche kam, lag neben dem Waschbecken eine Schachtel mit elfenbeinfarbener Schleife. Unter dem hauchzarten Füllpapier kam ein Traum aus grauer Seide und schwarzer Spitze zutage. Darunter fand ich Pumps und ein Täschchen. *Ach herrje ... Das muss ein Vermögen gekostet haben.*

Das Kleid passte perfekt. Der weiche Stoff schmiegte sich bis zu den Knien wie eine zweite Haut an meinen Körper und fächerte dann bodenlang auf. Dekolleté und Arme verschwanden unter eng anliegender Spitze. Die Schultern blieben frei.

Ich seufzte resigniert auf. Das Kleid war herrlich, aber mit zusammengeschnürten Knien, ohne Träger und auf zehn Zentimeter hohen Hacken würde ich mich heute Nacht ausschließlich darauf konzentrieren müssen, nicht hinzufallen. Ob Lucian das bei seiner Wahl bedacht hatte?

Etwas unsicher traute ich mich aus dem Bad. Ryan schmollte auf dem Sofa und stopfte aus Frust ein Sandwich in sich hinein. Als er mich sah, bekam er große Augen.

»Oh nein, Ari. So lasse ich dich auf keinen Fall raus!«, schimpfte er mit vollem Mund. »Als ob es nicht schon genug Gründe gibt, warum jeder Primus hinter dir her ist.«

Ich ignorierte ihn, denn etwas anderes forderte meine ganze Aufmerksamkeit. In einem silbergrauen Maßanzug schlenderte Lucian um den Tresen. Die schmale schwarze Krawatte hob sich farblich kaum von seinem Hemd ab, aber das sanfte Schimmern des Stoffs lenkte die Blicke auf seine breite Brust. Seine dunklen Locken trug er zurückfrisiert, ohne dass sie gegelt aussahen. Sie luden dazu ein, mit den Fingern durchzufahren. Ich konnte nicht wegsehen, obwohl sein selbstsicheres Lächeln verriet, dass er sehr wohl wusste, was für einen Eindruck er auf mich machte. Er kannte eben auch die Schwäche seines Gegners.

Eine Armlänge vor mir blieb er stehen. Seine Augen funkelten. »Du bist wunderschön«, flüsterte er.

Ich lächelte scheu zurück. »Danke.«

»Halloho?! Hört mir überhaupt jemand zu?«, rief Ryan im Hintergrund. Es klang wie eine rhetorische Frage, also sparte ich mir eine Antwort und packte stattdessen mein Handy in das winzige Täschchen. Schlüssel und Geld würde ich wohl kaum brauchen.

»Etwas fehlt noch«, meinte Lucian. In seiner Hand lag

plötzlich ein Aziam. Er zog ihn ein Stück aus seiner Lederscheide und die Gravuren flammten auf. Diesmal war kein rotes Band um den Griff gewickelt. Er war echt.

»Ähm, der wird wohl kaum in meine Tasche passen.« Eine überflüssige Feststellung, aber mein Gehirn arbeitete noch nicht wieder richtig. Mit einem leisen Lachen ging Lucian vor mir in die Hocke. Er schob mein Kleid ein Stück nach oben und befestigte die Lederscheide mit schmalen Riemen an meiner Wade.

»Herr im Himmel, lass sie das doch selber machen! Sie ist erwachsen!«, grollte Ryan.

Das würde aber nur halb so viel Spaß machen, hörte ich Lucians Stimme in meinem Kopf. Du meine Güte ...

Ein lautes Klopfen rettete mich vor einer hormonbedingten Ohnmacht. Ryan sprang auf und zog seinen Aziam. Das Klopfen kam von einer Tür unter der Stahltreppe, die zum eigentlichen Eingang führte. Ich hätte schwören können, dass da bis eben noch nie eine Tür gewesen war.

»Ich glaube, wir werden erwartet«, meinte Lucian und bot mir mit vollendeter Eleganz seinen Arm an. Verwirrt hakte ich mich ein.

»Mauern?«, fragte er. Ich checkte schnell meine Abwehr. Sie war undurchdringlich wie immer. Ich nickte.

»Und deine ... Instinkte?«

Mit einem unschuldigen Augenaufschlag blickte ich zu ihm hoch. »Willst du es überprüfen?« Er schmunzelte.

»Hmm, sag doch in so einem Kleid nicht solche Sachen ...«

»Könnt ihr mal mit dem Turteln aufhören und mir erklären, woher zum Teufel diese Tür da kommt«, rief Ryan am Rande des Nervenzusammenbruchs. Lucian klopfte dem Jäger im Vorbeigehen auf die Schulter.

»Entspann dich. Das ist nur ein Portal.«

»Ein Portal?!«, krächzte Ryan geschockt.

»Ja, du weißt schon. Ein Tor, ein Zugang, ein –«

»Verdammt, ich weiß, was ein Portal ist. Ich wusste nur nicht, dass ich direkt neben so einem verfluchten Ding geschlafen hab.«

Lucian ignorierte ihn mit einem Augenrollen und legte seine Hand auf die Klinke der ominösen Tür.

»Sollen wir?« Ich nickte.

Wenn man vom Teufel spricht

Keine Ahnung, was ich erwartet hatte. Vielleicht ein helles Licht, eine schimmernde Wasserwand oder einen gähnenden Abgrund. Aber sicher nicht eine Abstellkammer.

In dem leeren Raum von der Größe einer Fahrstuhlkabine stand ein schmächtiger Asiate im Anzug. Er hätte direkt aus einem dieser Anime-Comics stammen können, denn seine Haare waren genauso leuchtend blau wie seine Augen. Er begrüßte Lucian mit einem Nicken, ließ seinen Blick kurz durch die Zuflucht wandern und trat dann beiseite. Die stumme Aufforderung an uns war unmissverständlich. Lucian zwinkerte mir aufmunternd zu und führte mich in die Kammer.

»Ich bin Hiro. Meister Belial hat mir die Verantwortung für eure Sicherheit übertragen«, sagte der blauhaarige Asiate. Er schloss die Tür hinter uns und zu meinem Entsetzen verschwand sie einfach vor meinen Augen. Stattdessen tauchte an der gegenüberliegenden Wand eine weitere auf. Sie war aus dunklem Holz mit schweren Eisenbeschlägen und nahm die gesamte verfügbare Fläche ein. Lucian beobachtete ungerührt, wie Hiro einen fast schon antiken Schlüssel hervorholte und aufschloss. Als er die beiden Türflügel aufstieß, strömte uns drückend schwüle Nachtluft entgegen. Der blauhaarige Primus verließ den Raum. Ich wollte folgen, aber Lucian hielt mich zurück.

Hiro spricht erst mit seinen Leuten. Lass uns warten, bis er uns holt, bevor wir versehentlich noch für Eindringlinge gehalten werden, warnte er mich in Gedanken. Er wirkte gelassen, auch wenn seine Augen keinen Moment ihre Wachsamkeit verloren.

Wo genau sind wir?, fragte ich ihn und lugte durch die Tür. Ich hoffte inständig, die Antwort würde nicht den Begriff Katakomben enthalten. Ich verspürte wenig Lust, mich heute Nacht mit weiteren neuen Welten auseinanderzusetzen.

Draußen hoben sich schemenhaft ein paar Bäume vom Nachthimmel ab. Sie schienen in den Schatten zu zerfließen, als hätte man sie mit zu viel Farbe gemalt. Es sirrte, zirpte und quakte. Ansonsten war es gespenstig still.

Wenn ich raten müsste ... Irgendwo in den Sümpfen von Louisiana, antwortete Lucian.

WAS?!

Beruhigend legte er seine Hand auf meine.

Vielleicht hätte ich dir vorher von Belial und seiner ... etwas exzentrischen Art erzählen sollen, Ari. Aber ich wollte dich nicht verschrecken.

Ich legte meine Stirn in Falten und trat unruhig in meinen neuen Schuhen herum.

Was muss ich wissen?, erkundigte ich mich besorgt. Draußen hörte ich Stimmen. Wir würden nicht mehr viel Zeit haben, bis Hiro zurückkam. Lucian zögerte mit seiner Antwort, als müsste er die Worte genau abwägen.

Bel ist ... der Teufel.

Mit einem tiefen Seufzen verdrehte ich meine Augen.

Fang nicht auch noch damit an. Du klingst schon wie Ryan.

Lucian hob mit zwei Fingern mein Kinn und suchte meinen

Blick. *Nein, Ari. Ich meine es ernst. Bel ist der Teufel. Er ist Luzifer, Satan, Samael, Azazel, Beelzebub, Mephistopheles, Diabolus ... Er hat Tausende Namen, aber nur eine Gestalt und du wirst ihm gleich begegnen.*

Gegen meinen Willen fingen meine Hände an zu zittern. Das hatte Ryan also gemeint.

Du schleppst mich zu ... Satan?!

Dankbarerweise erinnerte Lucian mich nicht daran, dass ich darauf bestanden hatte mitzukommen. Stattdessen fuhr er sich seufzend durch die Haare.

Weißt du noch, was Lizzy dir am Anfang erzählt hat? Die menschlichen Kategorien von Gut und Böse zählen hier nicht. Er ist nur ein Primus.

Er hatte leicht reden. Immerhin ließen sich Jahrtausende religiöser Konditionierung nicht so einfach wegwischen. Lucian fing meine bebenden Finger ein und drückte sie sanft.

Ari, es mag vielleicht seltsam klingen, doch im Moment bist du hier sicherer als überall sonst. Mir geht das tierisch gegen den Strich, weil ich diesen aufgeblasenen Wichtigtuer einfach nicht ausstehen kann. Aber er wird dir kein Haar krümmen. Bel ist geradezu besessen von der Izara-Legende. Er war es auch, der sie in eure menschlichen Legenden einfließen ließ. Ein Stern, der den Weg zu unserem Retter weist. Die Mutter des Erlösers. Zwei Brüder, von denen einer den anderen umbringt. Luzifer, der Lichtbringer, der gefallene Morgenstern. Kommt dir das bekannt vor?

Verdammt, sprach er da etwa von der Bibel?!

Er würde sein Leben geben, um Izara zu retten.

Und wo ist dann das Problem?, erkundigte ich mich verwirrt.

Er ist auch so was wie ein Sammler ...

Und ich bin die Attraktion?

Ja, gab Lucian zu und sah mich ernst an. *Ari, versuch einfach, Bel nicht zu reizen und sein Interesse an dir nicht noch zu schüren.*

༄

Nachdem Hiro uns aus dem alten viktorianischen Herrenhaus geführt hatte, dessen Eingangstor sich als das Portal herausstellte, schickte er uns über marode Stege durch die Sümpfe. Lucian verhinderte mehr als einmal, dass ich mit meinen Absätzen umknickte. Der Weg war gesäumt von Fackeln und Kerzen, deren Licht sich im schwarzen Wasser unter uns spiegelte. Alles wirkte ein bisschen düster, wäre aber durchaus als romantisch durchgegangen, wenn da nicht die lächerlichen Accessoires gewesen wären: Von den Bäumen baumelten mit Blut bespritzte Knochen und Federn. Auf den Stämmen prangten mit Hühnerfüßen dekorierte Pentagramme. Seltsame Stoffbeutel lagen auf wachsüberzogenen Steinhaufen, die wie kleine Altäre aussahen. Immer wieder guckte uns ein dreckiger Schädel aus hohlen Augen an. Wäre ich allein und ohne meine Schutzmauern gewesen, hätte ich mir wahrscheinlich vor Angst in die Hose gemacht. Aber mit der richtigen Distanz und Lucian an meiner Seite wirkte das Ganze eher wie eine schlechte Geisterbahn.

Als sich die Mangroven vor uns öffneten, erhob sich eine hochmoderne Villa aus Glas und Stahl aus den Sümpfen. Eigentlich war ich davon ausgegangen, am Ende des Weges ein gruseliges Schloss oder zumindest ein Spukhaus zu finden, aber dieser Bel lebte wohl lieber komfortabel. Der Pfad ging in weiße Marmorplatten über. Sie lagen wie steinerne Inseln in einem Meer aus Rasen in Golfqualität. Das Licht der Halogenlaternen wirkte im Vergleich zu den Fackeln plötzlich sehr steril.

Jetzt hieß es, sich zusammenreißen. Im Schatten der Villa lag ein Pool. Mit sanftem Geplätscher pflügte eine Gestalt durch das beleuchtete Becken.

»Oh, bitte nicht ...«, stöhnte Lucian auf. Ich sah verwirrt von ihm zu der Gestalt, suchte vorsichtshalber auch noch die Umgebung ab, konnte aber keine Ursache für seine Bemerkung finden.

Was?, fragte ich ihn in Gedanken.

Wart's ab! Sein Blick ruhte auf dem Schwimmer. Am Beckenrand angekommen, zog sich der Mann mit einer kraftvollen Bewegung aus dem Pool. Das Wasser perlte auf seiner sonnengebräunten Haut ab, als wäre der Typ einem Werbespot entstiegen. Auf seinem durchtrainierten Rücken prangten ein paar hellere Linien. Sie sahen aus wie Siegelnarben und überkreuzten sich so, dass ein verzogener Stern daraus wurde. Sein Primus-Zeichen. Es ähnelte einem Pentagramm, nur dass die oberen beiden Spitzen und die untere wesentlich länger waren als die seitlichen.

Wow, mir war soeben die Herkunft eines der ältesten Symbole für das Böse in den Schoß gefallen.

Lässig fuhr der Kerl sich durch die blonden Haare und drehte sich zu uns um, wobei er den Blick auf seinen makellosen Oberkörper freigab. Er sah älter aus als Lucian, irgendwie wie ein in die Jahre gekommener Surfer-Typ. Dann entdeckten mich ein paar türkisfarbene Augen, und ein atemberaubendes Lächeln erschien, begleitet von zwei wirklich süßen Grübchen.

Das sollte der Teufel sein?!

»Ah, ihr habt den Weg gefunden«, rief er und kam zu uns rüber. Unterwegs schnappte er sich ein Handtuch und rieb sich damit über Brust und Gesicht. Dann wickelte er es sich um die nasse Shorts mit dem sehr ironischen Flammenmuster, wobei er den Knoten ausgiebiger und tiefer als nötig feststeckte. Lucian verdrehte die Augen.

»Du musst Ariane sein«, sagte Bel mit melodischer Stimme und hielt mir seine Hand hin. Er trug an Daumen und Mittelfinger silberne Ringe.

»Ariana«, verbesserte ich ihn und reichte ihm meine Hand. Federleicht hauchten seine Lippen einen Kuss auf meinen Handrücken. Ich spürte, wie mein ganzer Arm zu prickeln begann. Aber es war kein angenehmes Prickeln. Eher von der Sorte Lass-die-Finger-davon. Seine türkisen Augen musterten mich interessiert und wanderten dann genüsslich über meine Silhouette.

»Ohne mich selbst loben zu wollen, muss ich sagen: Dieses Kleid sieht an dir bezaubernd aus.«

»Es ist von dir?«, fragte ich überrascht und verfluchte mich dafür sofort. Ich hatte mir vorgenommen, dem Kerl so wenig wie möglich von mir preiszugeben.

»Natürlich. Ich wollte euch nicht in die Verlegenheit bringen, so kurzfristig etwas auftreiben zu müssen. Und Lucians Kräfte reichen bei Weitem nicht aus, um mir eine Illusion vorzutäuschen. Also dachte ich, es wäre die beste Lösung, dir die Sachen von Hiro liefern zu lassen.«

Oh, langsam verstand ich, was Lucian mit *aufgeblasenem Wichtigtuer* gemeint hatte. Ich riskierte einen Blick zu meinem Begleiter und sah, wie er sich ein gezwungenes Lächeln abrang.

»Lange her, Bel«, presste er hervor. Belial schenkte ihm ein kühles Nicken.

»Lucian, du hast dich kaum verändert. Wie geht es deinem Daddy?«

»Sag du es mir. Ich nehme an, du hast ihn in letzter Zeit öfter gesehen als ich.«

Die Stimmung zwischen den beiden Primus als gespannt zu bezeichnen, wäre untertrieben gewesen. Das hier war ein Pulverfass und die Lunte brannte bereits lichterloh. Bel war zwar kleiner als Lucian, störte sich daran aber kein bisschen. Süffisant hielt er dem Blick seines Gastes stand.

»Du musst wissen, Ariana, dass dein Lucian hier seinem Vater das Herz gebrochen hat, als er zu den Brachion gegangen ist.« Türkise Augen fanden meine. »Nie eine Familie, nie Kinder, den Wahnsinn im Nacken und immer in Gefahr, dass der Rat seinen Tod beschließt. Wofür könnte sich das wohl lohnen?« Mit der Rückseite seiner Hand strich er mir über die Wange. Das unangenehme Prickeln kam zurück.

Vielleicht für dich, meine wunderschöne Ariana?, hallte seine Stimme in meinem Kopf nach.

Mit so was hatte ich gerechnet. Meine Mauern waren oben. Es bestand keine Gefahr. Trotzdem riss Lucian nun endgültig der Geduldsfaden. Ein glühender Aziam tauchte in seiner Hand auf. Ein echter. Er wirbelte ihn herum und versenkte ihn dann mit Genugtuung tief in Bels Brust. Das alles ging so schnell, dass ich nicht mal blinzeln konnte.

Mit hochgezogenen Augenbrauen sah ich Lucian an.

Meinst du das mit Nicht-Reizen?, fragte ich ihn. Er zuckte beinahe trotzig mit den Schultern.

Bel dagegen starrte an sich herunter und schnalzte missbilligend mit der Zunge.

»Aber Lucian, das ist doch keine Art«, tadelte er, bevor er sich dann einfach und ohne große Effekte in Luft auflöste.

»Was, wenn du dich getäuscht hättest und das keine Illusion gewesen wäre?«, fragte Belial mit gespielter Kränkung.

Doch diesmal kam seine Stimme vom Fuße des Hauses. Ich fuhr herum und sah, wie ein tadellos frisierter Bel in einem schwarzen Anzug aus den Schatten trat.

»Ehrlich gesagt, hatte ich es gehofft«, murmelte Lucian.

Interessanterweise schien Bel weder Lucians Angriff noch sein Kommentar etwas auszumachen.

»Komm, ich war schon unhöflich genug, da muss ich euch nicht auch noch hier rumstehen lassen«, meinte er und bot mir charmant seinen Arm an. Weil ich keine Ahnung hatte, wie man ein solches Angebot ausschlug, ohne gegen die Etikette zu verstoßen, hakte ich mich vorsichtig unter. Sofort tätschelte Bel meine Finger und ließ dann seine Hand einfach darauf liegen. Das unangenehme Prickeln blieb diesmal aus. Ob es etwas mit der Illusion zu tun hatte?

Belial führte mich einen schmalen Weg ums Haus herum. Er endete auf einer riesigen, auf Stelzen gebauten Plattform. Unter uns reichten die Sümpfe bis ans Haus. Und wenn mich meine Augen – oder Bel – nicht täuschten, schwamm dort unten nicht nur *ein* Alligator.

»Du verzeihst sicher diese albernen Spielereien, mit denen meine Bediensteten den Weg zum Haus dekoriert haben. Hier konnte ich es ihnen gerade noch untersagen, aber gutes Personal hat eben auch seinen eigenen Willen.«

Ich glaubte ihm kein Wort. Bel war nicht der Typ, der seine Angestellten nicht im Griff hatte.

»Es hat dich hoffentlich nicht zu sehr erschreckt?«, fragte er mit scheinbar besorgter Miene. Ich unterdrückte ein Lachen und antwortete lieblich: »Wärst du nicht der Erste, dem das aufgefallen wäre?«

Und schon wieder schenkte er mir dieses unglaubliche Lächeln samt Grübchen. »In der Tat, Ariana, in der Tat. – Möchtet ihr etwas trinken? Ich habe mir erlaubt, einen kleinen Aperitif vorzubereiten.« Wie aufs Stichwort kam eine kreolische Schönheit in einem Leinenkleid auf die Plattform. Ihr Haar war unter einem um den Kopf geschlungenen Tuch verborgen. Auf ihrem Nacken prangte etwas, das Bels Zeichen ähnelte. Sie hatte ihre Seele also dem Teufel verkauft ... Ihre Hände mit sehr langen, scharfen Nägeln trugen ein Tablett, auf dem drei Martinigläser standen. In der blutroten Flüssigkeit schwamm ein Zahnstocher, um den sich eine aufgespießte Zitronenschale wand. Es sah aus wie eine kleine gelbe Schlange, die sich in dem Drink suhlte. Bel nahm zwei Gläser vom Tablett und drängte mir eines davon auf.

»Auf alte und neue Freunde«, sagte Bel. Wir stießen an. Mein Blick zuckte zu Lucian.

Kann man das trinken, ohne als Alligatorfutter zu enden?, erkundigte ich mich stumm. Auf Bels Gesicht erschien wieder dieses Grinsen.

Es ist nur Martini, antwortete Lucian grimmig. Über den Rand seines Glases ließ er Bel nicht aus den Augen. *Und die Alligatoren sind übrigens gerade unser kleinstes Problem.*

Nachdem wir alle getrunken hatten, lud uns Bel ein, Platz zu nehmen. In den dunklen Kissen der Teakholzsessel konnte man förmlich versinken. Ich brauchte ein paar Anläufe, bis ich mit meinem Kleid eine Position gefunden hatte, in der ich atmen konnte. Bel beobachtete mich begeistert.

Pff, soll ich vielleicht wieder aufstehen und mich ein paar Mal um die eigene Achse drehen, damit er mich auch ja von allen Seiten aus anstarren kann?

Ein kleines Lächeln zuckte in Lucians Mundwinkel.

Er wird es dich schon wissen lassen, wenn er das will, erwiderte er trocken.

»Thanatos' Tochter also ...« Bel rührte gedankenverloren mit dem Zitronenschalen-Zahnstocher in seinem Martini.

»Das behaupten zumindest alle«, murmelte ich.

»Glaubst du ihnen denn nicht?«

»Ich hätte gerne Beweise, bevor ich meinem neuen Daddy um den Hals falle«, meinte ich steif. Mit einem amüsierten Glitzern in den Augen legte Bel den Kopf schief und betrachtete mich.

Wenn der nicht gleich aufhört, mich anzustarren wie im Zoo, ramm ich ihm meinen Aziam auch noch ins Herz.

Bels Augenbrauen wanderten in die Höhe. »Und ich soll euch jetzt dabei helfen, ihn zu finden, nicht wahr?«

Irgendetwas war hier komisch. Es kam mir fast so vor, als würde Bel auf unsere stumme Unterhaltung reagieren. Aber Lucian hätte mich sicher gewarnt, wenn Bel dazu fähig wäre ... oder?

»Silin hat die Antworten, die wir brauchen«, sagte Lucian. »Sie arbeitet inzwischen für Harris und Omega.«

»Tut sie das?«, fragte Bel mäßig überrascht.

»Tu nicht so, als hättest du es nicht längst gemerkt«, knurrte Lucian ihn an. Bel machte sich nicht die Mühe, ihm zu widersprechen. Stattdessen beobachtete er, wie sein Martini das Licht brach.

»Silin wird ihre Strafe bekommen, wenn mir danach ist«, sagte er schließlich. Sein Tonfall ließ mich frösteln. »Im Moment verfolge ich jedoch andere Interessen.« Und wieder ging das Zoo-Beobachtungsspielchen von vorne los. Angespannt rutschte ich auf meinem Stuhl hin und her.

Bleib ruhig. Er testet dich nur, flüsterte Lucian in meinen Gedanken. *Er will wissen, wann du die Nerven verlierst.*

Bels Augen weiteten sich unmerklich. Hätte ich nicht ganz

genau hingesehen, wäre es mir nicht aufgefallen. Aber jetzt war ich überzeugt. Bel belauschte uns. In meinem Hirn ratterte es. Sollte ich Lucian warnen oder es offen ansprechen? Bel würde es leugnen und dann gewarnt sein.

»Hat dir Lucian von meiner Position innerhalb der Liga erzählt, Ariana?«, erkundigte sich Belial.

»Nicht direkt ...«, wich ich aus und zwang mich zum Nachdenken. Was würde Lizzy tun? Als Königin des Bloßstellens ... Die Antwort war einfach. Ich grinste innerlich.

»Ich bin der wahrscheinlich mächtigste noch lebende Primus, der sich nicht in die Isolation zurückgezogen hat. Ich habe einen Ratsposten bei der Liga dennoch abgelehnt. Aber hin und wieder bitten sie mich um einen Gefallen.«

»Wirklich?«

»Mir steht eine nicht zu unterschätzende Anzahl von Einnahmequellen zur Verfügung.«

Hat er etwa das Patent auf diese blinkenden Teufelshörner? Die sind an Halloween echt der Renner ...

Lucian versteckte sein Grinsen hinter seinem Martiniglas. Bel dagegen stockte nur kurz und fuhr dann fort, ohne sich etwas anmerken zu lassen. Er war gut.

»Mit Einnahmequellen meine ich selbstverständlich Nahrungsquellen, die –«

Meinst du, er zieht diese blinkenden Dinger manchmal selbst an und hüpft damit nackt auf dem Bett herum? Oder auch in Kombi mit diesen Flammenshorts? Wahrscheinlich macht er das nur nachts, wenn ihn keiner sieht, immerhin darf er ja sein Image nicht ruinieren –

Bel klappte verblüfft seinen Mund zu. Sein Gesichtsausdruck war unbeschreiblich. Er kämpfte zuerst mit Erstaunen, dann mit seinem Ärger und schließlich mit einem Schmunzeln. Lucian, der meine Absichten mittlerweile durchschaut hatte, unterdrückte nur mühsam sein Lachen.

»Schon gut. Ich habe es verstanden.« Geschlagen hob Bel seine Handflächen. »Wobei es sehr interessant ist, in welche Gefilde dich deine Fantasie so treibt, Ariana.«

»Es ist unhöflich, andere zu belauschen«, stellte ich überflüssigerweise klar. Bels Lächeln blieb, aber sein Blick wurde auf einmal frostig.

»Ich habe nie gesagt, dass Höflichkeit zu meinen Stärken zählt.«

Die Warnung war klar und deutlich angekommen. Er hatte Humor bewiesen, würde aber keine weitere Respektlosigkeit dulden.

Der Primus hielt sein leeres Glas über die Lehne. Sofort erschien die Kreolin und füllte es auf.

»Wie weit reicht deine Gabe schon?«, wollte Lucian wissen, als die unheimliche Frau wieder fort war. Bel zuckte nachlässig mit den Schultern.

»Ach, ein bisschen Gedankenlesen bei einfachen Menschen und jungen Primus. Ansonsten«, er fuchtelte in der Luft vor sich herum, »nur diese nette Mithörfunktion.«

»Ab einem gewissen Alter entwickeln sich die telepathischen Fähigkeiten eines Primus weiter«, erklärte Lucian in meine Richtung. Er konnte ja nicht wissen, dass ich das bereits von Ramadon erfahren hatte.

»Ja, ja, aber jetzt waren es genug der Plänkeleien«, sagte Bel und klatschte in die Hände. »Da inzwischen alle Höflichkeiten und Unhöflichkeiten ausgetauscht sind, lasst uns zum Geschäftlichen kommen.«

»Ich kann es kaum erwarten«, murmelte ich. Bel überging meinen Sarkasmus.

»Weißt du, warum Brachion niemals weiblich sind, Ariana?«

»Weil die Liga von einem Haufen Chauvinisten angeführt wird?«, schlug ich vor. Bel lächelte, aber sein Lächeln reichte nicht einmal annähernd an die vorigen heran. Er hatte es ja angekündigt. Die Zeit für Plänkeleien war vorbei.

»Nein. Der Rat hat Angst vor Brachion-Kindern, die er nicht kontrollieren kann. Brachion-Kinder, die jeden umbringen können, den sie wollen. Brachion-Kindern wie dir«, fuhr er fort. »Doch du bist so viel mehr als das. Du hast eine Seele, die nie verlischt. Und deine Loyalität gilt *nicht* den Primus.«

Er stellte seine letzte Aussage erst gar nicht zur Diskussion. Das musste er auch nicht. Es entsprach den Tatsachen.

»Sie werden dich jagen«, prophezeite Bel.

»Erzähl mir etwas Neues.«

»Du wirst Freunde brauchen«, fuhr er fort und rührte seinen Martini um.

»Bietest du mir da gerade deine Freundschaft an?«, fragte ich spöttisch. Ich machte mir nicht die Illusion, sein Angebot für bare Münze nehmen zu können. Bels Augen blitzten belustigt auf.

»Ich habe mich noch nicht entschieden.«

Ich funkelte zurück. »Ich auch nicht.«

»Gut. Dann haben wir das also geklärt. Solange habe ich folgendes Angebot für euch. Für die Informationen, die ihr von mir wollt, möchte ich drei Abendessen mit Ariana, wann immer es mir beliebt.«

»Kommt gar nicht infrage«, protestierte Lucian sofort.

»Selbstverständlich gebe ich hiermit mein Wort, dass ihre Sicherheit gewährleistet wird. Hiro und drei weitere hochrangige Primus werden Ariana abholen und unversehrt zurückbringen«, meinte Bel selbstgefällig und fügte dann mit einem Grinsen hinzu: »Und solange sie es nicht *ausdrücklich* verlangt oder es ihrem Schutz dient, wird niemand sie anfassen. Weder Körper, Geist noch Seele.«

Lucian starrte Bel wutentbrannt an, sagte jedoch nichts mehr. Ich wusste, was das hieß. Er war ganz und gar nicht einverstanden mit Bels Angebot, konnte aber gegen die Konditionen nichts einwenden. Es war meine Entscheidung.

»Ich mach's«, murmelte ich schnell, bevor ich meine Meinung ändern konnte. Wir brauchten die Infos und Bel hätte definitiv Schlimmeres fordern können. Natürlich war mir nicht ganz wohl bei dem Gedanken, mit diesem unberechenbaren Kerl allein zu sein. Solang er aber für meine Sicherheit garantierte, würde ich das schon durchstehen.

»Großartig!«, gurrte Bel mit tiefer Stimme. Und da war es auch wieder, sein Zahnpasta-Lächeln. »Als Zeichen meiner Wertschätzung bekommst du einen kleinen Bonus obendrauf, Ariana. Ich werde Silin für achtundvierzig Stunden außer Gefecht setzen. Was immer du planst, sollte vor Ablauf dieser Frist stattfinden, sonst wird die Hexe Harris warnen.«

Ich nickte. Sah so aus, als hätte ich gerade einen Pakt mit dem Teufel geschlossen.

Romeo must die

»Wie konntest du das nur tun?«, fuhr Lucian mich an, als die schwere Flügeltür des Portals sich in Luft aufgelöst hatte.

»Was? Uns die Infos zu besorgen, die wir brauchen?«, fragte ich trotzig. Die Enge der Abstellkammer war beklemmend. Ich zog mich in eine der Ecken zurück, während Lucian auf und ab ging, wie ein Tiger im Käfig.

»Du hast keine Ahnung, auf was du dich da eingelassen hast.«

»Drei Abendessen sind kein Untergang, Lucian. Es hätte schlimmer kommen können«, versuchte ich ihn zu beruhigen. Vielleicht wollte ich mich aber auch nur selbst beruhigen. Die Heftigkeit seiner Reaktion weckte Zweifel in mir. Lucian schlug wütend gegen eine der Ziegelwände.

»Meinst du, Bel will nur nett seine Zeit mit dir vertreiben?«, tobte er und funkelte mich wild an. Ich schluckte.

»An allem anderen hindert ihn sein Schwur«, murmelte ich.

Lucians humorloses Lachen kroch mir unter die Haut.

»Ja, solange du nichts anderes zulässt.«

Darum ging es also. Lucian kam nicht damit klar, dass er keine Kontrolle mehr hatte. Er traute mir nicht.

»Hast du Angst, dass ich mich von ihm verführen lasse?« Es verletzte mich, dass er mich für so schwach hielt. Meine bitteren Worte brachten Lucian dazu, wie ein Gehetzter auf mich zuzustürmen.

»Unterschätze ihn nicht, Ari. Verlocken, betören und verführen sind sein täglich Brot«, knurrte er. »Er ist die Kreatur, für die die Menschen den Namen Satan überhaupt erst geschaffen haben.«

Mit seiner Wut drängte er mich buchstäblich weiter in meine Ecke, doch in seinen Augen lag ein gequälter Ausdruck.

»Es macht mich krank, wenn ich daran denke, dass er mit dir allein sein wird.« Mit beiden Händen umfasste er mein Gesicht. Er tat das so vorsichtig, als wäre ich etwas unendlich Zerbrechliches. »Wenn er dir etwas antut ...«

Seine Kiefermuskeln arbeiteten. All der Zorn, und gleichzeitig war seine Berührung so sanft. Ich war völlig überfordert.

»Du brauchst dir keine Sorgen zu machen«, stammelte ich. »Ich glaube kaum, dass Bel mein Versprechen vor übermorgen einfordern wird.«

Sehr langsam trat Lucian einen Schritt zurück und ließ seine Hände sinken.

»Was sollte das für einen Unterschied machen?«

»Na ja, dann wirst du endlich Thanatos gefunden und die Verräter unschädlich gemacht haben. Das ist es doch, was du willst«, meinte ich bemüht gleichgültig. »Bel ist mein Problem. Ich werde schon mit ihm fertig.«

Fassungslos starrte Lucian mich an. Die Temperatur schien um mehrere Grad zu fallen.

»Das denkst du also von mir?«

Ich wurde das Gefühl nicht los, etwas Falsches gesagt zu haben. »Du glaubst, dass ich dich einfach mit alldem alleinlasse, sobald ich mein Ziel erreicht habe?«

»Wieso solltest du das nicht?«, stotterte ich. »Ich dachte, du willst –«

»Tu das nicht, Ari«, unterbrach er mich leise. Ich verstummte. »Du kannst verdrängen, was du für mich empfindest. Aber sag mir nicht, was *ich* will! Denn du hast keine Ahnung, was ich will. Du hast so große Angst davor, dass ich dir das Herz breche, dass du panisch Gründe suchst, mir nicht zu vertrauen.«

Ich öffnete meinen Mund, um ihm zu widersprechen, aber es kam nichts heraus. Lucian hatte vollkommen recht.

»Und was ... – *willst du*?«, fragte ich mit zittriger Stimme.

Lucian überwand die Distanz zwischen uns. In seinen Augen glühte etwas, das nichts mit Primus-Magie zu tun hatte.

»Was ich will?«, flüsterte er. Ohne den Blick zu lösen, schob er eine Hand in meinen Nacken. Seine Finger gruben sich in meine Haare. Jede Faser in meinem Körper vibrierte. Sein Verlangen hüllte mich ein, sein Geruch betäubte meine Sinne. Mit der anderen Hand fand Lucian meine Hüfte, meine Taille, meinen Rücken. Das Blut rauschte mir in den Ohren. Er drängte sich an mich, bis jeder Atemzug zu einer Herausforderung für mich wurde. Seine Lippen strichen hauchzart über meine. Ich konnte ihre Wärme spüren. Ich wollte mehr. Aber Lucian hielt den provozierenden Abstand, als würde der Schwur, den er Gideon geleistet hatte, noch immer bestehen. Sollte ich ihn noch einmal bitten ... –

»Senk deine Mauern«, forderte er mit heiserer Stimme. In mir regte sich Argwohn. Ich hatte mir geschworen, ihm nie wieder ein Gefühl zu zeigen.

»Ich ... – ich kann nicht.« Wenn ich jetzt meine Mauern einriss, würde ich sie wahrscheinlich nicht mehr schließen können. Nicht für Lucian.

»Ich werde dir nicht wehtun.«

Das wusste ich, aber ... »Warum dann?«

Er umfasste zärtlich mein Kinn und hob meinen Kopf. Damit war mein Mund seinen Lippen noch ein verstörendes Stückchen näher. Unser beider Atem mischte sich und ich versank in seinen Augen wie in der stürmischen See, nach der er roch.

»Weil ich fühlen will, was du fühlst, wenn ich dich küsse.«

Er wartete nicht ab, ob ich seiner Bitte nachkommen würde. Hungrig pressten sich seine Lippen auf meine, bis das Feuer, das tief in meinem Bauch geflackert hatte, meinen ganzen Körper verbrannte. Ich spürte nur noch ihn und das fiebrige Klopfen meines Herzens. Aber dieses unglaubliche Gefühl war in mir gefangen. Ich wollte es so gerne teilen. Ich wollte zusammen mit Lucian brennen.

Also ließ ich los.

Ich öffnete kein Fenster, ich schlug keine Bresche, ich riss einfach alles ein. Und es traf Lucian wie ein Schlag. Keuchend stützte er sich an der Wand ab. Er öffnete zutiefst erschüttert seine Augen und sah mich an. Sie standen in silbern lodernden Flammen.

»Lucian ... ich –« Weiter kam ich nicht, denn er verschloss meine Lippen wieder mit seinem Mund. Und ich erwiderte seinen Kuss mit einer Leidenschaft, die ich noch nie zuvor gespürt hatte. Alles in mir sehnte sich nach ihm. Ich zerrte an seinem Hemd. Es war im Weg. Ein tiefes Knurren entstieg seiner Kehle, als ich darunterfuhr und die Konturen seiner Muskeln erkundete. Sein Mund fand den Weg zu meinem Hals. Seine Zunge spielte auf meiner Haut und schickte kleine Schauer durch meinen Körper. Ich strich durch seine Haare und ermutigte ihn weiterzumachen. Gleichzeitig konnte ich seiner kräftigen, mir dargebotenen Kehle nicht widerstehen. Lucian stöhnte auf, als meine Lippen ihn berührten. Es war ein unglaublicher Laut und ich wollte mehr davon. Ich vergrub mich an seinem Hals, riss an seiner Krawatte, damit ich besser an die Knöpfe seines Hemdes kam. Ich öffnete es ...

Plötzlich packte mich Lucian an den Schultern und schob mich von sich. Sein Atmen ging schwer.

»Wir müssen aufhören«, sagte er rau. Enttäuschung drohte das Feuer in mir zu löschen. Aber dazu war ich nicht bereit. Ich schmiegte mich wieder an ihn.

»Warum?«, fragte ich. Unter dem offenen Hemd schrie die warme Haut seiner Brust förmlich danach, geküsst zu werden. Lucian las meine Gefühle und legte mit einem gequälten Stöhnen seinen Kopf in den Nacken. Er rang sichtlich mit seiner Kontrolle.

»Wenn wir jetzt nicht aufhören«, warnte er mich leise, »werde ich es später nicht mehr können.«

Dieses Geständnis sandte eine Welle der Erregung durch meinen Körper. Und mein Verlangen spiegelte sich in seinen Augen wider. Ich schämte mich dafür nicht. Zum ersten Mal, seit ich mich erinnerte, stand ich zu meinen Gefühlen. Ich zog ihn zu mir und küsste ihn.

Und wenn ich nicht will, dass du aufhörst?, flüsterte ich in seinen Gedanken. Ich war selbst überrascht von meiner Kühnheit. Sofort verspannten sich Lucians Schultern. Er wollte mich von sich schieben, doch ich ließ es nicht zu.

Ari, ich glaube nicht, dass das eine gute Idee ist, hallte seine Stimme in meinem Kopf. Es klang fast wie ein Flehen. *Ich ... ich will dich, aber du wirst dich morgen dafür hassen.*

Ich hielt inne, bis der Sinn seiner Worte bei mir angekommen war. Dann löste ich mich von ihm und sah ihm tief in die Augen. Noch vor einer Woche hätte er recht gehabt, aber ich hatte mich verändert. Ich wusste nicht, wohin das alles führen würde, aber ich wusste, was ich in diesem Moment wollte.

»Lucian«, sagte ich bestimmt. »Harris hat mich zu diesem Halb-Brachion-Ding gemacht und mein Leben in die Hand genommen. Was er nicht unter Kontrolle hatte, hat die Phalanx an sich gerissen. Selbst die Schule, auf die ich gehe, ist eine Lüge. Zusätzlich dazu bringt mich Jiron mit seinem Kopfgeld in Bedrängnis, während irgendwelche Hexen mich verfluchen ... Omega will mich gegen die Liga benutzen. Die Phalanx gegen die Abtrünnigen, die Primus als Seelenlieferant und du, um Thanatos zu finden.« Ich seufzte, als mir überhaupt erst klar wurde, wie fremdbestimmt mein Leben war. »Lass mich diese eine Entscheidung für mich allein treffen«, bat ich.

Lucian erwiderte meinen Blick schweigend. Seine Augen hatten wieder ihr intensives Grün angenommen. Er beugte sich zu mir herunter und schenkte mir einen langen, unendlich zarten Kuss.

Komm!, forderte er mich auf. Ohne sich von mir zu lösen, öffnete Lucian eine Tür, die aus dem Nichts aufgetaucht war. Ich hatte keine Ahnung, wohin sie führte. Aber es war auch egal. Nur zu gerne ließ ich mich von Lucian in eine fremde Welt entführen.

꒰꒱

Zufrieden sah ich den Regentropfen dabei zu, wie sie in kleinen Bächen ihren Weg über das Glas der großen Fenster suchten. Das prasselnde Geräusch hatte eine beruhigende Wirkung. Als würde sich die Nacht dadurch verlangsamen.

Leider trog dieses Gefühl. Die Zeit raste uns davon. Im Osten färbte sich der Himmel bereits hell.

»Wir sollten zurück«, seufzte ich.

»Mhm ...« Ich lächelte, als Lucians Brust unter dem trägen Geräusch vibrierte. Er machte keine Anstalten aufzustehen.

»Du warst noch nie schöner«, meinte er, während seine Finger unbewusst meinen Arm streichelten.

»Wo sind wir eigentlich?«, fragte ich neugierig. Ich konnte nicht verhindern, dass mir eine verräterische Röte in die Wangen stieg, als ich daran dachte, dass ich auf dem Weg ins Bett nicht sonderlich auf meine Umgebung geachtet hatte. Jetzt nahm ich alles zum ersten Mal bewusst wahr.

Wir befanden uns in einem alten Backsteingebäude. Früher war es vielleicht einmal eine Art Garage gewesen, aber jemand hatte es zu einem gemütlichen Loft umgerüstet. Das gedimmte Licht einer einsamen Retro-Stehlampe hüllte alles in einen warmen Goldton.

»Bei mir.«

»Nicht gleich so viele Details auf einmal!«, lachte ich und gab ihm einen spielerischen Klaps für seine unpräzise Antwort. Allerdings gefiel mir die Tatsache, dass Lucian einen Ort hatte, den er sein Zuhause nennen konnte.

»Diesseits, Jenseits, Land, Stadt?«

»Irland«, antwortete er schmunzelnd.

Wow, diese Portal-Dinger waren wirklich praktisch. Liebevoll strich Lucian mir eine Strähne aus der Stirn und eine Welle der Zufriedenheit überrollte mich. Gleichzeitig kämpfte ich gegen dieses warme Gefühl in meinem Bauch an, weil ich wusste, dass es trog. Ich hatte mich hinreißen lassen und mehr bekommen, als ich zu träumen gewagt hatte. Aber auch dieser Traum würde enden. Das taten Träume immer.

425

Widerstrebend riss ich mich los.

»Wir müssen zurück«, wiederholte ich mich und stemmte mich an seiner Brust hoch. Lucian griff nach meinem Arm. Zärtlich hielt er mich fest.

»Sollen wir nicht darüber reden, was hier passiert ist?« Ich wich seinem Blick aus. Solche Gespräche waren nicht unbedingt meine Stärke. Mit einem Schlussstrich kam ich klar. Ich wollte einfach die Erinnerung an die letzten Stunden behalten. Zurückweisung zerstörte nur die schöne Erinnerung. Und Zurückweisung von Lucian würde mich zerstören.

»Mach dir keine Gedanken«, murmelte ich und entwand mich seinem Griff. »Ich wollte das. Ich habe dich darum gebeten. Es war wunderschön, aber es verpflichtet dich zu nichts.« Meine Worte schmerzten mich sicherlich mehr als ihn. Hastig schlüpfte ich in Lucians Hemd. Ich hatte es achtlos über das Fußende des Bettes geworfen. »Wir erzählen den anderen einfach, dass es bei Bel länger gedauert hat«, schlug ich vor und sammelte das Kleid und meine Unterwäsche vom Parkettboden auf.

»Du tust es schon wieder«, schnitt seine kühle Stimme durch den Raum.

»Was?« Verwirrt sah ich hoch. Lucian war aufgestanden und kam auf mich zu. Er trug nichts außer einer schwarzen Pyjamahose. Im Spiel der Schatten sah er unbeschreiblich schön aus. Ich senkte meinen Blick und wandte mich schnell ab. Aber es war zu spät. Bilder der vergangenen Stunden überschwemmten längst mein Bewusstsein. Er hatte mir eine Nacht geschenkt, die ich nie vergessen würde.

»Du maßt dir an zu wissen, was ich will«, sagte Lucian leise. Ich konnte die Wärme seines Körpers hinter mir spüren. Er legte seine Hand auf meine Schulter und drehte mich zu ihm um. Verkrampft presste ich meine Sachen wie einen Schutzschild vor die Brust.

»Ich habe dir gesagt, dass ich nicht spiele, Ari. Das hier reicht mir nicht.«

Hoffnung regte sich in mir. Falsche Hoffnung. Mein Herz lag zu offen und zu schutzlos vor ihm. Ein falsches Wort, und es würde sich nie wieder erholen. Das wusste ich einfach. Also erstickte ich die Hoffnung im Keim und zog in einem Anflug von Panik meine Mauern hoch.

»Dann lass uns das doch wiederholen, wenn sich die Gelegenheit bietet«, meinte ich bemüht gleichgültig.

Auf einmal läutete mein Handy und ich war noch nie so dankbar dafür.

»Wahrscheinlich Gideon. Er macht sich bestimmt schon Sorgen.« Ich schenkte Lucian ein gezwungenes Lächeln und schnappte mir mein Täschchen.

»Lass es klingeln«, forderte er. Ich ignorierte ihn, warf einen Blick auf das Display und –

Ein kalter Eimer Wasser hätte mich nicht mehr schocken können.

»Was ist?« Lucian musste bemerkt haben, dass mir alles Blut aus dem Gesicht gewichen war.

»Es ist Lizzy.«

Ich starrte mein Handy an, als wäre es ein Alien. Mein Magen zog sich zusammen. Wenn Bel die Wahrheit gesagt und diese Silin außer Gefecht gesetzt hatte, *wer* rief mich dann da gerade an? Eigentlich verspürte ich keine große Lust, das herauszufinden. Lucians Hand legte sich beruhigend auf meine Schulter.

»Ich werde jedes Wort mithören. Wenn noch jemand einen Fluch versucht, werde ich das verhindern.«

Mich an den Fluch zu erinnern, machte es nicht besser. Mit zitternden Fingern strich ich über das blinkende Display und hielt mir das Handy ans Ohr.

Stille.

»Hallo?«, fragte ich vorsichtig.

»Hallo, Tochter.«

Das Blut gefror mir in den Adern. Fast hätte ich mein Handy fallen gelassen.

»Du bist nicht mein Vater«, presste ich hervor.

Ein trockenes Lachen.

»Mehr als du denkst, Ariana.«

»Was willst du?«

Schweigen. Meine Fingernägel bohrten sich in meine Handfläche.

»Wie ich hörte, hast du meine Einladung ausgeschlagen«, sagte mein Stiefvater schließlich so ungezwungen, als würden wir über einen Besuch zum Tee sprechen. Lucian schüttelte energisch den Kopf. Meine Güte, ich war ja nicht blöd.

»Was für eine Einladung meinst du denn? Ich habe keine bekommen«, antwortete ich.

Ein Seufzen und das ungeduldige Klackern von einem Stift auf Papier.

»Silin war vielleicht ein wenig ruppig«, gab er zu. »Deshalb wollte ich sie noch einmal persönlich überbringen.«

Ich antwortete nicht.

»Ich nehme an, der Brachion ist bei dir?«

Wieder schüttelte Lucian seinen Kopf. Mit einem bösen Blick brachte ich ihn dazu aufzuhören.

»Was. Willst. Du?«, fauchte ich ins Telefon.

»Aber, Ariana, das ist doch keine Art.« Ich konnte förmlich sehen, wie mein Stiefvater herablassend den Kopf schüttelte.

Düstere Erinnerungen krochen in mir hoch. »Ich dachte, ich hätte dir mehr Anstand beigebracht.«

»Ich glaube nicht, dass *du* mir etwas über Anstand beibringen könntest«, erwiderte ich kalt.

»Ah, jetzt kommen wir der Sache näher.« Er klang amüsiert. »Weißt du, Ariana. Es ist schon lustig, dass du von Anstand redest, wo du es doch gerade wild mit einem Primus getrieben hast. Wirklich, ich hätte mehr von dir erwartet.«

Panisch sah ich Lucian an. Er wirkte wie versteinert.

Woher weiß er das?, wollte ich wissen. Der Brachion antwortete nicht. Ich konnte sehen, wie sein Gehirn arbeitete.

»Ariana, ich verstehe schon, was du in ihm siehst. Lucian war da, als ich es nicht war. Er ist groß, stark, gut aussehend. Der perfekte Retter in der Not. Du bist nicht die Erste, die darauf reingefallen ist.«

Halt ihn hin, befahl Lucian knapp und ließ mich stehen.

»Weißt du, wie man ihn bei den Brachion nannte, bevor er ausgestiegen ist? Den herzlosen Romeo. Ein wunderbares Wortspiel, findest du nicht?«, lachte mein Stiefvater. »Hat er dir erzählt, wovon er sich am liebsten ernährt? Aber was rede ich, ich bin mir sicher, dass du ihn heute mehr als gesättigt hast.«

Seine verächtlichen Worte nisteten sich zielsicher in meinem Herzen ein. Er hatte meine schlimmsten Befürchtungen ausgesprochen.

»Was ich tue oder nicht tue, geht dich einen Scheißdreck an!«, zischte ich. Tränen füllten meine Augen.

»Ariana. Lass dich nicht von ihm einwickeln. Er nutzt dich nur aus. Er nährt sich von dir, erschleicht dein Vertrauen und irgendwann fordert er dann von dir deine Seele. Er ist gefährlich. Ich will, dass du zu mir kommst. Du bist bei ihm nicht sicher. Und wir müssen über so vieles reden.«

Lucian stand plötzlich vor mir. Er war vollständig angezogen.

Hier stimmt was nicht, sagte er.

Da konnte ich ihm nur recht geben. Hier stimmte gar nichts.

»Das trifft sich gerade schlecht«, antwortete ich meinem Stiefvater, so gelangweilt ich nur konnte. Trotzdem bebte meine Unterlippe. »Weißt du, ich wollte noch den Müll rausbringen und abwaschen und zum Zahnarzt. All diese Dinge eben, die ich tausend Mal lieber tue, als dich zu sehen –«

»Ariana«, donnerte es auf der anderen Seite der Leitung. Die Lautsprecher des Handys übersteuerten. »Du solltest meinen Wünschen besser entsprechen.«

»Sonst was?«, fragte ich patzig.

Stille. Das Geräusch von Eiswürfeln in einer Flüssigkeit.

»Du hättest die Zuflucht nicht verlassen sollen.«

Sofort war Lucian alarmiert. Er packte mich.

Leg auf!, forderte er.

»Irland zu dieser Jahreszeit soll wunderschön sein.«

»Leg auf!«, wiederholte Lucian noch einmal. Er schnappte sich mein Handy und plötzlich roch es nach verschmortem Plastik. Ich registrierte es kaum. Das Lachen meines Stiefvaters hallte noch in meinen Ohren nach.

Unvermittelt warf mich Lucian zu Boden. Ich wollte mich gerade beschweren, als die Fensterscheiben zerbarsten. Kugeln sausten zischend durch die Luft und bohrten sich in die Polster hinter uns. Dort hatten wir eben noch gestanden.

»Komm«, rief er durch den Lärm des splitternden Glases. Er hielt mich fest in seinen Armen und benutzte seinen Körper, um mich vor den Projektilen zu schützen. Ich wusste gar nicht, wie mir geschah, da hatte mich Lucian auch schon zum hinteren Teil seines Heims geschoben. Dort gab es keine Fenster, weil zwei Garagentore den größten Teil der Wand für sich beanspruchten. Die Schüsse verstummten. Lucian schnappte sich ein paar Schlüssel, die auf einer Werkbank lagen, und trieb mich weiter zu dem Motorrad, das mitten in seiner Küche stand. Erst jetzt realisierte ich, was er vorhatte.

»Bist du wahnsinnig? Die schießen da draußen«, rief ich aufgebracht. »Warum können wir nicht über das Portal zurück?«

»Das ist es, was sie wollen«, meinte Lucian knapp. Und wie aufs Stichwort tauchte neben dem Kühlschrank eine Tür auf. Jemand rüttelte an der Klinke. Lucian verzog seinen Mund zu einem bitteren Lächeln. »Sie stehen schon bereit und warten nur darauf, dass wir sie reinlassen.«

Aus dem Rütteln wurde dröhnendes Hämmern. Ich hörte Holz splittern.

Gut, das war recht überzeugend. Trotzdem war ich mir nicht sicher, ob der Weg nach draußen die bessere Alternative war.

»Vertrau mir! Steig auf. Dich braucht Harris lebend und mir können die Kugeln nichts anhaben.«

Das Splittern wurde lauter. Fluchend zog mich Lucian hinter sich auf das Motorrad und gab Gas. Ich schrie auf, als er ungebremst auf das Garagentor zuhielt, doch es verschwand einfach vor meinen Augen. Gleichzeitig überzog mich ein glühendes Gefühl. Meine nackten Beine verschwanden unter stabiler Lederkleidung. So gewappnet bretterten wir durch den einsetzenden Kugelhagel.

Kein gutes Zeichen

Lucian atmete schwer. Sein Kopf ruhte auf seinen Händen. Irgendetwas stimmte mit ihm nicht. Er war aufs Bett gesunken, sobald die Tür des schäbigen Motelzimmers ins Schloss gefallen war. Ich wusste nicht, ob ich es den Angreifern oder Lucian zu verdanken hatte, aber ich war tatsächlich unverletzt. Dafür stand ich nun halb nackt vor ihm. Es musste ihn völlig ausgebrannt haben, die Illusion meiner Kleidung so lange aufrechtzuerhalten, bis wir aus der Öffentlichkeit heraus waren.

»Geht es dir gut?«, fragte ich besorgt.

Mit einem unterdrückten Stöhnen streifte Lucian seine Lederjacke von den Schultern und zog sein Shirt aus.

»Ich glaube, das musst du übernehmen.«

Ein leises Lächeln spielte um seine Mundwinkel, als er mein Entsetzen sah. Sein Oberkörper war durchlöchert und aus den Schusswunden floss in dicken Strömen Blut.

»Ich ... ich dachte, Kugeln sind für euch ungefährlich.«

»Das sind keine normalen Kugeln«, krächzte er und legte sich vorsichtig hin. »Sie fühlen sich an wie ein Aziam.«

»Was?!«

Das bedeutete ... Oh Gott! Er hatte haufenweise Stahl in sich, der nicht nur seine Hülle beschädigte, sondern sich auch noch in seine Essenz bohrte. Kein Wunder, dass er am Ende seiner Kräfte war.

»Ari, bitte, ich –« Seine schwachen Worte rissen mich aus meinem Schockzustand.

»Oh, klar ... ich, ähm ...«, stammelte ich und setzte mich neben ihn auf die Matratze. Ich hatte keine Ahnung, wo ich anfangen sollte. Oder wie ich die Kugeln überhaupt aus ihm rausholen könnte. Ich rannte zu dem kleinen Waschbecken, das das Badezimmer in diesem Billigmotel ersetzte. Toiletten gab es nur auf dem Flur. Handtücher Fehlanzeige. Also sammelte ich Lucians Shirt vom Boden auf, wusch es aus und machte mich daran, seine Brust zu säubern. Die Kugeln steckten wirklich tief in den Wunden. Mit den Fingern käme ich da nie ran.

Lucian hielt mir mit dem Griff voran seinen Aziam hin.

»Bring die Kugeln fort, damit Harris sie nicht aufspüren kann«, wies er mich mit heiserer Stimme an. Dann schloss er die Augen. Ich fühlte nach seinem Puls. Schwach. Seine Stirn war glühend heiß. Lucian reagierte nicht mehr. Er war ohnmächtig, soweit das ein Brachion überhaupt sein konnte.

Ich nahm ihm die Klinge aus seiner kraftlosen Hand und atmete tief durch.

Ich kann das!

Entschlossen schluckte ich meinen Ekel und den latenten Brechreiz herunter. Egal, was zwischen uns war oder auch nicht, Lucian brauchte meine Hilfe. Ich arbeitete mich sorgfältig Kugel für Kugel durch die Verletzungen. Als ich fertig war, entdeckte ich noch ein paar Einschusslöcher in seiner Jeans. Ich hielt mich nicht damit auf, ihm die Hose auszuziehen. Ich schnitt den Stoff einfach auf. Danach packte ich die Kugeln in das ruinierte Shirt und entsorgte sie. Die Ladefläche eines tankenden Pick-ups hatte sich dafür geradezu angeboten.

Nachdem ich jetzt nichts mehr tun konnte, packte mich die Müdigkeit. Hilflos sah ich mich um. Es kam mir irgendwie falsch vor, mich neben einen Verwundeten zu legen. Vielleicht wollte ich mich auch einfach nicht damit auseinandersetzen, was ich fühlen würde, wenn ich mich an Lucian schmiegte. Also rückte ich den zerfledderten Korbstuhl vors Bett und rollte mich darauf zusammen, die Tür im Blick und Lucians Aziam fest in der Hand. Das sanfte Glühen war seltsam tröstlich. Es würde keine einfache Wache werden, aber ich nahm mir strikt vor, nicht einzuschlafen.

Eine Weile beobachtete ich, wie sich Lucians Brustkorb hob und senkte. Ich hatte ihn noch nie so wehrlos gesehen. Fast wie ein normaler Mann. Nur war er das nicht. Oder? Ich machte mir Sorgen. Um ihn. Um mich. Um den Haufen Probleme, bei denen ich keinen Anfang und kein Ende sah. Doch jetzt konnte ich nicht viel tun. Außer Lucian bei seiner Genesung zu helfen. Keine Ahnung, ob es auch funktionierte, wenn er bewusstlos war, aber ich öffnete für ihn ein kleines Fenster in meiner Abwehr. Und dann hieß es warten.

ᴓ

Als die Tür ins Schloss fiel, war ich sofort hellwach. Der Aziam war aus meiner Hand verschwunden, das Bett war leer. Lucian stand vor mir. Er trug eine dunkle Chino und einen Rollkragenpullover. In den Händen hielt er einige Einkaufstüten und einen Pappbecher.

Der Blick, mit dem er mich bedachte, lag irgendwo zwischen Belustigung und Ärger. Er warf die Tüten aufs Bett.

»Ich will ja deinen ungewöhnlichen Stil nicht kritisieren, aber er ist ein wenig auffällig«, meinte er und deutete auf die durchlöcherte Lederjacke, die ich über sein Hemd gezogen hatte, und seine viel zu großen Stiefel. Der Pappbecher landete auf dem Nachtkästchen.

»Kaffee für dich«, murmelte er. »Warum hast du nicht im Bett geschlafen?«

»Ich ... ich wollte eigentlich gar nicht schlafen«, wich ich aus. Ein leises Schnauben zeigte deutlich, was er von meiner Antwort hielt.

»Mach dich fertig. Gideon wird uns ausfliegen lassen.«

»Du hast mit Gideon telefoniert?« Lucian nickte und ließ sich samt Schuhen aufs Bett fallen.

»Wir beide waren der Meinung, dass wir die Portale meiden sollten. Das wäre zu gefährlich.«

Damit konnte ich leben. Sehr gut sogar. Allein der Gedanke, wer dort auf uns warten könnte, trieb mir eisige Schauer über den Rücken. Und das führte mich wieder zu einer Frage, die mir die letzten paar Stunden Albträume beschert hatte.

»Woher wusste mein Stiefvater, wo wir waren?«

»Keine Ahnung. Wahrscheinlich hat Harris eine Möglichkeit gefunden, dich zu überwachen.«

Oh. Die Vorstellung, dass mein Stiefvater mich auf Schritt und Tritt ausspioniert haben könnte, ließ mich frösteln. »Hast du deshalb mein Handy geschmort?«

»Sicher ist sicher«, grinste Lucian ohne jedes Schuldgefühl. Er sah fast wieder aus wie der Alte. Nur die leichten Ringe unter seinen Augen zeugten noch von den vierzehn Aziam-Kugeln, die ich ihm aus dem Leib gepult hatte. Das und der fehlende Glanz in seinem Lächeln.

»Wie geht es dir?«, erkundigte ich mich. Ein Schatten huschte über sein Gesicht. Er sah wirklich erschöpft aus.

»Alles verheilt.«

Ich war mir nicht sicher, ob ich ihm glauben sollte. Lucian gehörte nicht zu den Leuten, die zugeben würden, wenn es ihnen schlecht ging. Als er meine Skepsis sah, lachte er leise.

»Willst du nachgucken?« Er funkelte mich belustigt an und schob seinen Pulli gerade so weit nach oben, dass ich den Teil seines muskulösen Bauches sehen konnte, der wohldefiniert unter seinem Hosenbund verschwand. Ich spürte, wie mir das Blut ins Gesicht stieg. Sofort senkte ich meinen Blick.

»Nein. Schon okay.« Um meine Verlegenheit zu überspielen, griff ich nach den Einkaufstüten, die noch immer auf dem Bett lagen. »Ähm, gibst du mir zwei Minuten, dann kann ich mich anziehen?«

»Wäre nichts, was ich nicht schon gesehen hätte«, neckte Lucian liebevoll. Oh, mir fielen tausend Sprüche ein, mit denen ich gerne gekontert hätte, aber ich musste einen kühlen Kopf bewahren. Es gab so vieles, was zwischen uns stand. Ich durfte einfach nicht zulassen, dass meine Schwäche für Lucian mich in eine Sackgasse trieb. Die Möglichkeit, dass ich für ihn nur ein Zeitvertreib war, war schlimm genug. Wenn mein Stiefvater aber recht hatte und Lucian mich bewusst manipulierte ...

»Verdammt, Ari! Zieh deine Mauern hoch«, fluchte Lucian. Er sprang vom Bett auf. »Ich kann deine Zweifel nicht mehr ertragen.«

Seine Worte trafen mich wie ein Schlag. Mir war gar nicht bewusst gewesen, dass das Fenster, das ich geöffnet hatte, bevor ich eingeschlafen war, ihm noch immer Zugang zu meinen Gefühlen gewährte. Verletzt von seiner plötzlichen Ablehnung schlug ich es so heftig zu, dass ich glaubte, es bis in die Knochen zu spüren.

Lucian hatte inzwischen unser minimalistisches Bad gefunden und spritzte sich müde etwas Wasser ins Gesicht. Dann drehte er den Hahn zu, blieb aber dort, die Hände auf das Waschbecken gestützt.

»Ich habe dir doch gesagt, dass du dich dafür hassen würdest«, murmelte er. Seine leise Stimme schnitt mir tief ins Herz.

»Entspricht nicht ganz dem Geschmack des herzlosen Romeos, oder?«, fauchte ich und packte wutentbrannt die Klamotten aus den Einkaufstüten. Schwarze Leggins, Wollkleid und sehr knappe Spitzenunterwäsche. Da hatte jemand wohl kaum an Zweckmäßigkeit gedacht ...

Lucian stieß sich seufzend vom Waschbecken ab. Mit beiden Händen fuhr er sich durch die Haare.

»Ari, was Harris da über mich gesagt hat –«

Ich ließ ihn nicht ausreden. Ich konnte einfach nicht länger das kleine Mädchen sein, dem das Herz gebrochen wurde.

»Schon in Ordnung.« Ich drehte ihm den Rücken zu, um in die Pants zu schlüpfen. »Du musst dich nicht rechtfertigen. Wir hatten beide unseren Spaß. Belassen wir es dabei.«

»Ari!«

Ich spürte einen Luftzug und schon stand Lucian vor mir.

Der Blick, mit dem er mich bedachte, war so durchdringend, dass es mir die Luft raubte.

»Ich will es aber nicht dabei belassen«, sagte er bestimmt.

Ich lachte trocken.

»Natürlich nicht.« Immerhin gab ich ja eine einfache und gutgläubige Nahrungsquelle mit der Aussicht auf eine einmalige Seele ab.

Lucian schloss die Augen und stöhnte gequält auf.

»Was muss ich tun, damit du mir glaubst, Ari?«

»Sag mir, dass mein Stiefvater gelogen hat.«

Lucians Mund verzog sich zu einem grimmigen Strich.

»Das kann ich nicht. Denn ich werde dich nicht anlügen«, meinte er heiser. »Aber diese Geschichten ... stimmen nur teilweise. Und sie stammen aus einer Zeit, als noch nicht einmal deine Mutter geboren war. Ich bin heute ein anderer.« Den Rest seiner Erklärungen hörte ich gar nicht mehr. Wie betäubt blinzelte ich die Tränen aus meinen Augen. Ich wusste nicht, welcher Teil in mir sich für Lucian verbürgt hatte. Aber dieser Teil starb gerade qualvoll.

Lucian strich mir über meine Wange und knurrte: »Verdammt, dafür lasse ich Harris bluten.« Ich schubste ihn von mir.

»Dafür, dass er mir die Wahrheit gesagt hat?«

»Dafür, dass er mit deinen Gefühlen spielt, um seine Ziele zu erreichen.«

Ich schnaubte. »Da ist er nicht der Einzige.«

Ungerührt zog ich Lederjacke und Hemd aus und knallte sie ihm vor die Füße. Der Schock hatte jedes Schamgefühl in mir abgetötet. Ich drehte ihm meinen Rücken zu und zog den BH an. Hinter mir wurde es beunruhigend still. Das Wollkleid schon in der Hand, riskierte ich einen Blick und stellte fest, dass Lucian mich vollkommen entgeistert anstarrte. Jede Farbe war aus seinem Gesicht gewichen. Ohne weitere Erklärung schob er mich zur Nachttischlampe. Dabei war er so grob, dass es fast wehtat.

»Hey, was soll das?«, protestierte ich. Er antwortete nicht. Stattdessen strich er ungläubig über meine Wirbelsäule. Ein Fluch in einer fremden Sprache kam über seine Lippen.

»Was ist?«, fragte ich verwirrt. Er ließ so plötzlich von mir ab, als würde ihn die Berührung schmerzen.

»Ich hätte es wissen müssen«, flüsterte Lucian.

»Was?!« Sein Verhalten machte mir Angst. »Lucian, was ist los?«

Mit einem frustrierten Seufzen ließ er sich auf den Korbstuhl fallen. Alle Anspannung hatte seinen Körper verlassen. Jetzt sah er nur noch aus wie ein geprügelter Welpe. Unendliches Leid stand in seinen Augen.

»Du wolltest einen Beweis, dass ich es ernst mit dir meine? Bitte ...«, sagte er matt und deutete auf meinen Rücken. »Du trägst mein Zeichen.«

»Was?! Du hast mich als deinen *Besitz* gezeichnet?!«, fauchte ich fassungslos. Meine Stimme überschlug sich. Sofort hob Lucian beschwichtigend die Hände.

»Nein. Das hätte ich dir niemals angetan.« Er klang so niedergeschlagen, dass ich es ihm glauben musste.

»Aber ...«, stammelte ich, »was bedeutet das dann?«

»Dass du mehr Primus bist, als wir dachten.«

Mir fiel das Gespräch ein, das wir bei unserer ersten Verabredung geführt hatten. Diese Mira hatte sich sein Zeichen gewünscht, weil es –

»Du meinst ...«

»Ja«, sagte er bekümmert. »Ich bin offenbar mit dir eine Verbindung eingegangen.«

Mit offenem Mund starrte ich ihn an.

»Du verarschst mich!«

War das Ganze nicht so etwas wie eine Primus-Hochzeit? Verdammt, ich war noch nicht bereit für eine Ehe! Wir kannten uns doch noch nicht mal einen Monat!

Ich sah mich um, konnte aber keinen Spiegel entdecken, also versuchte ich das Zeichen mit meiner Hand zu erfühlen.

Lucian sprang wütend auf. Mehrere Möbel krachten gegen die Wände und zerbrachen. Ich zog meinen Kopf ein, um mich vor den herumfliegenden Splittern zu schützen. Aber wie von Geisterhand abgelenkt kam keiner davon in meine Nähe.

»Ich war so ein Idiot«, fluchte er. »Ich wusste doch, dass es keine gute Idee ist.«

Lucian dachte offensichtlich so wie ich. Trotzdem tat mir seine Reue irgendwie weh. Ja, es war meine Idee gewesen. Ja, ich hatte ihn dazu überredet. Ich schluckte. So war es immer. Wenn ich einmal an mich dachte, bekam ich es vom Schicksal doppelt und dreifach wieder reingewürgt. Meine Kehle schnürte sich zu, als sich Tränen in meinen Augen sammelten. Das hatte ich nicht gewollt.

»Als ob nicht alles schon kompliziert genug ist!«, blaffte er weiter. »Da muss ich uns *noch* tiefer in die Scheiße reinreiten.«

Er hatte uns in gar nichts reingeritten. Es war meine Schuld. Jetzt konnte ich nichts mehr gegen die Tränenflut machen, die mir ungehindert übers Gesicht rann. Meine Mauern wankten und gaben unter dem Ansturm meiner Emotionen nach. Ich hatte mich nicht nur überschätzt und mich in einen Brachion verliebt, für den ich lediglich eine Affäre war. Nein, ich hatte ihn auch noch irgendwie an mich gebunden, obwohl er das gar nicht gewollt hatte. Schluchzend schloss ich die Augen.

Lucian hielt inne, als meine Gefühle ihn trafen. Sofort war er bei mir und zog mich in die Arme. Ein warmer Sommersturm. Er drückte mich fest an seine Brust. Sein Kinn ruhte auf meinem Kopf.

»Um Himmels willen, Kleines, so habe ich das nicht gemeint«, murmelte er verzweifelt und strich mir über die Haare. »Ich würde diese Nacht für nichts in der Welt eintauschen wollen.«

»Aber ... was meinst du dann?«, schniefte ich endgültig verwirrt. Er seufzte.

»Ich habe dir doch erzählt, dass ein Brachion keine derartige Verbindung eingehen darf ...«, erklärte er. »Es ist ein Gesetz, das die Liga mit aller Strenge verfolgt.«

Und da fiel es mir wie Schuppen von den Augen: Sie würden Lucian meinetwegen bestrafen.

»Oh Gott. Das wollte ich nicht«, hauchte ich entsetzt. Ich löste die Umarmung so weit, dass ich ihn ansehen konnte. »Ich ... – ich werde mit der Liga reden. Sie dürfen dich nicht bestrafen. Es ist alles meine Schuld.«

»Nein, Ari. Nichts von alldem ist deine Schuld. Und du wirst auch nicht mit ihnen reden. Am besten, du bekommst sie überhaupt nie zu Gesicht.«

»Aber warum?« Wenn ich etwas tun konnte, um meinen Fehler wiedergutzumachen, dann würde ich es tun.

»Weil sie nicht mich bestrafen werden, sondern dich«, ließ er die Bombe platzen.

Was?! Okay. Gut. Oder auch nicht. Das ergab doch überhaupt keinen Sinn.

»Die Liga hält es für effektiver, potenzielle Partner abzuschrecken als nur die Brachion, die ohnehin nichts zu verlieren haben. Außerdem ist ein gut ausgebildeter Brachion viel zu wertvoll.«

»Und was ist die Strafe für eine solche Verbindung?«, erkundigte ich mich. Lucian schloss seine Augen und zog mich wieder in seine Arme.

»Oh Ari, es tut mir so leid. Ich werde das nicht zulassen.«

Doch ich konnte seinen Trost gerade nicht annehmen. Ich musste wissen, woran ich war. Energisch stemmte ich mich von seiner Brust weg.

»Welche Strafe?«, wollte ich wissen.

Lucian zögerte. Seine Kiefer spannten sich an.

»Sie werden den Befehl geben, dich zu töten.«

Ein verächtliches Schnauben platzte aus mir raus. »Na ja, wenn man Jiron Glauben schenkt, werden sie mich sowieso alle töten wollen«, meinte ich trocken.

Statt über meine Einstellung zu lachen, blieb Lucian ernst. Er hielt meinen Blick fest.

»Sie werden *mir* den Befehl dazu geben.«

Jetzt war ich sprachlos. Was für ein gefühlloser Bastard dachte sich denn solche Gesetze aus?!

»Wenn ich den Befehl missachte, werden sie so lange Mitglieder meiner Familie hinrichten, bis ich mich beuge. – Aber dennoch«, sagte Lucian bestimmt, »ich könnte dir nie etwas antun.«

Bekümmert lächelte ich ihn an und schob dann meine Angst und meine Hoffnungslosigkeit aus meinen Gedanken. So kamen wir nicht weiter. Sich hypothetisch füreinander zu opfern, war ja keine Lösung. Ich musste nachdenken.

»Kann man das nicht irgendwie rückgängig machen?«

Lucian lehnte seine Stirn an meine.

»So einfach ist das nicht, Ari. Das Zeichen ist Ausdruck unserer Verbindung. Solange sich unsere Gefühle nicht ändern, wird es bleiben.«

Solange sich unsere Gefühle nicht ändern ... Langsam, sehr langsam sickerte die Bedeutung seiner Worte in mein verstörtes Bewusstsein. Hieß das ...?

Ein gutmütiges Funkeln ließ Lucians Augen glänzen.

»Du hast echt einen sturen Dickschädel, Kleines! Glaub es mir doch bitte wenigstens jetzt!«, meinte er lächelnd. »Ich bin dir vollkommen und unrettbar verfallen.«

Das warme Gefühl, das durch meinen Körper strömte, war unbeschreiblich. Ich hatte, was ich wollte, und ich hielt es in meinen Armen. Ich konnte mein Glück kaum fassen. Und trotzdem hatte mir mein Schicksal wieder eine Falle gestellt. Für diesen Moment des Glücks würde einer von uns beiden mit dem Leben bezahlen müssen. Ich wollte Lucian nicht wieder verlieren. Vielleicht war das die Lektion, die ich lernen sollte. Ihn gehen zu lassen, um ihm das Leben zu retten. Vielleicht würde ja auch gar nichts aus uns werden. Immerhin war er ein jahrhundertealter Primus und ich gerade mal achtzehn. An seiner Stelle konnte ich mir Spannenderes vorstellen, als in alle Ewigkeit an ein naives Mädchen gebunden zu sein.

Lucian seufzte tief, als er mein Gefühlschaos las. Ich hatte ganz vergessen, dass meine Abwehr noch immer unten war.

»Hör mir zu, Kleines. Ich weiß, dass dich niemand um deine Zustimmung gebeten hat, und glaube mir, wenn es so weit ist, wird das das Erste sein, was ich offiziell nachhole«, meinte er mit einem traurigen Lächeln und strich mir über die Wange. Automatisch schloss ich die Augen und schmiegte mein Gesicht in seine Hand. »Auch wenn du mein Zeichen trägst, steht es dir jederzeit frei, dich zu entscheiden. Ich werde dich nicht drängen, ich ... ich kann warten. Aber eines sollst du wissen. Ich werde dich nicht kampflos aufgeben. Niemals. Ich habe mich in dich verliebt, Ari.« In seinem Blick lag absolute Aufrichtigkeit. Dann mischte sich ein neckischer Ausdruck darunter. »Eigentlich schon, als du mich am Timeon-Gatter einen völlig übergeschnappten Psychopathen genannt hast, aber spätestens, seit du dir deine Instinkte absprechen wolltest, weil du mir nicht gleich mit der Nachttischlampe eins übergebraten hast. Damals hattest du deine Chance. Komm also gar nicht auf die Idee, wieder an mir zu zweifeln, oder mich aus Panik von dir zu stoßen. So einfach wirst du mich jetzt nicht mehr los.«

Ich lachte schniefend auf.

»Wenn ich dich loswerden will, brauch ich ja sowieso nur die Liga anrufen, nicht wahr?«, scherzte ich. Grinsend zog mich Lucian an seine Brust.

»Ich werde mir was einfallen lassen«, versprach er. »Aber solange darfst du mein Zeichen niemandem zeigen. Nicht einmal Lizzy. Ich will dich nicht noch mehr in Gefahr bringen, als ich es ohnehin schon getan habe. Keiner darf von uns wissen.«

Ich spürte einen kleinen Stich, weil mich seine Worte an Brendon erinnerten. Trotzdem zwang mich meine Vernunft zu einem Nicken. Sofort sah ich in verzweifelte grüne Augen.

»Oh, Ari. Es tut mir so leid«, murmelte er. Seine Lippen fanden meine.

Vertrau mir, bitte, hauchte seine Stimme in meinem Kopf.

Und ich ... ließ es zu. Es war ohnehin schon viel zu spät. Er besaß längst mein Herz. Und dann – geborgen in seinen beschützenden Armen – fand ich einen perfekten Moment und fror ihn mir ein. Ich wollte und würde ihn nie wieder vergessen. Seine kräftige Brust unter meinen Händen. Sein unvergleichlicher Geruch, den ich für ewig mit Geborgenheit verbinden würde. Seine weichen Lippen auf meinen. Der stetige Herzschlag, von dem ich mir vorstellte, wie er nur für mich schlug. Eine einzelne Träne rollte mir über das Gesicht und ich sank seufzend an seine Schulter. Ganz gleich, was in der Zukunft passieren würde, das konnte mir keiner mehr nehmen.

»Darf ich es sehen?«, bat ich nach einer Weile. Ein lautloses Lachen erschütterte Lucians Brustkorb. Mit einer Ruhe, die mir zeigte, dass dieser Moment auch für ihn etwas Besonderes gewesen war, zog er seinen Pullover über den Kopf und drehte mir seinen Rücken zu. Von seiner glatten Haut hoben sich helle Linien wie alte Brandnarben ab. Drei von ihnen zierten die untere Wirbelsäule. Die mittlere war länger als die äußeren. Sie verliefen eng nebeneinander und kreuzten sich zwischen den Schulterblättern. Dort verschlangen sie sich mit etlichen anderen Linien, die sich dann fast wie Flügel bis zu seinen Schultern auffächerten. Ich kannte das Zeichen. Es war dasselbe wie auf seinem Notfallsiegel. Ein Phönix mit gespreizten Schwingen.

Ehrfürchtig fuhr ich mit den Fingern über die Zeichnung. Man konnte die Narben kaum spüren. Lucians Muskeln entspannten sich unter meiner Berührung.

»Und ich habe auch so eins?«, hauchte ich fasziniert. Lucian wandte sich wieder zu mir um. Seine Hände fanden meine Taille.

»Willst du es sehen?«, fragte er zärtlich. Ich nickte sofort.

Und plötzlich begann die Luft um uns herum zu schimmern. Mein Nacken prickelte, als die Wände des Motel-Zimmers verschwammen und sich in schimmernde Spiegelflächen verwandelten. Lucian fasste langsam an meinen Rücken und öffnete meinen BH. Ich hielt den Atem an, als ich den Phönix auf meinem Rücken erkannte. Er war zierlicher und kleiner, aber glich Lucians bis ins Detail.

»Es ist wunderschön«, flüsterte ich.

»Du bist wunderschön.«

Zärtlich hauchte Lucian einen Kuss auf meine Schulter. Es war atemberaubend, im Spiegel sehen zu können, mit welcher

Hingabe er mich berührte. Als er meinen Blick bemerkte, lächelte er spitzbübisch.

»Die Jäger werden erst in zwei Stunden hier sein.«

Ich lachte und verlor mich auf seinen Lippen.

Der letzte Tropfen

Kein Licht, kein Alarm, kein Erdbeben, kein Angriff und kein Notfall weckten mich. Nein, zum ersten Mal seit Langem war es einfach nur der Geruch von Kaffee, der mich aus meinem traumlosen Schlaf zog.

Mein Wecker zeigte sieben Uhr an. Abends? Stöhnend rieb ich mir den Schlaf aus den Augen. Jegliches Zeitgefühl war futsch. Kein Wunder, allein in den letzten vierundzwanzig Stunden hatte ich einen Hexenfluch und fünf erste Dates überstanden, ich war dem Teufel begegnet, hatte mit Lucian geschlafen, mein Herz verloren und sein Zeichen bekommen. Ich hatte mit meinem Vater telefoniert, war von seinen Männern angegriffen worden, hatte eine Not-Operation durchgeführt und einen Flug in einem Phalanx-Privatjet erlebt. Eine hübsche Rundreise von der Zuflucht durch Albträume, Träume, Louisiana, Irland und wieder zurück. Ob es in der Primus-Welt wohl so was wie Bonusmeilen gab?

Barfuß tapste ich durch die dämmrige Zuflucht, auf der Suche nach dem Ursprung des unwiderstehlichen Dufts. Die Kaffeemaschine war aus, aber auf dem Herd stand ein dampfender Espressokocher.

»Das funktioniert noch immer zuverlässiger als jeder Wecker«, murmelte Gideon, der gerade zwei Tassen aus dem Küchenschrank holte. »Wie früher.«

Ich grinste und kletterte auf einen der Barhocker. Seit

ich Lizzys Bruder kannte, benutzte er die kleine verbeulte Eisenkanne. Damals hatte er Lizzy und mich beinahe jedes Wochenende mit dem Geruch aus dem Bett geholt. Ein leichtes Schnarchen hinter mir bewies, dass diese Taktik nicht universell anwendbar war. Ryan pennte tief und fest auf dem Sofa. Er hatte die ganze Nacht auf uns gewartet und schließlich die Rückholaktion mit der irischen Phalanx koordiniert.

»Wo sind die anderen?«, erkundigte ich mich leise. Ein Lächeln erschien auf Gideons Gesicht.

»Du wirst dich wundern. Wir haben Infos und eine Deadline bekommen. Mehr brauchen wir Jäger nicht«, flüsterte er zurück. »Dachte mir, du willst dich vielleicht fertig machen, bevor die Horde hier einfällt ...«

Er musterte mich von der Seite, und fast glaubte ich, sein prüfender Blick könnte Lucians Zeichen auf meinem Rücken erahnen. Er wirkte sehr darum bemüht, mich nicht mit Fragen über Bel und Irland zu überhäufen. Stattdessen schenkte er den Espresso ein und füllte die Tassen mit warmem Milchschaum auf. Mein schlechtes Gewissen wuchs. Ich hatte schon geahnt, dass ihn die Story nicht überzeugen würde, die Lucian und ich uns zurechtgelegt hatten. Zwar hatten wir streng genommen nicht gelogen, aber trotzdem hätte Gideon die ganze Wahrheit verdient. Der liebevoll angerichtete Kaffee vor meiner Nase machte mein Gefühlsdilemma auch nicht gerade besser.

»Warum tust du das alles?«, fragte ich. »Ich meine, warum belügst du deine Familie und die Phalanx für mich?«

Gideon seufzte tief und setzte sich neben mich. Wie früher landete ein gehäufter Löffel Zucker in seiner Tasse. Und wie früher beobachtete er den Zuckerhaufen, bis er vom Milchschaum verschluckt wurde. Es war tröstlich zu sehen, dass noch etwas vom alten Giddie übrig war.

»Wieso glaubst du, du wärst es nicht wert?«, lautete schließlich die Gegenfrage. Ich schnaubte leise.

»Als Ari oder als *Izara*?«

»Du solltest aufhören, das getrennt voneinander zu sehen. Vielleicht bist du Ari, weil deine Seele besonders ist. Vielleicht ist aber auch deine Seele besonders, weil du Ari bist. Wer weiß das schon?« Mit einem Lächeln löffelte er die Schaumkrone von seinem Kaffee.

»Wow. Nicht nur Herkules, sondern auch noch Konfuzius«, lachte ich und genoss gleichzeitig die erfrischend neue Sichtweise. Vielleicht hatte er ja recht.

»Wird dein Dad nicht böse sein, wenn er herausfindet, dass du ihn hintergangen hast?«

Jungenhafter Trotz huschte über seine Züge, konnte aber den Kummer dahinter nicht ganz verbergen.

»Damit muss er klarkommen, immerhin hat er mich so erzogen«, meinte er. Dann drehte er sich zu mir herum und sah mir fest in die Augen. »Ari, ich habe keine Ahnung, wo uns das alles hinführen wird. Vielleicht bringst du uns tatsächlich den Krieg. Aber wenn es so weit ist, möchte ich aus den richtigen Gründen für die richtige Seite kämpfen. Und wenn keine Seite meinen Ansprüchen genügt, wähle ich eben meine eigene.«

Er nahm seine Tasse und schob sich vom Barhocker. »Genug davon«, schloss er leise, aber bestimmt. »Trink deinen Kaffee und mach dich fertig, wir haben heute noch einiges vor.«

ॐ

Mel stieß als Erste zu uns, Lizzy als Letzte. Zum Leidwesen der Jäger fiel mir meine Freundin quietschend und hüpfend wie ein Flummi um den Hals. Aus einer Ecke beobachtete Toby uns lächelnd. Ebenso wie Lucian. Im Blick des Brachions lag so viel Wärme, dass ich Angst hatte, irgendjemand würde es bemerken. Allerdings stand ihm Toby in nichts nach. Und zum ersten Mal fragte ich mich, was wohl zwischen ihm und Lizzy schon alles passiert war.

Zu meiner Überraschung und Freude war auch Jimmy mit von der Partie. Schüchtern winkte er mir zu. Ich erwiderte seinen Gruß. Er stand vor seinem Laptop, dessen Desktopbild von einem Beamer auf eine Leinwand dahinter geworfen wurde. Ich schmunzelte, als ich eine überzeichnete Version von He-Man darauf erkannte.

»Willkommen zu unserem Briefing«, sagte Gideon und stellte sich mit verschränkten Armen neben die Leinwand. Die Ähnlichkeit des Jägers mit der Comicfigur ließ mich grinsen. Ryan war weniger taktvoll und schlug seinem Freund vor, seine Kleiderwahl zugunsten eines Capes zu überdenken. Gideon überging das allgemeine Gelächter und fuhr fort.

»Jimmy war so freundlich, sich bereit zu erklären, das für uns zu übernehmen. Er hat sich bei den Recherchen als äußerst hilfreich erwiesen.«

Der schlaksige Junge wurde hinter seiner Brille rot. Er wirkte ein wenig nervös, aber seine Stimme war fest, als er mit dem Briefing begann.

»Bevor ich zu den Details unseres Planes komme, hier noch einmal die Fakten.« Er tippte auf seiner Tastatur herum, bis ein Bild meines Stiefvaters vor einem Omega-Logo erschien. Ich zuckte zusammen, hielt aber zum ersten Mal, seit ich denken konnte, dem eisigen Blick stand.

Alles okay?, fragte Lucian mich in Gedanken.

Klar. Ich lächelte kaum merklich. Wir hatten uns extra nicht nebeneinandergesetzt, um keinen Verdacht aufkommen zu lassen. Das hielt uns allerdings nicht davon ab, einander heimliche Blicke zuzuwerfen.

»Wilson Harris hat vor über zwanzig Jahren das Nemesis-Programm ins Leben gerufen, um Supersoldaten zu erschaffen, die er im Kampf gegen die Liga einsetzen kann.« Jimmy drückte erneut ein paar Tasten, und einige Akten sowie ein Bild von mir erschienen. »Soweit wir wissen, ist ihm das nur ein Mal gelungen, und zwar bei Testobjekt NI-23, die wir als unsere Ari kennen.«

Mit einer ausladenden Moderatorengeste deutete er auf mich, als wäre ich eine Wärmedecke auf einer Kaffeefahrt.

Na, schönen Dank auch. Lucian grinste.

»Unseren Informationen nach ist sie die Tochter des Brachion Thanatos, der vermutlich von Omega Inc. gefangen genommen wurde.« Ein Foto von einem bärtigen Mann mit bernsteinfarbenen Augen tauchte neben meinem auf. Seine dunklen Haare waren so lang, dass er sie im Nacken zusammengebunden hatte.

Das ist Thanatos?, fragte ich Lucian. Er nickte.

Wow. Zum ersten Mal sah ich meinen mutmaßlichen Vater. Er war so ganz anders, als ich ihn mir vorgestellt hatte. Sein Gesicht strahlte Draufgängertum, seine Augen eine gewisse Härte aus. Aber die Ähnlichkeit zu mir war nicht von der Hand zu weisen.

»Thanatos war von der Liga auf Omega Inc. angesetzt worden, verschwand dann jedoch spurlos«, fuhr Jimmy fort. »Wir gehen davon aus, dass ein Verräter im Rat der Liga seinen Tod vorgetäuscht hat.«

Der Desktop leerte sich erneut, was mich aus meinen Gedanken riss. Stattdessen flatterten nun neun Porträts von den Ratsmitgliedern auf die Leinwand. Ich hatte die Gesichter alle schon einmal gesehen. In einem meiner Träume.

»Laut einem Primus namens Belial – und ich möchte hier anmerken, dass ich nicht die geringste Ahnung habe, wie man auf die absolut hirnrissige Idee kommen konnte, ausgerechnet den zu fragen!«, schimpfte er und bekam dafür johlende Zustimmung von Ryan: »Du sagst es! Gib's ihnen!«

Verlegen von so viel unerwartetem Zuspruch rückte Jimmy seine Brille zurecht und fand schließlich wieder zu seinem professionellen Ton zurück.

»Laut den Informanten dieses Belial war es eine gewisse Elektra, die in der Nacht vor Thanatos' Hinrichtung der Gruft der Herzen einen Besuch abgestattet hat.« Er klickte auf das Bild einer atemberaubenden Blondine mit Korkenzieherlocken und vergrößerte es. Wunderbar, so konnten wir ihre penetrante Perfektion auch noch in groß bewundern.

Unwillkürlich schnellte mein Blick zu Lucian. Pluspunkte für den Brachion: Auf seinem Gesicht war nichts als Missachtung zu erkennen.

»Elektra wurde erst vor wenigen Jahrzehnten in ihre Position berufen und gehört somit zu den jüngsten Mitgliedern des Rates.« Ein Klicken und die Porträts des Rates verschwanden. Stattdessen poppte der Grundriss und ein Foto eines Parkhauses auf.

»Nun also zu unserem Plan.

Ebenfalls von Belial wissen wir, dass Harris' Geheimlabor unter einem Parkhaus in der Nähe von Amsterdam liegt. Mit den Portalen kommen wir ziemlich nah ran. Zwei Lieferwagen warten dort auf uns für den Rest der Strecke. Den Weg ins Labor kennt Ari aus einem ihrer Wahrträume. – Ja, seht mich nicht so an, ich fand das auch gruselig«, murmelte der Nerd. Nach einem entschuldigenden Lächeln in meine Richtung machte er weiter. Rote Kringel erschienen an verschiedenen Stellen des Grundrisses sowie das Bild einer hübschen Brünetten in den Dreißigern. Das war die Frau, die in meinem Traum Jiron und Victorius in Empfang genommen hatte.

»Gideon und Mel haben das Parkhaus heute observiert. Acht Halbblüter und zwei Kátos bewachen die Zugänge. Normalsterbliche werden erst gar nicht in die Nähe gelassen, es sei denn, sie stehen auf der Liste von Harris' persönlicher Assistentin.«

»Um in die unteren Etagen zu kommen, werden wir einen Ausweis und den Sicherheitscode brauchen«, warf ich ein. Ein verschlagenes Grinsen tauchte auf Jimmys Zügen auf. »Darum haben sich Aaron und Toby bereits gekümmert.« Der rothaarige Jäger rutschte tiefer in die Sofakissen.

»Oh Gott! Erinner mich bloß nicht an diese Verrückte«, stöhnte er und verbarg sein Gesicht hinter seiner Hand. Toby klopfte ihm schadenfroh auf die Schulter. »Aaron hat eine neue Verehrerin mit einer Vorliebe für entkoffeinierte Soja-Schocochinos und Freilufthochzeiten.«

Wow, meine Freunde waren tatsächlich nicht untätig gewesen.

»Mit dem gestohlenen Ausweis wird Toby uns gegen 22.00 Uhr als *Frederika Schulz* reinbringen. Um den Sicherheitscode kümmere ich mich, sobald ihr drin seid. Ich hacke mich einfach in ihr System.« Auf die kollektiv hochgezogenen Augenbrauen reagierte Jimmy nur mit einem Schulterzucken. »Is 'n Kinderspiel. Jeder Anfänger mit Internetzugang könnte das.«

Wo habt ihr den denn ausgegraben?, fragte mich Lucian amüsiert. *Wenn er stubenrein ist, will ich auch so einen.*

Hustend überspielte ich mein Lachen, aber die anderen beachteten mich gar nicht.

»Wenn ihr unten seid, trennt ihr euch. Team Eins führt Lucian an. Ari und Aaron gehen mit ihm. Ihr holt Thanatos' Herz. Ari weiß, wo es sein könnte. Team Zwei gehört Gideon. Er sucht mit Toby und Ryan das Labor nach Thanatos oder weiteren Beweisen ab. Team Drei bilden Lizzy, Mel und ich. Wir kümmern uns um die Sicherheitssysteme und decken euren Rückzug.«

»Wenn oben schon so viele Wachen sind, woher wissen wir, was uns da unten erwartet?«, fragte Aaron. Diesmal antwortete Gideon.

»Wir wissen es nicht. Zumindest wird Harris nicht dort sein. Laut dem Terminkalender seiner Assistentin hält er heute Abend auf einem Symposium eine Rede. Der Rückflug wurde für nächste Woche gebucht, also sollte die Luft rein sein«, erklärte er, bevor er uns alle mit einem strengen Blick bedachte. »Das vorrangige Ziel ist es, Beweise für den Verrat von Elektra zu finden. Wir gehen rein, holen uns Thanatos und sein Herz und verschwinden wieder. Keine Alleingänge.«

Die Jäger und Lizzy nickten sofort. Mels und Tobys Zustimmung folgte mit kleiner Verzögerung, während Lucian nur ein Augenrollen übrighatte. Als Gideon Jimmy ansah, zuckte der erschrocken zusammen und nickte ebenfalls eifrig. Dann kramte er ein paar Sender und haufenweise Kabel aus einem Koffer.

»Kontakt halten wir über Funk. Ihr müsst nur –«

»Nein«, unterbrach ihn Lucian. Völlig verschreckt hielt Jimmy inne.

»W-w-wie bitte?«

»Ich sagte: Nein«, wiederholte der Brachion ruhig. Ich bekam Mitleid mit Jimmy, der unter den Augen des Unsterblichen zu zittern begann.

»Toby?«, rief Lucian in den Raum, ohne seinen Blick von dem Nerd zu nehmen. »Wie einfach ist es für Hexen, die Stimme eines Fremden nachzuahmen?« Der Hexenmeister grinste.

»Ist 'n Kinderspiel. Jeder Anfänger mit Magiezugang könnte das«, zitierte er die Worte des Nerds ... mit der Stimme des Nerds.

»Heiliges Kanonenrohr«, fiepte Jimmy. »Ähm ... – okay, dann ... – also ... – ich ...«

»Nehmt die«, erlöste Lucian ihn und warf eine Handvoll kleiner Siegel auf den Tisch. Sie waren nicht größer als Pennys. »Die sind temporär. Handfläche hat sich bewährt. Damit können wir untereinander telepathisch kommunizieren.«

»Alter, das ist ja abgefahren«, rief Ryan fasziniert und schnappte sich das erste.

»Berührt das Siegel und denkt an denjenigen, den ihr erreichen wollt. Wenn ihr eure Nachricht an niemand Bestimmten richtet, geht sie an alle«, erklärte Lucian.

Dann musterte er unsere Truppe nachdenklich.

»Was für Siegel habt ihr noch?« Seine Frage machte die Jäger sofort misstrauisch. Der Brachion seufzte. »Ich muss wissen, was ihr könnt.«

Nach einem kurzen Blickduell zwischen Lucian und Gideon nickte Lizzys Bruder schließlich. Aaron machte den Anfang. Er drehte sich um und zog sein Shirt bis zum Nacken hoch. Zehn runde Siegel zierten seinen blassen Rücken entlang der Wirbelsäule. »Wir alle tragen die Pflichtsiegel der Jäger: Schnelligkeit, Stärke, Ausdauer, verbessertes Hör- und Sehvermögen, Schutz gegen mentale Beeinflussung, verbesserte Wundheilung, verbessertes Reaktionsvermögen und natürlich das Protektor- und Credo-Siegel«, ratterte er runter, bevor er sein Shirt wieder zurechtzog und den linken Ärmel hochschob. Vier weitere Narben prangten auf seinem Unterarm. »Darüber hinaus hab ich optimierte Zielerfassung, verbesserte Sprungkraft, Nachtsicht und Wärmeerkennung.«

Gideons Blick suchte Ryan, der grollend gehorchte. Er machte gar nicht erst großartig rum und zog gleich sein Shirt ganz aus. Und das war wirklich ein Schauspiel. Sein kompletter Oberkörper glich einem tätowierten Kunstwerk. Schwarze Maori-Zeichnungen umrahmten helle Siegelnarben. Er trug siebzehn davon auf Rücken, Brust und Unterarmen. Nacheinander klapperte er sie ab. »Gleiches Jäger-Basismodell, aber in der Sonderausstattung habe ich noch Immunität gegen Gifte und Drogen, verbesserten Geruchs- und Geschmackssinn, ein drei Meter Störsignal gegen unerwünschte Lauscher, einen ausgeprägten Gleichgewichtssinn und Schmerzunempfindlichkeit zu bieten.«

Verblüfft sah ich ihn an. War er nicht derjenige gewesen, der noch tagelang nach unserem Kampf wehleidig gewesen war?!

Ryan zuckte grinsend mit den Schultern und zog sich wieder an. »Ein bisschen Jammern wird doch wohl noch erlaubt sein.«

Bevor ich ihm fürchterliche Vergeltung versprechen konnte, ergriff Gideon das Wort. Der Anführer der Jäger hielt es nicht für nötig, seine Siegel zu zeigen. Er zählte sie lediglich auf.

»Zusätzlich zu den Pflichtsiegeln trage ich Wahrnehmung

von Halbblütern, Lichtspender, Störsignal, Wahrheitsfinder, Nachtsicht und ... Immunität gegen jegliche Hexenkunst.«

Betroffenes Schweigen senkte sich über unsere kleine Gesellschaft. Ich hatte nicht die geringste Ahnung, weshalb.

Was ist los?, fragte ich Lucian.

Sich immun gegen Hexenmagie machen zu lassen, wird ihn einiges gekostet haben. Ich habe zwar kein Primus-Zeichen auf seinem Nacken entdeckt, aber der gängige Preis dafür wäre eigentlich seine Seele, antwortete er.

Oh nein ..., warum macht er denn so was?

Liebe kann einen zerstören, Kleines ...

»Also ich bin siegelfrei, habe aber einen angeborenen Schutz gegen jegliche Art von Illusion«, versuchte Jimmy die Stimmung zu heben.

»Nur was die Primus betrifft«, schränkte Toby mit einem wölfischen Grinsen ein. Sein Gesicht verschwand und nahm für ein paar Sekunden Jimmys Züge an. Der echte Jimmy wurde blass wie seine Leinwand.

Oh Mann! Könntet ihr bitte freundlicher zu Jimmy sein!, verlangte ich von Lucian. *Ich mag ihn und der Arme macht sich gleich in die Hosen.*

Lucian schnalzte mit der Zunge. Ein für die anderen zusammenhangloses Geräusch, das ihm mehrere irritierte Blicke einbrachte.

Was?!, hakte ich nach.

Das hättest du nicht sagen dürfen, verkündete er mit gespieltem Bedauern. *Ich hatte gerade angefangen, den Kleinen in mein Herz zu schließen. Jetzt muss ich ihn umbringen.*

Lucian!, schimpfte ich lachend. *Krieg deine Hormone in den Griff!*

Geht nicht, wenn du anwesend bist.

»Auch keine Siegel«, machte nun Lizzy weiter. »Nur das hier gegen mentale Beeinflussung.« Sie hielt Lucian ihre Kette mit dem silbernen Anhänger hin. »Aber das weißt du ja.« Immerhin hatte der Brachion sie ihr gestohlen, als er mich umbringen wollte.

»Ähm, Leute?«, rief Ryan hinter mir. Ich versuchte, ihn über die Lehne des Sofas auszumachen und sah in ein äußerst besorgtes Gesicht. Er hielt Gideons Handy in die Höhe. »Gid bekommt gerade einen Anruf.«

»Ja und?«, fragte Lizzys Bruder verständnislos.

»Ähm ... – von deiner Schwester«, stammelte Ryan.

Oh Gott, nicht schon wieder.

Sofort sammelten sich alle um Ryan. Nur ich blieb sitzen. Ich ahnte, was jetzt kommen würde.

»Jimmy, versuch, den Anruf zurückzuverfolgen. Ari, du hältst die Klappe. Ryan, schalt auf Lautsprecher«, befahl Gideon, bevor ich ihm davon abraten konnte. Ich wäre gar nicht erst rangegangen, aber gegen den Jäger-Chef konnte man ohnehin nicht argumentieren.

»Hallo, Gideon«, sagte die Stimme meines Stiefvaters. »Wärst du so gut und gibst mir meine Tochter?«

»Einen Scheißdreck werde ich tun«, fuhr der Jäger ihn an.

»Nicht sehr höflich, aber etwas anderes darf man ja von einem Rossi nicht erwarten, nicht wahr?«

Gideon blieb bemerkenswert ruhig. Mit starrer Miene ließ er die Beleidigung einfach an sich abprallen.

»Also gut«, seufzte mein Stiefvater, »dann richte bitte Ariana von mir aus, dass sie mich dringend besuchen sollte.«

»Das wird sie sicher nicht tun«, meinte Gideon abfällig.

»Sie sollte es aber besser«, konterte mein Stiefvater.

»Und was wird sonst passieren?«

»Ach, Gideon, ich dachte, du würdest mich inzwischen besser kennen. Menschen passieren oft so schreckliche Dinge ... Wie geht es eigentlich deiner Schwester?« Gideon spannte sich an. »Sie muss außer sich sein, dass sie ihr Handy verloren hat. Ich weiß doch, was euch Kids diese Dinger bedeuten. Wie fürchterlich wäre es, falls ihr nun was passiert und sie dich nicht anrufen kann.«

Panisch suchte ich Lizzys Blick. Wenn er ihr etwas antun würde ... Aber Lizzy verdrehte nur die Augen und machte eine Geste, die deutlich zeigte, was sie davon hielt.

»Ach, Handys bekommt man heutzutage überall hinterhergeworfen«, antwortete Gideon tonlos. Seine Schwester hielt ihm ihren hochgestreckten Daumen vor die Nase, während mein Stiefvater mit der Zunge schnalzte.

Wie ich dieses Geräusch von ihm hasste.

»Aber all ihre Kontakte und Nachrichten. Für immer verloren. Zum Beispiel ... ah, hier: BRUDERHERZ, ICH MACH MIR SORGEN UM ARI. MEINST DU, SIE VERKRAFTET DAS ALLES? DU WEISST JA, IHRE MUM ... da zweifelt Aris beste Freundin doch glatt an ihrer geistigen Gesundheit ...«

Lizzys Unterlippe verschwand in ihrem Mund. Sie sah mich kleinlaut an.

»Oder hier, von einem Ryan: LASS MICH IN RUHE. WENN DIE LEBENSMÜDE SIND, HALT ICH SIE NICHT AUF. VIELLEICHT SOLLTE ICH LIEBER DIE 3MIOS NEHMEN.«

Ryan zog den Kopf ein, als sowohl Lucian als auch Gideon ihn böse anstarrten. Ein ungutes Gefühl breitete sich in meinem Magen aus. Ich musste dem Ganzen ein Ende bereiten, bevor das in einer Katastrophe ausartete.

»Was willst du von mir?«, sagte ich laut.

Gideon schüttelte missbilligend den Kopf, aber er wusste

ja auch nicht, dass mein Stiefvater dazu neigte, immer zu bekommen, was er wollte. Und seit Neuestem wusste ich, dass er dabei über Leichen ging.

»Oh, hallo, Ariana. Schön, dass du auch da bist. Ich habe hier noch einen ganz besonderen Leckerbissen: LIZZY, DAS HEUTE TUT MIR LEID. ICH HAB NICHT NACHGEDACHT. WEISS JA, DU HAST EINEN FREUND. KOMMT NIE WIEDER VOR. JIM. PS: WERD DEN KUSS TROTZDEM NICHT VERGESSEN. Herzerweichend, nicht?«

Jimmy, Lizzy, Toby und Gideon liefen gleichzeitig rot an. Aus ganz unterschiedlichen Gründen.

»Aber mein Favorit ist immer noch: ICH VERSTEH NICHT, WARUM DU NICHT EINFACH MIT DEINEM BRUDER REDEST. SIEHT ER NICHT, DASS WIR UNS LIEBEN? DAFÜR KÖNNTE ICH IHN ECHT HASSEN. MUSS DICH SEHEN! BIST DU MORGEN FREI? T. Sehr romantisch, findest du nicht auch, Ariana? Weißt du, an wen mich das Ganze erinnert? Ich habe da erst gestern –«

»Ich weiß, was du vorhast, aber das wird dir nicht gelingen«, fiel ich ihm ins Wort, in der Hoffnung, ihn damit zum Aufhören zu bringen, ehe er auch mein Verhältnis mit Lucian ausplaudern konnte.

»Du hast nicht die geringste Ahnung, was ich vorhabe, Ariana«, erwiderte mein Stiefvater kalt.

Wieder herrschte Stille.

Und das Schweigen auf unserer Seite der Leitung war genauso beunruhigend wie das meines Stiefvaters. Er hatte es gerade geschafft, innerhalb von zwanzig Sekunden die mickrigen Überreste meines Lebens ins Chaos zu stürzen. Was würde er erst tun, wenn man ihm zwanzig Stunden gäbe?

»Nun, Ariana. Soll ich weitermachen, oder konnte ich dich inzwischen davon überzeugen, wie sinnlos es ist, einem Treffen mit mir ausweichen zu wollen?«

»Wann und wo würde denn ein solches Treffen stattfinden?«, erkundigte ich mich. Meinen aufgebrachten Freunden signalisierte ich genervt, dass ich überhaupt nicht daran dachte, seiner Einladung zu folgen.

»Braves Mädchen«, schnurrte mein Stiefvater. »Wie wäre es mit Mitternacht? Ich werde zufällig in der Gegend sein. Halte dich bereit. Ich lasse dich abholen. Und Ari, verspäte dich nicht. Du weißt ja, Pünktlichkeit ist eine Tugend.«

»Geduld auch«, erwiderte ich.

»Schlagfertig wie immer«, lachte er. »Ach, Ariana ...! – Fast hätte ich es vergessen. Falls Gideon noch da ist: Richte ihm bitte die besten Grüße von Silin aus. Sie hätte dich selbst darum gebeten, aber du weißt ja, sie hatte zu tun.«

Er legte auf.

Oh nein ...

Der Piepton, der die Verbindung beendete, löste die Lawine aus, die mein Stiefvater losgetreten hatte.

»Wann hast *du* mit Silin gesprochen?«, wollte Gideon wissen. Er kam mir gefährlich ruhig vor.

»Ari kann nichts dafür. Wir haben beschlossen, es dir nicht zu sagen«, verteidigte mich Aaron.

»Der Taaji-Fluch stammte von Silin«, gestand Ryan betreten.

»Wann wolltest du mir sagen, dass er dich geküsst hat?«, erkundigte sich währenddessen Toby bei Lizzy. Sofort schaltete sich Jimmy ein.

»Lass sie in Ruhe. Es war meine Schuld.«

»Halt dich da raus, Brillenschlange«, keifte Toby zurück.

»Es ist überhaupt nichts passiert. Also kein Grund, sich aufzuregen«, maulte Lizzy angefressen.

»Könnt ihr mal bitte mit diesem Kinderkram aufhören! Wir haben hier Wichtigeres zu klären«, donnerte Ryan.

»Das sagt der Richtige. Na, hast du dir schon überlegt, wo und wie du Ari für die drei Millionen eintauschst?«, feuerte Jimmy zurück.

»Pass bloß auf, du Freak. Du hast dich an die Schwester meines besten Freundes herangemacht.«

»Ich?! Da solltest du dich besser an Toby wenden«, rief Jimmy böse.

»Lizzy, was läuft da bei dir und dem Hexer?«, fragte Gideon.

»Hexenmeister«, korrigierte Lizzy patzig. »Und wenn du es unbedingt wissen willst: Wir sind zusammen.«

Und dann geschah das Unvermeidliche. Gideon ging auf Toby los. Lizzy schrie und zerrte an ihrem Bruder. Mel versuchte, die Streithähne zu trennen. Jimmy mischte sich ein, bekam es dafür aber mit Ryan zu tun. Aaron wollte seinen Freund aufhalten. Das nahm Ryan ihm übel. Lucian warf sich zwischen die prügelnden Jäger, während Mel Lizzy zu Hilfe eilte. Eine Druckwelle ließ meine Ohren knacken. Etwas explodierte. Gideon krachte gegen die Leinwand. Keine Ahnung, woher das gekommen war, doch ich tippte stark auf den Hexenmeister. Lizzy zappelte in Mels Griff. Mehrere Klingen wurden gezogen. Lucians Augen funkelten silbrig unter Ryans Zorn auf.

Das brachte das Fass zum Überlaufen.

Meine Freunde gingen aufeinander los und er nährte sich auch noch an dem Elend!

»Aufhören«, schrie ich mit aller Kraft.

Niemand hörte mir zu. Der Raum unter meinen Füßen begann zu beben, als würde die ganze Zuflucht sich wehren. *Timeon!* Ich musste das beenden, bevor etwas Schlimmes passierte.

»AUFHÖREN, HABE ICH GESAGT!!!«

Und plötzlich hielten alle inne.

Ein Zucken durchlief die Gruppe und sie krachten zu Boden wie Marionetten, denen man die Fäden durchgeschnitten hatte.

»Was zum Henker ... –«, stöhnte Gideon und hielt sich mit beiden Händen den Kopf.

Den anderen ging es nicht besser. Jimmy war sogar ohnmächtig geworden. Mittendrin stand Lucian und sah mich verblüfft an. Um sich herum wimmernde, sich windende Körper.

»Das war ... interessant«, kommentierte er.

Interessant war nicht gerade das Wort, das mir dazu eingefallen wäre. Besonders nicht, da sich in meinem Kopf alles zu drehen begann.

»Ich fühle mich, als hätte mich Godzilla verspeist und wieder ausgekotzt«, krächzte Ryan.

»Sprich nicht vom Kotzen«, jammerte Lizzy. »Mir ist schon schlecht.« Neben ihr rollte sich Toby auf den Rücken.

»Was war *das* denn?«, fragte er heiser.

Mel und Gideon wechselten ein paar besorgte Blicke, während Lucian zu grinsen anfing.

»*Das* war Ari.«

Neun Augenpaare schossen zu mir. Zu viel Aufmerksamkeit für meinen dröhnenden Schädel.

»Du nimmst mich auf den Arm!«, keuchte Ryan. »Wie soll sie das bitte angestellt haben?«

»Sie hat euch sozusagen ... geerdet.«

Ein kollektives »Häh?« hing im Raum.

»Wenn Seelen zu viel Emotionen produzieren, neigen Menschen zu ... Überreaktionen. Normalerweise funktioniert das wie bei einem Stromkreis. Eine Seele hat zu viel Energie und lädt sie bei einer anderen ab, ob die will oder nicht. Wenn aber beide Parteien einen Überschuss besitzen ... dann kracht's«, erklärte Lucian anschaulich. »Ari hat dem ein Ende bereitet, indem sie eine Art Kurzschluss bei euch verursacht hat. Sie hat *eure* Verbindungen *und* die zu uns gekappt und sich als ... Blitzableiter eingeklinkt.«

Lucian hatte sich also gar nicht am Leid meiner Freunde gütlich getan? Er hatte die Emotionen auf sich gelenkt, um sie zu absorbieren, bevor sich hier alle umgebracht hätten.

»Ich wusste nicht, dass Brachion so was können«, brummte Gideon.

»Können sie auch nicht«, meinte Jimmy stöhnend. Offensichtlich war er wieder zu sich gekommen. Mel warf erst mir und dann Lucian einen unbehaglichen Blick zu.

»Was für ein Scheiß-Spiel wird hier gespielt, Dämon?«, fuhr Ryan den Brachion an. Als Lucian seine Augen unter dem Zorn des Jägers aufschimmern ließ, schloss Ryan angewidert den Mund und widmete sich seiner desolaten Abwehr.

»Das wäre alles nicht passiert, wenn ihr mir von Anfang an von Silin erzählt hättet«, fluchte Gideon.

»Doch, weil dann der Hexer trotzdem mit deiner Schwester rumgemacht hätte.«

»Ach, halt den Rand, Aaron!«, zischte Lizzy.

»Aaaaaaah! Wenn ihr nicht sofort aufhört, grill ich euch noch mal!«, unterbrach ich meine Freunde. Ich kochte vor Wut. Mein Puls hämmerte mir gegen die Schläfen.

»Das ist doch genau das, was mein Stiefvater wollte! Uns auseinanderbringen. Das werde ich verdammt nochmal nicht zulassen.« Der Druck hinter meiner Stirn nahm zu. Das Licht stach mir in die Augen. Was war denn nur los mit mir?

»Jimmy!« Der Nerd zuckte unter meinem Tonfall zusammen. »Glaub mir, du und Lizzy, das hätte keine Zukunft. Spätestens nach ein paar Monaten würdet ihr euch gegenseitig den letzten Nerv rauben.« Toby lachte und mein frostiger Blick traf ihn. »Und du! Sei froh, dass du eine so tolle Freundin hast, dass andere auf sie stehen, aber: Vertrau ihr, du Trottel. Sie ist verrückt nach dir und kann sich selbst wehren. Es würde mich nicht wundern, wenn sie dem armen Jimmy für seine Dreistigkeit einen Tritt in seine Kronjuwelen mitgegeben hat.« Jimmys purpurroten Wangen entnahm ich, dass das der Wahrheit bedenklich nah kam. Auch meine Freundin kämpfte mit ihrer Verlegenheit.

»Lizzy ...« Sie sah mich mit großen, schuldbewussten Augen an. »Danke, dass du aufpasst, dass ich nicht wie meine Mutter werde, und sollte es doch passieren, brat mir bitte eins über.« Eine dicke Träne kullerte über ihre Backe, als sie eifrig nickte. Drei geschafft, zwei übrig.

»Gideon.« Der Jäger schob grimmig die Augenbrauen zusammen. Das würde eine harte Nuss werden. Ich musste mich an einem der Barhocker festklammern, um mein Schwindelgefühl auszugleichen. »Ich kann deinen Verlust nicht einmal ansatzweise nachvollziehen, aber nimm deine Rache nicht auf Kosten deiner Freunde. Sie machen sich Sorgen.« Ich wandte mich an alle Jäger. »Abgesehen davon ist Toby nicht Silin. Ihr habt mir eingebläut, dass ich nicht in Schubladen denken darf. Gilt das für Hexen nicht? Toby ist wirklich in Ordnung. Ich verlang ja nicht, dass ihr beste Freunde werdet. Ich will nur, dass ihr ihm eine faire Chance gebt.« Das betretene Schweigen war mehr, als ich erhofft hatte. Also richtete ich meine Aufmerksamkeit noch einmal auf Gideon. Seine starre Fassade begann Risse zu bekommen. »Wenn du Toby nicht vertrauen kannst, dann vertrau deiner Schwester. Sie mag hyperaktiv und schusselig sein, aber sie hat eine hervorragende Menschenkenntnis.« Irgendwo hinter mir schluchzte Lizzy vor Rührung auf, während ihr Bruder seinen Blick senkte. Nun ja … ich hatte ja keinen Konfettiregen und offene Segensbekundungen erwartet, also gab ich mich zufrieden.

»Und was dich anbelangt, Ryan«, fuhr ich zu dem dunklen Jäger herum und stockte. Zum einen, weil die Hitze, die sich allmählich in meinem Körper angestaut hatte, mir jeden Atemzug zur Qual machte. Zum anderen, weil in Ryans Augen der Ausdruck lag, den ich zum letzten Mal in meinem Traum gesehen hatte. Resigniert seufzte ich. »Für drei Millionen hab sogar ich darüber nachgedacht, mich auszuliefern. Also sieh mich nicht so an, als müsstest du gleich heulen. Das würde deinem Ruf nur schaden.«

Ich griff nach dem Küchentresen und schob mich zentimeterweise zum Waschbecken. Vielleicht brauchte ich einfach nur einen Schluck Wasser.

»Und wo wir das jetzt geklärt haben, können wir bitte endlich meinem Stiefvater in den Arsch treten? Ich bin es langsam leid. Er hat meine Freunde bedroht und dafür wird er bezahlen.«

»Amen«, stimmte Lucian mir zu. Kurz darauf wurde ich von zwei tätowierten Armen gepackt und geknuddelt.

»Es war nicht so gemeint. Ich war nur so wütend«, raunte Ryan an meinem Ohr. Sein herzlicher Übergriff engte mich ein. Ich bekam keine Luft mehr.

»Ich weiß«, keuchte ich mit Schweißperlen auf der Stirn. Flackernde Funken tanzten vor meinen Augen. Ich wurde herumgewirbelt.

»Alles okay mit dir?«, fragte jemand. Sah nicht so aus, oder?

»Heilige Scheiße, Ari. Deine Augen!«

Und dann sackten meine Beine unter mir weg. An meinem Rücken spürte ich das kühle Holz des Tresens. Unter mir den kühlen Boden. Auch die Hand, die nach meiner Stirn griff, war kühler als die sengende Hitze, die in mir brannte.

Mit unendlicher Mühe schob ich meine Augenlider nach oben. Lucians Gesicht tauchte vor mir auf. Es war seine Hand, die ich spürte. Neben ihm kniete Mel, dahinter Ryan, Lizzy und Gideon.

»Ich fürchte, du hast ein bisschen viel abbekommen, Ari«, sagte der Brachion mit einem besorgten Lächeln.

»Ist mir aufgefallen«, krächzte ich.

»So tut doch endlich was!«, rief Lizzy aufgebracht. Ihre schrille Stimme schnitt sich tief in mein schmerzendes Gehirn. Ich hob meine Hand, um sie zu beruhigen, kam aber nicht weit. Meine Muskeln fühlten sich an wie Marshmallows.

»Alles gut, Lizzy. Mir geht's gleich wieder besser. Ich muss mich nur kurz ausruhen.«

»Dir geht's gleich wieder besser?! Verdammt, Ari, deine Augen leuchten wie ein Weihnachtsbaum!«

Meine ... – was?!

Mels strenger Blick ließ meine Freundin verstummen. Dann sah mich die Prima fürsorglich an. »Du hast deinen menschlichen Körper überfordert, Ari. Er wurde nicht für diese Art von Energie geschaffen. Du musst sie wieder loswerden. Senk deine Abwehr, wir werden sie übernehmen. Sonst verbrennt dein Körper von innen.«

Meine Abwehr senken? Aber das konnte ich nicht. Nicht hier vor allen. Nicht vor Mel. Sie würde meine Gefühle lesen können, alles, was ich für Lucian empfand.

Tu es, unterbrach er meine mühsamen Gedankengänge. *Mel wird uns nicht verraten.* Seine Stimme war wie eine kühle Brise in der Hölle.

Aber ... Lucian griff nach meiner Hand und sah mich fest an. In seinem Grün entdeckte ich zwei helle Sterne. Waren das etwa meine Augen, die sich da reflektierten?

Tu es, Kleines, wiederholte er mit mehr Nachdruck.

Und ich gehorchte. Schlag um Schlag drosch ich auf meine Mauern ein. Sie waren bis zum Zerreißen gespannt unter dem Druck, der sich in mir aufgebaut hatte. Und endlich fielen sie. Lucians silbrig funkelnde Augen waren das Letzte, was ich sah.

In der Höhle des Löwen

Das Portal in Amsterdam befand sich im Hinterzimmer einer schnuckeligen Konditorei. Wir mussten einen schönen Anblick abgeben. Alle in schwarzer Jägerkluft und bis an die Zähne bewaffnet. Die alte Dame über ihren Teigschüsseln ignorierte uns. Entweder war sie es gewohnt, dass mitten in der Nacht eine halbe Armee durch ihre Backstube spazierte, oder die Primus hatten sie manipuliert.

Draußen warteten die beiden angekündigten Lieferwagen. Ich krabbelte auf den nächstbesten Sitzplatz und rieb mir erschöpft über das Gesicht. Meine neueste Angewohnheit, ständig das Bewusstsein zu verlieren, ging mir tierisch auf die Nerven.

Geht es dir gut?, fragte Lucian. Er saß mir gegenüber und beobachtete mich besorgt.

Klar, log ich. Im Moment hatte ich weder Zeit noch Lust, mich mit meinen neu entdeckten Blitzableiter-Talenten auseinanderzusetzen. Abgesehen davon lenkte mich Jimmy mit seinen Liebeserklärungen an die voll ausgestattete Überwachungszentrale auf Rädern ab. Die Phalanx entpuppte sich mehr und mehr als Geheimdienst-Verschnitt.

Während wir durchs nächtliche Amsterdam fuhren, flogen Jimmys Finger nur so über das Keyboard. Ich sah ihm fasziniert zu. In wenigen Minuten hatte er die städtische Verkehrsüberwachung und Omegas Sicherheitssystem gehackt. Auf mehreren Monitoren tauchten Bilder unseres »Zielobjekts« auf. Sie zeigten das Parkhaus von jeder erdenklichen Seite und das Innere des Gebäudes. Nur von den unteren Etagen konnte er nichts liefern. Das wäre nicht seine Schuld, beteuerte Jimmy. Entweder gab es dort unten ein in sich geschlossenes System oder eine kamerafreie Zone.

Nach zwanzig Minuten hielten wir an. Gideons Stimme ertönte leise in meinen Ohren – obwohl er im anderen Wagen saß.

(Gideon) *Wir sind da. Jeder weiß, was zu tun ist ... Passt auf euch auf!*

»Wow, so ein Ding würde mir echt viele Handykosten sparen«, meinte Lizzy und klopfte Lucian grinsend auf die Schulter.

»Ich kann dir noch ganz andere Tricks zeigen«, grummelte Toby, der gerade vom Fahrersitz zu uns nach hinten kletterte. Er wirkte in dem Phalanx-Kampfanzug ungewöhnlich unelegant. Jimmy verdrehte angesichts der Prahlerei des Hexenmeisters dramatisch die Augen.

»Wenn du dann so weit wärst ...«, forderte er ihn auf. Sein dürrer Arm fuchtelte in Richtung Tür. Toby starrte den Nerd böse an, bis Lizzy ihn an der Hand packte und aus dem Transporter zog. Als hinter ihnen die Tür ratternd ins Schloss fiel, schoss mir das Adrenalin durch die Adern. Jetzt gab es kein Zurück mehr. Lizzy würde auf dem Dach eines verlassenen Häuserblocks Stellung beziehen und unseren Rückzug decken. Mit am Start war ein Gewehr, das ich – meiner Filmkenntnis nach – einem Scharfschützen zugesprochen hätte. Überraschenderweise schien sie damit vertraut.

(Aaron) *Bin auf Position.*

(Lizzy) *Was für ein Mistwetter!*

(Gideon) *Wie weit bist du, Liz?*

(Lizzy) *Klettere grade hoch und wäre dankbar, wenn ich dafür beide Hände benutzen könnte.*

Grinsend stellte ich mir Gideons Gesicht vor. Er war es sicher nicht gewohnt, mit Amateuren auf einem Einsatz zu sein, und schon gar nicht mit seiner Schwester.

(Lizzy) *Okay, bin oben. Und hier ist es echt widerlich. Überall Taubenscheiße.*

(Lucian) *Mel ist ebenfalls auf Position.*

Die Prima war in unsere Kommunikation nicht eingebunden, da sie keine Siegel benutzen konnte. Aber Lucian hielt sie telepathisch auf dem Laufenden.

(Jimmy) *Ich bin bereit, wann immer ihr es seid. Over.*

(Gideon) *Toby. Du bist dran.*

(Toby) *Gut, ich geh jetzt als Frederika rein. Die erste Gruppe folgt mir in fünf Minuten.*

Ein flaues Gefühl breitete sich in meinem Magen aus, während die digitale Uhr neben den Bildschirmen unaufhörlich weitertickte. Ich gehörte zur Gruppe Zwei. Das bedeutete, wir würden als Letzte reingehen. Langsam wurde es ernst. Lucian stupste meinen Fuß mit seinem Stiefel an.

Alles wird gut.

Ich glaubte ihm nicht, aber ich lächelte zurück.

(Gideon) *Ryan und ich gehen jetzt los.*

(Lizzy) *Denk dran, Toby lässt euch wie Wissenschaftler aus dem Forschungsteam aussehen. Aber ihr dürft niemanden berühren, sonst fliegt ihr auf.*

(Gideon) *Ist mir klar, Schwesterherz. Konzentrier dich auf deine Aufgabe.*

(Lizzy) *Hier draußen herrscht tote Hose. Abgesehen davon hätte ich mir Handschuhe mitnehmen sollen. Es ist arschkalt hier oben. Bei dir alles in Ordnung, Toby?*

(Toby) *Klar, außer dass ich gerade von einem Omega-Hexer um ein Date gebeten wurde ...*

Ich saß wie auf Kohlen, als ältere Herren mit weißen Kitteln auf einem der Bildschirme auftauchten. Ryan und Gideon. Sie gingen, ohne zu zögern, auf Toby in seinem gut sitzenden gelben Kostüm zu. Die bewaffneten Männer im Hintergrund schenkten den Neuankömmlingen kaum Beachtung, umso mehr aber Frederikas Hinterteil.

(Toby) *Gäste in Empfang genommen. Sind nun im Fahrstuhl. Du bist dran, Brillenschlange.*

(Jimmy) *Zieh den Ausweis durch das Lesegerät, Bibi Blocksberg. Over.*

(Toby) *Ha, ha ... sehr witzig.*

(Gideon) *Gemacht. Was weiter?*

(Jimmy) *Jetzt schließ das Gerät an, wie ich es dir gezeigt habe. Over.*

Ich verfolgte, wie Toby die Anweisungen genau in die Tat umsetzte. Dann ratterten Jimmys Finger über sein Keyboard. Mit einem triumphierenden Grinsen zielte der Nerd auf die Entertaste und rief: »Tadaa!«

(Toby) *Okay, wir sind unterwegs nach unten.*

(Lizzy) *Yeah! Toll gemacht, Jungs.*

(Jimmy) *Danke. Sagte doch, es ist ein Kinderspiel. Over.*

(Lizzy) *Ich hab nicht nur dich gemeint.*

(Jimmy) *Oh. Ähm, verstanden. Over.*

(Ryan) *Jimmy! Wenn du nicht gleich mit diesem Over-Scheiß aufhörst, lass ich dich deine Tastatur fressen.*

Entsetzt riss Jimmy die Augen auf, was hinter der dicken Brille noch komischer aussah. Er schien Ryan zu glauben.

(Toby) *Gruppe Eins ist abgesetzt. Ich komm wieder hoch. Gruppe Zwei, ihr seid dran.*

Unser Stichwort. Lucian schob die Tür des Lieferwagens auf und half mir raus. Nicht dass ich Hilfe nötig gehabt hätte, aber bei diesem Allen-vormachen-da-wäre-nichts nutzte ich jede Chance auf Hautkontakt. Draußen schlug eisiger Nieselregen sofort seine Klauen in uns. Lizzy hatte vollkommen recht: Was für ein Mistwetter!

Während wir um den Häuserblock gingen, auf dem Lizzy ihre Position bezogen hatte, musterte ich die Umgebung. Hier war so gut wie alles aus Beton. Breite Straßen, kaum Autos, Lagerhallen, Fabrikgebäude und fensterlose Rohbauten. Kein einziger Baum oder Grünstreifen. Wir passierten eine einsame Straßenlaterne. Als wir die Lichtinsel hinter uns gelassen hatten, packte mich Lucian am Arm.

»Warte kurz, ich habe da noch etwas vergessen«, sagte er. Er hob seine Hände über meine Schultern und knotete ein dünnes Lederband in meinem Nacken zusammen.

»Und Ari ... diesmal bitte keinen falschen Stolz, okay?«

Ich sah an mir herunter. An dem Band baumelte eine goldene Münze mit einem Phönix in der Mitte.

Die Sorge in Lucians Blick schnürte mir die Kehle zu, aber ich nickte tapfer. Dann zog er mich an sich und küsste mich. Seine Lippen waren warm und weich. Irgendetwas in mir flüsterte das Wort Abschiedskuss. Ich verdrängte es mit aller Macht und zwang mich, Lucian von mir zu schieben.

»Was, wenn uns jemand gesehen hat?«

»Wer soll uns schon gesehen haben?«, lachte er leise. Seine Stimme klang noch rauer als sonst. »Die Kameras haben hier einen toten Winkel, Lizzy ist genau über uns und alle von Omega würden nur die Illusion eines erfolglosen Kleinkriminellen sehen, der seine schwangere Freundin noch einmal geküsst hat, bevor sie ihr gemeinsames Baby an eine dubiose

Forschungseinrichtung verkaufen.« Das war exakt die Tarnung, die Jimmy uns auferlegt hatte, um ohne Aufsehen Zugang zum Labor zu bekommen. Ich verpasste Lucian einen Hieb. Er nahm das hier viel zu sehr auf die leichte Schulter.

»Weißt du noch, was du mir über die größte Schwäche der Primus erzählt hast?«

»Nennst du mich grade hochmütig?«, fragte er amüsiert. Ich starrte böse zurück. »Ich verrate dir was, Kleines. Ich habe eine neue größte Schwäche. Und sie hat mich grade hochmütig genannt. Ist das zu fassen?« Grinsend griff er meine Hand und zog mich weiter.

Mann, sein Leichtsinn würde ihn eines Tages noch Kopf und Kragen kosten. Und wenn es nicht sein Leichtsinn war, dann sein loses Mundwerk. Oder dieses unglaubliche Lächeln ...

Vor dem Parkhaus trafen wir wie ausgemacht auf Aaron. Glatze, Bart und Bierbauch machten aus dem rothaarigen Jäger den Omega-Arzt, mit dem wir verabredet waren. Nach einer förmlichen Begrüßung brachte er uns zu dem Wachposten am Eingang. Der schwerbewaffnete Mann hatte tiefschwarze Ringe um seine braunen Augen. Wahrscheinlich ein Hexer. Ich atmete tief durch und versuchte meinen Puls zu beruhigen. Vergeblich. Wenigstens würde man von einem schwangeren Mädchen eine gewisse Nervosität erwarten. Wir wurden flüchtig durchsucht, durften aber ohne Probleme passieren.

Toby alias Frederika kam auf uns zu, als wir die Etage mit dem Fahrstuhl erreicht hatten. Das Déjà-vu traf mich wie ein Hammerschlag. Mein Herz klopfte mir inzwischen bis zum Hals. Alles sah wirklich ganz genauso aus wie in meinem Traum.

(Jimmy) *Ihr macht das super. Die Wachen schöpfen nicht den geringsten Verdacht.*

(Lucian) *Zwei Hexer, zwei niedere Primus, drei Menschen. Bei drei weiteren bin ich mir nicht ganz sicher. Ich müsste sie berühren.*

(Gideon) *Können sie uns Probleme machen?*

(Lucian) *Nein. Keiner ist annähernd mächtig genug.*

(Gideon) *Dann weiter.*

Wir schüttelten Frederika die Hand und ließen uns von ihr in den Aufzug bringen. Erst als die Türen sich schlossen, bemerkte ich, dass ich die ganze Zeit die Luft angehalten hatte. Lucian drückte aufmunternd meine Hand. Ihm schien die ganze Aufregung überhaupt nichts anhaben zu können.

(Ryan) *Wir sind jetzt im Forschungsraum. Hier unten ist niemand. Sieht alles harmlos aus, aber da sind einige verschlossene Türen. Wir brauchen den Ausweis.*

(Toby) *Bin gleich bei euch.*

Nachdem der Hexenmeister die Prozedur wiederholt hatte, um den Fahrstuhl in Gang zu setzen, fuhren wir nach unten. Wie viele Etagen es hier wohl gab? Niemand würde vermuten, dass es im überschwemmungsgefährdeten Amsterdam Keller von derartigen Ausmaßen geben könnte.

Mit einem Pling öffneten sich die Fahrstuhltüren, und der beißende Geruch von Desinfektionsmittel, gemischt mit Menthol, strömte uns entgegen.

Damit wäre das wohl auch geklärt, murmelte ich trocken und marschierte aus der Kabine.

Was denn?, fragte Lucian verwirrt. Ich schenkte ihm ein schiefes Grinsen.

Na, warum ich als Kind dachte, mein Vater wäre Zahnarzt.

Toby verabschiedete sich mit einem Nicken in einen Gang zu seiner Linken, während ich schnurstracks durch das sterile Foyer wanderte. In meinem Kopf überlagerten sich die Bilder aus Realität und Traum.

»Kommt es euch nicht auch komisch vor, dass hier unten niemand ist?«, erkundigte sich Aaron mit gedämpfter Stimme. »Eigentlich sollten hier rund um die Uhr Leute arbeiten.« Seine Augen suchten unablässig die Räumlichkeiten ab.

»Vielleicht ist die Chefetage tabu, wenn Harris nicht da ist«, schlug Lucian vor. Weder Aaron noch ich waren davon sonderlich überzeugt.

»Meinst du, wir sollten die anderen warnen?«, fragte ich leise. Über die Züge des Jägers huschte ein hartes Lächeln.

»Glaub mir, die anderen wissen das längst.«

Ich blieb stehen. Vor uns prangte in goldenen Lettern *Wilson Harris* auf der Milchglastür. Das Büro meines Stiefvaters. Die Tür stand einen Spalt offen.

Hier stimmte etwas ganz und gar nicht.

(Ryan) *Leute, wir haben hier eine Art Kühlraum gefunden. Das ist richtig krankes Zeug!*

(Gideon) *Etwa zwanzig Leichen und Leichenteile. Jimmy, wir schicken dir Fotos von den Gesichtern. Jag sie durch die Datenbank der Phalanx.*

(Jimmy) *Alles klar. Over. Ähm, sorry.*

Lucian zückte seinen Aziam und schob mich hinter sich. Aaron bezog auf der anderen Seite der Bürotür Position. Sie nickten sich kaum merklich zu, bevor der Brachion die Tür vorsichtig aufstieß. Der befürchtete Angriff blieb aus. Auf Lucians Zeichen folgte ich ihnen hinein.

Drinnen brannte nur die Schreibtischlampe. Das Büro war leer. Es sah alles bis ins kleinste Detail so aus, wie ich es in Erinnerung hatte. Weiße Wände, weiße Sessel, weißes Regalbrett. Sogar der Edelstahltopf mit der Orchidee stand noch immer auf dem Schreibtisch. Ich spürte ein leichtes Tippen auf meiner Schulter. Aaron deutete in Richtung einer zweiten Tür. Von dort war mein Stiefvater im Traum gekommen. Lucian nickte. Aaron verschwand. Er würde sich umgucken. Langsam umrundete ich den Schreibtisch. Die kleine Fotogalerie von mir und meinem Stiefvater zog mich wie ein Magnet an. Mein Magen verkrampfte sich. Jeder, der uns nicht kannte, musste bei diesen Bildern annehmen, wir wären eine glückliche Familie gewesen. In mir machte sich der unwiderstehliche Drang breit, alles kurz und klein zu schlagen. Mein Stiefvater hatte kein Recht auf diese Bilder, kein Recht, die Wahrheit derart zu verdrehen und dann auch noch zur Schau zu stellen.

Lucian trat neben mich. Er war wie hypnotisiert von etwas, das zwischen all den Fotos stand. Die schwarze Steinurne.

Ist es das?, fragte ich ihn. Vorsichtig hob er das schwere Gefäß hoch.

Sieht so aus. Aber ich muss sie öffnen, um sicher zu sein.

Bei dem Gedanken daran, in diesem Stein-Ding die Überreste eines vermoderten Herzens zu finden, wurde mir übel. Lucian war weniger zart besaitet und versuchte die Urne zu öffnen. Nichts geschah. Sie war offenbar magisch versiegelt.

(Aaron) *Ari, Lucian, ihr solltet euch das hier mal ansehen.*

Der Tonfall war zu drängend, um ihn zu ignorieren. Lucian warf mir einen fragenden Blick zu. Ich rang mit mir selbst. Es war eine Sache, in Räume vorzudringen, die ich irgendwie schon kannte, aber eine ganz andere, Aarons unheilvolle Einladung anzunehmen. Ich verstärkte meine Mauern um ein Vielfaches und ließ Lucian wissen, dass ich bereit war.

Hinter der Tür befand sich ein langer Gang. Er war vollständig mit Edelstahlplatten verkleidet. An der Decke hin-

477

gen leuchtende Milchglaskacheln. Lucian ging voran. Das Geräusch unserer schweren Stiefel schnitt quälend laut durch die Stille. Barfuß wären wir viel leiser. Barfuß würde sich der Boden kühl und glatt anfühlen. Woher wusste ich das? Aarons Kopf tauchte vor uns auf. Er winkte uns in ein kleines Untersuchungszimmer, das ebenso wie der Gang ganz in Edelstahl gehalten war. Zu dritt füllten wir es fast vollständig aus. Ein Regal, eine Bahre, ein Stuhl, ein Plastikvorhang. Mehr gab es hier nicht. Vorsichtig fuhr ich mit den Fingern über das nackte Metall der Bahre. Das kam mir so bekannt vor ...

»Warum hast du uns gerufen?«, fragte Lucian leise. Es war hier zwar unheimlich, aber Lucian hatte recht, es war nichts Besonderes.

Mit einem grimmigen Gesichtsausdruck schleuderte Aaron den Krankenhausvorhang beiseite. Ich zuckte zurück und prallte gegen Lucians Brust. Seine Arme umschlossen mich, spendeten mir einen kurzen Moment Geborgenheit. Dann schob er mich hinter sich und betrat den Teil des Raumes, der bislang von dem Vorhang verborgen gewesen war.

Auf einem Besuchersofa saß eine Frau mit kurzen schwarzen Haaren. Sie starrte mich durch ihre Brille hindurch an. Ihre aufgerissenen Augen waren tiefschwarz geschminkt. Dadurch wirkte das wässrige Grün mit den glühenden Ringen noch heller. Aber die Hexe rührte sich nicht, nicht mal als Lucian sich vor sie kniete. Sie blickte mich einfach nur erschrocken an. Wie eine Puppe aus einem Wachsfigurenkabinett.

»Silin«, flüsterte Lucian.

Das war also die Hexe, die mich verflucht hatte? Die Hexe, die Gideons Verlobte auf dem Gewissen hatte? Sie sah nicht aus, als könnte sie einer Fliege etwas zuleide tun. Rüschenbluse, Jeans, Ballerinas. Vor ihr stand eine zur Hälfte geleerte

Blümchen-Tasse. Mit Früchtetee? Sie hatte ihn nicht mehr zu Ende trinken können, weil Bels Zauber sie offenbar in eine Salzsäule verwandelt hatte.

Etwas anderes auf dem Tischchen ließ mich stutzen. Ein Tablett mit Nadeln, Kanülen, Desinfektionspads.

Und da wusste ich es auf einmal wieder.

»Ich bin schon einmal hier gewesen.« Alles kam zurück. Der Arzt mit den kalten Augen. Die Spritzen. Ich, wie ich auf die Bahre sinke. Das waren keine Albträume gewesen, sondern Erinnerungen. Und zwar meine eigenen.

Aaron wirkte überrascht. Lucian nicht.

(Gideon) *Wir haben eine weitere Kammer gefunden. Hier ist alles mit der neuesten Kryostase-Technologie vollgestopft.*

(Ryan) *Ähm, schätze, ich hab hier auch was. Vor mir stehen so gläserne Sci-Fi-Sarkophage rum. In einem davon ist 'n Typ, der ziemlich genauso aussieht wie Thanatos. Wir versuchen das Ding zu öffnen, um sicherzugehen.*

Wie in Zeitlupe verschwand sämtliche Regung aus Lucians Gesicht. Mit leerem Blick lauschte er ins Ungewisse. Sie hatten Thanatos gefunden. Nach zwanzig Jahren war seine Suche endlich beendet. Ich legte meine Hand auf seinen Rücken, aber er reagierte kaum.

Nichts ist so, wie es sein sollte, sagte er. *Ich sollte bei Thanatos sein. Gideon hier bei Silin. Und du ... du solltest überhaupt nicht hier sein!*

(Lizzy) *Überlebt es ein Brachion, wenn man ihn einfriert?*

(Lucian) *Keine Ahnung, hat noch niemand probiert.*

Die Schärfe im Tonfall des Brachion war nicht zu überhören. Lizzy biss sich bestimmt gerade auf die Zunge.

»Das ist ja abgefahren«, rief Aaron plötzlich aus dem Nebenraum. Er hatte die Zeit genutzt und sich weiter umgesehen.

479

Lucian und ich folgten ihm durch die Tür hinter dem Sofa und standen auf einmal in einem Kino. Es war kein großes Kino, aber auch kein privater Vorführraum. Eher etwas dazwischen.

Ich berührte einen der roten Samtsitze. Die kleine Plakette darauf benannte ihn »Reihe 1 – Sitz 10«. Er hatte altmodische Armlehnen. Keinen Trinkbecherhalter oder ähnlichen Schnickschnack. Lucian ging die schmalen Stufen nach oben und verschwand im Projektorraum. Mit einem Surren fuhr der tiefrote Vorhang beiseite. Ich wanderte in Gedanken die erste Reihe entlang. Sitz 8, Sitz 7, Sitz 6 ...

(Ryan) *Okay, das Ding ist offen. Ist definitiv Thanatos. Hier sind auch jede Menge Schläuche und so 'n Kram. Schätze, Harris hat mit Thanatos' Blut experimentiert.*

Ryan hatte nicht die geringste Ahnung, wie richtig er lag. Er kannte die Wahrheit über die Brachion-Klingen nicht. Thanatos' Blut hatte für die falschen Aziam und wohl auch für die Aziam-Kugeln herhalten müssen.

(Lucian) *Lebt er?*

(Gideon) *Wissen wir nicht. Aber wir haben uns getäuscht. Er ist nicht eingefroren. Er hängt an so was wie einer Herz-Lungen-Maschine.*

(Toby) *Wir müssten sie abschalten, um ihn mitzunehmen ...*

Tobys Stimme war voller Mitgefühl. Ganz anders als die von Lucian.

(Lucian) *Tut es.*

Er musste sich schrecklich fühlen. Thanatos war sein bester Freund, sein Mentor gewesen. Die Tatsache, dass sein Körper nur noch von einer Herz-Lungen-Maschine am Leben gehalten wurde, sprach eine deutliche Sprache. Überraschenderweise ließ mich der Tod meines leiblichen Vaters kalt.

»Ari? Wie oft, hast du gesagt, hast du ›Arielle, die Meerjungfrau‹ gesehen?«, rief Lucian durch das winzige Fenster, aus dem das Objektiv eines Projektors hervorschaute.

»Oft. Warum?«

Statt einer Antwort dimmten sich die Lampen an den gepolsterten Wänden. Der Projektor sprang an und eine rothaarige Meerjungfrau schwamm über die Leinwand.

Oh, verdammt! Jetzt wusste ich es. Ich war in diesem Kino gewesen. Fast jeden Monat! Aber das konnte nicht sein. Wir haben nicht in Amsterdam gewohnt und länger als ein paar Stunden war ich nie weg gewesen. Das hätte meine Mutter doch bemerkt. Oder?

(Gideon) *Gut, wir haben Thanatos. Es ist fast zwölf. Lasst uns verschwinden. Habt ihr das Herz?*

Die Erkenntnis traf mich wie ein Schlag. Mein Stiefvater musste ein Portal benutzt haben!

(Ryan) *Was ist mit Aaron los? Er antwortet nicht mehr.*

Ich drehte mich nach dem rothaarigen Jäger um. Er stand hinter mir und schien in Ordnung zu sein. Aus seinen großen grauen Augen beobachtete er mich.

Graue Augen, die Aaron nicht besaß!

Und plötzlich überschlugen sich die Ereignisse.

Eiskalter Schmerz ergriff von mir Besitz, machte mich bewegungsunfähig. Ich hörte, wie Lucian nach mir rief. Aber Aaron hob mich hoch wie eine Stoffpuppe. Die Welt drehte sich schwankend auf den Kopf. Ich sah Lucian mit blanken Aziam auf mich zustürmen. Sein Blick triefte nur so vor Hass, aber er war nicht schnell genug. Ich wurde durch eine schwarze Tür getragen, die vorher noch nicht da gewesen war.

Ari! Das Siegel!, rief Lucian verzweifelt, bevor das Portal vor seiner Nase ins Schloss fiel und uns trennte.

Ari, ich bin dein Vater

Mein Gehirn versuchte zwanghaft, den Schmerz auszublenden. Ich hatte mich schon einmal so gefühlt: Als Jiron mich mit den Eisseilen fast erwürgt hätte.

Lucian! Keine Antwort. Ich probierte es auch über das Kommunikationssiegel. Nichts geschah.

Zwei weitere Türen glitten an mir vorbei. Ich registrierte am Rande, wie sie hinter mir ins Schloss fielen.

Mit einem Ruck landete ich wieder auf den Beinen. Meine Knie gaben unter mir nach, aber eine Wand bremste meinen Sturz. Ich rutschte daran herunter. Der kleine Raum um mich herum drehte sich.

»Wer bist du?«, zischte ich den falschen Aaron an.

Er lachte leise, beachtete mich aber nicht weiter. Stattdessen machte er sich an der Wand zu schaffen, durch die wir gerade gekommen waren.

»Du kennst mich besser, als du denkst.« Über seine Schulter warf er mir einen amüsierten Blick zu. Dann verschwamm seine Gestalt. Ich blinzelte. Zweimal. Dreimal. Aaron verschwand. Stattdessen starrte ich nun auf den Rücken eines großen Fremden mit kurz geschorenen Haaren. Der Hauch einer kalten Winternacht umwehte ihn. Ich kannte ihn. Das war der Typ aus unserem Garten, der mich vor Jiron gerettet hatte. Wie hatte Gideon ihn doch gleich genannt? Tristan ... Tristan Irgendwas – Harris' rechte Hand.

Rasch versicherte ich mich, dass meine Abwehr intakt war. Dann versuchte ich mich in eine bessere Position zu bringen. Mit den Eisseilen, die fest um Arme und Brustkorb geschlungen waren, war das allerdings ein eher umständliches Unterfangen.

»Was hast du mit Aaron gemacht?«

Wieder ein Lachen. Diesmal klang seine Stimme etwas älter und irgendwie angenehm.

»Keine Sorge, dein Freund lebt«, meinte Tristan, während er rote Farbe an die Wand schmierte. »Aber vermutlich wird er so schnell nicht mehr aufwachen.«

Wütend riss ich an meinen Fesseln. Dafür würde er bezahlen!

Das Siegel, das mein Entführer an die Wand gezeichnet hatte, leuchtete auf und verschwand. Jetzt hatte ich seine volle Aufmerksamkeit. Geschmeidig wie eine Raubkatze überwand er die drei Schritte, die uns trennten. Er ging vor mir in die Hocke. Seine großen, traurigen Augen bohrten sich erbarmungslos in meine. Ein dunkler Ring schimmerte um seine graue Iris. Also doch ein Hexer.

»Ich muss mich bei dir noch für den Zwischenfall in eurem Garten entschuldigen. Ich hätte besser auf dich achtgeben müssen. Andererseits hatte ich dich mehrfach gebeten, mit mir zu reden.« Er strich mir über die Wange. Seine Berührung war sanft, aber kühl. Ich verstand gar nichts mehr. »Jiron wird dir nie wieder etwas tun.«

Angewidert drehte ich meinen Kopf weg. Seine Hand verweilte noch einen Augenblick in der Luft, bevor er sie fallen ließ. Dabei fiel mir ein tiefer Schnitt auf, der an seinem Handgelenk prangte. Keine rote Farbe ... Tristan hatte das Siegel mit seinem Blut gemalt. Dunkles Blut, genau wie die zähflüssige rostrote Pampe, die aus Primus-Wunden floss. Das widersprach meiner Hexer-Theorie. Dennoch schloss sich der Schnitt nicht, wie er es bei einem Unsterblichen getan hätte.

»Irgendwelche anderen Waffen außer deinem Aziam?«, erkundigte er sich fast freundlich. »Und bitte lüg mich nicht an. Ich würde es sowieso herausfinden.« Sein Blick wanderte an mir herunter. Ich schüttelte schnell den Kopf, weil ich befürchtete, dass er mich sonst abtasten würde.

Ein Lächeln huschte über sein markantes Gesicht, aber er sagte nichts weiter. Stattdessen griff er gezielt nach meinem verborgenen Aziam. Er wusste genau, wo ich ihn trug. Mit der fließenden Bewegung eines routinierten Kämpfers zog er meine Klinge und schob sie sich in den Gürtel.

Was zum ...?! Fassungslos starrte ich den Fremden an. Er erwiderte meinen Blick ungerührt. Dachte er, ich hätte es nicht bemerkt?

Der Aziam hatte geglüht.

»*Was* bist du?«, platzte es aus mir heraus.

Grinsend beugte er sich zu mir und zog mich auf die Beine. Es kostete ihn kaum Anstrengung.

»Das zu erklären, meine Liebe«, sagte er und sah mir dabei fest in die Augen, »würde weit mehr Zeit in Anspruch nehmen, als wir haben.«

Ohne ein weiteres Wort warf er mich wieder über seine Schulter. Auch diesmal half alles Strampeln nichts. Tristan hielt mich unerbittlich in seinem Griff.

»Halt still.«

»Lass mich runter!«, fauchte ich. »Was willst du überhaupt von mir? Wohin bringst du mich? Lass. Mich. Runter.« Ich wiederholte mich. Immer wieder. Erfolglos. Mein Entführer trug mich unbeeindruckt durch drei weitere Türen. »Ich hab gesagt, du sollst mich runterlassen, du Mistkerl.« Abrupt blieb er stehen.

»Erfülle unserem Gast doch seinen Wunsch, Tristan«, sagte plötzlich eine neue Stimme. Eine Stimme, die so viele Erinnerungen in mir weckte, dass mir schlecht wurde. Mein Entführer lachte und folgte der Anweisung. Wieder verlor ich das Gleichgewicht und stürzte auf die Knie. Diesmal fing mich keine Wand ab. Der beißende Geruch von Desinfektionsmittel stieg mir in die Nase. Ich würgte.

Wilson Harris, Geschäftsführer von Omega Inc., der Mann, den ich viel zu lange Vater genannt hatte, schlenderte gemächlich um mich herum. Er hatte uns eine Falle gestellt und wir waren blind hineingelaufen. Zum gefühlt hundertsten Mal versuchte ich Lucian zu erreichen. Nichts.

Okay, Ari. Nur die Ruhe bewahren. Denk nach.

Ich musste erst einmal herausfinden, wo ich war. Leider hatte ich da so meine Befürchtungen. Portale, keine Verbindung zu Lucian ... Ich tippte ganz stark auf die Katakomben. Möglichst unauffällig sah ich mich um. Vielleicht konnte ich ja irgendeinen Hinweis darauf erhaschen, der meine Vermutung bestätigte.

Es war ziemlich dunkel. Nur der warme Schein von etlichen Kerzen flackerte an den Wänden. Fünf Ziegelwände. Keine Fenster. Keine Türen. Keine Decke?! Zumindest keine, die ich sehen konnte. Die Wände verloren sich irgendwo hoch oben in den Schatten.

Aha. Na bitte. Ein offenes Ende. Also tatsächlich die Katakomben. *Gut, weiter! Was hatte Ramadon noch gesagt? Der Schöpfer macht die Regeln.* Wer war der Schöpfer? Dieser Tristan? War er überhaupt ein Primus? Verhinderte er, dass ich Lucian erreichen konnte?

An den langen Wänden standen Statuen von irgendwelchen Rittern. Auch um sie herum ergoss sich ein Kerzenmeer. Ich musste zweimal hinsehen, bevor mir auffiel, was mit ihnen nicht stimmte. Sie standen alle mit dem Rücken zum Raum. Echt unheimlich. Abgesehen davon sah es hier aus wie in einer dieser mittelalterlichen Kirchen ... Dazu passte auch der schwere Tisch, der wie ein Altar im Zentrum des Saals thronte. Nur der antike Stuhl, auf den sich mein Stiefvater gerade setzte, störte das sakrale Bild.

»Du siehst aus wie früher bei deinen Mathehausaufgaben. Ich muss dich enttäuschen. Diesmal gibt es für dein Problem keine Lösung«, meinte er so fürsorglich, als würde er sich tatsächlich etwas aus mir machen. Ich kannte ihn besser.

»Du kannst mich mal!«, zischte ich zurück.

Mein Kopf flog zur Seite, als mich Tristans Rückhand traf. Schmerz brannte sich durch meinen Kiefer, aber innerlich grinste ich. Dank Lucians Training konnte ich mit Schmerzen umgehen. Das war noch gar nichts. Ich spuckte ihm das Blut vor die Füße und setzte zu einer gepfefferten Antwort an. Überraschenderweise sank Tristan im selben Moment wie vom Blitz getroffen zu Boden. Er zuckte und röchelte.

»Schlag meine Tochter nie wieder, verstanden?«, warnte Harris ihn leise. »Sie bedeutet mir mehr, als du es je verstehen wirst.«

Tristans Blicke hätten in diesem Moment töten können. Ich sah verwirrt von ihm zu Harris und konnte nicht umhin, meinem Stiefvater eine verdrehte Art von neuem Respekt zu zollen. Er musste mit seinen Forschungen wirklich weit gekommen sein, um jemanden wie Tristan derart in Bedrängnis zu bringen.

Wenn er jetzt allerdings erwartete, dass ich mir vor Ehrfurcht ins Hemd machte, war er falsch gewickelt. Ich hatte auch noch einen Trumpf in der Hinterhand: Lucians Beschwörungssiegel. Dummerweise hatte ich es zwischen mein eigenes Top und die Jägerbekleidung gesteckt, damit ich es bei Hautkontakt nicht versehentlich aktivierte. Jetzt verfluchte ich mich dafür.

»Du musst Tristan entschuldigen«, wandte sich mein Stiefvater an mich. »Er ist ein guter Junge, und normalerweise erlaube ich niemandem, so mit mir zu reden. In Anbetracht der ungewöhnlichen Umstände möchte ich dir jedoch gewisse Freiheiten gewähren.«

»Freiheiten?« Beinahe hätte ich laut losgelacht. »Ich knie gefesselt vor dir, nachdem mich dein Handlanger gewaltsam entführt hat, und du sprichst von Freiheiten?!«

Harris schnalzte missbilligend mit der Zunge. »Auf meinen Befehl hin hat Tristan acht lange Jahre täglich über dich gewacht, mit seinem Leben für deine Sicherheit gebürgt. Da wäre ein wenig Dankbarkeit nicht zu viel verlangt.«

Ich wollte ihm gerade an den Kopf werfen, wohin er sich meine Dankbarkeit stecken konnte, als mich die volle Wucht seiner Offenbarung traf. *Tristan hatte WAS?!*

Mein Vater lachte. »Tja, der Bursche hat unbezahlbare Fähigkeiten und ... – wie soll ich sagen – viele Gesichter. Zeig es ihr.«

Immer noch entsetzt starrte ich Tristan an. Die ungeheuere Wut und die endlose Traurigkeit seiner grauen Augen verschlugen mir die Sprache. Gleichzeitig verschwammen seine Züge und formten sich neu zu schmerzlich bekannten Gesichtern. Nur die Augen blieben. Traurige graue Augen, treuherzige graue Augen, misstrauische graue Augen. Augen, die immer da gewesen waren. Augen, die meinem Nachbar Felix gehörten, Stalker-Sherlock, Caro aus dem *Cinnamon*, Mr Peagom aus der Bibliothek ...

Fassungslos starrte ich den Mann am Boden an, selbst als er längst wieder wie er selbst aussah.

»Es scheint, als hätte ich jetzt deine Aufmerksamkeit«, meinte mein Stiefvater süffisant. Er rutschte in seinem Stuhl herum, bis er eine Position gefunden hatte, die ihm zusagte. So hatte er das früher auch immer gemacht. »Es könnte alles so viel einfacher sein, Ariana. Ich bin nicht der Böse. Ich will dich beschützen.«

Mit seinem blauen Pullunder und dem biederen Haarschnitt sah er vollkommen harmlos aus. Selbst seine Stimme klang gutmütig und freundlich. Fast hätte ich ihn als einen besorgten Vater durchgehen lassen. Aber eben nur fast. Seinen eisblauen Augen fehlte jede Wärme.

»Du bist nicht der Böse?! Lass mich raten«, höhnte ich und nickte abfällig in Richtung der Kerzen, »dir war nur langweilig, und da dachtest du, du könntest ja mal mit mir das Phantom der Oper nachspielen?«

»Ach, Ariana ... deinen Sinn für Humor habe ich noch nie wirklich geteilt.« Langsam stand er auf und ging um seinen Schreibtisch herum. Mich fröstelte. Tristan, der noch immer am Boden lag, kroch ein Stück von Harris weg. Ich konnte es ihm nicht verübeln. Ich hätte es ihm gleichgetan, wenn die Eisseile mich nicht auf einmal wie ein schwebender Schraubstock an Ort und Stelle festgehalten hätten.

Mit verschränkten Armen lehnte sich mein Stiefvater an den schweren Tisch. »Jiron ist hinter dir her und die Liga wird es auch bald sein«, fuhr er fort. »Ich mache mir Sorgen um dich!«

Vertrau mir.

Benommen schüttelte ich meinen Kopf. Die ganzen Schmerzen ließen mich schon nicht mehr klar denken. Hatte ich da gerade wirklich ...?

Bei mir bist du in Sicherheit!

Eine verlockende Wärme breitete sich in meinem Inneren aus, lullte mich ein. Meine Schmerzen rückten in weite Ferne.

»Sie alle wollen dich töten, aber ich werde das verhindern.«

Du kannst mir vertrauen ... ich bin dein Vater, ich passe auf dich auf!

Von wegen! Ich schüttelte die trügerische Wärme ab. Diesmal war ich mir sicher, dass ich seine Stimme in meinem Kopf gehört hatte. Aus schmalen Schlitzen funkelte ich ihn an.

Das war nicht mein Stiefvater.

Das war ein Primus!

»Wer *bist* du?«, presste ich hervor.

Er musterte mich nur. Und dann, nach einer gefühlten Ewigkeit, veränderte sich sehr langsam sein Gesichtsausdruck. Härter, unnachgiebiger. Der Anflug eines tödlichen Lächelns schlich sich in seine Mundwinkel, und das arktische Blau seiner Augen wurde kurzzeitig schwarz wie die Nacht. Er lachte leise.

»Ich habe dich wohl unterschätzt.«

Oh. Mein. Gott. In meinem Stiefvater steckte ein verdammter Primus! War er nur besessen oder sogar tot? Wie lange schon?

»Wer bist du?«, wiederholte ich meine Frage.

Der Primus im Körper meines Stiefvaters stieß sich vom Tisch ab und kam auf mich zu. Ich zwang mich, so ruhig wie möglich zu atmen, doch mein tief sitzender Fluchtinstinkt traf mich mit voller Wucht. Als er vor mir stand, kam plötzlich

Bewegung in die Eisseile. Sie schnürten sich noch ein bisschen fester zusammen und zogen mich mit sich nach oben. Erst als ich die Augenhöhe des Primus erreicht hatte, hielten sie an. Meine Beine baumelten in der Luft.

»Ich, Ariana«, sagte er lächelnd, »bin dein Vater.«

Mein erster Impuls war es zu lachen, ihn zu verspotten, dass er seine Farce noch immer nicht aufgeben wollte. Er hatte mir mein Leben lang vorgemacht, mein Vater zu sein, hatte mir verschwiegen, dass mein wirklicher Erzeuger sabbernd in seinem Labor an lebenserhaltenden Maschinen hing. Mein unsterblicher Erzeuger ...

Aber dann gefror jede Regung in mir.

Ich setzte die Puzzlestücke zusammen und ... *Heilige Scheiße!*

»Thanatos ...?«, hauchte ich entsetzt.

Seine angedeutete Verbeugung war Bestätigung und Hohn zugleich.

»Wie lange?« Meine Kehle war so trocken, dass meine Stimme kaum mehr als ein Krächzen war.

»Ungefähr elf Jahre«, meinte er belustigt. Er ließ mich keine Sekunde aus den Augen, als würde er jede meiner Reaktionen genießen. Kein Wunder, er hatte ja auch elf verdammte Jahre darauf gewartet! Und ich war mit einem vollkommen irren Brachion unter einem Dach groß geworden, der nicht nur meine Mutter geschwängert, sondern obendrein noch meinen Stiefvater umgebracht hatte! Die Ironie war zum Schreien. Erst erfuhr ich, dass mein Vater gar nicht mein Vater war, und jetzt war er es doch, nur auf eine total kranke und verdrehte Art.

»Ich weiß, wie überraschend das für dich sein muss, Ariana. Aber ich konnte einfach nicht zulassen, dass dieser

Hohlkopf von Harris zu viel Einfluss auf dich bekommt. Immerhin bist du *meine* Tochter. Eure kurzen Besuche im Labor haben mir nicht gereicht. Ich wollte dich aufwachsen sehen.«

Bilder schossen mir in den Kopf. Unser Apartment, der ständige Streit, die Regeln, die Erwartungen, die Ansprüche, die Strafen ... Das war alles er gewesen!

»Warum?«, flüsterte ich.

Und dieses eine Wort beinhaltete so viel ...

Warum hatte er mir und meiner Mum das angetan? Warum hatte er die Liga hintergangen? Warum seinen Tod vorgetäuscht? Und oh Gott ... wenn Lucian herausfand, dass Thanatos ihn zwanzig Jahre lang belogen hatte ... Er war so fest von der Loyalität seines besten Freundes überzeugt gewesen ...

»Weißt du, dass ich eigentlich kein Brachion werden wollte?«, erkundigte sich Thanatos im Plauderton. »Die Liga hat mich gezwungen.«

»Es gibt einen Haufen Leute, die mit ihrem Job nicht zufrieden sind. Kein Grund gleich durchzudrehen«, patzte ich ihn an. Thanatos' Mund presste sich zu einem harten Strich zusammen, aber er überging meinen Spott.

»Sie haben mir das Herz rausgeschnitten. Mich abhängig gemacht.«

»Es gibt bestimmt gute Therapien für so was.«

Thanatos' Augen verengten sich und wurden tiefschwarz. Er schloss seine Finger zur Faust und auf diesen stummen Befehl hin zogen sich die Eisseile um mich herum zusammen. Ich spürte, wie meine Haut an den Armen aufriss, während sich die dämonischen Fesseln in mein Fleisch brannten.

Nicht aufgeben. Nicht schreien. Nicht aufgeben. Nicht schreien. Wie ein Mantra wiederholte ich die Worte, die mir schon bei Dubois geholfen hatten. Aber mir war schnell klar, dass ich nicht lange durchhalten würde. Durch den Nebel der Schmerzen hindurch drang eine weibliche Stimme zu mir. Sie klang kühl und teilnahmslos.

»Du solltest ihn besser nicht verrückt nennen. Er ist diesbezüglich ein wenig dünnhäutig.«

Der Schmerz ließ nach und auch die Eisseile lockerten sich wieder. Ich hörte das Klacken von High Heels auf Stein. Benommen blinzelte ich mir die Tränen aus den Augen.

Eine hochgewachsene Blondine mit Korkenzieherlocken und weißem Cocktailkleid schmiegte sich auf ekelhafte Weise an meinen Vater. Ich kannte sie. Ein Foto von ihr hatte mich dazu gebracht, sie zu hassen. In natura war dieser Effekt überwältigend. *Verräterin!*

»Ariana, darf ich dir Elektra vorstellen. Sie ist Mitglied des Hohen Rates der Liga, eine der mächtigsten noch lebenden Prima und – wenn man es genau nimmt – auch zu einem gewissen Teil deine Mutter.«

»WAS?!«

Als ich Thanatos' zufriedenes Gesicht sah, ärgerte mich meine Reaktion. Ich wusste, dass er mir eigentlich nichts von alledem erzählen musste. Er gefiel sich einfach nur in der Rolle des Showmasters und ich war sein Publikum.

Elektra lachte. Glockenklar und künstlich.

»Was denkst du denn? Dass es ein Kinderspiel ist, eine ewige Seele zu erschaffen?«, erkundigte sie sich überheblich. »Dass Thanatos nur mal eben mit deiner Mum schlafen musste? Nein. Wir haben Hunderte von Frauen getestet. Nur die mit der stärksten Seele kamen infrage, denn es ist aufreibend, von einer Prima besessen zu sein. Besonders, wenn *ich* diese Prima bin.« Mit gierigen Augen zupfte Thanatos an einer ihrer Locken. Dank der hohen Hacken der Prima waren die beiden gleich groß. Elektra schenkte ihm ein verzücktes Lächeln. *Widerlich!*

»Was wird das? Eine glückliche Familienzusammenführung?! Darauf kann ich verzichten. Also was willst du?«, fauchte ich Thanatos an.

»Scheint, als hätte sie deine Ungeduld geerbt«, kicherte Elektra. Ich warf ihr einen vernichtenden Blick zu.

»Was ich will?«, meinte Thanatos vergnügt. »Deine Seele natürlich.«

Und da ging mir ein Licht auf. Ich hätte mich am liebsten dafür erwürgt, dass ich dermaßen blind gewesen war. Immerhin war die Lösung so simpel: Thanatos hatte Harris dazu gebracht, mich zu züchten. Das war von Anfang an sein Plan gewesen. Und jetzt wollte er die Früchte seiner Arbeit ernten.

»Natürlich widerstrebt dir das erst einmal, aber bedenke, du würdest alles bekommen, was du dir nur wünschen kannst. Niemand wird mehr hinter dir her sein. Im Gegenteil, sie werden eher mich jagen. Du kannst ein langes, glückliches Leben führen.« In seinen Augen lag wieder dieser besorgte Ausdruck und seine Stimme klang aufrichtig. All das, was man einem liebenden Vater zuordnen würde. »Ich kann warten, Ariana. Und wenn du grau und alt bist und umgeben von deinen Enkelkindern friedlich einschläfst, bekomme ich deine Seele und nehme Rache an der Liga.«

Mit einem ekelhaft falschen Lächeln versuchte Thanatos mich zu ermutigen, sein Angebot anzunehmen. Aber ich ließ mich nicht in die Irre führen. Selbst wenn er mir glaubhaft den Weltfrieden versprochen hätte, wäre ich nicht darauf hereingefallen. Nicht bei diesem Mann, der alles vereinte, was ich hasste: Erzeuger, Stiefvater, Tyrann, Verräter – gekleidet in das Gesicht, vor dem ich mich als Kind schon gefürchtet hatte. Er mochte mir früher Angst gemacht haben, und Scheiße noch mal, er tat es heute mehr denn je, aber ich war nicht mehr das kleine verschüchterte Mädchen von damals.

»Nicht mal, wenn all das wahr wäre, würde ich *dir* meine Seele geben«, zischte ich.

Die Temperatur sank. Niemand rührte sich. Es war, als hätte jemand die Stopptaste gedrückt.

»Ich weiß, was du denkst, kleine Ariana«, sagte Thanatos. Der Klang seiner Stimme ließ mich frösteln. »Du denkst, ich kann dich weder zwingen noch töten. Aber du irrst dich.«

Wie eine Schlange begannen sich die Eisseile um mich zu winden. Sie formierten sich neu, bis mein rechter Unterarm frei war. Im nächsten Moment war Thanatos bei mir. Seine Nähe pumpte mir das Adrenalin durch die Adern. Lavendel, Leder und Desinfektionsmittel.

Mit einem Griff, gnadenloser als jede Schraubzwinge, packte er meinen Arm und betrachtete das Siegel auf meiner Handfläche.

»Was glaubst du, machen deine Freunde gerade?«, erkundigte er sich mit einem heimtückischen Funkeln in seinen schwarzen Augen. »Sollen wir mal reinhören?« Sofort drangen die Stimmen der anderen zu mir. Ich versuchte sie zu warnen, aber Thanatos blockierte die Kommunikation nach draußen. *Der Schöpfer macht die Regeln ...* Mir blieb nichts anderes übrig, als zuzuhören.

(Gideon) *Was zum Teufel ist bei euch los? Antwortet!*

(Toby) *Silin hat das Portal gesprengt.*

(Ryan) *Sicher, dass es Silin ist? Ich dachte –*

(Toby) *Ob ich mir sicher bin?!?! Komm doch her und lass dich selber grillen.*

(Ryan) *Gideon, runter! Sofort!*

(Gideon) *Wo steckt Lucian?*

(Toby) *Keine Ahnung, aber ich könnte hier Hilfe gebrauchen!*

(Gideon) *Ryan kommt. Wir folgen, sobald wir die Wachmänner ausgeschaltet haben.*

(Jimmy) *Ähm, Leute, hier stimmt irgendwas nicht. Diese Fotos, die ihr mir aus der Leichenhalle geschickt habt ... Ich habe versucht, sie scharf zu kriegen wegen der Datenbank, ihr wisst schon ...*

(Ryan) *Komm zur Sache, Jimbo, wir haben hier grad einiges um die Ohren.*

(Jimmy) *Sie waren gar nicht unscharf. Ich glaube, das sind sie nur für mich! Schätze, auf den Leichen liegt 'ne Illusion.*

(Lizzy) *Mist, Mist, Mist, Mist, Mist! Raus da!*

(Ryan) *Jesus, Maria und Joseph ... Die Kühlkammer hier mutiert gerade zu Zombieland ...*

(Gideon) *Rückzug! Sofort!!! Rück-*

Die Verbindung brach unvermittelt ab, als Thanatos meinen Arm losließ.

»Überschreib mir deine Seele und ich ziehe meine Leute ab.«

Ich schluckte schwer, zwang mich aber zu einem gleichmütigen Lächeln. Meine Freunde kämpften für mich. Wenn ich jetzt aufgeben würde, wäre alles umsonst.

»Was auch immer du ihnen schickst, sie werden damit fertig«, murmelte ich und klang dabei wesentlich überzeugter, als ich war.

»Zwölf Kátos, sieben Halbblüter, davon drei Hexen*meister*. Dazu kommen noch die unglaubliche Silin und vierundzwanzig menschliche Mitarbeiter mit Siegeln und jeder Menge Omega-Spielzeug ... ich sage es ja nur ungern, aber deine Freunde werden das wohl eher nicht überleben.«

Ich musste es mir wirklich zugutehalten, dass ich angesichts dieser grausigen Aufzählung nicht sofort kapitulierte. Nur eine einzige Sache hielt mich davon ab. Eine winzige Hoffnung. Mein Arm war frei. Jetzt musste Thanatos nur einen Moment unachtsam sein. *Geduld, Ari.*

Soweit es meine Fesseln zuließen, zuckte ich mit den Schultern. »Sie haben es sich nicht anders ausgesucht.« Ich verabscheute mich für diese Worte.

Fast bedächtig nickte Thanatos. Irgendwo im Hintergrund kicherte Elektra schon wieder.

»Bring sie rein, Tristan«, sagte der wahnsinnige Brachion, ohne seinen Blick von mir zu lösen.

Hinter mir nahm ich eine Bewegung wahr. Dann wurde jemand sehr grob in mein Sichtfeld geschubst. Jemand, den ich am allerwenigsten hier erwartet hätte.

Oh, nein! »Mum?!«

Keine Reaktion. Apathisch starrte sie an die Ziegelwand.

»Deine Mutter kann gerade nicht mit dir reden. Ich hab ihren Geist lahmgelegt. Diese Frau hat wirklich ein Talent, mich zur Weißglut zu bringen«, seufzte Thanatos.

Rasend vor Zorn warf ich mich in meine Fesseln. Sie gaben keinen Millimeter nach, fraßen sich stattdessen nur tiefer in meine Haut. Ich spürte es kaum.

»Ich bring dich um!«, knurrte ich aufgebracht.

»Nein, Schätzchen. Ich fürchte, es wird genau andersherum sein«, brummte ein weiterer Neuankömmling. Ich kannte diese Stimme. Nur fehlte ihr diesmal jegliche Affektiertheit. Victorius.

Jirons Gezeichneter lächelte mich müde an. Sein weißes Hemd hing ihm zerrissen und schmutzig um die Schultern. In seinem Gesicht klebte getrocknetes Blut. Er sah fast noch schlimmer aus als meine Mum. Anders als sie war er gefesselt.

»Also, Ariana. Du hast meine ersten beiden Angebote ausgeschlagen«, meinte Thanatos im Plauderton. »Dein Fehler. Hier hab ich ein Weiteres für dich: Du versprichst mir deine Seele und ich töte deine Mutter *nicht*.«

Mit zitternden Lippen und Tränen in den Augen sah ich meine Mum an. Sie wirkte so verloren.

Geduld, Ari, nur Geduld ...

Als ich nicht antwortete, nickte mein Vater Elektra zu. Sie schlug meiner Mum ins Gesicht. Ich keuchte auf. Victorius sprang auf, aber Elektra stieß ihn so heftig von sich, dass er gegen die Wand krachte und dort regungslos liegen blieb.

Thanatos sah mich erwartungsvoll an.

»Woher weiß ich, dass du sie nicht trotzdem tötest?«

»Ich werde es dir schwören«, meinte er schlicht. »Du allerdings, kleine Ariana, *wirst* sterben. Die Chance auf ein langes, glückliches Leben hast du verspielt. Entscheide dich: deine Seele und deinen Tod oder ein kostenloses Erste-Reihe-Ticket für ›Das qualvolle und sehr langsame Dahinscheiden der Madame Harris-Morrison‹.«

»Du mieses −«

»Gib mir, was mir gehört. Ich habe lange genug darauf gewartet«, unterbrach er mich donnernd. Ein Wink von ihm genügte. Meine Mutter begann zu japsen. Sie fiel auf die Knie. *Oh Gott, oh Gott ...* Blut sprudelte aus ihrem Mund. »Jahrelang musste ich mich mit dir und dieser Frau herumschlagen. Glaubst du, das hat mir Spaß gemacht?« Das grausige Bild, wie meine Mum hinter dem wutverzerrten Gesicht meines Vaters zusammenbrach, brannte sich auf ewig in meine Erinnerung. *Nicht aufgeben, nicht schreien. Geduld ...*

Lächelnd packte Elektra meine Mutter an den Haaren und zog ihren Kopf hoch, damit ich besser sehen konnte, wie sie mit leeren Augen um ihr Leben rang.

»Was muss ich tun?«, fragte ich verzweifelt.

»Oh, das ist ganz einfach. ›*Der Wille trennt Licht und Blut*‹, heißt es. Deine Seele ist das Licht. Dein Blut ist schon geflossen.« Er fuhr an den blutigen Eisseilen entlang, bis seine Finger rot davon waren. Damit strich er mir übers Gesicht. *Widerlich.*

»Fehlt nur der Wille. Sag es!«, forderte mein Vater. »Sag: Meine Seele sei Dein, Thanatos.«

Niemals!

»Sag es, oder deine Mutter wird ...«

Er wandte sich seiner Geisel zu. Und da war meine Chance. Hastig griff ich an meinen Hals. Tristan bemerkte, dass ich etwas vorhatte. Seine Energie strömte auf mich zu, aber ich war schneller. Unter meinen Fingern fühlte ich kühles Metall. *Lucian!*

Alte Freunde

Alle spürten, wie sich die Spannung im Raum veränderte.

»Sieh an, sieh an. Dein Lover kommt, um dich zu retten«, stellte Thanatos fest. Er schien auf diabolische Art und Weise erfreut. Abermals kam Bewegung in die Eisseile. Ein Ende löste sich und wanderte meinen Hals hinauf. Es schlang sich um meinen Kopf und legte sich wie ein Knebel in meinen Mund. Die Kälte brannte sich in meine Lippen.

Im gleichen Moment drängten Strahlen aus schwarzem Licht durch die Ziegelwände. Sie schossen aufeinander zu und verbanden sich zu einer lautlosen Explosion aus Dunkelheit.

Als ich wieder klar sehen konnte, stand Lucian in der Mitte des Raumes. Er wirkte gefährlich ruhig. Sein Blick wanderte über die Anwesenden und blieb schließlich an mir hängen.

»Geht es dir gut?«

Die Eisseile verhinderten ein Nicken, aber mein tränenüberströmtes Gesicht musste Bände sprechen. Lucians Kiefermuskeln arbeiteten, als er sich meinem Vater zuwandte. Wusste er, wer da vor ihm stand?

»Du kommst gerade rechtzeitig zum großen Finale, Brachion«, hieß ihn Thanatos mit offenen Armen willkommen.

»Sprichst du von deinem Tod, Harris?«

Oh Gott! Er wusste es nicht. Lucian hielt den Mann mit den eiskalten Augen noch immer für Wilson Harris!

Ich versuchte ihn zu warnen, aber nicht einmal für mich klangen die gedämpften Laute aus meinem Mund verständlich.

Lucian ignorierte mich. »Lass das Mädchen frei!«

»Weil ...?«, erkundigte sich mein Vater. Er schien sich bestens zu unterhalten.

»Damit erkaufst du dir einen schnellen und sauberen Tod. Andernfalls ...«

Elektra, die wie eine Raubkatze um meine Mum und Victorius herumstrich, lachte. Konnte diese Frau denn überhaupt etwas anderes?

»Für dich gilt dieses Angebot nicht, Verräterin!«, zischte Lucian und bedachte sie mit einem Blick, der sie erbleichen ließ. Mächtige Prima hin oder her. Elektra hatte Angst vor Lucian.

Ein sirrendes Geräusch lenkte meine Aufmerksamkeit wieder auf Thanatos. Er hatte seinen Aziam gezogen. Seine Illusion von einem harmlosen Menschen war perfekt. Keine verräterische Machtaura, keine schwarzen Augen, keine glühenden Gravuren auf dem Metall.

»Diese Klinge gehört nicht dir!« Lucians Stimme hätte Eis schneiden können. »Sie gehörte meinem Freund.«

Ohne Thanatos aus den Augen zu lassen, zog Lucian ebenfalls seinen Aziam. Bei ihm flammten die Gravuren sofort auf.

Die beiden Brachion begannen sich zu umkreisen. Ich schrie auf. Lucian rannte blindlings in eine Falle.

»Ach ja, dein Freund ...«, sagte mein Vater amüsiert. »Wie hieß er noch gleich? Thanatos ... Er war zutiefst gerührt, dass du die Suche nach ihm nie aufgegeben hast. Er hatte mir sogar vorgeschlagen, dich einzuweihen.«

Finster schoben sich Lucians Augenbrauen zusammen.

»Lügner!« So schnell, dass ich es mit bloßem Auge kaum verfolgen konnte, stürzte er sich auf meinen Vater. Die Aziam schlugen Funken, als sie aufeinanderprallten. Thanatos parierte und brachte sich wieder auf Abstand.

»Es ist die Wahrheit, deshalb wollte er dich ja auch unbedingt von dem Bann ausnehmen, der auf Ariana ruht«, provozierte mein Vater ihn weiter. »Er meinte, du würdest auf diese Jungfrau-in-Not-Nummer anspringen und sie vor der Liga beschützen.«

Prompt kassierte er eine neue Attacke von Lucian. Diesmal wich Thanatos seinem ehemaligen Schüler geschickt aus. Er nutzte den Schwung und schlug ihm seinen Ellbogen ins Gesicht. Lucian taumelte ein paar Schritte zurück.

Ich schrie erneut. Er musste doch merken, dass sein Gegner besser und schneller war, als es ein Mensch mit noch so vielen Siegeln je sein könnte. Und tatsächlich ... misstrauisch geworden musterte Lucian sein Gegenüber von Neuem. Mein Vater hielt seinem Blick stand.

»Was würde dein alter Freund Thanatos wohl denken, wenn er wüsste, dass du es mit seiner kleinen Tochter getrieben hast?«, erkundigte er sich spöttisch.

»Thanatos ist tot.«

»Wirklich?«, lachte mein Vater und ließ seinen Aziam aufglühen. »Ach, Lucian. Mir ist klar, dass du meine Illusionen nicht durchschauen kannst, aber ich hätte trotzdem darauf gewettet, dass du als Erster dahinterkommst.«

Schweigen legte sich über den Raum.

Und dann weiteten sich Lucians Augen. Man konnte förmlich zusehen, wie sein Verstand nach und nach das ganze Ausmaß dieses Verrats begriff. Unglaube wich Bestürzung, gefolgt von Enttäuschung und blanker Wut.

»Du dreckiger Bastard.«

»Nie etwas anderes gewesen«, grinste Thanatos mit einer angedeuteten Verbeugung.

»Wie?! Wie konntest du deinen Körper wechseln?«

»Ach, nachdem Elektra mir mein Herz zurückgegeben hatte, war das nicht mehr so schwer. Wir mussten es nur dem guten Wilson Harris einsetzen, ein kleines Ritual durchführen und schon ...« Beiläufig zuckte mein Vater mit den Schultern. »Wenn du möchtest, könnte ich dir damit auch behilflich sein.«

»Danke nein. Ich hänge an meinem Körper«, gab Lucian steif zurück.

Wieder ein Schulterzucken von Thanatos. Dann nahm seine Stimme einen unerfindlichen Tonfall an.

»Weißt du, das vorhin war keine Lüge. Ich habe oft darüber nachgedacht, dich einzuweihen.«

»Und was hat dich daran gehindert?«

»Ich dachte, wenn ich dir von *Izara* und meinen Plänen erzähle, packt dich dein Ehrgefühl und du verpfeifst mich an den Rat. Aber dann«, fuhr er deutlich vergnügter fort, »habe ich dich mit meiner Tochter in Irland gesehen. Und da fiel es mir wie Schuppen von den Augen. Du verdammter Mistkerl hast mir meinen Plan geklaut. Du wolltest an ihre Seele und hattest die fast so weit, nicht wahr?«

Langsam verzogen sich Lucians Lippen zu einem Lächeln.

»Was soll ich sagen ... Frauen konnten mir noch nie widerstehen.«

Ich traute meinen Ohren nicht. Natürlich sagte mir mein Verstand, dass Lucian Thanatos etwas vormachte, um mich zu schützen. Aber ein leiser Zweifel blieb dennoch. Schließlich waren die beiden seit Jahrhunderten Freunde.

Thanatos sah mich fröhlich an. »Ich habe dich gewarnt, Ariana. Hättest du mal besser auf deinen Vater gehört ... – Hat er dir schon seine Liebe gestanden? Ah, bestimmt. Aber natürlich durftest du niemandem davon erzählen, weil es ja ach so viele Schwierigkeiten gibt, nicht wahr? Lucian sieht sich *so gerne* als tragischen Helden. Die Bewunderung, die Hingabe, Verzweiflung, Vertrauen und selbstverständlich das Verlangen.«

Ich schluckte. Wie konnte jemand so falschliegen und doch so ins Schwarze treffen?

Mit einem zufriedenen Grinsen wandte sich Thanatos wieder seinem ehemaligen Schüler zu. »Dein Geschmack hat sich in den letzten Jahrhunderten nicht geändert, Lucian. Erzähl mir, wie es war, von ihrer Seele zu kosten. *Izara*, das ewige Feuer ... Es muss unglaublich gewesen sein.«

»Ach, nichts Besonderes. Ehrlich gesagt, war sie im Bett besser.« Nur mit Mühe verhinderte ich, dass seine schroffen Worte mich mitten ins Herz trafen. Auf Lucians Gesicht zeigte sich nicht die kleinste Regung. Er zog die perfekte Show ab, um zu verbergen, was er für mich empfand. Glaubte ich zumindest. Immerhin trug ich sein Zeichen. Ich hatte es selbst gesehen!

Nein, hatte ich nicht ...! Lucian hatte es mir gezeigt.

Thanatos kicherte. »Du hast ja keine Ahnung, wie sehr ich dich vermisst habe, Lucian. Schließ dich mir an! Zu zweit wären wir unbesiegbar. Wir werden die Liga zermalmen!«

Ich spürte, wie das Machtgefüge im Raum sich verschob, und hielt den Atem an. Dass Thanatos Lucian derartig bevorzugte, gefiel weder Elektra noch Tristan. Von mir ganz zu schweigen ...

Elektra öffnete ihren perfekten Mund, um Thanatos' Entscheidung infrage zu stellen, entschloss sich dann aber, ihm lieber nicht zu widersprechen.

»Unser Schwur bindet uns an die Liga«, sagte Lucian in die gespannte Stille.

»Unser Schwur dient dem Allgemeinwohl der Primus. Ich habe ihn nie gebrochen!«, konterte Thanatos. »Die Liga ist wie eine Krankheit. Lass uns die Primus davon befreien.«

»Und dann über sie herrschen?«

Der ältere Brachion grinste. »Eine nette kleine Dreingabe.«

Horchte Lucian Thanatos aus? Ich hoffte es inständig, denn wenn nicht … Im gleichen Moment trafen mich seine grünen Augen. Sie waren völlig ausdruckslos.

»Und *ihre* Seele bekommst du auch?«

Eisblaue Augen folgten seinem Blick.

»Ich habe sie immerhin erschaffen«, meinte Thanatos. »Aber wenn es funktioniert, kann ich auch dir eine machen. Die Liga wird brennen, so wie unsere Brachion-Freunde brennen mussten.« Sein Arm schnellte in Richtung der Statuen an der Wand und das letzte Puzzleteil fügte sich ins Bild. Das hier war Thanatos' private Gedenkstätte. Die Ritter waren keine Ritter, sondern Abbilder der Brachion, die von der Liga getötet worden waren. Deshalb standen sie auch verkehrt herum. Um ihre Primus-Zeichen am Rücken zu zeigen.

Mein Vater hatte wirklich einen an der Klatsche!

Auch Lucian besah sich die Skulpturen. Trauer und Wut mischten sich auf seinen Zügen. Die Brachion waren auch seine Freunde gewesen.

»Verlockend«, sagte er leise. *Oh Gott …* Das klang zu ehrlich …

Mit wilden Augen senkte mein Vater seinen Aziam.

»Was ist dein Preis?«

Plötzlich nahm ich eine Bewegung im Augenwinkel wahr. Tristan trat aus den Schatten. Seine Stimme war ruhig, aber auf seinem Gesicht stand blanker Hass.

»Lucian macht dir etwas vor! Er wird sich dir niemals anschließen. Er ist ... verliebt in deine Tochter.«

Die Offenbarung verhallte in der Stille.

Mein Vater schürzte seine Lippen. Er sah von Lucian zu Tristan, dann zu mir und wieder zurück zu seinem ehemaligen Schüler. Lucian dagegen reagierte auf den neuen Mitspieler mit frostiger Gelassenheit.

»Tristan – von den Toten auferstanden ...«

»Du kannst mich nicht umbringen. Wann lernst du es endlich?«

Die Blicke der beiden jungen Männer fraßen sich ineinander fest. Lucians Augen verengten sich.

»Du willst wissen, was mein Preis ist, Thanatos? Eine ewige Seele wie die von Ari und *seinen* Kopf.«

Tristan ließ sich davon nicht beeindrucken. Er war absolut überzeugt von sich und dem Vertrauen, das mein Vater in ihn setzte. Das stumme Duell war zum Wettstreit um Thanatos' Gunst geworden.

»Stimmt es, was Tristan sagt?«

»Kennst du mich nicht besser?«, meinte Lucian leichtfertig.

»Antworte auf meine Frage!«, donnerte Thanatos und hob seinen Aziam. »Vergiss nicht, dass ich es war, der dir das Spiel mit der Wahrheit beigebracht hat.«

Wie in Zeitlupe bröckelte der Gleichmut von Lucian ab. Er schwieg, die Kiefer aufeinandergepresst. Er log nie und Thanatos wusste das.

Höchst zufrieden verschränkte Tristan seine Arme vor der Brust, während ich kaum noch einen klaren Gedanken fassen konnte. Ich spürte unendliche Erleichterung, weil Lucians Gefühle für mich echt waren, und gleichzeitig blanke Panik, weil nun alle genau das wussten.

»Also ist es wahr«, flüsterte Thanatos ebenso erstaunt wie enttäuscht. Drückendes Schweigen breitete sich aus. Man hätte eine Stecknadel fallen hören können.

»Und was jetzt, Lucian?«

Der jüngere Brachion lächelte grimmig.

»Jetzt«, sagte er, »beenden wir es.«

ॐ

Wie Urgewalten prallten Schüler und Mentor aufeinander. Ihre Kräfte ließen die Erde erbeben. Die glühenden Aziam zeichneten Schlieren aus Licht in die Dunkelheit. Es war ein tödlicher Tanz in Perfektion. Thanatos sammelte eine zähflüssige Masse aus purer Energie in den Händen. Lucian sprang. Hinter ihm zerbarst der massive Altar. Steinbrocken flogen wie Geschosse auf mich zu. Ich schloss die Augen, doch der Steinhagel prallte an einer bläulich schimmernden Barriere ab. Tristan. Regungslos stand er an meiner Seite und beobachtete den Kampf.

Wann immer sich Metall in Fleisch grub, schnitten sich auch ihre Brachion-Kräfte in die Essenz des Gegners. Glut fraß sich durch jede Wunde, egal wie klein sie war. Jeder normale Primus hätte unter dem Ansturm solcher Macht schon längst seine Hülle verlassen. Aber mein Vater und Lucian waren keine normalen Primus.

Eine zweite Explosion zerstörte eine der Brachion-Statuen. Diesmal war Lucian der Verursacher, und Thanatos konnte sich nur mit Mühe rechtzeitig aus der Schusslinie bringen.

»Du bist stark geworden. Wie viele hat dich der Rat umbringen lassen?«, höhnte mein Vater. Er versuchte es zu verbergen, aber er hinkte leicht.

Lucian spuckte ihm Blut vor die Füße und hob seine Klinge.

»Genug, um es mit dir aufzunehmen, alter Mann.«

Thanatos warf seinen Kopf in den Nacken und lachte.

»Sehr gut, Junge.« Sein Blick huschte zu mir. »Mal sehen, wie du damit zurechtkommst.«

Die Eisseile, die um meine Brust geschlungen waren, setzten sich langsam in Bewegung. Ich keuchte auf. Mit dem abscheulichen Geräusch von Metall auf Metall gruben sie sich immer tiefer in meine Haut.

»Schwächen sind tödlich, Lucian. Habe ich dir das nicht beigebracht?«

Ich biss meine Kiefer zusammen, um nicht zu schreien. Ich wusste, dass es genau das war, was Thanatos wollte. Ich sollte Lucian ablenken. *Da kann der Dreckskerl lange warten! Nicht aufgeben, nicht schreien! Nicht aufgeben! Nicht schreien!*

Lucian warf sich mit einem gefährlichen Knurren auf ihn. Mehr sah ich nicht, denn der Schmerz hatte mir Tränen in die Augen getrieben. Ich bekam kaum noch Luft.

Nicht aufgeben! Nicht schreien!

Die Aziam klirrten unaufhörlich gegeneinander.

»Ist das schon alles, Lucian?«, rief mein Vater gehässig. Der Druck um meinen Brustkorb nahm zu. Ich spürte, wie eine Rippe brach. Flüssiges Feuer breitete sich in meinen Lungen aus und presste einen Schrei durch meinen Knebel.

Kurz darauf schrie auch Lucian auf. Thanatos lachte.

Neue Schmerzen durchzuckten mich, als der Druck der Seile unvermittelt nachließ und knirschend meine gesplitterte Rippe freigab. Ich hustete, schmeckte Blut in meinem Mund.

»Und jetzt, meine Tochter, schau deinem Geliebten beim Sterben zu!«

Ich blinzelte. Lucian lag schwer atmend auf dem Rücken. Um ihn herum bildete sich langsam eine tiefrote Lache. Trotzdem versuchte er sich wieder auf die Beine zu ziehen. Thanatos trat ihm ungerührt in die Eingeweide, bevor er mit seinem Aziam zustieß. Die Klinge durchbohrte Lucians Brust und fraß sich tief in den Steinboden darunter.

Nein, das durfte nicht sein!

»Wirst du jetzt kooperieren, Ariana?«

Die Eisseile gaben auf sein Geheiß meinen Mund frei. Wie von selbst füllten sich meine Lungen mit Luft. Ich merkte es kaum. Alles verblasste. Ich sah, wie Lucians Lippen sich zu einem fiebrigen Schrei öffneten, aber er drang nicht mehr zu mir durch. Ich hörte nur noch das dröhnende Hämmern meines Herzschlags und meinen rasselnden Atem. Lucians Kopf kippte zur Seite. Seine grünen Augen fanden meine. Ich wusste, was er von mir wollte, was er erwartete. Also flüsterte ich leise: »Nein.«

Und mit diesem simplen Wort drängten Verzweiflung, Angst und Wut mit einer Wucht gegen meine Mauern, wie ich sie noch nie verspürt hatte. Er würde sterben. Wegen mir. Meine Abwehr begann zu bröckeln.

»Nicht genug!«, murmelte Thanatos und schickte seine Macht durch den Aziam in Lucians Körper. Seine Haut fing an zu glühen, als würde er von innen heraus verbrennen. Die Reste meiner Abwehr gerieten ins Wanken.

»Siehst du das, Lucian? Es scheint noch immer nicht ganz zu reichen. Vielleicht liebt sie dich doch nicht genug«, raunte Thanatos dem Sterbenden ins Ohr.

Mehr als genug, rief ich ihm in Gedanken zu, aber Lucian

konnte mich nicht hören. Ich musste etwas tun. Ich hatte ihn mit dem Siegel beschworen. Ich war schuld. Er war wegen mir gekommen. Wenn die Eisseile nicht wären, hätte ich Thanatos mit bloßen Händen zerrissen.

»Du bekommst meine Seele nicht!«, krächzte ich.

Mein Vater lachte leise und winkte Elektra an seine Seite. Mit im Schlepptau hatte sie meine lethargische Mum. *Oh, bitte nicht!*

»Dann erhöhen wir eben den Einsatz«, meinte er beschwingt. Auf seinen Wink hin erwachte meine Mutter. Sie sah sich benommen um. »Was ist hier los? Wo bin ich?«

»Mum, alles wird gut. Bitte ...«

»Ari! Du bist ja voller Blut. Oh Gott!« Sie wollte auf mich zurennen, aber Elektras schlanke Hand umklammerte unbarmherzig ihren Arm. »Lassen Sie mich los, Sie impertinente Person!« Die Prima ließ nicht los, sondern schlug meiner Mutter mit der flachen Hand ins Gesicht.

»Lass sie in Ruhe, du verdammter Mistkerl!«, stieß Lucian mit letzter Kraft hervor. Sofort hatte er Thanatos' Aufmerksamkeit. »Oh Lucian, ist da etwa doch noch ein Romantiker aus dir geworden?«

»Du kannst mich mal«, keuchte der zurück.

»Wilson!?« Völlig verdattert starrte meine Mutter meinen Vater an. Über ihre Überraschung vergaß sie sogar, sich weiter gegen Elektra zu wehren. Thanatos stand auf und musterte erst mich und dann meine Mum voll Vorfreude.

»Nicht!«, rief ich verzweifelt, aber er ignorierte mich.

»Ich. Bin. Nicht. Wilson.« Er berührte ihre Stirn und murmelte etwas Unheilvolles. Gleichzeitig verschwand alles Blau aus seiner Iris, bis nur noch Schwärze übrig war. *Nicht aufgeben ... Nicht schreien ...* Meine Mum schüttelte leicht ihren

Kopf, als würde sie aus einer Trance erwachen. Und dann ...
rastete sie vollkommen aus.

»Du!«, schrie sie meinen Vater an. »Was hast du mit mir
gemacht. Fass mich nicht an! Wo ist Ari? Nimm sie mir nicht
wieder. Bitte, ich tu alles! Aber –« Und da entdeckte sie Elektra. »Herr im Himmel! Bitte nicht schon wieder.« Kreischend
schlug sie um sich, bis die Prima ihre Kehle zu packen bekam. »Lass mich los. Weiche, Dämon!«

Meine Mutter erinnerte sich! An alles.

»Hört auf!«, rief ich mit Tränen in den Augen. Meine Mum
hing röchelnd in Elektras Griff. Thanatos lachte und trat Lucian erneut in die Seite.

»Gib mir deine Seele, Ariana, und alles ist vorbei!«

Das konnte ich nicht, dann wäre alles umsonst gewesen.

Die Lippen meiner Mutter färbten sich blau. Sie zuckte und
war plötzlich still. Ich schrie. Elektra kicherte. Ich fühlte den
Riss in meiner Abwehr größer werden. Thanatos packte den
Aziam, der in Lucians Brust steckte. Wieder flammte seine
Essenz auf. Lucian brüllte vor Schmerz. Dann brach der Staudamm. Meine Mauern fielen und überschwemmten alles mit
der geballten Energie meiner Gefühle.

»Na also!«, rief Thanatos entzückt. »Wenigstens ein kleiner Fortschritt.« Einen halben Atemzug später stand er vor
mir. Seine Augen leuchteten silbern. Er nährte sich an mir.
Elektra ebenso.

Ich spürte bis ins Mark, wie die beiden Primus an meinem
Innersten zerrten.

Dafür werden sie bezahlen ...

Berauscht von schierer Verzweiflung, brannte mir eine Si-
cherung durch. Mein Instinkt verselbstständigte sich. Ohne
genau zu wissen, was ich tat, griff ich nach der Verbindung,

über die meine Emotionen zu den Unsterblichen flossen. Und wie ich es schon in der Zuflucht getan hatte, kappte ich sie.

Thanatos riss die Augen auf. Ich nahm ihn kaum wahr, denn die abrupt gestoppte Energie traf mich wie der Rückstoß einer Kanone. Augenblicklich setzte der Schwindel ein. Mein Blick zuckte zu Lucian. Er brauchte meine Hilfe. Ich hatte keine Ahnung, ob es funktionieren würde, aber mir blieb keine Wahl. Also öffnete ich einen Kanal und lenkte alles um. Jeden noch so winzigen Funken meiner Emotionen drängte ich durch die kleine Öffnung.

Lucian schnappte hörbar nach Luft. Ich triumphierte, aber dann war plötzlich Thanatos' Stimme in meinem Kopf.

Ach, Kindchen. Du dachtest, ich will nur ein bisschen naschen? Nein, ich will alles und du hast mir gerade Zugang verschafft und sogar den roten Teppich ausgerollt.

Panisch erkannte ich meinen Fehler. Aber es war zu spät. Thanatos hatte sich in meinem Geist festgekrallt. Seine dunkle Energie griff nach mir.

Du willst die harte Tour?, fragte mein Vater. *Bitte sehr!*

Er zerrte mich fort.

Er sperrte mich weg.

Ich konnte mich nicht wehren.

Ich riss die Augen auf. Nein, Thanatos riss meine Augen auf. Ich sah ihm mitten ins Gesicht. Er stand vor mir und lachte. Seine Hand lag auf meiner Wange. Ich wollte mich wegdrehen, vergebens. Thanatos hatte die Kontrolle über meinen Körper übernommen. Ich war gefangen in mir. Ich konnte sehen, mich aber nicht bewegen. Ich fühlte den Schmerz, nahm ihn aber nicht wahr.

»Und jetzt sei ein braves Mädchen und sprich mir nach!«, sagte Thanatos leise.

Ich rüttelte an meinem Gefängnis. Ich wütete. Ich schrie, aber nichts von alldem half.

»Meine Seele ...« Erschüttert hörte ich meine eigene Stimme sprechen. Sie mischte sich mit der von Thanatos.

»... sei Dein ...« *Nein!* Er durfte das nicht! Ich durfte das nicht! Alles wäre umsonst gewesen!

»... Thanatos.«

Leben und leben lassen

Ich spürte den kalten Steinboden unter meinem Gesicht. Ein unerträgliches Kratzen in meinem Kopf brachte mich ins Bewusstsein zurück. Als hätte ich etwas sehr Wichtiges verloren oder vergessen. Es fühlte sich falsch an. Es fühlte sich kaputt an. Meine Seele gehörte Thanatos.

Instinktiv bauten sich meine Mauern auf. Ich befahl meinen Augen, sich zu öffnen. Gott sei Dank gehorchten sie. Das schwache Kerzenlicht blendete mich. Ich lag auf dem Boden der Gedenkstätte. Die Eisseile waren verschwunden. Als mein Blick wieder an Schärfe gewann, starrte ich direkt in das Gesicht meiner Mutter. Ihre Augen waren geschlossen, aber ihr Brustkorb hob und senkte sich. Sie lebte!

»Langsam ist meine Geduld aufgebraucht, Lucian«, hörte ich meinen Vater sagen. »Du kannst nichts mehr tun, also verschwinde von hier.«

Grenzenlose Erleichterung erfüllte mich, als ich Lucians Stimme hörte. Sie klang kräftig und sehr wütend. Er war also der Grund, warum Thanatos mich noch nicht getötet hatte.

»Ohne Ari werde ich nicht von hier weggehen!«

»Tristan!«, donnerte mein Vater. »Wärst du so freundlich!«

Schwere Stiefel traten in mein Sichtfeld. Ich sah daran hoch. Tristan hielt eine Pistole in der Hand und entlud, ohne zu zögern, sein ganzes Magazin. Die Schüsse dröhnten in meinen Ohren. Ich nutzte die Ablenkung, um unauffällig mei-

nen Kopf zu drehen. Dort, wo vor dem Kampf der beiden Brachion noch eine Statue gewesen war, taumelte Lucian gegen
die Wand. Sein Gesicht verzog sich vor Schmerzen, aber er
gab keinen Laut von sich. Ein glockenklares Lachen mischte
sich unter das Echo der Schüsse. Elektra. Schon wieder.

»Das hättest du schon von Anfang an machen sollen, Thanatos«, sagte die Prima. Sie saß auf den Überresten des Al-
tars und beobachtete teilnahmslos, wie Lucian zu Boden sank.
»Deine Spielchen kosten uns nur Zeit.«

Thanatos beachtete sie nicht. Seine ganze Aufmerksamkeit galt seinem ehemaligen Schüler.

»Aziam-Kugeln. Großartige Erfindung. Aber ihr hattet
ja schon in Irland das Vergnügen, nicht wahr?« Über seinen eigenen Witz kichernd fischte Thanatos einen silbernen
Koffer aus den Trümmern. »Sie stammen aus der neuesten
Entwicklungsreihe von Omega. Ebenso wie die Eisseile. Allerdings müssen die wohl noch etwas modifiziert werden. Allem
Anschein nach überleben sie besonders starke Energiestöße
nicht. Aber auch das bekommen wir schon in den Griff.« Er
öffnete den Koffer und drehte ihn so, dass Lucian hineinse-
hen konnte. »Doch das hier … ist die Krönung.«

Etwas Längliches erschien in Thanatos' Hand. Es war mit
Stoff umwickelt. Den leeren Koffer warf er achtlos beiseite.

»Diese hübschen Dinger werden mir den Sieg bringen.«

Liebevoll befreite er eine Klinge aus ihrer Stoffhülle. Sie
glich einem Aziam bis ins kleinste Detail. Nur war sie vollkommen schwarz.

»Tristan, deine große Stunde ist gekommen.«

Die schweren Stiefel tauchten erneut in meinem Blickfeld
auf, als Tristan über mich hinwegstieg. Mit dem Griff voran
hielt Thanatos ihm die Klinge hin. »Der Vollständigkeit hal-

514

ber sollte ich erklären, dass unser Tristan hier ... anders ist. Er ist mein erstes Meisterwerk. Aber trotz seiner zahlreichen Fähigkeiten ist er unglücklicherweise nie in der Lage gewesen, einen Primus zu töten«, erzählte mein Vater. »Die Betonung liegt auf gewesen.«

Tristans Finger schlossen sich um den Griff des schwarzen Aziam. Er drehte sich um. Sein Blick traf meinen. Ich spannte mich unmerklich an. Sollte er versuchen mich umzubringen, würde ihm einiges an Widerstand blühen. Aber er zwinkerte mir kaum merklich zu und stürzte sich dann mit einer Geschwindigkeit, die sogar Lucian und Thanatos in den Schatten stellte, auf die völlig arglose Elektra. Die Überraschung stand ihr noch immer ins Gesicht geschrieben, als Tristan ihr die Klinge durch den Hals stieß.

»Wie fühlt es sich an, durch die Hände eines widerlichen, wertlosen Halbbluts zu sterben?«, murmelte er so leise, dass ich es kaum verstand. Die schönen Augen der Prima weiteten sich vor Wut. Sie krallte sich an der Waffe fest, versuchte den Aziam aus ihrem Körper zu ziehen, aber Tristan rührte sich keinen Millimeter.

Plötzlich flammten die Gravuren des schwarzen Aziam auf. Elektra schrie auf und zerbarst in einer glühenden Aschewolke.

»Ein neues Zeitalter bricht an, denn jeder kann nun einen Primus töten«, sagte Thanatos in die Stille.

Tristan starrte auf seine Hände, als könnte er nicht fassen, was er soeben getan hatte. Da war er nicht der Einzige.

»Das ist unmöglich!«, flüsterte Lucian.

Mein Vater klatschte begeistert in die Hände.

»Ja, und weißt du, was das Beste ist?« Die Spannung im Raum änderte sich schlagartig, als Elektras Energie den schwarzen Aziam verließ und Richtung Thanatos waberte. »*Ich* bekomme die Macht aller Getöteten, gleichgültig wer die Klinge geführt hat!«

Oh. Mein. Gott.

Mit einem Mal wurde mir das ganze Ausmaß von Thanatos' Größenwahn richtig bewusst. Er würde ein Tyrann werden, wie ihn die Welt noch nie gesehen hatte. Und ich war dafür verantwortlich! Ich hatte nicht verhindern können, dass er sich meine Seele holte. Ich ...

Eine Bewegung riss mich aus meiner Selbstgeißelung. Zuerst dachte ich, Tristan wäre aufgestanden, um nun mich zu töten. Aber er kniete noch immer in Elektras Asche. Die Augen hatte er geschlossen. Nein, es war etwas hinter Tristan, das durch die Schatten schlich.

Victorius.

Ich hatte Jirons Gezeichneten schon völlig vergessen. Langsam, um möglichst wenig Aufmerksamkeit auf sich zu lenken, malten seine gefesselten Hände etwas auf die blanke Ziegelwand.

»Du bist völlig verrückt«, fuhr Lucian seinen alten Freund an. Thanatos' Lachen gefror. Irre Wut brannte in seinen zusammengekniffenen Augen, als er sich vor seinem Gefangenen aufbaute.

»Nenn mich noch einmal verrückt!«, forderte er leise. Lucian starrte ohne eine Spur von Furcht zurück.

»Du bist restlos und vollständig durchge–«

Ein kaum wahrnehmbares Flirren veränderte die Atmosphäre. Thanatos' Kopf schnellte herum. Auch Tristan und Lucian starrten auf die Wand, an der Victorius sich eben noch zu schaffen gemacht hatte. Jetzt lehnte der Gezeichnete neben einer quietschgelben Metalltür, die so gar nicht in diese

516

mittelalterliche Gedenkstätte passte. Ein triumphierendes Lächeln umspielte seine Mundwinkel.

»Was hast du getan?«, fluchte Thanatos. Gleichzeitig ging Tristan auf Victorius los. Aber der Gezeichnete war mit all seinen Siegeln doch nicht so wehrlos, wie er aussah. Jemand rüttelte von außen an der Tür. Thanatos begann glimmende Linien in die Luft zu zeichnen. Er würde das Portal wieder schließen. Das durfte ich nicht zulassen.

Mit all meinem gerechten Zorn stürzte ich mich auf ihn. Ich war schneller, als ich es für möglich gehalten hatte. Ungebremst riss ich Thanatos um. Noch im Fallen schlang er seinen Arm um meinen Hals. Dadurch fing er unfreiwillig unseren Sturz ab. Trotzdem erinnerte mich der Aufprall schmerzhaft daran, dass meine Rippe gebrochen war.

»So wild darauf zu sterben?«, raunte er mir ins Ohr. »Bitte sehr. Hatte ich ohnehin vor.«

Adrenalin schoss mir durch die Adern. Ohne die Eisseile meldeten sich meine Kampfinstinkte mit aller Macht zurück. Lucian rief mir etwas zu. Ich verstand es nicht. Jeder einzelne meiner Sinne war vollkommen auf meinen Gegner ausgerichtet. Ich rammte meinem Vater den Ellbogen in die Flanke. Sein Griff lockerte sich, was mir die Möglichkeit gab, mich ihm zu entwinden. Doch bevor ich mir einen sicheren Abstand verschaffen konnte, bohrte sich etwas Scharfes in meine Wade. Sehnen und Muskeln zerrissen. Hinter uns explodierte irgendetwas. Lucian schrie. Dann war Thanatos über mir. Die Spitze seines Aziam lag an meiner Kehle.

»*Izara* ...«, flüsterte er, schloss die Augen und ...

Etwas traf Thanatos mit der Wucht einer Dampflok. Ein dumpfer Aufprall folgte. Steinbrocken und Staub prasselten durch die Luft. Ohne darauf zu achten, zerrte ich mich vom

Boden hoch. Mit nur einem Bein erwies sich das als nahezu unmöglich, aber ich musste unbedingt zu Lucian. Und ich brauchte eine Waffe, um endlich meinen völlig wahnsinnigen Vater töten zu können!

Plötzlich ertönte Gideons Stimme in meinem Ohr. Das offene Portal machte die Übertragung wieder möglich. Sie lebten!

(Gideon) *... im Fahrstuhlschacht nach oben. Uns hängen ein paar Kátos an den Fersen.*

(Ryan) *Dreck! Jimmy, wir sitzen hier wie auf dem Servierteller. Such uns einen anderen Ausgang!*

(Jimmy) *Bin schon dabei.*

Humpelnd erreichte ich Lucian. Er saß in seinem eigenen Blut und war kaum noch bei Bewusstsein. Sein Aziam lag neben ihm.

»Erklär mir mal, wieso ich immer irgendwas Tödliches aus dir rausziehen muss?« Der schwache Versuch eines Scherzes entlockte Lucian ein Lächeln.

»Sorry, ich hatte es noch nie so mit Schwiegervätern. Die Mütter dagegen lieben mich ...«

»Könnte wehtun.«

Er nickte. »Mach einfach schnell.«

Ich schnappte mir seinen Aziam und stieß ihn in die erste Schusswunde. Meine Finger folgten. Lucian stöhnte auf und schlug mit der geballten Faust auf den Boden. Eine Kugel hatte ich. »Ich hab's versaut, hm?«, sagte ich leise. Immer wieder zuckte mein Blick zu der Bresche in der Wand, die Thanatos und die Dampflok hinterlassen hatten. Bislang waren nur Staubwolken und Lichtblitze dort herausgekommen.

»Nein, Ari. Du kannst nichts dafür!« Die zweite Kugel war draußen. »Wenn überhaupt, habe ich es versaut.«

»Ach Gottchen, immer dieser Heroismus.« Victorius tauchte an meiner Seite auf. »Einigen wir uns darauf, dass ihr es beide versaut habt.«

Von der Tür hallten noch immer Kampfgeräusche zu uns herüber. Verwundert riskierte ich einen Blick über die Schulter. Ich erkannte Rufus und Edgar, die zusammen mit zwei unbekannten Primus gegen Tristan kämpften. Victorius war es gelungen, Jiron zu Hilfe zu rufen?! War der etwa auch hier? Einen Moment später fand ich es heraus, als mich jemand nach hinten schleuderte. Und dieser Jemand stand nun über mir mit wehendem dunklem Haar und Augen, schwarz wie die Nacht. Jirons leere Hand griff in die Luft vor mir. Macht strömte auf mich zu. Er war gekommen, um *Izara* zu vernichten.

»Nicht! Ihre Seele ist bereits an Thanatos gebunden!«, rief Victorius panisch. Zeitgleich hörte ich die Stimme meines Vaters: »Töte sie nicht, ihre Seele darf nicht verloren gehen!«

Dieser verlogene Mistkerl!

Jiron zögerte, bevor er mich fluchend am Kragen hochzog.

(Ryan) *Scheiße, Gideon hat's erwischt! Wir müssen ihn hier wegschaffen.*

(Lizzy) *Hol sie da raus, Jimmy!*

(Toby) *In Deckung!*

(Lizzy) *Was ist da unten los?*

(Ryan) *Die Hexenschlampe ist wieder da.*

Ein Griff, eine Drehung. Jiron besah sich meinen Nacken und fluchte dann erst richtig los. »Du närrisches kleines Mädchen! Was hast du getan?« Er drehte mich zurück, sodass er mir all seine verzweifelte Wut ins Gesicht schreien konnte. »Wie konntest du ihm deine Seele überschreiben?!«

(Ryan) *Toby, komm sofort zurück!*

(Toby) *Schafft Gideon hier raus.*

(Lizzy) *Was macht Toby?*

(Ryan) *Der verrückte Hexer stellt sich Silin.*

(Toby) *Tut mir leid, Lizzy. Ich muss Gideon eine Chance geben ... ich weiß doch, wie sehr du ihn liebst.*

(Lizzy) *Tu das nicht!*

Jiron sah über meine Schulter. Seine Augen weiteten sich. Ich hörte Schüsse. Der schwarzhaarige Primus riss mich herum. Sein Körper zuckte, als er die Kugeln abfing, die für mich bestimmt gewesen waren. Bestürzt wurde mir bewusst, dass Jiron mir gerade das Leben rettete.

»Lauf!«, krächzte er noch, als seine Essenz begann, aus seiner zerfetzten Hülle zu strömen. Die Aziam-Kugeln hatten unheilbaren Schaden angerichtet, aber er war kein Brachion und konnte jederzeit seinen Körper verlassen. Plötzlich keuchte Jiron auf. Nur Zentimeter von meinem Gesicht entfernt ragte eine blutige Klinge aus seinem Brustkorb. Sofort fraß sich sengende Glut durch seine Haut.

»Lass nicht zu, dass er sie kriegt« war das Letzte, was Jiron sagte, bevor er zerbarst.

Ich hörte Victorius' ersticken Schrei, konnte meinen Blick aber nicht von der Aschewolke lösen. Jiron war gestorben, um mein Leben zu retten. Er war nicht der Böse in dieser Geschichte. Der Böse war der Mann, dessen Gesicht gerade durch die glühende Asche hindurch sichtbar wurde. Thanatos – in einer Hand ein Aziam, in der anderen eine Pistole.

(Jimmy) *Was auch immer die Hexen da treiben, es hat die Kameras zerstört.*

(Ryan) *Ich such Toby. Bring Gideon hier raus.*

Mein Vater betrachtete die schwebenden Überreste Jirons. »Du hirnloser Idiot!«, murmelte er. Einen kurzen Moment huschte etwas wie Trauer über seine Züge, als wäre er tatsächlich betrübt über den Tod seines langjährigen Verbündeten. Einen sehr kurzen Moment.

»Nun zu dir, meine Tochter!«

Ich wich vor ihm zurück und stolperte über ein Trümmerteil der Wand. Mit meinem verletzten Bein hatte ich keine Chance, mich abzufangen. Ich stürzte zu Boden. Thanatos richtete den Lauf seiner Waffe siegessicher auf meine Stirn.

Aber er kam nicht mehr dazu abzudrücken. Lucians Aziam sauste durch die Luft und blieb zwischen Thanatos' Schulterblättern stecken.

Mein Vater sah an sich herunter und schnalzte tadelnd mit der Zunge, als er die blutige Spitze sah, die wie bei Jiron aus seiner Brust ragte.

»Verdammt, Lucian, was habe ich dir über das Werfen von Aziam gesagt?«, rief er über die Schulter, wo sein ehemaliger Schüler trotz des schädlichen Metalls in seinem Körper versuchte, sich an der Wand hochzuziehen. Daneben lag der bewusstlose Victorius.

Mein Vater schüttelte den Kopf. »Hast du etwa alles vergessen, was ich dir beigebracht habe?« Mit einem Seufzer hob er seine Pistole und nahm mich erneut ins Visier.

Aber diesmal lächelte ich grimmig in den Lauf der Waffe. Ich war am Zug.

»Lucian hat es nicht vergessen«, eröffnete ich ihm. »Er kennt mich nur besser.«

Woher hätte Thanatos auch wissen sollen, dass ich keinen direkten Kontakt benötigte, um einem Primus das Licht auszupusten.

Über den Aziam drang ich in Thanatos' Essenz ein und ... brachte sie zum Brennen.

(Lizzy) *Verdammt, sind das viele!*

(Ryan) *Wir kommen raus. Toby macht's nicht mehr lang.*

(Lizzy) *Was ist mit Toby?*

(Ryan) *Konzentriere dich auf die Hexen, Lizzy. Bei den Primus sind deine Kugeln nutzlos.*

Wie durch einen Nebel nahm ich wahr, dass meine Freunde in Schwierigkeiten waren. Und zwar wegen Thanatos' Befehlen. Ich stoppte das Feuer, das meinen Vater versengte.

»Ruf deine Leute zurück!«, krächzte ich. Mein Vater wirkte vollkommen verdattert.

»Du kannst mich nicht umbringen. Das ist unmöglich!«, stammelte er. Ich gönnte mir ein kleines Lächeln. Er würde mir nie wieder Angst machen.

»Das hat Dubois auch gedacht«, schleuderte ich ihm entgegen, bevor ich ihn erneut grillte. Ein Schrei brach aus Thanatos' Kehle heraus. Er war machtlos. Ich hielt seine Essenz fest in meinen Händen. All das, was ihn ausmachte. Ich konzentrierte mich mit jedem meiner Sinne auf ihn. Und plötzlich katapultierte mich meine Entschlossenheit in seinen Geist. Das dürfte überhaupt nicht möglich sein! Er war doch kein Mensch und ich kein Primus. Leuchtend umfloss mich Thanatos' Energie.

Ruf deine Leute zurück!, forderte ich.

Mein Vater keuchte auf. Seine Stimme war sehr weit weg, aber ich hatte seinen Gedanken gelesen, bevor das Wort zu mir dringen konnte: »Nein.«

Wütend raste ich durch seinen Geist, versengte alles, was mir im Weg stand. Neben Thanatos' Essenz erkannte ich die Macht der Primus, die er getötet hatte. Sie mischte sich mit seiner eigenen Energie. Ich erkannte die pulsierenden Stränge, die ihn über jede Distanz mit all jenen verbanden, die an ihn gebunden waren. Die Siegel seiner Gezeichneten, die Treueschwüre seiner Primus-Anhänger und die von ihm erschaffenen Halbblüter. Über diese Verbindung konnte ich sehen, was sie sahen, hören, wie sie meinen Vater telepathisch auf dem Laufenden hielten, und fühlen, wie ihre Energie Thanatos nährte. Durch Dutzende Augen sah ich meine Freunde und sie saßen wirklich in der Klemme. Die Anhänger meines Vaters hatten sie im Parkhaus in die Enge getrieben.

Das konnte ich nicht zulassen! Trunken von Macht griff ich zum ersten Mal bewusst nach meinen neuen Fähigkeiten. Schlag um Schlag kappte ich jede Verbindung, die ich finden konnte. Es kostete mich kaum mehr als einen Gedanken. Mehr noch, ich löschte die Verbindungen so vollständig aus, als hätte es sie nie gegeben. Jedes Siegel, jeden Schwur. Die freigesetzte Energie überrollte mich wie eine Flutwelle. Ich ignorierte sie und setzte meinen Kreuzzug in Thanatos' Innerstem fort. Als ich das letzte Band erreicht hatte, erkannte ich, dass es zu mir führte. Zu meiner Seele.

Mit aller Gewalt riss ich es entzwei.

Thanatos' unmenschlicher Schrei erfüllte die Luft, während das überwältigende Gefühl von Freiheit durch meine Adern pumpte. Ich glühte, ich brannte. Es war zu viel Energie. Viel zu viel. Sie brach aus mir heraus und suchte sich den Weg des geringsten Widerstandes. Meine Verbindung zu Lucian.

(Lizzy) *Was. Zur. Hölle. Ist. Das?*

(Ryan) *Sie verlieren ihre Kräfte.*

(Gideon) *Jimmy, ... den ... Wagen! ... Schnell!!*

(Lizzy) *Oh Gott, Giddie, du blutest –!*

(Gideon) *Sofort!*

Mit Tränen in den Augen hörte ich zu, wie meine Freunde sich in Sicherheit brachten. Jetzt blieb nur noch eines zu tun: meinen Vater für immer unschädlich machen.

Etwas Kühles drückte sich an meine Schläfe. Ich riss die Augen auf und sah Tristan mit der Pistole, die Thanatos fallen gelassen hatte. Der Schock schleuderte mich aus dem Bewusstsein meines Vaters.

»Es tut mir leid, Ari. Aber du darfst ihn nicht töten. Er ist alles, was ich habe ...«

Ein Schuss zerriss die Spannung im Raum.

Ich wartete auf die Schmerzen, den Tod, das Licht am Ende des Tunnels. Aber nichts davon kam. Stattdessen beobachtete ich, wie sich quälend langsam eine Explosion um die Waffe sammelte. Ich nahm eine flüchtige Bewegung wahr. Ein wütender Sommersturm. Ein Blitzen. Tristan griff sich an die Kehle. Zähflüssiges Blut sickerte durch seine Finger. Ich konnte gerade noch die Überraschung in seinem Blick sehen, bevor er zu Boden gestoßen wurde.

Hinter ihm stand Lucian. Von wilden Locken umrahmt strahlte sein Gesicht eine so reine und archaische Macht aus, dass ich unbewusst einen Schritt zurückwich. Seine Augen leuchteten in purem Silber und straften jeden Anschein von Menschlichkeit Lügen. Mit der glühenden Klinge in seiner Hand und über und über vom eigenen Blut beschmiert, wirkte er wie ein gnadenloser Racheengel.

»Lucian?«, hauchte ich unsicher.

Der Klang meiner Stimme ließ ihn aufsehen. Mir stockte der Atem angesichts seiner grausamen Schönheit. Ich war so gebannt, dass ich zu spät bemerkte, wie er wankte. Sein Aziam fiel scheppernd zu Boden. Im gleichen Moment löste sich der angehaltene Schuss aus Tristans Waffe und verschwand irgendwo im Raum. Lucian sank auf die Knie. Ich wollte ihn stützen, zuckte aber unwillkürlich zurück. Er war glühend heiß.

»Oh Gott, was ist mit dir?«

Entsetzt stellte ich fest, dass über meine Verbindung zu Lucian noch immer Energie floss. Ich zog meine Abwehr hoch und kappte damit das Band. Sofort seufzte Lucian auf. Nach und nach verebbte das übermenschliche Strahlen seiner Augen, bis sie wieder ihre wunderschöne grüne Farbe hatten. Mit einem schiefen Lächeln sah er mich an.

»Warn mich das nächste Mal bitte vor, wenn du mich als Endlager für Energie im Ausmaß einer Atombombe benutzen willst, Kleines«, bat er schwer atmend. Ich erwiderte sein Lächeln.

»Ist wirklich alles in Ordnung? Soll ich die restlichen Kugeln rausholen?« Er musste schlimme Schmerzen leiden mit dem ganzen Aziam im Körper. Ich war schon drauf und dran loszulegen, als Lucian leise lachend meine Hand stoppte, indem er seine darauflegte.

»Keine Sorge, es ging mir nie besser«, versicherte er mir. »Die Kugeln sind weg, die Wunden verheilt, meine Reserven aufgefüllt bis zum Anschlag. Nur mein Schädel fühlt sich an, als hätte King Kong Pingpong damit gespielt.«

Während er sich über sein eigenes Wortspiel amüsierte, starrte ich ihn zweifelnd an.

»Was meinst du mit ›die Kugeln sind weg‹?«

»Deine Energie hat sie verbrannt, Ari«, sagte er. Ein Kopfschütteln folgte. »Ich habe so etwas noch nie erlebt. Du hast –«

Ein gedämpftes Wimmern ließ ihn innehalten. Sofort war Lucian wieder auf den Beinen. Er schob mich hinter sich und suchte nach dem Ursprung des Geräusches. Er fand ihn in einem auf dem Boden zusammengerollten und unkontrolliert bebenden Thanatos.

»Er lebt?«, flüsterte Lucian bestürzt. »Du hast ihn am Leben gelassen?!«

Ich betrachtete das schluchzende Häufchen Elend, das einmal mein Vater gewesen war. Beinahe hätte ich ihn vergessen, so belanglos war er inzwischen für mich geworden.

Mit grimmiger Miene hob Lucian seinen Aziam auf. Er würde ein für alle Mal beenden, was ich begonnen hatte. Langsam, um mir genügend Zeit für Einwände zu geben, ging er auf meinen Vater zu. Ich hielt ihn nicht auf. Weshalb auch? Thanatos hatte so viel Leid über uns alle gebracht. Als Lucian sich zu ihm kniete, wurde sein alter Mentor sonderbar still. Er packte Lucians Handgelenk und zischte: »Töte mich!« Sein Gesicht war zu einer Fratze verzogen. Darin stand blanke Verzweiflung. »Beende es!« Er griff auch mit der anderen Hand nach Lucians Arm und lenkte die Klinge auf sein Herz. Aber Thanatos war zu schwach, um sich durchzusetzen. Ohne jede Mühe entzog sich Lucian aus der Umklammerung und wich zurück.

»Das ist nicht möglich.«

»Was ist los?«, fragte ich beunruhigt. Lucian sah mich mit großen Augen an. Silberne Schlieren tanzten darin.

»Er ist ein Mensch«, flüsterte er. »Du hast ihn zu einem Menschen gemacht, Ari.«

Die nackte Halbwahrheit

Befehle hallten durch die Schulbibliothek und wurden sofort befolgt. Leute in weißen Kitteln eilten herbei und machten sich daran, die Verwundeten zu versorgten. Toby hatte es am schwersten erwischt, aber Mel meinte, er würde durchkommen. Bei Aaron dagegen war sie ratlos. Er war unverletzt, lag aber im Koma und ließ sich nicht aufwecken – wie Tristan es prophezeit hatte. Wäre der Handlanger meines Vaters nicht schon tot, hätte ich ihn dafür umgebracht.

Wie durch einen dichten Nebelschleier rauschten die Eindrücke an mir vorbei. Bewaffnete Mitschüler in schwarzer Jägerkluft bezogen an allen Eingängen Stellung. Auf Anweisung der Ärzte legte Victorius meine Mum auf eine der mobilen Bahren. Ihr ging es gut. Sie war noch in den Katakomben aufgewacht und hatte versucht, Lucian mit einem Stuhlbein zu verdreschen. Zum Wohle aller hatte der Brachion sie wieder ins Reich der Träume geschickt. Eine Liege weiter bekam Gideon gerade einen dicken Verband um die Brust. Sein nachdenklicher Blick lag jedoch auf seiner Schwester, die neben Toby saß und leise weinte.

Lucian legte mir seine Hand auf den Rücken. Es war eine simple Geste, aber ich fühlte mich schon etwas weniger verloren.

»Was soll das heißen, sie ist ein halber Brachion?!«, brüllte jemand aufgebracht. Alles hielt den Atem an.

»Das tut nichts zur Sache! Sie ist auch ein halber Mensch und als solcher steht sie unter dem Schutz der Phalanx«, donnerte Ryan zurück.

Ich seufzte. Das war es dann wohl mit der Geheimniskrämerei. Mit meinem interessanterweise vollständig verheilten Bein machte ich mich auf den Weg zu der improvisierten Kommandozentrale. Wenn es schon um mich ging, wollte ich zumindest mitreden.

Ryan war umringt von zwei älteren Männern und einigen Jugendlichen. Ich kannte sie alle aus dem Lyceum. Unglücklicherweise war auch Brendon unter ihnen. Scheinbar gab es an der Schule so etwas wie einen Adelphos-Bereitschaftsdienst und mein Ex stand in der Rangordnung offensichtlich recht weit oben.

»Du riskierst den Frieden mit der Liga!«, schimpfte Brendon. Ryan ließ sich nicht unterkriegen. Der tätowierte Jäger hatte echt miese Laune und nicht vor, sie zurückzuhalten.

»Und du riskierst deine Gesundheit, falls du weiterhin die Befehlskette missachtest!«

Das brachte alle zum Verstummen. Die Jäger in Ausbildung fanden ihre Fußspitzen plötzlich äußerst interessant.

»Die Liga hat im Moment größere Probleme, als sich mit der Phalanx auseinanderzusetzen«, brach Lucian das drückende Schweigen. Brendon fuhr herum. Seine Augen wurden schmal, als er erkannte, wer da vor ihm stand.

»Du bist hier nicht willkommen, Dämon!«, knurrte er und begann mit glühenden Fingern ein Siegel in die Luft zu zeichnen. Lucian rührte sich nicht. Stattdessen umspielte ein diabolisches Grinsen seine Mundwinkel.

»Darf ich das als einen Angriff auf meine Person deuten?«, fragte er zuckersüß.

Oh nein! Ich wusste, worauf das hinauslief, und ich war am Ende meiner Geduld. Genervt schlug ich Brendons Hand beiseite. Die Linien verblassten.

»Hey, was soll –«

»Ich habe dir gerade dein jämmerliches Leben gerettet, also tu mir den Gefallen und halt einfach deinen Mund!«, fauchte ich ihn an. Lucian wirkte gleichermaßen enttäuscht wie belustigt.

»Wir sind noch nicht fertig, Dämon«, zischte Brendon. Er hielt Lucians Blick stand, aber seine Hand zuckte unwillkürlich zum Griff seines Aziam. Der Brachion registrierte es mit einem trockenen Lachen.

»Na, komm schon. Tu mir den Gefallen und zieh deine Waffe.«

»Hier zieht keiner irgendeine Waffe!«, polterte Mr Rossi vom Eingang des Saals. Sofort ließ Brendon seine Klinge los und wich mehrere Schritte zurück.

Lizzy rannte zu ihrem Vater und fiel ihm in die Arme. Der groß gewachsene Mann redete leise auf seine Tochter ein, während er in kürzester Zeit die Situation erfasste. Sein Blick blieb etwas länger und voller Erleichterung an Gideon hängen, aber auch Ryan, Aaron, Toby, Mel, Jimmy, Victorius, meine Mum und die dazugehörigen Ärzte mussten seiner Betrachtung standhalten. Als Letztes nahm er Lucian und mich ins Visier. Ihm entging kein Detail. Weder der Zustand unserer Kleidung noch das Blut oder die Aschespuren.

Ich rechnete es ihm hoch an, dass er trotz allem die Ruhe behielt. Mit langen Schritten kam er auf uns zu.

»Wo ist er?«

Am hinteren Ende der Bibliothek kam Bewegung in die Reihen der Jäger. Sie schleiften einen gefesselten Mann mit sich.

»Lasst mich los, ihr wertloses Pack! Das werdet ihr alle büßen!« Offenbar hatte mein Vater zu seiner Liebenswürdigkeit zurückgefunden.

»Ich habe Jahrzehnte auf diesen Augenblick gewartet, Mr Harris. Sie werden eine sehr lange Zeit bei uns verbringen«, meinte Mr Rossi mit einem triumphierenden Blitzen in den Augen. »Bringt ihn in den Gefängnistrakt.«

Wütend und tobend warf sich mein Vater gegen die Fesseln. »Nenn mich nicht so! Ich bin nicht Harris. Wilson Harris war ein Nichts, ein wertloser Mensch!«

»Ach, und für wen halten Sie sich dann?«, erkundigte sich Mr Rossi fast schon amüsiert. Mit irrem Blick fixierte mein Vater den Großmeister der Phalanx.

»Ich bin Thanatos.«

Ich hielt den Atem an. Das war der Moment der Wahrheit. Der Moment, in dem sich entschied, ob das Täuschungsmanöver, das Gideon sich ausgedacht hatte, funktionieren würde. Als Mensch fiel mein Vater in den Zuständigkeitsbereich der Phalanx. Und solange die Liga Thanatos nicht zu Gesicht bekam, würden sie niemals herausfinden, dass ich ihm seine Unsterblichkeit genommen hatte.

Ein Lachen durchbrach die gespannte Stille. Mr Rossi lachte aus ganzem Herzen. Nach und nach fielen auch die Jäger mit ein, bis die gesamte Bibliothek sich kaum noch halten konnte. Ich atmete erleichtert auf. Lizzys Ellbogen traf mich in der Seite. Sie grinste wie ein Honigkuchenpferd.

»Ganz wie Sie meinen, Mr Harris ...«

Mit einem Wink ließ Mr Rossi meinen Vater abtransportieren. Er wischte sich die Tränen aus dem Gesicht und fand wieder zum Ernst der Lage zurück.

»Also, klärt ihr mich jetzt auf?«

»Später, Dad«, ächzte Gideon von seiner Bahre aus. »Es gibt erst Wichtigeres zu tun.« Mit hochgezogenen Brauen sah Mr Rossi seinen Sohn an, der wiederum mich ansah. Gideons ermutigendes Lächeln erinnerte mich daran, dass ich am Zug war. »Ari ...?«

Ich rieb die Stirn und versuchte mich an die Worte zu erinnern, die Ryan mir auf dem Weg ins Lyceum beigebracht hatte. Unser ursprünglicher Plan bezüglich der Liga war gründlich schiefgelaufen. Elektra war tot, Thanatos' alter Körper im Parkhaus verbrannt und Thanatos' Herz schlug im Körper von Harris, der inzwischen ein Mensch geworden war.

»Ähm, Mr Rossi, ich erbitte von Ihnen als Großmeister der Phalanx offiziell Asyl und Schutz der Bruderschaft.« Mein Blick zuckte zu Ryan, der zufrieden nickte.

»Was soll das, Ari?«, wollte Mr Rossi wissen. Er wirkte zum ersten Mal ehrlich verwirrt. »Wir beschützen dich schon seit Jahren. Wieso plötzlich so förmlich?«

»Weil sich alles ändern wird«, schaltete sich Lucian ein. Um seine Worte noch zu bekräftigen, holte er Thanatos' Pistole und den schwarzen Aziam hervor. Beides hatte er aus den Katakomben mitgenommen. Sofort hörte ich mindestens ein Dutzend gezogener Klingen. Die Jäger waren gut trainiert. Unbeeindruckt legte Lucian Thanatos' Waffen auf den Kommandotisch, wo Mr Rossi, Ryan und Brendon sie in Augenschein nehmen konnten.

»Was ist das?«, flüsterte Letzterer schockiert.

»Das ...«, mischte Lizzy sich ein und deutete auf Lucians Beweisstücke, »ist nur die Spitze des Eisberges.«

»Würdest du das bitte erläutern, Felizitas!«, forderte ihr Vater streng. Inzwischen hatte seine Gelassenheit Risse bekommen. Lizzy holte Luft, aber ich kam ihr zuvor.

Zeit, die Karten auf den Tisch zu legen.

»Haben sie schon einmal von *Izara* gehört?«, fragte ich Mr Rossi.

»Natürlich hab ich das, Ari. Ich bin Großmeister der Phalanx«, gab er zurück. »*Izara* ist das ewige Feuer, die ewige Seele, die nie erlischt. Es ist eine Legende.«

»Nein«, antwortete ich ruhig und sah ihm dabei fest in die Augen. »Ich bin *Izara*.«

Cheeseburger und eine Bedingung

Ein paar Tage später hatte mich die alte Kastanie hinter der Schulmensa wieder. Diesmal war ich nicht vor der lärmenden Schülermeute dorthin geflohen. Es war vielmehr meine neue Wohnsituation, die mir zu schaffen machte. Meine Mum und ich waren in eine der Lehrerunterkünfte am Lyceum eingezogen. Im Gegenzug sollte meine Mutter ihren alten Job kündigen und als Bibliothekarin des Lyceums anfangen. Das war zumindest die offizielle Version. Tatsächlich waren wir von Mr Rossi »auf nicht absehbare Zeit« unter den Schutz der Bruderschaft gestellt worden.

An und für sich keine schlechte Lösung, hätte meine Mum nicht auf unserem neuen Mitbewohner bestanden. Wäre es nach mir gegangen, hätte Victorius irgendwo weit weg einen Frisiersalon für Hunde aufmachen können. Der farbenfrohe Kauz war auf die Dauer unglaublich anstrengend und hatte darüber hinaus auch noch keinerlei Sinn für Privatsphäre. Aber meine Mum wollte »ihren einzigen Verbündeten in dieser Dämonen-Hölle« in ihrer Nähe wissen. Nach ordentlich Wirbel und lautstarken Auseinandersetzungen musste Mr Rossi letztlich die Segel streichen. An meiner Mum biss sogar er sich die Zähne aus.

»Dacht ich's mir doch, dass ich dich hier finde«, trällerte Lizzy schon von Weitem. Sie war in eine dicke Daunenjacke eingepackt und balancierte zwei Pappbecher auf einer riesigen braunen Papiertüte. Ich verzog das Gesicht, als sich der geliebte Geruch von frischem Kaffee mit dem von fettigem Fastfood mischte.

»Ich war zuerst in eurer neuen Wohnung, aber als ich Vic und deine Mum über Tapeten streiten gehört hab, wusste ich, dass du die Flucht ergriffen haben musst.«

Ich rutschte zur Seite und machte Lizzy auf meiner Isomatte Platz. Im Gegenzug bekam ich einen dampfenden Cappuccino.

»Du solltest die beiden erst mal beim Kochen erleben«, brummte ich. Lizzy grinste.

»Du hast mein vollstes Mitgefühl. Unglücklicherweise habe ich es gerade ein bisschen eilig, weil ich noch zu den Jungs muss, bevor die Besuchszeit vorbei ist. Und das ist für mich sehr viel schlimmer als für dich! Denn – wie du weißt – ist meine Neugier eine wilde Bestie. Das heißt, du musst mir nachher haarklein berichten, was hier drin ist.«

Aus der Tasche ihrer Daunenjacke zog sie einen quadratischen Brief hervor. Er war aus goldgeprägtem Büttenpapier und von einem dunkelroten Siegel verschlossen.

»Er wurde durchleuchtet und ist garantiert hexenfluchfrei«, erklärte sie. »So ein blauhaariger Manga-Verschnitt-Primus hat in den Katakomben für ziemliches Aufsehen gesorgt, weil er aus Sicherheitsgründen nicht ins Lyceum gelassen wurde. Ich musste ihm versprechen, dir den Brief höchstpersönlich zu überreichen.«

Nachdem ich davon ausging, dass es nicht allzu viele blauhaarige Unsterbliche gab, musste der Brief wohl von Hiro sein. Und was das bedeutete, war mir nur zu klar.

»Denk dran, ich möchte nachher einen detaillierten Bericht!« Umständlich rollte sich Lizzy von der Isomatte. »Ich muss los, bevor die Cheeseburger kalt werden. Toby und mein Bruder haben damit gedroht, ihren Waffenstillstand noch einmal zu überdenken, wenn ich ihnen nicht schnellstens etwas Richtiges zu essen besorge.«

Grinsend ließ ich meine Freundin ziehen. Ihre so typische Fröhlichkeit hatte ein ganz neues Level erreicht, seitdem Gideon und Toby sich verstanden. Die Parkhaus-Schlacht von Amsterdam, wie Lizzy unsere Unternehmung getauft hatte, war wohl der Grundstein für eine neue Männerfreundschaft geworden. Ich gönnte es ihr von ganzem Herzen, auch wenn ich jetzt schon mit Panik an die Schimpftiraden dachte, die Lizzy mir bezüglich dämonischer Deals halten würde. Seufzend brach ich das Siegelwachs.

Kommender Neumond zum Sonnenuntergang
In Vorfreude
Belial

Na ja, wenigstens würde mir in nächster Zeit nicht allzu langweilig werden. Vor mir lag ein Date mit dem Teufel, mein Abschlussjahr und die Testamentsverlesung meines Vaters, der offiziell einen tödlichen Unfall erlitten hatte und inoffiziell keine hundert Meter von unserer Wohnung in einer Gefängniszelle verrottete. Ich hatte zwar keine Sehnsucht danach, ihn bald wiederzusehen, aber es tat gut zu wissen, dass er für den Rest seines menschlichen Lebens sicher verwahrt war.

Und es gab noch einen Grund, aus dem Langeweile in meinem Leben keinen Platz haben würde. Und dieser Grund kündigte sich in eben diesem Moment mit einem kühlen Kribbeln in meinem Nacken an. Ich lächelte und genoss das Gefühl, das unweigerlich folgte: Warmer Regen, tosende Brandung und Sonnenschein, der eine aufgewühlte Wolkendecke durchbrach. Ein Sommersturm am Meer.

»Wie hast du es an den Sicherheitsvorkehrungen vorbeigeschafft?«, fragte ich in die leere Weite des Hinterhofs.

Ein leises Lachen wehte zu mir rüber.

»Mr Rossi hat mich heute persönlich aus dem Bann ausgenommen«, meinte Lucian und trat hinter der Kastanie hervor. »Er hat sich sogar entschuldigt, nicht gleich daran gedacht zu haben, als er das Lyceum abgeschottet hat. In seinen Augen stelle ich wohl keine Gefahr für dich dar.«

Ich griff nach der Hand, die er mir reichte, und hievte mich daran hoch.

»Bisschen voreilig, nicht?«, scherzte ich, als mich seine kräftigen Arme umschlossen. Ich machte mir nicht die Mühe, mich nach unliebsamen Zeugen umzuschauen. Lucian hatte sich bestimmt schon darum gekümmert.

»Absolut nicht«, murmelte er, bevor er mich in einen leidenschaftlichen Kuss zog. Es war viel zu lange her, dass ich ihn so gespürt hatte. Das war der Nachteil an meiner Unterbringung im Lyceum. Hier gab es einfach zu viele, die Bescheid wussten. Zu viele, die mit dem richtigen Siegel selbst Lucians Illusionen durchschauen würden.

Nach einer Weile und nur mit sehr viel Mühe konnten wir unsere Lippen voneinander trennen.

»Ich hab eine Überraschung für dich«, sagte er plötzlich. Zu fühlen, wie seine Stimme seine Brust vibrieren ließ, weckte in mir das Gefühl von Geborgenheit. »Aber es gibt eine Bedingung.«

Ich schob ihn ein Stück von mir, um ihn ansehen zu können. Sein Blick ruhte auf Bels Einladung.

»Du weißt, dass ich ihm nicht absagen kann.«

»Unglücklicherweise ist mir das bewusst«, seufzte er, bevor der Ernst aus seinen Zügen verschwand und seine Augen schelmisch aufblitzten. »Es gibt eine andere Bedingung.«

Aus der Tasche seines Mantels zog er eine dunkelblaue Schachtel mit einer Schleife. Ich lächelte. Die Tatsache, dass ihm aufgefallen war, wie wenig ich auf diesen fröhlichen Pastell-Mädchen-Kram stand, war eigentlich schon Geschenk genug.

»Ich habe Jimmy sogar extra darum gebeten, dein Backup aufzuspielen.«

In der Schachtel lag ein nigelnagelneues Handy. Eines von der Sorte, die ich mir höchsten alle fünf Jahre und gebraucht leisten konnte.

»Ich weiß nicht, was ich sagen soll ...«, flüsterte ich unbehaglich. Noch niemals hatte ich ein solch teures Geschenk bekommen, geschweige denn angenommen. Arm und stolz darauf war eigentlich mein Lebensmotto.

»Du musst gar nichts sagen. Es ist nur fair. Immerhin habe ich dein Altes verschmort«, meinte Lucian. »Allerdings ...«

Erwartungsvoll hielt ich seinem Blick stand. Aber statt einer Erklärung stahl sich Lucian einfach einen weiteren Kuss. Er hatte wirklich ein Händchen für die richtige Verhandlungstaktik.

Lass meinen Namen diesmal so, wie er gespeichert ist, flüsterte seine Stimme in meinen Gedanken.

Das war seine Bedingung?!

Noch an seinen Lippen musste ich lachen. Ich zog ihn näher zu mir. Mir war schon klar, was er in meinem Handy gefunden haben musste. Nur konnte ich mir beim besten Willen nicht vorstellen, wieso er sich nicht mit »Lucian – der Großkotz« anfreunden konnte …

Irgendwo sehr weit weg hörte ich ein paar lachende Schüler.

Du musst gehen, bevor uns jemand so sieht, erinnerte ich ihn widerwillig. Er hielt sich nicht lang damit auf, mir recht zu geben, sondern hauchte mir einen letzten Kuss auf die Stirn und löste sich in Luft auf.

Wenn du brav bist, darfst du von mir träumen!, hörte ich ihn noch feixen. Ich schnaubte.

Pfft, wenn DU brav bist, tu ich das vielleicht auch …, schoss ich zurück. Mein Herz machte vor Vorfreude einen Sprung. Ich würde ihn schon sehr bald wiedersehen, und diesmal ohne das Risiko, von irgendwem ertappt zu werden.

Ich öffnete meine Kontaktliste und scrollte zum Buchstaben L. Ein Grinsen schlich sich auf mein Gesicht, als ich das Foto entdeckte, dass Lucian unter seinem Kontakt gespeichert hatte. Es war eines der Bilder, das bei unserem ersten Date in der Fotokabine geschossen wurde. Ich hatte nicht die geringste Ahnung, wie Lucian das Bild aus seinem Geist in mein Handy gebracht hatte, aber für einen Primus war so etwas Banales wohl ein Kinderspiel.

Das Foto war ein wirklich bezeichnender Schnappschuss. Lucians Zähne blitzten weiß in seinem atemberaubenden Lächeln. Er sah mich an, während ich mit meinen finsteren Blicken die Kamera tötete.

Darunter stand: Lucian – der Deine.

Dank

Ich hab das unglaubliche Glück, umgeben von so vielen Menschen zu sein, die an alles glauben, was ich anpacke. Und so wurden auch meine heimlichen Schreibversuche erspäht, ans Licht gezerrt und mit lautem Jubel und Anfeuerungen ins Ziel begleitet. Dafür gebührt euch allen mein tief empfundener Dank.

Das gilt besonders für ein paar ganz spezielle Mitglieder meiner Theater-Schülerschaft: Vicky, Jakob, Kira, Shari, Ferdi und der Rest der Chaos-Gang! Ihr wart mir nicht nur Inspiration, sondern auch kritische Jury und gleichzeitig euphorischer Fanklub. Ohne euch, unsere Projekte und Fahrten gäbe es dieses Buch nicht.

Weiter geht es mit testlesenden Freunden fernab der eigentlichen Kern-Zielgruppe: Ana, Lina, Paul, Max und »Ihren Gaiserlichkeiten« Charly und Philipp. Danke, dass ihr euch die Zeit für meine Geschichte und die endlosen Fragen genommen habt.

Renzi und Flomo ... Ihr seid nicht nur Geschwister im Herzen und unermüdliche Unterstützung, sondern maßgeblich beteiligt an der Erschaffung von Aris und Lucians Welt. Danke, dass ihr kreative Reibefläche wart und alle Versionen gleich welcher Länge gelesen habt.

Auch der wundervollen Pauli und ihrer Mutter Sabine Bohlmann sei gedankt, ohne die ich nie beim Thienemann-Esslinger Verlag gelandet wäre. Hier hat Franziska Bräuning mich willkommen geheißen, rundumbetreut und eine Engels-

539

geduld mit mir bewiesen. Von ganzem Herzen danke ich Dir, Sonja Hartl, und dem restlichen Verlagsteam.

Und – last but not least – einen Riesendank an meinen unermüdlichen Lebensgefährten Rob Perkins. Du verstehst, was kreatives Arbeiten wirklich bedeutet, hast mich zum Lachen gebracht, wenn ich weinen wollte, und mir immer den Rücken freigehalten.

Personenverzeichnis

Menschen und Halbblüter

Aaron Egan – Phalanx-Jäger mit auffällig roten Haaren
Ariana »Ari« Morrison – offiziell Tochter von W. Harris
Beatrix Morrison – Aris Mutter
Brendon – Adelphos, Aris Ex
Caro – Mitarbeiterin im Cinnamon, Aris Kollegin
Doris & Denise – Adelphen, „Schicki-Micki-Doppel-D"
Felix – Aris anhänglicher Nachbar
Felizitas »Lizzy« Rossi – Aris beste Freundin
Frederika Schulz – Wilson Harris' persönliche Assistentin
Gideon Rossi – Anführer des Bataillons, Lizzys Bruder
James »Jimmy« Hemingway – Nerd und stolz darauf
Jeremy – Star der D.A., vorübergehender Schwarm Lizzys
Nicole – Besitzerin des Cinnamons
Mr Peagom – Bibliothekar der Phalanx
Mr Rossi – Phalanx-Großmeister, Gideons und Lizzys Vater
Ryan Woodland – tätowierter Phalanx-Jäger
Silin – Hexe, Bels Gezeichnete, arbeitet für Omega
Toby Sullivan – jüngster bekannter Hexenmeister
Tristan Varga – Harris' rechte Hand
Victorius van Dretten – schriller Gezeichneter von Jiron
Wilson Harris – Geschäftsführer von Omega Inc.

Primus

Belial »Bel« – mächtiger Primus, der Teufel
Dareius – Mitglied des Hohen Rates
Elektra – Mitglied des Hohen Rates
Hiro – Bels Leibwächter
Jiron – Anführer der Abtrünnigen Primus, Lucians Onkel
Louis Dubois – abtrünniger Primus
Lucian Ankou – Brachion, auf der Suche nach Thanatos
Melisande – mit Lucian befreundet, gute Heilerin
Nemides Ankou – Oberhaupt des Hohen Rates, Lucians Vater
Ramadon – Ältester, Chronist der Liga
Thanatos – verschollener Brachion und Lucians Mentor

Glossar

Abtrünnige – Primus, die die Liga verraten haben
Adelphe/-os – Schüler der Phalanx
Aziam – einzigartige Klingen der Brachion
Brachion – dem Hohen Rat unterstellt, können Primus töten
Cinnamon – Café in Saint-Peters
Eisseile – Fesseln, die dämonische Kräfte blockieren
Gezeichnete – durch Siegel an Primus gebundene Menschen
Gomorrha – Nachtclub, bevorzugt besucht von Abtrünnigen
Großmeister – Eines von fünf Oberhäuptern der Phalanx
Hexen – sterbliche Halbblüter mit dämonischen Kräften
Hoher Rat – beherrscht die Liga
Izara – der Legende nach eine nie erlöschende Seele
Jäger – in einem Bataillon organisierte Phalanx-Kämpfer
Kanon – Gesetzbuch der Liga
Katakomben – Parallelwelten, erschaffen durch Primus
Kàtos – niedere Primus, die sich von Todesangst ernähren
Krypta – Lagerstätte der Chroniken
Liga – Gemeinschaft der Primus
Omega – primusfeindlicher Konzern von Wilson Harris
Phalanx – Bruderschaft zum Schutz der Menschheit
Portal – übernatürliche Verbindung diverser Orte
Primus – unsterbliche Dämonen, nähren sich von Emotionen
Saint-Peters – kleines Städtchen in der Nähe des Lyceums

Dippel, Julia

Izara – Das ewige Feuer

ISBN 978 3 522 50636 6

Umschlaggestaltung: Carolin Liepins

unter Verwendung von Bildern von shutterstock.com

Innentypografie: Leonie Gericke

Reproduktion: Digitalprint GmbH, Stuttgart

Druck und Bindung: GGP Media GmbH, Pößneck

© 2018 Planet!

in der Thienemann-Esslinger Verlag GmbH, Stuttgart
10. Auflage 2021

Der zweite Teil der packenden Romantasy-Reihe

Julia Dippel
Izara
Stille Wasser

544 Seiten · Band 2

Schmuckausgabe	ISBN 978-3-522-50637-3
	(erscheint Januar 2019)
Broschur	ISBN 978-3-522-50622-9
E-Book	ISBN 978-3-522-65397-8

Die gesamte unsterbliche Welt weiß nun von Izara, und während ihr Vater im Kerker der Phalanx schmort, wird Ari von der Liga vorgeladen. Um aber in der Hauptstadt der Katakomben bestehen und ihre verbotene Verbindung zu Lucian geheim halten zu können, sieht sie sich gezwungen, zweifelhafte Hilfe anzunehmen. Dabei verstrickt sie sich immer weiter in einem gefährlichen Netz aus Lügen, Vorwürfen und Zweifeln und muss sich neben dem Hohen Rat auch noch den Hexen und Lucians Familie stellen. Schließlich muss Ari nicht nur um ihr Leben, sondern auch um ihre Liebe fürchten.

www.planet-verlag.de